Barbara Leciejewski

FÜR IMMER, DEIN AUGUST

ROMAN

List

Besuchen Sie uns im Internet:
www.ullstein.de

List ist ein Verlag
der Ullstein Buchverlage GmbH

ISBN: 978-3-471-36072-9

Gesetzt aus der Sabon
Satz: Pinkuin Satz und Datentechnik, Berlin
Druck und Bindearbeiten: CPI books GmbH, Leck

Für meine Großeltern

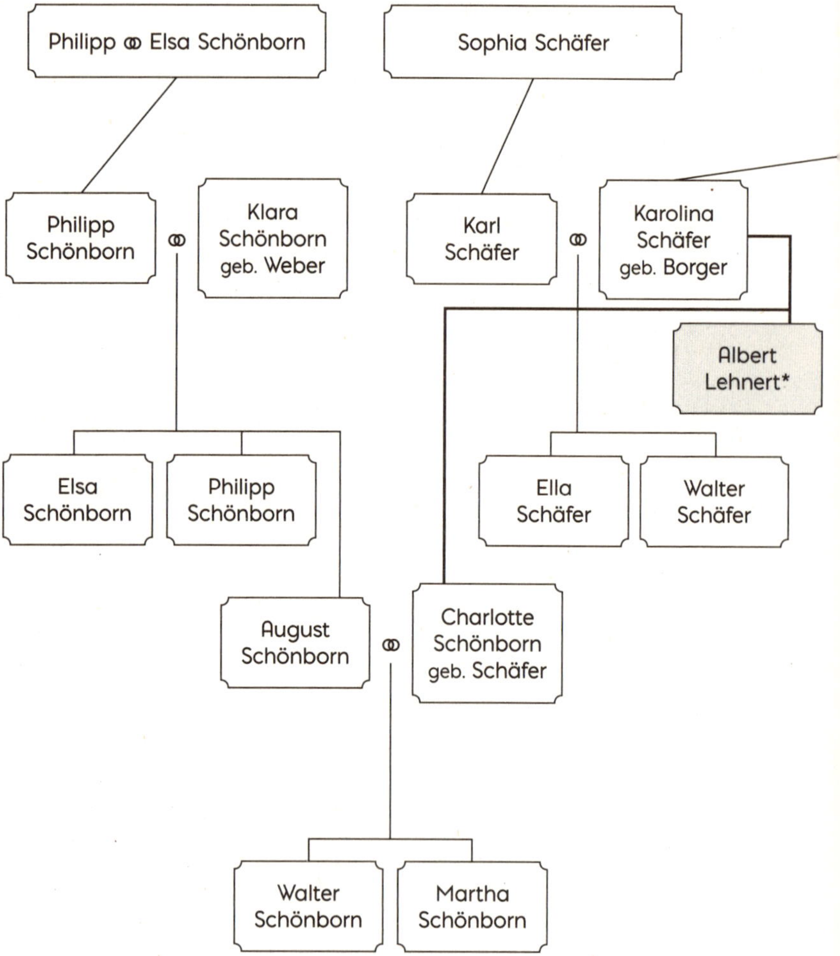
Philipp ⚭ Elsa Schönborn
Sophia Schäfer
Philipp Schönborn
Klara Schönborn geb. Weber
Karl Schäfer
Karolina Schäfer geb. Borger
Albert Lehnert*
Elsa Schönborn
Philipp Schönborn
Ella Schäfer
Walter Schäfer
August Schönborn
Charlotte Schönborn geb. Schäfer
Walter Schönborn
Martha Schönborn

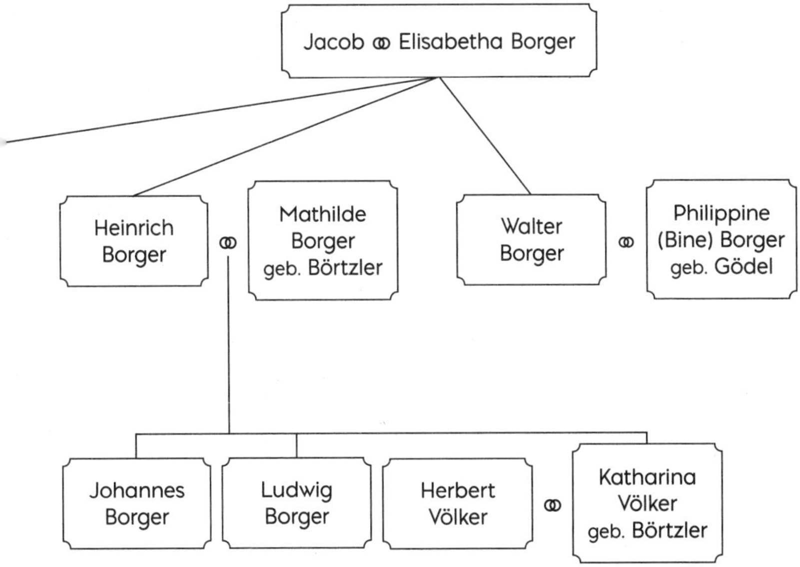
Jacob ⚭ Elisabetha Borger
Heinrich Borger
⚭
Mathilde Borger geb. Börtzler
Walter Borger
⚭
Philippine (Bine) Borger geb. Gödel
Johannes Borger
Ludwig Borger
Herbert Völker
⚭
Katharina Völker geb. Börtzler

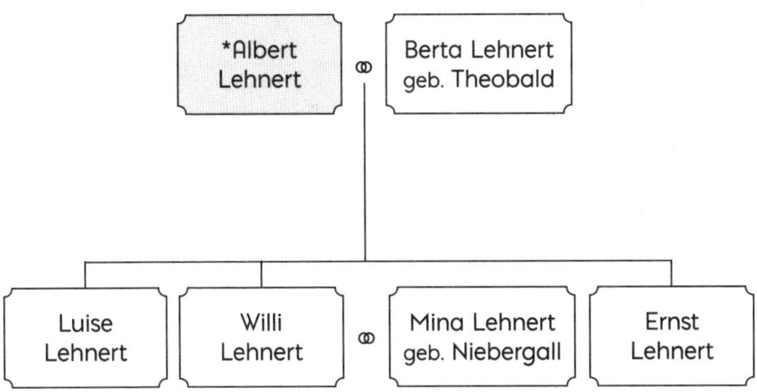
*Albert Lehnert
⚭
Berta Lehnert geb. Theobald
Luise Lehnert
Willi Lehnert
⚭
Mina Lehnert geb. Niebergall
Ernst Lehnert

Prolog

Mühlbach in der Pfalz im März 1945

Der Krieg war vorbei.

Zurück blieb eine erschütterte Welt, erschütterte Menschen. Schutt und Asche. Trümmer. Tod.

Der Feind war eingetroffen. Die Amerikaner. In der Pfalz. In Theisbergstegen waren sie schon, hatte man gehört. Rutsweiler kam als Nächstes. Überall hatten sie ein paar Häuser besetzt, die Einwohner daraus vertrieben, aber besser vertrieben als erschossen, und die Nachbarn halfen und nahmen die Vertriebenen bei sich auf.

Jetzt kamen sie nach Mühlbach, die Amerikaner. Panzer zwängten sich durch die enge Straße entlang des Glans, ein endloser Tross von Fahrzeugen, unzählige Soldaten, schwer bewaffnet, die Gewehre im Anschlag. Man konnte schließlich nie wissen, ob nicht noch irgendwo hinter einer Mauer ein Nazi mit störrischem Siegeswillen und fanatischer Opferbereitschaft lauerte. Misstrauisch blickten sie sich um, strömten aus, wanderten umher in dem kleinen, scheinbar verwaisten Dorf, auf alles gefasst, zum Schuss bereit.

»Who is the mayor of this place?«, rief einer von ihnen lautstark zwischen die kleinen Häuser, die ebenso mitgenommen wirkten wie ihre Bewohner und sich wie diese vor den fremden Soldaten wegzuducken schienen. »Who ist the mayor?«, dröhnte es erneut in die Stille. Die Mühlbacher in ihren Verstecken verstanden die Worte des Mannes nicht. Er konnte rufen, so lange und so laut er wollte, alles, was sie hörten, war unverständliches Gebrüll in einer fremden Sprache. Dazu das erhobene Gewehr. Das war Bedrohung genug. Man verkroch sich, blieb stumm und still. Würde man zurückrufen: »Mer verstehn Sie net!«, oder: »Mer mache nix!«, dann würde er sie wahrscheinlich genauso wenig verstehen und schießen.

»Do you understand?«, rief der Mann. Ein anderer weiter vorn rief dasselbe.

»Can anybody understand what we say?« und »Does anybody speak English?« riefen sie durcheinander.

»I do«, antwortete mit einem Mal jemand. Ein Mann, seine Stimme kam aus einem Haus weiter oben am Hang. Die meisten Straßen und Häuser des Dorfes krochen den Potzberg hinauf, der Rest reihte sich unten an der Hauptstraße entlang, nur durch einen Streifen Wiese getrennt von dem kleinen Fluss, der dem Dorf seinen vollständigen Namen gab: Mühlbach am Glan.

Die Amerikaner richteten ihre Aufmerksamkeit auf das Haus, aus dem die Stimme gekommen war und dessen Eingangstür jetzt einen Spalt offen stand, augenscheinlich damit der Mann hinausrufen konnte.

»Alright. Come here!«, dröhnte es zu ihm hinauf. Ein gebrülltes Kommando. Alles andere als beruhigend oder vertrauenerweckend. Nichts rührte sich dort oben in dem Haus.

»Please, Sir!«, rief der erste Mann, der anscheinend ein Einsehen hatte. Er senkte sein Gewehr ein wenig.

Ein Huhn gackerte unerschrocken. Eins der letzten Hühner in Mühlbach. Viele waren es nicht mehr.

Die Tür des Hauses öffnete sich langsam, eine Hand erschien. Zunächst nur die eine, um die Tür weiter aufzustoßen, dann beide, hoch in die Luft gereckt, ohne Waffe. Ein großer, schlanker Mann in vorgerückten Jahren trat in den offenen Eingang des Hauses. Gut gekleidet, Hose, Hemd, Weste, alles mehrfach geflickt, wie man sehen konnte, wenn man die Kleidung aus der Nähe betrachtete, und doch zu elegant für den Krieg. Trotzig und voller Würde. Der Mann trat vor die Tür, Schritt für Schritt ging er langsam die Straße hinunter. Hinter ihm, im Eingang, erschien eine Frau, schutzlos. Sie hob nicht die Arme, doch das musste sie nicht, kein Mensch auf der Welt hätte ihr zugetraut, eine Waffe in die Hand zu nehmen. Sie stand da, schmal, mutig, unbewaffnet und mit dem Herzen bei ihrem Mann, der mit erhobenen Armen auf die Amerikaner zuging. Auf den Feind.

»So, you speak English?«, vergewisserte sich der amerikanische Soldat noch einmal, als der Mann schließlich vor ihm stand.

»Yes!«

»You may lower your hands, Sir.«

Der Mann ließ die Arme sinken

»Are you the only one around who speaks English?«

»Yes, I think I am.«

»We wanna talk to the mayor.«

Der Mann nickte.

»So, I think you will have to translate. Can you do that?«

»Yes.«

»And can we trust you?«

»Yes. You can.«

Der Soldat betrachtete den Mann aufmerksam und lächelte. »Well, I guess we must«, sagte er, klopfte seinem Gegenüber versöhnlich auf die Schulter und meinte: »Don't worry! The war is over. Be glad!«

»I am«, sagte der Mann. Er atmete tief ein und erleichtert wieder aus, und für den Bruchteil einer Sekunde erwiderte er sogar das Lächeln des Soldaten. »Finally«, flüsterte er. Dann warf er einen Blick hinauf zum Haus, wo seine Frau noch immer in der offenen Tür stand. Sie hob den Arm und winkte ihm zu.

»Your wife?«, fragte der Soldat.

»Yes, my wife.«

»What's your name, Sir?«

»Schönborn. August Schönborn.«

1

Isle of Man im Winter 1914

Fritz Koch hustete. Es war der Beginn eines längeren Anfalls, wie so oft in den letzten Tagen. Wenn es erst einmal bei ihm losging mit dem Husten, hörte es so schnell nicht wieder auf.

Dann kniete sich August neben ihn und stopfte ihm alles, was er im Zelt fand, unter den Rücken, damit er aufrechter sitzen konnte, weil er sich so leichter tat, und manchmal klang der Husten dann auch ab.

Fritz Koch hatte sich um August gekümmert, als die Musikanten im Sommer in Gefangenschaft geraten waren. »Halt dich an mich, Junge«, hatte der Kapellmeister zu ihm gesagt. »Ich passe auf dich auf.« Und das hatte er getan. Man hatte sie über die Irische See zur Isle of Man gebracht. Auf dem Schiff hatte ein großes Durcheinander geherrscht, ein noch größeres bei der Ankunft auf der Insel. Die Mitglieder der Kapelle hatten sich im Gedränge zumeist aus den Augen verloren, nur Fritz Koch hatte August immer am Arm oder am Ärmel oder an irgendeinem anderen Teil seiner Kleidung festgehalten.

Nach Cunninghams Camp hatte man sie gebracht, ehemals ein Ferienlager für junge Männer, wie es hieß, nun umfunktioniert zu einem Gefangenenlanger für die Feinde Englands. Deutsche, Österreicher, Ungarn – lauter Zivilisten. Männer, die man in England festgenommen und interniert hatte, damit sie nicht als Soldaten für ihre Heimatländer in den Krieg ziehen konnten.

Die Gefangenen hausten in Zelten, die auf groteske Weise an die frühere Bestimmung des Camps erinnerten. Eng war es darin und feucht und kalt trotz der Decken, die man ihnen gegeben hatte. Dicht drängten sich die Zelte aneinander, so weit das Auge reichte. Ein Meer von Zelten, eine Unmenge Gefangener.

August Schönborn, der Musikant aus der Westpfalz, war einer von ihnen, der Jüngste von allen.

You better stay here, you are here in safety.

An diesen Worten hielt er sich fest, wenn er an seiner Verzweiflung zu ersticken drohte. Sie hatten sich in sein Gedächtnis gebrannt, obwohl er die Sprache gar nicht beherrschte, die Worte eines englischen Offiziers, die ihn hatten trösten sollen, als seine beiden wenig jüngeren Kameraden bei Kriegsausbruch nach Hause durften und er nicht, weil er ein paar Tage zu alt war. Ein paar Tage nur entschieden über seine Freiheit. Doch wenn es stimmte, was man ab und zu über den Krieg drüben auf dem Kontinent hörte, dann hatten diese Tage über sein Leben entschieden. August war jetzt siebzehn Jahre alt, er wäre eingezogen worden. Vielleicht wäre er schon schwer verwundet, hätte einen Arm oder ein Bein oder das Augenlicht verloren. Vielleicht wäre er schon tot.

You better stay here ...

Doch auch im Lager konnte man sterben. Auf andere Weise zwar, aber sterben war sterben. Unterkühlung, Hunger, Krankheit, Dreck, Trostlosigkeit, Langeweile. Heimweh ...

Die Wachleute verhielten sich zum größten Teil anständig, besonders gegenüber August, wohl weil er so jung war, aber sie konnten das Essen nicht besser machen und auch die erbärmlichen Zustände im Lager nicht ändern. Den Gang zu den schauerlichen Latrinen vermied man so lange wie nur irgend möglich.

Ein Vierteljahr nachdem man sie in das Lager gebracht hatte, am 19. November, als es kälter und immer kälter wurde und das Essen zu wenig und zu schlecht war, als das untätige Dahinvegetieren und die Hoffnungslosigkeit die Männer schier zerriss, da ergriffen einige von ihnen bei der Essensausgabe ihr Besteck und gingen damit auf das Wachpersonal los. Immer mehr Gefangene schlossen sich an, wurden zu einer rasenden Meute. Die Wachleute schossen in ihrer Not wahllos in die anstürmende Menge. Sechs Männer starben an diesem Tag. Der Schock über die Revolte und ihren Ausgang saß tief bei den Gefangenen, aber auch bei den Wachleuten, man sah es ihnen an. Sie wurden vorsichtiger, kühler, hielten ihre Gewehre fester in Habtachtstellung, und die Gefangenen lernten: Auch so konnte man im Ernstfall im Lager sterben: erschossen werden.

Und doch schienen die Engländer einzusehen, dass der Angriff aus tiefer Verzweiflung heraus entstanden war, und letztlich hatte er etwas bewirkt.

»Sie bauen jetzt ein richtiges Lager«, hieß es kurz darauf. So sah die Hoffnung aus in jenen Tagen: ein richtiges Lager.

Sobald es ihnen erlaubt war, schrieb August seiner Familie einen Brief, in dem er ihnen versicherte, dass es ihm gut ging. Er war in Gefangenschaft, ja, aber er war in Sicherheit. Man behandelte sie gut. Normalerweise und im Rahmen der Möglichkeiten.

Macht euch keine Sorgen um mich. Ich denke immer an euch und hoffe, dass der Krieg bald aufhört, schrieb er und achtete darauf, dass seine Tränen nicht auf das Papier fielen.

Am Tag danach und nach einer weiteren Nacht, in der er heimlich unter seiner Decke geweint hatte, schrieb er einen zweiten Brief, diesmal an seine beste Freundin Charlotte Schäfer in Bremen. Auch sie sollte beruhigt sein und erfahren, dass es ihm gut ging, doch als er die Worte zu Papier bringen wollte, zum wiederholten Male »Es geht mir gut« schreiben, da krampfte sich alles in ihm zusammen. Es ging ihm nicht gut. Keinem in diesem Camp ging es gut. Nicht annähernd.

August starrte auf das Blatt Papier und erinnerte sich daran, wie er und Charlotte als Kinder, die Füße im Glan, Zuckerstangen lutschend, zum ersten Mal ein Geheimnis teilten. Und auch später hatten sie alles geteilt, einander alles erzählt, das Wichtige und das Unwichtige, Gutes und Schlechtes. Er senkte die Feder aufs Papier und schrieb: *Es geht mir gut so weit, man ist anständig zu uns, aber ich vermisse meine Familie so sehr, dass mir alles wehtut, Lotte. Sag es keinem, bitte.*

Es musste aus ihm raus, weil er spürte, dass ihn das Heimweh sonst umbringen würde. Lotte würde ihn verstehen. *Man weiß erst, was man hatte, wenn man es nicht mehr hat*, schrieb er. *Früher wollte ich nur aus Mühlbach weg, jetzt will ich nichts anderes mehr als dorthin zurück.*

August wusste nicht, ob seine Briefe ankamen. Vielleicht gingen sie verloren, vielleicht verließen sie England nie. Gar nichts wusste er. Würde er sie alle je wiedersehen? Seine Eltern, seine Geschwister. Seine Großmutter war schon so alt. Und war die Pfalz nicht viel zu nah an der Front? Überhaupt: die Front! Was war das eigentlich, die Front, von der alle immer sprachen? Dort wurde der Krieg ausgetragen, ja, das wusste er, aber was genau passierte dort? Was passierte in Mühlbach, in Bremen? Und wer musste alles dorthin, zur Front? Sein Vater sicher nicht. Oder doch?

Wenn Fritz Koch hustete, riss der Gedankenfaden in Augusts Kopf ab, und er hatte etwas zu tun. Sachen in Fritz Kochs Rücken stopfen. Hoffen, dass der Anfall bald vorüberging. Danach nahm der Kapellmeister August an der Hand, sagte ihm, dass er ein guter Junge sei, und bat ihn, ihm etwas auf der Geige vorzuspielen. Manchmal hörten die Wachleute zu und waren gerührt. Dann gab es, wenn sie Glück hatten, eine Extrascheibe Brot oder einen Becher lauwarmen Tee. Und dann zwinkerte Fritz Koch August zu, so als hätte das von Anfang an zu seinem Plan gehört.

Zwei andere Männer aus der Kapelle waren noch bei ihnen im Zelt. Hannes Weber und Wilfried Stumm. Ein Klarinettist und ein Trompeter. Die beiden saßen tagsüber häufig zusammen auf ihren Pritschen und tuschelten leise. August hatte mitbekommen, dass sie gemeinsam darüber nachdachten, wie sie fliehen konnten. Es war ihre Art, mit der Gefangenschaft umzugehen und nicht daran zu verzweifeln. Sie bezogen weder August noch Fritz Koch in ihre Pläne ein, wahrscheinlich, dachte August, hielten sie ihn für zu jung und Fritz für zu krank. Nur am Abend, wenn es dunkel wurde und die Verzweiflung und die Kälte sie zu zermürben drohten, da unterhielten sie sich alle miteinander, erzählten einander Geschichten, sangen Lieder, dachten an schöne Dinge, und manchmal lachten sie sogar. Das Lachen war ihre mächtigste Waffe, jedenfalls gegen die Verzweiflung. Gegen die Kälte war kein Kraut gewachsen, deswegen war Fritz Koch schließlich krank geworden.

Er hustete noch bis kurz vor Weihnachten, dann starb er, und ein anderer nahm seinen Platz im Zelt ein. An diesem Tag wäre August vermutlich endgültig zerbrochen, hätte man nicht kurz darauf seinen Namen bei der Postverteilung ausgerufen. Gleich zwei Briefe überreichte man ihm. Später machte August sich Gedanken über diesen seltsamen Zufall: ausgerechnet am Tag nach dem Tod des Kapellmeisters, ausgerechnet in dem Moment, in dem er es am dringendsten gebraucht hatte. Ein Brief aus Mühlbach und einer aus Bremen.

August kehrte zurück in sein Zelt, in dem Hannes und Wilfried wieder ihre Ausbruchspläne schmiedeten und der Neue auf Fritz' ehemaliger Pritsche lag, den Kopf auf den untergeschlagenen Armen, in die Luft starrend. Neben diesen dreien und August schliefen noch zwei weitere Männer im Zelt, Josef Sichl und Herbert Prader, beide waren jung und kräftig und halfen tagsüber dabei, ein neues Lager aufzubauen. »Ein richtiges, mit Baracken statt Zelten«, erzählte der eine mit österreichischem Zungenschlag, das i gedehnt und akzentuiert und statt des e ein ö. Wären sie an einem anderen Ort zu einer anderen Zeit zusammengekommen, hätte sich August darüber amüsiert, obwohl er mit seinem eigenen Dialekt nicht weniger Anlass dazu gab. »Wahrscheinlich werden wir dorthin umziehen, und da wird's uns dann besser gehen«, meinte der andere Österreicher. »Viel besser.« Schlechter war auch kaum möglich.

August beneidete die beiden. Sie hatten eine Arbeit zu erledigen, sie sahen, wie es voranging, und wenn sie abends ins Zelt zurückkehrten, dann waren sie so müde, dass ihnen nicht einmal die Kälte den Schlaf raubte.

»Das wäre das Letzte, was ich tun würde, den Engländern auch noch helfen beim Lagerbauen«, spuckte Hannes Weber aus. Wilfried nickte halbherzig. Der Neue auf der Pritsche beachtete keinen von beiden. Meist lag er nur teilnahmslos herum. Er aß und wusch sich, und er ging zur Latrine, wenn es unbedingt sein musste, und dann lag er wieder da. Dass er Franz Hiltensperger hieß, war alles, was sie von ihm erfahren hatten.

August vermisste Fritz Koch. Die beiden Briefe in seiner Hand waren das Einzige, woran er sich nun festhalten konnte. Er legte sich auf seine Pritsche und betrachtete die Umschläge ehrfürchtig. Sie waren schon einmal geöffnet worden, das konnte man erkennen, aber man hatte nichts entfernt, nichts verändert oder durchgestrichen. Vielleicht auch deshalb, weil die Engländer kein Deutsch verstanden, überlegte August.

Lottes Schrift auf dem einen Brief erkannte er sofort. Ihm war, als spürte er ihre leichte Hand, als sähe er sie in ihrem Zimmer am Tisch mit Papier, Tinte und Feder, den Kopf ein wenig zur Seite geneigt, eine lose kupferblonde Haarsträhne hinterm Ohr. August hob Lottes Brief an seine Nase und schnupperte. Das Papier duftete nach Bremen, nach Freiheit, nach Lotte. Und wenn es zehnmal ein Engländer in seiner Hand gehalten, den Brief geöffnet, alles angefasst hatte, es änderte nichts daran: So duftete das Glück.

Eines Tages, das nahm er sich vor, wenn dieser Albtraum vorbei war, dann würde er Lotte besuchen, dann würde er mit ihr unterm Apfelbaum sitzen und das Leben genießen.

Die Schrift seiner Mutter auf dem anderen Brief wirkte auf den ersten Blick fremd. Dünn und zittrig waren die Linien und zeugten von ihrer inneren Erregung. August drehte sich auf den Bauch und begann zu lesen.

Mein lieber Junge, mein August …

Er schluckte, hielt einen Moment lang inne und versuchte vergebens, den Kloß in seinem Hals zurückzudrängen.

Mein lieber Junge, mein August, was waren wir glücklich, als wir deinen Brief erhielten! Was haben wir uns für Sorgen gemacht, als der Krieg ausbrach und du in England. Aber dann erhielten wir Besuch von deinem Mitmusikanten Hans Eisen-

brenner. Er hat uns alles erzählt und vor allem, dass du am Leben bist. Wir waren so erleichtert! Und erst recht, als uns dein Brief erreicht hat. Das war Ende Oktober, ich weiß nicht, wie lange der Brief unterwegs war, und ich weiß auch nicht, wie lange dieser unterwegs sein wird. Ich hoffe, du wirst ihn bald erhalten. Ich hoffe auch, du bist weiterhin gesund und es geht dir gut. Was du über die Engländer geschrieben hast, macht uns Hoffnung. Uns geht es gut. Vom Krieg merken wir noch nicht viel, jedenfalls nichts von den Kämpfen, aber natürlich sind viele Männer aus Mühlbach an der Front. Und alles wird teurer, die Leute schaffen immer mehr Vorräte an und sparen, so gut sie können. Wir natürlich auch, man weiß ja nicht, was noch kommt. Ich hoffe, der Krieg ist bald vorbei, dieser Unsinn. Wir haben Post aus Bremen und wissen daher, dass es dort auch allen gut geht. Und auch Onkel Walter geht es gut. Mach dir keine Sorgen um uns, pass gut auf dich auf und schreib, sooft du kannst, auch wenn du etwas brauchst, wir versuchen, es dir zu schicken. Vielleicht ist das möglich. Bestimmt. Wir beten dafür, dass wir uns bald wiedersehen. Versprich mir nur eins, mein lieber Junge, verlier nie den Mut, niemals! Wir versprechen dir dasselbe. Wir sind in Gedanken immer bei dir.

In Liebe, deine Mama, dein Papa, Philipp und Elsa

Ein Teil der Schrift wurde von Augusts Tränen verwischt. Rasch legte er das Papier zur Seite, damit nicht noch mehr der kostbaren Worte unleserlich wurden. Es ging allen gut. Es ging ihnen gut! Und nein, er würde nicht den Mut verlieren, das versprach er innerlich. So glücklich war er in diesem Moment, und gleichzeitig war seine Sehnsucht nie größer. Erneut schloss er die Augen, drückte das Papier an sein Herz und sah sie alle vor sich: seine kleinen Geschwister, seinen ruhigen, gutmütigen Vater, seine freundliche, großherzige Mutter, seine liebevolle Großmutter.

Seine Großmutter! Wieso stand da kein Gruß von ihr am Schluss?

Seine Mutter hatte es sicher vergessen vor lauter Aufregung. Sicher kam bald ein Brief hinterher, in dem stand: Großer Gott, da habe ich doch beim letzten Mal die Oma gar nicht erwähnt! Viele Grüße von ihr.

Augusts Herz klopfte trotzdem.

Franz Hiltensperger stand ächzend von seiner Pritsche auf und verließ das Zelt.

August nahm den Brief von Lotte zur Hand. Was, wenn sich auch in ihm eine Hiobsbotschaft verbarg?

Lieber August,
wie gut, dass du in Sicherheit bist. Du bist nicht im Krieg. Ich bin so glücklich darüber.
Verzeih mir, wenn meine Worte gefühllos klingen, wo doch Gefangenschaft etwas ganz Schreckliches ist und du abgeschnitten bist von deiner Familie und deiner Heimat, aber wärst du hier, dann würde man dich auch in den Krieg schicken, ganz sicher.
Meine Cousins Johannes und Ludwig sind alle beide an der Front. Onkel Heinrich und Tante Mathilde wissen nichts von ihnen, weder wo genau sie sind, noch wie es ihnen geht. Sie müssen umkommen vor Sorge.
Und hier in Bremen sind auch viele junge Männer, die wir kennen, im Krieg. Aaron und Wilhelm, von denen ich dir schon erzählt habe. Aaron ist bei der Marine und Wilhelm wohl irgendwo an der Ostfront. Ich weiß gar nicht, ob ich das alles schreiben darf, aber es sind ja keine Geheimpläne oder so etwas.
Hast du gehört, dass die Tante Christoffel gestorben ist? Wahrscheinlich nicht. Schon früh bei Kriegsausbruch war das. Einfach eingeschlafen und nicht mehr aufgewacht. Sie hat mich auf die Welt geholt und dich auch und meine Eltern und deinen Vater. Sie wird mir fehlen.
Oh, August, ich glaube, ich schreibe nur dummes Zeug, ich sollte dir lieber etwas Schönes schreiben.
Hast du noch alle deine Sachen, oder hat man dir etwas weg-

genommen? Deine Geige doch hoffentlich nicht. Und Onkel Walters Buch, das er dir geschenkt hat. Aber sicher gibt es Wichtigeres, das du gerade brauchst. Schreib bitte wieder und schreib, ob wir dir etwas schicken dürfen, irgendwas. Ich schreibe dir auch wieder, sooft es geht. Wäre nur der Krieg vorbei! Warum tun Menschen so etwas Dummes? Krieg bringt nur Leid überall, und keiner kann gewinnen. Es ist doch kein Gewinn, wenn Menschen sterben.

Ich denke an dich, August, ganz fest.
Deine Lotte

Die Christoffel tot! Und so viele junge Männer im Krieg. Vor Augusts geistigem Auge erschienen ehemalige Schulkameraden, Nachbarn, Freunde, Bekannte, Holger und Fritz Hennemann, die beiden Borger-Söhne, sie trugen Uniformen und Waffen. Hans Eisenbrenner, von dem seine Mutter geschrieben hatte, feierte in wenigen Wochen seinen siebzehnten Geburtstag, und Siegfried Koch, der zweite junge Musikant, der England bei Kriegsausbruch hatte verlassen dürfen, war inzwischen schon siebzehn.

Auf einmal bekam der Krieg ein Gesicht, viele Gesichter, die Gesichter von Menschen, die ihm vertraut waren. Und der Rest fürchtete um deren Leben. Ein ganzes Land in Angst. Und in den anderen Ländern war es sicher nicht anders. War es nicht das, was die Menschen überall verband? Die Angst, ihren Liebsten könnte etwas geschehen.

Hiltensperger kam mit angeekelter Miene zurück und legte sich wieder hin, wortlos, die Augen starr zur Zeltdecke gerichtet.

August ging nach draußen und bat den Wachposten um einen Bogen Papier für einen Brief. »Paper?«, fragte er. Und als er ihn erhielt: »Thank you.« Das hatte er schon gelernt.

Der Engländer antwortete etwas, was er nicht verstand, doch er machte ein freundliches Gesicht. August lächelte zurück und nickte. Am nächsten Tag würde er sich einen weiteren Bogen holen, weil er ja nach Mühlbach und nach Bremen schreiben musste. Auf dem Weg zurück blickte er sich um. Überall Zelte, weiße, mannshohe Zelte, und in jedem die gleiche Kälte und Trostlosigkeit. Er steckte seine Hände tief in die Ärmel seiner Jacke, das Papier presste er an seinen Körper, es machte nichts, wenn es ein wenig zerknitterte. Sein Atem wehte als eiskalter Nebel vor ihm her. Der matschige Boden fror allmählich fest, immerhin, das war ein Vorteil.

Als August ins Zelt zurückkam, lag Hiltensperger genauso da wie zuvor. August tastete in seinem Rucksack nach dem Füllhalter, fand ihn und dazu noch etwas anderes: *Tom Sawyers Abenteuer und Streiche*, das Buch, das ihm Onkel Walter geschenkt hatte. Er zog es hervor, strich mit klammen Fingern darüber und lachte leise auf. Wenn er den Brief geschrieben hatte, würde er anfangen, es zu lesen. Er würde zuerst an Charlotte schreiben, weil er bei ihr offener sein und erzählen konnte, was ihm auf der Seele lag. Der Tod von Fritz Koch etwa. Danach hatte er den Kopf frei für den Brief an seine Familie. Vielleicht konnten sie ihm einen warmen Pullover schicken, einen Schal, vielleicht sogar etwas zu essen, wenn es haltbar war, etwas von daheim.

»In ein paar Tagen ist Weihnachten«, murmelte Hiltensperger.

2

Champagne im November 1914

So hatte er sich das nicht vorgestellt. Man hatte ihnen versprochen, es sei alles ganz einfach: durch Belgien durch, dann Frankreich überrennen, Paris einkassieren und an Weihnachten wieder daheim. Jetzt saß er da in einem Graben im Schlamm, und gegenüber saßen die Franzosen in einem Graben im Schlamm. Nichts ging voran. Und alles, was er tat, war graben, graben, graben. Noch einen Tunnel und noch einen Unterstand und noch einen Graben.

Am Anfang hatten sie sich wenigstens noch bewegt, immer weiter vorwärts, und wer sich der deutschen Armee in den Weg gestellt hatte, ohne die weiße Fahne zu schwingen, der war beiseitegeschafft worden. Den Belgiern, denen hatte man das schnell beigebracht. Ha!

Holger Hennemann kauerte im Dreck, umarmte sein Gewehr mit dem aufgepflanzten Bajonett und dachte an Dinant. So, genau so hatte er sich das vorgestellt, wie in Dinant. Wer nicht für uns ist, ist gegen uns, so war das im Krieg. Die Leute in Dinant hatten es zu spüren bekommen, hatten gemerkt, dass man besser nicht zu den Franzosen hielt und die Deutschen lieber nicht gegen sich aufbringen sollte. Die dritte Armee hatte durchgegriffen, auch wenn so manch ein Soldat sich in die Hosen gemacht und sich gescheut hatte abzudrücken, nur weil diese Belgier keine Uniformen trugen. Es kam nicht auf die Uniform an, sondern darauf, wie man sich verhielt: Wer ein Gewehr trug, der war ein feindlicher Soldat, wer den Franzosen half, ebenfalls, der musste bekämpft und bestraft werden. Man durfte sich nicht ins Hemd machen, wenn mal ein Schuss danebenging und es eine Frau oder ein Kind erwischte. Ja, das war nicht schön, aber so viele waren das auch wieder nicht, er selbst hatte es nur zwei- oder dreimal erlebt. Ohnehin hatten sie meistens die Männer sorgfältig aussortiert und ordentlich erschossen, die, die es verdient hatten. So war das nun mal im Krieg. Wer sich in den Weg stellte, musste weg. Vorwärts, immer vorwärts. In Dinant waren sie vorwärtsgekommen.

Holger Hennemann hielt die Augen fest geschlossen und lächelte versonnen, als er daran dachte, wie sie in jeder Stadt, in jedem Dorf ihren Abdruck hinterlassen hatten. Wenn er zurückblickte auf die Ruinen dieser Häuser, zerstört von deutscher Artillerie, dann erfassten ihn Stolz und Dankbarkeit, Teil dieser großen Sache zu sein, dem Vaterland zu dienen.

Die Feuchtigkeit des Schlamms kroch in seine Kleider, durch alle Schichten bis auf die Haut, eiskalt. Er zitterte. Nur wegen der Feuchtigkeit, nicht wegen der Granaten, die mit der Kälte auf einmal wieder laut und schrecklich in seinen tröstlichen Traum von leichten Eroberungen eindrangen. Auch nicht wegen der Leiche, die neben ihm lag und deren Gesicht man nicht mehr erkennen konnte.

»Scheißt du dir in die Hose, oder was?«, brüllte plötzlich jemand. Unteroffizier Selb stand breitbeinig über ihm und blickte ihn wütend an. Im nächsten Moment zertrümmerte eine Kugel seinen Schädel. Holger schrie auf, als der Mann auf ihn fiel, er schrie weiter, als er unter der Leiche hervorkroch, und noch mehr, als er sich an den Rand der Grube lehnte und blind in die Richtung schoss, aus der die Kugel gekommen war. Granaten schlugen ein. Neben ihm, hinter ihm, vor ihm. Die Erde bäumte sich auf.

3

Bremen im Frühjahr 1915

Stadttheater Bremen, Parkett, dritte Reihe Mitte. Beste Plätze. Man spielte Mozart.

»Samuels Lieblingskomponist«, hatte Frau Wolf Charlotte anvertraut. »Und die *Zauberflöte* ist seine Lieblingsoper.«

Samuel, das war ihr Mann, Samuel Wolf, ein angesehener Anwalt in Bremen, fünfunddreißig Jahre alt. Er hatte die Anwaltsrobe gegen eine deutsche Uniform getauscht und kämpfte nun an der Ostfront.

»Begleiten Sie mich in die Oper, Charlotte?«, hatte Frau Wolf gefragt. »In die *Zauberflöte*. Bitte!«

Es hatte keiner Erklärung bedurft, Charlotte hatte begriffen, weshalb ihre Dienstherrin die Oper besuchen wollte. Jeder hatte seine eigene Art, mit dem Krieg und dem, was er einem nahm und antat, umzugehen. Jetzt saßen sie nebeneinander, und als Papageno und Papagena ihr Duett sangen, summte Frau Wolf leise und selbstvergessen mit. Als die Oper zu Ende war, brachte sie Charlotte in einem Taxi nach Hause. Es war das erste Mal, dass Charlotte in einem Taxi fuhr oder überhaupt in einem Automobil.

»Dieses Duett«, sagte Frau Wolf unvermittelt, nachdem sie eine ganze Weile geschwiegen hatte, »das haben mein Mann und ich früher immer gemeinsam gesungen.« Sie lachte und sang: »*Pa---Pa-Pa* … Es hat sich schrecklich angehört, aber wir hatten so viel Spaß dabei.« Eine Träne lief über ihre Wange, doch sogleich wischte sie mit der Hand über ihr Gesicht und fasste sich. »Entschuldigen Sie bitte, Charlotte. Ich danke Ihnen, dass Sie mich heute Abend begleitet haben, das war sehr nett von Ihnen.«

»Aber natürlich. Das habe ich sehr gern gemacht. Ich liebe die Oper, das wissen Sie doch.«

»Ja, ich weiß«, sagte Frau Wolf und lächelte. »Und das gehört zu den vielen Dingen, die ich an Ihnen schätze. Trotzdem ist es nicht selbstverständlich in diesen Zeiten. Keine meiner Freundinnen wäre mitgekommen. Sie sitzen zu Hause und warten auf Nachricht von ihren Männern, wenn sie im Krieg sind, oder sie denken, es sei pietätlos, sich im Theater zu vergnügen, während unsere Soldaten in Schützengräben liegen.«

»Aber Sie haben sich nicht vergnügt«, erwiderte Charlotte spontan. Hätte sie länger darüber nachgedacht, hätte sie es wahrscheinlich für vermessen gehalten, doch Frau Wolf sah sie überrascht und fragend an, und so fuhr das Mädchen fort. »Sie waren bei Ihrem Mann. Und vielleicht hat er das ja gespürt. Wer weiß.«

Frau Wolf drückte ihr dankbar die Hand und schluckte. »Ich hoffe es.«

Das Taxi hielt vor der Orleansstraße 96. Als Charlotte ausstieg, lehnte sich Frau Wolf in ihrem Sitz ein wenig vor, die Hand auf der heruntergelassenen Scheibe. »Nehmen Sie sich morgen einen Tag frei, Charlotte«, sagte sie durch das geöffnete Fenster. »Zeit für Ihre Familie. Oder wofür auch immer. Das haben Sie sich verdient.« Sie hob die Hand und winkte zum Abschied. Charlotte winkte zurück und blickte dem abfahrenden Taxi hinterher. Als es um die Ecke bog und das Motorgeräusch verhallte, war es totenstill in der Straße. Natürlich war es stiller als tagsüber, aber es war auch stiller als früher. Vor dem Krieg.

Die Front war weit weg, und hätte man nicht die Einschränkungen und Reglementierungen erfahren, die die Regierung seit Neuestem erließ – manchmal täglich eine neue Vorschrift, die das Leben kompliziert und schwierig machte –, man hätte meinen können, nichts hätte sich verändert. Sie selbst ging weiter zur Arbeit und sogar ins Theater, ihre Geschwister besuchten weiter die Schule, und seit das Frühjahr mit seinen ersten warmen Sonnenstrahlen angebrochen war, saßen sie auch wieder im Garten, genau wie früher. Sie lachten nur weniger. Und sie waren stiller.

Früher, wenn Charlotte nach Hause gekommen war, hatte sie

oftmals die lebhaften Diskussionen zwischen Helene und Helmuth Lindemann mit anhören können. Ihre Stimmen waren aus der Erdgeschosswohnung nach außen gedrungen. Hauptsächlich die der lebhaften Helene, die politisch engagiert und regelmäßig erbost darüber war, dass ihr Mann sie darin so wenig unterstützte. Helmuths Waffen waren seine Gelassenheit und sein trockener Humor. Damit konnte er seine Frau zur Weißglut bringen. Wenn sie schließlich türknallend das Zimmer verließ, war es ihre ältere Schwester Hedwig Brandt, die beruhigend auf sie einwirken musste. Tante Brandt, wie Charlotte sie seit ihrer Kindheit nannte, die beste Freundin ihrer verstorbenen Großmutter Sophia. Dieser Tage war hinter den Fenstern im Erdgeschoss alles ruhig und dunkel.

»Wir gehen jetzt immer früh zu Bett, man muss den Krieg einfach verschlafen, bis er vorbei ist«, hatte Helene unlängst beim gemeinsamen Tee im Garten erklärt und statt zu ihrer Teetasse zu einem Glas mit Weinbrand gegriffen, das gleich danebenstand.

Im Dachgeschoss des dreistöckigen Hauses mit der Nummer 96 war noch Licht. Dort oben wohnte Victor Schweizer mit seiner Frau Henriette, die immer zu verbergen suchte, dass sie aus einem äußerst begüterten Hause stammte. Ihre Eltern waren mit ihrer Heirat nicht ganz einverstanden gewesen, hatte sie Lina gegenüber durchblicken lassen. Victor war Journalist und in letzter Zeit hauptsächlich Kriegsberichterstatter. Seine Arbeit führte ihn oft an die Front. Zurzeit jedoch war er wieder in Bremen. Bei der Teegesellschaft im Garten hatte er den Weinbrand spendiert und mit Helene geteilt. Charlottes Vater hatte mit gerunzelter Stirn zugeschaut, wie auf das erste Glas ein zweites folgte und dann ein drittes und wie Victor Schweizer, früher ein so sympathischer und von Idealismus beseelter junger Mann, immer verbitterter wurde. Wozu er überhaupt Journalist geworden sei, wisse er gar nicht mehr, hatte er irgendwann mit schwerer Zunge gemurmelt. Er dürfe die Wahrheit ja doch nicht schreiben, sondern nur das, was gewünscht sei: von Siegen und Helden, nicht vom Sterben und Leiden und vom Elend im Schützengraben. Das war tabu.

Und als Helmuth Lindemann nachfragte: »Ist es denn nicht wahr, dass wir an der Ostfront bald siegen werden?«, da hatte der sonst so liebenswerte Journalist geblökt: »Siegen! Es ist doch scheißegal, wer siegt.«

Alle waren zusammengezuckt. »Victor!«, hatte seine Frau erschrocken gerufen und war errötet.

»Tut mir leid«, hatte er gemurmelt. »Entschuldigt bitte!«

Alle hatten geschwiegen. Und wieder war sie eingekehrt, diese Stille.

Vermutlich saß er gerade oben an seiner Schreibmaschine und tippte einen Artikel, in dem er das schrieb, was gewünscht war, und nicht das, was er dort an der Front gesehen und erlebt hatte und was er darüber dachte.

Im mittleren Stockwerk, wo Charlotte mit ihrer Familie wohnte, brannte noch Licht in der guten Stube. Ihre Mutter und ihr Vater saßen sicher noch zusammen, lasen Zeitung oder ein Buch. Selcherts, gute Freunde der Eltern, hatten ihnen im letzten Jahr zum sechzehnten Hochzeitstag ihr altes Grammofon und eine Menge Schallplatten geschenkt, und so kam es ab und zu vor, dass die beiden am Abend miteinander tanzten. Vielleicht tanzten sie jetzt gerade, oder sie unterhielten sich trotz allem, weil man die Augen nicht verschließen durfte, wie sich ihr Vater ausdrückte.

Ihr Vater. Ihr Papa! Karl Schäfer. Der beste Mensch, den sie kannte, und der, den sie mehr als alles auf der Welt liebte. Ihre Mutter liebte sie natürlich genauso, aber ihr Papa war für Charlotte etwas Besonderes. Dass er nicht einmal ihr richtiger Vater war, wie man so sagte, hatte nie eine Rolle gespielt, kein Vater hätte richtiger sein können und kein Verhältnis zwischen Tochter und Vater inniger.

So war es zumindest bis vor ein paar Jahren gewesen. Bis zu dem Zeitpunkt, als Karl entdeckt hatte, dass Charlotte ihren leiblichen Vater Albert Lehnert in der Pfalz kennengelernt und heimlich Kontakt zu ihm gehalten hatte.

Karl war außer sich gewesen, verletzt, enttäuscht. Für ihn war Albert ein rotes Tuch und auf ewig der Mann, den seine Frau Lina zuerst und für lange Zeit geliebt hatte und der sie, als sie schwanger war, feige verlassen hatte. Für das Bedürfnis seiner Tochter, ihren leiblichen Vater kennenzulernen und die Lücken in ihrer Identität zu füllen, konnte er kein Verständnis aufbringen. Ein monatelanges Zerwürfnis zwischen beiden war die Folge gewesen, denn das Versprechen, Albert nie wiederzusehen, konnte und wollte Charlotte ihrem Vater nicht geben. Erst das Eingreifen ihrer Mutter und ein leidenschaftlicher Brief von Charlotte hatten Karl zur Einsicht gebracht. Ihr Verhältnis war wieder gut, allerdings nicht zuletzt deshalb, weil das heikle Thema nicht mehr zur Sprache kam.

Doch seit Kriegsbeginn sorgte sich Charlotte nicht nur um ihre Verwandten in Mühlbach, ihre Cousins und Freunde an der Front, um August in England und um den netten Herrn Wolf, sie sorgte sich auch um Albert Lehnert. Und wieder verheimlichte sie ihre Gefühle, denn sie fürchtete eine erneute Auseinandersetzung mit ihrem Vater, wenn sie zugab, welche Ängste sie Nacht für Nacht verdrängte. Soweit sie wusste, war Albert ebenso alt wie ihre Mutter, also neununddreißig. Wurde man in diesem Alter noch in den Krieg geschickt? Johann Selchert, der Vater ihrer Freundin Martha, war zweiundvierzig und hatte die Aufforderung zur Musterung erhalten, doch er war als untauglich eingestuft worden – zum Glück. Was, wenn Albert Lehnert weniger Glück gehabt hatte? Sie konnte niemanden fragen. Weder ihre Mutter, um sie nicht wieder zur Mitwisserin zu machen und einen Keil zwischen ihre Eltern zu treiben, noch Onkel Walter, denn dann würden es ihre Eltern erfahren. Sie konnte nichts tun, als auf das Beste zu hoffen: dass der Krieg bald vorbei war.

Charlotte schloss die Haustür auf. Stille empfing sie.

Leise stieg sie die Treppe zum ersten Stock hoch, zwei Stufen knarzten dennoch. Kurz darauf wurde oben die Tür geöffnet.

»Lotte, da bist du ja.« Lina wirkte erleichtert. »War es schön?«

»Ja, sehr schön. Frau Wolf hat mich mit einem Taxi nach Hause gebracht.«

»Was? Mit einem Taxi?!«

»Ja, stell dir vor.«

Ihre Mutter nahm ihr den Mantel ab und hängte ihn sorgsam über einen Bügel in der Garderobe.

»Wie geht es ihrem Mann?«, erkundigte sie sich.

»Ich weiß nicht«, sagte Charlotte. »Sie hat in letzter Zeit nichts von ihm gehört.«

»Nichts zu hören ist in diesen Zeiten zumindest kein schlechtes Zeichen.« Karl war in der Tür zur guten Stube aufgetaucht. »Und die Feldpost braucht auch eine ganze Weile.«

Charlotte nickte und ging zu ihrem Vater, um ihn zu begrüßen.

»Hattest du einen schönen Abend, mein Schatz?«, fragte er, nahm sie kurz in den Arm und drückte ihr einen Kuss auf die Stirn.

»Ja, den hatte ich.«

»Gut«, sagte Karl. »Du weißt ja, was Onkel Walter geschrieben hat: Das Schöne muss man in diesen Tagen ganz besonders genießen und ganz ohne schlechtes Gewissen.«

Charlotte lächelte. »Ich weiß. Außerdem hat es Frau Wolf auch gutgetan.« Sie zögerte. »Das hoffe ich zumindest. Sie hat mir morgen freigegeben.«

»Oh, wie schön!«, freute sich Lina.

»Ja«, sagte Charlotte. »Vielleicht kann ich mit Martha einen kleinen Stadtbummel machen.«

»Aber natürlich, ich bin sicher, Johann gibt ihr ebenfalls frei, und ihr könnt das schöne Wetter ein bisschen genießen«, stimmte Lina zu, und Karl meinte: »Gut, wenn der eigene Vater der Arbeitgeber ist.«

»Martha ist aber auch sehr fleißig«, nahm Charlotte die Freundin in Schutz.

»Das wissen wir doch, Lottchen.« Lina kniff sie zärtlich ins Kinn und lachte.

Charlotte freute sich über die Heiterkeit der Eltern so sehr, dass sie es unterließ, sich den kindlichen Kosenamen zu verbitten, wie sie es früher getan hatte.

»Und was habt ihr beide heute Abend gemacht?«, fragte sie und setzte sich an den Tisch. Die Teetassen ihrer Eltern standen noch da, eine Zeitung war aufgeschlagen, das Strickzeug ihrer Mutter lag daneben.

»Nichts Besonderes«, sagte Karl. »Geschimpft haben wir wieder einmal über alles Mögliche.« Er schmunzelte auf seine typische Art, als wäre es nur ein Scherz und nicht bitterer Ernst.

»Und von Herrmann Sperling hast du mir erzählt«, erinnerte ihn Lina.

»Richtig«, sagte Karl und seufzte.

»Was ist denn mit dem?«, wollte Charlotte wissen.

Herrmann Sperling war Tabakunternehmer und der Arbeitgeber ihres Vaters. Die beiden waren früher einmal befreundet gewesen, doch das war so lange her, dass sich Charlotte kaum noch daran erinnern konnte.

»Mit ihm selbst ist eigentlich nichts.« Spöttisch hob Karl die Brauen, wie er es oft tat, wenn er über Herrmann Sperling sprach. »Er ist wütend, weil man ihn verpflichtet hat, für Heer und Flotte zu produzieren. Der Genuss einer Zigarette ab und zu hält die Soldaten bei Laune und schafft Entlastung, deshalb gehören Rauchwaren, wie es so schön in der Verordnung heißt, jetzt zur täglichen Lebensmittelration der Soldaten. Herrmann muss produzieren und macht praktisch keinen Gewinn, was ihn natürlich ärgert. So patriotisch ist er dann auch wieder nicht.« Karl lachte bitter auf. »Er überlegt jetzt schon, wie er an anderer Stelle wieder etwas gutmachen kann. Mit billigerem Tabak für die Zigarren zum Beispiel, die werden dann eben parfümiert. Kohlhaas schlägt ihm das schon vor, seit er an der Firma beteiligt ist.«

Sperlings neuer Compagnon war Karl ein Dorn im Auge.

»Halt dich aus solchen Entscheidungen einfach raus, Karl«, sagte Lina und griff wieder zu ihrem Strickzeug. »Mach deine Arbeit, sei für die Arbeiter da wie immer und kümmere dich nicht um Herrmann oder um diesen Kohlhaas.«

»Genau das tu ich ja«, behauptete Karl, doch jeder in seiner Familie wusste, dass es ihm schwerfiel, untätig zu bleiben, wenn er von etwas erfuhr, das in seinen Augen nicht richtig war.

»Gut«, sagte Lina, blickte von ihrer Strickerei auf und schenkte ihrem Mann ein verständnisvolles Lächeln.

Der kleine Walter tauchte in der Tür auf, im Schlafanzug, und rieb sich die Augen.

»Was ist denn mit dir los, Walterchen?«, fragte Lina erstaunt. »Wieso schläfst du nicht?«

»Hab ich ja schon, aber ich habe vergessen, heute in mein Kriegstagebuch zu schreiben. Der Lehrer hat gesagt, wir sollen das jeden Tag machen, weil ja auch die Soldaten jeden Tag kämpfen. Und jetzt habe ich das vergessen.« Ratlos drückte er sich an den Türrahmen und bohrte in der Nase.

»Zum Kuckuck mit deinem Lehrer!«, brauste Karl auf. »Fordert Grundschüler auf, Kriegstagebuch zu schreiben, der ist doch nicht ganz bei Trost.«

»Karl!« Lina verdrehte die Augen.

»Ist doch wahr!« Karl stand mitten im Raum, breitbeinig mit in die Seite gestemmten Fäusten. Man konnte sich lebhaft vorstellen, wie gern er jenem Lehrer in diesem Moment den Marsch geblasen hätte. »Komm, Walter, geh ins Bett und mach dir keine Sorgen: Wenn dein Lehrer morgen deinen Eintrag ins Kriegstagebuch vermisst und schimpft, dann schick ihn zu mir, ich sage ihm dann schon, was ihm fehlt.« Er nahm seinen Sohn an der Hand, um ihn wieder zu Bett zu bringen, drehte sich aber in der Tür noch einmal zu Lina und Charlotte um: »Kriegstagebuch! Pff!« Walter gluckste. »Und hör auf, in der Nase zu bohren«, hörten sie Karl den Kleinen draußen zurechtweisen, »sonst kriegst du später einmal keine Frau.«

»Will ja gar keine.«

»Hör trotzdem auf!«

Lina und Charlotte lachten. Charlotte stand auf. »Ich gehe dann auch mal in mein Zimmer. Ich möchte noch einen Brief schreiben, bevor ich mich ins Bett lege.«

Lina nickte. »Nacht, Lotte, schlaf gut!«

Charlotte drückte ihrer Mutter einen Kuss auf die Wange und

ging. Im Zimmer ihrer jüngeren Geschwister hörte sie ihren Vater und ihren Bruder leise miteinander scherzen, Ella hatte einen so tiefen Schlaf, die weckte nicht mal ein Gewitter auf.

»Gute Nacht«, flüsterte Charlotte durch den Türspalt.

In ihrem winzigen Zimmerchen setzte sie sich an den kleinen Schreibtisch, holte ein Blatt Papier und ihren Füllfederhalter und schrieb:

Lieber …

Sie stockte. Eigentlich hatte sie gleich zwei Briefe zu schreiben. Einen davon an Aaron Roth, der auf einem Kriegsschiff in der Ostsee stationiert war. Für Aaron hatte sie früher geschwärmt, und kurz vor Kriegsausbruch hatte sich tatsächlich eine Liebelei angebahnt, jedenfalls wäre es vielleicht eine geworden, doch dann kam der Krieg, und Aaron erfüllte seine Vaterlandspflicht, wie er sich ausdrückte. Genau wie sein Cousin Wilhelm. »Jetzt können alle sehen, dass wir dazugehören«, hatte der einmal gesagt. »Wir kämpfen genauso für Deutschland wie alle anderen.« Wir, die deutschen Juden, meinte er.

Charlottes Hand balancierte den Füllfederhalter über dem Papier.

Der zweite Brief war für ihren Freund August in England. Sie schrieben einander, sooft es ging. Manchmal dauerte es eine Weile, bis ein Brief ankam, manchmal ging es auch ganz rasch. Charlotte setzte August über so manches in Kenntnis, das ihm seine Mutter nicht schrieb, weil sie ihm entweder die schlechten Nachrichten verheimlichen wollte oder einfach, weil sie es vergaß. Doch Charlotte erfuhr vieles von ihrem Onkel Walter, und wenn sie der Meinung war, August würde es wissen wollen, dann teilte sie es ihm mit. So auch, dass Holger Hennemann im vergangenen November gefallen war.

Im Nachhinein tut es mir leid, dass ich über Holger immer so schlecht gedacht habe, hatte sie geschrieben, *unvorstellbar, dass er tot ist.*

Auch August war erschüttert, doch mehr noch über das, was seine Mutter ihm nicht verheimlichen konnte. *Meine Großmutter ist gestorben*, schrieb er an Charlotte. Die hatte das schon gehört und kannte auch die Umstände. Die alte Frau war zum Schluss hin völlig verwirrt gewesen und krank vor Sorge um ihren Enkel, denn dass der junge Musikant Hans Eisenbrenner die Schönborns besucht und berichtet hatte, dass August mit den anderen Musikanten in England festgehalten worden war, das hatte sie immer wieder vergessen. Sie hatte August an der Front geglaubt, und die Angst um ihn hatte sie umgebracht.

Solche Dinge sowie ihre Gedanken und Gefühle, die darum kreisten, teilten sie miteinander in ihren Briefen.

Darüber hinaus hatte ihm Charlotte auch ein paar Sachen geschickt. Papier, damit er sich nicht immer etwas von den Wachen erbetteln musste. Handschuhe, warme Socken. Davon habe er jetzt genug, weil ihm seine Mutter genau das Gleiche geschickt hatte. *Aber wenn ich sie trage, denke ich an euch*, hatte er geschrieben. Und kürzlich: *Das Buch von Onkel Walter habe ich schon zweimal ganz durchgelesen. Es ist wirklich schön.* Und: *Hoffentlich wird das neue Lager bald fertig, damit wir aus diesen Zelten rauskommen.* Und in jedem einzelnen Brief schrieb er: *Hoffentlich ist der Krieg bald vorbei, und ich kann wieder nach Hause.*

Wäre August in Mühlbach gewesen und nicht in England, dann hätte Charlotte ihn fragen können, ob Albert Lehnert an der Front war oder nicht. Aber wäre August nicht in England gewesen, dann wäre er selbst an der Front.

Sie seufzte tief auf, senkte die Feder auf das Papier und schrieb:

Lieber August …

4

Isle of Man im Sommer 1915

August lag bäuchlings auf seiner Pritsche und las. Die Plane am Zelteingang war weit zurückgeschlagen, damit genügend Licht hereinkam. Es war der angenehmste Platz zum Lesen, schattig und hell zugleich. Draußen war es warm und trocken, die Sonne schien, doch sie brannte nicht so heiß, wie man es in der Pfalz im Sommer kannte, und der Wind, der die Insel umwehte, sorgte für ein angenehmes Klima. Täglich drehte August seine Runde durchs Lager, seit er zu Beginn des Frühjahrs bei den Latrinen Anton Frede, einen Mann aus Norddeutschland, kennengelernt hatte. »Augen zu und durch!«, hatte der ihn aufgemuntert, als er Augusts angeekeltes Gesicht bemerkt hatte. Und gelacht hatte er dabei. Strohblonde Haare, rote Wangen, strahlend hellblaue Augen und so fröhlich, als wäre das Camp nach wie vor nichts weiter als ein Ferienlager. Anton Frede war etwa Ende zwanzig, sie hatten sich einander vorgestellt und sich während der Sitzung unterhalten. »Man muss aus allem das Beste machen«, war Antons Devise. Vor seiner Gefangenschaft war er mit einer kleinen Zirkustruppe durch England gereist. »Italiener, Spanier, Franzosen – ich und mein Bruder, wir waren die einzigen Deutschen. Und natürlich sind wir als Einzige festgenommen worden.«

»Was haben Sie im Zirkus gemacht?«, erkundigte sich August interessiert.

»Clown«, erwiderte Anton prompt und lachte. »Und dann hatte ich noch eine Akrobatiknummer mit meinem Bruder zusammen. Und du? Wie bist du hergekommen?«

August erzählte seine Geschichte, und Anton war beeindruckt.

»Spielst du ab und zu auf deiner Geige?«

»Nein«, gab August zu. »Früher habe ich manchmal für meinen

Kapellmeister gespielt, der war mit mir hier, ist aber kurz vor Weihnachten gestorben.«

»Spiel doch«, sagte Anton. »Tu das, was du liebst. Wird dir schon keiner verbieten.«

August zuckte die Achseln.

»Siehst du, mein Bruder und ich, wir trainieren auch weiter. Wir haben nicht viel Platz hier, aber wir machen es, so gut es geht. Und wir halten uns in Form. Wir laufen jeden Tag durchs ganze Lager. Man muss in Bewegung bleiben, August, in jeder Hinsicht, man muss laufen, man muss denken, man muss das tun, was man gern tut.«

Vor der Latrine hatten sie sich verabschiedet. Das Lager war riesig, Anton musste in die eine Richtung, August in die andere, gut möglich, dass sie einander nie wiedersehen würden.

»Kopf hoch, August!«, hatte ihm Anton Frede noch einmal zugerufen und sich winkend im Laufschritt entfernt.

Tatsächlich war August ihm nie mehr begegnet, und doch hatte der junge Mann einen Eindruck hinterlassen. Seither verließ er das Zelt nicht mehr nur zu den Mahlzeiten, zum Waschen und zum unvermeidlichen Latrinengang, sondern er marschierte täglich durchs Lager. Beim ersten Mal hatte er sich prompt verlaufen und nicht mehr zurückgefunden. Ein zunächst misstrauischer, dann jedoch, als er die echte Not des Jungen erkannte, freundlicher Wachmann hatte ihm schließlich geholfen. August hatte kein Wort verstanden und mit Händen und Füßen sein Problem erklärt und versucht zu beschreiben, wo ungefähr seiner Meinung nach das Zelt sein müsse, doch so genau wusste er das selbst nicht. War er nun der Sonne entgegengelaufen oder von ihr weg? War das große Gebäude am Rande des Camps auf der linken oder auf der rechten Seite gewesen? Dorthin nahm ihn der Wachmann mit und zog in einem Büro verschiedene Unterlagen zurate, eine Gefangenenliste und einen Plan des Lagers, soweit man das ausmachen konnte. Währenddessen tauschte er sich mit zwei Kollegen aus, die sich köstlich über Augusts Missgeschick zu amüsieren schienen. August ärgerte sich erstens über sich selbst, zweitens über die drei Wachleute und drittens darüber, dass er kein Englisch verstand. Oder die kein Deutsch. Aber, dachte er einsichtig, warum sollten die auch Deutsch können, sie waren ja hier in England.

Der Wachmann brachte ihn heil zurück zum Zelt, und beim nächsten Mal merkte sich August den Weg ganz genau. Mittlerweile jedoch kannte er das Lager wie seine Westentasche, sodass ihn Hannes Weber und Wilfried Stumm schon befragt hatten, an welchen Stellen die Stacheldrahtumzäunung weniger scharf bewacht sei und man am ehesten fliehen könne.

»Nirgends«, hatte August geantwortet. »Das ist überall gleich.« Zu gern hätte er noch hinzugefügt: Und außerdem sind wir hier auf einer Insel, wollt ihr vielleicht schwimmen? Doch der Respekt vor seinen älteren und erfahreneren Musikantenkollegen verbot ihm diese Bemerkung.

Wenn August nicht durchs Lager streifte, lag er meist auf seiner Pritsche und las. Er hatte *Tom Sawyer* schon ganze drei Mal durchgelesen, und gerade hatte er wieder von vorn angefangen. Er liebte das Buch. Es entführte ihn in eine andere Welt, und er musste auch beim vierten Mal noch lachen, wenn sich Huck und Tom darüber austauschten, auf welche Weise man am besten Warzen zu Leibe rücken konnte. Oder wenn Tom Becky mit seiner Malerei beeindruckte. Oder die Kirchenszene. Ein bisschen wie zu Hause kam ihm das vor. Aber endgültig gefesselt war er jedes Mal ab der Stelle mit dem Mord auf dem Friedhof. Als er das Buch im Winter zum ersten Mal gelesen hatte, hatte er die kurzen Tage verflucht. Er wollte doch wissen, ob Tom und Huck den wahren Mörder schlussendlich doch noch verrieten, obwohl sie damit ihren mit Blut unterschriebenen Vertrag brechen würden. Und würde sich der Mörder dann an ihnen rächen? Oder es versuchen? Dann die Sache mit Becky, wie würde das ausgehen? Fragen über Fragen, und die Zeit zum Lesen war zu kurz. Und auf einmal hatte auch noch Franz Hiltensperger angefangen zu reden. Vorher hatte er wochenlang stumm auf seiner Pritsche gelegen und an die Zeltdecke gestiert, dann plötzlich hatte sich seine Zunge gelockert.

»Was liest du denn da?«, hatte er August gefragt, obwohl er den Titel des Buches längst gesehen haben musste.

»*Tom Sawyers Abenteuer und Streiche*«, gab August trotzdem Auskunft.

»Steht bei uns zu Hause auch im Regal«, brummte Hiltensperger, wiederholte knurrend »zu Hause!« und lachte verbittert auf.

August hielt es für klüger, nicht weiterzufragen, und wandte sich wieder seiner Lektüre zu, doch mit der Zeit fand er heraus, was zu Franz Hiltenspergers Verbitterung geführt hatte.

Dieser hatte im Gegensatz zu seinen Zeltgenossen vor seiner Festnahme schon lange in England gelebt. Er war sogar verheiratet und hatte zwei kleine Kinder. Seit Jahren arbeitete er in einem Restaurant als Kellner, war beliebt und sprach fließend Englisch. »Das war meine Heimat, verstehst du?«, wiederholte er immer wieder, wenn er von früher erzählte. »Meine Heimat!« Manchmal klopfte er sich dabei mit der Faust gegen die Brust. Dann war der Krieg ausgebrochen, und alle sogenannten Feindausländer waren nacheinander festgenommen worden. »Es war denen egal, dass ich eine Familie habe, Freunde und einen Arbeitsplatz und dass ich seit Jahren keinen deutschen Boden mehr betreten hatte. Ganz egal war das.«

August war erschüttert, als er die Geschichte hörte. Er hatte angenommen, nur Leute wie er und die Musikanten oder wie Anton Frede und sein Bruder, die sich dummerweise zufällig gerade in England aufgehalten hatten, wären festgesetzt worden, aber das war ein Irrtum, wie er nun durch Franz Hiltensperger erfuhr. Von da an unterhielt er sich öfter mit dem Mann, hörte ihm zu und versuchte, ihn auf andere Gedanken zu bringen. Ab und zu spielte er auch wieder auf seiner Geige, einmal auch das Lied, das ihm damals seinen ersten Geigenunterricht verschafft hatte: Londonderry Eier, wie Arnolds Jakob den Titel des Liedes ausgesprochen hatte.

»Das war einmal mein Lieblingslied«, sagte Franz gleich bei den ersten Takten. In seine Augen trat ein feuchter Glanz.

»Wirklich?«, fragte August. »Soll ich dann lieber etwas anderes spielen? Oder gar nicht?«

»Nein, spiel es ruhig«, sagte Franz, lehnte sich auf seiner Pritsche zurück und starrte an die Decke.

August fing von vorne an, und auf einmal sang Franz leise mit

Oh, Danny boy, the pipes, the pipes are calling

From glen to glen, and down the mountain side …

August war überrascht, spielte jedoch unbeirrt weiter.

Auf einmal gesellte sich von draußen eine weitere Stimme hinzu, die Stimme eines Wachmanns, der gerade am Zelt vorbeigegangen und stehen geblieben war.

The summer's gone, and all the roses falling …

Und noch mehr Stimmen schlossen sich an:

It's you, it's you must go and I must bide.

Der Gesang glich einem Lauffeuer aus Musik und Tönen und Stimmen.

But come ye back when summer's in the meadow,
Or when the valley's hushed and white with snow,
It's I'll be there in sunshine or in shadow,
Oh, Danny boy, oh Danny boy, I love you so!

August spielte und spielte, obwohl seine Hand zitterte und Tränen über sein Gesicht liefen, für die er sich schämte – was sollten die Männer von ihm denken? –, doch er konnte nicht anders. Er verstand kein Wort und verstand trotzdem alles.

Als das Lied zu Ende war, ging der Wachmann weiter, und an die Stelle des Gesangs traten wieder die üblichen Lagergeräusche.

»Ich wusste nicht, dass es einen Text zu dem Lied gibt«, sagte August in die Stille hinein.

»Gibt es.«

»Ich wusste nur, dass es Londonderry … ich weiß nicht, wie man das zweite Wort ausspricht.«

»Londonderry Air«, sagte Franz. »Wie das Wort Bär, nur ohne B vorne dran.«

»Kannst du mir Englisch beibringen?«, hatte August daraufhin aus einem plötzlichen Impuls heraus gefragt.

»Nein«, hatte Franz Hiltensperger brüsk erwidert. »Ich spreche kein Englisch mehr. Ich bin fertig mit England.« Damit hatte er sich auf die Seite gerollt und wieder für den Rest des Tages geschwiegen.

Genauso lag er jetzt auch da, mit finsterem Gesicht und einer Haltung, die das Gegenteil der Haltung von Anton Frede war. Zwischen diesen beiden Polen bewegten sich die Menschen im Lager, auch August, wenn auch eher auf der Seite von Anton Frede. *Tom Sawyer* und die tägliche Bewegung halfen ihm dabei, genauso wie die Post von zu Hause und aus Bremen.

Zu erfahren, dass seine Großmutter gestorben war, war schlimm gewesen, doch er tröstete sich damit, dass sie jetzt vielleicht bei seinem Großvater war. Wenn es so etwas wie einen Himmel gab, dann hatten sie hoffentlich gemeinsam zugehört, wie er *Londonderry Air* gespielt hatte. Diese kindliche Vorstellung gefiel August und machte ihm Mut.

Charlottes Briefe heiterten ihn auf. Sie schrieb so, wie sie immer geschrieben hatte, erzählte von Alltäglichkeiten und kommentierte sie auf ihre heitere Art, sodass er oft lachen musste. Einmal hatte sie ihn gefragt, ob sie ihm nicht oberflächlich vorkäme, wenn sie über so unwichtiges Zeug schrieb.

Ich mag, wie du schreibst, hatte er ihr geantwortet, *schreib kein bisschen anders, schreib genau darüber, über diese ganz normalen Dinge, erzähl mir, was du tust und was dich beschäftigt. Schreib, wonach dir ist.*

August hatte gelernt, Franz Hiltenspergers düstere Stimmung zu ignorieren. Lieber konzentrierte er sich auf sein Buch. Er war gerade wieder an der Stelle mit den Warzen und grinste breit über Hucks und Toms hanebüchenen Aberglauben, da kamen die beiden Österreicher hereingeschneit und verkündeten, der Umzug in ein richtiges Lager stehe kurz bevor, schon in den kommenden Tagen sei es so weit. Zwar gehe es nicht in das Lager, an dessen Bau sie mitgearbeitet hatten, was schade sei, aber in ein anderes richtiges Lager, ein ganz großes näher an der Westküste. Sie sprachen davon, als handelte es sich um den Umzug in ein Schloss. Eine grotesk anmutende Freude strahlte aus ihren Gesichtern.

»Ihr werdet sehen, dort wird alles anders.« – »In einem richtigen Lager ist alles viel größer und sauberer, und es gibt viel mehr Platz«, schwärmten sie abwechselnd. Sie kannten sich aus. Franz Hiltensperger rollte sich murrend auf die andere Seite, August setzte sich auf und freute sich ein bisschen mit, denn ein Umzug bedeutete wieder Bewegung, und Bewegung war gut.

Es dauerte ganze zwei Wochen, bis nach und nach alle Gefangenen Cunninghams Camp verlassen hatten und in das einen halben Tagesmarsch entfernte neue Camp umgezogen waren. Hannes und Wilfried drehten sich während des gesamten Marsches immer wieder in alle Richtungen um und behielten die Wachen im Auge. August, der an der Seite des stumm und phlegmatisch Fuß vor Fuß setzenden Hiltensperger hinter den beiden herlief, vertrieb sich die Zeit damit, mit sich selbst zu wetten, ob und wann die beiden ihren Ausbruchsversuch wagen würden. Es war vielleicht ihre letzte Gelegenheit.

Wie zu erwarten, passierte gar nichts, und nach vielen Stunden erreichte ihre Gruppe aus mehreren Hundert Gefangenen erschöpft und vollzählig ihr Ziel.

»Was habe ich gesagt?«, rief Josef Sichl strahlend und wischte sich den Schweiß von der Stirn. »Seht ihr das da unten? Seht ihr?«

Und ob sie es sahen: Knockaloe.

Es lag zu Füßen des kleinen Hügels, auf dem sie standen. Hatten sie geglaubt, Cunninghams Camp sei groß und unübersichtlich gewesen, so wurden sie nun eines Besseren belehrt. Gegen Knockaloe war Cunninghams nichts weiter als ein kleiner Flecken. Dieses Lager hier war so riesig wie eine ganze Stadt. Ganze Blöcke aus unzähligen langen Holzbaracken, ordentlich nebeneinander, dazwischen weiträumige Flächen und weitere Gebäude erstreckten sich über eine schier endlose Ebene. Es war ein Anblick, der jedem Einzelnen unter ihnen die Sprache verschlug.

»Come on!«, trieb sie ein Wachmann an.

Die Männer stapften den Hügel hinab, und je mehr sie sich dem Lager näherten, je gewaltiger es wurde, umso mehr drückte sie ihr Gepäck, das sie über Stunden geschleppt hatten und das ihr gesamtes gegenwärtiges Leben enthielt.

Augusts Herz klopfte mit jedem Schritt heftiger. Die Zelte waren unangenehm gewesen, die Zustände in Cunninghams nahezu unerträglich, doch irgendwie hatte es sich immer so angefühlt, als wäre das alles nur vorübergehend, etwas, das man nur überstehen musste, weil bald wieder alles gut werden würde. Jetzt, bei seinem Einzug in Knockaloe, überfiel ihn mit einem Mal die Furcht vor der Endgültigkeit. Hier, dachte er beklommen, würde er auf nicht absehbare Zeit bleiben, womöglich für den Rest seines Lebens, und die leise Stimme der Vernunft, die ihm tief in seinem Inneren zuflüsterte: »Kein Krieg dauert ewig«, konnte ihm diese Angst nicht nehmen.

Hannes und Wilfried hatten aufgehört, sich permanent nach allen Seiten umzudrehen. Sie starrten auf die himmelhoch aufragenden Pfosten, zwischen ihnen der ebenso hohe, massive Stacheldrahtzaun, der das gesamte Lager umgab, viele Kilometer lang, undurchdringlich, unüberwindbar.

»Jetzt wird alles besser«, freute sich Josef. Seine Stimme zitterte.

Nicht da rein, dachte August, nicht hinter diesen hohen Stacheldraht. Auf einmal spürte er die Hand von Franz Hiltensperger auf seiner Schulter, und als er ihn ansah, verzog der alte Griesgram das Gesicht zu so etwas Ähnlichem wie einem aufmunternden Lächeln. Bei keinem anderen Menschen hätte dieses verhaltene Mienenspiel als Lächeln gegolten, in Franz' Gesicht jedoch war es wie ein Sonnenstrahl. Er drückte einmal kurz Augusts Schulter, dann nahm er die Hand wieder weg. In diesem Moment gingen sie durch das Tor, das sich für den Gefangenentrupp öffnete. Man führte sie bis zu einem der großen Plätze, wo sie sich in Reihen aufstellen mussten. Ihre Namen wurden aufgerufen, den Namen eine Nummer zugeordnet und die Zuteilung in die Baracke einer der fünf Lagerabteilungen vorgenommen. *Compound four*, hieß es bei August und *Prisoner Number 11285*.

Anschließend führten Wachleute sie zu ihren neuen Behausungen, ein weiterer langer Fußmarsch quer durch das Lager, vorbei an zahllosen Baracken, an Wachleuten, darunter auch welchen in blauen Uniformen, die im Gegensatz zu den anderen keine Waffen trugen, vorbei an vielen, vielen Gefangenen. Hunderten. Tausenden. Sie standen herum, schlenderten ziellos vorbei oder saßen vor den Baracken und sahen den Ankömmlingen mit leerem Blick hinterher. Ihre Mienen wirkten abgestumpft, dem Schicksal ergeben, viele Franz Hiltenspergers.

Nachdem der Trupp der neuen Gefangenen Lagerabteil Nummer 4 erreicht hatte, wurden die Männer auf die Baracken verteilt. Bis auf die beiden Österreicher durfte August mit seinen bisherigen Zeltgenossen zusammenbleiben. Zwar war keiner von ihnen zu einem echten Freund geworden, doch ihre Gegenwart war ihm vertraut, und in dieser neuen, einschüchternden Umgebung waren sie die einzige Konstante, an der er sich festhalten konnte.

Im Inneren der Baracke reihte sich ein schmales Bett ans andere, der Raum dazwischen betrug kaum drei Schritt. Eine Decke gab es für jeden, allerdings kein Kissen, am Kopfende befand sich eine einfache Holzkiste mit Deckel, die man mit viel Wohlwollen als Kommode bezeichnen konnte und die Platz für einen Teil der Habseligkeiten der Männer bot, den Rest musste man unter dem Bett verstauen.

Die Baracken waren erstaunlich hell, mehrere Fenster ließen genügend Licht herein. Franz Hiltensperger, der das Bett neben August bezog, legte sich sogleich hin und starrte an die Holzdecke, Hannes und Wilfried saßen einander gegenüber, ließen die Köpfe hängen und schwiegen. August dagegen sah sich um, orientierte sich und begann, seine Sachen einzuräumen. In Bewegung bleiben, sagte er sich, und als wären diese Worte unsichtbar durch die ganze Baracke geschwebt und gehört worden, kam plötzlich ein Mann den Gang zwischen den Betten entlanggelaufen und blieb hinter August stehen.

»August Schönborn?«

Verblüfft wandte sich August um.

»Nicht wahr? Habe ich es mir richtig gemerkt?« Der Mann lächelte ihn an.

»Anton Frede!«, rief August hocherfreut. Anton Frede, der Clown und Akrobat, den er etliche Monate zuvor in Cunninghams getroffen hatte und dem er seither nie wieder begegnet war.

Freudig schüttelten sie einander die Hand.

»Sind Sie schon länger hier?«, fragte August.

»Aber August, wir werden uns doch hier nicht so förmlich siezen, oder?«, lachte Anton gutmütig. »Vor drei Tagen bin ich mit einem ganzen Schwung Gefangener hier angekommen. Ich kenne mich schon ganz gut aus. Wenn du nicht zu müde bist, führe ich dich ein bisschen herum.«

Doch, müde war August, aber diese erste Zeit wollte er trotzdem lieber in Gesellschaft von Anton verbringen als in der seiner drei verdrießlichen Kameraden.

Anton führte ihn durch die ganze Baracke, an den langen Bettreihen vorbei bis ans andere Ende. Dort befand sich eine Art Aufenthaltsraum, ein abgetrennter Bereich mit Tischen und Stühlen, an der Wand zwischen zwei Fenstern hatte jemand sogar ein Bild aufgehängt, eine Landschaft, die fast so aussah wie in der Pfalz. An den Tischen saßen Männer und lasen oder schrieben Briefe.

Anton führte August an ihnen vorbei nach draußen. Er zeigte ihm, wo es das Essen gab, wo die Waschgelegenheiten waren und natürlich die unvermeidlichen Latrinen.

»Tja.« Anton machte eine Grimasse und kratzte sich am Kopf. »Ich hatte ja auch gehofft, dass man hier beim Geschäft ein bisschen mehr Komfort hat als in Cunninghams, aber …« Mit großer Geste hob er beide Arme mitsamt Schultern in die Luft, die Handflächen Richtung Himmel, Kopf schief, Augen riesig, die Brauen zu einem kleinen Dach geformt, die Lippen zu einem bedauernden Lächeln aufeinandergepresst – der geborene Clown. Auch wenn der Anblick der Latrinen nicht gerade Anlass zu Heiterkeit bot, musste August lachen, und er dankte dem Himmel, dass er Anton hier wiedergetroffen hatte, für den die Welt auch noch in ihren dunkelsten Ecken eine Bühne war, auf der man Komödie spielen konnte.

»Komm mit, ich zeige dir etwas Besseres«, sagte Anton. Was er damit meinte, erfuhr August bald genug. Es gab eine Bibliothek im Lager, eine Schule, eine Sporthalle, unterschiedliche Werkstätten und Räumlichkeiten für alle möglichen Aktivitäten. »Man kann sich hier gut beschäftigen«, sagte Anton, machte Handstand und lief ein Stück auf seinen Händen weiter, bevor er wieder auf die Füße sprang. »In Bewegung bleiben, August, du weißt ja.« Ein paar Männer vor einer Baracke klatschten, Anton verbeugte sich wie im Zirkus.

»Schau, auf diesen Schienen wird demnächst sogar eine Eisenbahn durchs Lager rollen und Güter hereinschaffen, Lebensmittel, Kleider, man sorgt für uns, August. Man hält uns hinter Stacheldraht, lässt uns nicht nach Hause, aber man lässt uns auch nicht vor die Hunde gehen. Nicht, wenn wir nicht selber aufgeben.«

August nickte und presste den Tränenkloß, der sich bei den Worten »nach Hause« in seinem Hals gebildet hatte, zurück.

»Nun gut, die Latrinen ...«, überspielte Anton den fragilen Moment, machte eine seiner Grimassen und schüttelte sich. Sogleich stahl sich wieder ein Lächeln in Augusts Miene.

Plötzlich blieb Anton stehen und betrachtete den Jungen. »Sag mal, August, wie alt bist du eigentlich?«

»Ich bin ...«, setzte der Junge an und brach mit einem Mal ab. »Welches Datum haben wir heute?«, fragte er.

»Den vierzehnten August«, sagte Anton.

»Den vierzehnten ...«, murmelte August, verstummte und starrte auf die Schienen am Boden.

»August?«

»Achtzehn«, sagte er tonlos. »Ich bin jetzt achtzehn. Gestern war mein Geburtstag.«

5

Bremen am 16. November 1915

Es war ihr Geburtstag, aber es fühlte sich nicht so an. Es war Krieg, schon weit über ein Jahr, und alles fühlte sich nach Krieg an.

Ihre Mutter gratulierte ihr am Morgen, umarmte sie und flüsterte zärtlich: »Mei Madche!« Sie hatte sogar einen Kuchen gebacken, Charlotte hatte keine Ahnung, wie sie das angestellt hatte, mit welchen Zutaten. Milch, Butter, Mehl, alles war rationiert und reichte allenfalls für das Nötigste. Aber da stand er auf dem Tisch, der Kuchen mit achtzehn Kerzen darauf. Woher hatte sie die Kerzen? Ihr Vater umarmte sie liebevoll, ihre Geschwister ebenfalls, doch Walter konnte eine Neckerei nicht unterlassen und fragte frech grinsend: »Heiratest du dann bald?«

Wen sollte sie wohl heiraten? Alle waren im Krieg, und wer wusste schon, ob sie wiederkehrten. Und sie hatte ja auch keinen. Eine ihrer Freundinnen, Grete, hatte sich zu Beginn des Krieges mit ihrem Freund Hannes verlobt. Dann war er auf Heimaturlaub gekommen, im Sommer, und sie hatten geheiratet. »Deswegen durfte er überhaupt nur kommen«, hatte Grete Charlotte und Martha anvertraut. »Die Heeresleitung unterstützt den Wunsch der Soldaten, eine Familie zu gründen, wisst ihr?« Sie hatte gekichert und verschmitzt gemeint: »Wer weiß, vielleicht sind wir ja schon bald eine«, und hatte dabei auf ihren Bauch geschaut. Eine Woche später war Hannes gefallen und Grete mit achtzehn Jahren Witwe. Schwanger war sie nicht. »Ich bin ja noch jung«, hatte sie gemeint. »Ich werde schon wieder einen finden und dann eine Familie haben.«

Martha hatte Charlotte einen verstohlenen Blick zugeworfen, der dieselben Fragen enthielt, die auch Charlotte bewegten: Trauert sie denn gar nicht? Ist das alles, woran sie denken kann?

»Der Krieg bringt alles durcheinander«, hatte ihr Vater erklärt, als Charlotte ihren Eltern von Grete berichtet hatte. »Einfach alles. Auch die Empfindungen der Menschen. Vielleicht ist es ja gut, dass Grete so denken kann, dann zerbricht sie nicht daran, dass sie ihren Mann verloren hat.«

Charlotte zog ihren kleinen Bruder ein bisschen am Ohrläppchen und sparte sich jede andere Erwiderung auf seine Frage.

»Wo hast du denn das Mehl her, Mama? Wir haben doch gar keine Marken mehr«, fragte sie Lina beim Anblick des Kuchens.

»Ach ...« war alles, was ihre Mutter von sich gab, dabei lächelte sie verschämt und zog auf komische Art eine Schulter hoch, und ihr Vater wandte sich ab.

Da konnte sich Charlotte die Antwort denken: Beziehungen. Durch Beziehungen ging immer noch etwas. Nicht für die Armen, die hatten keine Beziehungen, aber Karl hatte Herrmann Sperling, seinen Chef, für den er noch immer der Fels in der Brandung war. Mehr als dessen neuer Partner Kohlhaas, ein trockener Bürokrat mit Geld und Einfluss, aber ohne Bezug zu den Abläufen in der Fabrik und noch weniger zu den Arbeitern. Herrmann Sperling hatte Karl schon früh signalisiert, dass er ihm zur Not das ein oder andere beschaffen könne, an den Marken und an allen Restriktionen vorbei. Karl wollte das nicht, er sah, wie die Arbeiter litten. Arbeiterinnen vielmehr, denn es waren fast ausschließlich Frauen, die ihre Männer, die im Krieg waren, ersetzten und mit weniger Pausen, dafür aber umso länger täglich schuften mussten. Die hatten auch niemanden, der ihnen eben mal schnell das Fehlende besorgte, die mussten froh sein, wenn sie für ihre Marken überhaupt etwas bekamen, rechtzeitig beim Bäcker waren, bevor es kein Brot mehr gab. Es war für Karl Ehrensache, dass es ihm nicht besser ging als ihnen. Doch als Lina immer dünner wurde, weil sie von ihrer Ration das meiste ihren Kindern abgab, und Helene ihr die Kleider enger nähen musste, da brachte Karl ab und zu etwas unter der Hand mit. Charlotte konnte sehen, wie es ihn zerriss zwischen seinen moralischen Grundsätzen und der Sorge um seine Familie.

»Ach …« hieß: Dein Vater hat dafür gesorgt, dass du heute an deinem Geburtstag einen Kuchen hast. Es war das größte Geschenk, das Charlotte je erhalten hatte.

Sie umarmte ihre Eltern noch einmal, ganz fest, unendlich dankbar. Dann machte sich ihr Vater auf den Weg zur Fabrik, ihre Geschwister in die Schule und sie selbst zusammen mit ihrer Mutter zu den Lloyd-Hallen am Bahnhof, wo sie ihren Einsatz an der sogenannten Heimatfront leisteten.

Bei Frau Wolf arbeitete Charlotte nur noch sporadisch, und das auch mehr, um ihr Gesellschaft zu leisten, um ihre Hoffnungen und ihre Sorgen zu teilen und sich anzuhören, was ihr Mann von der Front schrieb. Frau Wolf selbst setzte sich an allen anderen Tagen ebenfalls an der Heimatfront ein: nähte, strickte, verpackte, sammelte und tat alles, womit sie, wie sie glaubte, ihren Mann und seine Kameraden unterstützen konnte.

»Augenwischerei«, nannte Karl das Ganze, doch leider war ausgerechnet Hermine von Schlettow, Herrmann Sperlings Ehefrau, eine der leidenschaftlichsten Kämpferinnen an der Heimatfront und gehörte zu dem erlauchten Kreis einiger Damen der gehobenen Gesellschaft, die sich äußerst rührig im Zentralen Hilfsausschuss des Roten Kreuzes betätigten. Hermine von Schlettow war in der »Abteilung Liebesgaben« tätig. Eines Tages hatte sie Karl angesprochen und seine Frau und seine älteste Tochter *eingeladen*, so nannte sie es zuckersüß, sich zu beteiligen. »Jede Hand mehr, die mit uns hier an der Heimatfront kämpft, hilft unseren Soldaten und bringt uns dem Sieg näher.« Karl hatte sich auf die Zunge gebissen und genickt.

»Das allein war ja schon heldenhaft«, hatte Lina ihn später gelobt, als er ihr und Charlotte davon erzählte und die »Einladung« überbrachte. Karl hatte versucht, darüber zu lächeln, doch am Ende konnte er nur resigniert den Kopf schütteln und verächtlich »Heimatfront« murmeln.

Er murmelte viel, seit der Krieg begonnen hatte, oder unterdrückte ganz, was er dachte, weil es ja nichts änderte. Wie alle hoffte er, dass es bald vorbei war, irgendwie, doch es sah nicht danach aus, im Gegenteil. Seit ein deutsches U-Boot die Lusitania, ein britisches Passagierschiff, auf ihrem Weg aus den USA nach Liverpool ohne Vorwarnung versenkt hatte, musste man nun auch noch die Vergeltung der Amerikaner für ihre Toten fürchten, und es war nur eine Frage der Zeit, wann sie sich aktiv in den Krieg einmischen würden. Es gab kaum noch einen Ort auf der Welt, an dem nicht irgendwer mit irgendwem kämpfte, es wurde schlimmer und schlimmer. Die ganze Welt war im Krieg.

Im Grunde war Charlotte froh, dass sie wenigstens das Gefühl haben durfte, etwas tun zu können, auch wenn es nur Augenwischerei war, wie ihr Vater sagte. Amalie und Martha Selchert kamen ebenfalls zum Verpacken der sogenannten Liebesgaben, Päckchen für die Soldaten an der Front oder in den Lazaretten und auch für deutsche Kriegsgefangene im Ausland. Für August hoffentlich, dachte Charlotte, wenn sie eins der Päckchen in ihren Händen hielt. Oder für Wilhelm an der Ostfront. Oder Aaron auf dem Schiff. Oder ihre Cousins. Oder Herrn Wolf. Man wusste nicht, wen die Päckchen erreichten, aber sicher stellte sich jede der Frauen einen ganz bestimmten Menschen vor.

In der riesigen Halle, in der sie ihren Einsatz verrichteten, wimmelte es von hilfsbereiten Heimatfrontkämpferinnen. Berge von gesammelten Spenden warteten darauf, verschickt zu werden.

»Spenden!«, hörte Charlotte im Geiste ihren Vater höhnen, denn wehe, man spendete nichts. Man spendete Geld und Dinge, die man entbehren konnte, selbst wenn man sie eigentlich nicht entbehren konnte. Es wurde erwartet. Einmal im Monat tauchte jemand an der Haustür auf und bat freundlich darum. »Für unsere tapferen Männer an der Front. Und für den Sieg.«

»Ich glaube, was die Ernährung betrifft, geht es unseren Soldaten besser als uns«, hatte Helene kürzlich geäußert. Helene packte keine Liebesgabenpäckchen, sondern steuerte in einer Nähstube ihren Teil bei. »Eine großartige Gelegenheit, Frauen für unsere Sache zu begeistern«, meinte sie. Die Frauenrechte, das war Helenes Sache. Gleichberechtigung. »Jetzt sieht man endlich mal, wozu Frauen fähig sind«, konstatierte sie im Freundeskreis. »Alles wird dieser Tage von Frauen erledigt, einfach alles. Auf einmal behauptet keiner mehr, wir könnten nicht dasselbe leisten, was Männer leisten. Man sieht doch, dass wir es können. Ihr werdet sehen, jetzt kommen andere Zeiten. Letzten Endes ist der Krieg doch noch zu etwas gut.«

»Helene!« Selten wurde Helmuth laut und energisch, schon gar nicht in Gesellschaft, doch diesmal hielt er sich nicht zurück. Wütend blickte er seine Frau an. »Denkst du in deinem politischen Überschwang auch mal darüber nach, was du da sagst?«

Helene wurde feuerrot, und ungewohnt kleinlaut gab sie zu, dass sie zu weit gegangen war.

»Zu gar nichts ist Krieg gut«, setzte Helmuth noch einmal nach. »Zu gar nichts!«

»Da ist Martha«, rief Charlotte, als sie die Halle betraten.

»Und Amalie«, sagte Lina.

»Guten Morgen, Geburtstagskind!«, rief Martha, stürmte auf Charlotte zu und warf ihre Arme um sie. »Alles, alles, alles Gute für dich!«

»Danke!«, sagte Charlotte. Sie senkte verlegen den Blick, weil Martha mit ihren Glückwünschen die Aufmerksamkeit anderer Frauen erregt hatte. Einige von ihnen kamen herbei und gratulierten ebenfalls.

»Meine Damen!« Hermine von Schlettow höchstpersönlich klatschte in die Hände. »Es gibt viel zu tun, wir wollen doch nicht rasten, während sich unsere Soldaten auf dem Feld unermüdlich für uns und unsere Heimat einsetzen.«

Amalie verdrehte heimlich die Augen, Lina jedoch grüßte mit einem freundlichen Nicken, immerhin war die Dame die Frau von Karls Arbeitgeber. Sie begaben sich alle zu den Tischen und begannen mit der Arbeit. Berge von wollenen Unterhosen lagen da, Schals, Socken und andere Kleidungsstücke für die kalte Jahreszeit, haltbare Lebensmittel, die man gut verschicken konnte, Seife und Waschlappen, kleine, nützliche Dinge wie Taschenspiegel, Kämme, Scheren, Papier und Stifte, natürlich die begehrten Zigaretten und auch Zeitungen, in denen man die Erfolge der Deutschen an der Front verkündete, soldatische Heldentaten rühmte und den Sieg beschwor. Durchhalteparolen. Auch eine entzückende Postkarte durfte nicht fehlen, die daran erinnerte, wie schön es in der Heimat war und mit welcher Hingabe die Daheimgebliebenen in Taten und Gedanken ihre Soldaten unterstützten.

Es waren Lügen, die sie verpackten, da gab Charlotte ihrem Vater recht, aber sie tat es trotzdem. Untätige Hilflosigkeit erschien ihr schlimmer.

Lina und Amalie unterhielten sich wie jedes Mal angeregt über alles Mögliche – nur nicht über den Krieg. Martha besorgte aus dem Lager Dinge, die am Tisch ausgegangen waren, schließlich sollte jeder Soldat das Gleiche erhalten. Ein leises, gleichmäßiges Summen von Stimmen erfüllte die Halle.

Während Charlotte auf Martha wartete und still vor sich hin packte, schnappte sie auf einmal Gesprächsfetzen vom Nebentisch auf.

»... eigentlich schon zu alt, sie hätten ihn gar nicht mehr nehmen dürfen mit seinen dreiundvierzig Jahren und ohne Militärerfahrung. Ich konnte sagen, was ich wollte, der sture Esel meinte, es sei seine Pflicht, und ist auf und davon.«

»Die haben ihn genommen?«

»Natürlich. War ja tauglich, kerngesund.«

»So, da ist der Nachschub«, sagte Martha und stellte ihren vollen Korb mit Schwung neben Charlotte auf den Tisch. Charlotte zuckte zusammen.

»Hui! Du bist ja heute schreckhaft!«, wunderte sich Martha. »Was ist denn mit dir los?«

»Ich war nur mit den Gedanken gerade woanders«, erklärte Charlotte. Vergebens versuchte sie zu verbergen, wie verstört sie plötzlich war, doch Lina war schon aufmerksam geworden.

»Was ist denn, mein Schatz?«, fragte sie.

»Nichts«, erwiderte Charlotte rasch und ärgerte sich über sich selbst. Sie konnte und wollte ihrer Mutter, gerade ihrer Mutter, nicht sagen, welche Sorge sie stets verdrängte und welche Frage ihr unversehens wieder einmal durch den Kopf geschossen war.

»Du bist aber ganz blass«, sorgte sich Lina, ließ fallen, was sie gerade in der Hand hielt, kam zu ihrer Tochter und fühlte ihr die Stirn.

»Ist schon gut, Mama«, wiegelte Charlotte ab und drehte sich von der Hand ihrer Mutter weg, doch da hörte sie wieder die Stimme der Frau vom Nebentisch: »… seit Wochen nichts von ihm gehört. Vielleicht lebt er schon gar nicht mehr.«

Charlotte schwankte. Lina fasste sie entschlossen um die Taille und führte sie zu einer Bank neben dem Eingang zum Lager. »Setz dich!«, wies sie ihre Tochter an, ging fort und kam mit einem Becher Wasser zurück. »Trink das, und dann sagst du mir, was los ist.«

Charlotte kannte diesen entschiedenen Ton ihrer Mutter, man bekam ihn nicht oft zu hören, doch wenn, dann duldete er keinen Widerspruch. Sorgen und Nöte hatten zwar ihre Spuren hinterlassen, doch ein Teil ihrer früheren Energie lebte noch immer in Lina, besonders wenn es um die Menschen ging, die sie liebte. Charlotte wusste, dass sie um eine Antwort nicht herumkam.

»Na?«, sagte Lina, musterte ihre Tochter aufmerksam und nahm ihre Hand in ihre beiden Hände. Charlotte blieb nichts anderes übrig, als ihren Widerstand aufzugeben.

»Ich habe da eben etwas mit angehört«, erklärte sie unbestimmt.

Lina schwieg und wartete ab. Natürlich genügte ihr das nicht.

»Denkst du …«, setzte Charlotte mit einigem Zögern an und wurde leiser und immer leiser. »Denkst du, dass mein Vater auch in den Krieg muss?«

Lina runzelte die Stirn. »Aber Lotte, dein Vater ist doch zu Hause, und er muss auch nicht in den Krieg, ganz sicher nicht. Wie kommst du nur darauf?«

Charlottes Stimme war nur noch ein Hauch. »Ich meine nicht Papa, ich meine … meinen Vater … in Mühlbach.«

Das Blut wich aus Linas Gesicht. »Albert?«

Charlotte fühlte, wie die Hände ihrer Mutter auf einmal jede Kraft verloren.

»Ja. Albert.« Sie wagte nicht aufzusehen. »Ich dachte die ganze Zeit, es wäre besser, nicht darüber zu reden. Es gibt ja sicher auch keinen Grund, sich Sorgen zu machen, meinst du nicht? Nur eben, als ich hörte, dass auch ältere Männer dabei sind, da …«

Lina griff nach dem Becher mit Wasser, den Charlotte noch immer in ihrer linken Hand hielt, und trank ihn leer.

»Bist du jetzt böse, Mama?«, fragte Charlotte. Lina stellte den Becher so abrupt beiseite, dass er rappelnd von der Bank fiel, sie achtete nicht darauf und schlang die Arme um ihre Tochter, ganz fest und mit derselben Liebe, die Charlotte ihr Leben lang von ihr erhalten hatte.

»Ich bin doch nicht böse, Lottchen. Wie könnte ich denn?« Durch einen Tränenschleier sah Lina ihrer Tochter in die Augen.

»Ich hätte früher darüber reden sollen«, sagte Charlotte.

»Ja, das hättest du.«

»Aber ich dachte an Papa und wie das beim letzten Mal war. Ich wollte nicht schon wieder …«

»Ich verstehe.«

Hermine von Schlettow trat bis auf ein paar Schritte an die beiden Frauen heran. »Meine Damen …«, erhob sie ihre Stimme, doch Lina schnitt ihr das Wort ab. »Nicht jetzt! Es gibt verschiedene Kämpfe an der Heimatfront, Frau von Schlettow, und wir befinden uns gerade in einem. Wenn er ausgefochten ist, packen wir weiter Liebesgaben, versprochen.« Lina wischte sich eine Träne von der Wange und blickte der Dame offen ins Gesicht. Frau von Schlettow hob erstaunt die Brauen und zog sich wortlos zurück.

»Papa wäre jetzt sehr stolz auf dich«, flüsterte Charlotte ihrer Mutter ins Ohr.

»Gut möglich.«

Ein kleiner Stein war bereits von Charlottes Herz gefallen, weil sie sich ihrer Mutter anvertraut hatte, doch da war noch immer ihre Angst.

»Denkst du nun … glaubst du, dass Albert an der Front ist?«, fragte sie.

Lina schüttelte den Kopf, doch ihre Miene zeigte überdeutlich, dass sie sich keineswegs sicher war.

»Was, Mama? Was denkst du?«

»Ich kann es mir nicht vorstellen, Lotte, er ist jetzt vierzig Jahre alt. Er ist Schmied, er wird im Dorf gebraucht. Was sollte er an der Front?«

»Papa war nie beim Militär, und Albert?«

»Papa musste seine Familie versorgen, so wie viele junge Männer damals auf dem Land, deshalb wurde er nicht eingezogen«, erklärte Lina.

»Und ... Albert?«, wiederholte Charlotte ängstlich.

Lina wich ihrem Blick aus. »Alberts Vater hat damals darauf bestanden, dass er seinen Wehrdienst leistet«, sagte sie. »Weil sich das für die Bessergestellten so gehörte, aber auch, um uns auseinanderzubringen, denke ich. Albert war nicht ganz zwei Jahre beim Militär.«

Charlotte schlug die Hände vors Gesicht. »Aber dann ...«

Lina beeilte sich, sie zu beruhigen. »Ich glaube es trotzdem nicht. Aber ich werde Onkel Walter danach fragen, in Ordnung? Dann wissen wir Bescheid, aber ich bin sicher, du kannst ganz beruhigt sein.«

Charlotte nickte. Auf einmal stiegen ihr die Tränen in die Augen. »Das ist alles so schrecklich, Mama, wann hört denn der Krieg bloß auf?«

Lina legte ihrer Tochter den Arm um die Schulter und wiegte sie hin und her. »Irgendwann ist er vorbei, mein Schatz, und dann haben die Menschen hoffentlich so viel daraus gelernt, dass es nie wieder einen solchen Krieg geben wird.«

»Hoffentlich!« Charlotte wischte sich ihr Gesicht ab und erhaschte einen Blick auf Frau von Schlettow, die sie aus dem Augenwinkel beobachtete. »Ich glaube, wir sollten wieder an die Arbeit gehen.«

»Ja, das sollten wir wohl, bevor Frau Von-und-Zurück wieder in die Hände klatscht.«

»Karl? Schläfst du?«

Natürlich schlief er, es war mitten in der Nacht, doch Lina konnte kein Auge zutun. Immer und immer wieder dachte sie an das Gespräch mit Charlotte. Und sie dachte an Albert. Sie hatte gelogen, als sie behauptet hatte, man müsse sich keine Sorgen machen.

»Karl?«

Ächzend drehte er sich zu ihr um. »Wasisdenn?«, nuschelte er. »Steckt dir die Geburtstagsfeier noch in den Knochen? So viel Wein hattest du doch gar nicht.«

»Nein«, sagte Lina.

»Oder der Zusammenstoß mit Frau, wie hast du sie genannt?«

»Frau Von-und-Zurück.«

Karl gluckste.

»Ich muss dir etwas sagen, Karl.«

Nachdem sie ihm von Charlottes Sorgen erzählt hatte, gluckste er nicht mehr, und obwohl das Zimmer fast vollständig dunkel war und sie sein Gesicht nicht sehen konnte, wusste sie, dass er jetzt hellwach war, und seine Miene konnte sie sich vorstellen.

»Ich musste dir das sagen.«

»Ja, das war richtig.« Seine Stimme klang ruhig, doch wesentlich kühler als gewöhnlich. Sie wusste, dass er jedes Thema, das mit Albert Lehnert zu tun hatte, am liebsten von sich fernhalten wollte. Daran hatte sich nie etwas geändert.

»Du kannst Lotte nicht vorwerfen, dass sie sich Sorgen macht.«

»Das tu ich nicht.«

Lina hörte ihn tief ein- und ausatmen, als müsste er den nächsten Satz geradezu aus sich herausquälen.

»Und denkst du, sie hat Grund zur Sorge?«, sagte er dann.

»Leider ja. Albert hat in jungen Jahren Wehrdienst geleistet, es ist nicht ausgeschlossen, dass sie ihn einziehen, falls er tauglich ist.«

»Dann solltest du das herausfinden.«

»Ich werde Walter fragen.«

»Tu das.«

»Tut mir leid, dass ich dich wach gemacht habe, aber ich wollte, dass du Bescheid weißt.«

»Schon gut. Ich bin froh, dass du es mir erzählt hast.«

»Ich auch.«

6

Verdun im März 1916

Ein Jahr hatte er jetzt schon im Krieg überlebt, aber morgen war er tot. Morgen war er dran. Der *Tote Mann* musste erstürmt werden. Er war dabei. Und wenn der Tag vorüber war, würde er als einer der toten Männer auf dem Feld liegen, so wie die anderen zuvor.

Hans Eisenbrenner war nicht dumm, er sah, was man mit ihnen machte. Man hetzte sie zu Hunderten aus den Schützengräben den Hügel hinauf, vielleicht kamen ja ein paar von ihnen durch und schafften die Eroberung der wichtigen Stellung, der Rest starb den Heldentod und verweste. Tag für Tag ein neuer Versuch. Morgen war Hans dabei.

Er schlief nicht. Wozu schlafen? Nicht einmal die Ratten machten ihm noch etwas aus. Sie trippelten über die Körper der Schlafenden oder Wachenden, mal hatte man eine im Gesicht, mal an den Füßen, mal überall. Am Anfang hatte es ihn noch gegraust. Er hatte Ratten immer schon verabscheut. Daheim in Friedelhausen hatten sie einmal ein Rattennest im Stall gehabt. Eklig war das gewesen. Sein Vater und sein Bruder hatten sie totgetrampelt, während er dabeigestanden und sich angewidert weggedreht hatte. Verweichlicht. Jetzt waren sie überall, und es war ihm egal. Angesichts des nahen Todes war alles egal.

Hätte er doch nur in England bleiben können …

Einer weinte, man sah nicht, wer, es war stockdunkel im Unterstand.

»Reiß di zam!«, herrschte ihn ein anderer an. Sie lagen dicht an dicht. Wenn einer weinte, verlor man selbst leicht die Nerven. Mut und Todesverachtung machten es erträglicher. Das hatte Hans gelernt. Was man nicht alles so lernte auf den letzten Drücker.

Er schloss die Augen, stellte sich ein Notenblatt vor und seine Geige, spielte im Kopf noch einmal einen Walzer, fehlerfrei. Und dann kam doch noch der Schlaf.

Als er am frühen Morgen erwachte, ärgerte er sich, dass er sein restliches bisschen Leben einfach so verschlafen hatte. Packte seine Ausrüstung: Gewehr, Bajonett, die Luger, Patronen, Handgranaten. Setzte den Helm auf. Lächerlich. Was nützte der, wenn der Körper zerfetzt wurde.

Er führte die Kommandos aus wie in Trance, als würde er immer noch schlafen. Der Walzer dröhnte in seinem Kopf. Ehe er mehr denken konnte, stürmte er mit den anderen aus dem Schützengraben. Auf zum *Toten Mann*.

Hans kam keine zehn Meter weit. Es ging schnell. Und dann doch langsam. Die Beine waren weg. So bargen sie ihn. Zehn Meter wagten sich die Krankenträger hinaus, um ihn zu holen, als sie merkten, dass er sich noch rührte, als er zu schreien begann. Sie hatten Glück, kamen zu ihm durch, zerrten ihn zurück in den Graben, packten ihn auf eine Decke und schleppten ihn durch den Tunnel zur nächsten Verbandsstelle. Er schrie wie ein Tier.

»Der machts nimmer lang«, sagte eine Stimme.

»Vielleicht doch«, sagte eine andere.

Lass es vorbei sein, dachte Hans und schrie wie von Sinnen.

»Was schreit der?«, fragte die erste Stimme.

»Machend mich dood«, schrie Hans. Sie verstanden ihn nicht, setzten ihn ab.

»Was?«, schrie der andere zurück.

»Er schreit: Macht mich tot«, sagte eine neue Stimme. Ein Mann. Er setzte sich neben Hans, hielt ihm die Hand und redete mit ihm in seiner Sprache, seinem Heimatdialekt.

»Ich bin vun Miehlbach und du?«

»Frill…hause«, keuchte der Sterbende.

»Dann simmer jo Nachbare.« Der Mann streichelte sanft die im Todeskampf zitternde Hand. »Du musch kä Angscht han. Ich bleib bei der.«

Hans' Keuchen wurde immer flacher, seine weit aufgerissenen Augen waren wie ein einziges Flehen um Erlösung. Der Mann betrachtete seine Erkennungsmarke.

»Hans hääschde, gell?«

Hans zuckte ruckartig mit dem Kopf.

»Ich bin de Albert. Ich kimmer mich drum, dasse häämkumscht.«

Hans nickte ein letztes Mal, dann hörte das Keuchen auf, und der Blick wurde leer.

Albert Lehnert schloss Hans Eisenbrenner die Augen.

7

Knockaloe, Isle of Man im Mai 1916

August saß an einem der Tische in der Baracke, vertieft in gleich zwei Bücher, die vor ihm lagen, eins in deutscher und eins in englischer Sprache. Er hatte beide schon mehrfach gelesen, kannte jede Szene, jede Dummheit, die Tom Sawyer anstellte, jedes Abenteuer, in das er sich verstrickte. Tag für Tag besuchte er diese ferne Welt, und kein Stacheldraht konnte ihn daran hindern.

»That was my favourite book, when I was young«, hatte der alte Henderson zu August gesagt, als er sich die englische Ausgabe aus der Bibliothek ausgeliehen hatte. »Oh yes, my favourite.«

Mr Henderson gehörte zum sogenannten Blue Staff, das waren Leute von der Insel, Zivilisten, die im Lager bestimmte Aufgaben verrichteten, meist erkennbar an ihren blauen Uniformen. Mr Henderson jedoch trug ganz gewöhnliche Kleidung, er war der Bibliothekar, Mitte fünfzig, kugelrund und immer freundlich. Er war in allem sehr gemächlich, auch beim Sprechen, zudem wiederholte er gern jeden Satz, von dem er glaubte, er sei irgendwie bedeutend. Für August waren diese Eigenheiten von großem Nutzen, denn so fiel es ihm leicht, den Mann zu verstehen.

Bereits kurz nachdem er in Knockaloe eingetroffen war, hatte er angefangen, in der Schule seines Lagerabteils Englisch zu lernen, und kurz darauf hatte er in der Bibliothek die englische Ausgabe von *Tom Sawyer* entdeckt und lernte, indem er sie Satz für Satz mit der deutschen Übersetzung verglich.

Anton Frede gesellte sich zu August an den Tisch, setzte sich verkehrt herum auf einen Stuhl und stützte sein Kinn auf die Lehne.

»Ich wette, du kennst beide Bücher schon auswendig«, sagte er, nachdem er eine Weile stumm zugesehen hatte, wie Augusts Blick unter konzentriert zusammengezogenen Brauen hin und her gewandert war, hin und her.

»Was?« August sah verwirrt auf und schien den Freund erst jetzt zu bemerken. »Oh nein«, erklärte er eifrig, »das englische bei Weitem noch nicht. Da sind immer noch Stellen, die ich nicht verstehe, weil sie ganz anders sind als in der deutschen Ausgabe. Schau her«, er legte links und rechts seinen Zeigefinger in die Bücher, »das kann doch so nicht stimmen, oder? Das sind doch ganz verschiedene Wörter.«

»Ich kann es dir nicht sagen, August, ich spreche nicht halb so gut Englisch wie du, aber ich glaube, wenn etwas nicht stimmt, dann ist es die deutsche Ausgabe, denn die englische war ja zuerst da, oder nicht?«

August nickte nachdenklich.

»Frag doch Henderson.«

»Ja, das werde ich tun«, sagte August.

»Kommst du mit zu Joseph?«, fragte Anton und stand auf. Jetzt erst bemerkte August, dass Anton sich umgezogen hatte. Er trug die leichte helle Hose, die man ihnen für die Körperertüchtigung gegeben hatte. Man konnte sich gut darin bewegen, Sport treiben, Gymnastik oder diese seltsamen Übungen machen, die jener Joseph Pilates sich ausgedacht hatte und nun regelmäßig mit anderen Lagerinsassen exerzierte.

»Nein, heute nicht«, sagte August. Anton machte eine übertriebene Geste des Bedauerns, seine Augen wurden zu blassblauen Seen der Traurigkeit, die Mundwinkel wie mit Bleigewichten nach unten gezogen. Er brauchte keine Schminke, um sich in einen Clown zu verwandeln, und genau genommen brauchte er auch keine Übungen, um sich beweglich zu halten, er trainierte ohnehin täglich mit seinem Bruder zusammen in einer Akrobatikgruppe, denn außer ihnen gab es noch mehr Zirkusleute im Lager. Auch Joseph Pilates gehörte laut eigener Aussage dazu.

»Warum gehst du dort eigentlich hin?«, fragte August.

»Oh, es macht Spaß, und Joseph betreibt es mit einem so

köstlichen Ernst, dass ich immer lachen muss.« Anton malte ein Clownslachen auf sein Gesicht, winkte mit abgespreizten Fingern und eilte davon.

August vertiefte sich wieder in seine Lektüre, doch nach kurzer Zeit beschloss er, Henderson aufzusuchen, um mit ihm über jene zweifelhaften Übersetzungen im Buch zu sprechen. Zwar saß Franz Hiltensperger in der Ecke des Aufenthaltsraums und flickte ein Hemd, doch es war zwecklos, mit ihm solche Probleme diskutieren zu wollen. Franz verstand ihn nicht.

»Siehst du den Stacheldraht, August? Fällt er dir überhaupt noch auf?«, hatte er den Jungen unlängst gefragt.

Und ob August den sah, doch im Gegensatz zu Franz tat er alles, um ihn zu vergessen. Er hatte seiner Mutter versprochen, den Mut nicht zu verlieren, nicht aufzugeben, und sie wiederum freute sich, dass er etwas lernte.

Das ist gut, August, mach das!, hatte sie geschrieben. *Lerne! Trübsal blasen hat noch nie etwas geändert. Und denk immer dran, du bist in Sicherheit, du bist nicht in Verdun oder an einem anderen dieser schrecklichen Orte, von denen man hört. Und eines Tages bist du auch wieder hier bei uns.*

Er sah den Stacheldraht natürlich trotzdem. Wie konnte Franz ihn so etwas fragen? Mit welchem Recht behandelte er ihn so, als wäre er weniger eingesperrt? Nur weil er sich an das Lagerleben anpasste, sich beschäftigte und die Möglichkeiten, die man ihnen innerhalb des Zauns gewährte, nutzte, um nicht verrückt zu werden. Er ging zum Turnen, er ging zur Schule, er spielte im Orchester. Augusts Kapelle war nicht die einzige gewesen, die man zu Kriegsbeginn festgesetzt hatte, auch andere Pfälzer Musikanten hatte es getroffen, auch solche, die sich wie Franz schon vor langer Zeit in England niedergelassen hatten. Und dann gab es noch welche, die man um Himmels willen nicht Musikanten nennen durfte, Musiker waren das, darauf bestanden sie. Aber ob Musiker oder Musikant, sie hatten sich mit der Zeit zusammengefunden und taten gemeinsam das, was sie am meisten liebten: Sie machten Musik, und die

Besten von ihnen gaben Konzerte im Lager. Der Rest durfte mitproben, so wie August und seine beiden Friedelhauser Kollegen. Hauptsache musizieren.

Auch im Chor des Lagers sang er mit. Er hatte Anton ebenfalls dazu überredet, obwohl der mehr schiefe als gerade Töne produzierte, aber wo Anton war, waren alle ein bisschen fröhlicher. In Mühlbach hatte es einen Männergesangsverein gegeben. August hatte sich früher nie dafür interessiert, doch während der Chorproben im Lager nahm er sich vor: Wenn ich je wieder nach Mühlbach komme, singe ich mit.

Franz Hiltensperger hingegen war verbittert und verweigerte sich. Er nahm an nichts teil, wenn er nicht musste und zu Arbeiten herangezogen wurde, auf den Feldern oder in der Küche oder wo auch immer es etwas zu tun gab. Ab und zu schrieb er einen Brief an Familienangehörige in Deutschland und erhielt Briefe von dort und Päckchen, nie jedoch aus England, und als August ihn einmal nach seiner Frau und seinen Kindern gefragt hatte, hatte Franz ihn angeherrscht: »Die gibt es nicht mehr für mich.« Erschrocken hatte August um Verzeihung gebeten, da hatte Franz etwas versöhnlicher erklärt, dass es besser so sei, weil sich seine Frau sonst mit dem Hass ihrer Landsleute auf die Deutschen hätte herumschlagen müssen. »Besser, wir sehen uns nie mehr wieder. Besser für sie, besser für mich. Ich bin sowieso mit diesem Land fertig.«

Wie konnte man so empfinden, fragte sich August, wie ging das? Man konnte Liebe doch nicht einfach abstellen. Aber was wusste er schon davon? Er hatte noch nie geliebt.

Abends auf seinem Bett dachte er manchmal darüber nach, während der Mond durch das Fenster auf ihn herabschien. Jetzt war er in dem Alter, in dem er sich, wäre er zu Hause gewesen, allmählich nach einem Mädchen umgesehen hätte. Vielleicht hätte er sich in Maria Leinenweber verliebt. Die war nett und hübsch, und er mochte sie gern. Welche anderen Mädchen waren da noch in Mühlbach gewesen? Er versuchte sich zu erinnern, es war schon so lange her. Else Gutmann fiel ihm ein, aber die wäre nicht infrage gekommen, oh nein, die nicht, viel zu eingebildet. Ihre Freundin, wie hieß sie gleich, Benners Karla, die war noch schlimmer gewesen. Die hatte für Holger Hennemann geschwärmt, das wusste er noch. Aber Holger war inzwischen tot. Es war in Mühlbach wahrscheinlich kein einziger junger Mann mehr übrig, für den man schwärmen konnte, mit dem man sich verloben, eine Familie gründen konnte. Und in den Nachbarorten genauso wenig. Die Welt hatte sich geteilt in junge Männer im Krieg und alte Männer, Frauen und Kinder zu Hause. Und Männer in Gefangenenlagern. Von Liebe war keine Rede mehr.

Manchmal überkam August die Angst, dass er das nie erleben würde, dass ewig der Stacheldraht zwischen ihm und der Liebe stehen würde, so wie er zwischen Franz Hiltensperger und seiner Frau stand. Manchmal dachte er an all das, was er gerade verpasste. Hätte es nicht Anton Frede gegeben und Mr Henderson und alles, womit er sich von seiner Gefangenschaft abzulenken versuchte, er wäre vielleicht auch zu einem Franz geworden. Vielleicht. Aber all das gab es, und durch den Stacheldraht sah er hindurch in eine Zukunft, in der es auch wieder Freiheit und Frieden und Liebe gab.

Franz Hiltenspergers Hand mit der Nähnadel war mittlerweile auf seinen Schoß gesunken, sein Kopf lehnte an der Wand, die Augen waren geschlossen, der Mund leicht geöffnet. Anscheinend war er eingeschlafen, doch August betrachtete ihn ganz genau. Einige Wochen zuvor hatte einer aus der Baracke den ganzen Tag lang auf seinem Bett gelegen, Augen zu, Mund auf, so ähnlich wie Franz jetzt. Und auch sonst hatte er Ähnlichkeit mit Franz gehabt: lange in England gelebt, Ladenbesitzer mit Stammkundschaft, Familie, dann herausgerissen aus seinem Leben. Lehmann hieß er. Wortkarg und verbittert war er, allein, ohne Interesse an irgendwas. Man hatte einen Bogen um den Schlafenden gemacht, hatte ihn in Ruhe gelassen. Aber er hatte nicht geschlafen, er war tot. Erst am nächsten Tag hatte man es bemerkt.

Franz' Hand zuckte im Schlaf. August atmete auf.

»Wird der Platz frei?«, fragte ein blasser Mann, den er nicht näher kannte, nicht einmal seinen Namen. Es waren einfach zu viele Namen, zu viele Gesichter.

»Ja, ich wollte gerade gehen«, sagte August. Der Mann setzte sich, warf ein Schreibheft auf den Tisch und stellte ein Glas mit Tinte dazu, in das er seine Feder tauchte, dann beugte er sich über das Heft und legte einen kräftigen Arm daneben, sodass verborgen blieb, was er unverzüglich zu schreiben begann. Ein Tagebuch vielleicht, aber vielleicht war der Mann auch ein Dichter oder ein Schriftsteller. Oder er schrieb einfach so. Besser, als mit der Nähnadel in der Hand einzuschlafen. Besser, als gar nichts zu tun.

Einen Tisch weiter zeichnete einer, ein Ungar. Man nannte ihn nur den Maler. Er hatte im Laufe der Zeit die Wände des Raums mit seinen Zeichnungen dekoriert: Landschaften aus seiner Erinnerung, aber auch Impressionen aus dem Lager. Er hatte sogar diesen Raum gezeichnet mit einigen seiner Bewohner an den Tischen.

»Wieso musst du das zeichnen?«, hatte ihn damals einer gefragt. »Reicht es nicht, dass wir hier leben müssen?«

»Ich bin Maler, ich halte fest, was ich sehe«, hatte der Ungar erwidert. »Nicht für dich, für andere, später. Ich denke, das ist meine Pflicht als Maler.«

»Wer soll sich das denn ansehen wollen?«, hatte der andere gemurrt. Doch es war wieder ein Bild mehr an der Wand.

Ein anderer hatte in der Werkstatt einen kleinen Schrank gezimmert, darin lagen jetzt Bücher und Zeitungen, englische und deutsche, auch Postkarten aus der Heimat, die man aus Liebesgabenpaketen gefischt und der Allgemeinheit zur Verfügung gestellt hatte. All das, was die Zensur überstanden hatte.

»Es wird allmählich richtig wohnlich hier«, meinte Anton. »Du wirst sehen, August, irgendwann wollen wir gar nicht mehr hier weg.«

August dachte an Lehmann und an die anderen Gefangenen, die auf dem Friedhof von Knockaloe lagen und diesen Ort tatsächlich nie mehr verlassen würden. Krankheit oder Hoffnungslosigkeit hatten sie dahingerafft. Oft hatte das eine das andere verursacht. Und ein paar hatten ihrem Elend selbst ein Ende bereitet, an Seilen dafür mangelte es nicht.

August streifte Franz mit einem letzten Blick, dann klemmte er sich die beiden Bücher unter den Arm, verließ die Baracke und steuerte draußen auf das Gebäude jenseits der Schienen zu, in dem neben der Schule auch die Bibliothek untergebracht war. Mr Henderson wohnte dort, allein, ohne Familie. Seine Frau war vor einigen Jahren gestorben, Kinder hatte er keine, ein Bruder lebte in London. Das alles hatte er August erzählt.

»Warum sollte ich nicht im Lager wohnen, ich habe doch hier alles und mehr Gesellschaft als in meinem Haus in Peel«, hatte er gesagt. »Much more company«, hatte er betont und gelacht. Für ihn waren die Gefangenen keine Feinde, sie waren *company*.

»Good afternoon, Mr Henderson«, sagte August, als er eintrat.

»August! Good afternoon, good afternoon!«, rief der Bibliothekar, der sich ganz allein in seinem Raum voller Bücher befand.

»Mr Henderson, may I ask you something? Look!«

August legte die beiden Bücher aufgeschlagen auf den Tisch und erklärte Mr Henderson sein Problem. Der lachte.

»But August, I don't speak German, I can't possibly know, what might be wrong with the translation.«

»Oh, right«, sagte August, doch dann erklärte ihm Mr Henderson, dass es zu einer guten Übersetzung gehöre, nicht einfach nur die genauen Worte in die andere Sprache zu übertragen, sondern den Sinn und den Ausdruck. »Sometimes, I guess, you need other words in another language to translate exactly what the author wants to express.«

»Really? But that's odd«, sagte August.

Mr Henderson lachte erneut. »Yes, I think it is a bit odd. But again: What do I know, I only speak English.«

Er lachte und lachte, und August lachte mit. Dann tranken sie Tee und unterhielten sich über Gott und die Welt. Und für eine kleine Weile war es so, als ob es keinen Krieg gäbe.

8

Bremen am 1. November 1916

Die Flasche mit dem Weinbrand war halb leer, im fahlen Licht einer einzigen Lampe schimmerte die Flüssigkeit wie dunkler Bernstein. Victor Schweizer griff danach. »Sonst noch jemand?«, nuschelte er und schenkte sich ein. Anschließend hielt er die Flasche einladend in die Luft, bis Itzhak und Karl die Köpfe schüttelten.

Henriette Schweizer kam ins Zimmer. »Tee?«, bot sie den drei Männern an. Victor schnaubte.

»Gern, danke«, sagte Karl.

»Für mich auch bitte«, fügte Itzhak hinzu.

Victor stürzte den Inhalt seines Glases hinunter. »Na gut, dann eben Tee.« Er lachte bitter und verdrehte die Augen. Karl erhaschte Henriettes verzweifelten Blick. Victor trank jedes Mal mehr. Jedes Mal, wenn er wieder nach Hause kam, nachdem er seiner Arbeit nachgegangen war. »Propagandist!«, nannte er das mittlerweile. Er berichtete von der Front – aber nur das, was man in der Heimat lesen wollte. Oder sollte. Er hatte auch eine Kamera, mit der er Fotos machte. »Aber nur schöne«, höhnte er mit ironisch emporgerecktem Zeigefinger. »Nur lachende Soldaten mit ihren neuen, modernen Stahlhelmen, mit denen ihnen üüüberhaupt nichts mehr passieren kann. Rein gaaar nichts.«

Dort oben in der guten Stube der Dachgeschosswohnung in der Orleansstraße erzählte er Karl und Itzhak, was den Soldaten tatsächlich passierte. Oft verstummte er plötzlich und starrte mit einem Ausdruck sprachlosen Entsetzens vor sich hin, dann konnte man nur noch ahnen, welche schrecklichen Bilder aus seiner Erinnerung an ihm vorbeizogen. »Niemand, niemand kann das beschreiben«, sagte er dann. »Es gibt keine Worte dafür. Gut, dass ich nicht darüber schreiben darf, denn ich würde kläglich versagen. Ich darf nur schreiben, wie tapfer unsere Soldaten sind – und das sind sie, was bleibt ihnen denn sonst übrig. Aber ich darf nicht schreiben, wie sie sterben, wie schrecklich ... schrecklich sie ...«

Er schenkte sich Weinbrand nach und schluckte alles Unsagbare damit hinunter. Karl und Itzhak warteten, bis er weitersprach und ihnen erzählte, was er konnte. Von einem Regen aus Granaten, von einer Landschaft, die keine Landschaft mehr war, aufgebrochen und zerstört, ein Krater neben dem anderen, Tausende, geflutet mit Blut. Dazwischen Körper, so zerstört, dass keiner sie mehr erkannte, so zerstört, dass man glauben musste, einen einzigen Tod zu sterben wäre nicht genug gewesen. Menschenmaterial, verbrannt in Verdun.

»Und die noch leben, vegetieren dahin, hungernd, übersät mit Läusen, umgeben von Ratten, und sie wissen, dass sie irgendwann auch dran sein werden, und denken: Hoffentlich geht es schnell.« Victor hob sein Glas an den Mund. »Einer hat mir davon erzählt. Dass das sein einziger Gedanke ist: Hoffentlich geht es schnell. Der liegt jetzt auch dort irgendwo in einem Krater.« Er trank sein Glas leer und hieb mit der Faust auf den Tisch. »Die in Berlin sollte man in die Schützengräben stellen und in den Granatenhagel jagen, die Heeresleitung, die Schweine, die sich diesen Wahnsinn ausgedacht haben, den Kaiser, die Kaiserin, den Thronfolger, die alle. Die alle!«, rief er laut und wütend. »Dann wäre dieser verfluchte Krieg bald vorbei.«

Er füllte sein Glas und leerte es in einem Zug. Henriette kam mit dem Tee. Sie verteilte die Tassen und legte währenddessen ihrem Mann eine Hand auf den Rücken. »Trink nichts mehr, Victor«, bat sie leise.

»Du würdest auch trinken an meiner Stelle«, lallte er, ohne die liebevolle Geste zu beachten.

Henriette zog ihre Hand zurück. »Gute Nacht«, sagte sie, an Karl und Itzhak gewandt.

»Gute Nacht, Henriette«, sagte Karl und versuchte, ihr mit einem Blick anzudeuten, dass sie auf Victor aufpassen würden.

»Ich sollte bald gehen«, sagte Itzhak.

»Nein, solltest du nicht«, widersprach Victor. Er langte erneut nach der Flasche, doch Karl war schneller und stellte sie beiseite. »Trink lieber deinen Tee!«, sagte er und zeigte auf die Tasse vor Victors Nase.

»Aaach!«, murrte Victor, doch er gehorchte. »Weißt du, was du solltest?«, wandte er sich an Itzhak, nachdem er die Tasse wieder abgesetzt hatte, dabei richtete er seinen ausgestreckten Finger auf ihn. »Was *ihr* tun solltet?«

»Wer ihr?«, fragte Itzhak.

»Ihr. Die Juden. Ihr solltet euch das nicht gefallen lassen.«

»Ach, Victor«, seufzte Itzhak und winkte ab.

»Lass es, Victor«, versuchte Karl den angetrunkenen Mann zu bremsen.

»Warum? Es ist eine Schande. Ist es nicht so, Itzhak?«

Sie wussten alle drei, wovon er sprach. Von der Judenzählung, die vom Kriegsminister angeordnet worden war. Man wollte der Frage nachgehen, wie viele wehrpflichtige Juden sich am Kriegsgeschehen beteiligten oder vielmehr: wie viele sich, wie von bestimmten Seiten behauptet wurde, davor drückten.

»Wir wehren uns ja«, sagte Itzhak.

»Eine Menge Menschen haben ihre Stimme dagegen erhoben«, sagte Karl. »Parteien, Verbände, jüdische und nicht jüdische.«

»Das reicht doch nicht«, insistierte Victor und schielte nach der Flasche. »Heute wird gezählt, warum geht keiner auf die Straße?«

»Willst du zum Krieg auch noch einen Bürgerkrieg dazu? Ich dachte, du hast genug davon.«

»Man muss den Anfängen wehren«, beharrte Victor. »Was soll das: Judenzählung?«

»Welchen Anfängen denn?«, empörte sich Itzhak. »Als ob das ein Anfang wäre. Es gab immer schon Vorurteile gegen Juden, nicht erst seit diese sogenannten Antisemiten ihr Gedankengut verbreiten. Da gibt es keinen Anfang und kein Ende. Na schön, dann zählt man halt die Juden beim Militär, na und? Sollen sie doch.«

Itzhaks Hand zitterte, als er zu seiner Tasse griff, doch ohne zu trinken, stellte er sie wieder ab und stand abrupt auf. »Ich muss gehen, Sara wartet sicher schon.«

»Ich bringe dich nach unten«, sagte Karl. »Victor, wir reden morgen weiter, wenn du willst. Geh jetzt lieber ins Bett. Gute Nacht!«

Victor murmelte etwas, und im Gehen sah Karl, wie er sich die Flasche schnappte.

»Nimm es ihm nicht übel«, sagte er draußen zu Itzhak. »Er ist nicht mehr derselbe und hat Dinge gesehen, von denen wir uns keine Vorstellung machen.«

»Ich weiß, Karl, ich weiß. Ich kann es nur nicht mehr ertragen, dieses Thema. Was sollen wir denn machen? Was stellt sich Victor denn vor?«

»Es empört ihn. Genau wie mich übrigens, aber das weißt du, auch ohne dass wir viele Worte darüber verlieren.«

»Ja, das weiß ich. Du verlierst keine Worte, du bist einfach nur da, als Freund.«

»Und so wird es auch bleiben.«

Itzhak nickte bewegt und reichte Karl die Hand. »Gute Nacht, Karl!«

»Gute Nacht, Itzhak!«

Karl sah dem Freund hinterher, wie er durch die abendlich stille Orleansstraße Richtung Schwachhauser Heerstraße ging. Er schwankte ein wenig, doch das war eine alte Eigenart von Itzhak, als müssten die Beine den Oberkörper beim Gehen ausbalancieren. »Ich finde es eigentlich ganz charmant«, hatte Lina früher einmal gesagt. »Als hätte er Musik in sich, und sein Körper müsste sich die ganze Zeit danach bewegen.« Schon immer war der lang aufgeschossene Mann sehr schlank gewesen, doch jetzt war er dünn und ausgezehrt, man hatte den Eindruck, ein Windhauch könnte ihn umblasen wie einen Grashalm.

Karl hörte ein Geräusch, unverkennbar die Tür zum Balkon ihrer Wohnung, die soeben geschlossen wurde.

Er ging nach oben, und als er die Stube betrat, stand Lina am

Fenster. Sie drehte sich flüchtig zu ihm um, dann blickte sie wieder hinaus auf die Straße.

»Tut mir leid, es ist spät geworden«, sagte Karl. Wie förmlich er klang, er hörte es selbst.

»Das macht doch nichts«, sagte Lina. »Ihr hattet sicher viel zu bereden.«

Männergespräche. Als ginge die Frauen der Krieg nichts an. Sie machte ihm keinen Vorwurf, sie war nicht wie Helene, die sich wortreich darüber beklagte, wenn sie als Frau außen vor blieb. Aber möglicherweise äußerte Lina ihr Missfallen einfach nicht, genauso wenig wie er sein Missfallen äußerte, wenn sie sich nach wie vor von dieser unangenehmen Hermine von Schlettow einspannen ließ und Lebensmittel verpackte, von denen die Menschen in der Heimat selbst nicht genug hatten. Es war vollkommen grotesk, denn inzwischen schickten die Soldaten einiges davon wieder zurück an ihre Angehörigen, damit die nicht verhungerten. Wohl dem, der einen Angehörigen an der Front hat, der seiner Familie etwas zukommen lassen kann, hieß es mitunter schon hinter vorgehaltener Hand. Lina wusste das, packte trotzdem immer weiter und half damit, den Krieg zu verlängern. Sie hatten sich deswegen sogar schon gestritten. Laut. Hinterher hatten sie sich beieinander entschuldigt, sich in den Arm genommen und versprochen, das sollte nicht mehr vorkommen, doch in Wahrheit wussten sie beide, was unausgesprochen für Spannung im Hause Schäfer sorgte.

Albert Lehnert war im Krieg. Das hatte ihnen Walter auf Linas Frage hin mitgeteilt. Wie er von Berta erfahren hatte, war ihr Mann wohl nicht an vorderster Front, sondern im Hinterland, wo er eher logistische Aufgaben übernahm, sich um die Versorgung kümmerte, die Ausrüstung der Soldaten, die Pferde, den Transport der Verwundeten, all so was. Berta wusste es nicht so genau, und es blieb im Grunde unklar, ob aus ihr lediglich die Hoffnung sprach oder ob Albert tatsächlich nicht unmittelbar am Kampfgeschehen beteiligt war.

Charlotte hatte die Nachricht mit Entsetzen aufgenommen, und auch für Lina war es ein Schock gewesen. Allein Karl hatte wie gewöhnlich einen kühlen Kopf bewahrt. Im Hinterland drohe so gut wie keine Gefahr, hatte er gutmütig versucht, Charlotte zu beruhigen, da sei Albert praktisch so sicher wie in Mühlbach in seiner Schmiede. Es war eine gut gemeinte Reaktion, doch Charlottes Besorgnis war sofort in blanke Empörung umgeschlagen. Wie er so etwas behaupten könne. Als ob es dort in der Nähe der Front eine Garantie gäbe. Von wegen Sicherheit! Dann hatte sie ihn stehen lassen und war in ihr Zimmer geeilt, Lina hinterher. Dabei wünschte Karl Albert doch nichts Schlimmes und war verletzt, dass Charlotte seinen Versuch, ihre Sorge zu entkräften, als Gefühlskälte empfand.

Am nächsten Tag entschuldigte sie sich für ihr ungerechtes Benehmen, und es war wieder alles gut, doch Albert war weiter im Krieg, und Charlotte machte sich weiter Sorgen, Lina saß zwischen den Stühlen, und Karl schwieg von da an zu allem. Traurig dachte er an die Fehler, die er in der Vergangenheit gemacht hatte, die ihn, wie es schien, das Vertrauen seiner Tochter gekostet hatten. Er hatte sich falsch verhalten, wenn die Sprache auf Albert gekommen war. Allein der Name beschwor in Karls Innerem Bilder herauf, die er hatte verdrängen wollen. Bilder von früher: Lina und Albert beim ausgelassenen Tanz, Arm in Arm durchs Dorf schlendernd, als Kinder sich neckend. Sie hatten immer zusammengehört, und so manches Mal, als Lina schon längst Karl ihre Liebe gestanden hatte, als sie schon längst gemeinsame Kinder hatten, da schlichen sich die Bilder von ihr und Albert in seinen Kopf, und sein eigenes Glück mit ihr kam ihm ganz unwirklich vor. Nie hatte er es als Selbstverständlichkeit betrachtet. Immer war ein Rest Unsicherheit geblieben, der sich nun auf seine Tochter übertrug und in die Furcht mündete, Charlotte an diesen anderen, diesen richtigen Vater zu verlieren. Er hatte sie festhalten wollen mit aller Macht. Sie war doch sein Kind. Er hatte sie als Säugling auf dem Arm getragen, er hatte sie als Kleinkind an der Hand gehalten, mit Stolz ihre ersten Schritte beobachtet, ihre ersten unverständlichen, energisch vorgetragenen Sätze gehört, mit Lina darüber gelacht und sich gefreut. Er hatte sie zur Schule gebracht, sie getröstet, wenn sie geweint hatte, war mit ihr über den Freimarkt geschlendert, hatte ihr Zuckerwatte und die kleine weiße Porzellankatze gekauft, die sie so schön gefunden hatte.

Er war immer, immer für sie da gewesen. Nicht Albert. Er.

Und doch hatte er Fehler gemacht. Aber waren diese Fehler auf einmal alles, was ihn ausmachte? Er war doch auch nur ein Mensch.

So kam es zu unnötigen Streitereien über Liebesgaben. Sie waren ein Ventil, denn allmählich wurde alles zu viel. Selten war Karl in seinem Leben etwas zu viel geworden, aber jetzt war es bald so weit.

»Itzhak ist so dünn geworden«, sagte Lina. Sie schaute noch immer nach draußen, obwohl Itzhak nicht mehr zu sehen war.

»Ja«, sagte Karl. »Kein Wunder.«

»Nein«, sagte Lina. »Kein Wunder.«

Karl trat hinter sie. Schau mich an, dachte er, schau mich an und nimm mich in die Arme, lass mich vergessen, was ich heute Abend gehört und gesehen habe und alles andere, was mir ständig durch den Kopf geht.

Sie blickte nach draußen.

»Denkst du, wir werden irgendwann einmal wieder glücklich sein?«, fragte sie unvermittelt. »So sorglos wie früher?«

Ich kann es mir nicht vorstellen, wollte er sagen, ich wüsste nicht, wie das möglich wäre.

»Glaubst du das?«, fragte Lina. Ihr Kehle war so eng, dass ihre Worte nicht mehr als ein Flüstern waren.

Sanft legte er seine Hände auf ihre Schultern. »Ja, Lina, das glaube ich.«

Mit einer einzigen stürmischen Bewegung drehte sie sich um, warf ihre Arme um seinen Hals und klammerte sich an ihn.

»Ich will das alles nicht mehr, ich will nicht mehr«, schluchzte sie. »In welcher Welt werden unsere Kinder groß? Sie haben nicht genug zu essen. Und jeden Tag hören sie von Leuten, die gestorben sind, und sehen die Kriegsverwundeten auf der Straße. Bei Walter fällt in nächster Zeit die Schule aus, weil der Lehrer zur Armee muss. Sie holen jetzt alle, die noch jung genug sind und ein Gewehr halten können, ganz egal wen.«

Sie weinte sich an seiner Brust aus, und Karl hielt still und streichelte ihren Rücken. Schließlich löste sie ihre Arme und zog ein Taschentuch aus dem Ärmel ihres Kleides.

»Tut mir leid«, sagte sie, nachdem sie sich das Gesicht abgewischt und ihre Nase geputzt hatte. »Ich wollte dich nicht damit belasten, du hast es schwer genug, glaub nicht, dass ich das nicht weiß.«

»Lina …«

»Doch, doch, ich weiß das. Ich habe nur in letzter Zeit das Gefühl, ich kann mich nicht mehr ausdrücken und mache alles falsch. Ich weiß nicht, woher das kommt.«

Er zog sie zurück in seine Arme. »Mir geht es genauso.«

»Ja?«

»Ja. Ich weiß nur eins: dass ich dich liebe, mehr als alles auf der Welt. Dich und die Kinder.«

»Ich liebe dich auch, Karl.«

Sie flüsterten es beide. Als sollte es keiner hören. Als wäre es ungehörig, in diesen Zeiten von Liebe zu sprechen.

Sie hielten sich noch einen innigen Moment lang fest, bevor ihre Arme allmählich nachgaben und Lina sich als Erste löste, verlegen fast und mit einem leisen Lächeln.

Sie nahm den Stickrahmen vom Tisch und begab sich zum Sofa, Karl setzte sich neben sie.

»Victor trinkt«, sagte er.

»Ich weiß. Henriette hat es mir erzählt. Vor Wochen schon. Sie überlegt sogar, sich zu trennen.«

Obwohl ihn diese Eröffnung nicht wunderte, traf sie ihn. Wieder etwas, das der Last dieser Zeit nicht standhielt und zugrunde ging.

»Er kann nichts dafür. Er will nur vergessen, und mit Alkohol schafft er das am ehesten.«

»Wenn, dann tut sie es auch nicht, weil sie ihn bestrafen will, sondern weil sie es nicht mehr aushält.«

»Ich weiß.«

»Sie liebt Victor. Für ihn hat sie ihre Familie verlassen.«

»Tatsächlich?«

»Sie hat es mir kürzlich erzählt.« Lina ließ den Stickrahmen sinken. »Das macht auch der Krieg: Er bringt die Menschen zum Reden. Früher hat sie immer verschwiegen, wo sie ursprünglich herkommt. Aus einer Adelsfamilie, Großgrundbesitzer im Osten. Victor war ihnen nicht genehm, da ist sie mit ihm durchgebrannt. Sie hat niemanden mehr außer ihm. Du kannst dir vorstellen, wie sehr sie unter seinem Verhalten leidet, wenn sie jetzt sogar ernsthaft überlegt, ihn zu verlassen.«

»Das wusste ich alles nicht.«

»Ihr redet über eure Sachen, wir über unsere.«

»Du meinst: wir, die Männer, und ihr, die Frauen?«

Lina nickte.

»Wir sollten wieder anfangen, miteinander über alles zu reden«, sagte Karl.

»Da hast du recht.«

Er holte tief Luft. »Ich möchte nicht, dass du weiter Hermine von Schlettow hilfst.«

Lina sah ihn lange an, bevor sie nickte. »In Ordnung!«

»Sie ist eine von denen, die die Judenzählung befürworten und keine Gelegenheit auslassen, gegen die Juden zu hetzen. Ich möchte nicht, dass du auch nur irgendetwas von dem tust, was sie tut, egal, was es ist.«

»Ich sagte ja: in Ordnung.«

»Gut. Danke!«

»Und Charlotte …«

»Charlotte auch nicht«, fiel ihr Karl ins Wort. »Sie kann anderweitig helfen, da, wo sie wirklich gebraucht wird. In einer der Volksküchen zum Beispiel. Das Rote Kreuz braucht immer Helfer. Sie wird schon etwas finden.«

»Das wollte ich nicht sagen.«

»Was wolltest du dann sagen?«

Lina ergriff seine Hand. »Ich wollte sagen: Charlotte wird immer, immer deine Tochter sein. Immer! Und du wirst immer an erster Stelle bei ihr stehen. Noch vor mir.«

9

Bremen im Februar 1917

Charlotte eilte die enge Straße entlang, vorbei am Elend der Stadt. Vorbei an einer endlos langen Schlange vor einer der letzten Bäckereien, wer vorn stand, hatte Glück, der bekam Brot für seine Kinder. Die hinten standen, mussten sich überlegen, was sie tun konnten, um nicht zu verhungern. Graue Gesichter mit hohlen Wangen und dem Tod in den Augen.

Charlotte wusste inzwischen, wie dieser Tod aussah. Sie hatte es bei Hedwig Brandt erlebt. Tante Brandt, die ihr in der Kindheit heimlich Plattdeutsch beigebracht hatte und die nach dem Tod von Oma Sophia ihre Ersatzgroßmutter geworden war. Sie war Anfang Januar verhungert, gestorben, weil ihr geschwächter Körper dem andauernden Nährstoffmangel dieses Winters nichts mehr entgegenzusetzen hatte. Sie hatte in der Kälte in einer Schlange wie dieser gestanden und eins der letzten Brote erhalten. »Sie hätte die Augen zumachen sollen. Auf den Boden schauen«, hatte ihre Schwester Helene hinterher gewettert, ohnmächtig, weil Hedwig nun mal nicht ihre Augen verschloss. Und so hatte sie eine Frau mit zwei Kindern gesehen, die leer ausgegangen waren. Ihnen hatte sie das Brot gegeben, war den weiten Weg nach Hause gegangen und völlig unterkühlt angekommen. Sie hatten alles versucht, um die alte Frau durchzubringen, doch die hatte sich geweigert, von Lina Essen anzunehmen. »Das brauchen die Kinder nötiger als ich«, hatte sie gesagt. Auch ihre Schwester brauchte es nötiger als sie. Und Lina. Alle brauchten es, laut Hedwig, nötiger als sie. Und dann brauchte sie es tatsächlich nicht mehr, denn sie war tot.

An ihrem offenen Grab hatte sich Helene auf die eisige Erde geworfen und wie von Sinnen geschrien: »Wann ist dieser verdammte Krieg endlich vorbei? Wann denn?«

In jenen Tagen waren sie wieder näher zusammengerückt in der Orleansstraße 96. Für Hedwig.

Charlotte hatte sich sogar mit ihrem Vater ausgesprochen, ein bisschen, endlich. Onkel Walter hatte erneut geschrieben, hatte von Albert berichtet und dass alles unverändert war, man müsse sich keine Sorgen machen, er gehörte zu den Ältesten und würde nur zu Hilfsarbeiten eingesetzt, die schließlich auch jemand verrichten musste.

Er war zwischendurch auch schon ein paarmal auf Urlaub in der Pfalz, und Berta sagt, Albert hat in der ganzen Zeit noch kein Gewehr in der Hand gehabt, schrieb Walter.

»Na siehst du«, hatte ihr Vater gesagt, und Charlotte hatte angefangen, es zu glauben und sich zu entspannen. »Du wirst ihn wiedersehen«, hatte Karl sogar noch hinzugefügt. Sie wusste, was ihn dieser Satz gekostet hatte, und das hatte ihr mehr als alles andere bedeutet.

Andere Neuigkeiten, von denen Onkel Walter berichtet hatte, waren weniger schön. Christoph, der Verlobte ihrer Cousine Katharina, war an der Somme gefallen. Auch andere junge Männer aus Mühlbach und Umgebung. *Immer, wenn die Glocke auf dem Schulhaus läutet, zuckt der ganze Ort zusammen, denn dann ist es wieder einer weniger.*

»He! Passen Sie auf, wo Sie hinlaufen, Fräulein.«

Charlotte schreckte zusammen, fast wäre sie über das ausgestreckte Bein des Mannes am Boden gefallen, das andere fehlte. Er saß auf mehreren Decken auf der Erde und bettelte. Ein Kriegsversehrter bettelte!

»Verzeihung!«, sagte Charlotte und starrte den Mann einen Moment zu lange an. Auch dafür entschuldigte sie sich und wollte rasch weitergehen, weil sie selbst nichts hatte, was sie ihm hätte geben können.

»Charlotte!«, rief eine weibliche Stimme hinter ihr. Es war Adele

Wolf, die ihr die Stelle in der Kinderverwahrung, in der sie künftig arbeiten sollte, beschafft hatte.

Eine Zeit lang hatte Charlotte in einer Suppenküche gearbeitet, doch dort hatte man ihr nahegelegt, sich woanders nützlich zu machen, denn es gab mit der Zeit immer weniger Mahlzeiten zu verteilen, und die Hilfskräfte standen nutzlos herum.

»Man braucht Frauen, die die Kinder der Arbeiterinnen beaufsichtigen, damit diese den Lebensunterhalt verdienen können, das wäre doch etwas für Sie«, hatte Frau Wolf gemeint. Charlotte hatte das für eine gute Sache gehalten und auch gleich ihre Freundin Martha davon überzeugt. Kinder betreuen, das war etwas Sinnvolles.

»Na, aufgeregt an Ihrem ersten Tag?«, fragte Frau Wolf.

»Ein bisschen«, gab Charlotte zu und schaute sich unbehaglich um.

Frau Wolf lächelte verständnisvoll. »Tja, das ist die weniger schöne Seite von Bremen, ich weiß schon, aber umso wichtiger ist es, dass man sich um diese Leute kümmert. Das Rote Kreuz ist hier wirklich sehr engagiert.«

»Weniger schön« war eine starke Untertreibung. Charlotte konnte sich kein schlimmeres Armenviertel vorstellen. Hier zu helfen war genau das Richtige.

Die beiden Frauen standen vor einer Art Pförtnergebäude, das nach vorn zur Straße hinausragte und vor dem der Einbeinige saß. Frau Wolf öffnete ihre Tasche und legte ein paar Scheine in seine Mütze, dann traten sie ein. Drinnen in einer Ecke neben der Pförtnerloge wartete Martha und war sichtlich erleichtert, Charlotte zu sehen.

»Zur Kinderbetreuung!«, sagte Frau Wolf.

Der Pförtner schnaubte und ließ sie alle drei durch.

»Es war schrecklich!«, sagte Charlotte, als sie am Abend in der Stube saßen, Martha stumm und mit leerem Blick neben ihr. »Viele der Kinder waren ganz dünn und völlig verwahrlost, die meisten haben geweint, den ganzen Tag lang, sie waren nicht zu beruhigen. Das kleinste war zwei Jahre alt.«

Der Lärm und der Gestank in der karg eingerichteten Halle, in der die Kinder der Arbeiterinnen untergebracht waren, war überwältigend gewesen.

»Entweder sie haben laut geweint oder apathisch durch einen hindurchgeschaut. Manche haben in die Hose gemacht, aber es gab praktisch nichts zum Saubermachen oder zum Wechseln, man hat sie dann mit dem Hintern unter den Wasserhahn gehalten. Wir wussten nicht, was wir tun sollten. Wir haben versucht, mit den Kindern zu reden oder zu spielen, aber das war meistens zwecklos.«

»Wie furchtbar!«, sagte Amalie.

»Warum um Himmels willen geben diese Mütter ihre Kinder in so eine Verwahranstalt?«, wunderte sich Johann.

»Weil sie müssen«, echauffierte sich Charlotte. Marthas Unterlippe bebte. »Man zwingt sie, damit sie arbeiten können, fürs Vaterland und für den Krieg. Eine der Frauen hat es uns erzählt. Sie hat als eine der letzten ihre beiden Kinder geholt, der Junge war fünf und das Mädchen drei. Ihr Mann ist an der Front, deswegen bekommt sie vom Staat Unterstützung, aber die streicht man ihr, wenn sie sich weigert zu arbeiten. Und wisst ihr, was sie arbeitet? Sie dreht Granaten.«

»Wie bitte? Ich dachte, das wäre eine Silberwarenfabrik«, sagte Amalie.

»Früher war es eine«, berichtete Charlotte. »Heutzutage ist es eine Munitionsfabrik.«

»Oh mein Gott!«, entfuhr es Lina. »Wusste das Frau Wolf etwa nicht?«

»Offenbar nicht, und wir wüssten es auch nicht, hätten wir uns nicht mit dieser Arbeiterin unterhalten. Frau Wolf war da schon weg.«

»Und die Frau sagte auch, sie wird kontrolliert«, sagte Martha leise.

»Richtig«, sagte Charlotte. »Unter dem Deckmantel der Fürsorge gehen Frauen vom Roten Kreuz in die Wohnungen und sehen nach, ob auch keine Verschwendung herrscht.«

»Verschwendung?«, rief Lina. »Was denn für eine Verschwendung? Was können denn Leute, die eh schon nichts haben, in diesen Zeiten verschwenden?«

»Mehl zum Beispiel«, sagte Karl mit finsterem Blick. »Es wird empfohlen, es mit Sägemehl zu strecken. Tut man das nicht – aus verständlichen Gründen –, ist es Verschwendung. Natürlich nicht bei den Betuchten. Zu Herrmann Sperling kommt sicher niemand vom Roten Kreuz und sieht nach, ob er seinen Champagner auch nicht verschwendet.«

»Ich kann da nicht mehr hingehen«, sagte Martha und schüttelte den Kopf. »Ich ertrage das einfach nicht.«

»Natürlich nicht, Martha, das verlangt keiner von dir«, beeilte sich Lina dem Mädchen zu versichern, und Amalie streichelte ihrer Tochter tröstend über die Wange.

Charlotte jedoch blickte ihrem Vater fest in die Augen. »Ich gehe wieder«, sagte sie.

»Das musst du doch nicht, Lotte«, sagte Lina.

»Doch, ich muss. Und ich will.« Sie sah weiterhin nur ihren Vater an. Er war ihr in all den Jahren ein Vorbild gewesen, sie hatte ihn dafür bewundert, wie er sich für seine Arbeiter eingesetzt hatte, obwohl er aus dem Dunstkreis von Herrmann Sperling wegwollte. Sie wollte sich auch einsetzen. Für die Kinder. Sie wollte in die Fußstapfen ihres Vaters treten. Und sie wünschte sich, dass er das verstand.

Er kam zu ihr und umarmte sie. »Ich bin sehr stolz auf dich, mein Schatz«, sagte er. »Sehr, sehr stolz.«

10

Arras im Frühjahr 1917

Jemand musste einen Plan haben. Ganz sicher. Die Oberste Heeresleitung. Die Generäle. Die wussten sicher, was sie taten. Die Offiziere, die die Befehle weitergaben, die wahrscheinlich auch. Die Soldaten taten einfach nur, was man ihnen sagte, wo käme man denn da hin, wenn man alles hinterfragte. Stellung halten, Angreifen, Erobern – wenn möglich. Stellung aufgeben, Rückzug – das war neu. Die Frontlinie nach hinten verlagern, alles zerstören, was zwischen der alten und der neuen Stellung lag, Dörfer, Städte, Burgen, Landstriche, alles. Vollständig zerstören. Keinen Stein auf dem andern lassen, hieß es. Die Bewohner wurden deportiert oder …

Die OHL wusste sicher, was sie tat und anordnete. Der Krieg musste gewonnen werden.

Ludwig Borger lag in einem halb zerstörten Schützengraben und dachte, wenn das nun Mühlbach gewesen wäre, das man dem Erdboden gleichgemacht hätte. War es ja nicht, aber wenn … Und wenn das nun seine Mutter, sein Vater, seine Schwester, seine Frau gewesen wären, die man verschleppt hätte. Waren sie ja nicht.

Dumm, so etwas zu denken. Man musste eben tun, was man tun musste, es war ja für einen höheren Zweck. Für welchen gleich wieder? Das wusste sicher auch die OHL und die Politiker in Berlin und der Kaiser. Ludwig tat, was man ihm sagte. Und er hatte schon so viel getan, dass es besser war, nicht an der Richtigkeit zu zweifeln, wie hätte er sonst mit all den Toten leben wollen, die auf sein Konto gingen. So war das nun mal im Krieg.

»Es ist so ruhig«, sagte sein Kamerad Eugen. Den kannte er schon seit der Ostfront. Dort brauchte man sie nicht mehr, seit die Russen besiegt waren, jetzt brauchte man sie hier im Westen.

»Ja, haben's aufgegeben, scheint's«, sagte Ludwig. Er glaubte es nicht, er hoffte es allenfalls. Manchmal träumte er nachts, dass alle einfach nach Hause gehen würden, aufstehen und gehen, raus aus den Schützengräben und weg. Nach Hause. Kein Granatengetöse mehr, keine Schüsse, keine Schreie, kein Brummen der anrückenden Tanks. So war es in den letzten Tagen gewesen. Laut. Aber sie hatten standgehalten, sogar als eine Granate ihren Abschnitt getroffen hatte, jetzt glich der Graben mehr einem Krater voller Schlamm, Blut und Leichen, aber sie hatten draufgehalten auf die anstürmenden Soldaten. Mit Maschinengewehren hatten sie sie niedergemäht. Und die eigene Artillerie hatte auch draufgehalten. Und die Tanks waren ausgebrannt, und die Soldaten lagen im Niemandsland, manche ganz, aber durchlöchert, manche nur noch in Teilen.

»Sollen wir nicht lieber wieder die Gasmaske aufsetzen?«, fragte Eugen. »Wenn es so still ist, denke ich immer an Gas.«

»Nicht nötig. Der Wind geht in die andere Richtung«, sagte Ludwig.

»Aber warum ist es so still?«

Ludwig zuckte die Achseln. Würde schon seinen Grund haben. Alles hatte seinen Grund. Es gab einen Plan. Auf der einen wie auf der anderen Seite. Die Soldaten mussten ihn nicht verstehen, irgendwer verstand ihn schon.

Er schloss die Augen und dachte an seinen Traum. Nach Hause …

Einen Augenblick später trat der Plan der Alliierten in Kraft. Von unten kamen sie. Auf einmal waren sie einfach da. Unter dem Schützengraben gingen Minen in die Luft. Und Ludwig war auf einmal einfach tot.

11

Knockaloe, Isle of Man im Herbst 1917

»Was ist?«, fragte Anton beim Essen. August saß ihm gegenüber und ließ den Löffel lustlos durch die Suppe gleiten.

»Nichts«, antwortete er tonlos.

Anton sah ihn unverwandt an, und als hätte August noch kein Wort gesagt, wiederholte er im selben Ton wie zuvor: »Was ist?«

August blickte auf. Anton würde seine Frage noch zehnmal wiederholen, wenn es sein musste.

»Lotte hat geschrieben«, sagte er.

»Normalerweise freust du dich darüber«, stellte Anton fest.

»Ja.«

»Und wieso jetzt nicht?«

»Ihr Cousin ist gefallen.«

»War das nicht schon im Frühjahr?«, erinnerte sich Anton.

»Jetzt auch noch der andere«, sagte August. »Beide Söhne der Familie sind jetzt tot. Erst Ludwig, der jüngere, jetzt Johannes, der ältere.«

»Schlimm! Kanntest du die gut?«

»Nicht gut. Sie waren um einiges älter als ich. Aber im Dorf kennt man sich halt. Und es sind Lottes Cousins. *Waren* Lottes Cousins.«

Anton lehnte sich zurück. »Mein Schwager ist an der Ostfront gefallen, der beste Freund meines Bruders in Flandern, die beiden Söhne unseres alten Zirkusdirektors sind vermisst, wahrscheinlich tot. Wir alle hören jeden Tag solche Nachrichten. Und sitzen hier und können nichts tun und haben zu essen und sind in Sicherheit.«

August sah den Freund betroffen an. Es waren genau seine Gedanken. Lotte ahnte nichts davon, aber sein schlechtes Gewissen, wenn er von all den Kriegstoten hörte, überwog seine Betroffenheit.

Hätte er ihr erzählt, wie er empfand, hätte sie sicher nicht mehr mit der Offenheit geschrieben, die er so an ihren Briefen schätzte. Am schlimmsten war es Anfang des Jahres gewesen, als sie von ihrer Tante Brandt schrieb und von all den Hungertoten in Deutschland. Er hatte immer gedacht, wenigstens die Familien zu Hause wären in Sicherheit, weil die Front weit weg war, aber das stimmte nicht, die Menschen starben überall. Erst als er sie um eine ehrliche Antwort gebeten hatte, schrieb ihm seine Mutter, dass sie zurechtkämen. Auf dem Land war die Hungersnot weniger groß als in den Städten. Sie alle waren Selbstversorger und hatten schon immer gewusst, wie sie sich auf einfache Weise ernähren konnten.

»Schreibt sie auch was Schönes?«, fragte Anton. August hatte ihm einmal erzählt, dass Lotte für alles Traurige, das sie schreiben musste, auch immer etwas Schönes als Ausgleich schrieb. *Das Leben hält sich immer in der Waage, und wenn es das nicht tut, müssen wir eben nachhelfen*, hatte sie einmal geschrieben. So war es in ihren Briefen geblieben. Dem Schlimmen das Gute entgegensetzen war ihre Devise.

August zog den Brief hervor.

»Du hast ihn dabei?«, wunderte sich Anton.

»Natürlich«, sagte August, als wäre es das Selbstverständlichste auf der Welt. Er faltete das Papier auseinander und las vor.

»Sie schreibt: *Worüber soll man schreiben, wenn es nichts Schönes mehr zu schreiben gibt? Vielleicht über die Zukunft, eine schöne Zukunft natürlich. Wir beide in Mühlbach am Glan mit den nackten Füßen im Wasser, neben uns eine Packung Zucker und ein paar Zuckerstangen, so wie früher, weißt du noch? Oder beim Tanz in Arnolds Wirtschaft. Aber diesmal tanzen wir zusammen. Wir haben noch nie zusammen getanzt. Du kannst natürlich auch mit einem anderen Mädchen tanzen, mit Maria oder mit wem du willst, aber einen Tanz reservierst du für mich, ja? Das machen wir, August. Und bis es so weit ist, passen wir beide gut auf uns auf.*«

August ließ das Blatt langsam sinken und mied Antons Blick. Er faltete den Brief sorgfältig wieder zusammen und steckte ihn zurück in seine Tasche. Dann widmete er sich mit großer Aufmerksamkeit seinem Löffel und seiner Suppe.

»Zucker und Zuckerstangen?«, fragte Anton verschmitzt.

August lächelte und erzählte die Geschichte von damals.

»Und ihr habt noch nie miteinander getanzt?«

August schüttelte den Kopf.

»Und … möchtest du wirklich lieber mit dieser Maria tanzen, die du, nebenbei bemerkt, noch nie erwähnt hast?«

August schüttelte wieder den Kopf.

»Lotte klingt wirklich wie ein wunderbarer Mensch«, sagte Anton.

August nickte und presste die Lippen zusammen.

»Dann tu, was sie gesagt hat: Pass auf dich auf. Quäl dich nicht damit, dass du dem Krieg entgangen bist. Halte durch, verstanden!«

August nickte wieder.

»Und wenn alles vorbei ist, dann tanzt du mit ihr.«

12

Bremen im Frühjahr 1918

»Sie drucken es!« Victor Schweizer taumelte in den Flur der Schäfer'schen Wohnung. Diesmal war er nicht betrunken vom Alkohol wie so oft, seit der Krieg ausgebrochen war, sondern trunken vor triumphalem Glück.

»Sie drucken es, Karl! Lina, Karl!«

Die Tür zur Stube ging auf.

»Victor?«, sagte Karl erstaunt.

Victor lachte. »Ja, genau, und heute mache ich meinem Namen alle Ehre.«

Charlotte, die mit Martha und Ella in ihrem Zimmer saß und Kleidung ausbesserte, ließ ihre Arbeit sinken und sah durch die offene Tür das selige Strahlen in seinem Gesicht, als er vorbeiging.

»Sie drucken ihn, den Artikel über Bruno und seine Kameraden. ›Es wird Zeit‹, hat mein Chefredakteur gemeint. ›Dieses Um-den-heißen-Brei-Herumreden muss ein Ende haben. Der Krieg muss ein Ende haben.‹ Das hat er gesagt.«

»Das ist wunderbar, Victor!«, erwiderte Karl.

»Gratuliere, Victor!« Es war die Stimme von Johann Selchert, die sich hinzugesellte.

»Komm, setz dich, trink einen Tee mit uns«, sagte Lina.

»Jetzt kommt sie vielleicht zurück, was meint ihr?«, fragte Victor. Wieder ein Lachen, ein kleines nur, hoffnungsfroh und stolz, doch gleichzeitig voller Sehnsucht und Angst davor, dass alles längst zu spät sein könnte.

Lina ging am Zimmer der Mädchen vorbei und lächelte ihnen zu. Wenig später kam sie mit einem Gedeck für Victor zurück. Die Tür zur guten Stube wurde geschlossen.

»Glaubst du, dass sie zurückkommt?«, fragte Ella nach einer Weile leise. Charlotte stand auf und schloss die Tür.

»Seine Frau?«, fragte Martha. »Wie lange ist sie schon weg?«

»Seit einem Jahr«, sagte Charlotte.

»Weiß man, wo sie hin ist?«

»Sie ist irgendwo bei einer Freundin, glaub ich.«

»Und trinkt er immer noch?«, fragte Martha.

Charlotte warf einen Blick auf ihre jüngere Schwester. Sie war sich oft nicht sicher, wie viel Ella verstand. Natürlich hatte sie miterlebt, wie unter dem Dach ihres Hauses eine Ehe zugrunde gegangen war, aber ob sie auch die Ursache dafür erfasste, das wusste Charlotte nicht. Für sie blieb Ella immer noch das staunende kleine Mädchen, eigensinnig und lebhaft zwar, aber immer noch ein Kind. Sogar Walter mit seinen elf Jahren kam ihr oft reifer vor als die vierzehnjährige Schwester. Jetzt wartete sie mit großen Augen auf die Antwort auf Marthas Frage. *Trinkt er immer noch?*

»Ich weiß es nicht, Martha«, sagte Charlotte diplomatisch.

»Was meint er denn? Was für ein Artikel wird gedruckt?«, fragte die Freundin weiter.

Wieder richtete Charlotte ihren Blick auf die kleine Schwester. Sie redete niemals mit ihr über den Krieg oder Politik. Wenn die Eltern sich darüber unterhielten, ging Ella aus dem Zimmer und vertrieb sich die Zeit auf andere Weise. Charlotte dagegen beteiligte sich an der Unterhaltung. Sie war auch geblieben, als im Jahr zuvor all die Unglücksnachrichten gekommen waren. Erst von Ludwig, dann von Johannes. Sie hatte ihre Mutter im Arm gehalten, als diese im letzten Herbst weinend über dem Brief aus Mühlbach zusammengebrochen war, und hatte ihr beigestanden, als sie ihre Beileidsbekundung an Onkel Heinrich und Tante Mathilde schrieb. Ella hatte mit großen, hilflosen Augen dabeigestanden und war dann in ihrem Zimmer verschwunden. Man konnte ihr keinen Vorwurf machen, dachte Charlotte, sie war nun einmal so. Wenn es zu ernst oder zu traurig wurde, wich Ella aus.

»Victor hat mit Feldgrauen gesprochen«, erklärte Charlotte.

»Er hat ihnen Fragen gestellt, zum Krieg und zu ihren Erlebnissen und …«

»Was ist das?«, wurde sie von Ella unterbrochen. »Feldgraue.«

»Einfache Soldaten ohne Rang, man nennt sie so wegen ihrer grauen Uniform.«

»Und?«, drängte Martha zum Fortfahren.

»Er hat in dem Artikel wiedergegeben, was sie ihm berichtet haben, was sie gesehen und erlebt haben. Und dass sie sagen, der Krieg soll aufhören, sie können und wollen es nicht mehr ertragen, dieses sinnlose Sterben. Sie wenden sich gegen all die Kriegshetzer, die fürs Durchhalten plädieren. Sie sagen, sie können nicht mehr durchhalten.«

»Hast du den Artikel gelesen?«

»Nein, aber ich war dabei, als Victor meinen Eltern davon erzählte. Er wusste nicht, ob die Zeitung so etwas drucken würde, aber offensichtlich tun sie es jetzt.«

»Mein Vater sagt, der Krieg wird nicht mehr lange dauern«, erklärte Martha.

»Das sagt mein Vater auch«, pflichtete Charlotte bei. »Überall in den Fabriken streiken sie. Die Leute lassen sich das nicht länger gefallen, sagt er, sie halten es nicht mehr aus.«

Ellas Augen wurden immer größer. Obwohl die Unterhaltung so ernst war, musste Charlotte über den Gesichtsausdruck ihrer kleinen Schwester beinahe lachen. Vielleicht würde sie einmal eine Schauspielerin werden, Charlotte konnte sich das sehr gut vorstellen. Im Kino hatte sie kürzlich einen Film gesehen, da hatte die Schauspielerin ähnlich große Augen gehabt. Ein kurzer, lustiger Film im Anschluss an eine Wochenschau, in der man einmal mehr von den Erfolgen der Deutschen berichtet hatte: Jetzt würde es zum entscheidenden Vorstoß kommen, jetzt würde man den Feinden endgültig den vernichtenden Schlag zufügen, jetzt würde man siegen. Jetzt.

So wie man es kurz nach Kriegsbeginn vorausgesagt hatte und 1915 und 1916 mit Verdun und nach dem Sieg über Russland, stets und ständig hatte man den Sieg vorausgesagt, sogar im Hungerwinter, als Tante Hedwig gestorben war und mit ihr so viele andere, zu Hause, nicht an der Front. Aber dort natürlich auch. Überall starben die Menschen.

Charlotte hatte ihre Mutter und Tante Helene ins Kino begleitet. Sprachlos hatten sie die Wochenschau angesehen mit ihren fortgesetzten Durchhalteparolen und angeblichen Erfolgsmeldungen, und hinterher hatte man diesen albernen Film gezeigt über eine Frau und ihren Liebhaber, der sich vor ihrem unverhofft auftauchenden Ehemann verstecken muss. Während der Liebhaber von einem Versteck zum nächsten hastet, versucht die Frau gestenreich und grimassierend, den Ehemann abzulenken. Der ganze Saal hatte gelacht über diesen Trottel. Oder sie lachten aus Verzweiflung und über diese Absurdität: Man verbreitete Lügen in der Wochenschau, zeigte anschließend eine Komödie, und nebenbei ging die Welt unter. Was blieb einem da noch übrig, als zu lachen?

»Wenn der Krieg aus ist«, fragte Ella leise, »kommt dann Aaron wieder?«

Charlotte runzelte die Stirn. »Ich hoffe.«

Ellas Mundwinkel zogen sich sanft auseinander. Sie bemühte sich, ihr Lächeln zu unterdrücken, doch es gelang ihr nicht gut.

»Wo ist Aaron denn zurzeit?«, fragte Martha.

»Auf irgendeinem Schiff, ich weiß nicht genau, wo«, wich Charlotte aus.

»Schreibt er dir noch manchmal?«

»Schon lange nicht mehr.«

»Aber wenn der Krieg vorbei ist ...«, insistierte Ella.

»Ella!«, herrschte Charlotte das Mädchen an.

Martha legte ihre Hand auf die von Charlotte. Ella senkte den Blick.

»Tut mir leid, Ella«, lenkte Charlotte ein.

Ella nickte und murmelte: »Ich dachte, ihr würdet einmal heiraten.«

Charlottes Augen begannen zu brennen. Warum war ihre kleine Schwester so wenig feinfühlig? Oder war es, weil sie noch so jung war und noch nichts über diese Dinge wusste? Aber war sie selbst nicht in Ellas Alter gewesen, als sie sich damals in Aaron verliebt hatte? Sie sah ihn noch mit seinem Buch in Roths Garten umherwandern, hörte seine Stimme, als er ihr erklärte, was ein Briefroman war. Er hatte auf der Bank dicht neben ihr gesessen, und Charlottes Körper hatte sich angefühlt wie ein Schwarm Schmetterlinge. Später hatte er ihr Blumen mitgebracht und war mit ihr spazieren gegangen, und einmal, da hatte er sie ... aber das hatte sie keinem erzählt. Ihre Lippen hatten sich nur so kurz berührt, wie man blinzelte. Aber sie hatten sich berührt. Doch dann kam der Krieg. Und aus Aaron wurde ein anderer. Keine Briefromane mehr. Sie hätte gern mit jemandem darüber gesprochen, über ihre Gefühle und warum sie sich so verändert hatten und wie traurig das war, aber sie kannte keinen, und es war Krieg, da war das doch nebensächlich. Menschen starben, was war dagegen Liebeskummer? Oder der Kummer darüber, dieses Gefühl verloren zu haben. Nur August hatte sie einmal davon geschrieben, kurz nur, und als der Brief in der Post war, hatte sie sich deswegen geschämt. Es war unangebracht gewesen, dumm. Warum musste Ella nach Aaron fragen? Sie hoffte für ihn und seine Familie, dass er auch den Rest des Krieges noch heil überstehen würde, doch für sich selbst erhoffte sie nichts mehr. Heiraten! Großer Gott!

»Was wollen wir tun, wenn der Krieg vorbei ist?«, wechselte Martha das Thema. »Wir müssen uns irgendetwas vornehmen, etwas Schönes.«

Charlotte räusperte ihre Beklommenheit weg. »Es ist ja noch nicht so weit«, sagte sie.

»Ja, aber wenn es so weit ist.«

»Ich glaube, Walter wird enttäuscht sein. Er würde gern Soldat werden«, sagte Ella.

»Walter ist ein dummer Junge«, wies Charlotte sie zurecht. »Er sollte Victors Artikel lesen, lesen kann er ja immerhin schon. Oder wenigstens gut zuhören, wenn sich Mama und Papa unterhalten.«

»Du darfst das nicht so ernst nehmen, was ein kleiner Junge von sich gibt, Lotte«, sagte Martha.

»Ja, ich weiß.« Charlotte seufzte. »Ich würde ihn ab und zu trotzdem gern übers Knie legen.«

Martha lachte laut auf, und Ella kicherte. Charlotte presste die Lippen zusammen, doch dann musste auch sie lächeln.

»Du und jemanden übers Knie legen, Lotte, das möchte ich sehen.«

»Unterschätz mich nicht.«

Martha lachte noch lauter, und Ella und Charlotte stimmten mit ein.

Die Tür ging auf. »Na, ihr! Was habt ihr denn zu lachen?« Lina steckte ihren Kopf herein. Sie lächelte ebenfalls, doch man sah ihrem Gesicht an, dass es gar nicht mehr an ein Lächeln gewöhnt war. Kantig war es geworden mit dunklen Schatten unter den Augen, der Mund schmal. Ihr Blick hatte meist etwas Verschrecktes, als erwartete sie jeden Moment eine weitere Hiobsbotschaft. Jetzt, wo sie lächelte, sah sie wieder ein bisschen so aus wie früher, als sie jung war und hübsch. Charlotte erinnerte sich noch genau daran. So hübsch wollte sie gern auch einmal werden, und wenn man ihre Ähnlichkeit mit der Mutter gerühmt hatte, war sie immer ganz stolz gewesen. Nur das schöne kastanienbraune Haar, das hatte sie nicht geerbt, ihres war bedeutend heller, und den kleinen Buckel auf der Nase, den hatte sie von ihrem leiblichen Vater. Sie war nicht annähernd so schön, wie ihre Mutter einmal gewesen war, dachte Charlotte immer. Keine Frau, die sie kannte, war das.

»Victor hat gute Neuigkeiten«, sagte Lina.

»Das haben wir gehört«, erwiderte Charlotte. Lina nickte.

Im Hintergrund hörte man ihn. »Ich hole Henriette zurück, sie kommt zurück, ganz bestimmt. Jetzt wird alles gut. Ganz bestimmt.«

13

Amiens im August 1918

Als er vor ihr stand, in voller Montur, mit dem Gewehr in der Hand, den Stahlhelm auf dem Kopf, schrak Schwester Gertrud zusammen. Sie hatten sich im Lazarett oft unterhalten, über ihren Mann, über seine Frau. Warum sie sich zum Hilfsdienst gemeldet hatte, warum er hier war. Sie verstanden sich gut, hatten beschlossen, später einmal, wenn das alles vorbei war, in Kontakt zu bleiben, immerhin kamen sie ungefähr aus derselben Gegend. Sie aus Neustadt in der Vorderpfalz, er aus einem kleinen Nest in der Hinterpfalz, dem schönsten kleinen Nest auf der Welt, wie er immer sagte.

»Sie auch?«, stieß sie jetzt voller Entsetzen aus.

Er nickte. »Die Reihen sind dünn geworden, sie brauchen jetzt jeden Mann, um sie aufzufüllen.«

»Aber doch nicht ...«

»Einen alten Mann?«, vollendete er ihren Satz, lächelte und legte den Kopf schief, als wollte er mit ihr schäkern. Er musste in jungen Jahren ausgesprochen hübsch gewesen sein, er war noch immer gut aussehend.

»Das wollte ich nicht sagen. Sie sind nicht alt, Sie sind in den besten Jahren, zu jung, um ...« Sie sprach es nicht aus.

»Das sind wir alle«, erwiderte er. Er zog einen dicken Briefumschlag aus seiner Tasche. »Darf ich Ihnen den anvertrauen? Und würden Sie ihn bitte weiterleiten, falls ... Sie wissen schon.«

»Natürlich«, sagte sie. »Ich würde ihn notfalls selbst überbringen. Aber das wird nicht nötig sein. Bestimmt nicht.«

»Woher wollen Sie das wissen?«

»Ich weiß es, und Sie müssen es glauben, ganz fest.«

»Ich tue, was ich kann.«

Sie wog den Umschlag in ihrer Hand. »Ein schwerer Brief«, stellte sie fest.

»Ja«, sagte er, »schwer ist der richtige Ausdruck.« Sie bemerkte den Schmerz in seinen Augen, die auf dem Brief in ihrer Hand ruhten. »Es sind drei Briefe«, setzte er hinzu.

Sie trat vor, ergriff seine Hand. »Sie kommen zurück, ganz bestimmt.«

Er schüttelte den Kopf. »Wissen Sie, dass ich in meiner Jugend ein rechter Feigling war? Hab ich Ihnen das erzählt?«

»Ach, Unsinn!«

»Doch. Ich war der schlimmste Feigling, den man sich vorstellen kann. Und weil ich so feige war, habe ich alles verloren, worauf es im Leben ankommt. Was ich jetzt verlieren könnte, da draußen, das ist nicht annähernd so kostbar. Deshalb habe ich keine Angst. Wenn Sie meiner Berta das sagen könnten, wenn Sie sie sehen? Dass ich keine Angst hatte?«

Gertrud nickte, sprechen konnte sie nicht.

»Leben Sie wohl!«, sagte er.

»Wir sehen uns wieder«, flüsterte sie.

Er lächelte wissend, hob die Hand und ging.

14

Knockaloe, Isle of Man, am 11. November 1918

Er wusste später noch genau, wo er war, und würde sich immer daran erinnern, als der Ruf durch das Lager hallte. Erst eine einzelne Stimme, ganz fern und unverständlich, dann mehrere, dann ein Stimmengewirr. Die Engländer riefen es, die Blauen genauso wie die Wachleute. Schließlich stand einer der Musiker auf, öffnete die Tür der Baracke, in der sie probten, und dann hörte man es laut und deutlich.

»THE WAR IS OVER!«

Dazwischen Jubelrufe und hastige Worte, verwaschen und noch dazu im Dialekt der Insel, sodass selbst August Mühe hatte, etwas zu verstehen. Er saß mit seiner Geige seitlich vom Orchester auf einem der Wackelstühle, bei denen ein Bein kürzer war als die anderen drei. Er hatte es nie auf die guten Stühle in der Mitte geschafft, aber der Dirigent hatte seine Hartnäckigkeit honoriert und ihm hin und wieder einen anerkennenden Blick zugeworfen. August hatte sich nichts vorgemacht, mit diesen Musikern konnte er nicht mithalten, aber die Proben hatten ebenso zu seiner Lagerroutine gehört wie der Chor, das Turnen, die Gartenarbeit, Hendersons Bibliothek und das Geplänkel mit den Blauen auf der Poststelle, mit dem gehbehinderten James, der in Augusts Alter war, und mit dem kurzsichtigen Mr Saunders. »August, du könntest aus dem Lager spazieren, und niemand würde merken, dass du ein Deutscher bist. Du könntest hier leben«, hatte der zu ihm gesagt. Franz Hiltensperger hatte in etwa dasselbe ausdrücken wollen, als er ihn einmal anfuhr: »Verflucht, August, du klingst wie ein verdammter Engländer!«

Der Mann an der Tür drehte sich verblüfft zu den Musikern um, die still auf ihren Stühlen saßen – auf den wackligen wie den nicht wackligen –, und sagte: »Der Krieg ist aus.«

Alle blieben sitzen, schwiegen, wussten nicht, was sie tun sollten. So lange hatten sie auf diesen Moment gewartet, ihn sich vorgestellt und im Kopf durchgespielt, wie es sein würde, wenn endlich alles vorbei wäre, und nun saßen sie da, als hätte man sie mit der Nachricht überfallen, geknebelt und gefesselt, und draußen feierten die Engländer.

»Lasst uns noch einmal spielen«, sagte der Dirigent in die Stille und hob den Stock, dann nickte er auch den Männern auf der Seite zu, und sie hoben ebenfalls ihre Instrumente. Sie spielten das Stück, dessen Noten gerade vor ihnen lagen und das sie zuletzt geprobt hatten, die Ouvertüre von *Wilhelm Tell*, und während sie spielten, drang die Neuigkeit langsam in ihr Bewusstsein.

The war is over.

Als der Dirigent nach dem fulminanten Schlussakkord den Taktstock sinken ließ, war sein Gesicht genauso tränenfeucht wie das jedes Musikers.

»Danke!«, sagte er, legte den Taktstock nieder und ging zur Tür hinaus.

Es ist vorbei, dachte August, jetzt dürfen wir heim. Ich komme heim. Ich komme heim. Ich komme heim.

Er wischte sich mit der Hand übers Gesicht und folgte seinen Kollegen nach draußen, wo das ganze Lager langsam in Aufruhr geriet und die Wachen dafür sorgten, dass es nicht überhandnahm, denn viel mehr, als dass die Waffen ab diesem Tag ruhten, wusste man noch nicht. Erst nach und nach verbreiteten sich Einzelheiten.

»Der deutsche Kaiser ist weg, die Mittelmächte haben verloren«, hieß es. »Die Deutschen haben sich ergeben.« Es verbreiteten sich Gerüchte über Befehlsverweigerungen und Meuterei bei der Marine.

»Ist doch am Ende egal«, meinte Anton Frede. »Das ist doch alles egal, sie hätten es nur schon früher tun sollen.«

»Habt ihr etwas geahnt?«, fragte August in die Runde. »Ich

meine, hat es sich abgezeichnet, hat man euch in einem Brief etwas darüber geschrieben?«

»Du glaubst doch nicht, dass das die Zensur überstanden hätte.«

»Aber dass es jetzt so schnell ging.«

»Mehr als vier Jahre ist nicht schnell.«

»Was meint ihr, wann wir jetzt entlassen werden?«, fragte Hannes Weber. »Das werden wir doch, oder? Was meint ihr, wann?«

»Na, bald natürlich«, sagte Wilfried Stumm.

»Das glaube ich nicht«, meinte ein anderer Kollege aus der Baracke. »Die können nicht einfach die Tore aufmachen und Goodbye zu uns sagen.«

»Warum denn nicht? Wir würden den Heimweg schon finden«, erwiderte ein weiterer. Alle lachten, nur Franz Hiltensperger lag auf seiner Pritsche, die Hände hinterm Kopf, genau wie an dem Tag, an dem er die Stelle des toten Fritz Koch eingenommen hatte.

»Was machst du, Franz?«, fragte August.

»Was soll ich schon machen?«

»Bleibst du hier oder ...« Er hatte den Satz noch nicht zu Ende gesprochen, da schnaubte Franz verächtlich.

»Hier? Wo hier? Ich bin als Deutscher gefangen genommen worden, also gehe ich auch nach Deutschland.«

»Und deine Frau und deine Kinder?«, fragte Hannes.

»Ich weiß nicht, wovon du sprichst«, knurrte Franz, stand auf und machte sich davon.

August sah ihm bekümmert hinterher, doch Wilfried stupste ihn an und grinste: »Jetzt geht's ball hääm in die Palz.«

August wandte seinen Blick von der Tür, durch die Franz gerade verschwunden war, zu seinem Friedelhauser Musikantenkollegen. »Jo, Wilfried, ball simmer dehääm.«

Es dauerte noch einige Tage, bis sie mehr erfuhren und man ihnen die Situation erklärte. Ja, sie würden sicher nach und nach entlassen werden, aber ganz so schnell ging das nicht, die Abwicklung wurde noch besprochen, immerhin waren allein in Knockaloe fast 24000

Gefangene. Außerdem müsse man die weiteren Entwicklungen abwarten und die Friedensverhandlungen, die in Kürze stattfänden, hieß es. Bald war allen klar, dass sie Weihnachten nicht, wie erhofft, zu Hause feiern würden. Der Krieg war vorbei, und doch ging das Leben im Lager weiter wie bisher. Fast wie bisher. Briefe wurden geschrieben, mehr denn je, Hoffnungen ausgetauscht, die zum ersten Mal echt und greifbar waren und keine Luftschlösser, erbaut hinter Stacheldraht.

»Wie lange sind wir jetzt hier?«, fragte August, als er mit Anton zum Essen ging.

»Das weißt du doch«, antwortete Anton schmunzelnd.

»Schon immer?«

»Ja, ich glaube so ungefähr stimmt das. Schon immer.«

»Weißt du, was verrückt ist?«, sagte August und blieb abrupt stehen.

»Was denn?«

»Irgendwie habe ich Angst vor dem Leben dort draußen.«

»Oh ja, das ist verrückt.«

»Ein Jahr Cunninghams, drei Jahre Knockaloe.«

»Wo hat es dir besser gefallen?«, fragte Anton. »Es hatte beides Vorteile, meinst du nicht? In Cunninghams Camp hatte man das Ferienlager frei Haus, und war das nicht abenteuerlich? Die Latrinen, erinnerst du dich?«

»Nur zu gut.«

»Das habe ich in Knockaloe wirklich vermisst, muss ich sagen, du nicht?«

»Am Anfang haben sie sich noch einiges von Cunninghams abgeschaut.«

»Ja, aber dann haben sie immer mehr auf solche Sachen wie Hygiene geachtet. Das hat doch wirklich keinen Spaß mehr gemacht.«

»Nein, überhaupt nicht.«

August versuchte, so gut er konnte, auf Antons Scherze einzugehen.

»Komm schon, August, ich habe Hunger«, sagte Anton, streckte sich und legte den Arm um die Schulter des Freundes. »Weißt du eigentlich, dass du, seit wir uns kennen, einen halben Meter gewachsen bist?« Er brachte es fertig, noch kleiner zu wirken, als er in Wirklichkeit war, sein Arm klammerte sich an August wie an eine hoch aufragende Felswand, von der er abzustürzen drohte, und in seinem Gesicht formten sich die seltsamsten Grimassen. Wie üblich mussten alle, an denen sie vorbeikamen, lachen.

»Einen halben Meter nur?«, ging August auf Antons Vorstellung ein. »Bist du sicher, dass es kein ganzer Meter ist?«

Anton glitt immer weiter an ihm herab und ächzte: »Ja. Möglich. Ein Meter, August, ein Meter.«

August griff Anton unter die Achsel und richtete ihn mit einem Ruck auf. »Du Clown!«, sagte er und lachte.

Anton breitete die Arme aus und verbeugte sich. »Zu Ihren Diensten, Herr Schönborn, zu Ihren Diensten.«

Sie gingen weiter, bis August auf einmal wieder stehen blieb.

»Was denn nun schon wieder?«, fragte Anton und verfiel in diesen komisch-verzweifelten Blick, bei dem seine Augenbrauen ein steiles Dach formten.

August sah ihn an und lächelte wehmütig. »Dich werde ich vermissen, Anton.«

Weihnachten zog vorüber, das neue Jahr begann. Und dann ging es eines Tages los. Man hörte, dass in einem anderen Lagerabteil die Internierten bereits ihre Sachen zusammenpackten.

»Jetzt heißt es bald Lebewohl«, sagte Mr Henderson zu August. »Oder«, er zwinkerte, »möchtest du nicht doch hierbleiben?«

August lachte. »Nein, Mr Henderson, und selbst wenn ich wollte, dürfte ich das gar nicht. Es werden alle in ihre Herkunftsländer geschickt, so habe ich das jedenfalls gehört.«

Mr Henderson nickte. »Und du freust dich auch auf dein Zuhause, nicht wahr?«

»Ja. Sehr!«

»Wie heißen deine Geschwister noch gleich?«

»Philipp und Elsa.«

»Und wie alt sind sie jetzt?«

August musste überlegen. »Fünfzehn mein Bruder und meine Schwester elf. Glaube ich«, setzte er unsicher hinzu.

»Und dein Dorf? Wie, sagtest du, heißt das?«

»Mühlbach am Glan«, sagte August. »Der Glan ist ein Fluss, aber nur ein ganz kleiner, er zieht sich am ganzen Dorf entlang. Als Kinder haben wir dort im Sommer geplanscht. Im Winter sind wir mit unseren Schlitten den Potzberg hinauf, das ist der Berg, an dem Mühlbach liegt, ganz nach oben sind wir gestiegen und dann bis ins Dorf hinuntergefahren.«

»Ein Berg?«

»Nun ja, kein richtig hoher Berg, mehr ein Hügel, voller Wald und Wiesen. Wunderschön!« August senkte den Blick, verbarg seine Augen vor Mr Henderson und wiederholte leise: »Wunderschön!«

Mr Henderson klopfte ihm sanft auf die Schulter und sagte: »Bald siehst du das alles wieder, August. Bald.«

Das Lager geriet zunehmend in Unruhe, immer mehr Gefangene packten ihre Sachen. »Es geht zuerst nach London«, hieß es. Zur Repatriierung, wie sie es nannten.

»Re-pa-tri-ierung.« Anton ließ sich das Wort auf der Zunge zergehen.

»Nach Hause«, setzte August dagegen.

Die Friedensverhandlungen hätten begonnen, hörte man, in Paris.

Ein paar Wochen später erreichte die Unruhe das vierte Lagerabteil, und in den Baracken erschienen Wachmänner mit Listen, die die Gefangenen mit ihren Nummern aufriefen. Und eines Tages erschien einer dieser Männer in Augusts Baracke.

»Number 11285!«, rief er. Einen Moment lang stand August das Herz still, dann flog sein Arm in die Höhe. »Here! That's me!«

Eilig raffte er seine Sachen zusammen, wie die meisten war er schon lange darauf vorbereitet. Sein Koffer war gepackt, derselbe Koffer, mit dem er Jahre zuvor nach England gekommen war, dazu sein Rucksack und sein Geigenkasten. In der Aufregung achtete er gar nicht darauf, wer außer ihm noch aufgerufen worden war. Erst als er abmarschbereit war, sah er, dass Franz Hiltensperger mit seinem Gepäck dastand, auch die beiden Friedelhauser und noch ein paar andere.

Anton! Hektisch blickte sich August um und suchte seinen Freund. Da kam er den Gang zwischen den Betten entlang. Ohne Gepäck.

»Ich halte hier erst mal die Stellung«, sagte er mit einem gezwungenen Lächeln, die Hände in den Hosentaschen. Keine Grimasse, keine Clownerie.

»Anton …«, sagte August, doch er konnte nicht weitersprechen, stattdessen fiel er dem Freund in die Arme.

»Wir sehen uns wieder«, versprachen sie einander.

»Number 11285!«, erklang die drängende Stimme an der Tür.

»Geh!«, sagte Anton und schob August von sich weg. »Und immer in Bewegung bleiben!«

August nickte. Dann ging er und verließ Knockaloe für immer.

15

Bremen im Juni 1919

Die Stadt sah aus, als hätte sie nie etwas anderes erlebt als Sommer und Frieden. Menschen saßen in der Sonne auf dem Marktplatz und übten sich im Vergessen, lachten wieder, auch wenn dem einen ein Bein und dem anderen ein Arm fehlte oder man unter der hübschen Bluse der Frau unzweifelhaft noch immer die Rippen zählen konnte. Paare waren wieder zusammen oder fanden sich. Dazwischen ab und zu ein hartnäckiger Uniformträger, der dem Krieg nachtrauerte und davon überzeugt war: Den hätte man noch gewinnen können.

Charlotte lief an allen vorbei, eilte zur Straßenbahn. Sie hatte ihren Dienst frühzeitig beendet, Herr Wolf brauchte seine Ruhe. Er war aus dem Krieg zurückgekehrt, doch er war ein anderer geworden, trug Wunden, die man nicht sehen, nicht einmal erahnen konnte. Er wollte keine Sonne, keinen Anschein von Normalität. Auch Opernklänge waren ihm zuwider, Herr Wolf brauchte die Stille. »Und Zeit«, sagte seine Frau traurig, und Charlotte wusste, dass sie sich fragte, wie viel Zeit. Wie viel Zeit brauchte ein Mensch, um zu heilen, und wie viel Zeit brauchte ein ganzes Land?

Das Leben war auf den Kopf gestellt, der Kaiser war weg, man hatte jetzt einen Reichspräsidenten, Friedrich Ebert. Aber wie sollte es weitergehen mit dieser neuen Republik? Wie ging das: Demokratie? Man stritt und rang und kämpfte um den richtigen Weg in die neue Zeit, und nicht wenige wollten auch wieder zurück in die alte Zeit.

Der Freundeskreis der Familie traf sich wieder am Wochenende, die Diskussionen waren laut und lebhaft, und am lautesten war Helene Lindemann, denn sie konnte nun offiziell mitreden. Frauen durften endlich wählen und hatten schon bei der Wahl zur Nationalversammlung im Januar mitgestimmt. Nicht nur Helene war wählen gegangen, alle Frauen im Freundeskreis hatten sich beteiligt, auch Charlotte. Frauen, junge Leute ab zwanzig Jahren, Soldaten – es durften so viele Menschen mitbestimmen wie nie zuvor. Es war ein Aufbruch. Es war nicht alles gut, überhaupt nicht, aber das konnte es werden.

Die Männer und Helene stritten, die anderen Frauen hielten sich weitgehend heraus, nicht weil sie nichts zu sagen gehabt hätten, sondern weil sie den Frieden genießen wollten, mit Kaffee oder Tee auf der Bank im Garten, mit Musik aus dem Grammofon, mit Gesprächen über Mode und Theater. Nichts mehr fürchten müssen, leben.

Charlotte erwischte im Laufschritt die Straßenbahn zur Schwachhauser Heerstraße und fand einen Platz gegenüber einem Mann, der schief auf seinem Sitz saß und so sehr in ein Buch vertieft war, dass er sich immer mehr zur Seite neigte. Da erinnerte sie sich auf einmal an Aaron.

Aaron war fort. Er war bei den Meuterern gewesen, die sich kurz vor Kriegsende geweigert hatten auszulaufen. Man hatte sie eingesperrt, doch kurz darauf kam auch schon der Waffenstillstand, und man ließ sie wieder frei. Es tröstete Charlotte, dass sich Aaron zu guter Letzt wieder auf seinen guten Menschenverstand und sein Herz besonnen hatte, doch ihre Gefühle für ihn blieben verschwunden. Jetzt war er an der Universität in München. Anwalt wollte er werden. Man hörte, er sei verlobt.

Als Charlotte ausstieg und langsam die Orleansstraße entlang bis zu ihrem Haus schlenderte, schien die untergehende Sonne hell gegen die Scheiben der Fenster, die ihr Licht zurückwarfen. Eins der Dachfenster der Orleansstraße Nummer 96 stand weit offen. Henriette lehnte mit ihren Unterarmen auf dem Fensterbrett und blickte versonnen nach draußen. Als sie Charlotte sah, winkte sie heftig und strahlte.

»Schon Feierabend?«, rief sie.

»Ja«, rief Charlotte zurück.

»Na, dann komm nur schnell …« Henriette wurde von Victor unterbrochen, der ihr aus dem Hintergrund etwas zurief und lachte. Auch Henriette lachte, und als sie sich wieder Charlotte zuwandte, erschien Victor neben ihr im Fenster, legte den Arm um seine Frau und rief ein fröhliches »Guten Abend, Charlotte!« zur Straße hinunter.

Henriette schmiegte sich lächelnd an ihn. Noch ein Jahr zuvor hätte sich niemand ein solches Bild vorstellen können. Henriette und Victor, strahlend. Der Krieg war verloren, aber die Liebe hatte gesiegt.

Charlotte betrat das Haus, hastete die Treppe nach oben in den ersten Stock und schloss die Tür auf.

»Lotte?« Die Stimme ihrer Mutter klang seltsam alarmiert, doch gleich darauf erschien sie in der Tür. Ihre Wangen waren gerötet, ihre Augen so leuchtend wie schon lange nicht mehr. »Du bist schon da? Wie schön!« Sie trat in den Flur und zog dabei die Tür zur guten Stube hinter sich zu. »Das ist ja … wunderbar«, sagte sie noch einmal. »So früh!« Sie rieb ihre Hände und lächelte.

»Was ist denn los, Mama?«, fragte Charlotte.

»Oh, nichts, das heißt …« Lina lachte, nein, sie strahlte mit feucht glänzenden Augen, dann stieß sie die Tür auf. »Geh da mal rein, Lottchen.«

Verwirrt von Linas seltsamem Betragen, näherte sich Charlotte zögernd der offenen Tür und warf einen Blick in die gute Stube. Da saß ein junger Mann am Tisch. Als Charlotte eintrat, stand er auf. Er war hoch aufgeschossen, schlank, fast hager, hatte volles braunes, zurückgekämmtes Haar, einen dünnen Schnurrbart, eingefallene Wangen, ein schmales Gesicht, die Augen von Schatten umgeben, trotz allem war er hübsch. Er kam Charlotte vage bekannt vor. Und dann lächelte er. »Guten Tag, Lotte!«

Tränen schossen ihr in die Augen. »August?«

Er nickte, da rannte sie auf ihn zu und warf ihre Arme um seinen Hals. »Du bist wieder da!«, rief sie. »Du bist wieder da! Du bist wieder da!« Sie wiederholte es unzählige Male, als müsste sie es sich selbst immer wieder versichern. Ihre Arme klammerten sich so fest an ihn, als hätte sie Angst, er wäre nur ein Trugbild und würde plötzlich wieder verschwinden, doch er hielt sich ebenso fest an ihr. Im Hintergrund schluchzte Lina vor Glück.

Es war so unwirklich, hier zu sein, so ganz und gar fremd. August war darauf nicht vorbereitet, auf dieses namenlose Gefühl, das Erleichterung und Vertrautheit im Weg zu stehen schien. Er kannte das alles nicht mehr: ein normales Haus, Menschen, die sich darin bewegten, Straßen, die man überqueren, in alle Richtungen beschreiten konnte, endlos weit, ohne den gewohnten Stacheldrahtzaun. Keine Baracken mehr, keine Wachleute in Uniform, niemand sprach Englisch. Ein hübsches Zimmer, ein sauberer Tisch, Stühle mit Polstern, weiche Teppiche auf dem Boden, ein Teeservice mit Blumenmuster.

Und Lotte.

Er hielt sie im Arm so fest, als könnte er sich nur durch die Berührung davon überzeugen, dass die vergangenen fünf Jahre endgültig hinter ihm lagen. Es war vorbei, und doch wusste er in genau diesem Moment, dass es nie vorbei sein würde und dass er die Zeit in England, die Isle of Man, für immer in sich tragen würde, den Stacheldraht, das Heimweh, die Verzweiflung, aber auch Anton Frede, das Orchester, Mr Henderson und die tröstenden Worte des Offiziers: *You better stay here, you are here in safety.* Wenn er einmal alt und grau wäre und alles vergessen hätte, das würde er nie vergessen.

»Du bist wieder da«, murmelte Lotte an seiner Brust, sicher zum tausendsten Mal, und da wurde ihm bewusst, dass es ihr ganz genauso unwirklich vorkam wie ihm. Ihre Mutter schluchzte leise, doch Charlotte weinte nicht mehr, sie wischte ihre Tränen weg, hob den Kopf und sah ihn glückstrahlend an. »Du bist da«, sagte sie ein letztes Mal, und ihm war, als wäre er mit dieser allerletzten Feststellung endgültig angekommen.

»Ja«, sagte er und lachte. Und die beiden Frauen lachten auch. Dann setzten sie sich an den Tisch – und schwiegen. Wo sollte man anfangen nach all den Jahren, nach allem, was man erlebt und erlitten hatte und was man nicht voneinander wusste, was man sich nicht hatte schreiben können, weil es unmöglich gewesen wäre oder weil es die Zensur nicht zugelassen hätte oder weil auf ein Blatt Papier nun mal nicht das ganze Leben passte. August betrachtete Lotte, und sie betrachtete ihn.

»Tee, Lotte?«, fragte Lina. »Du auch noch einen, August? Karl muss jeden Moment kommen. Oder möchtest du etwas zu essen? Hast du Hunger? Wir müssen nicht warten.«

Er hörte sie wie aus der Ferne und dachte erst mit Verspätung daran zu antworten: Gern noch einen Tee.

Lotte lächelte und sagte, sie hätte auch gern einen. Lina ging und nahm die Teekanne mit. Lottes Lächeln blieb.

»Da bin ich wieder«, sagte August und zuckte dabei mit den Schultern, als wäre er eben mal von einem längeren Spaziergang zurückgekehrt.

Lotte nickte. »Ich freue mich so, aber ich weiß gar nicht, was ich sagen soll«, sagte sie und zuckte wie er mit den Schultern. »Entschuldige bitte.«

»Geht mir auch so«, erwiderte August. »Aber das macht doch nichts, oder?«

»Es ist komisch.«

»Ja, das schon.«

»In unseren Briefen haben wir es immer gewusst.«

»Das stimmt. Immer wenn ich einen deiner Briefe gelesen habe oder einen an dich schrieb, war es ein kleines bisschen so, als wäre ich daheim.«

Charlotte presste die Lippen zusammen und sah verlegen nach unten. »Und jetzt bist du es wirklich.«

»Ja«, sagte er, obwohl es nicht ganz stimmte. Mühlbach war daheim, aber Lotte war es irgendwie auch.

Er tastete nach ihrer Hand, und sie ergriff die seine. Da hörten sie die Wohnungstür.

»Ich bin zu Hause!«, rief Karl.

»Rate mal, wer noch!«, erwiderte Lina lachend.

»Was? Wer denn?«

»Geh in die Stube, dann siehst du es.«

August hörte, wie Karl mit großen, schweren Schritten den Flur durchquerte. Ihre Hände lösten sich voneinander.

»Nein!«, rief Karl, als er das Zimmer betrat. »Das ist ja … Schönborns August? August!« Er stürmte auf den Heimkehrer zu und umarmte ihn. »Ist das eine Freude, Junge«, rief er lachend, ließ ihn los, betrachtete ihn und umarmte ihn erneut.

»Du erdrückst ihn ja, Karl«, mahnte Lina, als sie gleich darauf mit einer frischen Kanne Tee und einer Tasse für Charlotte hereinkam.

»Das müssen wir feiern«, beschloss Karl. »Ich hole eine Flasche Wein aus dem Keller. Den Wein haben wir im Krieg nicht angetastet und gut versteckt. Die erste Flasche haben wir letztes Jahr am 11. November aufgemacht. Jetzt ist es Zeit für die nächste.« Und schon machte er sich auf den Weg.

»Wo sind eigentlich Ella und Walter?«, fragte Charlotte ihre Mutter, die schmunzelnd erzählte, dass sich die beiden nach einer scheuen Begrüßung auf ihr Zimmer zurückgezogen hätten.

»Ich habe sie wohl erschreckt«, meinte August.

»Mich hast du auch erschreckt«, erwiderte Charlotte. »Du bist so groß geworden.«

»Und dünn«, fügte ihre Mutter hinzu. »Du musst viel essen heute Abend. Ich habe Brot gebacken und eine große Schüssel Keesschmeer gemacht.«

»Keesschmeer!«, wiederholte August schwärmerisch, als wäre es die feinste Delikatesse und nicht der einfache, preisgünstige Brotaufstrich, den er aus dem Dorf kannte.

»Aber mit Zwiebeln drauf«, verlangte Charlotte. »Rohen Zwiebeln!«

»Natürlich, was denn sonst?«

»Ich esse keine Zwiebeln, da stinkt man so«, hörte man ein Stimmchen von der Tür her. Ella stand da und schob langsam einen

Fuß vor den anderen, hinter ihr Walter, der ungewohnt schüchtern wirkte.

»Du machst das ganz so, wie du willst, Ella«, sagte Karl, der mit dem Wein zurückgekehrt war und seine beiden jüngeren Kinder vor sich her in die Stube schob. »Und jetzt tut nicht so, als könntet ihr kein Wässerchen trüben, besonders du nicht, junger Mann.« Er zog seinen Sohn sanft am Ohrläppchen.

»Ich kann mich noch gut daran erinnern, wie du mit den Kindern auf dem Dorf umhergezogen bist, Walter«, sagte August freundlich zu dem Jungen. »Mit Philipp und Elsa, weißt du noch?«

Walter nickte zögernd. »Wir haben Hütten gebaut. Im Wald«, sagte er dann mit einem schiefen Grinsen und setzte sich neben August.

»Und Ella hat sich stur geweigert, in der Schule Pfälzisch zu reden«, erinnerte sich Charlotte an jenen Besuch in Mühlbach, ihren letzten bisher.

»Ich kann gar kein Pfälzisch«, wehrte sich Ella mit Schmollmund. »Alle lachen immer, wenn ich es versuche.«

»Ja, weil es sich so komisch anhört«, neckte Walter die große Schwester.

»Ich glaube, ich kann es auch nicht mehr richtig«, sagte August, um Ella beizustehen. »Ich habe es womöglich verlernt. Aber dafür kann ich jetzt Englisch.«

Die Kinder bekamen große Augen. »Wirklich? Sag mal was«, bat Ella.

August lächelte und sagte: »It's just wonderful to be with you again.«

Wie gut sich das anfühlte: Abendbrot essen im Kreise einer Familie. Es kam ihm nur so seltsam vor, dass er jetzt plötzlich zu den Erwachsenen gehörte. Gestern noch war er nicht viel älter gewesen als Ella und im Grunde nicht viel reifer als Walter, dann hatte ihn der Krieg verschluckt und als Erwachsenen wieder ausgespuckt.

Die Kinder erzählten von ihrem Tag und stritten darum, wer zuerst reden durfte, wer das Wichtigere zu sagen hatte, liebevoll ermahnt von Lina, etwas strenger, doch genauso liebevoll von Karl. Nur Charlotte mischte sich nicht ein, aber manchmal warf sie August einen Blick zu, der zu fragen schien: Wird dir das auch nicht zu viel?

Seine beste Freundin Charlotte. Lotte. Auch sie war, jedenfalls für August, von der Zeit verschluckt worden und nun so ganz anders, als er sie in Erinnerung gehabt hatte. Plötzlich erwachsen, genau wie er. Schmal, zerbrechlich geradezu und viel, viel ruhiger als früher. Wenn er daran dachte, wie sie sich als Kind in der Schule behauptet hatte. Auch ihm gegenüber. Und auch später, als sie mit Holger Hennemann getanzt hatte und man ihr von Weitem hatte ansehen können, dass sie ihn für einen eingebildeten Holzkopf hielt. Holger Hennemann, der in den Krieg gezogen und nie zurückgekehrt war.

Einmal mehr begegnete August Charlottes besorgtem Blick.

Sie hat etwas von einem Engel, schoss es ihm durch den Kopf.

Hatte der Krieg sie so geformt, ihr diese stille Stärke verliehen, die sie ausstrahlte?

Nach dem Essen und nachdem Walter und Ella Gute Nacht gesagt hatten und in ihr Zimmer gegangen waren, wurden die Unterhaltungen ernster und leiser. August erfuhr all das, was während seiner Gefangenschaft in England an ihm vorübergegangen war. Es war hauptsächlich Karl, der von den Geschehnissen in Deutschland gegen Ende des Krieges und danach berichtete. Von heftigen Unruhen, von einer regelrechten Revolution, von unterschiedlichen politischen Vorstellungen, wie dieses neue Deutschland auszusehen habe und wer darin eine Rolle spielen sollte – und wer auf keinen Fall. Auseinandersetzungen, die mit Gewalt ausgetragen worden waren. Er erzählte von Rosa Luxemburg und Karl Liebknecht, die man durch Mord aus dem Weg geräumt hatte. August war schockiert, auch wenn er noch nie zuvor von den beiden gehört hatte, er kannte sich nicht aus in dieser unübersichtlichen Parteienlandschaft, wusste nicht, wer was war und wer was wollte. Er selbst hatte nur eins gewollt: die Freiheit zu gehen, wohin er wollte, nach Hause. Er hatte sich nie zuvor mit Politik auseinandergesetzt, auch seine Eltern nicht, soviel er wusste – in Mühlbach war die Welt eng. Und doch hatte der Krieg auch vor dieser engen Welt nicht haltgemacht. Was in Berlin geschah, betraf das ganze Land. Im Krieg und auch im Frieden.

»Wir sind noch nicht sehr weit gekommen, wenn politisch Andersdenkende ungestraft ermordet werden können«, sagte Karl mit gerunzelter Stirn.

»Nein, aber es ist trotzdem vieles besser«, sagte Lina und legte beschwichtigend ihre Hand auf seinen Arm.

»Und ich hoffe, dass es auch so weitergeht und immer besser wird«, sagte Karl, tätschelte ihre Hand und fügte hinzu: »Für alle.« Dann hellte sich seine Miene auf, und er erhob sein Glas. »Demokratie muss man üben wie alles andere auch, denke ich. Und man muss daran glauben.«

Demokratie, ein neues Wort für August, aber ein schönes.

Sie tranken auf eine bessere Zukunft, und dann endlich wagte es die Familie, ihn nach den Jahren der Gefangenschaft zu fragen. Und er erzählte. Von Anfang bis Ende, so kam es ihm vor, vom ersten bis zum letzten Tag.

»Zuletzt, in London, waren wir in einem Schloss untergebracht.« Er lachte auf. »Ein Schloss! *Alexandra Palace*. Ich habe noch nie ein so prächtiges Gebäude gesehen, ein riesiger Park ringsum. Wir hätten uns fühlen können wie die Könige, wären wir nicht Gefangene gewesen. Tausende.« Er schwieg eine Weile. »Ich wäre gern einmal durch London gegangen«, gestand er dann, »ganz normal, als wäre ich nur zu Besuch.« Er sprach es nicht aus, denn er hatte das Gefühl, das wäre dann doch zu absonderlich gewesen, aber er mochte England, und er hegte nicht den leisesten Groll gegen seine Bewohner. Im Gegenteil.

»Vielleicht kannst du das«, sagte Charlotte. »Irgendwann einmal.«

August nickte. »Ja, irgendwann einmal.«

16

Bremen im Juni 1919

Am Tag danach saßen sie unter dem Apfelbaum im Garten, er und Lotte, genau wie er es sich seit Jahren erträumt hatte. Riesengroß war der Baum, ab und zu fiel ein unreifer kleiner Apfel herab, einmal ganz nah neben August.

»Jetzt habe ich den Krieg überstanden und werde hier von einem Apfel erschlagen«, beschwerte er sich im Spaß.

»Keine Sorge, die machen höchstens eine kleine Beule, frag meinen Bruder, der hat Erfahrung damit.«

Ella und Walter waren in der Schule, Karl auf der Arbeit, doch Charlotte hatte an diesem sonnigen Tag frei. Herr Wolf brauchte seine Ruhe.

»Ich glaube, manchmal wäre es ihm am liebsten, wenn gar keiner im Haus wäre, kein Besuch, kein Dienstmädchen, niemand«, erklärte sie August. »Frau Wolf sagt öfter mal zu mir: ›Morgen brauche ich Sie nicht, Charlotte, nehmen Sie sich ruhig frei‹, bezahlen tut sie mich aber trotzdem. Ich glaube, sie hat Angst, dass ich mir etwas anderes suche und sie dann gar keine vertraute Person mehr im Haus hat, mit der sie auch mal über ganz normale Dinge reden kann … schöne Dinge.« Sie schlug die Augen nieder und biss sich auf die Unterlippe, als wäre es etwas Unanständiges und viel zu früh, nach all dem Leid der vergangenen Jahre über schöne Dinge zu reden.

»War ihr Mann früher anders?«, fragte August. »Vor dem Krieg, meine ich.«

»Ganz anders. Er war immer so freundlich und fröhlich und unglaublich gesellig. Regelmäßig ging er mit seiner Frau in die Oper, jetzt geht er nirgendwo mehr mit ihr hin. Alles ist ihm zu laut und zu unruhig, zu viele Menschen auf einem Haufen, und ich weiß nicht was. Frau Wolf hat neulich zu mir gesagt: ›Er hat den Krieg überlebt, aber innerlich ist er gestorben.‹«

August schwieg. Er hatte aus Briefen von zu Hause nur gehört, wer gefallen war oder verwundet und dass es »schlimm« war, aber er hatte keine Vorstellung davon, was schlimm genau bedeutete und wie es den Soldaten an der Front wirklich ergangen war. Nicht einmal die, die in englische Gefangenschaft geraten und zuletzt mit ihm in *Alexandra Palace* interniert waren, hatten viel davon erzählt. Sie waren verstummt, wenn man sie danach fragte oder hatten abgewiegelt und gemeint, man könne sich das ohnehin nicht vorstellen. Die meisten von ihnen schienen erleichtert, dass durch die Gefangenschaft das alles für sie beendet worden war. Auf seinem Weg nach Schwachhausen hatte August hie und da Kriegsversehrte gesehen, Männer mit fehlenden Gliedmaßen, zerstörten Gesichtern, leerem Blick, Frauen mit Furchen zwischen den Augen, die Münder verkniffen, als würden sie mühevoll einen Aufschrei unterdrücken. Oder bildete er sich das nur ein? Er wusste so wenig.

Ein weiterer kleiner Juniapfel fiel vom Baum.

»Weißt du, dass ich mir das hier immer vorgestellt habe?«, sagte er.

»Was meinst du?«

»Das hier. Dass wir hier sitzen … hier sitzen und …« Er holte tief Luft. »… das Leben genießen.« Als er sie ansah, wusste er, dass sie auch das Ungesagte verstand.

»Das ist nicht einfach, oder? Das mit dem Genießen«, sagte sie.

»Nein.«

»Man kann nicht einfach abschütteln, was war.«

»Nein.«

»Oder den Gedanken, die Angst, dass es wieder sein könnte.«

»Das stimmt.«

»Aber, weißt du, wir könnten so tun, als ob. Als wäre das alles nicht passiert.«

»Ich glaube nicht, dass das geht.«

»Wir können es versuchen. Lass uns einfach einen Moment lang so tun, als wäre alles gut und schon immer gut gewesen und als würde es das immer sein. Nur jetzt und hier. Ganz kurz nur. Das schadet keinem.«

»Wenn du meinst …«

Sie lächelte ihn an, ihre Augen glitzerten, und dann, so als wollte sie damit diesen alles vergessen machenden Moment einleiten, setzte sie sich auf der Bank zurecht. Sie rutschte ein wenig nach vorn, lehnte sich zurück und atmete tief durch. Sie schloss die Augen, legte den Kopf in den Nacken und streckte ihr Gesicht der Sonne entgegen. Ein Bild voller Frieden.

Ihr Haar glänzte wie Gold.

Nie hatte August darüber nachgedacht, ob Charlotte hübsch war. Beim letzten Mal, zwei Jahre vor dem Krieg, war er zu jung gewesen, um sich darüber den Kopf zu zerbrechen, darin hatte ohnehin nur seine Geige Platz gehabt und der Traum, mit dem Instrument durch die Welt zu reisen. Dann kam England, und alles, was er von Charlotte gesehen hatte, waren ihre Worte auf Papier. Auch da hatte er sich keine Gedanken darüber gemacht, wie sie wohl aussah. Nichts hätte nebensächlicher sein können. Noch nicht einmal, wenn er sich diesen Moment mit ihr im Garten vorgestellt hatte, hatte er sich ein Bild von ihr gemacht. Es hatte ihm vollends genügt, sie im Gefühl zu haben.

Aber jetzt war sie da. Und ihr Haar glänzte.

Er berührte ihre Finger mit seinen Fingern, und sie umschloss seine Hand mit ihrer Hand.

»Lotte …«

Vielleicht träumte er das ja auch. Vielleicht würde er gleich auf seinem schmalen, harten Bett in der Baracke aufwachen und in Franz Hiltenspergers mürrisches Gesicht blicken.

»August …«

Es gab nur eine Möglichkeit festzustellen, ob er träumte.

Seine Lippen waren viel weicher als die von Aaron, doch der Kuss war genauso schnell vorbei wie der von damals. Ein Wimpernschlag, mehr nicht, fast zu wenig, um es einen Kuss zu nennen.

Als sie die Augen aufschlug, überrascht und verwirrt, doch in keiner Weise aufgebracht, sah sie, dass August von ihr weggerückt war, als hätte er sich an ihr verbrannt, und dass er die Hand, die gerade noch ihre gehalten hatte, auf seinen Mund presste. »Tut mir leid«, kam es dumpf dahinter hervor. Er sah sie nicht an.

»Sind es die Zwiebeln von gestern Abend?«, fragte Charlotte und richtete sich auf.

Verblüfft wandte er ihr sein Gesicht zu. »Was?«

»Ich habe zu viele Zwiebeln gegessen, stimmt's?«

»Oh Gott, Charlotte!«, rief er.

»Und jetzt nennst du mich auch noch Charlotte«, rief sie mit gespielter Empörung. Als sie seinen entgeisterten Blick sah, musste sie lachen. »Und? Schmecke ich nach Zwiebeln?«, fragte sie leise.

»Nein, kein bisschen«, sagte August.

»Du auch nicht«, sagte sie.

»Ich weiß nicht, was in mich gefahren ist. Es tut mir schrecklich leid.«

»Muss es aber nicht«, sagte sie und senkte den Kopf. Kopfsenken schien ihr angebracht, obwohl es nur das Mindeste war, was sie erwidern wollte. Noch lieber hätte sie ihn aufgefordert: Tu es noch mal! Und bitte ein wenig länger. Und richtig. So wie ihr Vater ihre Mutter manchmal küsste, wenn sie dachten, es sähe keiner.

»Nein?«, fragte August.

Sie schüttelte den Kopf und blickte kurz auf. »Gar nicht«, bekräftigte sie leise.

August rückte wieder ein wenig näher zu ihr. »Dein Haar hat so geglänzt«, sagte er. »Und überhaupt …«

»Überhaupt?« Erwartungsvoll sah sie ihn an.

»Du bist so hübsch, Lotte.« Er wurde rot und schluckte.

»Wirklich?« Ihr Herz begann zu klopfen. Hatte ihr jemals jemand gesagt, sie sei hübsch? Ihre Eltern, ja, die sagten es aus

Liebe, aber nicht einmal Aaron und auch sonst kein Junge. Kein Mann.

»Und wie!«, sagte August mit einem schüchternen Seitenblick.

Was war das? Schüchternheit zwischen ihnen, Seitenblicke, Herzklopfen – wo war das Vertraute hin, das sie kannte, seit sie ein kleines Mädchen war? Das Neue machte sie von einer Sekunde auf die andere hilflos und stumm.

Schweigend blickten sie einander in die Augen. Lange. Ganz lange. Nur ihre Finger bewegten sich heimlich wieder aufeinander zu.

Er war so erwachsen, ein richtiger Mann. Als sie ihm all die Briefe geschrieben hatte, hatte sie immer nur an den Jungen gedacht, den sie kannte. Und jetzt …

Ihr Hände fanden zusammen.

Er hatte einen schönen Mund. Warum war ihr das früher nie aufgefallen? Und schöne Augen. Leidenschaftliche, entschlossene Augen. So leidenschaftlich hatte er seine Geige geliebt, so entschlossen hatte er um seine Träume gekämpft.

Warum sagte er denn nichts?

Vielleicht rast ihm gerade genauso viel durch den Kopf wie mir, dachte Charlotte, und vielleicht klopft sein Herz genauso schlimm, aber er muss doch den Anfang machen, etwas sagen, etwas *tun*. Ich kann das doch nicht.

Als hätte August ihre Gedanken gehört, öffnete er seine Lippen ein kleines bisschen und beugte sich ein wenig vor. Und noch ein wenig.

Raschelnd fiel ein Apfel vom Baum und landete mitten auf seinem Kopf.

»Au!«, rief August, verzog das Gesicht und fasste mit der Hand an die Stelle, wo der Apfel ihn getroffen hatte.

»Ach du liebe Zeit«, entfuhr es Charlotte. Dann prustete sie heraus.

»Das hat wehgetan«, beschwerte sich August.

»Oh, das glaub ich«, versicherte sie ihm und versuchte, ihr Lachen zu unterdrücken, doch es gelang ihr nicht, es wollte raus, ausbrechen, endlich befreit. »Tut mir leid«, sagte sie, presste ihre Hand auf den Mund und lachte.

August rieb sich den Kopf und schmunzelte. »Und ich dachte schon, du wärst ein Engel.«

»Ein was bitte?«

»Ein Engel. Du weißt schon: goldenes Haar, liebes Gesicht, unfähig, irgendetwas Böses zu tun. Und jetzt lachst du mich aus.«

»Du lachst doch selber.«

»Ich kann nicht anders, wenn ich dich sehe.«

Der Abschied an Dadas Gatter, als sie fünf waren. Zuckerstangen und Geheimnisse am Glan mit acht. *Wie geht es dir, mir geht es gut*, jahrelang. Glückliche, gemeinsame Tage in Mühlbach mit vierzehn. Beste Freunde. England. Briefe. Trost und Hoffnung, hin und her geschickt, hundertfach. Wiedersehen.

»Ich bin kein Engel«, flüsterte Charlotte, und plötzlich war alles ganz leicht.

Er lag wach in dem Bett, in dem früher Karls Mutter geschlafen hatte, in dem Zimmer, das seit ihrem Tod leer stand.

»Walter muss sowieso bald hierher umziehen«, hatte Karl am Abend zuvor gesagt. »Ella braucht das Zimmer für sich.« August hatte den Eindruck gehabt, Karl sagte das mehr zu sich als zu allen anderen.

»Er vermisst sie noch immer«, hatte Charlotte später erklärt. »Sie ist schon so lange tot, aber das Zimmer ist in gewisser Weise noch immer ihres, verstehst du?«

Und ob August das verstand. Vor lauter Ehrfurcht vor dem Opfer, das Karl brachte, indem er ihm dieses Heiligtum überließ, hatte er schon in der ersten Nacht nicht einschlafen können, obwohl er todmüde gewesen war, und jetzt konnte er es noch weniger.

Sie hatten sich geküsst. Er und Lotte, richtig und lange, und es war so schön gewesen. So schön. Er hatte sie nie wieder loslassen wollen, denn nie wieder konnte irgendetwas so schön sein. Und als er sie doch wieder losließ und in ihre leuchtenden Augen sah, als er verstand, dass sie ebenso glücklich war wie er, da war dieser Moment fast genauso schön wie der Kuss. Und alles, was sie einander danach sagten. Und ihr gemeinsames Lachen, als wieder ein Apfel herunterfiel und ihn diesmal verfehlte. Er hatte sie im Arm gehalten und sich gewundert, wie jemand so zart sein konnte. »Aber nicht zerbrechlich!«, hatte sie betont. »Und kein Engel.« Und dann hatten sie sich wieder geküsst. Es war viel, viel schöner gewesen als alles, was er sich damals im Lager erträumt hatte, und für eine Weile hatten sie alles vergessen: was war und was sein würde.

Und jetzt war es vorbei.

Am nächsten Morgen ganz früh würde er mit dem Zug in die Pfalz fahren. Und sosehr er sich danach gesehnt hatte und sosehr er sich auf zu Hause freute, er wollte nicht weg von Lotte. Wie sollte er das ertragen? Wieder Sehnsucht, wieder Heimweh, wieder nur Briefe. Und sie würde einen anderen finden, und er ... nein, das wusste er jetzt schon, eine andere als Lotte gab es nicht. Wie sollte die wohl aussehen? War das nicht verrückt? Es war Lotte! Und doch fühlte er, was er fühlte.

Als er auf einmal ganz in der Nähe ein kurzes lautes Knarren hörte, fuhr er zusammen. Unbemerkt hatte sich die Tür geöffnet, und im Halbdunkel erkannte August eine zarte Gestalt in einem weißen, langen Nachthemd. Vorsichtig schloss Charlotte die Tür und schlich lautlos zu ihm ans Bett.

»Lotte?«

»Der dumme Dielenboden knarzt an einer Stelle, aber ich glaube, es hat keiner gehört«, flüsterte sie.

»Ich hoffe«, murmelte August. Er wollte sich nicht vorstellen, was Karl mit ihm machen würde, wenn er ihn in der Nacht mit seiner Tochter erwischen würde.

»Keine Sorge«, sagte Charlotte, als hätte sie seine Befürchtungen hören können. »Außerdem bin ich ja diejenige, die dir nachstellt, nicht umgekehrt.«

»Wärst du meine Tochter, würde ich mir trotzdem den Mann vorknöpfen, der dich verführt hat.«

»Du hast mich doch gar nicht verführt.«

»Noch nicht.«

Sie erstickten ihr Kichern mit der Bettdecke. August rutschte einladend zur Seite, Charlotte kroch in seinen Arm und schmiegte sich an ihn. Es fühlte sich an, als hätten sie das schon tausendmal gemacht und als wäre gar kein anderer Zustand mehr denkbar.

»Ich will nicht, dass du weggehst«, flüsterte Charlotte.

»Ich …«, setzte er an, doch sie legte ihren Finger auf seinen Mund. »Sag nichts. Ich weiß alles, was du sagen könntest. Ich weiß, dass du dich nach Hause sehnst. Ich will dir nicht das Herz schwer machen, ich wollte es nur einmal aussprechen, damit du weißt, was du mir bedeutest.«

Statt einer Antwort strich er ihr übers Haar und übers Gesicht und zog sie noch enger an sich heran.

»Ihr kommt doch bald mal zu Besuch, oder?«, sagte er. »Ihr wart schon so lange nicht mehr in Mühlbach.«

»Ja«, sagte Charlotte. »Ich rede mit meinen Eltern. Meine Mutter will sicher zu Onkel Heinrich und Tante Mathilde. Und natürlich zu Onkel Walter. Und überhaupt.«

»Und überhaupt«, wiederholte August.

Mit einem Mal klammerte sich Charlotte ganz fest an ihn.

»Was machen wir denn jetzt, August?«

»Wenn ich das wüsste«, seufzte er.

»Verzeih mir bitte, ich bin so egoistisch«, sagte sie sogleich. »Deine Eltern und Geschwister haben dich jahrelang nicht gesehen und du sie nicht, und ich denke nur an mich.«

»Das stimmt doch gar nicht.«

»Es war dumm, herzukommen, mitten in der Nacht.«

»Im Gegenteil. Ich bin froh. Ich hätte mich nicht getraut, zu dir zu kommen.«

»Heißt das, ich bin mutiger?«

»Das warst du doch schon immer.«

Im Flur knarzte wieder eine Diele. August und Charlotte hielten die Luft an, doch weiter war nichts zu hören.

»Wir müssen leise sein«, flüsterte August.

»Am besten nicht reden«, meinte Charlotte.

Küsse waren vollkommen lautlos.

Karl hatte den Mund ein wenig geöffnet und atmete tief und gleichmäßig. Er hatte seit jeher einen guten Schlaf. Lina dagegen weniger. Sie beobachtete ihn manchmal, wenn sie mitten in der Nacht aufwachte und dann lange nicht mehr einschlafen konnte, weil sie sich nie daran gewöhnt hatte, dass es in der Stadt wegen der Straßenbeleuchtung niemals so vollkommen dunkel wurde wie auf dem Dorf. Diesmal war sie wach geworden, weil sie die Diele gehört hatte, die Diele vor Sophias ehemaligem Zimmer, die sie genau kannte, weil Sophia früher die Angewohnheit hatte, sich in der Nacht ein Glas Milch zu holen. Jedes Mal war sie auf diese unglückselige Diele getreten, und oft genug hatte sie dann gemurrt und mit der Zunge geschnalzt. Seit vielen Jahren hatte Lina dieses nächtliche Geräusch nicht mehr gehört, das sie zu Anfang richtiggehend vermisst hatte. In dieser Nacht hörte sie es wieder, und es war sicher kein Geist, der es verursacht hatte.

Sie wollte schon aufstehen und nachsehen, als ein zweites Geräusch sie daran hinderte. Ein Geräusch aus ihrer Erinnerung und nur in ihrem Kopf. Das Geräusch kleiner Steinchen gegen ein Fenster.

Lina überlegte es sich anders und drehte sich auf die andere Seite.

17

Von Bremen nach Mühlbach im Juni 1919

Sie schliefen nicht in dieser Nacht, viel zu kostbar war die kurze gemeinsame Zeit. Als es draußen zu dämmern begann, schlich sich Charlotte zurück in ihr Zimmer, und August wurde schmerzlich bewusst, dass dies bereits der Abschied war.

Kurz darauf musste er auch schon aufstehen und sich für die Reise bereit machen. Er frühstückte noch einmal mit Charlotte und ihren Eltern, doch die Zeit raste viel zu schnell dahin. Lina und Karl verabschiedeten sich voller Herzlichkeit von ihm, und Lina gab ihm ein paar belegte Brote für unterwegs mit. August bedankte sich für alles und fragte hoffnungsvoll und ohne Charlotte dabei anzusehen, ob die Familie nicht bald einmal wieder die Pfalz besuchen würde. Man würde gern kommen, versicherten sie ihm, aber Mühlbach sei nun einmal weit weg. Wem sagten sie das? Stumm und bedrückt stand Charlotte daneben. Er umarmte sie zum Abschied, aber nicht so, wie er es gewollt hätte, und natürlich konnte er sie erst recht nicht noch einmal küssen, ihr nicht sagen, was er noch hätte sagen wollen, die Eltern waren ja dabei. Er konnte nichts weiter tun, als sich umzudrehen und zu gehen. Später fiel ihm ein, dass er nicht einmal ein Andenken von ihr hatte, ein Taschentuch, eine Haarspange, einen Knopf, irgendetwas, was ihm ihre Gegenwart vorgaukeln konnte, wenn er es in die Hand nahm. Als sie Kinder waren, hatte sie ihm diese große Zuckerstange geschenkt. Monatelang hatte er sie nicht angerührt. Nicht einmal eine Zuckerstange hatte er jetzt.

In den ersten beiden Stunden im Zug konnte er an nichts anderes denken als an Lotte, an den vergangenen Tag, an die vergangene Nacht, in seinem Kopf wiederholte er jedes Wort und jede Berührung. Wie lange würde er sich wohl daran erinnern können, wie ihr Haar duftete oder wie es sich anfühlte, sie im Arm zu halten.

Irgendwann schlief er ein, und aus seinen Gedanken wurden Träume. Alle möglichen Gesichter begegneten ihm, die von Lebenden und die von Verstorbenen. Er lief von einem zum anderen, und am Ende lief er so lange zwischen seiner Familie und Lotte hin und her – von Bremen nach Mühlbach, von Mühlbach nach Bremen, hin zu Lotte, hin zu seiner Mutter –, bis er erschöpft zusammenbrach und plötzlich Anton Frede neben ihm auftauchte und zu ihm sagte: »Immer in Bewegung bleiben, August.«

Da wachte er auf.

»Gut geschlafen?«, fragte ihn ein stämmiger älterer Mann, der ihm gegenübersaß.

»Ähm, einigermaßen.«

»Lange«, bemerkte der Mann.

»Wirklich?« August richtete sich auf und schaute aus dem Fenster. »Wo sind wir denn eigentlich?«

»Kurz vor Köln.«

»Ja, dann habe ich lange geschlafen.«

»Müssen Sie bald raus?«

»In Koblenz muss ich umsteigen und dann in Bad Münster am Stein in die Glantalbahn.« Als er das Wort aussprach, Glantalbahn, da wurde es ihm auf einmal wieder bewusst, was er in den letzten beiden Tagen fast vergessen hatte: Bald war er wieder daheim. Nach fünf Jahren würde er seine Familie wiedersehen, seine Eltern, seine Geschwister, sein Dorf, den Wald, den Potzberg, alles. Ganz bald.

»Oje«, sagte der Mann. »Da sind jetzt überall die Franzosen, und was man so hört, bleiben die auch noch eine ganze Weile, wenn sich unsere feine neue Regierung auf die Versailler Bedingungen einlässt.« Er verzog den Mund, als wollte er ausspucken, erinnerte sich aber wohl im letzten Moment daran, dass er in einem Eisenbahnwagen saß.

August äußerte sich nicht dazu, doch die Andeutung eines Lächelns aus reiner Höflichkeit genügte dem Mann, und er schimpfte weiter. Glücklicherweise stieg er in Köln aus und wünschte gute Weiterreise.

Zwei Männer in Uniform stiegen ein. Augenblicklich änderte sich die Atmosphäre im Wagen. Die Frau, die gerade noch mit ihrer kleinen Tochter gespielt hatte, versteifte sich und blickte aus dem Fenster, das Kind nahm sie auf den Schoß. Ein anderer Reisender verschränkte mit finsterer Miene die Arme vor der Brust, sämtliche Unterhaltungen verstummten. Die beiden Uniformierten gingen durch den Wagen, sahen hierhin und dorthin, und als einer zum anderen etwas sagte, erkannte August, dass es sich um französische Soldaten handelte. Auch am Bahnhof in Koblenz hatte er ein paar gesehen und in Bad Münster sogar noch mehr. August beachtete sie nicht weiter. Er aß auf dem Bahnsteig seine Brote, und im Zug richtete er seine Augen erwartungsvoll aus dem Fenster, bis er entdeckte, was er suchte. Da war er, der Glan, floss an den Schienen entlang geradewegs bis nach Hause.

Fast genau fünf Jahre zuvor war August die Strecke in umgekehrter Richtung gefahren. Damals hatte er geglaubt, dass er bis Weihnachten längst wieder daheim wäre. Stattdessen hatte er fünf Weihnachten in Gefangenschaft verbracht. Jetzt endlich war er wieder da, wo er hingehörte.

Alles war noch genauso satt und grün und schön, wie er es in Erinnerung hatte. Durch Wiesen und Wälder, begleitet von dem kleinen Fluss, schlängelte sich die Bahn, nie konnte man besonders weit sehen, weil immer wieder der nächste grüne Hügel den Blick verstellte. Mit jedem Ort, an dem der Zug hielt, klopfte Augusts Herz ein bisschen mehr, und er lachte auf, als er die ersten derben Pfälzer Klänge hörte; eine Frau schimpfte lautstark mit ihrem kleinen Sohn und versuchte, ihm mit heftigen Bewegungen ihrer flachen Hand einen Fleck aus der Hose zu wischen: »Wo hasche dich dann do werrer so veplackt? Das kri ich nimmi raus, zum Dunnerwerrer nochemo!«

August hatte ganz vergessen, wie die Leute in dieser Gegend schimpfen konnten.

»Do machsche was met met denne Buuwe!«, sagte die Frau zu einer anderen, die ihr gegenübersaß, Arme über dem mächtigen Busen verschränkt, und heftig nickend zustimmte.

Auf einmal dachte August an Mr Henderson, der eine Weile vergeblich versucht hatte, ihm den Dialekt der Insel beizubringen, und schlussendlich aufgegeben hatte mit der Einsicht, dass man einen Dialekt nicht lernen konnte, man musste ihn in sich tragen. In seiner Brieftasche hatte August einen Zettel mit der Adresse des Bibliothekars. »If you like, you can write me a letter«, hatte der beim Abschied zu ihm gesagt. »I will«, hatte August geantwortet. Er fuhr an Meisenheim vorbei, Odenbach, Medard, er war mitten in der Pfalz und dachte an England.

Noch wenige Tage zuvor war er in London gewesen, zusammen mit Tausenden anderen Gefangenen, das war seine Normalität gewesen. Und auf einmal war er wieder hier und sah den Glan und hörte Menschen im Dialekt seiner Heimat schimpfen. Und bald, ganz bald würde er auf dem Bahnsteig in Altenglan stehen.

Niederalben, Ulmet, Bedesbach – Altenglan.

»Al-ten-glaaan!«, rief der Schaffner. Die Lok pfiff und schnaufte. Daheim. Fast. So gut wie. Nur noch den Pfad zwischen dem Glan und den Gleisen entlang bis zum Ortseingang von Mühlbach, über die Brücke, an der Mühle vorbei, dann kam schon bald Arnolds Wirtschaft, noch ein kleines Stück die Hauptstraße entlang bis zur Weggabelung, dann den Berg hoch, an Borgers Haus vorbei, rechts rüber und nur noch ein kleines Stück weiter. Dann war er da.

In Gedanken schritt er den Weg ab, doch bevor er losging, fiel er an Ort und Stelle auf die Knie und legte seine Hand auf die Westpfälzer Erde. Hier würde er nie mehr weggehen, nie mehr, was auch passierte, das schwor er sich.

Als er zwei alte Männer in einiger Entfernung bemerkte, die ihn kritisch beäugten, stand er auf, schnappte sich seinen Koffer und seinen Geigenkasten und machte sich auf den Weg. Eine Frau kam ihm auf dem Pfad zwischen Mühlbach und Altenglan entgegen und streifte ihn mit misstrauischem Blick. August überlegte, ob ihm ihr Gesicht bekannt vorkam, doch das tat es nicht. Er grüßte freundlich, die Frau nickte verhalten und blieb stumm. Kurz darauf kam er an Webers Gartenzaun vorbei, einem der ersten Häuser in Mühlbach. Die alte Frau Weber stand da und unterhielt sich mit einer Nachbarin. Oder war es die junge Frau Weber? Und wer war die Nachbarin? August grüßte erneut, ohne eine Antwort zu erhalten. Kannte man ihn nicht mehr? Hatte man die allgemeine Höflichkeit auf dem Dorf verlernt? Er hatte nicht erwartet, dass nach fünf Jahren Abwesenheit, nach über vier Jahren Krieg alles unverändert geblieben wäre, aber dass sich alles so fremd anfühlte, schockierte ihn. Dieselben Gebäude, dieselben Straßen, andere Menschen. Als er an Arnolds Wirtschaft vorbeikam, machte er halt. Unschlüssig stand er vor der Tür. Was, wenn auch dort drinnen alles fremd war? Er zögerte, doch dann erklomm er die Stufen zum Eingang und öffnete die Tür. Stille empfing ihn in dem düsteren Schankraum. Die Sonne war bereits dabei, sich hinter den Steinbruch zu verziehen, und schickte nicht mehr viel Licht herein. Schemenhaft erkannte er ein paar Männer, die stumm an den Tischen saßen. Einer stand an der Theke und unterhielt sich leise mit dem Mann dahinter. Der Wirt jedoch war nicht Arnolds Jakob, sondern ein Fremder, der seine Unterhaltung unterbrach und August den gleichen skeptischen Blick zuwarf, mit dem er schon unterwegs bedacht worden war.

»Guten Abend«, sagte der fremde Wirt. Es klang nach: Was wollen Sie hier?

»Guten Abend«, sagte August. »Ist Arnolds Jakob nicht mehr hier?«

Noch bevor der Wirt antworten konnte, krächzte eine Stimme von einem der Tische her: »Wer will das wissen?«

August drehte sich um, und da war er: gealtert, unglaublich gealtert, ein dürres Männchen mit schütterem Haar und keinen Zähnen mehr im Mund, aber unverkennbar sein alter, schnoddriger, kauziger, wundervoller Lehrer Jakob Arnold. August hätte heulen können, so glücklich war er, ihn zu sehen.

»Kennen Sie mich nicht mehr, Herr Arnold?« Er hob den Geigenkasten in die Höhe.

Der alte Mann richtete sich auf dem Stuhl auf, soweit es ihm seine Kraft erlaubte, sein Mund stand offen, seine trüben Augen weiteten sich. »August Schönborn?«, stieß er aus. »Bist du das?«

August nickte und trat an den alten Mann heran. Der streckte stumm die dünnen Arme nach ihm aus, zog den einstigen Schüler an sich heran und streichelte ihm zitternd übers Haar. »August, August«, sagte der ehemalige Wirt mit feuchten Augen, »wo hast du dich nur so lange herumgetrieben?« Er tätschelte August die Wange und bestellte ein Bier bei seinem Nachfolger.

»Der Friedhelm, der hat die Wirtschaft vor zwei Jahren übernommen«, erklärte er. »Gell, Friedhelm.«

Friedhelm, der Wirt, stellte ein Bier vor August hin. Erst jetzt bemerkte dieser, dass der Mann hinkte.

»Der Friedhelm war im Krieg und hat dort sein Bein gelassen, da hab ich zu ihm gesagt: Nimm mir die Wirtschaft ab, da brauchst du's nicht«, sagte Jakob. »Gell, Friedhelm?«

»Jo!«, war die knappe Antwort.

»Die Kat hat mir das Messer auf die Brust gesetzt, hat keine Lust mehr gehabt. Was will man da machen? Und im Krieg war sowieso ned viel los. Hab ich halt nachgegeben.«

August lächelte verständnisvoll.

»Und du? Was hast du so gemacht?«, fragte Jakob. August war irritiert, denn er schien die Frage ernst zu meinen.

»Ich war in England. In Gefangenschaft«, sagte er.

»Ach, stimmt ja«, sagte Jakob und klopfte sich mit der Faust an den Kopf. »Ich vergesse so viel. Wie war's in England?«, fragte er weiter, und August hatte den Verdacht, dass sich die Frage auf seine Zeit mit der Kapelle bezog und die Gefangenschaft schon wieder aus Jakobs Kopf verschwunden war.

»Das erzähle ich Ihnen alles ein andermal«, erwiderte er ausweichend. »Ich muss jetzt rasch nach Hause.«

»Sag einen schönen Gruß«, rief Jakob ihm krächzend hinterher, als August die Wirtsstube verließ.

Erst draußen fiel August auf, dass er gar nicht auf die anderen Männer geachtet hatte. Auf den ersten Blick hatte er keinen von ihnen erkannt, andererseits hatte ihn auch keiner außer Jakob begrüßt. In der Ortsmitte am Dorfbrunnen, wo früher immer Leben geherrscht hatte, weil man besonders im Sommer gern bei einem kleinen Schwatz verweilte, war kein Mensch zu sehen. Nur auf der anderen Straßenseite neben dem Schulhaus standen in einer dunklen Ecke zwei Jungs von vielleicht fünfzehn, sechzehn Jahren und rauchten. Als August vorbeiging, ließen sie ihre Zigaretten fallen. August wollte so tun, als hätte er nichts bemerkt, und weitergehen, da rief auf einmal einer von ihnen: »August?« Der Junge trat aus dem Schatten hervor, er war groß, seine Stimme war dunkel und männlich, doch in ihrem Klang lag etwas unverkennbar Kindliches. August wandte den Kopf und sah in die Augen seines kleinen Bruders.

»August?«, sagte der noch einmal. August konnte nur nicken, denn ein dicker Kloß in seiner Kehle hinderte ihn am Sprechen.

»Mensch! August!«, sagte der Junge, der kaum noch Ähnlichkeit hatte mit dem elfjährigen Kind von früher. »Und? Hast du mir etwas mitgebracht aus England, wie du es versprochen hast?«, sagte er. Man hörte, dass auch in seiner Kehle ein Kloß steckte.

»Philipp«, flüsterte August. Der Junge nickte und hielt tapfer die Tränen zurück.

»Na, mach schon«, sagte der zweite Junge und gab Philipp einen kameradschaftlichen Stoß in den Rücken. Im nächsten Moment lagen sich die beiden Brüder in den Armen.

»Mensch, August!«, sagte Philipp wieder, lachte und wischte sich übers Gesicht. »Kennst du noch Schreiners Hänschen? Den Bruder vom Michel?«, stellte er seinen Freund vor.

»Hans«, korrigierte ihn der andere Junge.

»Ja, natürlich«, sagte August. Er wagte kaum zu fragen, tat es aber doch. »Was ist mit deinem Bruder? Geht es ihm gut?«

»Ich hoffe«, sagte Hans mit den Händen in den Hosentaschen. »Der Pfarrer behauptet ja immer, im Himmel geht es allen besser.«

Ein sarkastisches Lächeln glitt über das schmale Gesicht des Jungen, dann wurde er bitterernst. »Ist irgendwo in Flandern gefallen. Schon ganz früh. War der Allererste aus Mühlbach.«

August hatte keine Worte. Schreiners Michel war nur ein paar Monate älter gewesen als er selbst. Wie viele seiner Altersgenossen waren überhaupt noch am Leben?

»Komm«, sagte Philipp. »Wir müssen heim. Die werden staunen. Auf Wiedersehen, Hans!«

Hans hob grüßend die Hand und schlenderte die Hauptstraße entlang, während die Brüder abzweigten und den Berg hinaufliefen, Philipp immer ein paar Schritte voraus, so als könnte er es nicht erwarten, die Reaktion seiner Familie zu sehen.

August dagegen beeilte sich immer weniger. Wenn er in der Vergangenheit an zu Hause gedacht hatte, und noch vor einer Stunde war das so gewesen, da hatte er immer an das Zuhause von vor fünf Jahren gedacht: einen elfjährigen kleinen Bruder, eine süße siebenjährige, pausbäckige kleine Schwester, die liebevolle Großmutter. Er hatte den kernigen, verschmitzten Wirt im Kopf gehabt, eine lebendige Dorfgemeinschaft, deren Unterhaltungen am Brunnen durch den ganzen Ort schallten, Menschen, die einen grüßten, gegebenenfalls neugierig Fragen stellten, man musste ja wissen, wo einer herkam oder wo einer hingehörte. Von alldem war nichts mehr übrig, alles hatte sich verändert. August fürchtete sich davor, zu sehen, wie sich seine Eltern verändert haben würden.

»Komm schon, August! Mach!«, rief Philipp der Dritte eifrig.

Auf einmal standen sie vor dem Haus. Seinem Elternhaus. Manchmal, in Knockaloe, hatte ihn ganz plötzlich die Furcht ergriffen, dass er es nie wiedersehen würde. Und jetzt stand er da.

Philipp rannte zur Tür, unverschlossen, wie auf dem Land üblich, stieß sie auf und rief laut.

»Mama, Papa, Elsa! Kommt her! Schnell!«

August blieb stehen. Er begann zu zittern. Bei den Knien fing es an und erfasste seinen ganzen Körper, wie Schüttelfrost.

Ein Mädchen trat aus der Tür, zwölf Jahre, zwei Zöpfe, schmales

Gesicht. Wo waren die Pausbacken? Wie angewurzelt blieb es an der Türschwelle stehen.

Dann kam ein Mann zum Eingang geschlurft, langsam und schwerfällig, ein alter Mann mit grauem Haar, fahler Haut und dem gutmütigsten Gesicht, das August bei einem Menschen kannte und das diesen Ausdruck auch in fünf Jahren nicht verloren hatte, sein Vater.

»Was ist denn, Phi…« Die Frau, die in der Tür neben ihrem Mann erschien, stockte mitten im Satz. Ihr Haar war ebenfalls ganz grau geworden, ihr Gesicht durchzogen von Sorgenfalten und Kummer, doch jetzt begann es zu leuchten, heller und heller, wie ein Feuer, das erst leise glomm und wenig später alles verzehrte, auch den lange unterdrückten Schmerz, der nun ein letztes Mal aus ihr herausbrach, als sie »August!« schrie, so laut, so sehnsüchtig und qualvoll, dass jedem, der diesen Schrei hörte, für einen Moment der Herzschlag stockte.

Klara lief zu ihrem Sohn und warf die Arme um ihn, als hätte sie Angst, ihn noch einmal zu verlieren.

»Mama!«, schluchzte der erwachsene Mann, der er geworden war. »Mama, ich bin wieder daheim.«

18

Mühlbach im Juli 1919

»Du hättest es ihr schreiben müssen. Längst.«

Am Sonntagvormittag saß August in der Stube bei Onkel Walter und Tante Bine. Die beiden machten einen ungewohnt harmonischen Eindruck, tauschten Blicke, als verstünden sie einander plötzlich ohne Worte. Im Krieg war so einiges auseinandergebrochen, doch dafür hatte anderes offenbar zusammengefunden. Sie erzählten von den Ereignissen der letzten Jahre in Mühlbach und was der Krieg aus den Menschen im Dorf gemacht hatte. Etwa aus Walters Bruder Heinrich, der nur noch ein Schatten seiner selbst war und inzwischen auf Theobalds Hof sein Gnadenbrot erhielt, weil er nur noch zu Hilfsarbeiten fähig war und oft genug nicht einmal mehr dazu. Der Bauernhof gehörte inzwischen Apollonia und ihrem Mann, doch Apollonias Eltern, die Theobalds, lebten noch, und deswegen wurde Heinrich weiterbeschäftigt, und man sprach im Dorf weiter von Theobalds Hof, obwohl der Bauer nun Adolf Geis hieß. »Das wurmt den ganz schön«, bemerkte Bine lachend.

»Heinrich und Mathilde haben den Tod ihrer Söhne nicht verkraftet, wie könnten sie auch«, erzählte Walter. »Die Mathilde sitzt nur noch da und stiert vor sich hin. Die Katharina kümmert sich um die beiden. Die hat bald nach Christophs Tod wieder einen Mann gefunden, hat ihn bei ihrer Arbeit im Lazarett kennengelernt. In der Tuchfabrik arbeitet der jetzt.«

»Unfreundlicher Mensch«, warf Bine ein. Walter zuckte mit den Schultern, widersprach jedoch nicht.

Einen Teil der Neuigkeiten aus dem Dorf hatte August bereits von seinen Eltern und Geschwistern erfahren: wer alles den Krieg nicht überlebt hatte, wer versehrt heimgekommen war und wer vermisst wurde. Ein Name, der dabei gefallen war, hatte August ganz besonders schockiert, und deshalb saß er jetzt bei Walter und Bine und hielt ihnen ihr Versäumnis vor.

»Ich habe es nicht übers Herz gebracht«, sagte Walter. »Ich weiß doch von Lina, dass es da Probleme gab zwischen Lotte und Karl. Ich dachte, wenn sie erfährt, dass …« Walter brach ab, als könnte er es nicht einmal innerhalb dieser vier Wände, weit weg von Lottes Ohren, laut aussprechen.

»Sie muss wissen, dass Albert tot ist«, sagte August.

Bine presste die Lippen aufeinander und verzog ihr Gesicht wie unter einem plötzlichen Schmerz.

Walter seufzte. »Ich habe das Gefühl, ich habe immer alles falsch gemacht, schon damals, als sie mich bat, ihrem Vater diese Zeichnung zu geben. Stattdessen habe ich sie an ihre Eltern geschickt, weil ich der Meinung war, sie müssten Bescheid wissen. Dabei war sie doch noch so klein.«

»Nein, ich bin schuld«, jammerte Bine. »Ich habe meinen dummen Mund nicht halten können. Sie hätte das nie erfahren müssen mit Albert. Und sie hätte ihn nie treffen müssen, auch daran bin ich schuld.«

»Ach, Bine!«, sagte Walter und tätschelte ihre Hand.

August traute seinen Augen kaum.

»Natürlich musste sie erfahren, wer ihr leiblicher Vater ist«, widersprach er. »Und es war auch ihr Recht, ihn kennenzulernen. Und jetzt ist es ihr Recht, zu erfahren, dass er nicht mehr lebt.«

»Ich kann ihr das nicht schreiben«, sagte Walter. »Ich kann einfach nicht.«

»Dann werde ich es tun«, beschloss August und erhob sich. Er hatte vor, Arnolds Jakob einen Besuch abzustatten, aber gleich danach würde er den Brief an Lotte schreiben.

Walter stand ebenfalls auf und lenkte ein wenig ein. »Nein, ich … ich schreibe an Lina, sie kann es ihr dann sagen.«

»Und wenn sie das nicht tut?«, wandte August ein. »Wenn sie es ebenfalls für besser hält, Lotte im Unklaren zu lassen, aus Rücksicht auf ihren Mann?«

»So ist Lina nicht, und es wäre ja auch vollkommen sinnlos.«

»Es war auch vollkommen sinnlos, dass du es verschweigen wolltest. Vieles, was in letzter Zeit passiert ist, war vollkommen sinnlos.«

Walter nickte. »Du hast ja recht. Aber ich schreibe Lina trotzdem, damit es sie nicht unvorbereitet trifft. Immerhin ... es war Albert. Du kannst deinen Brief an Lotte dazulegen.«

August war damit einverstanden und verabschiedete sich. Als er auf dem Weg zum Wirtshaus am Brunnen vorbeikam, standen dort einige Männer, ein paar von ihnen in Uniform. Fritz Hennemann war darunter, ebenso ein Mann, dessen Gesicht schwer vom Gas gezeichnet war und von dem August später erfuhr, dass es sich um den Mann von Katharina Borger handelte. Einige der anderen kannte August noch von früher. Als sie ihn sahen, verstummten ihre Gespräche.

»Na, August?«, rief Fritz. »Gefällt's dir wieder in der Heimat?«

»Sicher«, sagte August, ohne seine Schritte zu verlangsamen.

»Was machst'n jetzt, wo du nicht mehr fiedeln kannst?«, fragte einer in Uniform, an den sich August vage erinnerte. Den Namen hatte er zwar vergessen, aber er wusste noch, dass der Mann ein paar Jahre älter war als er und damals als Jugendlicher still und auf unangenehme Weise zurückhaltend gewesen war, etwa so, als läge er ständig auf der Lauer. August hatte in seinem ganzen Leben noch kein Wort mit ihm gewechselt, und auch jetzt blieb er eine Antwort schuldig. Man musste nicht auf jede Provokation eingehen, fand er.

»He! Bist du zu fein zum Antworten?«, plärrte ihm der Uniformierte hinterher.

»Lass doch, Egon«, hörte August Fritz hinter seinem Rücken. Er hatte das bestimmte Gefühl, der ehemalige Schulkamerad habe den anderen davon abgehalten, ihm hinterherzulaufen und ihn anzugreifen. Egon Presswein, erinnerte er sich wieder, das war der Name, ungewöhnlich für die Gegend.

August ließ die Männer hinter sich und steuerte auf das Wirtshaus zu, das im Dorf noch immer *Arnolds* hieß, obwohl der Name des neuen Besitzers Leitner war. An der Kreuzung zur Straße nach Friedelhausen jedoch hielt er inne. *Jetzt, wo du nicht mehr fiedeln kannst*, dröhnte es in seinem Kopf.

»Erhol dich erst einmal«, hatte seine Mutter zu ihm gesagt, als er nach Hause gekommen war, doch sein Vater litt seit einem Jahr an einer Staublunge und konnte nicht mehr arbeiten. Die Familie lebte notdürftig von Klaras Näharbeiten. Sein Bruder Philipp musste zwar beim Schreiner kein Lehrgeld mehr zahlen, verdiente aber auch nichts dazu. Wie ernst es um seinen Vater stand, begriff August erst, als seine Mutter ihm gestand, sie habe immer gehofft, dass er rechtzeitig heimkomme, um ihn noch einmal zu sehen. Nichts von alledem hatte sie in ihren Briefen geschrieben.

August musste so schnell wie möglich Arbeit finden, doch das Einzige, was er konnte, war Geige spielen. Kurz entschlossen änderte er seine Pläne, bog auf den Weg ein, den er so viele Jahre zuvor täglich genommen hatte, und lief dann querfeldein nach Friedelhausen. Außer Atem stand er nach einer Dreiviertelstunde Fußmarsch vor dem Haus seines alten Lehrmeisters und klopfte an. Es dauerte, bis man von innen etwas hörte, Füße, die schwerfällig über den Boden schlurften.

Die Tür ging auf, ein knorriges Gesicht mit zusammengekniffenen Augen starrte August an. »Ja?«, fragte Rudolf Kirchner mürrisch.

»Herr Kirchner, ich bin es, August Schönborn aus Mühlbach.«

Der Mann starrte und starrte, dann endlich erschien ein müdes Lächeln auf seiner Miene. Er hob die Hand und winkte ihn heran. »Komm rein, August, komm rein.«

Es war nicht das, was August hatte hören wollen.

»Das Musikantenland ist tot, August«, sagte Kirchner. Er hatte August eine Tasse mit dünnem Malzkaffee hingestellt, und die Neuigkeiten, die er dazu servierte, waren ähnlich ungenießbar. »Kein

Mensch denkt jetzt noch daran, in der Welt herumzufahren. Wer will uns denn noch zuhören, den Deutschen? Keiner. Und wenn wir hier nicht rauskönnen, was nutzt es da noch, zu spielen?«

»Aber Musik ist doch das, was die Menschen erfreut und was sie alles Schlechte vergessen lässt, das ist doch nicht tot.«

»Ach, August ...«

»Was denn?«

»Kannst es ja versuchen, damit weiterzumachen, wirst schon sehen, dass es zu nichts führt als zum Hungertuch. Die alten Kapellen haben sich aufgelöst, sind sowieso viele Musikanten im Krieg geblieben. Hans Eisenbrenner hat's in Verdun erwischt.«

»Hans Eisenbrenner? Oh mein Gott! Er war mit mir in England und durfte nach Hause.«

»Durfte? Ich glaube, im Schützengraben hat er das nicht mehr so gesehen.«

Rudolf Kirchner schlürfte seinen dünnen Kaffeeersatz und starrte auf das fleckige Holz des Tischs. »Häng die Geige an den Nagel und such dir eine Arbeit, die dich ernähren kann, August. Irgendeine.«

August stand unvermittelt auf. »Ich muss gehen.«

»Sag dem Arnold einen schönen Gruß, falls er noch lebt.«

»Er lebt noch.«

»Ist zehn Jahre älter als ich und lebt noch, der Hund.«

»Er ist ein bisschen verwirrt.«

Der Kirchner grinste. »Na, wenigstens was.«

»Auf Wiedersehen, Herr Kirchner«, sagte August.

Der alte Musikant hob schwach die Hand zum Abschiedsgruß und ließ sie schwer wieder neben seine Tasse fallen.

Auf dem Heimweg dachte August an Charlotte. So realistisch, wie er seine Zukunft als Musikant einschätzte, schätzte er mit einem Mal auch die Zukunft einer Beziehung zwischen ihnen beiden ein. Es gab keine. Lotte lebte in Bremen, er in der Pfalz. Er musste seine Familie ernähren, seine Mutter entlasten und seinem Vater die Sorge nehmen. Sie lebte ein völlig anderes Leben, und das war auch gut so, denn dort oben in der Stadt hatte sie alle Möglichkeiten, die durfte er ihr nicht nehmen, indem er sie länger an sich band.

Diesen einen Brief musste er ihr noch schreiben, sie von Alberts Tod unterrichten, das war er ihr schuldig. Und dann …

August blieb stehen. Von der Anhöhe aus hatte er den herrlichsten Blick über das Tal. Unten lag sein Dorf, umgeben vom leuchtenden Sommergrün der Wiesen und Wälder. Diesen Anblick hatte er so lange vermisst, und doch war er nicht halb so schön wie das Zusammensein mit Lotte. Alles hätte er eingetauscht, um diese Momente mit ihr noch einmal zu erleben, sie noch einmal zu spüren, aber das war nicht möglich. Jenseits des Glans lag der zerklüftete Berg, an dem sich schon sein Großvater totgearbeitet hatte, der seinen Vater krank gemacht hatte und der jetzt wohl auch sein Schicksal war. Seine Zukunft lag vor ihm, dort unten in diesem schönen Tal und jenseits davon im Steinbruch. Ohne Lotte.

19

Bremen im Juli 1919

»Ein Brief von Walter«, rief Karl und wedelte mit einem dicken Umschlag, als er nach Hause kam. Lina freute sich, wunderte sich jedoch, als sie in dem Umschlag von Walter neben zwei Blättern Briefpapier einen weiteren Briefumschlag, adressiert an Charlotte, fand.

»Oh! Von August!«, sagte sie mit Blick auf den Absender, schmunzelte und klopfte umgehend an Charlottes Zimmertür. »Du hast Post!«

Strahlend hüpfte Charlotte von ihrem Bett und legte das Buch, in das sie eben noch vertieft war, achtlos zur Seite. »Danke!«

Lina zog sich taktvoll zurück, setzte sich zu Karl, der in der Stube die Zeitung las, und widmete ihre Aufmerksamkeit Walters Zeilen.

Liebe Lina, schon längst hätte ich dich informieren müssen, dich und auch Charlotte, doch ich habe es einfach nicht übers Herz gebracht, und so gehört es zu den vielen Fehlern, die ich mir in meinem Leben vorwerfen muss. August hat mich eines Besseren belehrt. Er hat es übernommen, die traurige Nachricht Lotte mitzuteilen. Liebe Lina …

Ein markerschütternder Schrei aus Charlottes Zimmer zerriss die Stille des Hauses.

… Albert ist tot. Er ist noch in den letzten Kriegsmonaten gefallen.

»Oh mein Gott!«, keuchte Lina.

Karl war längst aufgesprungen und in Charlottes Zimmer geeilt.

»GEH WEG! GEH WEG!«, schrie Charlotte wild. »Fass mich nicht an! Geh weg!«

Das Bild, das sich Lina bot, als sie hinzustürmte, zerriss ihr das Herz. Charlotte lag auf dem Boden, den Brief in den Händen zerknüllt, Karl über sie gebeugt mit zum Trost ausgestreckten Armen und doch mitten in der Bewegung erstarrt, aufgehalten durch Charlottes wilde Ablehnung. Entsetzt und ahnungslos starrte er Lina an.

»Albert ist tot«, kam es als heiseres Flüstern aus ihrer Kehle.

»Was?«, hauchte Karl bestürzt.

»Gefallen.«

»NEIIIIIIN!«, schrie Charlotte wie von Sinnen.

»Lotte ... bitte«, versuchte es Karl erneut.

»Geh weg, geh doch endlich weg«, schluchzte seine Tochter. »Du hast das doch so gewollt.«

»Was?«

»Dass ich ihn nicht mehr wiedersehen soll, das hast du gesagt, damals.«

»Aber, Lotte ...«

»Nur über meine Leiche, hast du gesagt.« Sie wimmerte, und doch lag eine Kraft in ihren Worten, der Karl nichts entgegenzusetzen hatte.

»Das habe ich doch nicht so gemeint«, sagte er schwach.

»DOCH! Das hast du!«

Lina kniete sich neben ihre weinende Tochter. »Lottchen, nein, du weißt, dass das nicht stimmt.«

»Nein, das weiß ich nicht. Ich weiß nur, dass mein Vater tot ist und dass ich ihn jetzt nie mehr sehen werde. Ich werde nie mehr mit ihm sprechen können. Nie mehr. Das weiß ich, sonst gar nichts.«

Karl richtete sich auf, jede Farbe war aus seinem Gesicht gewichen. Nichts, was ihm in seinem Leben passiert war, hatte ihn je zerbrechen können, aber Charlottes Worte konnten es. *Ich weiß nur, dass mein Vater tot ist.* Mein Vater. Albert. Nicht Karl.

Lina konnte ihrer Tochter keinen Vorwurf machen und hatte keinen Trost für Karl. Und dabei fühlte sie sich selbst, als hätte man ihr ein Stück des Herzens herausgerissen. Sosehr sie Karl liebte, es war Albert, der gestorben war. Albert, mit dem sie ihre Kindheit und Jugend verbracht hatte, eine wundervolle sorglose Zeit voller Liebe und Träume. Schon lange hatte sie keinen Groll mehr gegen ihn gehegt, sie hatte ihn vielmehr bedauert. Ihre Enttäuschung über seine Schwäche hatte ihre Liebe in nichts aufgelöst, aber in ihrer Erinnerung war er immer der Junge von früher geblieben. Und Charlottes leiblicher Vater.

Karl schlich mit hängendem Kopf nach draußen. Es tat Lina unendlich weh, ihn so zu sehen, doch ihre Tochter brauchte sie jetzt mehr. Schluchzend lag das Mädchen in ihren Armen.

»Lottchen, bitte sei nicht so zu deinem Vater«, flehte Lina, doch Charlotte murmelte zwischen ihren Schluchzern erneut: »Mein Vater ist tot.«

Lina beherrschte sich mit äußerster Kraft, am liebsten aber hätte sie Charlotte geschüttelt und angeschrien: Der Mann, um den du so trauerst, hat dich verlassen, und der, den du gerade so grausam von dir gestoßen hast, hat dich dein Leben lang geliebt und war dir um Welten mehr Vater als der, der dich gezeugt hat. Sie tat es nicht, sondern schwieg und wiegte die Tochter in ihren Armen.

»August hat mich freigegeben«, wisperte Charlotte, als sie nach einer Ewigkeit endlich wieder ruhiger wurde und keine Tränen zum Weinen mehr übrig waren.

»Was heißt das?«, fragte Lina.

»Er schreibt, dass er im Steinbruch zu arbeiten anfängt und für seine Familie sorgen muss. Und dass wir nie eine gemeinsame Zukunft haben werden. Deshalb soll ich mich nicht an ihn gebunden fühlen. Wir werden nie zusammen sein. Das heißt es.«

»Ich wusste nicht, dass ihr über eine gemeinsame Zukunft nachgedacht habt«, sagte Lina, obwohl ihr nicht entgangen war, dass sich aus der alten Freundschaft während Augusts Besuch in Bremen weit mehr entwickelt hatte.

»Haben wir nicht, aber …«

»Aber?«

»Es hat sich für mich so angefühlt, als ob …«

»Wie, Charlotte, wie hat es sich angefühlt?«

»Als ob eine Zukunft ohne August gar nicht möglich wäre.«

Lina schloss die Augen. Sie wusste ganz genau, wovon Charlotte sprach. So hatte sie sich selbst gefühlt. Damals. Als ob eine Zukunft ohne Albert nicht möglich wäre. Ohne ihn war da nichts gewesen als ein schwarzer Abgrund.

»Es sind nicht die Menschen an deiner Seite, die deine Zukunft ausmachen«, sagte sie mit fester Stimme zu ihrer Tochter. »Menschen kommen und gehen. Du bist es, Charlotte, du ganz allein. Das Leben geht weiter, so oder so, ob nach unseren Vorstellungen oder anders. Und manchmal ist es anders sogar besser, glaub mir.«

Charlotte schüttelte den Kopf.

Lina stand auf. »Ich muss mich um deinen Vater kümmern.«

»Er ist nicht ...«

»Um *deinen Vater*!«, unterbrach sie Charlotte, bevor diese etwas Unverzeihliches aussprechen konnte. »Ich verstehe deinen Kummer, wirklich, aber wage es nicht, deinen Vater weiter so zu verletzen, wie du es eben getan hast. Das hat er nicht verdient, und das weißt du ganz genau.«

Charlotte schwieg und schluchzte leise weiter.

Lina verließ das Zimmer und ging zu Karl, der mit hängendem Kopf, die Ellbogen auf den Knien auf dem Sofa in der Stube saß.

»Karl ...« Sie setzte sich neben ihn, umarmte ihn und lehnte sich an ihn. Sie war so viel schmächtiger als er, doch jetzt kam es ihr vor, als wäre er auf die Hälfte zusammengeschrumpft. Viel weniger Karl als noch eine halbe Stunde zuvor, als er durch die Tür getreten war mit dem unseligen Brief in der Hand. Wie schnell das gehen konnte, vom Glück zum Unglück war es oft nur ein kleiner Schritt.

»Sie wird mir das nie verzeihen«, sagte Karl.

»Es gibt nichts zu verzeihen, Karl, du hast nichts Schlimmes getan.«

»Ich habe gesagt, was ich gesagt habe, sie hat es gut im Gedächtnis behalten. Ich habe ihr den Kontakt zu ihrem Vater verwehrt.«

»*Du* bist ihr Vater.«

»Ich war eifersüchtig und verletzt und habe nicht gesehen, was sie sich wünscht und was sie braucht.«

»Das ist doch nicht wahr.«

»Ich habe nur mich gesehen. Und jetzt habe ich sie verloren.«

»Das hast du nicht.«

»Doch, Lina. Albert ist tot, und ich kann nichts wiedergutmachen.«

Das dünne Eis, auf dem sie sich jahrelang bewegt hatten, war gebrochen, und das ausgerechnet in dem Moment, in dem Charlotte ihren Vater am dringendsten gebraucht hätte. Er war es, der ihr in ihrem Leben Kraft und Stärke gegeben hatte, den Glauben an sich selbst und daran, dass alles gut werden könnte. Auf einmal war all das verschwunden. Sie brachte es kaum noch fertig, ihm in die Augen zu sehen, sich im selben Raum aufzuhalten, und schon gar nicht, mit ihm zu reden. Tief in ihrem Inneren wusste sie, dass sie ihrem Vater unrecht tat. Sie wusste, dass es ihm leidtat und dass er litt, doch es war, als hätte ihr irgendjemand Fesseln angelegt, die es ihr unmöglich machten, die Arme nach ihm auszustrecken. Fesseln aus Trauer und Enttäuschung.

Sie antwortete August in einem kurzen Brief, dass sie ihn verstand und dass sie derselben Meinung war: Es gab keine gemeinsame Zukunft für sie. Sie bedankte sich auch dafür, dass er sie über Alberts Tod in Kenntnis gesetzt hatte. Sie schrieb das völlige Gegenteil von dem, was sie in Wahrheit empfand, und tat so, als nähme sie das Schicksal an.

Wir müssen vernünftig sein und unsere Grenzen erkennen, schrieb sie und hätte sich am liebsten dafür die Hand abgehackt. *Aber ich werde dich und die Zeit mit dir nie vergessen.* Wenigstens das stimmte.

Hatte sie bei Augusts Besuch ihre Eltern noch dazu gedrängt, bald in die Pfalz zu reisen, so erwähnte sie diesen Wunsch mit keinem Wort mehr. Liebend gern hätte sie das Dorf wiedergesehen und all ihre Verwandten, die der Krieg so gebeutelt hatte, Katharina, die ihren Verlobten und ihre Brüder verloren hatte, Onkel Walter und Tante Bine, Klara, aber um nichts in der Welt konnte sie August wiedersehen. Das konnte sie einfach nicht.

Der Sommer ging, und mit ihm verschwand die Wärme aus der Orleansstraße. Charlotte verbrachte mehr und mehr Zeit im Hause Wolf. Es war in Ordnung, dass dort keine Opern mehr erklangen, wozu noch Musik, wenn alles nur noch grau war. Sie ertrug die gute Laune ihrer Geschwister nicht, die nichts zu bemerken schienen. Walter ging auf die höhere Schule und kümmerte sich nur um sich selbst. Und Ella war besessen von ihrem Berufsziel: Telefonistin bei der Post. »Dann darfst du aber später nicht heiraten«, hatte ihre Mutter sie gewarnt, doch Ella hatte nur mit den Schultern gezuckt und gemeint, das habe sie ohnehin nicht vor. »Das sagst du jetzt«, meinte Lina. »Ich denke nicht«, entgegnete Ella. »Ich kann mit Jungs nichts anfangen. Die wenigsten sind so nett wie August oder so kultiviert wie Aaron.« Sie schien nicht zu bemerken, wie ihre Schwester bei den beiden Namen die Farbe wechselte. Feinfühligkeit war noch nie Ellas Stärke gewesen. Manchmal überlegte Charlotte, ob ihr ihre Mühlbacher Halbgeschwister mehr ähnelten als Walter und Ella. Sie würde es wohl kaum je herausfinden. Der einzige Mensch, mit dem sie ihre Gedanken teilte, war ihre Freundin Martha.

»Oh, aber ich finde, Ella hat vollkommen recht, was Jungs angeht«, gestand Martha überraschenderweise. »Ich kann mir momentan auch nicht vorstellen, dass ich mal einem begegne, der mein Herz höherschlagen lässt.« Charlotte runzelte zweifelnd die Stirn. »Aber«, fuhr Martha fort, »nur weil wir diesbezüglich unterschiedlicher Meinung sind, sind wir doch nicht weniger Freundinnen, oder?« Charlotte schüttelte den Kopf. Martha lächelte. »Und Ella ist nicht weniger deine Schwester. Sie ist nun einmal anders als du. Walter ist wieder ganz anders. Er ist ein bisschen der kleine Prinz bei euch in der Familie. Gib zu, du hast ihn selbst schon so behandelt.«

»Ja, stimmt schon.«

»Na also. Sie sind und bleiben deine Familie.«

Es war, als hätte Martha wortlos hinzugefügt: Und Karl ist und bleibt dein Vater. Charlotte verstand sie sehr gut und war Martha dankbar, dass sie ihr Mitgefühl zeigte, ohne sich einzumischen.

»Wollen wir an Weihnachten in die Oper gehen?«, fragte Martha. »Meine Eltern haben Karten und sagen, du kannst mitkommen. *Hänsel und Gretel.* Was meinst du?«

Charlotte erinnerte sich daran, wie sie viele Jahre zuvor als kleines Mädchen mit ihren Eltern das Stück gesehen hatte, wie ihr Vater beim Abendsegen zärtlich ihre Hand ergriffen und sie liebevoll in den Arm genommen hatte, als die Hexe die Bühne betrat. »Du musst keine Angst haben, Lottchen«, hatte er ihr ins Ohr geflüstert, und in seinem Arm hatte sie sich sicher und geborgen gefühlt. Charlotte sehnte sich nach dieser Zeit zurück, doch zugleich drifteten sie immer weiter auseinander. Karl machte nicht einmal mehr den Versuch, sich ihr zu nähern, und sie brachte es nicht fertig, über ihren Schatten zu springen.

»Ja, ich komme gern mit«, sagte sie zu Martha.

Vielleicht, überlegte sie, könnten ihre Eltern auch mitkommen. So wie früher. Vielleicht würde es sich dann ergeben, und ihr Vater würde ihre Hand beim Abendsegen halten. Oder sie seine. Weil sie sich in Wahrheit nach seiner Hand sehnte.

Doch das Schicksal hatte andere Pläne für die Familien Schäfer und Schönborn. Kurz vor Weihnachten kam ein Brief von Klara.

Ihr Lieben alle,
letzte Nacht ist mein Philipp gestorben.
Verzeiht, wenn mir gerade die Kraft fehlt, um Näheres zu schreiben. Ich wollte euch aber wenigstens informieren. Die Beerdigung findet erst am 27. Dezember statt, weil ja vorher Weihnachten ist.

In tiefer Trauer, eure Klara

20

Mühlbach, Ende Dezember 1919

Es war das traurigste Weihnachten, das August jemals erlebt hatte. Noch viel, viel trauriger als jedes einzelne Weihnachten in England. Der Sarg mit dem Vater stand im Flur, weil die Beerdigung so spät stattfinden musste.

»So ist er wenigstens noch einmal bei uns«, sagte Klara und bat August, Geige zu spielen. Weihnachtslieder und das Stück, das sein Großvater früher immer gespielt hatte: *Santa Lucia*. Das hatte Philipp so geliebt. Klara sang dazu, Elsa weinte. Philipp der Dritte, nunmehr der Einzige, starrte mit leeren Augen durch die Kerzenflammen auf dem Tisch. Er hatte dabei geholfen, den Sarg zu zimmern.

Heiligabend überstehen, den ersten Weihnachtstag und den zweiten, dann noch die Beerdigung – wie viel Kraft verlangte man eigentlich von den Hinterbliebenen eines geliebten Menschen? August bewunderte seine Mutter. Ihre Trauer musste grenzenlos sein, doch sie riss sich zusammen und tat alles, damit die Kinder an ihrem Verlust nicht verzweifelten. »Euer Vater hätte das nicht gewollt. Er war tapfer bis zuletzt.«

Zuletzt. Das waren Tage im Bett, an denen er ununterbrochen hustete und nach Luft rang. Der Doktor kam, doch er konnte nicht viel tun. Auf die Staublunge hatte sich in der kalten Jahreszeit eine schwere Erkältung gesetzt, die sich zu einer Lungenentzündung ausweitete. »Man kann nur hoffen und bei ihm sein«, hatte der Doktor gesagt. Und das waren sie. Abwechselnd saßen sie an seinem Bett, Klara, die Kinder und auch Walter, sein bester Freund. Sie lasen ihm vor, hielten seine Hand, redeten, taten so, als wäre die Krankheit nur vorübergehend und alles bald wieder gut. Dann würde man wieder in der Stube zusammensitzen, aus einer großen Schüssel Verheiratete essen und sich lachend um die besten Klöße kabbeln.

Klara war bei ihrem Mann, als er starb.

»Zum Glück war es ein leichter Tod«, sagte der Doktor. »Er ist nicht erstickt, sein Herz hat ganz einfach aufgehört zu schlagen, weil es die Belastung nicht mehr verkraftete.« Es war ein Trost.

Wäre doch nur der Tag morgen endlich vorbei, dachte August in der Nacht, als er nicht schlafen konnte und die Gedanken in seinem Kopf wie schon seit Wochen und Monaten kreisten, immer um den einen Namen: Lotte. Er machte sich Vorwürfe, dass er nicht einmal jetzt ganz bei seinem toten Vater und seiner trauernden Familie bleiben konnte und sich Lottes Gesicht immer wieder in den Vordergrund schob, doch er konnte es einfach nicht verhindern. Er versuchte, nach vorn zu sehen, die ganze Zeit schon, seit er ihr diesen letzten Brief geschrieben hatte, und mehr noch, seit sie zurückgeschrieben und ihm zugestimmt hatte, so sachlich, so vernünftig. Aber Nacht für Nacht erschien in der Dunkelheit ihr Bild vor seinen Augen, denn schließlich hatte er mit ihr nicht nur seine Liebe verloren, sondern auch seine beste Freundin. Nur jetzt, in dieser einen Nacht und am folgenden Tag, musste er seinen Kopf von ihr frei machen für den Abschied von seinem Vater.

Am Morgen legte die Familie die guten schwarzen Kleider an, Beerdigungskleider. »Früher hat man in solchen Kleidern auch geheiratet«, erzählte Klara zusammenhanglos. »Nur einen weißen Schleier auf dem Kopf, daran hat man erkannt, dass es eine Trauung war und keine Beerdigung.« Ihr Blick wanderte zu dem Sarg im Flur.

Es klopfte an der Tür. Die Sargträger, dachte August, obwohl es noch zu früh war, aber je früher, desto besser. Er öffnete und wäre beinahe zurückgeprallt, denn unversehens stand er Lina Schäfer gegenüber, daneben ihr Bruder Walter, dahinter ihr Ehemann Karl und, ganz klein und versteckt hinter ihrem Vater, das kupferblonde Haar gegen das Schwarz ihres Mantels leuchtender denn je, Lotte.

»Lina!« Mit einem lauten Kummerschrei stürmte Klara an ihrem

Sohn vorbei in die Arme der alten Freundin. »Oh, Lina! Dass ihr hier seid!« Zum ersten Mal, seit ihr Mann den letzten Atemzug getan hatte, erlaubte sich Klara, ihren Schmerz zu zeigen.

»Es tut mir so leid, Klara.« Auch Lina kämpfte vergeblich mit den Tränen. »Natürlich mussten wir kommen.«

Im Anschluss an Lina nahm Karl Klara in die Arme und schenkte ihr ein paar Minuten Halt.

»August«, wandte sich Lina schließlich an ihn. »Mein herzliches Beileid.« Sie ergriff seine Hand, strich ihm über die Wange und zog ihn in eine kurze, innige Umarmung. August rang um Fassung und war dankbar, dass sie ihn bald wieder losließ und sich an seine Geschwister wandte, Philipp ebenfalls die Hand drückte und die weinende Elsa in ihre Arme schloss.

Onkel Walter klopfte August auf die Schulter, ging weiter zum Sarg und legte seine Hand darauf. »Gute Reise, alter Freund, ich werde dich vermissen«, murmelte er leise, doch August hörte es, denn er versuchte verzweifelt, sich auf etwas anderes zu konzentrieren als auf Lottes Haar. Karl ließ Klara los, damit Lotte ihre Beileidswünsche aussprechen konnte.

»Mein Beileid, August«, sagte Karl.

»Danke«, erwiderte August kurzatmig. Man würde es auf die Umstände schieben, auf seine Trauer, aber es war Lotte, deren plötzliches Auftauchen ihm den Atem raubte. Nichts anderes konnte er denken als: Lotte ist da.

Er sah, wie sie seine Mutter umarmte, und erinnerte sich augenblicklich daran, wie sich ihre Umarmung anfühlte. Er schämte sich dafür, dass er ausgerechnet jetzt daran dachte.

»Ich bin so froh, dass ihr da seid«, sagte Klara unter Tränen. »Damit hätte ich nie gerechnet.« Sie ließ Lotte los, strich über das Gesicht des Mädchens und wandte sich wieder Lina zu.

Nichts und niemand stand jetzt mehr zwischen August und Lotte, und endlich sahen sie einander in die Augen. Letzte Nacht hatte er noch versucht, sie aus seinem Kopf zu verbannen, und jetzt stand sie leibhaftig vor ihm.

Sie öffnete und schloss den Mund und setzte an, etwas zu sagen. »Ich …«

Da machte er zwei Schritte auf sie zu und schloss sie in seine Arme. Es war ihm egal, was sie einander in ihren dummen Briefen geschrieben hatten, dass es keine Zukunft gebe, dass sie vernünftig sein müssten. Sie war hier, und das war alles, was zählte. »Lotte!«, murmelte er in ihr Haar. »August!«, flüsterte sie tränenerstickt zurück. Sicher dachten alle, es wäre die Trauer um den Toten, doch es war zugleich die ohnmächtige Freude, einander wiederzusehen, wieder zu spüren, zu riechen, zu schmecken. Er drückte einen heimlichen Kuss auf ihr Haar und spürte, wie ihre Lippen wie zufällig seinen Hals streiften. Erst als es erneut an der Tür klopfte und es diesmal wirklich die Sargträger waren, ließen sie einander los.

Die vier Männer traten ein, nahmen ihre Mützen ab, murmelten ihr »Beileid« und verbeugten sich respektvoll vor Klara.

Auf ein Kommando hoben sie den Sarg an und trugen ihn nach draußen, wo ein Wagen ihnen die Arbeit erleichterte.

Der Trauerzug bewegte sich langsam Richtung Friedhof, von allen Seiten kamen Nachbarn in schwarzer Kleidung, und auch auf dem Friedhof warteten schon einige, unter ihnen der Pfarrer.

Es war ein kalter Tag, und während der langen Rede brannten einem die eisigen Füße in den Schuhen, doch August bemerkte mit Erstaunen, wie gut es tat, dem seelischen Schmerz einen körperlichen entgegenzusetzen. Er hätte noch viel mehr frieren wollen, um zu vergessen, dass er seinen Vater nicht mehr hatte. Im schlimmsten Moment, als der Sarg in die Erde gelassen wurde, schlang er seinen Arm um die Schulter seiner Mutter, die den Eindruck machte, als wollte sie hinterherspringen. Erde und Tannenzweige statt Blumen fielen auf das Holz in der Grube. Die Trauergemeinde schritt an der Familie vorbei, um zu kondolieren. Ein ums andere Mal setzte Klara ihrem Dank mechanisch den Satz hinzu: »Das Leichenims ist in Arnolds, komm doch vorbei.«

»Lebt Arnolds Jakob noch?«, fragte Karl flüsternd seinen Schwager Walter.

»Wie man's nimmt«, antwortete August statt seiner. »Mal sehen, ob er euch noch erkennt.«

»Der Wirt ist jetzt Friedhelm Leitner«, fügte Walter hinzu. »Stammt aus dem Saargebiet und war in Altenglan im Lazarett.«

Klara schwankte in Augusts Armen.

»Komm, Mama, wir gehen«, sagte er zu ihr.

»Einen Moment noch«, widersetzte sie sich, doch August hakte sie unter und überrumpelte sie sanft. Sie sollte nicht sehen, wie die Sargträger das Grab zuschaufelten.

Als Lina hinter den Schönborns das Wirtshaus betreten wollte, fiel ihr Blick auf eine kleine, untersetzte Frau, die sich bisher im Hintergrund gehalten hatte und jetzt, da sie Linas Blick auffing, den Anschein machte, sich am liebsten verstecken zu wollen. Charlotte hatte die Frau noch nie gesehen, doch als ihre Mutter den Namen rief, wusste sie sofort, wen sie vor sich hatte. »Berta!«, rief Lina und ging auf die Frau zu, Karl folgte ihr. Charlotte dagegen blieb wie angewurzelt stehen. Berta Lehnert, die Frau von Albert, vielmehr: seine Witwe.

»Lina«, sagte Berta schüchtern, ihr dunkelblondes Haar war durchzogen von vielen grauen Strähnen, das Gesicht farblos, doch als sie lächelte, sah man, welch gutmütiger Mensch sie war. Charlotte erinnerte sich an ihre Unterhaltung mit Albert damals im Wald.

Du hast eine nette Frau, oder?

Sehr nett, ich kann froh sein, dass ich sie habe.

»Wir haben von Albert gehört«, sagte Lina. »Mein herzliches Beileid!« Die beiden Frauen reichten einander die Hand, und auch Karl kondolierte. Es wirkte aufrichtig und doch so seltsam, wenn man bedachte, in welchem Verhältnis jeder von ihnen zu Albert gestanden hatte.

»Danke, Lina. Danke, Karl«, sagte Berta. Ihr Blick ging an den Eltern vorbei zur Tochter. »Charlotte, nicht wahr?«, sagte sie. Charlotte schluckte und trat näher. »Ja. Auch von mir … mein Beileid«, sagte sie unbeholfen.

Berta schenkte ihr ein warmherziges Lächeln. »Ich freue mich sehr, dich zu sehen. Wenn deine Eltern nichts dagegen haben und du Zeit hast, würde ich dich gern in den nächsten Tagen zu mir einladen. Natürlich nur, wenn du magst.«

Ihre Eltern tauschten einen raschen Blick. »Selbstverständlich«, sagte Karl sofort, und noch bevor er Charlottes erstaunte Reaktion zur Kenntnis nehmen konnte, schlug er die Augen vor seiner Tochter nieder.

»Ich komme gern«, sagte Charlotte.

»Das freut mich«, sagte Berta. »Ich muss leider schon gehen, unser Jüngster ist noch ziemlich klein, und ich kann Luise nicht ewig mit seiner Aufsicht belasten.«

Sie reichte jedem noch einmal die Hand und sagte: »Auf Wiedersehen.«

Arnolds Wirtshaus hatte sich verändert. Kalt und trist war der Schankraum, der neue Wirt unfreundlich und wortkarg. Die Trauergemeinde zog wie in alten Zeiten ins Nebenzimmer, doch auch dort sah es nicht besser aus. Arnolds Jakob schien den Verfall seiner ehemaligen Wirtschaft nicht zu bemerken. Er selbst saß wie ein in die Jahre gekommenes Teil des Inventars in einer Ecke und unterhielt sich angeregt mit Karl, ohne ihn wiederzuerkennen. Lina setzte sich zu Klara, die ihr erzählte, wie es zu Philipps Krankheit gekommen war und dass auch August jetzt in diesem vermaledeiten Steinbruch arbeitete, damit sein jüngerer Bruder die Lehre beim Schreiner beenden konnte und für alle gesorgt war. Charlotte, noch ganz unter dem Eindruck der Begegnung mit Berta, stand unschlüssig in der Nähe, hörte betroffen zu und war erleichtert, als sich das Thema der Unterhaltung den Kuchen für das Leichenims zuwandte. Bine, so erzählte Klara, habe ihr dabei geholfen und Leinenwebers Johanna auch und Hennemanns Ida natürlich, die alte Garde, die immer da war, wenn man sie brauchte. »Bine ist aber eher neue Garde«, meinte Lina leise hinter vorgehaltener Hand, da schmunzelte Klara sogar ein bisschen.

»Wollen wir rausgehen, oder möchtest du erst ein Stück Trauerkuchen essen?« Unbemerkt war August von hinten zu Charlotte getreten. Ein wohliger Schauer lief über ihren Körper.

»Draußen ist es aber kalt«, erwiderte sie.

»Nicht, wenn man sich gegenseitig wärmt«, flüsterte August und tastete nach ihrer Hand.

Charlotte war mehr als versucht, ihm nachzugeben, doch dann kamen ihr wieder seine Worte aus dem Brief in den Sinn. Und ihre Antwort darauf. Galt das nicht mehr? Es hatte sich doch nichts geändert. Sie waren nur hier, weil Augusts Vater gestorben war und Lina darauf bestanden hatte, zur Beerdigung in die Pfalz zu fahren. Walter und Ella durften als Einzige zu Hause bleiben. Helene hatte angeboten, sich um die beiden zu kümmern, und immerhin waren es zwei Zugfahrkarten weniger, die zu bezahlen waren. Aber Charlotte musste mit. Nein, sie wollte. Wollte und wollte nicht, war hin- und hergerissen, doch schließlich hatte sie es nicht übers Herz gebracht, die Schönborns und besonders August in den Tagen der Trauer alleinzulassen.

Jetzt standen sie beide da und waren wieder dort, wo sie angefangen hatten, ohne dass es zu etwas führen konnte.

»Was ist mit ›vernünftig sein‹?«, fragte sie.

»Nicht heute, Lotte, bitte, bitte nicht heute.« Seine Augen bekamen einen feuchten Glanz.

»Also gut«, sagte sie und folgte ihm.

Ein kalter Wind pfiff ihnen entgegen. Sie gingen um die Ecke und fanden Schutz in einer Mauernische, dort schmiegten sie sich eng aneinander, sie gewärmt von seinen Armen.

»Weißt du noch, als wir das letzte Mal hier waren? Hier draußen?«, fragte August.

»An Ludwigs Hochzeit, vor über sieben Jahren.«

»Ja.«

»Und jetzt ist Ludwig schon tot.«

August nickte.

Auf einmal spürte Charlotte wieder die Kälte und den Kummer.

»Und Johannes ist tot. Mein Vater ist tot. Dein Vater ist tot«, zählte sie auf.

»Dein Vater ist drinnen und unterhält sich mit Arnolds Jakob«, entgegnete August.

Sie hob ihren Blick zu ihm. »Du weißt, wen ich meine.«

»Ja, aber es ist nicht dasselbe. Du bist Albert Lehnert wie oft begegnet? Dreimal?«

»Das hat doch damit nichts zu tun«, verteidigte Charlotte ihr Recht zu trauern.

»Nein? Wie oft hat er dich als Kind auf seinen Schultern reiten lassen? Wie oft hat er dir bei deinen Schularbeiten geholfen, heimlich, damit es deine Mutter nicht merkt? Wie oft hat er sich mit dir über deine Träume unterhalten, hat dir zugehört, dir einen Rat gegeben? Wie oft hat er an deinem Bett gesessen, wenn du krank warst, hat dir Geschichten vorgelesen, dich getröstet, wenn jemand gemein zu dir war?«

Charlotte starrte August mit brennenden Augen ins Gesicht, dann stemmte sie ihre Arme gegen seine Brust und versuchte, sich aus seiner Umarmung zu befreien, doch er hielt sie fest.

»Mein Vater hat das alles mit mir gemacht. Und dein Vater Karl hat es mit dir gemacht. Unsere Väter waren immer für uns da. Albert nicht. Und egal, wie sehr du ihn bei diesen drei Begegnungen gemocht hast, er war nicht da.«

»Onkel Walter hat es euch erzählt, stimmt's, von meinem Vater und mir«, blaffte sie ihn an. »Dass wir uns nicht mehr verstehen, dass wir kaum noch miteinander reden. Das hat aber alles seinen Grund, August.«

»Das mag ja so sein, aber eines Tages stehst du vielleicht da, wo ich heute stand, nämlich vor seinem Grab, und dann ist es zu spät, zu bereuen, dass du so unversöhnlich warst. So ungerecht.«

Tränen strömten in ihre Augen, mit aller Kraft stieß sie August von sich, doch er bekam sie noch an ihrer Hand zu fassen.

»Lass mich!«, schrie sie ihn an. »Was willst du eigentlich noch von mir?«

»Was ich von dir will?«

Mit einer einzigen Bewegung zog er sie zurück in seine Arme, und sie umklammerte seinen Hals, so fest sie nur konnte.

»Ich liebe dich, Lotte.«

»Ich liebe dich auch«, schluchzte sie.

»Ich weiß nicht, was wir tun sollen.«

»Ich weiß es auch nicht.«

Sie küssten sich so gierig, als könnten sie in ihren Küssen die Antwort finden.

»Versöhn dich mit deinem Vater, Lotte«, sagte August, als er wieder zu Atem kam.

»Warum ist dir das so wichtig?«

»Weil das nicht du bist. Du bist nicht ungerecht und nachtragend, kein bisschen. Du bist der Mensch, der in anderen nur das Beste weckt, du bist lieb und mitfühlend, und du verzeihst. Du bist wie ein Licht. Du warst *mein* Licht, fünf Jahre lang.«

Sie schmiegte sich an ihn und wünschte sich von ganzem Herzen, sie könnten für immer in dieser kalten Ecke neben dem Wirtshaus bleiben. Lieber mit August zusammen erfrieren, als ihn in ein paar Tagen wieder verlassen müssen.

»Wir müssen wieder hinein«, sagte sie stattdessen. Vernünftig! Es gehörte sich nicht, so lange der Trauerfeier fernzubleiben und zu tun, was sie taten.

»Ich weiß«, sagte August, und doch hielt er sie weiter fest.

»August, wir müssen ...«

»... vernünftig sein. Ich weiß.«

Sie blieben, wo sie waren.

»Wie lange seid ihr noch hier?«

»Bis nach Neujahr. Am 3. Januar fahren wir wieder.«

»Also nur noch eine Woche.«

»Ja. Eine Woche.«

21

Mühlbach, Ende Dezember 1919

Eine Woche. Das war nicht mehr als ein Wimpernschlag im ganzen Leben. Mehr Zeit hatten sie nicht und auch keine Lösung für die Zeit danach. Hinzu kam, dass diese eine Woche für die Familie Schäfer ausgefüllt war. Man wollte nach Heinrich und Mathilde sehen und für Klara da sein. Bine wollte die Familie bekochen und die Zeit nutzen, sich mit ihrem Liebling Charlotte zu unterhalten. Walters Frau hatte sich mindestens genauso sehr verändert wie die Dorfwirtschaft, nur zum Besseren.

»Bine und ich, wir haben einen Weg miteinander gefunden«, sagte Walter. »Im Krieg haben wir uns aneinander festgehalten, wenn wieder einmal die Dorfglocke läutete und man darauf wartete, wen es getroffen hatte. Und sie hat mir mit Heinrich und Mathilde geholfen, sie war immer da.«

Walter hatte zwar in seinen Briefen davon berichtet, wie es dem ältesten Bruder und seiner Frau nach dem Verlust der beiden Söhne ging, aber erst bei ihrem Besuch offenbarte sich für Charlotte und ihre Eltern das ganze Ausmaß dieses Schicksalsschlages. Aus dem agilen und kräftigen Heinrich war ein gebeugter, schwacher alter Mann geworden, und Mathilde saß in einer Ecke, lächelte unentwegt und sagte kaum etwas, als wären mit ihren Söhnen alle Worte dahingegangen. Katharina lebte bei ihnen und sorgte für die Eltern. Als Charlotte auch den Mann ihrer Cousine kennenlernte, konnte sie nur mit Mühe verbergen, wie erschüttert sie war. Doch nicht etwa die Tatsache, dass die Haut des Mannes vom Gas gezeichnet war, schockierte sie so, sondern seine unverhohlene Unfreundlichkeit. Wortlos und mit stumpfem Blick saß er dabei, als die Verwandten seiner Frau aus Bremen zu Besuch waren. Sie hätten im vergangenen Jahr geheiratet, erzählte Katharina, im kleinen Kreis, ganz ohne Brimborium, wie sie sich ausdrückte. Charlotte hätte gern erfahren, was ihre Cousine zu diesem Mann getrieben hatte, ihr toter Verlobter war jedenfalls das genaue Gegenteil gewesen: nett und lustig und liebevoll. Dieser hier war kalt wie ein Stein und seine Gegenwart nichts als unangenehm.

Sosehr Charlotte Onkel und Tante bemitleidete und auch Katharina für diese fürchterliche Ehe, sie wollte nur noch weg. Sie hatte das Gefühl, in diesem Raum an Gram und Vergänglichkeit und Verbitterung zu ersticken. Es war, als säße der Tod selbst mit am Tisch.

»Wollen wir ein wenig spazieren gehen, Lotte? Magst du?«, fragte Katharina, und Charlotte hoffte inständig, dass man ihr ihre Gefühle nicht vom Gesicht ablesen konnte.

Unter dem mürrischen Blick von Katharinas Mann verließen die beiden jungen Frauen das Zimmer.

»Ich muss ab und zu durchatmen«, gestand Katharina draußen. Wie selbstverständlich verließ sie den Weg und wanderte quer durch die mit feinem Schnee bedeckte Wiese von Bauer Theobald.

»Das gehört jetzt alles der Apollonia und ihrem Mann, Geis Adolf, kennst du den? Von Bedesbach. Der musste nicht in den Krieg«, erklärte Katharina und stampfte mit den Füßen extra fest auf, als wollte sie das Gras unter ihren Schuhen zerstören.

Charlotte kannte den Mann nicht, aber wenn man Katharina zuhörte und nach allem, was Walter über ihn geschrieben hatte, war es ebenfalls kein allzu angenehmer Mensch.

Geis Adolf, Friedhelm Leitner, der Wirt, Katharinas Mann – früher waren einem im Dorf nettere Menschen begegnet, aber der Krieg hatte nun mal überall seine Spuren hinterlassen.

»Wie hast du deinen Mann eigentlich kennengelernt?«, fragte sie ihre Cousine.

»Den Herbert? Im Lazarett. Er hat mich getröstet, als er von meinem Christoph gehört hat, und er war für mich da, als meine Eltern – nun ja, nach dem Tod meiner Brüder. Also …« Sie wand sich ein wenig, und fast schon trotzig wiederholte sie: »Er war halt da.« Das klang nicht nach der großen Liebe, nicht einmal nach einer kleinen. Doch dann lächelte Katharina wieder und sagte mit einem gewissen Stolz: »Völker heiße ich jetzt. Frau Völker.« Der Stolz der verheirateten Frauen.

»Schön«, sagte Charlotte pflichtschuldig und bemühte sich darum, so auszusehen, als meinte sie es so. In Wahrheit konnte sie sich nichts Deprimierenderes vorstellen, als an einem Mann wie Herbert Völker hängen zu bleiben, nur weil er halt da war und man selbst in einem Alter, in dem man allmählich das Los einer alten Jungfer zu fürchten begann.

»Denkst du noch an Christoph?«, fragte sie. Sie musste es einfach fragen.

»Den werde ich nie vergessen«, antwortete Katharina, ohne auch nur einen Moment lang zu zögern. Sie trampelte über das Gras. »Niemals.«

Als sie zurückkehrten, saßen alle im Zimmer noch an derselben Stelle. Lina und Karl versuchten, so gut es ging, sich mit Heinrich zu unterhalten. Bine saß neben der lächelnden Mathilde und streichelte ihre Hand, und Walter und dieser Herbert hockten stumm nebeneinander.

»Ich mache dann mal Essen«, sagte Katharina so munter zu ihren Eltern, als wäre es ein Festtag.

Walter erhob sich. »Und wir sollten allmählich nach Hause gehen. Es wird ja schon so früh dunkel.«

Erleichtert folgten alle Gäste seinem Beispiel, verabschiedeten sich und versprachen, bald wiederzukommen.

In der kalten, belebenden Luft atmeten sie auf, Karl legte den Arm um Lina, die sich traurig an ihn schmiegte, und Bine hängte sich bei Charlotte ein.

»Schlimm, zu sehen, was der Krieg den Leuten angetan hat«, sagte sie. »Ich kann es manchmal gar nicht ertragen, da hinzugehen.«

»Aber du tust es trotzdem«, sagte Charlotte und drückte ihrer Tante die Hand. »Du bist ein lieber Mensch.«

»Ach, Lottchen …«, wimmerte Bine leise schniefend. »Dass ausgerechnet du das sagst.«

»Tja«, sagte Charlotte schmunzelnd, »ich bin eben auch ein lieber Mensch.« Bine lachte und drückte Charlotte an sich.

Ein lieber Mensch ist nicht unversöhnlich, dachte Charlotte und beobachtete, wie liebevoll ihr Vater ihre Mutter unterstützte, so wie er es getan hatte, seit sie denken konnte. August hatte ganz recht, sie verhielt sich unmöglich. Wie hatte es zwischen ihr und ihrem Vater nur so weit kommen können?

»Morgen gehe ich zu Berta«, sagte sie unvermittelt zu Bine.

»Da wird sie sich freuen«, sagte Bine.

Am Abend kamen alle bei Schönborns zusammen. Eng gedrängt saßen sie in der guten Stube, so fiel es nicht auf, dass August und Charlotte besonders eng beisammensaßen.

Sie sprachen über Heinrich und Mathilde und Arnolds Jakob und alles, was sich im Dorf verändert hatte.

»Anscheinend bekommen wir in den nächsten Jahren Elektrizität«, sagte Klara, und Bine schlug sofort die Hände über dem Kopf zusammen. »Unser Bürgermeister hat Großes vor, jetzt, wo der Krieg aus ist. Ich frage mich nur, mit wem er das bewerkstelligen will. Die einen sind tot, die anderen versehrt, und der Rest nagt an dem, was er verloren hat und was hinter ihm liegt.«

»Es ist gut, nach vorn zu schauen«, sagte Karl.

»Ja«, stimmte Klara zu, »aber einige von denen schauen auch zurück und wollen genau wieder dahin, wo wir schon einmal waren.«

August schnaubte. »Der Mann von der Katharina ist so einer, und sein guter Kumpan, der Egon Presswein, das ist der Schlimmste. Läuft immer in seiner Uniform herum, als wäre er noch im Krieg.«

»Und Fritz Hennemann«, setzte Philipp hinzu.

»Das ist bei dem nur so eine Phase«, wiegelte seine Mutter ab. »Der knabbert noch am Tod von seinem Bruder. Seine Mutter wird ihm schon den Kopf zurechtrücken, wenn es Zeit ist.«

Philipp verdrehte die Augen, und August schüttelte nur den Kopf.

»Auf die Ida lasse ich nichts kommen«, setzte Klara hinzu.

Charlotte fühlte Augusts Hand an ihrem Rücken und wünschte sich augenblicklich, sie könnten irgendwo allein sein und sie könnte ihm sagen, dass er recht hatte mit allem und dass sie sich mit ihrem Vater versöhnen wollte. Sie musste nur noch … den richtigen Moment erwischen.

Am nächsten Tag stand Charlotte vor dem Laden und hatte das Gefühl, dreizehn Jahre in die Vergangenheit zurückgeschleudert worden zu sein. Auf einmal war sie wieder acht Jahre alt, und genau wie damals ertönte das Klong, Klong, Klong des schweren Schmiedehammers von der anderen Straßenseite. Wer war das? Wer schwang den Hammer, wenn es nicht Albert war? Oder war es sein Geist? Am helllichten Tag? Genau wie damals spürte Charlotte die Versuchung, rüberzugehen und heimlich zuzuschauen. Und einmal mehr erfasste sie der Schmerz, zu wissen, dass sie Albert nie wiedersehen würde. So vieles hätte sie ihn noch fragen wollen, und sie war sicher, er hätte ihr auch noch vieles zu sagen gehabt.

Sie drückte die Klinke der Ladentür herunter und trat ein. Ein junges Mädchen mit blondem Haar stand hinter der Theke und bediente eine Kundin, eine andere Kundin wartete und blickte Charlotte argwöhnisch an, als diese hereinkam.

»Charlotte?«, fragte das Mädchen hinter der Theke sogleich.

»Ja?«

»Ich bin Luise Lehnert.« Deine Schwester, hätte sie hinzufügen können. »Mama ist oben, du kannst einfach hochgehen. Hier durch den Gang und die Treppe hinauf.« Sie hielt Charlotte die Tür hinter der Theke auf, durch die damals Albert eingetreten war.

»Danke«, sagte Charlotte. Aus dem Augenwinkel heraus bemerkte sie die lauernden Blicke der beiden Kundinnen und hatte keinen Zweifel daran, was bereits eine halbe Stunde später Gesprächsthema im ganzen Dorf sein würde: Albert Lehnerts uneheliche Tochter zu Besuch bei seiner Witwe.

Sie nahm die Treppe nach oben und landete in einem großen Flur. »Hallo? Frau Lehnert?«, rief sie unsicher.

Einen Herzschlag später schaute Berta aus einer der Türen heraus. »Charlotte! Wie schön! Komm doch herein.«

Charlotte folgte ihr in ein gemütliches Zimmer, das um einiges vornehmer war als alles, was sie in Mühlbach je gesehen hatte, nicht einmal ihre schöne Wohnung in Bremen konnte da mithalten.

»Ich darf doch Du sagen, oder?«, vergewisserte sich Berta. »Und bitte, nenn mich einfach Berta.«

»Gern«, sagte Charlotte, folgte Bertas einladender Geste und nahm auf dem Sofa Platz.

»Ich bin gleich zurück«, sagte Berta und verschwand.

Charlotte sah sich um. Hier also hatten die reichen Leute gewohnt, die ihre Mutter nicht haben wollten, nicht einmal als sie ihre Enkelin unterm Herzen trug. Hier hatten sie Lina gedemütigt und weggeschickt. Charlotte wusste inzwischen ganz gut Bescheid. Lina hatte ihr alles vor einiger Zeit erzählt. Sie hatte bei Charlotte Verständnis für Karls Haltung wecken wollen, doch vor allem hatte sie ihrer Tochter damit zeigen wollen, dass sie ihr Recht, alles über ihre Herkunft zu erfahren, respektierte. Nicht die kindgerechte Version, die sie der damals Fünfjährigen zum ersten Mal erzählt hatten, sondern die ganze hässliche Wahrheit.

»Nie fühlst du dich so verletzlich und hilflos wie in der Zeit, in der du ein Kind erwartest und weißt, dass dir keiner beistehen wird, nicht einmal der Vater des Kindes.« Das hatte Lina zu ihr gesagt, und daran musste Charlotte jetzt denken.

Berta kam zurück mit einem Tablett. Eine Kanne, zwei Tassen, eine Schale mit Gebäck, Zucker und Milch standen darauf. Und daneben lagen drei Briefumschläge. Sie stellte es auf den Tisch zwischen dem Sofa und ihrem Sessel und atmete tief durch.

»Kaffee?«, fragte sie und schenkte ein, als Charlotte nickte.

»Milch, Zucker?«

»Von beidem ein wenig.«

»Greif zu«, lud Berta sie ein.

Charlotte hatte zwar keinen Hunger, nahm aber ein Stück Spritzgebäck und biss anstandshalber hinein.

Berta holte ein weiteres Mal tief Luft. Dann schob sie zwei der Briefe in Richtung Charlotte.

»Vor etwa einem halben Jahr kam eine Frau hier vorbei«, fing sie an. »Gertrud Bodenbender aus der Vorderpfalz. Sie hat in einem Lazarett an der Front gearbeitet. Dort hat sie Albert kennengelernt. Er hat eigentlich nur ungefährliche Hilfsdienste im Hinterland erledigt, Versorgung, Krankentransport, so etwas, aber gegen Ende des Krieges haben sie alles nach vorn geschickt, was noch krabbeln konnte und jemals ein Gewehr in der Hand gehalten hat. Und Albert eben auch. Er hat Gertrud drei Briefe in die Hand gedrückt mit der Bitte, sie abzugeben, falls er nicht mehr …«

Berta brach abrupt ab. Dann wischte sie die Tränen in ihren Augen mit einer raschen Handbewegung weg, räusperte sich, atmete durch und sprach weiter. »Sie kam im letzten Sommer und brachte die Briefe vorbei: einen an mich, einen an deine Mutter und einen an dich.« Ein weiteres Mal kämpfte sie gegen die Tränen. »Sie sagte, sie sollte mir auch noch etwas ausrichten von ihm. Sie sollte mir ausrichten, dass er keine Angst gehabt hatte.«

Charlotte sprang auf und schloss Berta in die Arme. Sie hielten sich aneinander fest und weinten gemeinsam. Der Kaffee wurde kalt, die Wanduhr tickte, doch die Zeit blieb für einen kleinen Moment stehen.

Die beiden Frauen schnieften, putzten sich die Nasen, dann setzte Charlotte sich wieder auf das Sofa zurück. Gleichzeitig hoben sie ihre Tassen, stellten sie gleichzeitig wieder ab und lächelten einander an.

»Ich habe meinen Brief schon gelesen«, sagte Berta. »Genau genommen lese ich ihn jeden Tag.« Sie faltete die Hände, und was sie als Nächstes sagte, fiel ihr eindeutig schwer. »Ich habe immer gewusst, dass Albert deine Mutter über alles geliebt hat, das hat sich nie geändert, und ich habe auch gewusst, dass ich nur zweite Wahl war und er mich allenfalls gernhatte. In seinem Brief hat er mir geschrieben, dass er mich geliebt hat, anders als deine Mutter, aber aufrichtig und tief, und dass er dankbar war, mich an seiner Seite zu haben.«

Erneut zog sie das Taschentuch aus ihrem Ärmel und schnäuzte sich. »Wir führten eine gute Ehe, Albert war lieb zu den Kindern und gut zu mir. Er hat mir geholfen, wo er nur konnte.« Sie lachte traurig auf. »Deswegen hast du ihn ja damals auch kennengelernt, als du in den Laden kamst. Ich musste mich um unseren Schrei-Willi kümmern. Der Junge war so schlimm und wild als Kind, und jetzt steht er da oben und schwingt mit seinen dreizehn Jahren schon den Hammer und sagt: Mama, mach dir keine Sorgen, ich werde ein genauso guter Schmied wie mein Papa.«

»Ich habe Willi beim letzten Mal kurz gesehen. Die beiden haben Ball gespielt.«

»Oh ja, das hat mir Albert erzählt. Damals war gerade unser Ernst unterwegs, den hat glücklicherweise die Christoffel noch geholt.«

»Ist Ernst auch so ein Wildfang wie Willi?«, fragte Charlotte.

»Nicht ganz, Ernst ist mehr wie seine Schwester, die beiden kommen auf mich raus. Willi ist ganz und gar Albert.«

»Und er arbeitet ganz allein in der Schmiede?«

»Oh nein, unser Geselle ist Gott sei Dank noch da, der Sohn vom alten Luitpold, aber den kennst du wahrscheinlich nicht, der war untauglich, weil er seit seiner Geburt nur ein Auge hat.«

Charlotte nickte. »Darf ich dich etwas fragen?«

»Natürlich.«

»Warum ist Albert überhaupt in den Krieg gegangen? Er hätte doch sicher nicht gemusst, ich meine, es hätte doch Gründe gegeben, im Dorf zu bleiben. Als Schmied.«

»Er hat es als seine Pflicht betrachtet«, sagte Berta. »Ganz einfach. Er wollte sich vor seiner Verantwortung nicht drücken. Nicht noch einmal«, fügte sie hinzu. »Dass er dich und deine Mutter im Stich gelassen hat, das hat ihn sein ganzes Leben lang verfolgt. Du ahnst nicht, wie glücklich es ihn gemacht hat, dich kennenzulernen und zu sehen, was für ein wundervoller, gütiger Mensch du geworden bist. Und deinem Vater Karl war er zeitlebens dankbar.«

Bevor sich Charlotte nach einer Stunde von Berta mit einer innigen Umarmung verabschiedete, lernte sie noch ihre Halbgeschwister kennen, den siebenjährigen Ernst mit den süßen braunen Kulleraugen, Luise, die Älteste, die ihre Mutter so tüchtig im Laden unterstützte, und schließlich Willi, der mit ernster Miene am Amboss stand und beim Anblick seiner großen Halbschwester ganz scheu wurde. In ihnen lebte Albert weiter. Genau wie in ihr.

»Kommt ihr bald einmal wieder?«, fragte Berta.

»Ich weiß es nicht«, sagte Charlotte. Es schnürte ihr die Kehle zu.

Zu Hause angekommen, erzählte sie ihren Eltern von dem Besuch und von Alberts Briefen. Sie beobachtete dabei ihren Vater, doch Karl verzog keine Miene, nicht einmal als sie ihrer Mutter den an sie adressierten Brief überreichte.

»Hast du deinen schon gelesen?«, fragte er nur.

Charlotte schüttelte den Kopf. »Ich würde ihn gern … oben …«, antwortete sie verlegen.

»Natürlich«, sagte Karl sofort

Sie bewohnte wie üblich das ehemalige Zimmer ihrer Mutter, das Zimmer, in dem sie entstanden war. Das war wohl der geeignete Ort, den Abschiedsbrief ihres Vaters zu lesen. Sanft, als wollte sie ihn auf keinen Fall verletzen, öffnete sie den Umschlag, zog das Blatt Papier heraus, das vergilbt und ein klein wenig zerknittert war und Alberts letzte Worte an sie enthielt:

Amiens, Frankreich, am 8. August 1918

Meine liebe Charlotte,
ich habe zwar das Recht verloren, dich so zu nennen – meine Charlotte –, aber insgeheim warst du das immer für mich: meine Tochter. Es verging kein einziger Tag in meinem Leben, an dem ich meine Entscheidung nicht bereut habe, meine Dummheit, meine Schwäche. Deine Mutter war mein Alles, und ich habe alles weggeworfen, statt um sie und um dich zu kämpfen. Ich

hätte kämpfen sollen, ich hätte nicht so feige sein dürfen. Aber das war ich nun mal, und nun ist alles längst zu spät. Wie gern würde ich mich noch einmal so mit dir unterhalten wie damals im Wald. Das würde mich unendlich glücklich machen, und dann würde ich dir auch sagen, dass ich für dich da sein werde, wann immer du mich einmal brauchen solltest.
Ein solches Wiedersehen wäre das Schönste für mich. Und zu wissen, dass du mir ein kleines bisschen vergeben kannst. Ich selbst kann es nicht, aber es tröstet mich, dass du in Karl einen so wundervollen Vater hast und dass deine Mutter mit ihm ihr Glück gefunden hat. Mit Berta und unseren drei Kindern habe ich das auch, obwohl ich nichts dergleichen verdient habe.
Ich schreibe diesen Brief, weil ich nicht weiß, ob ich dir all das noch persönlich sagen und dir dabei in die Augen schauen kann. Ich wünsche es mir so sehr, aber falls es anders bestimmt ist, dann habe ich dir wenigstens auf diesem Weg gesagt, was ich dir immer schon sagen wollte.

In Liebe und von ganzem Herzen,
dein Vater Albert

Alberts Brief lag vor Lina auf dem Tisch.

»Möchtest du ihn nicht lesen?«, fragte Karl. Sie schüttelte den Kopf. »Jetzt nicht. Irgendwann einmal vielleicht. Im richtigen Moment.«

»Jetzt ist nicht der richtige Moment?«

»Nein. Außerdem weiß ich ohnehin, was er mir noch sagen wollte. Ich weiß, welche Last er getragen hat. Irgendwann einmal werde ich seinen Brief lesen.«

»Er hat kurz vor seinem Tod noch einmal an dich gedacht«, sagte Karl. »Er hat dich bis zuletzt geliebt.«

Zum ersten Mal sagte er es ohne jeden Groll oder Anklage.

»Er hat Berta geliebt, und darüber bin ich sehr froh.« Lina legte ihre Hand auf den Briefumschlag und seufzte tief. »Irgendwann werde ich ihn lesen«, wiederholte sie noch einmal, wie ein Versprechen, dann legte sie ihre andere Hand auf die ihres Mannes.

Charlotte kam die Treppe herunter. Ihre Augen waren gerötet und glänzten feucht. Ihren Brief hielt sie in den Händen.

Zögernd stand sie vor ihren Eltern, dann legte sie das Blatt Papier vor sie hin. »Ich dachte, ihr möchtet ihn vielleicht lesen.«

»Wirklich, Lotte? Er ist an dich gerichtet«, sagte Lina.

»Ja, aber ...« Charlottes Stimme schwankte. »Papa? Magst du ihn lesen?« Sie setzte sich neben Karl und schob ihm das Blatt hin. Als er sie fragend ansah, nickte sie. Lina hielt den Atem an. Sie konnte sich nicht erinnern, wann sich die beiden in den letzten Monaten einmal so in die Augen geblickt hatten.

Karl nahm Alberts Brief an Charlotte und las ihn laut vor. Es kostete ihn Mühe, sichtbar rang er mit seinen Gefühlen, doch er las bis zum Schluss.

»Dein Vater Albert«, wiederholte er nach der letzten Zeile.

»Papa«, flüsterte Charlotte. »Es tut mir so leid, was ich alles zu dir gesagt habe. Es tut mir so leid.«

22

Mühlbach, Neujahr 1920

Zwischen Weihnachten und Neujahr ruhte die Arbeit im Steinbruch. In dieser einen kostbaren Woche, in der Lotte in der Pfalz war, war August zu Hause, und doch sahen sie einander nur selten und wenn, dann waren sie kaum einmal allein. Ohne dass sie es verabreden mussten, behielten sie ihre Gefühle füreinander für sich und taten so, als wäre die alte Freundschaft alles, was sie verband. August hätte sich gewünscht, es wäre so, dann wäre alles leichter gewesen.

Am letzten Tag des alten Jahres saß er in seinem Zimmer und schrieb einen Brief an Charlotte. Wenigstens versuchte er es, doch seine Bemühungen erinnerten ihn fatal an seine allerersten Zeilen damals als Kind. *Sehr geehrtes Fräulein Schäfer.* Genauso schwierig fand er es auch jetzt, Worte zu finden, die ausdrückten, was er fühlte. Es kam ihm vor, als müssten die richtigen Worte erst noch erfunden werden.

Durch Alberts Brief war er auf die Idee gekommen. Charlotte hatte ihm am Tag zuvor bei einem langen Spaziergang alles erzählt: von ihrem Besuch bei Berta, von ihren Halbgeschwistern, von dem Brief und seinem Inhalt und davon, dass sie sich hinterher mit ihrem Vater versöhnt und ausgesprochen hatte. Ausgerechnet Alberts Brief hatte endlich den Knoten gelöst.

Stundenlang waren August und Charlotte durch die Kälte gelaufen, hatten geredet und sich geküsst und umarmt und sich gewünscht, es wäre Sommer und die dünne Schneeschicht auf der Erde warmes Moos. So waren sie immer nur kurz stehen geblieben, bis die Kälte sie wieder zur Bewegung zwang, doch heim wollten sie lange nicht, denn dann wären sie nicht mehr allein gewesen. Hätten sie nur die Zeit anhalten können.

Jetzt wollte er ihr schreiben und ihr sagen, was er sich mehr als alles andere wünschte: sie bei sich zu haben, für immer, doch das war ebenso egoistisch wie unmöglich. Wozu einen Brief schreiben, wenn alles ja doch keinen Sinn hatte? Damit sie ihn lesen konnte, wann immer sie wollte. Damit seine Gedanken und Gefühle sie begleiten würden, wo immer sie hinging. Damit sie in vielen Jahren, wenn sie alt und grau war, wusste, dass es ihn einmal gegeben hatte. Wenigstens das.

Endlos lange saß er vor dem leeren Blatt, auf dem bisher nichts weiter stand als *Liebste Lotte.*

»August?«, rief seine Mutter von unten.

»Ja?«

»Ich wollte nur Bescheid sagen: Ich gehe rasch zu Hillebrands, Lore muss das Kleid anprobieren.«

Wieso kommt Lore nicht zu dir, hätte August gern erwidert, wäre doch einfacher? Natürlich nicht für Lore Hillebrand.

»In Ordnung«, rief er nach unten, und schon fiel die Haustür ins Schloss.

Liebste Lotte …

Grübelnd steckte er das Ende des Füllfederhalters in den Mund und kaute darauf herum, die alte Angewohnheit, für die ihn seinerzeit schon Lehrer Hartmann in die Ecke stellen wollte. Lehrer Hartmann, den gab es immer noch. Von Zeit zu Zeit, wenn man unten am Schulhaus vorbeiging, hörte man seine böse Stimme aus dem Klassenzimmer dröhnen.

Die Haustür ging auf. »Mama?«, rief Elsa.

»Mama ist bei Hillebrands«, rief er nach unten.

»Sagst du ihr, dass ich bei Frieda bin?«

»Ja, mach ich.«

»Danke!«

Die Tür fiel abermals krachend ins Schloss. Wie gut, dass sie einen künftigen Schreiner in der Familie hatten, dachte August schmunzelnd. Er legte den zerkauten Füller neben das leere Blatt Papier, stand auf und lief im Zimmer umher, als würden ihm irgendwo auf dem Weg zwischen dem Tisch und dem alten Sessel seines Großvaters die passenden Worte einfallen.

Unten wurde erneut die Haustür geöffnet. August holte tief und verärgert Luft. Wie sollte er sich bei all diesen Störungen konzentrieren?

»Hallo? Klara?«

Es war Lotte.

»Lotte?«, rief er und stürmte aus dem Zimmer hinaus zur Treppe.

»August? Ist deine Mutter nicht da?«

»Nein, sie wollte Lore Hillebrand das Kleid zum Anprobieren bringen.«

»Ach so«, sagte Lotte. Sie blieb am Fuß der Treppe stehen. »Bist du ganz allein daheim?«, fragte sie.

»Ja«, sagte August.

»Oh!«

»Möchtest du nicht raufkommen?«

Sie zögerte. »Ich weiß nicht.«

»Wieso weißt du es nicht?«

»Komm du lieber runter.«

August kam ihr ein paar Schritte auf der Treppe entgegen.

»Wolltet ihr nicht zu Heinrich und Mathilde gehen?«, fragte er.

Lotte senkte den Kopf. »Ich wollte nicht.«

»Wie, du wolltest nicht?«

»Ich kann das nicht«, sagte sie mit gequältem Gesicht. »Ich bin ein schrecklicher Mensch, ich weiß, aber wenn ich den ganzen Nachmittag in diesem Haus zubringe, Tante Mathilde lächeln sehe, Onkel Heinrichs todtrauriges Gesicht, aber vor allem diese brutale Visage von Katharinas Mann, und das hat nichts mit seinen Entstellungen zu tun, glaub mir, dann … Ich kann das nicht ertragen.«

Offenbar ganz in Gedanken war sie währenddessen ein paar Stufen die Treppe emporgestiegen.

»Ich bin schrecklich, nicht wahr?«

»Sehr schrecklich«, sagte August lächelnd.

»Ich meine es ernst«, sagte Lotte. »Mein Vater hat gesagt, ich muss nicht mitkommen, wenn ich nicht will, und meine Mutter hat gemeint, ich soll dann lieber deiner Mutter Gesellschaft leisten, dann hätte ich auch ein gutes Werk getan. Aber jetzt ist deine Mutter gar nicht hier.« Sie senkte erneut den Kopf. »Nur du.«

»Nur ich«, sagte August und hob ihr Kinn an, damit er ihr in die Augen sehen konnte. »Nur wir beide.«

»Nur wir beide«, wiederholte sie leise und fiel ihm in die Arme.

Nackt und stumm lagen sie nebeneinander, erwacht aus einem Rausch, in den sie durch die unverhoffte Gelegenheit getaumelt waren.

»Ich glaube, das hätten wir nicht tun sollen«, flüsterte Charlotte.

»Ich glaube auch«, sagte August ebenso leise. Das schlechte Gewissen nagte an ihren Stimmbändern und nahm ihnen die Kraft.

»Aber ...«, setzte August an.

»Ja?« Charlotte wandte ihren Kopf schüchtern in seine Richtung.

»... es war schön. Oder?«

»Es hat ein bisschen wehgetan. Anfangs. Ziemlich. Aber ...« Sie lächelte. »... ja, dann war es schön.«

»Wir hätten es wahrscheinlich trotzdem nicht tun sollen«, sagte August, doch diesmal sah sie ihm an, dass er das Gegenteil meinte, so zärtlich, wie er sie anlächelte.

»Wahrscheinlich nicht«, sagte sie und lächelte zurück.

Im nächsten Moment versanken sie erneut in ihren Umarmungen und Küssen, und was sie nicht tun sollten, taten sie noch einmal. Sie konnten nicht anders. Diesmal tat es weniger weh und war noch schöner und endete doch mit Tränen.

»Lotte?«

»Schon gut«, sagte sie. »Ich habe nie gewusst, dass es Dinge gibt, die einen glücklich und traurig zugleich machen können. Im selben Moment.«

»Ich auch nicht«, sagte er und strich ihr eine lose Strähne aus dem Gesicht.

Charlotte tastete nach ihrem Haar. »Oh mein Gott, wenn deine

Mutter wiederkommt.« Sie raffte ihre Kleider zusammen, zog sich in Windeseile an und richtete ihr Haar vor dem Spiegel am Waschtisch.

»Keine Sorge«, sagte August. »Lore braucht erfahrungsgemäß ewig, und meine Mutter muss immer noch dieses ändern und das und jenes.«

»Wer ist diese Lore? Kenne ich die?«

»Und ob. Kannst du dich an dieses fiese Mädchen von damals in der Klasse erinnern? Dem du kräftig Bescheid gestoßen hast? Das war Lore Hillebrand. Die heiratet demnächst.«

Charlotte verdrehte die Augen und stöhnte. Dann sah sie sich im Zimmer um. »Ist es nicht komisch für dich, in der ehemaligen Wohnung deiner Großeltern zu leben?«

»Doch, bisher fand ich es auch komisch, aber jetzt finde ich es eher praktisch. So ein großes Bett hatte ich früher nicht«, erwiderte August grinsend. »Und mein Großvater hätte sicher nichts dagegen. Dass ich hier wohne, meine ich«, fügte er hinzu und wurde ein bisschen rot.

Charlotte schmunzelte. Sie sah wieder aus, als wäre sie eben erst angekommen, und nichts wäre je zwischen ihnen vorgefallen. Auch August zog sich an und strich zweimal kräftig mit den Fingern durch sein Haar, damit es wieder ordentlich nach hinten fiel.

Charlotte war schon vorausgegangen ins benachbarte Zimmer, die ehemalige Wohnstube der Großeltern.

»Hast du das geschrieben?«, fragte sie und deutete auf das Blatt Papier auf dem Tisch. *Liebste Lotte …*

»Wer denn sonst?«, gab August verlegen zu. »Ich wollte dir einen Brief schreiben, damit du diesmal ein Andenken an mich hast.«

Charlotte lächelte und schmiegte sich an ihn. »Als ob ich das bräuchte.« Sie blickte zu ihm auf. »Trotzdem wäre es schön, eins zu haben.«

»Dann schreibe ich den Brief fertig«, versprach August. »Und ich? Bekomme ich auch etwas von dir?«

Charlotte sah ihn an, dann sah sie sich im Zimmer um, ging zurück ins Schlafzimmer und schaute auf dem Waschtisch nach. Da lag, was sie gesucht hatte: eine Schere. Sie löste eine kupferblonde Strähne aus ihrem hochgesteckten Haar und schnitt sie ab. »Hier!«, sagte sie und hielt sie August hin. »Wenn du später einmal heiratest und deine Frau findet die Strähne, dann wirst du wenigstens Ärger kriegen.« Sie versuchte ein Lachen.

»Wen sollte ich denn heiraten?«, fragte August düster. Er nahm die Haarsträhne entgegen und legte sie in einen Briefumschlag, den er sorgfältig verschloss. *Lotte*, schrieb er darauf. Charlotte sah nachdenklich zu.

»Jetzt hast du mich in einem Umschlag.«

»Ja.«

Von unten hörte man die Tür.

»August, ich bin wieder da«, rief Klara.

»Gut, Mama«, rief August. »Lotte ist hier.«

»Lotte?«

»Ja-ha«, rief Charlotte und ging zur Treppe. »August hat mir sein Reich hier oben gezeigt.«

»Oh. Ja. Gut«, sagte Klara, die dennoch ein wenig erstaunt zu den beiden hinaufblickte.

»Hat das Kleid gepasst?«, fragte August.

»Ja, hat es. Zum Glück.«

»Ich glaube, ich sollte wieder gehen«, sagte Charlotte. »Vielleicht schau ich doch noch bei Heinrich und Mathilde vorbei. Wir sehen uns heute Abend, nicht wahr?«

»Natürlich«, sagte Klara. »Mein Philipp würde es mir übel nehmen, wenn wir das neue Jahr nicht gebührend begrüßen würden. Das gehört sich so. Zumal wir euch nicht immer hier haben, nicht wahr?« Sie musterte Charlotte mit einem aufmerksamen Blick.

»Ja, das stimmt«, sagte Charlotte. Sie vermied es, August anzusehen, denn dann hätte sie sich verraten, wo doch Klara so schmerzlich an ihren wunden Punkt rührte. »Dann bis heute Abend«, sagte sie und ging, ohne sich noch einmal umzudrehen.

Um Mitternacht läutete die Glocke auf dem Schulhaus das neue Jahr ein. Schäfers, Borgers und Schönborns saßen zusammen und erhoben ihre Gläser, gefüllt mit Bines Apfelwein, dem ersten seit Ende des Krieges. »Auf ein gutes neues Jahr!«, riefen sie. »Auf ein gutes neues Jahrzehnt! Und auf die, die uns fehlen!«

23

Bremen im Februar 1920

Es war der Geruch der warmen Milch auf dem Herd. Herr Wolf trank sie jeden Morgen, sie beruhigte ihn. Er konnte mittlerweile sogar wieder in der Kanzlei arbeiten und schob es auf die heilsame Wirkung der Milch mit Honig. Vielleicht war es der Honig, auf jeden Fall war es der Geruch.

Als Charlotte sich über den Topf beugte, wurde sie von einer solch heftigen Übelkeit erfasst, dass sie es gerade noch schaffte, sich in den Eimer neben dem Spülstein zu übergeben. Die Milch kochte derweil über.

»Um Himmels willen!« Frau Wolf kam in die Küche geeilt, zog den Topf vom Herd und rettete so wenigstens die Hälfte der unverzichtbaren Medizin ihres Mannes.

»Tut mir leid, Frau Wolf«, keuchte Charlotte, »ich weiß nicht, was …« Eine neue Welle von Übelkeit überwältigte sie, sobald sie die angebrannte Milch auf dem Herd in die Nase bekam.

»Um Himmels willen, Charlotte«, rief Frau Wolf, beugte sich über ihr Dienstmädchen und hielt ihr den Kopf.

»Tut mir so leid«, würgte Charlotte hervor.

»Aber nicht doch! Was können Sie denn dafür? Geht's wieder?«

Frau Wolf half ihr, sich aufzurichten, und führte sie zu einem Stuhl. »Haben Sie sich den Magen verdorben?«

»Ich weiß nicht«, sagte Charlotte. »Es war die Milch. Die riecht heute Morgen so seltsam.«

»Wirklich? Ich rieche überhaupt nichts«, wunderte sich Frau Wolf. »Nun ja, jetzt schon, das Angebrannte, aber die Milch selbst riecht nicht.«

Und wie sie riecht, dachte Charlotte, grauenvoll. Es war ihr bisher selbst noch nie aufgefallen, wie ekelerregend warme Milch mit Honig roch.

»Gehen Sie am besten nach Hause, Charlotte, ich rufe Ihnen ein Taxi. Nein, keine Widerrede.«

Doch Charlotte wehrte sich gar nicht. Sie wollte nichts weiter als sich hinlegen. Und schlafen. Sie war in letzter Zeit furchtbar müde. Vielleicht war ihr deshalb schlecht geworden, vor lauter Müdigkeit. Dankbar setzte sie sich ins Taxi und ließ sich in die Orleansstraße fahren.

»Lotte? Du bist aber früh zu Hause.« Erstaunt blickte ihre Mutter um die Ecke, als das Mädchen durch die Wohnungstür trat.

»Mir war schlecht, Mama, ich muss mich hinlegen.« Charlotte schlich an Lina vorbei in ihr Zimmer und fiel erleichtert auf ihr Bett. Endlich liegen, schlafen. Die Übelkeit war gleich gar nicht mehr so schlimm.

»Charlotte?« Ihre Mutter war ihr gefolgt, und ihre Stimme klang ungewöhnlich ernst.

»Du musst dir keine Sorgen machen, Mama, es geht mir schon wieder besser. Ich muss mich nur ein bisschen ausruhen.«

Sie hörte, wie Lina näher kam, spürte, wie sich die Matratze senkte, als sie sich zu ihrer Tochter auf die Bettkante setzte.

»Lotte?« Lina strich ihr sanft über die Stirn. »Hast du dich etwa übergeben?«

»Ja«, murmelte Charlotte.

»Und wie kam das?«

»Ich weiß nicht, es kam ganz plötzlich. Die Milch roch so scheußlich.« Sie verzog das Gesicht bei der Erinnerung.

Linas Hand strich weiter über das Haar ihrer Tochter, über ihre Wangen, ihren Arm, ergriff zuletzt ihre Hand und fragte: »Wann war eigentlich deine letzte Blutung?«

Charlotte schlug entsetzt die Augen auf. »Was?«

»Hattest du im letzten Monat deine Blutung?«

»Ich …« Nein, hatte sie nicht. Doch sie hatte sich keine Gedanken deswegen gemacht, ihre Blutung kam seit jeher sehr unregelmäßig. »Nein, aber …«

Lina hielt ihre Hand fest und sah ihr ebenso fest in die Augen. »Hast du mit August geschlafen?«

»Nein«, rief Charlotte in einem irrationalen Abwehrreflex. Auf einmal traf sie die Erkenntnis mit aller Macht. Ihre Mutter hatte sie aufgeklärt, es war nicht so, dass sie ahnungslos war, und doch hatte sie sich der Illusion hingegeben, dass schon nichts passierte. »Doch«, gab sie kleinlaut zu. »In Mühlbach, am Silvesternachmittag, als ihr bei Onkel Heinrich und Tante Mathilde wart.«

Lina sagte kein Wort, doch ihre Miene sprach Bände. Es war nicht schwer zu erraten, was ihr gerade durch den Kopf ging.

»Mama, ich … wir …«

»Schon gut«, unterbrach sie Lina. »Schon gut, Lotte.«

»Ich kann doch nicht …«

»Du musst zu einem Arzt.«

»Mama!« Der Schock rann durch Charlottes Körper wie ein lähmendes Gift, alles in ihr wurde taub und gefühllos, ihr Kopf konnte nicht mehr denken, sogar ihr Herz hatte scheinbar aufgehört zu schlagen.

»Und du musst August verständigen«, sagte ihre Mutter, die vollkommen ruhig blieb, aber vielleicht war sie auch nur betäubt von der Möglichkeit, dass all das, was sie einst mitgemacht hatte, sich nun bei ihrer Tochter wiederholen könnte.

»Ich kann nicht schwanger sein«, brach es mit einem Mal aus Charlotte heraus. »Ich kann nicht schwanger sein. Es war nur einmal.«

»Mehr braucht es dazu nicht.«

Charlotte hörte nicht zu. »Nur ein einziges Mal. Wir wollten doch … wir … wir wollten nur einmal …«

»Charlotte!« Lina fasste sie mit beiden Händen an den Schultern und schüttelte sie sanft. »Schreib August! Noch heute! Ich kümmere mich um einen Termin bei Doktor Grünwald; soweit ich weiß, praktiziert er noch. Das ist ein netter Mann.«

Auf einmal flossen die Tränen in Strömen über Charlottes Wangen. »Ich kann doch kein Kind bekommen.«

»Wenn ich das konnte, kannst du das auch. Ich hatte damals keinen Menschen, du hast uns. Reiß dich jetzt zusammen, Charlotte!«

Lina umarmte ihre Tochter und verließ das Zimmer. An der Tür drehte sie sich noch einmal um. »Wenn es dir besser geht, steh auf und schreib an August.«

»Das mit dem Brief kann sie sich sparen, ich fahre persönlich in die Pfalz und knöpfe mir den Jungen vor.« Karl stapfte am Abend mit vor Wut lodernden Augen von einem Ende des Zimmers zum anderen.

»Herrmann wird dir schwerlich Urlaub geben, damit du deinen künftigen Schwiegersohn vermöbeln kannst«, entgegnete Lina.

»Wie kannst du so ruhig bleiben? Charlotte ist schwanger!«

Lina sah ihm frei ins Gesicht. »Tja. Wie die Mutter, so die Tochter.«

»Das war doch mit dir und Albert etwas völlig anderes. Ihr wart ein Paar und wolltet zusammenbleiben.«

»Lotte und August sind auch ein Paar.«

»Bitte?«

»Glaubst du im Ernst, Charlotte hätte nur aus einer puren Laune heraus mit ihrem besten Freund geschlafen? So ist sie nicht, und das weißt du genau. Die beiden haben sich verliebt. Schon im Sommer, als August aus England zurückgekommen ist. Und wer weiß, vielleicht schon viel früher, ohne dass es ihnen bewusst war.«

Karl starrte seine Frau perplex an. »Und warum weiß ich davon nichts?«

»Wahrscheinlich weil du einen viel tieferen Schlaf hast als ich.«

»Soll das heißen ...?«

»Würdest du dich bitte endlich hinsetzen und Ruhe geben?«

Er tat ihr den Gefallen, doch seine Miene blieb so erbost wie zuvor.

»Lotte war todunglücklich, weil ihre Liebe keine Zukunft hat«, erklärte Lina ruhig und schenkte Karl ein Glas Branntwein ein, den sie sich am Nachmittag in weiser Voraussicht von Helene geborgt hatte. Dann erzählte sie alles, was sie wusste. »Sie wollten sich voneinander losreißen, aber dann ist Philipp gestorben, und wir mussten nach Mühlbach fahren. Da haben sie sich wiedergesehen. Stell dir einfach vor, du liebst jemanden so sehr, dass es dir das Herz bricht, wenn ihr euch trennen müsst, würdest du dann nicht auch noch ein letztes Mal … du weißt schon?«

Sie streichelte Karls Hand. Er holte tief Luft und stürzte den Branntwein hinunter.

»Ich muss mir nicht vorstellen, dass ich jemanden so sehr liebe, denn das tue ich schon.«

Lina lächelte. »Wir sind die Letzten, die den beiden einen Vorwurf machen dürfen.«

»Aber glücklich muss ich deswegen nicht sein.«

»Nein, musst du nicht. Das bin ich auch nicht, vor allem nicht, wenn ich an die Konsequenzen denke, egal, wie sie aussehen.«

»Wird August sie heiraten?«

»Ich kann mir nicht vorstellen, dass er es nicht tut.«

Karl hob vielsagend die Brauen.

»August ist nicht Albert«, bekräftigte Lina.

»Alberts Familie hatte zu viel Geld, Augusts Familie hat eher zu wenig«, gab Karl zu bedenken. »Eine Frau und ein Kind sind so ziemlich das Letzte, was die Schönborns in ihrer Situation gerade gebrauchen können.«

Lina lachte. »Oh, Karl! Es war auch das Letzte, was *du* gebrauchen konntest. Erinnerst du dich? Du wolltest mal nach Amerika, und wer hat dich hier aufgehalten? Charlotte und ich.«

Er sah sie zärtlich an. »Was hätte ich denn ohne euch in Amerika gewollt? Ihr habt mich glücklich gemacht.«

»Wer sagt dir, dass August nicht ganz genauso denkt? Dass er nicht so ist wie Albert, sondern so wie du.«

»Ich werde ihm trotzdem den Kopf waschen.«

»Und was wirst du Charlotte sagen?«

Karl griff zur Flasche, dann, kurz bevor er einschenken wollte, stellte er sie wieder hin. »Ich werde ihr dasselbe sagen, was ihr Albert in seinem Brief geschrieben hat: dass ich für sie da sein werde, wann immer sie mich braucht.«

Mühlbach, den 19. Februar 1920

Liebste Lotte,
diesmal weiß ich, wie mein Brief an dich weitergehen soll, da gibt es überhaupt keinen Zweifel. Heirate mich! Wenn du ein Kind erwartest, wenn du unser Kind erwartest, dann hat das Schicksal für uns entschieden, oder nicht? Wir dachten, es wäre nicht möglich, zusammen zu sein und unsere beiden Welten zusammenzubringen. Aber jetzt müssen wir das, wir müssen nicht mehr darüber nachdenken, wie das gehen soll. Es wird einfach gehen. Es muss. Wir bekommen ein Kind, und wir werden zusammen sein und gemeinsam für dieses Kind da sein. Ich bitte dich: Heirate mich!
Ich weiß, dass es dir nicht leichtfallen wird, Ja zu sagen, denn ich kann nicht zu dir nach Bremen kommen. Meine Familie hängt von meinem Einkommen und meiner Hilfe ab, also wirst du nach Mühlbach ziehen müssen, anders geht es nun mal nicht. Ich mache mir deswegen Vorwürfe, glaub mir. Dich aus deinem Zuhause zu reißen, das wollte ich nie, deshalb habe ich auch nicht daran geglaubt, dass wir eine Zukunft haben. Aber jetzt bekommen wir ein Kind, und alles sieht anders aus. Ich möchte, dass wir eine Familie sind, du, ich und das Kleine. Bitte, liebste Lotte, heirate mich! Sag Ja und komm zu mir, denn ich liebe dich mehr alles andere auf der Welt.

Für immer, dein August

Charlotte las den Brief im Kreise ihrer Familie vor. Als sie fertig war, herrschte Schweigen, nicht einmal Ella oder Walter hatten etwas zu sagen.

August wollte sie heiraten. Und sie wollte August heiraten. Sie würden eine Familie sein und in dem kleinen Dorf leben, das ihre Eltern aus guten Gründen Jahrzehnte zuvor verlassen hatten. Der Kreis würde sich schließen.

Charlotte liebte die Pfalz, sie war schon immer gern dort gewesen, sie liebte ihre Verwandten, die Schönborns, sie würde Berta und ihre Halbgeschwister in der Nähe haben. Sie war dort geboren, und tief im Herzen spürte sie, dass sie dorthin gehörte. Aber wie weh würde es tun, Bremen zu verlassen, ihre Eltern und Geschwister, ihre Freunde, Martha, die Roths, die Orleansstraße 96 mit ihren Bewohnern, Victor und Henriette, Tante Helene und Onkel Helmuth, die Oper, den Hafen, das Meer ...

Sie schaffte es kaum, ihrer Familie in die Augen zu sehen, Tränen rannen über ihre Wangen.

»Charlotte?«, sagte ihre Mutter sanft.

Charlotte hob den Kopf und sah, dass auch sie weinte. Und auch ihr Vater. Ella schniefte, und Walter wischte sich übers Gesicht.

»Ich werde euch so sehr vermissen«, sagte Charlotte. Sie fiel ihren Eltern in die Arme, ihre Geschwister kamen hinzu, eine einzige große, liebevolle Familienumarmung. »Ich werde Ja sagen«, sagte Charlotte.

»Natürlich wirst du das«, sagte ihre Mutter.

»Wenn dich August nicht glücklich macht, bekommt er es mit mir zu tun«, kündigte ihr Vater an.

»Du kommst aber wieder«, verlangte Ella schluchzend. »Zu Besuch. Ganz oft.«

»Und ihr kommt auch zu uns, nicht wahr?«, bat Charlotte. Lina nickte, und Karl murmelte: »Aber natürlich!«

In Wahrheit wussten alle nur zu gut, wie selten sie die Pfalz in all den Jahren besucht hatten. Doch jetzt, in diesem Moment, nahm man es sich vor, denn alles andere hätte man kaum ertragen können.

»Ich schreibe ihm gleich zurück«, sagte Charlotte und putzte sich die Nase.

»Tu das«, sagte Lina und hielt sich an Karl fest, dem Mann, der ihr seit zweiundzwanzig Jahren Halt gab, dem Mann, der ihrem Kind der Vater war.

24

Mühlbach im April 1920

»Kraft meines Amtes erkläre ich euch hiermit zu Mann und Frau.«

Der Standesbeamte lächelte schmallippig und routiniert. Wusste er nicht, welche Wirkung diese Kraft besaß, von der er da sprach? Mann und Frau. Ehemann und Ehefrau. Jetzt waren sie verheiratet. Noch ein paar Unterschriften, und es war amtlich: Charlotte Schönborn, geborene Schäfer. Im Grunde war das nicht richtig, denn geboren war sie als Charlotte Borger, erst ihr Vater, Karl Schäfer, hatte sie bei seiner Heirat mit ihrer Mutter zu Charlotte Schäfer gemacht. Nun machte August sie durch die Heirat zu einer Schönborn. Schön geboren. Sie mochte diesen Namen, sie hatte sich nie anders gefühlt.

Sie unterschrieb, sah August an und küsste ihn – kein Standesbeamter auf der Welt hätte ihnen dazu die Erlaubnis geben müssen.

Genau ein Vierteljahr nachdem sie geglaubt hatten, sich für immer voneinander verabschieden zu müssen, wurde aus ihnen ein Ehepaar. Ihre ganze Familie war dabei. Karl hatte fast seine gesamten Ersparnisse darauf verwendet, ihnen allen die Reise in die Pfalz zu ermöglichen und bei der Trauung dabei zu sein. Und auch Martha war da. Niemand sonst wäre als Trauzeugin für Charlotte infrage gekommen.

Eine Woche zuvor hatten sich die Freunde der Familie noch einmal in der Orleansstraße versammelt, um sich zu verabschieden: Selcherts, Roths samt Hannah mit Mann und Kind, Helene und Helmuth Lindemann sowie Victor und Henriette Schweizer. Auch Emil und Leah Rosenthal waren gekommen, Emil hatte Charlotte und ihrer Mutter zwei Karten für *Carmen* überreicht, Plätze in der ersten Reihe. So konnte Charlotte auch von der Oper Abschied nehmen und noch einmal den geliebten Klängen lauschen. In Mühlbach gab es keine Oper, auch nirgendwo in der näheren Umgebung. Sogar die Söhne der Rosenthals, Wilhelm und Eugen, ebenfalls alte Freunde, hatten vorbeigeschaut, um Auf Wiedersehen zu sagen. Nur Aaron, der in München lebte, fehlte, ließ jedoch herzliche Grüße bestellen.

Johann Selchert fotografierte mit seiner neuen modernen Kamera, und Emil Rosenthal hatte seine Geige mitgebracht. »Wie ich höre, ist dein künftiger Mann ein Kollege, nicht wahr?«, sagte er zu Charlotte, die das stolz bejahte. Ganz egal, ob August jetzt im Steinbruch arbeiten musste, er würde immer ein Geiger bleiben.

»Du musst ihn uns irgendwann einmal vorstellen, Lotte«, sagte Amalie. »Martha, ich will alles haarklein über diesen August erfahren. Deshalb schicke ich dich überhaupt nur mit.« Alle lachten.

Es war ein fröhliches kleines Fest. Man machte es Charlotte leicht und tat so, als unternähme sie nur eine kurze Reise, die man problemlos, wann immer man wollte, auch in die andere Richtung antreten konnte, hin und her, als wäre die Pfalz gerade mal um die Ecke. Dabei war es mehr als fraglich, wann sie alle wiedersehen würde. Ob überhaupt. Sie verdrängte diesen Gedanken, doch insgeheim zählte sie nach, wie viele Jahre vor dem Krieg zwischen all ihren Besuchen vergangen waren. Und während des Krieges hatten sie einander gar nicht gesehen. Was, wenn ein neuer Krieg ausbrechen würde und sie dann getrennt von Eltern und Geschwistern wäre? Es gab zwar einen Friedensvertrag, doch Deutschland hatte noch längst keinen Frieden gefunden. Es war eine wacklige Demokratie, ein wackliges System, durchsetzt von allzu vielen Unzufriedenen aus allen politischen Lagern.

Nie zuvor hatte sich Charlotte so viele Gedanken um die Zukunft gemacht. Es war nicht nötig gewesen, ihre Zukunft schien offen vor ihr zu liegen und hatte nie etwas anderes beinhaltet als ihr gewohntes Leben in Bremen, nicht einmal als ihre Gefühle für August ins Spiel gekommen waren, hatte sie sich etwas anderes vorstellen können, nicht einmal im Krieg, nicht einmal im tiefsten Unglück. Und plötzlich war alles anders.

Plötzlich lag ihre Zukunft an einem ganz anderen Ort, in einem kleinen Dorf, das sie nur von Besuchen her kannte, aus dem man ihre Mutter einst vertrieben hatte – weil sie, Charlotte, zur Welt gekommen war. Sie hatte nicht die leiseste Ahnung, wie ihr Leben in der Pfalz aussehen würde. Nur eines wusste sie: Was auch kommen mochte, August würde an ihrer Seite sein.

»Herzlichen Glückwunsch, mein Schatz«, sagte ihr Vater, der als Erster gratulierte. Liebevoll nahm er sie in die Arme, dann wandte er sich an August. »Auch dir herzlichen Glückwunsch, August«, sagte er und schüttelte seinem Schwiegersohn kräftiger als nötig die Hand. »Und ... du weißt ja«, setzte er mit dem Finger drohend hinzu.

»Ja!«, versicherte ihm August.

»Karl!«, mahnte Lina und schob ihren Mann von August weg. »Er macht nur Spaß, August.«

»Mache ich nicht«, sagte Karl, doch ein Mundwinkel hob sich hinter seinem großen Schnurrbart verräterisch in die Höhe.

In früheren Zeiten hätten die Feierlichkeiten in Arnolds Wirtschaft stattgefunden, aber Arnolds war jetzt Leitners und hatte seine einladende und freundliche Atmosphäre verloren. Stattdessen holte man den alten Jakob und seine Kat dazu, als die ganze Gesellschaft zur Feier nach Altenglan ins neue Café Sprenger zog. Erwin Sprenger war ein weiterer Veteran, der in Altenglan nach seiner Lazarettzeit eine Frau gefunden hatte und hängen geblieben war. Der Mann kam aus Bayern und sprach auch so. »Die meiste Zeit verstehe ich ihn gar nicht«, behauptete seine Frau Hanni. »I di a ned«, erwiderte Erwin. »Was hat er gesagt?«, scherzte Hanni daraufhin. Die Heiterkeit, die die beiden in ihr Café trugen, sorgte für dessen Erfolg, und so kamen Gäste von überallher und genossen in dem kleinen Dorf ein Stück Großstadtflair.

»Herzlich willkommen und einen noch herzlicheren Glückwunsch zur Verehelichung!« Mit diesen Worten begrüßte der fidele Bayer das Hochzeitspaar. »Kommts rein und habts a guade Zeit!«, rief er den Gästen zu, während seine Frau hinter seinem Rücken lachend den Kopf schüttelte.

»Mooooment!«, rief der Chef, als die Gäste nacheinander ihre Plätze einnahmen. Er lief nach hinten zu der kleinen Theke, hantierte dort ein wenig herum, und einen Augenblick später erfüllten Walzerklänge von Johann Strauss den Raum. Es war ein bisschen so, als wäre Emil Rosenthal plötzlich bei ihnen und alle Bremer, die an diesem Tag fehlten.

»Darf ich bitten?«, sagte August zu Charlotte. »Immerhin müssen wir endlich zum ersten Mal miteinander tanzen. Das haben wir uns doch versprochen, weißt du noch?«

»Und ob!«, sagte Charlotte. Er führte sie zu der kleinen Tanzfläche, für die man Tische und Stühle des Cafés beiseitegerückt hatte.

»Ich hoffe, ich kann es auch«, flüsterte August Charlotte ins Ohr.

»*Eins*, zwei, drei, *eins*, zwei, drei. Du bist doch Musikant, oder nicht?«

»Das war ich.«

»Das *bist* du.«

August lächelte, und als hätte er nie etwas anderes getan, wirbelte er seine Frau im Kreis herum. Lina und Karl gesellten sich dazu. Philipp forderte seine Mutter Klara auf, sogar Bine und Walter betraten die Tanzfläche. Ella schnappte sich kurzerhand Martha und drehte sich mit ihr. Jakob und Kat schunkelten auf ihren Plätzen, daneben Heinrich und Mathilde. Mathilde lächelte.

Beim nächsten Lied forderte August seine Mutter auf und Charlotte ihren Vater.

»Bist du glücklich, mein Schatz?«, fragte Karl.

»Ja«, sagte Charlotte. »Vor allem, weil du nicht wahr gemacht hast, was du angekündigt hast.«

»Nämlich?«

»Dir August vorzuknöpfen.«

Karl lachte. »Das kann noch kommen. Falls er dich unglücklich macht.«

»Das wird er nicht.«

»Oder zulässt, dass Mühlbach dich unglücklich macht«, fügte er ernst hinzu. Nie hatte er vergessen, was man ihm und seiner Mutter und später Lina angetan hatte. Er würde nicht aufhören, dem Dorf und seinen Bewohnern zu misstrauen. Charlotte wusste das.

»Menschen ändern sich, Papa«, versuchte sie ihn zu beschwichtigen. »Es ist so viel Zeit vergangen, seit ihr damals hier gelebt habt. Es sind andere Menschen heutzutage.«

»Glaub mir, hätte August dich nicht geheiratet und du würdest dein Kind hier auf dem Land ohne Mann bekommen, dann wäre es noch ganz genauso wie früher. Das steckt tief drin in den Leuten.«

»Wäre das in Bremen so anders?«

»Ja, das wäre es«, sagte er mit voller Überzeugung. »Wärst du in Bremen, wäre ich da, um dich zu beschützen, hier muss ich mich auf August verlassen.«

»Wovor muss er mich denn beschützen?«, fragte sie.

Karl schnaubte leise. »Ach, mein Madchen!«, seufzte er. »In den Köpfen der Leute bist du immer noch der Bankert von Borgers Lina. Noch dazu bist du die aus der Stadt, die vornehm spricht.«

»Ich spreche Pfälzisch so gut wie jeder andere.«

»Und Hochdeutsch so gut wie kein anderer. Die Leute hier hören darauf, wie jemand spricht, und wehe, du redest zu geschwollen oder drückst dich zu kompliziert aus, dann bist du die Hochnäsige. So ging es dir als Kind, und so geht es auch den Erwachsenen.«

»Und was ist noch mit mir falsch?«, fragte Charlotte trotzig.

»Du bist zu gutmütig, zu weich, zu lieb. Aber das bist du nicht nur hier. Du bist zu gut für diese Welt.« Er gab ihr einen Kuss auf die Stirn. »Aber bleib so, mein Schatz, bewahre dir das.«

Der Tanz war zu Ende.

»Und vor solchen wie Katharinas Mann da hinten nimmst du dich bitte in Acht«, sagte Karl seiner Tochter leise ins Ohr, dann wandte er sich wieder an Lina und fragte laut, ob es hier auch etwas zu essen gäbe.

Charlotte drehte den Kopf dorthin, wo Katharina bei ihren Eltern saß, daneben, wie ein Fremdkörper und mit demselben mürrischen Gesicht, das er auch schon im Winter zur Schau getragen hatte,

Herbert Völker, ihr Ehemann. Natürlich hatten sie auch ihn einladen müssen, denn leider gehörte er zur Familie.

In diesem Moment hörte sie Bines seltenes, aber unverkennbares Lachen. Sie hatte die Eigenart, beim Luftholen zu grunzen wie ein Schwein, womöglich der Grund, weshalb man sie so selten lachen sah, aber nun saß sie neben dem pfiffigen Willi Lehnert, und der hatte ihr offensichtlich etwas sehr Komisches erzählt. Charlotte mochte ihren Halbbruder und seine Art, sich im richtigen Moment vom tüchtigen Arbeiter zum kleinen Hallodri zu wandeln. Und Bine? War sie nicht das beste Beispiel dafür, wie sehr sich Menschen ändern konnten, wenn man ihnen ein bisschen Aufmerksamkeit und Zuneigung entgegenbrachte? Vielleicht konnte sich ja auch Katharinas Mann ändern. Mit der Zeit. Charlotte warf ihm noch einen Blick zu und sah, wie er missmutig das inzwischen servierte Essen anstarrte und es mit seiner Gabel bedrohte, als fürchtete er, es würde ihm sonst ins Gesicht springen. Na schön, dachte Charlotte, wahrscheinlich brauchte es bei ihm sehr viel Zeit.

»Willst du dich nicht endlich zu mir auf den Ehrenplatz setzen?« August fasste sie von hinten um die Hüfte.

»August! Benimm dich!«

»Wir sind verheiratet!«

»Trotzdem.«

»Ist das nicht verrückt?« Er strahlte. Er strahlte so, wie man an seiner Hochzeit strahlen sollte, wenn man restlos glücklich war. Und es ging ihr nicht anders.

»Ja, es ist verrückt. Wer hätte das gedacht?«

»Anton Frede hat das gedacht«, sagte August prompt und lächelte.

»Er müsste heute hier sein«, sagte Charlotte. »Er müsste dein Trauzeuge sein.«

»Leider weiß ich nicht, wohin es ihn verschlagen hat, und ich finde, Onkel Walter hat das auch ganz ordentlich gemacht.«

Charlotte lächelte. »Ja, das hat er.«

»Komm!« Sie setzten sich in die Mitte des kleinen Hufeisens, das die Sprengers aus den Tischen gebildet hatten. Die Grammofonmusik spielte leise weiter. Es war nicht viel anders als in den Cafés in Bremen. Alles verschmolz an diesem Ort zu einem großen Gemeinsamen, das nichts wusste von Trennung und Sehnsucht. Einen Tag lang wollte Charlotte sich diese Illusion erhalten, wollte glauben, dass sie alle für immer zusammenbleiben könnten, für immer so fröhlich wie jetzt und hier, wo sich jeder Gedanke an die Zukunft in Luft auflöste und nur der Moment zählte. Und wenn sie die Augen schloss, dann waren sogar die dabei, die fehlten: Augusts Vater, Ludwig und Johannes, Katharinas Christoph ... und Albert. Jetzt, ausgerechnet wo sie hier in Mühlbach war, war er nicht mehr da.

Karl stand auf und erhob sein Glas: »Auf das Brautpaar! Auf August und Lotte. Und auf ein langes, glückliches gemeinsames Leben!«

25

Mühlbach, 1920

Der Zug fuhr an, wurde immer schneller und schneller, verließ den Bahnhof in Altenglan und nahm ihre Familie mit. Die letzten Umarmungen, die letzten winkenden Hände – vorbei. Charlotte blieb allein auf dem Bahnsteig zurück und fühlte sich, als würde sie sterben. Sie zwang sich, gleichmäßig zu atmen, vernünftig zu sein, eine erwachsene, verheiratete Frau, kein Kind mehr, das am liebsten weinend und schreiend dem Zug hinterhergelaufen wäre. Atmen! Atmen! Aber es war so schwer. Noch dazu war sie ganz allein, August war schon längst auf der Arbeit. Sie hatte keine tröstliche Schulter, an der sie sich hätte anlehnen können, niemand, der ihr sagte, dass alles gut werden würde, dass es nur Zeit brauchte, dass sie sich an das Leben hier gewöhnen und es ganz bestimmt lieben würde, dass sie Freunde finden und bald schon Teil einer wunderbaren Dorfgemeinschaft sein würde. Alles, was sie sich so sehr wünschte. Am allermeisten und ganz im Geheimen hätte sie sich gewünscht, mit August und ihrem Kind zusammen in Bremen leben zu können, aber das war nun einmal nicht möglich.

»Charlotte?« Eine helle Stimme rief ihren Namen. Charlotte blickte sich um und sah die junge blonde Frau auf einem Kutschbock, die Zügel in der Hand. »Nicht wahr, du bist doch Charlotte.«

»Ja«, sagte Charlotte und ging etwas näher heran.

»Ich bin's. Maria.« Die Frau zog die Bremse, befestigte die Zügel und sprang vom Wagen. »Maria Lechner, früher Leinenweber.«

»Oh, Maria!«

»Herzlichen Glückwunsch zur Hochzeit«, sagte Maria. Sie war noch genauso sympathisch, wie Charlotte sie in Erinnerung hatte, und auf einmal fragte sie sich, weshalb August sie nie mehr erwähnt und auch nicht zur Hochzeit eingeladen hatte.

»Danke«, sagte Charlotte. »Nenn mich übrigens gern Lotte.«

»In Ordnung. Lotte. Kann ich dich vielleicht mit nach Mühlbach nehmen?«, bot Maria an.

»Ja, das wäre sehr nett.«

»Dann steig auf. Leg dir die Decke unter, mach es dir bequem.« Maria löste die Bremse, trieb das Pferd an und lenkte den Wagen geschickt aus dem Bahnhofsgelände hinaus zur Straße. Charlotte war für die Ablenkung dankbar und freute sich über die unerwartete Gesellschaft, nur leider schien keine der beiden Frauen so recht zu wissen, worüber sie sich unterhalten sollten. Und so saßen sie zunächst stumm und einigermaßen unbehaglich nebeneinander

»Dir muss es hier vorkommen wie im Mittelalter«, begann Maria nach einer Weile ein Gespräch. »Ich wette, in Bremen fahren schon überall Automobile herum.«

»Nicht überall, aber ja, es gibt immer mehr davon und immer weniger Kutschen. Und schon seit einigen Jahren haben wir nur noch elektrische Straßenbahnen.«

Wir, hatte sie gesagt, wir Bremer. Wie lange würde es wohl dauern, bis sie zum ersten Mal wir sagte und Mühlbach meinte.

»Das würde ich zu gern einmal sehen«, erwiderte Maria begeistert. »Warst du schon einmal in Berlin? Das muss eine aufregende Stadt sein. Riesengroß und bunt und wild. Mein Mann hat mir davon erzählt, er war schon einmal dort, er war schon überall, aber jetzt ist er hier, und es gefällt ihm. Erstaunlich, was?«

»Wo kommt denn dein Mann her?«, fragte Charlotte neugierig, noch lieber hätte sie gefragt, warum Maria und August nicht mehr so eng befreundet waren wie früher.

»Aus Landau. Er ist Architekt. Wir sind uns in Kusel begegnet. Da ... hat er ein Haus gebaut. Ich war mit meinem Vater dort.« Marias Redefluss geriet ins Stocken. »Ähm, also ... ich bin da in die Baugrube gefallen, ich bin so ungeschickt, weißt du. Paul, mein Mann, hat mir herausgeholfen. Zum Glück ist mir nichts weiter passiert, außer dass ich mich Hals über Kopf in ihn verliebt habe.«

Charlotte kam der Mittelteil der Geschichte, der mit der Baugrube, reichlich seltsam vor, aber umso weniger Zweifel gab es über das Ende. Man spürte förmlich, wie verliebt Maria war, und ihr Strahlen wirkte ansteckend. Charlotte vergaß für den Moment all die Gefühle von Verlassenheit, sie mochte Maria wirklich, und plötzlich drängte es sie zu einer Erklärung. »Weißt du«, sagte sie, »wir hätten euch eigentlich zur Hochzeit einladen wollen, aber wir hatten nur eine Feier im kleinen Rahmen, nur die Familie.«

Dass dazu auch Herbert Völker gehörte und er dabei war, aber Maria nicht, ärgerte Charlotte im Nachhinein umso mehr.

»Oh, aber natürlich«, erwiderte Maria verlegen. »Ich ... also, ehrlich gesagt, habe ich August auch noch gar nicht richtig gesprochen, seit er wieder hier ist.«

Charlotte war perplex. »Aber wieso denn nicht?«

Maria verstummte und konzentrierte sich scheinbar ganz aufs Lenken des Gauls, der gemächlich vor sich hin trottete.

»Ich dachte immer, ihr seid gute Freunde«, setzte Charlotte hinzu.

»Ja, das waren wir, aber dann ist der Krieg gekommen, und August war fünf Jahre lang fort. Und ich habe geheiratet.«

Es klang, als hätte sie deswegen ein schlechtes Gewissen gehabt. Etwa weil sie nicht gewartet hatte? Hatte August ihr überhaupt einen Grund gegeben zu warten?

Der Gaul mühte sich die Straße hinauf, und schließlich hielt Maria den Wagen vor dem Haus der Schönborns an. »Sag Klara einen schönen Gruß«, sagte sie, bevor sie das Pferd wieder antrieb.

»Mach ich. Danke!«, sagte Charlotte und rief Maria hinterher: »Kommt doch mal bei uns vorbei.«

Maria reagierte nicht, aber vielleicht hatte sie es einfach nicht gehört.

»Kennst du Paul Lechner? Marias Mann?«, fragte Charlotte, als August am Abend nach Hause kam.

»Nur vom Sehen.« Er ließ sich erschöpft aufs Bett sinken. »Er war auf der Beerdigung meines Vaters.«

»Mit Maria?«

»Ja, aber die beiden sind nicht zum Leichenims gekommen, sie leben ziemlich zurückgezogen.«

»Wirklich? Warum denn das?«

August richtete sich auf und stützte sich auf seinen Ellbogen. »Ich weiß es nicht.«

»Wieso nicht? Ihr wart doch einmal befreundet, du und Maria, oder nicht?«

»Vor dem Krieg.«

»Was hat das denn mit dem Krieg zu tun?«

»Sie hat mir kein einziges Mal geschrieben. Du hast geschrieben, meine Mutter, Onkel Walter, aber sie kein einziges Mal. Es hat mir nichts ausgemacht. Verstehst du? Sie fand es nicht wichtig, mir zu schreiben, und ich fand es nicht wichtig, Post von ihr zu bekommen. Mehr gibt es da nicht zu sagen.«

»Du hättest ihr schreiben können«, sagte Charlotte. »Sie war schüchtern, vielleicht wusste sie nicht, was sie schreiben soll. Vielleicht konnte sie mit der Situation nicht umgehen.«

August lachte bitter. »*Ich* war in Gefangenschaft, und *sie* wusste nicht, wie sie damit umgehen soll?«

»Ich glaube, sie war früher einmal in dich verliebt.«

»Bitte?«

»Du hast das gar nicht gemerkt, du hattest nur deine Geige im Kopf, aber ich hatte schon immer den Verdacht.«

»Unsinn!«

»Ach, August!«

»Dann hat sie sich ja schnell getröstet.«

»Freu dich doch für sie. Und geh auf sie zu, so viele Freunde haben wir hier nicht, wir sollten die wenigen nicht auch noch verlieren.«

August setzte sich auf und schüttelte lächelnd den Kopf: »Typisch Lotte, kommt her und stellt alles auf den Kopf.«

»Bestimmt nicht alles. Ich will nur, dass es uns hier gut geht. Und dass wir dazugehören.«

Er sah sie prüfend an. »Wovon redest du denn, Lotte? Wie kommst du darauf, dass wir nicht dazugehören? Wir sind beide hier geboren.«

Sie seufzte. »Ich bin die aus der Stadt, und du warst immer schon ein Außenseiter und hast dich noch nie darum geschert, was andere von dir denken. Du hast einen anderen Beruf ergriffen als die anderen, du hattest andere Freunde als die anderen. Musikantenfreunde.«

»Na und?«

»Wir sind anders, August. Wir können zehnmal hier geboren sein, wir sind anders. Mein Vater macht sich auch Sorgen deswegen, das weiß ich. Er und meine Mutter sind von hier weg, weil sie nicht hier reingepasst haben. Und ich bin jetzt wieder da.« Sie sah ihn eindringlich an. »Ich will nicht, dass er oder meine Mutter sich Sorgen machen müssen. Ich will ihnen schreiben, dass es uns hier gut geht, und ich will, dass es die Wahrheit ist.«

»Wir sind doch nicht allein, wir haben Familie hier.«

»Die hatten meine Eltern auch, und es hat ihnen nichts genützt. Das Dorf ist die Familie, August.«

»Das hat Karl dir so beigebracht.«

»Mein Vater hat mir alles beigebracht.«

August respektierte Karl viel zu sehr, um dem etwas entgegenzusetzen. »Also, was sollen wir tun?«

»Wir laden Maria und ihren Mann ein. Fürs Erste. Du lädst sie ein.«

»Ich?!«

»Ja, du. Maria wird sich freuen, wenn du auf sie zugehst.«

»Also schön«, sagte August und zog Charlotte in seine Arme. »Und kann ich auch etwas tun, um dir eine Freude zu machen?«

»Mich einfach so halten. Jetzt. Und für immer.«

Der erste Brief, den Charlotte nach Hause schrieb, landete im Mülleimer, denn er war von Tränen durchtränkt und die Tinte völlig verschmiert. Ihr Vater hätte sich in den nächsten Zug gesetzt und sie zurückgeholt, hätte er einen solchen Brief empfangen. Der nächste Versuch gelang, sie beherrschte sich, und das Papier blieb trocken. Die Bremer erfuhren von dem vergnüglichen Abend, den sie mit Maria und ihrem Mann verlebt hatten. In einem weiteren Brief berichtete Charlotte von den Arbeitern im Steinbruch, die auf den Achtstundentag pochten oder es zumindest versuchten.

Das würde helfen. Die Arbeit ist sehr schwer, August hat nur am Sonntag frei und arbeitet sonst von morgens bis abends. Acht Stunden wären ein Traum.

Sie erzählte von den ersten Tritten ihres Kindes, von den hübschen Sachen, die Klara für das Kleine nähte, und davon, dass August jetzt im Gesangsverein war. Dazu verschiedene Nebensächlichkeiten: dass es inzwischen eine Metzgerei und einen Bäcker in Mühlbach gab. Und von der Heuernte, die sie zum ersten Mal mitgemacht hatte, und wie schön das war.

Das Wetter war traumhaft, ich hätte es mir nie so schön vorgestellt, es war genau, wie ihr immer erzählt habt.

Aber vieles erzählte sie auch nicht.

Sie erzählte nicht, wie anstrengend und schwierig sie das Leben auf dem Land fand, und was noch schlimmer war: wie grässlich einige der Leute. Die Gruppe von Männern, die sich in Leitners Wirtschaft trafen und zu der unter anderem Katharinas Mann Herbert Völker gehörte, ebenso wie Fritz Hennemann und ein widerlicher Mensch namens Egon Presswein, der auch bei der Heuernte geholfen und am Abend große Töne gespuckt hatte, von wegen man habe den Deutschen den Sieg gestohlen, und denen würde man es irgendwann noch zeigen. Die Zeit würde schon noch kommen, dann würden sie alle dafür bezahlen. »Wen meinst du denn mit alle?«, hatte der Bauer gefragt und gelacht, weil Egon ganz offensichtlich zu viel Bier intus hatte und man seine gelallten Sprüche nicht ernst nehmen konnte. »Die Sozialisten!«, spuckte der Mann aus. »Die da oben. Und vor allem die Juden.«

»Was haben denn die Juden damit zu tun?«, hatte Apollonia, die

Bäuerin, gefragt und mit einer stummen Geste die Magd angewiesen, dem Egon nichts mehr nachzuschenken.

»Pah!«, hatte der nur gemacht, als wäre damit alles gesagt.

Charlotte war es eiskalt über den Rücken gelaufen. Sie kannte sogenannte Antisemiten aus Bremen, Hermine von Schlettow gehörte auch dazu, aber noch nie hatte Charlotte miterlebt, wie jemand derart hasserfüllte Drohungen ausstieß.

Sie dachte an die Roths, die Rosenthals, die Wolfs – tausendmal bessere Menschen als dieser Egon Presswein. Wahrscheinlich kannte dieser schreckliche Mann keinen einzigen Juden persönlich, in Mühlbach zumindest gab es keine. Wie kam er also dazu, so etwas zu äußern?

Ihren Eltern verschwieg sie vieles von dem, was sie beschäftigte, denn wem hätte das genützt? August war selten daheim, und wenn er da war, wollte sie nicht ausgerechnet über Egon Presswein und Konsorten reden. Klara interessierte sich seit dem Tod ihres Mannes immer weniger für das, was im Ort geschah. Nur Onkel Walter hatte wie eh und je ein offenes Ohr für seine Nichte.

»Mühlbach hat sich verändert«, war seine Ansicht dazu. »Das kommt vom Krieg, der hat alles kaputt gemacht.«

Sie saßen zusammen am Tisch in der Stube. Tante Bine war beim Lumpensammler, der die Straße entlangpilgerte, und Onkel Walter schrieb gerade einen Brief, als Charlotte am späten Nachmittag eintrat.

»An wen schreibst du?«, fragte sie.

»Ach, an einen alten Freund. Anton.«

»Der heißt so wie Augusts Freund aus der Gefangenschaft.«

»Ja«, sagte Walter und lächelte beklommen, seine Hand schob sich wie zufällig über das Blatt. »Jetzt wirst du allmählich ganz schön rund«, sagte er und zeigte auf Charlottes Bauch.

»Allmählich? Ich komme mir vor wie ein Fass auf Beinen.«

Bine kam mit geröteten Wangen herein. »Lotte! Wie schön!«

Walter faltete das Papier und ließ es in seine Tasche gleiten.

»Schon zurück?«, fragte er seine Frau.

»Ja«, sagte sie knapp. »War doch lange genug. Und der Casimir muss ja auch weiter.«

»Ist auch nicht mehr der Jüngste, was?«

»Wie wir alle«, sagte Bine.

»Seit Jahr und Tag bringt Bine dem Mann unsere alten Sachen«, erzählte Walter Charlotte. »Einmal im Frühjahr, einmal im Herbst. Dieses Jahr ist er aber früh dran. Anfang September.«

»Du hast es ja gesagt, der wird auch nicht jünger, und im kalten Herbst durch die Ortschaften ziehen ist nicht angenehm.« Bine band sich die Schürze um, machte sich am Herd zu schaffen und hörte zu, wie sich Charlotte und Walter unterhielten – über Mühlbach und Gott und die Welt.

Einen Monat später hatten die jungen Schönborns wieder etwas Erfreuliches nach Bremen zu berichten, so erfreulich und eilig, dass es August ein Telegramm wert war: *5. Oktober – ein Junge – Walter – Mutter und Kind wohlauf.*

Der Säugling lag friedlich schlafend in Charlottes Armen. Sie wurde nicht müde, ihr kleines Wunder zu betrachten. Für den Rest ihres Lebens hätte sie diesen kleinen Jungen bestaunen können, seine winzigen Fingerchen, das Knopfnäschen, das Mündchen, mit dem er kleine Kaubewegungen machte, obwohl er nichts im Mund hatte, die Äuglein, das braune Haar, von dem August meinte, es sei der untrügliche Beweis, dass es sich bei dem Kleinen um sein Kind handle.

Als die Tür aufging und August eintrat, spät am Abend nach der Arbeit, schaute Charlotte nicht einmal auf, so vertieft war sie in den Anblick ihres Kindes.

»Charlotte«, sagte er leise, um sie nicht zu stören. »Schau mal, wen ich mitgebracht habe.«

Charlotte löste ihren Blick von dem schlafenden Kind.

»Guten Abend, mein Schatz«, sagte Lina. »Ich muss mir doch meinen ersten Enkel ansehen.«

26

Mühlbach im März 1926

»Die ist viel zu klein, mit der kann man ja gar nicht spielen«, beschwerte sich Walter, als er seine neugeborene Schwester betrachtete.

»Jetzt erst mal nicht«, erklärte ihm August. »Erst mal musst du sie nur beschützen, das ist deine Aufgabe als großer Bruder.«

»Beschützen? Wie denn?«

»Na, du musst aufpassen, dass sie nirgendwo raus- oder runterfällt, zum Beispiel.«

Walter schaute seinen Vater mit ernsten Augen an, dann nickte er. »Gut. Das mach ich. Und wann kann ich mit ihr spielen?«

»Wenn sie laufen kann«, sagte Charlotte.

»Allerdings musst du sie dann sogar noch mehr beschützen«, meinte August. »Dann musst du achtgeben, dass sie nicht hinfällt und sich wehtut.«

»Das ist aber viel Arbeit«, fand Walter und blickte mit gekräuselter Stirn auf den winzigen Säugling herab. »War ich auch mal so klein wie Martha?«

»Ja, ich fürchte, du warst auch mal so klein«, sagte Charlotte lachend. »Zum Glück«, fügte sie augenrollend hinzu.

»Aber jetzt bist du schon so groß, dass du deiner Mutter viel helfen kannst, wenn ich nicht hier bin«, sagte August.

»Das stimmt«, sagte Walter stolz. Über seinen Kopf hinweg tauschten seine Eltern glückliche Blicke.

Ganze fünf Jahre hatte es gedauert, bis es mit einem zweiten Kind geklappt hatte. »Noch ein Mädchen, das wäre schön«, hatte Charlotte immer wieder gesagt, während August heimlich gerechnet hatte, ob sie sich das überhaupt leisten konnten. Ein Kind kostete

Geld, ein zweites noch mehr, und im Steinbruch verdiente man nicht die Welt. Er hätte Charlotte gern mehr geboten, und nachts quälte ihn manchmal der Gedanke, wie ihr Leben wohl ohne ihn ausgesehen hätte. Sie hätte noch immer in Bremen gelebt, wäre mit einem Mann verheiratet, der etwas Besseres war als ein einfacher Steinarbeiter, einem, der mit ihr in die Oper ging oder sie ins Restaurant ausführte, der mit ihr sonntags durch die Stadt flanierte und ihr schöne Kleider kaufte. Hier auf dem Dorf konnte man nichts davon. Charlotte hatte sich äußerlich der hiesigen Bevölkerung angepasst, in dunkler schlichter Kleidung kam sie daher, und ihr Haar war stets ordentlich zusammengesteckt, dass auch ja keine Strähne herausfiel. Sie gab sich jede erdenkliche Mühe, dazuzugehören und eine Mühlbacherin zu sein.

»Ich bin immerhin hier geboren«, pflegte sie häufig zu betonen.

»Ja, das bist du«, bestätigte Klara dann jedes Mal, während August schwieg und lächelte. Was bedeutete es schon, wo man geboren war? Er war sogar in dem Dorf aufgewachsen und fühlte sich fremd. Er kleidete sich anders, er sprach anders, er dachte anders. Und vor allem: Er war nicht im Krieg gewesen, jedenfalls nicht in den Augen der Leute. Er hatte nicht im Schützengraben gelegen, hatte keine Verwundung erlitten, war nicht entstellt und hatte noch alle seine Gliedmaßen. Dass er fast fünf Jahre in Gefangenschaft gewesen war, zählte nicht, denn er war ja nicht als Soldat gefangen genommen worden.

Wie sehr ihn die Zeit in England geprägt hatte, spürte er erst in der Pfalz. Hatte er sich in Knockaloe nach Hause gesehnt, erkannte er nun, dass es dieses Zuhause längst nicht mehr gab. Seit sechs Jahren arrangierte er sich mit dieser Situation – seiner Familie zuliebe und vor allem Charlotte zuliebe, die alles aufgegeben hatte, um mit ihm hier zu leben, und die wild entschlossen war, in Mühlbach mit ihm und ihren Kindern glücklich zu sein. Walter und Martha. Wie viel mehr könnten sie in Bremen erreichen, ihre Kinder, wie anders könnte ihre Zukunft aussehen.

»Ich mache mich dann mal auf zum Bahnhof«, sagte er zu Charlotte und küsste erst sie auf die Stirn, dann seine schlafende Tochter und zuletzt seinen kleinen Sohn, als wäre es ein Abschied für lange Zeit, dabei holte er lediglich Martha Selchert und seine Schwägerin Ella ab. Es war der erste Besuch aus Bremen, seit Lina damals nach Walters Geburt angereist war. Fünf Jahre lang hatte Charlotte niemanden aus ihrer Familie gesehen. Auch deshalb machte sich August Vorwürfe. Er hatte kein Geld, um sich die Reise nach Bremen leisten zu können, ja, er konnte sich dazu nicht einmal den nötigen Urlaub leisten.

»Wie geht es Lotte?«, wollte Ella wissen, kaum dass sie aus dem Abteil gesprungen war. »Und den Kindern? Der kleinen Martha. Mama wäre ja am liebsten mitgekommen, aber …«, sie unterbrach sich abrupt, »nun ja … das ging leider nicht.«

»Guten Tag, August«, sagte Martha, als sie, wie immer viel zurückhaltender als Ella, nach vorn trat.

August versuchte, seine Verblüffung zu verbergen. Martha hatte sich völlig verändert. Während Ella noch immer das naive übersprudelnde kleine Mädchen mit dem runden Gesicht und den großen blauen Augen zu sein schien, nur eben inzwischen körperlich eine erwachsene Frau, hatte Martha sich zu einer wahren Schönheit entwickelt, und ihr zurückhaltendes, bescheidenes Wesen machte sie umso schöner. Sie war nur ein Jahr jünger als Charlotte, hatte aber bisher keinen Verehrer, und soweit er wusste, hatte sie auch noch nie einen gehabt.

»Ich glaube, Martha interessiert sich noch immer nicht für Männer«, hatte Charlotte einmal im Spaß geäußert, allerdings war es für August jetzt, wo er sie nach sechs Jahren zum ersten Mal wiedersah, unvorstellbar, dass sich Männer nicht für sie interessieren sollten. Zumal sie eine sehr gute Partie war. Seit ihr Vater zwei Jahre zuvor plötzlich einem Herzinfarkt erlegen war, war sie Inhaberin des gut gehenden Goldwarenladens und konnte sich sogar zwei Angestellte leisten. Martha hatte die Fahrt in die Pfalz finanziert, obwohl auch Ella es sich hätte leisten können mit ihrer gut bezahlten Stellung bei der Post in Bremen. Auch Ella hatte keinen Verehrer, aber das wunderte niemanden so recht. Ella ließ sich nicht verbiegen, und es war nur schwer vorstellbar, dass sie einen Mann finden würde, der es mit ihrem eigensinnigen Wesen aushielt, obwohl auch sie wirklich nett anzusehen war, wie August fand, sehr eigen, aber nett.

Perplex stand er den beiden jungen Damen gegenüber und stammelte, dass es sowohl Lotte als auch den Kindern gut gehe. Sehr gut. »Lotte freut sich auf den Besuch.«

»Na, das will ich doch hoffen«, meinte Ella, und Martha lächelte.

Wie immer erregten die Neuankömmlinge ordentlich Aufsehen im Dorf. Vor Leitners Wirtschaft standen ein paar junge Männer und pfiffen frech. »August, August, du wirst deiner Lotte doch wohl nicht untreu werden«, flachste einer, während die anderen johlten. August hielt den Wagen an, sprang runter und baute sich, Fäuste in die Seite gestützt, dicht vor dem Witzereißer auf.

»Hast du keine Manieren, Stoffel? Soll ich dir welche beibringen?«

»He, he, he! War doch nur Spaß«, machte der junge Mann einen Rückzieher.

August wandte sich ab und stieg wieder auf den Wagen.

»Du bist ja ein richtiger ... wie sagt man?«, sagte Ella geschmeichelt.

»Teufelskerl«, schlug Martha vor. August grinste.

»Nein, ich meinte einen, der Damen beschützt«, erklärte Ella.

»Kavalier«, sagte Martha.

»Ja, genau, ein Kavalier. Und du hattest ganz recht, August, ein richtiger Stoffel war das.«

August lachte laut auf. »Nein, Ella, der heißt so: Stoffel. Otto Stoffel.«

»Ach du liebe Zeit«, rief Ella. »Damit ist er natürlich schon genug gestraft.«

»Das sowieso«, sagte August.

Martha und Ella wurden beide Patinnen der kleinen Martha. Ganz davon abgesehen, dass für Charlotte niemand anders infrage kam, war es für sie die Gelegenheit, nach Jahren endlich einmal wieder ihre Schwester und ihre alte Freundin zu sehen. Nicht, dass sie sich einsam gefühlt hätte, sie hatte August, den sie liebte, ihre Kinder, eine Schwiegermutter, die sie behandelte wie die eigene Tochter, Onkel Walter und Tante Bine und letztlich auch Berta, zu der ein herzliches Verhältnis entstanden war. Auch ihre Halbgeschwister mochte sie, besonders den energischen Willi, der längst die Schmiede übernommen hatte, und auch die patente Luise, aber es war nicht das Gleiche wie mit Ella, und die inzwischen entstandene Freundschaft zu Maria kam nicht an die mit Martha heran. Charlotte schrieb Briefe über Briefe nach Bremen, doch es waren eben nur Briefe.

»Ehrlich gesagt, hatte ich insgeheim gehofft, Papa und Mama würden auch mitkommen«, gestand Charlotte, als sie an der Seite ihrer Schwester und ihrer Freundin nach der Taufzeremonie den Kinderwagen von Theisbergstegen nach Mühlbach schob. August trug den kleinen Walter auf seinen Schultern, Walter den Dritten, wie man ihn gern nannte. »Ihr könnt doch nicht jedem Jungen meinen Namen geben, so schön ist der auch wieder nicht«, hatte der erste Walter verlegen gemeint, als nach Lina auch Charlotte ihrem Sohn den Namen ihres geliebten Onkels gab. »Also schön«, hatte Charlotte versprochen, »beim nächsten Jungen nehmen wir einen anderen Namen, ausnahmsweise.«

Doch es wurde ein Mädchen, und Charlotte hatte schon in ihrer Kindheit beschlossen, dass ihre Tochter einmal Martha heißen sollte.

»Papa und Mama können nicht einfach so weg, weißt du«, behauptete Ella.

»Und wieso nicht? Verdient Papa jetzt weniger bei Herrmann? Und warum kann Mama nicht weg? Auf unseren Bruder muss doch keiner mehr aufpassen.«

»Oh, das würde ich nicht sagen. Unser Walter ist ein rechter Frauenheld geworden. Und eingebildet wie sonst was. Dem muss man ab und zu den Kopf zurechtrücken.«

»Ella! Im Ernst jetzt.« Charlotte hatte längst das Gefühl, dass die beiden nur Ausflüchte vorbrachten.

»Ach, Lotte!«, wand sich Ella, während Martha betreten auf die rollenden Räder des Kinderwagens blickte.

»Sie war schon nicht auf Tante Mathildes Beerdigung und noch nicht einmal auf der von Onkel Heinrich vor einem Jahr«, drängte Charlotte ihre Schwester zu einer Antwort. »Sie hat Walter seit seiner Geburt nicht mehr gesehen, und damals ist sie auch gekommen, obwohl das Geld knapp war. Also, was ist los?«

»Es geht ihr nicht immer so gut«, gab Ella zu.

»Was? Was fehlt ihr denn?«

»Ach, sie ist in letzter Zeit immer schnell erschöpft, deshalb wäre so eine lange Zugfahrt auch zu anstrengend.«

»Seit wann denn?«

»Ach, na ja, ... ich weiß auch nicht, wann das genau angefangen hat«, wich Ella aus.

»Ella!«, mahnte Martha.

»Was denn?«, moserte Ella.

»Es hat angefangen, noch bevor mein Vater gestorben ist«, sagte Martha. »Sie konnte nicht zu seiner Beerdigung, weil sie einen Schwächeanfall hatte.«

Charlotte blieb stehen. Blass und entsetzt starrte sie die beiden Frauen an. »Das ist ja schon über zwei Jahre her«, stellte sie fest.

»Sie ist seit knapp drei Jahren in Behandlung«, sagte Ella. Sie schaute ihre Schwester dabei nicht an. »Hermine von Schlettow kennt einen sehr guten Arzt, bei dem ist Mama jetzt ab und zu.«

»Warum um alles in der Welt weiß ich davon nichts?«, rief Charlotte so laut, dass alle mitwandernden Taufgäste stehen blieben und sich umdrehten.

August kam heran. »Stimmt was nicht?«, fragte er.

»Mama, was ist denn«, wollte Walter von seiner Schulter herunter wissen. Der kleine Junge war sehr besorgt. »Ist etwas mit Martha? Soll ich aufpassen?«

»Nein, mein Spatz, alles in Ordnung«, versicherte ihm seine

Mutter und lachte bemüht. »Es ist gar nichts. Wir haben nur herumgealbert. Tut mir leid, Walterchen. Alles gut!«

Die Gesellschaft setzte sich wieder in Bewegung. August runzelte die Stirn, wandte sich jedoch wieder ab und hüpfte davon wie ein Pony, woraufhin der Junge auf seinen Schultern in helles Kichern ausbrach.

»Ich hätte dir gar nichts sagen sollen«, murmelte Ella.

»Natürlich hättest du. Aber vor allen Dingen hätte Papa mir schon längst schreiben sollen.«

»Und dann?«, fragte Martha. »Was hättest du dann getan? Dich in den Zug gesetzt? Schwanger, mit einem Kleinkind und dem Gepäck? Und hätte August kündigen sollen? Wovon hättet ihr das bezahlen wollen? Und wie lange hättest du bleiben wollen? Für ein paar Tage? Für immer?«

»Mama ist in guten Händen. Wirklich!« Ella legte ihrer Schwester den Arm um die Schultern. »Papa wollte dich nicht beunruhigen oder dich in einen Gewissenskonflikt bringen. Er weiß doch, dass es euch nicht gerade rosig geht, was das Geld betrifft. Er würde euch die Zugfahrt bezahlen, aber er braucht jeden Pfennig für den Arzt.«

»Mama hat Martha noch nicht gesehen«, sagte Charlotte. Sie hatte nur noch den einen Gedanken: Was, wenn sie ihre Enkelin nie zu sehen bekam? Das durfte nicht sein.

»Sie wird sie sehen«, sagte Ella. »Die Behandlung tut ihr gut, und bald ist sie wieder ganz bei Kräften, kann sich in den Zug setzen und dich und ihre geliebte Pfalz besuchen.«

»Wir haben unterwegs darüber gesprochen, Ella und ich«, sagte Martha. »Ich fand, du solltest es auf jeden Fall wissen. Wahrscheinlich wird dein Vater mir den Hals umdrehen wollen, aber das nehme ich in Kauf.«

»Er hat nicht einmal August damals den Hals umgedreht, als er mich geschwängert hat«, sagte Charlotte, die sich wieder ein klein wenig fing.

»Da bin ich beruhigt.«

»Außerdem müssen wir es ihm ja nicht auf die Nase binden, oder?«, meinte Ella.

Sie hatten Rutsweiler hinter sich gelassen und sahen von Weitem die Häuser von Mühlbach.

»Und du gehst diese Strecke wirklich jeden Sonntag?«, fragte Ella stöhnend. »Warum gibt es in Mühlbach eigentlich keine Kirche?«

»Woher soll ich das wissen?«

»Da oben«, Martha zeigte geradeaus, »dort am Wald über dem Dorf, dort sollte eine stehen. Das wäre wundervoll, meint ihr nicht?«

»Du meinst dort, wo dieser riesige Felsen neben den Bäumen herausragt mit der Schotterhalde davor?« Charlotte lachte.

»Nun ja, die Felsen, die müsste man halt aus dem Weg räumen, die stören.«

»Kennst du zufällig einen Riesen, der das besorgen könnte?«, fragte Charlotte. Sie begrüßte den Themenwechsel, denn noch immer klopfte ihr Herz nach den beunruhigenden Nachrichten über ihre Mutter.

»Da oben haben sich früher an den Sommerabenden die jungen Paare getroffen. Man hat dort einen herrlichen Blick über das ganze Dorf.« Klara hatte sich unbemerkt von hinten zu den drei jüngeren Frauen hinzugesellt. »Ich habe mich dort oft mit Philipp getroffen. Man konnte ungestört Händchen halten und …« Sie ließ den Rest unausgesprochen und schmunzelte, dann strich sie über Charlottes Rücken, drückte sie kurz und sagte: »Mach dir keine Sorgen um deine Mutter.« Damit lief sie nach vorn zu August und ihrem Enkel.

Hatte Klara es etwa schon gewusst? Und Onkel Walter und Tante Bine? Die kurze Erleichterung, die Charlotte empfunden hatte, war schon wieder verflogen.

»Was ist denn, Lotte«, fragte Martha, die sie beobachtete.

»Wenn ich das Gefühl habe, man verschweigt mir etwas, dann kann ich hier keine Ruhe finden«, presste Charlotte hervor. »Was verschweigt ihr mir noch alles?«

»Und du?«, entgegnete Martha. »Was verschweigst du? Deine Briefe an deine Eltern sind auch immer voller Sonnenschein. Nur mir hast du etwas anderes geschrieben und mich gebeten, es keinem zu sagen.«

»Wie bitte? Auch mir nicht?«, empörte sich Ella. »Was denn?«

Martha atmete tief durch und sah geradeaus auf den Felsen über Mühlbach. »Ich bin immer mittendrin, wisst ihr. Charlotte vertraut mir Dinge an, die ich ihrer Familie nicht sagen darf, und von ihrer Familie weiß ich Dinge, die ich ihr nicht sagen darf. Alles fresse ich in mich hinein. Und mache mir um alle Sorgen.«

»Was hast du Martha geschrieben, Lotte, sag's mir sofort«, drängte Ella. »Was stimmt nicht? August etwa? Ist er ...«

»Nein!«, unterbrach sie Charlotte. Sie blieb stehen und legte Martha ihre Hand auf die Schulter. »Tut mir leid, Martha. Das wollte ich nicht.«

Martha wischte sich mit der Hand über die Augen und nickte. »Schon gut.«

»Lotte?«, brachte sich Ella in Erinnerung.

»August ist wunderbar«, versicherte Charlotte ihrer Schwester. »Er arbeitet sich die Finger wund für seine Familie, verstehst du? Die Finger, die eigentlich eine Geige halten sollten. Er spielt kaum noch Geige, außer an Weihnachten, da spielt er *Santa Lucia*. Für mich. Er tut alles für mich. Er geht für mich in den Gesangsverein. Angeblich hat er sich das damals in England vorgenommen, aber er hätte es schon längst wieder gelassen, weil ihn die bornierte Gesellschaft dort behandelt, als gehörte er nicht dazu. Mir zuliebe macht er weiter. Ich sage immer: Es braucht Zeit. Aber jetzt sind wir seit sechs Jahren hier, und man kann die Mauer zwischen uns und dem Rest von Mühlbach förmlich sehen. Man verhält sich uns gegenüber zivilisiert, aber erst neulich, als ich plötzlich noch einmal aus dem Laden kam, weil ich meine Geldbörse zu Hause vergessen hatte, standen da zwei Frauen und haben sich das Maul über mich zerrissen. Die eine ist sogar eine Cousine meiner Mutter, Alma Hertel, und wisst ihr, was ich gehört habe? Bankert. Ich bin und bleibe der Bankert von Borgers Lina. Und fast hätte der Bankert damals selbst noch einen Bankert zur Welt gebracht. Wie der Herr, so das Gescherr. Liegt in der Familie, sich nicht beherrschen zu können. Walterchen ist ein Sechsmonatskind, das weiß jeder. Und jeder rümpft die Nase. August hat sich um den Krieg herumgedrückt, heißt es mittlerweile, und ich bin die verwöhnte Stadtgöre. Man duldet uns, ist oberflächlich freundlich, aber wir gehören nicht dazu.«

Das Kind erwachte in seinem Wagen und verzog sein Gesichtchen, als wäre es empört darüber, dass der Wagen nicht mehr so lustig schaukelte und stattdessen aus seiner Mutter Worte heraussprudelten wie Wasser nach einem Dammbruch. Charlotte beugte sich zu der Kleinen, streichelte ihr über die zarten Bäckchen und schob den Wagen wieder an.

»Davon hast du kein Wort geschrieben«, sagte Ella dumpf.

»Ich bin sicher, Papa weiß es auch so«, erwiderte Charlotte. »Er hatte mir angekündigt, dass es so sein würde. Ich wollte es ihm nur nicht glauben.«

»Aber ihr habt doch auch Freunde hier, oder nicht?«

»Maria und ihren Mann«, sagte Charlotte mit einem resignierten Lächeln. »Die anderen Außenseiter.«

»Und Katharina?«, fragte Ella.

Charlotte lachte bitter. »Katharina steht unterm Pantoffel. Und ihr Mann ist ein Nazi.«

»Ein was?«, fragte Ella.

»Mitglied der NSDAP«, erklärte Martha. »Hast du von denen noch nichts gehört? Hitler? Dieser Verrückte, der sogar schon einen Putsch versucht hat und dafür im Gefängnis gelandet ist?«

Ella schüttelte den Kopf, ahnungslos wie eh und je, was das Weltgeschehen betraf.

»Ach, Ella, du musst wirklich einmal Zeitung lesen«, sagte Martha mit einem nachsichtigen Lächeln. »Wobei, ich glaube ja nicht, dass diese Irrsinnigen jemals allzu viel an Bedeutung gewinnen werden. Die Leute sehen doch, was das für welche sind.«

»Wie auch immer«, erklärte Charlotte. »Zumindest benimmt sich Katharinas Mann so, als hätten sie eine enorme Bedeutung. Er und seine Handvoll Kumpane treffen sich immer in Leitners Wirtskeller, so nennt sich das jetzt. Zum Glück bekommt Mühlbach noch ein Wirtshaus, oben in der Nähe von Lehnerts Laden, da können dann die normalen Leute hingehen.«

»Wie schön! Gleich zwei Wirtshäuser in einem Dorf!«, höhnte Ella und bekam von Martha prompt einen Knuff in die Seite. Charlotte schmunzelte. Insgeheim wunderte sie sich über die enge Freundschaft, die sich zwischen den beiden in den letzten Jahren entwickelt hatte. Früher war sie selbst Marthas beste Freundin gewesen und ihre kleine Schwester mehr oder weniger ein Anhängsel, doch inzwischen hatte sie offenbar Charlottes Platz eingenommen.

Als hätte sie ihre Gedanken lesen können, hakte sich Martha bei ihr ein. »Es kommt alles in Ordnung, Lotte, ganz bestimmt. Hier und auch in Bremen. Man sollte nur offen miteinander sein. Man muss sich gegenseitig darauf verlassen können, dass man einander die Wahrheit sagt.«

Charlotte nickte. Weiter vorn schwang August seinen Sohn durch die Luft wie einen Flieger, der Kleine quietschte und rief: »Höher, Papa, höher!«

»Und ist es nicht die Hauptsache, dass du mit August glücklich bist?«, sagte Martha leise zu Charlotte. »Ihr habt euch, ihr liebt euch, und jeder darf es sehen.«

»Natürlich«, stimmte Charlotte zu.

Ella fixierte mit ausdruckslosen großen Augen den Felsen über dem Dorf.

»Das ist ein großes Glück, Lotte«, sagte Martha. »Glaub mir, das ist ein großes Glück.«

27

Bremen, 1927

»Wie geht es Lina?«, fragte Itzhak.

Karl hörte die Worte seines Freundes kaum, und als sie in sein Bewusstsein drangen, schüttelte er ungläubig den Kopf. Die beiden standen vor Roths Tabakladen, die Schaufensterscheibe war eingeworfen, quer über den Eingang hatte jemand mit roter Farbe das Wort *Drecksjude* geschmiert, und sein Freund fragte ihn nach Linas Befinden. So war Itzhak. Lina war krank, das war für ihn schlimmer als die Schmiererei dieser sogenannten Sturmtruppe. Nazis!

»Man muss sie ignorieren«, sagte Itzhak. »Das vergeht. Mit solch unzivilisierten, brutalen Dummköpfen will die große Mehrheit der Leute nichts zu schaffen haben. Komm, lass uns reingehen. Ich habe dem Glaser schon Bescheid gesagt, und die Schmiererei macht mein Lehrling weg.«

Da kam der Junge auch schon um die Ecke, sichtlich unzufrieden mit der Arbeit, die er zu erledigen hatte. Er grüßte nicht, das blonde Haar fiel ihm übers Gesicht, als er sich mit dem Schwamm über den Wassereimer beugte, unwirsch knurrend strich er es zurück.

»Komm, Karl, komm mit«, wiederholte Itzhak und führte seinen alten Freund am Ellbogen durch den Laden und dann nach hinten in sein Büro, das wie ein gemütliches kleines Wohnzimmer eingerichtet war.

»Also: Wie geht es Lina?«, fragte er erneut, nachdem er Karl eine Tasse Tee eingeschenkt hatte, als wäre nichts gewesen, als hätte nicht ein Haufen Halunken in brauner Uniform seinen Laden auf übelste Weise angegriffen.

»Es geht«, antwortete Karl. »Momentan geht es wieder etwas

besser, das warme Wetter tut ihr gut. Sie kann manchmal sogar eine Weile im Garten sitzen.«

Er hörte sich selbst zu. Wenn das schon ein berichtenswertes Ereignis war, dann ging es einem nicht gut. Aber das verdrängte er genauso, wie Itzhak den sich immer unverblümter offenbarenden Judenhass verdrängte.

»Hast du die Polizei gerufen?«, fragte Karl. Itzhak winkte wortlos ab. »Du darfst dir das nicht gefallen lassen. Was sagt denn Sara dazu?«

»Was soll sie dazu sagen? Es ist nichts Neues für uns, Karl. Juden haben schon immer einstecken müssen, auf die eine oder andere Weise. Sogar während des Krieges, erinnerst du dich? Die Judenzählung?«

Karl nickte. Und ob er sich erinnerte, an den Abend mit Itzhak und dem betrunkenen Victor, der sich damals schon empörte und mit alkoholschwerer Zunge zum Widerstand aufrief.

Man muss den Anfängen wehren.

»Wie gesagt«, meinte Itzhak, »irgendwann wird es den Leuten zu viel, und dann sind die alle wieder weg vom Fenster. Du wirst sehen.«

»Ich hoffe, du hast recht.«

»Zigarre?« Itzhak griff hinter sich in eine Schatulle, in der er seine exquisitesten Zigarren aufbewahrte, nur für den Eigengebrauch.

»Lieber nicht. Wenn Lina das riecht, wird ihr wieder schlecht.«

»Du verpasst etwas, Karl. Der Genuss einer guten Zigarre tröstet über so manches hinweg. Du inhalierst, und das Aroma füllt deine ganze Seele.«

»Und macht deine Lunge krank, nein danke.«

»Spielverderber«, sagte Itzhak und zog kräftig an dem langen dunklen Stängel. »Ahhhh!«, machte er und lächelte selig.

»Hast du wieder einmal etwas von deiner Tochter gehört?«, fragte er dann.

»Von Charlotte? Ja, sie schreibt regelmäßig. Ihr Kleiner ist jetzt in der Schule, und unsere kleine Martha läuft schon überall herum.«

»Wie alt ist sie jetzt?«

»Ein Jahr und fünf Monate.«

»Und ihr habt sie noch nicht gesehen.«

Karl schwieg. Er hatte Charlotte nur ungern gehen lassen, als sie zu August in die Pfalz gezogen war, doch er hatte nicht gedacht, dass ein Wiedersehen für lange Zeit so gut wie ausgeschlossen sein würde. Mit Linas Krankheit hatte keiner rechnen können. Schleichend, kurz nach ihrem letzten Besuch in der Pfalz, hatte sie begonnen, mit Müdigkeit und ungewöhnlicher Erschöpfung. Anämie hatte man in der Klinik diagnostiziert, verursacht durch Eisenmangel, der wiederum eine Folge der Mangelernährung während des Krieges war. Man könne versuchen, Eisen zu verabreichen, aber im Wesentlichen hatte man mit den Schultern gezuckt und gemeint, sie solle sich möglichst schonen, um das Herz nicht zu belasten.

Wieder einmal war es Herrmann Sperling gewesen, der half. Herrmann Sperling, der sich nach Karls Meinung mit seinem Beitritt in die Deutschnationale Volkspartei endgültig disqualifiziert hatte. Seine Frau jedoch kannte einen hervorragenden Arzt. »Jude, aber was will man machen.« Mit diesen Worten hatte sie den Mann angepriesen. Die Behandlung kostete Geld, aber sie schien zu helfen. Oder wenigstens das Fortschreiten der Krankheit zu verlangsamen. Im Sommer war es immer ein wenig besser, jeden Winter betete Karl, dass es nicht der letzte sein möge.

»Weiß Charlotte inzwischen, was mit ihrer Mutter los ist?«

»Zumindest weiß sie, dass Lina krank ist.«

»Aber nicht wie krank.«

»Was soll ich ihr denn sagen? Ich weiß ja selbst nicht wie krank.«

Itzhak sah seinen Freund bekümmert an, und mit Sicherheit erinnerte er sich an den vergangenen Februar, als Karl in genau demselben Raum saß, auf demselben Sessel und weinte und wimmerte: »Sie stirbt, Itzhak, meine Lina stirbt.« Es war ihr so schlecht gegangen, dass er alle Hoffnung aufgegeben hatte, doch sie hatte es noch einmal geschafft. Hatte noch einen Sommer im Garten geschenkt bekommen. »Ich wäre so gern noch einmal in die Pfalz gefahren,

Karl«, hatte sie neulich gesagt, als sie zusammen unterm Apfelbaum saßen. »Weißt du noch, wie schön es dort im Sommer war? So schön.«

»Ihr Herz wird schwächer«, hatte ihm der Arzt anvertraut.

»Du solltest Charlotte rechtzeitig Bescheid geben«, sagte Itzhak.

»Ich weiß nicht, wann rechtzeitig ist«, erwiderte Karl und stierte vor sich hin.

»Ich kann mich noch gut daran erinnern, wie Lina vom Tod ihres Vaters erfuhr«, sagte Itzhak und inhalierte tief den Zigarrenrauch. »Hinterher. Viel zu spät.«

»Wir hätten uns die Reise in die Pfalz damals nicht leisten können, ihr Vater hat das gewusst.«

»Dass man sie nicht rechtzeitig informiert hat, hat Lina mindestens genauso getroffen wie sein Tod.«

Karl nickte nach einigem Zögern.

»Und dabei hättest du alles in Bewegung gesetzt, um ihr die Reise zu ihrem sterbenden Vater zu ermöglichen, alles. Ich hätte dir das Geld geliehen, jeder deiner Freunde hätte das. Es wurde einfach über eure Köpfe hinweg entschieden. Mach nicht denselben Fehler mit Charlotte. Das würde sie dir nie verzeihen. Das nicht.«

»Im Moment geht es ihr gut«, sagte Karl tonlos. »Vielleicht wird es ja doch wieder besser. Sie ist doch noch … so jung.«

Itzhaks Blick ruhte still und voller Verständnis auf seinem Freund, dann zog er wieder an seiner Zigarre.

»Bin fertig«, rief der Lehrling von draußen. »Alles wieder sauber. So ziemlich.«

Karl sprang auf, riss die Tür auf und brüllte dem Jungen ins Gesicht: »So ziemlich? So ziemlich? Mach es richtig sauber, verstanden! So sauber, dass nicht mehr das kleinste bisschen von dem Dreck zu sehen ist. Und wenn du deinem Chef demnächst etwas zu sagen hast, klopf an und sag es ordentlich. Ist das klar?«

Der Junge trollte sich mit seinem Wassereimer. Itzhak zog an der Zigarre, lächelte Karl an und sagte leise: »Danke, mein Freund!«

28

Bremen im März 1928

Das kleine Mädchen mit den dicken kastanienbraunen Locken brach wie ein Reh durch den Waldsaum auf die Lichtung und sauste mit fröhlichem Gelächter über die Wiese den Hang hinab, immer den anderen voran, die ängstlicher waren, vorsichtiger, auch die Jungs. Ihre wollenen Strümpfe hatte sie ausgezogen und hielt sie in der rechten Hand, einer flatterte durch die Luft, während das Kind rannte, als gälte es, dem Wind davonzujagen.

»Lina!«, rief jemand. Es war Walter. Albert holte sie ein, riss sie um und kugelte mit ihr über die Wiese. Sie lachten und lachten und lachten …

Lina lächelte im Traum, und noch während sie spürte, wie sie langsam aus dem Reich des Schlafs hinausglitt, versuchte sie, ihren Traum festzuhalten. Es war so viel schöner, zu träumen. Das war das Gute daran, dass sie immer so müde war und so viel schlief: ihre Träume. Immer waren sie schön, immer durfte sie darin lachen, fröhlich sein, Kind sein. Alles war leicht und gut und ohne Schmerzen.

Der Traum verblasste, verschwand, sie spürte die Matratze, auf der sie lag, spürte ihren Körper, der nicht mehr wollte – und spürte noch etwas. Jemand saß neben ihr auf der Bettkante.

Lina schlug die Augen auf und sah vor sich ein kleines Mädchen mit kastanienbraunem Haar und großen braunen Augen. Träumte sie noch immer?

»Das ist Martha«, sagte die geliebte Stimme, die sie schon so lange nicht mehr gehört hatte, dunkel und weich und wunderschön.

»Lottchen«, flüsterte sie.

»Mama!« Charlotte beugte sich vorsichtig über sie und umarmte sie so sanft, als könnte sie zerbrechen.

»Ist das eine Umarmung?«, fragte Lina lächelnd. »Drück mich fester, damit ich weiß, dass ich nicht träume.«

»Ich will dir nicht wehtun.«

»Wenn es wehtut, weiß ich, dass ich noch da bin.«

Charlotte drückte ihre Mutter an sich. Es tat weh, aber es war so schön. Das Schönste, was Lina in den vergangenen Jahren erlebt hatte.

»Was machst du denn hier, mein Schatz?«, fragte sie mit diesem schwachen, gehauchten Flüstern, das alles war, was ihre einst so schöne Stimme noch hervorbrachte.

»Dich besuchen, Mama, dir unsere kleine Martha vorstellen und dir zeigen, wie groß Walter schon geworden ist. Und die Kinder wollten endlich ihre Oma sehen. Walter, komm her, da hinten sieht dich die Oma doch gar nicht.«

Der kleine Junge hatte schüchtern am Fußende des Bettes gestanden und schlich nun nach vorn zu seiner Mutter und seiner kleinen Schwester.

Lina hob ihre ausgemergelte, blasse Hand und streichelte liebevoll die Pausbäckchen ihres Enkels.

»Mein kleiner Walter, was bist du schon so groß.«

Der Junge nickte ernst.

»Ist August auch da?«, fragte Lina.

Charlotte schüttelte den Kopf. »Er muss arbeiten, aber er lässt ganz herzliche Grüße bestellen.«

»Du hast ganz allein mit den Kindern … die lange Zugfahrt?«

»Aber ich habe doch Walter, der kann mir schon ganz gut helfen, nicht wahr, mein Spatz?«

»Ja, ich passe auf Martha auf«, sagte der Kleine stolz.

»Gehst du denn schon zur Schule?«, fragte ihn seine Großmutter.

»Ja.« Er nickte eifrig. »Ich bin ja schon sieben. Ich kann schon lesen und schreiben und gut rechnen. Und im Turnen bin ich der Beste.«

»Das ist wahr. Walter ist in allem der Beste, deshalb hat ihm die Lehrerin auch für den Rest des Schuljahres freigegeben«, erklärte

Charlotte. »Sie hat wörtlich gesagt: Was soll ich dem Kind bis Ostern denn noch beibringen, der kann ja schon alles.«

Walter strahlte, eine große Lücke blitzte in der oberen Zahnreihe.

Linas Lächeln wurde noch größer, der glückliche Glanz in ihren Augen schien die Krankheit zu vertreiben. Mehr noch, ihr war, als wäre sie mit einem Mal wieder kräftig und gesund. Konnte man sich besser fühlen als sie in diesem Moment?

Der große Walter und Ella traten ins Zimmer und zuletzt Karl. Alle waren da: ihr Mann, ihre Kinder und ihre Enkel. Ihre ganze Familie. Mehr konnte sie sich nicht wünschen. Mehr hatte sie sich nie gewünscht.

»Sie liegt nur noch im Bett. Aufstehen ist unmöglich. Eine Krankenschwester kommt jeden Morgen vorbei, die hat uns auch Hermine von Schlettow vermittelt.« Karl schluckte schwer. Er verabscheute diese Frau, sie unterstützte die Subjekte, die bei Juden Fenster einwarfen, fand aber nichts dabei, sich bei einem jüdischen Arzt Rat zu holen und ihn weiterzuempfehlen, wenn es nötig war. Er würde ewig in ihrer Schuld stehen. Dieser Arzt hatte dafür gesorgt, dass Lina noch ein paar Jahre mehr gehabt hatte, doch jetzt ging es zu Ende, das nächste Frühjahr würde sie nicht mehr erleben. Das waren die Worte des Doktors gewesen.

»Tagsüber wechseln wir uns ab. Ella, Martha, Henriette, Helene, Sara, Amalie – alle sind sie da. Und ich, sooft ich nur kann, in jeder freien Minute. Wären es doch nur mehr.«

»Papa!« Charlotte legte ihren Arm um seine zuckenden Schultern.

»Es ist zu früh, Lotte, es ist einfach zu früh«, schluchzte Karl. »Wir wollten doch zusammen alt werden. Zweiundfünfzig ist nicht alt.«

Auch Charlotte weinte. Gegenseitig hielten sie sich aneinander fest und ließen ihre Tränen fließen.

»Ich bin so froh, dass du da bist«, sagte Karl, als er wieder sprechen konnte.

»Ich auch. Ich hätte schon viel früher kommen sollen, aber …«

»Ich weiß. Gut, dass du jetzt da bist. Rechtzeitig.«

»Papa?«

»Ja?«

»Ich muss dir etwas sagen.«

Karl blickte sie fragend an.

»Berta hat mir das Geld für die Fahrt gegeben.«

»Aber ich habe doch …«

»Ich weiß. Das Geld, das du mir geschickt hast, wird August brauchen. Er will kommen, wenn …«

Karl schwieg betroffen. Ella und Martha hatten zusammengelegt, und den Rest hatte Itzhak beigesteuert. Es war genug für Charlotte und die Kinder gewesen, doch Charlotte hatte noch weiter gedacht.

»Berta hat es mir spontan angeboten, als wir darüber sprachen. Ich wollte August hier haben, und er wollte auch da sein. Er wird während dieser Zeit nichts verdienen, deshalb …, verstehst du?«

Karl nickte. »Natürlich. Berta ist eine Seele von Mensch.«

»Ja, das ist sie.«

Die Haustür ging auf. Ella und die beiden Kinder kamen von einem Ausflug zurück.

»Mama, Mama, kennst du schon den Roland?«, rief der kleine Walter begeistert, als er ins Zimmer stürmte. Hatte er bei der ersten Begegnung mit seinem Großvater noch ehrfürchtig zu ihm aufgeblickt, so erzählte er nun unbefangen und begeistert davon, was er alles erlebt hatte. »Und Tante Ella hat gesagt, wir fahren ans Meer. Tante Martha kann Auto fahren, hast du das gewusst?«

»Nein, das habe ich nicht gewusst, das ist ja mal eine Überraschung.«

»Sie hat extra den Führerschein gemacht, damit sie den alten Wagen ihres Vaters noch fahren kann«, erklärte Ella.

»Diese Höllenmaschine, würde eure Mutter sagen«, lachte Karl und nahm die kleine Martha auf den Schoß, die vollkommen zutraulich war und ihn freudig anlächelte.

»Pferdchen«, verlangte das Kind, und der Opa gehorchte sofort. »Hoppe hoppe Reiter …«, setzte er an, doch dann verstummte er.

Ein Bild aus vergangenen Tagen kam ihm in den Sinn. Das der verzweifelten Lina auf dem Küchenboden mit der kleinen Lotte auf dem Schoß, nachdem sie erfahren hatte, dass ihr Vater gestorben war. Er warf einen dankbaren Blick auf seine Tochter. Sie war hier, rechtzeitig.

»Weiter, Opa, hoppa!«, rief die kleine Martha, und weiter ging der lustige Ritt.

»Fahren wir ans Meer, Mama?«, fragte Walter. »Bitte! Onkel Walter zu Hause hat auch gesagt, das Meer sei so schön. So schön, hat er gesagt.«

Sie fuhren ans Meer. Martha, Ella, Charlotte und die Kinder. Es war kalt, und der Wind wehte, aber der kleine Walter rannte begeistert an der Wasserkante entlang und staunte über die großen Schiffe.

»Ich möchte auch mal auf einem Schiff fahren«, verkündete er. »Wenn ich groß bin, fahre ich aufs Meer.« Es klang genauso entschlossen wie Augusts Ankündigung als Kind, einmal Geiger werden zu wollen und wie sein Großvater durch die Welt zu reisen. »Kann ich das, Mama?«, fragte der Junge mit gespannt aufgerissenen Augen.

»Du kannst alles, Walter. Wenn du es nur genug willst, kannst du alles«, sagte Charlotte. Der Junge strahlte seine Mutter an und rannte wieder los. Mit dem Wind, gegen den Wind, er rannte und ließ sich durch nichts aufhalten – wie August.

»Wenn es so weit ist«, hatte August zu ihr gesagt, als sie die Nachricht über das nahende Ende ihrer Mutter erhalten hatte, »dann komme ich. Der Vorarbeiter wird mich schon gehen lassen. Ich komme zu euch.«

Martha und Ella schwangen die kleine Martha zwischen sich durch die Luft, dass sie vor Freude quiekte. Charlotte wünschte sich so sehr, sie hätte schon früher kommen können, dann hätte ihre Mutter mehr Zeit mit ihren Enkeln verbringen können, hätte sie halten können, hätte ihnen Geschichten vorlesen können. Sie in den Schlaf singen …

Charlotte merkte nicht, dass ihr die Tränen über die Wangen liefen, erst als Walter vor ihr stehen blieb und sie mit umwölkter Stirn anschaute. »Was ist denn, Mama?«

Sie nahm ihn hoch. »Nichts, mein Spatz, ich bin nur so froh, dass wir hier sind.«

»Kann man auch aus Freude weinen?«, fragte das Kind.

»Oh ja«, antwortete seine Mutter. »Das sind die schönsten Tränen.«

»Wir sollten in die Oper gehen, wenn du schon einmal hier bist«, schlug Martha vor. »Du musst auch mal etwas Schönes machen. Und du kannst deiner Mutter davon erzählen, da freut sie sich bestimmt.«

Sie gingen zu dritt in *Don Giovanni*, Charlotte, Ella und Martha, und am nächsten Tag erzählte Charlotte ihrer Mutter davon. Ganz genau hörte sie zu, wollte wissen, wer gesungen hatte, wie das Bühnenbild aussah und wie man den Schluss, die Höllenfahrt Don Giovannis inszeniert hatte. Auch nach ihrem Lieblingsduett zwischen Giovanni und Zerlina fragte sie. Charlotte erzählte, bis Lina vor Erschöpfung wieder einschlief.

Zwei Wochen waren seit ihrer Ankunft vergangen, und Lina wurde jeden Tag ein bisschen schwächer, ein bisschen weniger. Der Arzt kam zwischendurch, und als er das Zimmer verließ, sagte er zu Karl, jetzt werde es nicht mehr lange dauern.

Am Abend des 28. März saß Charlotte am Bett ihrer Mutter, als diese aufwachte und ihre Tochter anlächelte.

»Schau mal in meinen Nachttisch«, sagte sie schwach, »in der obersten Schublade ganz hinten, da ist ein kleines Kästchen, mach das mal auf.«

Charlotte öffnete das Kästchen. Darin lag ganz oben ein Brief – Alberts Brief.

»Den wollte ich immer einmal lesen«, flüsterte Lina. »Jetzt ist es an der Zeit.«

Sie streckte die Hand danach aus. Jede Bewegung war anstrengend, aber nicht mehr lange, dann war gar nichts mehr anstrengend. Bald war es geschafft. Sie konnte nur nicht gehen, ohne den Brief gelesen zu haben, das zumindest war sie Albert schuldig.

»Meine Brille«, murmelte sie, als sie das Papier auseinanderfaltete. Charlotte setzte ihr behutsam die Lesebrille auf, half dann ihrer Mutter, sich ein wenig aufzurichten, und legte ihr ein zusätzliches Kissen unter. Lina lächelte. Wie oft hatte sie dasselbe damals für ihren Vater getan. »Danke, mein Schatz«, sagte sie. Erleichtert stellte sie fest, dass sie die Schrift auf dem Brief entziffern konnte, sie hätte ungern ihre Tochter gebeten, ihn ihr vorzulesen.

Alberts Schrift, unverkennbar, man meinte immer noch, das verschmitzte Lächeln des hübschen Jungen von früher darin zu erblicken. Mitten im Krieg und kurz vor seinem Tod schien er sich das beste Stück Albert bewahrt zu haben. Mitten im Krieg und kurz vor seinem Tod hatte er nicht nur an seine Tochter und an seine Frau, sondern auch noch an sie gedacht.

Liebe Lina,
ich glaube nicht, dass sich noch einmal die Gelegenheit dazu ergeben wird, deshalb sage ich es jetzt in diesem Brief, den du hoffentlich erhalten wirst: Es gibt keine Worte dafür, wie leid mir tut, was ich dir angetan habe, es gibt keine Worte für meine Reue. Wenn man noch nicht einmal für den Menschen einsteht, den man am meisten liebt, was ist man dann wert? Ich war nicht viel wert, das weiß ich längst, und auch, dass du einen Besseren verdient und bekommen hast. Meine Strafe war, dass ich dich nie vergessen konnte und dich ein Leben lang vermisst habe. Bis zu meinem letzten Atemzug werde ich an dich denken und dich lieben.

Auf ewig, dein Albert

Erschöpft ließ Lina ihre Hand mit dem Blatt Papier auf die Bettdecke fallen. Er hatte sie bis zuletzt geliebt.

»Soll ich den Brief wieder in den Umschlag legen, Mama?«, fragte Charlotte.

»Zerreiß ihn«, sagte Lina.

»Ist ... ist er so schlimm?«, fragte Charlotte schockiert.

»Nein, er ist schön, aber alles, was ich damit anfangen kann, ist, ihn zu zerreißen. Albert würde das verstehen, glaub mir.«

Lina schloss die Augen. »Zerreiß ihn, Lotte, bitte.«

Sie lauschte auf das Geräusch zerreißenden Papiers, einmal, zweimal, dreimal. In schneeflockenkleine Stücke zerriss Charlotte den Brief.

Lina atmete tief. Jetzt war alles erledigt. »Ich möchte jetzt ein bisschen schlafen, mein Schatz.«

»Ja, Mama.« Charlotte entfernte das zusätzliche Kissen und gab ihrer Mutter einen sanften Kuss auf die Stirn. »Schlaf gut, Mama, träum was Schönes.«

Lina lächelte und schlief ein. Sie träumte etwas Schönes, genau wie Charlotte es ihr gewünscht hatte. Mitten in der Nacht wachte sie noch einmal auf. Karl lag neben ihr. Er war wach. Sie hörte es immer noch, ob er schlief oder ob er wach war. Weinte er?

»Karl?«

»Lina.« Es klang, als unterdrückte er ein Schluchzen. »Ich dachte, du schläfst.«

»Bald«, sagte Lina. »Wein nicht, Karl, und wenn, dann nur kurz. Bleib so, wie du bist. Unser Fels der Zuversicht.«

Seine Hand ergriff zitternd die ihre, er schob sich ganz nah an sie heran, schluchzte und versprach es ihr.

»Ich liebe dich so sehr, Karl, so sehr.«

»Und ich dich, Lina, mehr als alles auf der Welt.«

»Habe ich mich je richtig bei dir für mein schönes Leben bedankt?«

»Hab ich dir nicht immer schon gesagt, du sollst dich nicht ständig bedanken.«

Lina lachte leise.

»Du bist mein Glück, Lina, das wirst du immer bleiben.«

»Und du meins, Karl.«

Er beugte sich zu ihr und küsste sie.

»Ich bin müde, Karl.«

»Schlaf gut, meine Lina.«

Sie spürte seine Hand in ihrer, oder war es ihre Hand in seiner? Ihre beiden Hände waren eins, und so schlief sie ein und träumte ihren allerletzten Traum.

29

Bremen im April 1928

Alle ihre Lieben waren da. Ihre Kinder, ihre Enkel und ihr geliebter Mann. Auch August war gekommen, wie er es versprochen hatte, und noch jemand hatte es sich nicht nehmen lassen, die Verstorbene auf ihrem letzten Weg auf den Riensberger Friedhof zu begleiten. Gebrochen vor Trauer, hinkte Onkel Walter dem Sarg hinterher, den ganzen weiten Weg bis zu der Grabstelle, an der auch Oma Sophia ihre letzte Ruhestätte gefunden hatte.

Alle Freunde waren da, das Ehepaar Wolf, viele Nachbarn, und sogar Herrmann Sperling und seine Frau waren gekommen.

Charlotte und Ella stützten ihren Vater, der um Jahre gealtert war, als hätte Lina ein Stück seines Lebens mitgenommen, doch am Arm seiner Töchter hielt er sich wacker. Ihr Bruder Walter lief mit gesenktem Kopf hinter ihnen.

Martha Selchert trug ihre kleine Patentochter auf dem Arm, und August hielt seinen Sohn an der Hand. Still und langsam bewegte sich der Trauerzug, nicht einmal die Kinder machten den kleinsten Mucks.

Charlotte war, als bewegten sie sich durch eine fremde Welt, die nichts mit der Wirklichkeit zu tun hatte. Eine Welt, in der es ihre Mutter nicht mehr gab, konnte nicht wirklich sein.

Aber wenigstens hatte sie Abschied nehmen, hatte Zeit mit ihr verbringen dürfen, hatte ihr noch einmal ihre Enkel gezeigt. Die kleine Martha sah ganz genauso aus, wie ihre Großmutter als Kind ausgesehen hatte, das sagten alle, die Lina damals schon gekannt hatten. Das kastanienbraune Haar, die lebendigen und zugleich warmen braunen Augen. »Ganz die Lina«, sagte Onkel Walter jedes Mal, und Karl waren die Tränen in die Augen getreten, als er sie zum ersten Mal gesehen hatte. Immer wieder betrachtete er das Kind, in dem er seine Lina sah.

Sie hatten das Grab erreicht, ein letztes Ritual galt es noch zu überstehen, das schlimmste von allen. Der Pfarrer sagte ein paar Worte, dann ließen die Sargträger den Sarg hinab in die Grube.

Das war zu viel für Karl. Weinend sank er vor dem Grab auf die Knie. Unter sein Schluchzen mischten sich unverständliche Worte. Charlotte kniete sich neben ihn, umfing ihn mit ihren Armen und hörte, was er sagte.

»Tut mir leid, Lina, morgen bin ich wieder stark und der Alte, das verspreche ich dir. Nur jetzt nicht. Morgen bin ich wieder der Alte.«

»Papa!«, flüsterte Charlotte. »Mama versteht dich.«

Sie halfen ihm, sich wieder aufzurichten und den Weg zurückzulegen, nach Hause, wo es keine Lina mehr gab, aber wo sie unsichtbar anwesend sein würde, solange Karl lebte.

»Ich passe auf Papa auf«, versprach Ella. »Ganz bestimmt, du kannst dich auf mich verlassen.«

Das tat Charlotte, sie verließ sich auf Ella, die mittlerweile so erwachsen und verantwortungsbewusst geworden war, wie sie es nie für möglich gehalten hätte. Sie zeigte nicht das leiseste Bedürfnis, das Elternhaus zu verlassen oder sich allmählich nach einem Mann umzusehen. Wenn überhaupt, verbrachte sie außerhalb ihrer Arbeit bei der Post viel Zeit mit ihrer Freundin Martha. Charlotte hatte ein schlechtes Gewissen, die ganze Sorge um den Vater ihrer Schwester zu überlassen, doch sie hatte keine andere Wahl. Sie mussten wieder in die Pfalz zurück. August konnte seiner Arbeit nicht länger fernbleiben und Onkel Walter genauso wenig.

Ihr Vater saß auf dem Sofa, spielte mit seinen Enkeln und hatte dabei die größte Freude. »Ihr kommt den Opa bald wieder besuchen, nicht wahr«, sagte er zu den beiden. Der kleine Walter strahlte und nickte und meinte: »Dann darf ich aber auf den Apfelbaum klettern, stimmt's?«

»Stimmt, mein Junge. Bis ganz nach oben.« Karl lachte.

»Papa«, mahnte Charlotte. »Versprich ihm nicht so was, am Ende fällt er noch runter.«

»Du bist doch auch nicht runtergefallen«, erwiderte Karl.

»Mama ist auf den Apfelbaum geklettert?«, staunte Walter.

»Und ob«, sagte Karl. »Hat die Röcke hochgeschoben und festgesteckt, und los ging's, den Jungs hinterher.«

»Papa!« Charlotte konnte kaum ihr Schmunzeln unterdrücken, sie erinnerte sich noch gut an diese Zeiten. »Manchmal bin ich aber auch den Jungs vorausgeklettert«, betonte sie dann voller Stolz.

»Das kann ich mir lebhaft vorstellen«, meinte August.

»Du bist nicht so eine wilde Hummel, gell, Marthachen?«, sagte Karl zu seiner kleinen Enkelin, die gespannt die Unterhaltung verfolgt und immer wieder von einem zum anderen geschaut hatte. Jetzt schüttelte sie energisch den Kopf, und alle mussten lachen, bis das Lachen einmal mehr in Wehmut verebbte.

Lina fehlte. Sie würde weder Walter auf den Baum klettern sehen noch verfolgen, was aus Martha einmal werden würde. Und die Bitterkeit dieser Gedanken würde sie alle noch lange begleiten.

»Gut, dass ihr gekommen seid, mein Schatz«, sagte Karl und umarmte Charlotte. »Ihr habt deiner Mutter damit das schönste Geschenk gemacht.«

»Ich bin auch froh, Papa.«

»Sag Berta liebe Grüße, und sag ihr Danke.«

»Das mach ich.«

»Und du, Walter, grüß Bine von mir.«

Walter nickte.

Die Koffer waren gepackt, am nächsten Morgen ging es in die Pfalz.

»Du kommst wieder, nicht wahr, Lotte?«, bat Karl. »Notfalls bezahlen wir die Reise, aber du kommst wieder, versprich mir das.«

»Ich verspreche es, Papa.«

Bremen wieder zu verlassen fiel Charlotte schwerer, als sie je gedacht hätte. Sie hatte sich an das Leben in Mühlbach gewöhnt, an all die Beschwernisse, die es mit sich brachte, doch kaum dass sie Bremer Boden betreten hatte, hatte sie sich wieder zu Hause gefühlt. Sie hatte das Meer wiedergesehen, sie war wieder einmal in der Oper gewesen, durch die Stadt spaziert, vorbei an den vielen Läden und Cafés, und sie hatte es geliebt, ihre Kinder an alldem teilhaben zu lassen. Und ihr Vater ... er hatte in jeder freien Minute mit seinen Enkeln gespielt, hatte ihnen vorgelesen, ihnen Geschichten erzählt, hatte es so sehr genossen, wenn sich die kleine Martha eng an ihn geschmiegt und »Opa« gesagt hatte. Sie waren sein Trost gewesen, und jetzt? Was tröstete ihn jetzt?

»Mach dir keine Sorgen um mich, mein Schatz«, hatte er zu ihr gesagt. »Ich habe deiner Mutter ein Versprechen gegeben, und das werde ich halten. Das habe ich immer getan. Mach dir keine Sorgen.«

»Du hast Heimweh, nicht wahr?«, sagte August leise, während sie durch das Fenster ihres Abteils die Landschaft vorüberbrausen sah.

Charlotte biss sich auf die Lippe und nickte stumm. Die anderen schliefen. Onkel Walter mit seinem kleinen Namensvetter im Arm und Martha auf dem Schoß. Es war ein so schönes Bild. Ihr Vater hätte es sein sollen.

»Wir kommen wieder, ganz bestimmt«, sagte August und nahm sie in den Arm. »Oder du fährst mit den Kindern, wenn ich nicht wegkann. Das wird schon gehen.«

»Ich möchte dich aber nicht allein lassen.«

»Ich bin schon groß, Lotte.«

Sie lächelte, doch bevor sie es verhindern konnte, kullerte eine einzelne Träne über ihre Wange. Zärtlich strich August über ihr Gesicht und wischte sie weg.

»Es ist eine Schande, dass du nicht mehr als Geiger arbeiten kannst, deine Hände sind nicht gemacht für den Steinbruch«, sagte Lotte.

August verzog das Gesicht. »Vielleicht muss ich auch nicht mehr lange dort arbeiten.«

Charlotte war irritiert. »Was meinst du? Kannst du wieder einer Kapelle beitreten?«

»Nein, die Zeit der Wandermusikanten ist längst vorbei, aber wie es scheint, ist auch allmählich die Zeit der Steinbrüche vorbei.«

»Was?«

»Sie haben in letzter Zeit Leute entlassen, weil es immer weniger Aufträge gibt.« Er schnaubte. »Und natürlich auch, um der Gewerkschaft einen Vorgeschmack davon zu geben, was passieren wird, wenn sie endlich den Achtstundentag durchsetzen.«

»Wen haben sie entlassen? Auch Leute aus Mühlbach?«

»Hellmers Rudi.«

»Den Rudi?«

»Im Dorf haben sie schon spekuliert, dass der Bräune aus Rammelsbach dahintersteckt. Weil der Rudi unser bester Fußballer ist.«

»Was hat das denn damit zu tun?«

»Rudi hat die Rammelsbacher aus der Liga geschossen, und wenn er sich jetzt Arbeit suchen muss, hat er keine Zeit zu trainieren. Und in seiner Ehre ist er auch angeschlagen. Denken die. Dabei sitzt er jetzt dauernd in Leitners herum und verbringt zu viel Zeit mit den Idioten dort.«

Charlotte seufzte. »Da habe ich ja allerhand verpasst, wie es scheint.«

»Ja, in Mühlbach ist schon was los.«

In Altenglan am Bahnhof wartete eine Überraschung auf die Heimkehrer. Philipp holte wie vereinbart alle mit dem Wagen ab, nur mit seiner Begleitung hatte niemand gerechnet.

»Bine!«, rief Walter perplex.

Verlegen stand sie neben dem Wagen, zuckte mit den Schultern und meinte: »Ja, warum denn nicht.«

»Schön, dich zu sehen, Tante Bine«, sagte Charlotte und gab ihr einen Kuss auf die Wange.

»Mein Beileid, Lotte«, sagte Bine und umarmte ihre Nichte scheu. »Und ihr beiden Rabauken, wart ihr auch brav?«, wandte sie sich gleich darauf an die Kinder, die alles andere waren als Rabauken.

»Ja, waren wir«, sagte Walter ernst, seine kleine Schwester hielt er fest an der Hand, ganz der fürsorgliche große Bruder. Charlotte beobachtete, wie sich der große Walter einen Moment lang in diesem Anblick verlor und schluckte. Zweifellos erinnerte er ihn an sich selbst und seine kleine Schwester Lina.

»Guten Abend, Walter«, sagte Bine und streckte ihrem Mann die Hand hin.

»Guten Abend, Bine.«

Sie schüttelten einander die Hände. Hatten sie sich eigentlich je umarmt, fragte sich Charlotte flüchtig, sie kannte es nicht anders zwischen den beiden. Händeschütteln war das Äußerste an Zärtlichkeit, das sie einander schenkten.

Während der Fahrt nach Mühlbach erzählte Bine, was es alles Neues gab und dass der Doktor jetzt ein Automobil habe.

»Hast du eigentlich auch deinen Freund getroffen?«, fragte sie Walter beiläufig.

Walter fuhr herum. »Welchen Freund?«

»Anton. Deinen Brieffreund.«

»Nein«, sagte Walter hastig. »Nein, da gab es keine Gelegenheit. Leider«, fügte er noch hinzu und wandte sich ab.

»Das ist schade«, sagte Bine, dann schwieg sie.

Seit langer Zeit schon wusste Charlotte, dass Anton in Wahrheit Anna hieß und die große Liebe ihres Onkels war. Ihre Mutter hatte es ihr vor einigen Jahren erzählt und ihr das Versprechen abgenommen, dieses Wissen für sich zu behalten. Zum ersten Mal fragte sie sich, ob auch Bine zumindest ahnte, wer dieser Brieffreund in Wirklichkeit war.

»Mama, wo ist Opa?«, fragte Martha mit einem Mal.

»Marthachen, der Opa ist doch in Bremen«, erklärte August seiner Tochter, als Charlotte betroffen nach Worten suchte.

»Wir sind jetzt wieder daheim«, erklärte ihr der große Bruder. »Bei Oma Klara. In Mühlbach.«

Charlotte strich ihrem Sohn dankbar über sein braunes Haar. Daheim. War das wirklich hier? Oder war es doch Bremen?

Da spürte sie Augusts Arm um ihre Schultern, fühlte, wie er sie an sich drückte, als könnte er ihre Gedanken ahnen. Er wusste, wo er daheim war, er hatte fünf Jahre lang davon geträumt. Vielleicht war es ja die Sehnsucht, die einem zeigte, wo man wirklich zu Hause war. Hatte sie sich nicht nach August gesehnt, als sie getrennt waren? Und jetzt sehnte sie sich nach Bremen und den Menschen dort. Vielleicht konnte sie ja an beiden Orten daheim sein. Sie hätte gern mit ihrer Mutter darüber geredet, von ihr erfahren, wie sie das empfunden hatte, immer getrennt zu sein von Menschen, die man liebte, und Orten, die einem etwas bedeuteten. Sie hätte gern noch über vieles mit ihr gesprochen. Tagelang, nächtelang ...

»Da seid ihr ja. Gott sei Dank, ich habe euch vermisst!« Klara stand vor der Haustür und strahlte sie an. »Kinder!«, rief sie und schloss ihre beiden Enkel in die Arme. »August! Lotte! Kommt rein, ihr müsst müde sein. Und hungrig.«

Wie aufgeregt sie war. Hatte Klara geglaubt, dass Charlotte ihren August und die Kinder eines Tages mit nach Bremen nehmen würde? Charlotte hatte sich das nie gefragt, doch jetzt kam es ihr so vor, als hätte Klara insgeheim genau diese Befürchtung gehegt.

Sie trat auf ihre Schwiegermutter zu und nahm sie in die Arme. »Schön, wieder daheim zu sein, Klara«, sagte sie, und Klara atmete erleichtert auf.

30

Mühlbach im Sommer 1928

»August! Warte!« Philipp stieß das Tor zur Schreinerwerkstatt auf und rannte seinem Bruder, der eben von der Frühschicht kam, eilig hinterher. »Kommst du heute Abend mit in Brettschneiders Wirtschaft?«

»Was will ich denn da?«, fragte August. Er war müde und freute sich darauf, die Beine hochzulegen, ein bisschen mit Martha zu spielen, Walters Schulaufgaben zu bewundern und sich mit Lotte zu unterhalten. Vielleicht gesellte sich seine Mutter dazu und erzählte launig den neuesten Klatsch vom Gartenzaun. Ihre Nachbarin Ida Hennemann war gewissermaßen die Dorfpost und verteilte großzügig alle Nachrichten.

»Was du da willst? Das sag ich dir: Du willst wissen, was sich unser Bürgermeister ausgedacht hat«, erklärte Philipp. »Oder vielmehr: er und mein Meister und Brettschneiders Gustav.«

»Dann nehme ich an, du weißt es schon und könntest es mir einfach sagen.«

»Ja, das hättest du wohl gern«, lachte Philipp. »Geht aber nicht, und du verpasst etwas, wenn du nicht kommst. Halb Mühlbach wird da sein.«

August stöhnte. »Ich bin müde, Philipp.«

»Ich doch auch. Ich habe auch gearbeitet, ob du's glaubst oder nicht. Schau her, ich habe mir heute sogar fast den Finger abgesägt.« Er hielt August seinen linken Zeigefinger hin, auf dem ein roter Kratzer prangte.

»Abgesägt!«, höhnte August.

»War knapp.« Philipp grinste, doch dann wurde er ernst und sprach etwas leiser. »Hör zu, August, das wäre mal eine Gelegenheit, dich zu beteiligen und zu zeigen, dass du nicht nur hier wohnst, sondern dass du ein echter Mühlbacher bist.«

»Ach!« August blieb stehen und sah seinen Bruder wütend an. »Muss ich das jetzt beweisen?«

»Du musst gar nichts beweisen, wenn du nicht willst, du kannst dich auch weiterhin aus allem raushalten, aber denk auch mal an Lotte und die Kinder.«

»Ich halte mich nicht aus allem raus, ich bin im Gesangsverein«, betonte August. Er hörte selbst, wie albern das klang, noch dazu so, als wäre es ein großes Opfer.

»Du gehst in die Singstunde«, präzisierte Philipp, »und hinterher, wenn die anderen in Brettschneiders beisammensitzen, gehst du nach Hause. Du bist der Einzige, der musikalisches Talent besitzt, machst aber nichts daraus. Du könntest den Gesangsverein dirigieren oder Lieder aussuchen und einstudieren, aber nein, du singst und gehst nach Hause.«

»Du wiederholst dich.«

»Ja, aber anscheinend nicht oft genug.«

August presste die Zähne zusammen. Er hasste es, wenn sein jüngerer Bruder ihm Ratschläge erteilte. Auch wenn sich die beiden Brüder gut verstanden, war Philipp in vielerlei Hinsicht das Gegenteil von August: lebhafter, geselliger und angepasster, ohne dass er sich verbiegen musste.

»Ich meine es nur gut, August«, sagte er in einem versöhnlicheren Ton. »Komm oder komm nicht, das musst du wissen.« Und damit verschwand er wieder in der Werkstatt.

Als August zu Hause davon erzählte, hakte Klara sofort ein. »Ach ja, Ida hat das vorhin auch erwähnt. Die Männer treffen sich in Brettschneiders Wirtshaus.«

»Welche Männer? Alle?«, fragte August.

Klara zuckte mit den Schultern. »Was weiß ich. ›Die Männer‹, hat sie nur gesagt.«

»Dann meint sie wohl alle die, die sich im Dorf ein bisschen aufspielen wollen«, bemerkte August in verächtlichem Ton.

»Man könnte auch sagen, alle, die im Dorf mitreden wollen, und da ist ja grundsätzlich nichts dabei«, mischte sich Charlotte in die Unterhaltung, während sie am Küchentisch Wäsche zusammenlegte.

»Willst du damit etwa sagen, ich soll da hingehen?«

»Ich will damit sagen, dass Philipp recht hat: Es ist eine Gelegenheit. Vielleicht ist es nur dummes Zeug, was da beredet wird, irgendwas mit dem Fußballverein oder der Friedhofsordnung. Aber vielleicht geht es auch um etwas Wichtiges, und dann solltest du dabei sein.«

»Charlotte hat vollkommen recht, August.«

»Ich bin aber müde«, bäumte er sich noch einmal auf.

»Ich koche dir einen Kaffee«, sagte Charlotte. »Onkel Helmuth hat uns genügend mitgegeben.«

»Also schön«, seufzte August. »Kommst du mit?«

»Es war von den Männern die Rede«, erklärte Charlotte. »So fortschrittlich, dass wir Frauen mitreden dürfen, sind sie hier noch lange nicht, fürchte ich.«

»Ich hätte Lust, das zu überprüfen.«

Charlotte lachte und gab ihm einen Kuss. »Das ehrt dich, aber lieber ein andermal.«

Der Schankraum in Brettschneiders Wirtshaus war bis auf den letzten Platz besetzt, als August eintrat. Die Luft war geschwängert von blauem Dunst, der Geräuschpegel so hoch, dass er am liebsten sofort den Rückzug angetreten hätte. Gläser wurden knallend auf den Tischen abgestellt. Stimmen übertönten sich gegenseitig, als liefe ein Wettbewerb, wer am lautesten war und wen man am Ende noch verstehen konnte. Hennemanns Fritz hatte gute Karten, er war schon als Kind immer am lautesten gewesen, außer wenn er in der Schule aufgerufen wurde.

»August!«, brüllte Philipp von einem Tisch weiter vorn quer durch den Raum und winkte seinen Bruder heran. »Du bist ja doch noch gekommen. Setz dich zu uns.« Er rückte ein Stück zur Seite, sodass sich August zwischen ihm und Schreiners Hans, der ihm beiläufig die Hand reichte, niederlassen konnte. Vorn neben der Theke standen dessen Vater, der Schreiner, Gustav Brettschneider, der Wirt und der Bürgermeister Pirin Ganter, der genau wie Herbert Völker und Friedhelm Leitner als Kriegsversehrter im Altenglaner Lazarett gelandet und hinterher in Mühlbach hängen geblieben war. Leitner wegen Arnolds Wirtshaus, die anderen beiden wegen einer Frau. Allerdings trauerte Ganter nicht wie die anderen beiden dem Krieg hinterher, sondern war ein nach vorn gewandter, energischer Mann, mischte überall mit und hatte sich so beliebt gemacht, dass man ihn im Jahr zuvor zum Bürgermeister gewählt hatte.

Jetzt stellte er sich breitbeinig hin und hob beide Arme in die Luft, was genügte, um nach und nach Ruhe einkehren zu lassen.

»Mühlbacher!«, rief er. »Wir haben uns heute hier versammelt, um etwas für das Dorf in Gang zu setzen, was schon längst überfällig ist.«

»Jeden Sonntag Freibier für alle«, rief Josef Spitzer, ein klein gewachsener junger Mann mit einem recht einfältigen, aber stets heiteren Gemüt.

Die ganze Wirtschaft lachte über seine Bemerkung, und Josef freute sich über den gelungenen Scherz.

»Nein, leider nicht«, rief der Wirt in das Gejohle hinein, »aber wenn wir erst geschafft haben, weswegen wir heute hier sind, dann gibt es an dem Tag Freibier für ganz Mühlbach, da wird gefeiert, dass man es noch bis nach Rutsweiler und Altenglan hört.«

»Und vor allem bis nach Theisbergstegen«, fügte der Schreiner mit einem ulkigen Feixen hinzu, das sich sogleich auf seine beiden Kollegen übertrug. Drei erwachsene stattliche Männer standen da vorn und freuten sich wie drei Schuljungen über einen gelungenen Streich. Die Menge gab Ruhe, allmählich wurden die Leute neugierig.

Ganters Augen leuchteten voller Vorfreude. Er rieb sich die Hände, dann ballte er die Fäuste, wie einer, der gleich losrennen wollte und nur noch auf den Startschuss wartete.

»Mühlbacher«, sagte er feierlich. »Wir bauen uns eine Kirche.«

Stille.

Der Wirt und der Schreiner blickten mit verwirrten Mienen umher, das Strahlen im Gesicht des Bürgermeisters fror ein. Kraftlos öffneten sich seine Fäuste, und auf seinen emporgestreckten großen Handtellern präsentierte er ihnen ein weiteres Mal die gute Nachricht.

»Eine Kirche! Versteht ihr? Hier in Mühlbach. Keiner muss dann mehr am Sonntag den weiten Weg nach Theisbergstegen laufen, alte Leute, Gehbehinderte, Kinder, alle können hier zur Kirche gehen. An Weihnachten, an Ostern, jeden Sonntag. Hier in Mühlbach.«

Langsam regte sich die Menge, begann leise zu murmeln, unsicher, wie man dieser Idee gegenüberstehen sollte, nur Josef nutzte die Gelegenheit, ein weiteres Mal seinen Scherz anzubringen. »Und bei der Einweihung gibt's Freibier«, rief er lachend.

»Ja, dann gibt's Freibier«, versprach ihm der Wirt, erleichtert, dass wenigstens einer auf die Eröffnung mit der erwarteten Begeisterung antwortete, wenn es auch nur der tumbe Josef war.

»Aber so weit sind wir noch lange nicht«, ließ sich der große, dicke Ottmar Ohliger vernehmen. Er hatte seinerzeit Heinrichs Nachfolge als Knecht auf Theobalds Hof angetreten. Adolf Geis, der neue Bauer, saß mit verschränkten Armen neben ihm. »Wer soll das denn bezahlen?«, wollte er wissen.

Einige Männer nickten und verschränkten ebenfalls die Arme.

»Guter Punkt, Adolf!«, sagte Bürgermeister Ganter. »Dazu wollte ich gerade kommen. Zur Finanzierung. Wir gründen nämlich einen Verein. Einen Verein zum Bau der Kirche. Einen Kirchenbauverein sozusagen. Die Mitglieder kümmern sich um die Planung und haben volles Mitspracherecht in allen Belangen, dafür müssen sie im Monat lediglich fünfzig Pfennig beisteuern, das ist nicht viel.«

»Wenn man keine Arbeit hat, schon«, meinte Fritz Hennemann.

»Aber du hast doch Arbeit, Fritz«, fuhr ihn Schreiners Hans an. »Und wer keine Arbeit hat, könnte einfach mit seinem Beitrag eine Weile aussetzen, oder?«, schlug er vor.

»Gute Idee, mein Junge«, lobte ihn sein Vater.

»Stellt euch vor, ihr kommt heute Abend nach Hause und könnt euren Frauen und Müttern und Kindern sagen, dass sie eine Kirche bekommen. Eine schöne Kirche. Eine ... die schönste Kirche im ganzen Kreis«, überschlug sich Ganter mit seinen Argumenten. »Was sagt ihr? Wer ist dabei?«

Erneut herrschte Stille im Raum, die Mühlbacher Männer zeigten sich mit dieser Aufforderung zur Spontaneität restlos überfordert. Nachdem sich eine ganze Weile lang keiner gemeldet hatte und Ganters Mundwinkel immer weiter Richtung Boden wanderten, ging plötzlich eine Hand hoch.

»Ich bin dabei«, sagte August. Auch ohne sich groß im Raum umzusehen, spürte er förmlich die erstaunten Blicke.

»Ich auch«, meldete sich sein Bruder.

Josef Spitzers Arm schoss in die Höhe. Danach der des Metzgers, der des Bäckers und der Arm von Willi Lehnert. Schreiners Hans hob lässig seine Hand und schließlich auch Fritz Hennemann.

»Ich bin auch dabei«, kam es aus einer Ecke ganz hinten, in der sich Herbert Völker verborgen hielt. Es war sicher das erste Mal, dass Leitners Stammgast das neue Wirtshaus betreten hatte. Nun hob auch Adolf Geis die Hand, und einige weitere Männer aus seinem Umkreis zogen nach.

»Ich würde ja fünfzig Pfennig spenden, aber ich habe keine Zeit, mich zu beteiligen«, sagte ein Mann namens Schlohfuchs. »Ich arbeite den ganzen Tag und bin in der Gewerkschaft aktiv, und ich habe Vieh und ...«

»Das ist gar kein Problem«, unterbrach ihn Ganter rasch. »Wir sind natürlich dankbar für alle Spenden, ihr müsst nicht mitarbeiten oder an den Sitzungen teilnehmen, wenn euch dafür die Zeit oder die Möglichkeit fehlt. Natürlich freuen wir uns über aktive Vereinsmitglieder, aber Spenden sind ganz genauso wichtig und sehr willkommen.«

»Wie ist denn der Verein organisiert?«, fragte August. »Und wie findet die Planung statt? Oder habt ihr schon alles geplant?«

Philipp warf seinem Bruder einen verblüfften Seitenblick zu und grinste.

»Gute Frage, August!«, lobte ihn Ganter. »Ich denke, wir – also, die Vereinsmitglieder, die sich beteiligen möchten, sollten sich regelmäßig treffen, um alle offenen Fragen zu besprechen, den Platz für die Kirche zum Beispiel und die weitere Finanzierung. Wir müssen den Pfarrer mit ins Boot holen, und wir hoffen natürlich, dass uns die Kirchenleitung unterstützt.«

»Die Theisbergsteger werden jedenfalls froh sein, wenn sie uns los sind und sich nicht mehr mit den Mühlbachern in die Bänke quetschen müssen«, meinte Bäcker Schwan und erhielt als Antwort zustimmendes Gelächter.

»Gut, dann müsst ihr euch nur noch hier in die Mitgliederliste eintragen«, erklärte Ganter, »die fünfzig Pfennig könnt ihr auch morgen noch zahlen. Schatzmeister ist der Brettschneider. Wenn ihr bei der nächsten Besprechung dabei sein wollt, macht bitte ein Kreuz hinter euren Namen.«

Nach und nach erhoben sich fast alle Männer und trugen sich in die Liste ein. Hans, Philipp und August machten den Anfang.

»Noch ein Bier, August?«, fragte Hans. »Ich lade euch beide ein.« Er zwinkerte. »Oder mein Vater lädt euch ein.«

August lehnte dankend ab und wollte sich verabschieden. »Mensch, August!« Sein Bruder stieß ihn kameradschaftlich in die Seite. »Jetzt hast du gerade solche Fortschritte in puncto Geselligkeit gemacht, ein Bier würde das Ganze noch unterstreichen.«

August dachte an Lotte, sah sie im Geiste aufmunternd nicken und willigte seufzend ein.

»Und beim nächsten Mal«, raunte ihm Philipp zu, als sie wieder an ihrem Tisch saßen, »verzichtest du auf den Staatsanzug mit Weste und Krawatte.«

August trank sein Bier, wischte sich den Mund ab und entgegnete schmunzelnd: »Niemals!«

Später als er vorgehabt hatte, kam er nach Hause. Ein paar Stunden Schlaf mussten reichen, um Kraft für einen ganzen Tag schwerer Arbeit im Steinbruch zu sammeln. Und doch hatte er das Gefühl, der Abend habe sich gelohnt. Eine Stunde hatte er noch mit Hans und Philipp beisammengesessen, Hans' Vater war dazugekommen, Bäcker Schwan und auch der Geis. Lauter Männer, mit denen er sich noch nie unterhalten hatte. Sie hatten nichts gemeinsam, absolut nichts, doch nun hatten sie ein gemeinsames Ziel: eine Kirche für Mühlbach. Wie sollte das gehen, überlegten sie zusammen und zweifelten daran. Und doch waren sich alle einig, dass sie es versuchen wollten. Schön wäre es schon, träumten sie. Man verabschiedete sich mit Handschlag. »Bis zum nächsten Mal!«, hieß es. Sie alle hatten ein Kreuz hinter ihren Namen gemacht, auch August.

»Wie war es?«, fragte Lotte, die schon im Nachthemd war.

»Wir bauen eine Kirche«, sagte August.

»Was? Wer wir?«

»Wir. Die Mühlbacher. Wir alle.«

»Eine Kirche?«

»Ja, stell dir vor.« Er fühlte sich direkt ein bisschen stolz.

»Und wo soll die hin, diese Kirche?«

»Das wissen wir noch nicht.«

Charlotte lächelte. »Aber ich weiß es«, sagte sie. »Ich weiß es ganz genau: oben am Hüttenwald, da, wo der alte Steinbruch ist.«

August lachte. »Lotte, du hast es gerade selbst gesagt: Da ist der alte Steinbruch.«

»Ja, aber der kann doch weg.«

»Weißt du was«, er nahm sie an der Hand, »wir gehen jetzt ins Bett, und wenn du möchtest, erkläre ich dir mal etwas übers Steinebrechen und wie lange das dauert und wie viele Männer man braucht, um eine dicke, große Felswand abzutragen, besonders an einem Ort, an dem jede Sprengung ausgeschlossen ist.«

Lotte nickte, aber offenbar hörte sie ihm nicht richtig zu. »Glaub mir, August«, sagte sie verträumt. »Eine Kirche da oben am Hüttenwald über Mühlbach, das wäre wunderbar.«

31

Zwei Jahre später
Mühlbach, im September 1930

»Die Nazis sind auf dem Vormarsch«, sagte der Schreiner mit düsterer Miene. Sechs Männer des Kirchenbauvereins saßen in Brettschneiders Wirtshaus zusammen: August, der Schreiner und sein Sohn Hans, Schlohfuchs, der, nachdem er arbeitslos geworden war, Zeit genug hatte, sich aktiv zu beteiligen, Bürgermeister Ganter und natürlich der Wirt. Während sie auf den Rest der Versammlung warteten, kam die Sprache auf das Ergebnis der Wahlen zum Reichstag.

»Nicht bei uns«, trumpfte Schlohfuchs auf, pustete blauen Rauch aus und fügte den Zigarettenstummeln im Aschenbecher einen weiteren hinzu. »Mühlbach ist links, und dabei bleibt es auch.«

»Das wollen wir doch mal abwarten«, sagte Bauer Geis, der gerade das Wirtshaus betrat und als Nächster zu der Gruppe stieß.

»Sieben Prozent habt ihr. Sieben!«, höhnte Schlohfuchs und steckte sich die nächste Zigarette an.

»Überall sonst hat die NSDAP zugelegt«, betonte Geis. »Und zwar weil Hitler der Einzige ist, der den Schlamassel letztes Jahr vorausgesagt hat und weiß, wie es wieder aufwärtsgeht. Die Wirtschaft bricht zusammen, das erleben wir doch gerade. Und wer ist schuld?« Er ließ sich schwer auf einen Stuhl plumpsen und riss die Augen auf, als erwartete er die einzig richtige Antwort.

»Schlamassel kommt übrigens aus dem Jiddischen«, erklärte Hans ruhig und ohne eine Miene zu verziehen. »Solltest auf deine Wortwahl achten, Geis, nicht dass deine Kameraden noch sonst was von dir denken.«

»Wir wollen uns doch jetzt nicht über Politik streiten«, ging Ganter dazwischen. »Wir haben weiß Gott Wichtigeres zu besprechen.«

Die Tür zum Wirtshaus ging erneut auf, und weitere Vereinsmitglieder traten ein, darunter Herbert Völker, Bäcker Schwan, Willi Lehnert und sein einäugiger Geselle Werner Luitpold.

»Ein Bier, Gustav«, bestellte Schwan und ließ sich auf den Stuhl neben August fallen. »Na? Noch nicht entlassen?«

»Noch nicht«, sagte August.

»Kommt noch.«

»Wahrscheinlich.«

»Wir wollen auch nicht über die Entlassungen im Steinbruch reden«, ließ sich Ganter erneut vernehmen.

»Ich meine es nicht bös«, sagte Schwan, »ich höre nur ständig, den haben sie entlassen und den und den. Wenn das so weitergeht, ist die ganze Gegend bald arbeitslos.«

»Tja, hättet ihr mal was anderes gewählt«, sagte Geis. »Die Linken helfen euch da nicht.«

»Ja, und dein Hitler kann zaubern, was?«, fuhr ihn Schlohfuchs an.

»Männer!«, erhob Ganter seine mahnende Stimme, diesmal etwas lauter. »Jetzt lasst uns mit der Besprechung anfangen.«

Die Besprechung. Seit zwei Jahren kamen sie in unregelmäßigen Abständen zusammen und besprachen, wie es mit der Kirche weitergehen sollte. Der Elan vom Anfang war versiegt und der Erkenntnis gewichen, dass das Unterfangen mehr verlangte als den guten Willen der Dorfleute. Geld war dabei das Wichtigste. Durch die Vereinsbeiträge kam bei Weitem nicht genug zusammen, um aus den Luftschlössern konkrete Pläne werden zu lassen. Hinzu kam, und das war ein wesentlicher Hinderungsgrund, dass dem Dorf die Unterstützung durch den Pfarrer versagt blieb.

»Wozu?«, hatte der mit völligem Unverständnis gefragt und so mit einem einzigen Wort die Hoffnung der Mühlbacher auf finanzielle Unterstützung durch die Kirchenregierung zunichtegemacht. Wenn nicht einmal der Pfarrer sich dafür verwendete, was wollte man da noch machen?

Trotzdem saßen die Männer alle paar Wochen in Brettschneiders Wirtschaft zusammen, stritten sich über Politik und das Leben, über die Arbeit, von der es in der Gegend immer weniger gab, diskutierten über den richtigen Umgang mit Rindviechern oder aufsässigen Hähnen, darüber, wann der beste Zeitpunkt zum Düngen war und ob nun der Gesangsverein oder etwa der Fußballverein wichtiger für Mühlbachs Ansehen im Umkreis war. Über die Kirche wurde auch noch geredet, das schon, aber es fühlte sich mehr denn je an wie eine Illusion, die ohnehin nie wahr werden würde. Allerdings gestanden sie sich das nicht ein, denn warum hätten sie sich dann noch treffen sollen? Wenigstens hatten sie darüber nachgedacht, wo die Kirche stehen sollte. August hatte Charlottes Vorschlag erwähnt, und zunächst hatten alle träumerisch in die Luft geschaut, die Augen ganz schmal gemacht, als würden sie es schon vor sich sehen, und hatten genickt. Ja, das wäre ein schöner Platz. Unmöglich natürlich, denn der alte Gemeindesteinbruch war ja im Weg, Felsen, Berge von Steinen und Schutt. Und selbst wenn, wie sollte man dahin kommen, die alten Leute, es gab ja keinen richtigen Weg dorthinauf. Es hatte andere Vorschläge gegeben, und immer wieder waren sie verworfen worden. Und wenn die Mühlbacher am Sonntag nach Theisbergstegen pilgerten, eine Dreiviertelstunde hin und eine Dreiviertelstunde zurück, dann saßen sie eng gedrängt in den Kirchenbänken und warfen dem Pfarrer giftige Blicke zu.

»Heute habe ich für ein Furunkel an seinem Hintern gebetet«, hatte Josef Spitzer August und Charlotte anvertraut, während sie gemeinsam den Heimweg antraten.

»Das ist aber nicht nett, Josef«, hatte ihn Charlotte gerügt.

»Ich finde, ein Furunkel an seinem Hintern wäre die angemessene Strafe dafür, dass er so ein fauler Hund ist. Der will einfach keine zwei Gottesdienste abhalten. Dabei hat der sogar ein Fahrrad und müsste nicht mal laufen.«

Ob Josefs Gebet erhört worden war oder nicht, war leider nicht herauszufinden, aber offensichtlich hatte der liebe Gott dennoch ein Einsehen und half auf andere Weise.

»Es gibt Neuigkeiten«, sagte Ganter, als schließlich alle da waren. Aufgeregt blickte er in die Runde.

»Mach's nicht so spannend, Pirin«, drängte der Schreiner.

»Der Pfarrer wird versetzt«, sagte Ganter und wartete auf die Reaktion der Männer, und als die – wieder einmal – nicht unmittelbar einsetzte, wurde er deutlicher. »Wir bekommen einen neuen Pfarrer. Ei-nen neu-en Pfarrer!«

August musste schmunzeln, als er Ganter beobachtete, wie der sich konsterniert umsah, weil das erwartete Freudengeschrei ausblieb. Zwar lebte Ganter schon seit etlichen Jahren im Dorf, doch die stoische und bodenständige Mentalität der Einwohner hatte er immer noch nicht begriffen. Es dauerte immer eine Weile, bis man sich auf Veränderungen einstellte, auch wenn sie noch so erfreulich waren. Jubelausbrüche und Ekstase kannte man hier nicht. Ein neuer Pfarrer? Der war ja noch nicht da. Und wenn er käme, dann würde man sich das anschauen. Vielleicht war der ja auch nicht besser als der alte.

Ein leises Gemurmel und unbeeindruckte Blicke, damit musste sich Ganter einstweilen zufriedengeben.

Der Wirt verteilte gerade noch ein paar Bier, als die Tür aufging, obwohl außen ein Schild aufgehängt war: Geschlossen wegen Vereinssitzung.

Herein kam ein Unbekannter. Ein schlanker Mann mittleren Alters mit grauen strubbeligen Strohhaaren und einem schmalen Gesicht, in dem die blassblauen Augen ein wenig zu groß wirkten. Er trug eine dicke Jacke und einen großen Seesack auf dem Rücken.

»Mer hann zu«, rief ihm der Wirt in breitestem Pfälzisch entgegen. Augenblicklich erstrahlte in dem Gesicht des Mannes ein großes, herzliches Lächeln. Unzählige kleine Fältchen bildeten einen Strahlenkranz um seine Augen.

August erhob sich, fassungslos. Er konnte nicht glauben, wer da gerade in Brettschneiders Wirtschaft gestolpert war, aber er war es, unverkennbar, gleich würde er sich auf die Hände stellen und kopfüber durch den Raum marschieren.

»Anton?«

»August!«

August hatte keine Worte. Es war tatsächlich niemand anderes als Anton Frede, der Artist, sein bester Freund aus Knockaloe. Er hatte nicht geglaubt, ihn je wiederzusehen, und jetzt stand er leibhaftig vor ihm. Älter, grau und gezeichnet vom Leben nach fast zwölf Jahren, die seither vergangen waren, doch noch immer mit dieser unvergleichlichen Heiterkeit, die er nie zu verlieren schien.

»Ich dachte, ich komme mal vorbei«, sagte er schlicht. Da fielen sich die alten Freunde in die Arme.

»Einen schönen Dialekt habt ihr hier«, meinte Anton. »Hab ich nie so richtig an dir bemerkt.«

»Woher wusstest du, dass ich hier bin?«, fragte August. Ihm war klar, dass alle Kirchenbauvereinsmitglieder am Tisch hellhörig wurden, als er plötzlich anfing, Hochdeutsch zu sprechen.

»Von deiner Frau, die war zu Hause, und falls du jetzt wissen möchtest, wie ich euer Haus gefunden habe: Ich habe mich durchgefragt. Deine Frau hat mir vorgeschlagen, bei euch daheim zu warten und dich zu überraschen, aber ich dachte, ich blamier dich noch ein bisschen mehr, als ich es ohnehin schon durch meine Fragerei getan habe.«

August lachte. »Darf ich vorstellen«, wandte er sich an die Runde am Tisch, »mein alter Freund Anton Frede. Wir waren zusammen im Gefangenenlager in England.«

»Aha.« – »Ach so.« – »Guten Abend.« Die Reaktionen waren in etwa so lebhaft wie die auf den angekündigten neuen Pfarrer.

»Setzen Sie sich doch zu uns«, lud ihn Ganter freundlich ein und bemühte sich um einigermaßen verständliches Hochdeutsch, was August sehr nett fand.

»Nein danke, Pirin, ich glaube, wir gehen zu mir nach Hause. Ich höre ja morgen in der Singstunde, was ihr noch besprochen habt, nicht wahr, Schlohfuchs?«

»Ei allemol!«

August legte seinen Arm um Anton und ging mit ihm nach draußen.

»Ei allemol!«, wiederholte Anton draußen vor der Tür und grinste.

»Ich sehe, Sie haben ihn gefunden«, lachte Charlotte, als August mit Anton eintrat.

»Hab ich. Das Dorf ist ja zum Glück nicht sehr groß.«

»Nein, ist es nicht«, stimmte Charlotte zu.

»Schlafen die Kinder schon?«, fragte August.

»Ja, schon eine ganze Weile«, sagte Charlotte. »Ihr habt sicher beide Hunger, oder? Wir haben noch Bratkartoffeln, die kann ich wärmen. Und dazu ein paar Eier.«

»Machen Sie sich mal meinetwegen keine Umstände, Frau Schönborn.«

»Lotte«, verbesserte ihn Charlotte.

»Ja, also in dem Fall bin ich Anton.«

Charlotte nickte und machte sich am Herd zu schaffen.

»Du bleibst doch heute Nacht hier, oder nicht?«, fragte August.

»Wenn ihr noch ein Plätzchen für mich habt, gern. Morgen früh muss ich weiter.«

»Dann ist es ja gut, dass ich morgen Spätschicht habe.«

»Spätschicht?«, wiederholte Anton.

»Ja, ich arbeite jetzt im Steinbruch. Mit Musikmachen ist nichts mehr.«

»Verstehe. Mit Zirkus auch nicht.«

»Setz dich doch. Lotte, ist meine Mutter gar nicht da?«

»Sie ist drüben in Hennemanns zum Majen.«

»Majen?«, fragte Anton.

»So nennt man das hier, wenn man sich gegenseitig auf einen Schwatz besucht.«

»Nette Wörter habt ihr. Und wie sieht's mit deinem Englisch aus? Alles wieder verlernt?«

»Von wegen. Ich schreibe mir immer noch mit dem alten Henderson. Und ich lese nach wie vor *Tom Sawyer*. Ich will es auf keinen Fall verlernen. Mir fehlen nur die Leute zum Reden.«

»Du bist mir einer, August.«

Charlotte drehte sich schmunzelnd zu Anton um und ging nach unten in den Keller.

»Das ist also deine Lotte«, sagte Anton.

»Das ist meine Lotte«, sagte August. »Damals war sie das allerdings noch nicht.«

»War sie doch«, behauptete Anton.

August zuckte lächelnd die Schultern. »Ja, vielleicht war sie es. Auf jeden Fall ist sie es geworden, kaum war ich wieder zurück. Und dann war unser Junge unterwegs, und wir haben geheiratet, und sie ist in die Pfalz gezogen, und vor vier Jahren kam unsere Kleine dazu.«

»Und du hast ein schlechtes Gewissen, weil du sie aus der großen Stadt weggeholt hast in diese Einöde, stimmt's?«

»Woher weißt du das?«

»Ich kenne dich, August. Wir haben über drei Jahre Tag für Tag miteinander verbracht, denkst du, da ist mir entgangen, was für ein Mensch du bist?«

August kämpfte einen Moment lang mit seiner Fassung, denn erst jetzt wurde er sich bewusst, wie sehr er das vermisst hatte: einen Freund, der ihn so gut kannte, dass er nichts erklären musste. Natürlich hatte er Lotte. Mit ihr als seiner besten Freundin hätte er über diese Dinge reden können, über sein schlechtes Gewissen, mit ihr als seiner Frau konnte er es nicht.

»Ich versuche, es ihr hier so schön wie möglich zu machen«, erklärte er, »aber das ist nicht leicht, und es wird immer schwerer. Die Hälfte der Leute aus dem Steinbruch wurde schon entlassen, und die andere Hälfte ist auch bald dran. Es dauert nicht mehr lange, dann bin ich arbeitslos, und wir können uns kaum noch das Nötigste leisten.«

»Was war das für eine Versammlung da unten im Wirtshaus?«

»Das waren die Männer vom Kirchenbauverein, ich gehöre dazu.

Ich gehöre auch zum Gesangsverein. Ich gebe mir Mühe, ein echter Mühlbacher zu sein, damit Lotte auch eine echte Mühlbacherin sein kann.«

»Aber das seid ihr beide nicht, was?«

»Ich bin einer, der den Krieg nur vom Hörensagen kennt, und sie ist eine Städterin, keine vom Land, so sehen die Leute das.« August blickte finster zu Boden.

Anton beugte sich vor. »Schick doch einfach deine Mühlbacher für vier Jahre nach Knockaloe hinter Stacheldraht, mal sehen, ob sie dann noch genauso denken.«

August lachte schnaubend, dann seufzte er. »Es wird besser, ganz allmählich. Braucht eben alles sehr lange hier. Dieser Kirchenbau könnte einiges zum Besseren wenden.«

Charlotte kam zurück mit einem Glas eingemachten Gurken und sechs Eiern. »Ganz frisch«, sagte sie zu Anton. »Das ist der Vorteil hier. Wir kennen die Hühner persönlich.«

Während Charlotte die Eier briet, schwiegen die beiden Männer und schauten ihr zu.

»Du musst unsere Kinder noch kennenlernen«, sagte August. In diesem Moment ging die Tür auf, und Klara kam herein. »Und meine Mutter natürlich. Mama, schau, das ist mein guter Freund Anton. Ich hab dir doch schon so viel von ihm erzählt.«

»Ach du liebe Zeit!«, sagte sie. »Das ist ja eine Freude. Bleiben Sie ein Weilchen bei uns?«

»Nein, Frau Schönborn, ich bin nur auf der Durchreise.«

»Wohin eigentlich?«, fragte August. Charlotte stellte den Männern zwei reichlich gefüllte Teller hin.

»Nach Amerika«, sagte Anton.

»Wie bitte?«

Anton lachte über Augusts verblüffte Miene. »Ich glaube, wir sollten das gute Essen nicht kalt werden lassen.«

Charlotte und Klara setzten sich mit einer Tasse Tee dazu.

»Das war ganz köstlich«, sagte Anton, als er die Gabel auf den leeren Teller legte.

»Du gehst also nach Amerika?«, knüpfte August unmittelbar an seine Frage an, nachdem er seinen Teller zur Seite gestellt hatte.

»Es ist eigentlich nicht so sehr *nach* Amerika, sondern *weg* von Deutschland«, betonte Anton.

»Und weshalb?«, wollte Charlotte wissen.

»Weil ich nicht mehr in diesem Land leben will.«

»Was meinst du damit?«

»Die Nationalsozialisten«, sagte Anton. »Noch haben sie nicht gewonnen, aber dieser Hitler ist ein Wahnsinniger, der will die Macht, unbedingt, und wird sie irgendwann bekommen. Und was er damit vorhat, kann man alles genau nachlesen.«

»Das glaub ich nicht«, sagte August. »Hier auf dem Land zum Beispiel hat er zwar auch eine Handvoll Anhänger, aber die meisten wählen links, egal, ob halb links oder ganz links. Die machen sich über Hitler und seine Partei nur lustig.«

»Da ist nichts lustig, August, glaub mir, gar nichts. Ich und mein Bruder, wir haben wieder als Artisten gearbeitet, nachdem wir aus England zurückgekehrt waren. Wir sind viel herumgekommen und haben gesehen, wie es über die Jahre hinweg immer schlimmer geworden ist, die Schlägertrupps der Nazis wüten mittlerweile ganz offen, und keiner hält sie auf, weil auch schon die Polizei infiziert ist und die Gerichte. Einen Kollegen haben sie zusammengeschlagen, weil er Zigeuner ist. Hat keinen interessiert. Vor allem Juden werden immer öfter drangsaliert.«

»Mein Vater hat das auch geschrieben«, sagte Charlotte. »Er hat einen alten Freund, Itzhak Roth, einen Tabakhändler. Sie haben schon ein paarmal seine Ladentür und seine Scheiben beschmiert.«

»Davon hast du mir ja gar nichts erzählt«, sagte August.

»Aber ich habe dir erzählt, welchen Ärger sein Sohn Aaron als Anwalt in München hat.«

»Ja, das stimmt.«

»Möglich, dass man das alles auf dem Land nicht so mitbekommt«, sagte Anton, »aber in den Städten wird es immer übler.

Und irgendwann ist diese Verbrecherbande an der Regierung, und dann ist Weltuntergang in Deutschland.«

Er zuckte mit den Schultern, machte in der nächsten Sekunde eine seiner typischen clownesken Grimassen und meinte: »Und das schau ich mir lieber aus der Ferne an.«

»Ich glaube nicht, dass es so schlimm wird«, erwiderte August.

»Die Leute sind doch nicht dumm«, meinte Klara.

»Aber arbeitslos«, warf Charlotte ein. »Vielen geht es schlecht, und Hitler verspricht ihnen den Aufschwung.«

»Versprechen kann man viel«, entgegnete August. »Und selbst wenn er gewählt würde, wir haben eine Demokratie, da kann einer allein nicht machen, was er will.«

Antons zweifelndes Lächeln sprach Bände. »Hoffen wir's. Jedenfalls dachte ich mir: Versuch's doch mal im Land der unbegrenzten Möglichkeiten. Mein Bruder hat geheiratet und ist sesshaft geworden, das ist langweilig. Sesshaft war ich jahrelang in Knockaloe.«

»Immer in Bewegung bleiben«, sagte August in Erinnerung an Antons alten Rat.

Anton wurde wieder ernst. »Heute würde ich eher sagen: Immer wach bleiben.« Sein Grinsen kehrte zurück. »Jedenfalls wollte ich, bevor ich meine Zelte hier abbreche, noch einmal nachsehen, was mein alter Freund so treibt. Ob er auch die richtige Frau genommen hat und nicht die falsche.« Er zwinkerte Charlotte zu. »Hat er offensichtlich.«

»Ach, Anton«, murmelte August gerührt. »Wir hätten uns schon längst wiedersehen sollen.«

»Da hast du recht. Ich gebe mir die Schuld, ich bin immer umhergezogen, wie will man mich da finden? Andererseits«, er verzog das Gesicht, »dieses Dorf ist so winzig, winzig, winzig klein, das findet man auch nicht gerade ohne Lupe.« Charlotte, August und Klara lachten.

Sie saßen noch eine Weile zusammen, redeten über angenehmere Themen als Politik und lachten ausgelassen über Antons Scherze. Er war ganz der Alte geblieben, mit Herz und Humor.

Am nächsten Tag begrüßte er die beiden Kinder, machte mit ihnen seine Späße, bestärkte Walter darin, ebenfalls Clown statt Seefahrer zu werden, und nannte Martha »kleine Prinzessin«, was das Mädchen zum Strahlen brachte.

Schließlich stand er mit gepacktem Seesack vor der Haustür, reichte Charlotte und Klara die Hand und umarmte August.

»Ich schreibe dir, August«, sagte Anton. »Wir schreiben uns auf Englisch, was hältst du davon? Dann bleibst du im Training, und ich lerne es endlich einmal besser. Und eines Tages werde ich Millionär, dann lade ich euch ein, und ihr kommt zu mir über den großen Teich. Zum Dank dafür macht Lotte Bratkartoffeln mit Eiern, die essen wir bei Sonnenuntergang auf der riesigen Terrasse vor meinem Haus am Meer. Das wird schön.«

»Ja, Anton, das wird schön«, sagte August und umarmte seinen Freund ein allerletztes Mal.

32

Mühlbach, 1931

Der neue Pfarrer kam im Februar, und es dauerte keine Woche, da nahm er auch schon an der ersten Sitzung des Mühlbacher Kirchenbauvereins teil. Pfarrer Warth war ein zupackender, pragmatisch denkender Mann, wie sich herausstellte, der – oh Wunder! – von der Idee der Mühlbacher begeistert war. Doch er hatte Fragen: Wie man sich das denn gedacht habe. Welche Geldmittel man zur Verfügung habe.

Der Verein hatte keine Antworten, keine befriedigenden jedenfalls. Das Geld war knapp und wurde immer knapper, nachdem auch die letzten Steinarbeiter des Dorfes entlassen worden waren. Manch einer schnitt sich die fünfzig Pfennig zwar weiterhin buchstäblich aus den Rippen, aus Trotz oder aus Mangel an Einsicht in die eigene Armut, aber für einen Kirchenbau reichte das bei Weitem nicht.

Der Pfarrer runzelte die Stirn. »Aber einen Bauplatz habt ihr?«, fragte er. Die Männer sahen sich untereinander an, keiner wagte die lächerliche Idee von ihrem Traumbauplatz zu äußern. Nur der einfältige Josef Spitzer hob treuherzig wie ein Schuljunge die Hand. »Oben auf der Hütt hätten wir sie gern stehen, unsere Kirche«, sagte er. Die anderen blickten verlegen nach unten.

Die Stirn des Pfarrers wurde noch ein wenig runzliger. »Was ist denn ›die Hütt‹?«, fragte er. Er war neu in der Gegend, er kannte sich nicht aus.

»Im Hüttenwald oberhalb vom Dorf gibt es einen alten Steinbruch, das ist die Hütt.«

»Steinbruch?«

Die Männer nickten.

»Sieht man das von hier aus?«

»Wenn man ein bisschen die Straße vorgeht, guckt man genau drauf«, erklärte der Wirt.

»Na dann. Zeigt mal.« Der Pfarrer erhob sich, und die ganze Gesellschaft trat vor die Tür, ging ein Stück die Straße entlang und schaute schließlich hinauf zu dem riesigen Gesteinsklotz, der, umgeben von Schutt und Geröll, aus dem Wald herausragte wie ein großer steinerner Wächter.

»Wo genau soll da die Kirche hin?«, vergewisserte sich der Pfarrer.

»Da, wo der Felsen ist«, traute sich wieder allein Josef zu antworten.

»Aber ... da ist doch der Felsen«, stellte der Pfarrer ganz richtig fest.

»Ja. Eben«, sagte Bürgermeister Ganter kleinlaut.

»Hm!«, machte der Pfarrer.

»Der Felsen müsste halt weg«, erklärte August.

Der Pfarrer hob die Brauen und war offenbar schon dabei, den Mund zu einem höhnischen, äußerst unchristlichen Lächeln zu verziehen, da breitete sich stattdessen plötzlich ein Leuchten über sein Gesicht aus. Er winkte den Männern zu, ihm zu folgen, und lief mit strammen Schritten zurück zur Wirtschaft.

Die Männer trotteten hinterher, nahmen an ihrem runden Stammtisch Platz und schauten den Pfarrer, der davor stehen geblieben war, erwartungsvoll an. Der Pfarrer öffnete den Mund und hob die Hand, als wollte er etwas greifen, verharrte dann jedoch sekundenlang in dieser Stellung.

»Wem gehört der Steinbruch?«, fragte er schließlich und ließ seine Hand zuschnappen.

»Der gehört der Gemeinde«, sagte Ganter.

»Würde denn die Gemeinde der Kirche den Platz zur Verfügung stellen? Unentgeltlich?«

Ganter schnappte nach Luft. »Also ... ähm ... ja, schon. Oder?« Er sah sich in der Runde um. Der Schreiner, der ebenfalls im Gemeinderat war, nickte, und auch Adolf Geis stimmte zu. August hatte das Gefühl, dass keinem von ihnen überhaupt der Gedanke gekommen wäre, man könnte dafür Geld verlangen.

»Gut«, sagte der Pfarrer. »Dann ist das der Bauplatz. Steinarbeiter mit viel Zeit und den notwendigen Fähigkeiten habt ihr hier in Mühlbach mehr als genug. Wenn alle zusammenhalten, dann geht die Räumung ohne weitere Kosten vonstatten, und das Baumaterial erhaltet ihr auf diese Weise obendrein.«

Die Männer sahen den Pfarrer perplex an, doch nach und nach sickerte die Botschaft ein: Wenn ihr eine Kirche wollt, sorgt selbst dafür, dass ihr eine bekommt, und zwar eigenhändig.

»Ich bin dabei«, sagte August, der seit Anfang des Jahres arbeitslos war. Ebenso Rudi Hellmer, Josef Spitzer, Leopold Schlohfuchs, Otto Stoffel und andere, die ihre Arbeit im Steinbruch verloren hatten. Willi Lehnert versprach, alle Schmiedearbeiten unentgeltlich zur Verfügung zu stellen, und auch der Schreiner und seine beiden Gesellen boten ihre Hilfe an.

»Freibier!«, sagte der Wirt. »Darauf stoßen wir an.«

»Wenn der Platz geräumt ist, schreibe ich an die Kirchenregierung«, versprach der Pfarrer. »Ich bin sicher, die werden dann etwas zuschießen.«

Eine Woche später war halb Mühlbach auf den Beinen. Nahezu jeder wollte mithelfen, auch die Frauen. »Wir können schon auch was tun, wir sind nicht aus Zucker«, rief Hennemanns Ida lautstark und stemmte die Arme in die Hüften.

Der Schuttberg, den es abzutragen galt, war riesig, und als die Leute direkt davorstanden, sah man etlichen an, dass sie das Ganze für ein Ding der Unmöglichkeit hielten. Doch dann packte der Erste an, der Zweite folgte, die erste Spitzhacke wurde geschwungen, der erste Stein gebrochen.

»Daraus kann man was machen«, rief Hellmers Rudi und hielt einen schweren Sandstein in die Höhe. »Baumaterial für die Kirche.«

»Dann wird der Berg zur Kirche«, rief die Ganterin, wie die Frau des Bürgermeisters von allen genannt wurde.

Der Berg wird zur Kirche. Das wurde die Losung. Eine Vorstellung, die alle Gemüter entflammte und die Arbeiter anspornte. Seite an Seite hackten und hämmerten sie, und vergessen war, was sie bisher getrennt hatte. Katharina und Charlotte brachten ihren Männern am Mittag das Essen, und August und Herbert Völker, die sich auf nichts in der Welt hätten einigen können, saßen beieinander und beratschlagten, an welcher Stelle man weitermachen sollte, um die besten Steine zum Bauen zu brechen.

Willi Lehnert baute aus alten ausrangierten Schienen eine Transportstrecke, und der Schreiner zimmerte einen Wagen, um das Geröll bequem abzutransportieren. Die guten Sandsteine, die man zum Bau verwenden konnte, wurden extra gelagert. Alle halfen mit, jeder auf seine Weise. Und die Gemeindekasse sorgte dafür, dass die Familien der Arbeitslosen nicht verhungern mussten. Einstweilen jedenfalls, solange noch etwas darin war.

Der Pfarrer schrieb bereits Mitte des Jahres an die Kirchenregierung, schilderte den Fall und wie sich das ganze Dorf ins Zeug legte, obwohl die Menschen buchstäblich nichts mehr hatten und zusehen mussten, wie sie über die Runden kamen. Er bat um einen Besuch, damit sich die Kirchenoberen selbst ein Bild davon machen könnten. Ganz Mühlbach hoffte darauf, hoffte auf Geldmittel und die Gewissheit, dass die Anstrengung nicht umsonst war. Wer nicht wusste, wie der Steinbruch vorher ausgesehen hatte, konnte die Leistung der Männer vielleicht nicht ermessen, doch jeder Mühlbacher, der dort hinaufblickte, sah, wie der Berg schrumpfte, und war voller Stolz. So etwas hatte man hier noch nie vollbracht, gemeinsam und noch dazu in einer Zeit, in der man eigentlich hätte verzweifeln müssen.

Doch es kam anders. Ein Besuch wurde abgelehnt. Niemand kam, um sich anzusehen, was Menschen zustande brachten, um endlich eine eigene Kirche zu besitzen. Menschen, die sonst nichts mehr besaßen.

»Ist es nicht so, als würde der ganze Ort auf diese Weise dafür beten, dass wieder Hoffnung auf bessere Zeiten einkehrt?«, sagte Charlotte an dem Abend, an dem August die frustrierende Nachricht nach Hause brachte. »Das muss man doch unterstützen.« Sie war außer sich vor Enttäuschung.

»Ja«, sagte August mutlos. Er betrachtete Charlottes abgearbeitete Hände. Er hatte ihr die besten Jahre geraubt, so kam es ihm vor. Hätte er sein Geld als Musikant verdienen können, so wie er es immer vorgehabt hatte, dann hätten sie ein gutes Auskommen gehabt, aber daraus war nichts geworden. Er war im Steinbruch gelandet, schwer arbeitend und schlecht bezahlt, und jetzt war er sogar arbeitslos. Seine Kinder trugen geflickte Kleider. Seine Mutter nutzte jeden Fetzen Stoff, den sie fand, um daraus ein hübsches Kleid für Martha zu nähen oder eine Hose für Walter zu ändern. Bine brachte ihnen manchmal etwas vorbei. Sie hatte Unmengen von alten Stoffen gesammelt, alten Betttüchern, Vorhängen, Tischdecken.

»So was habe ich früher dem Casimir gebracht, dem Lumpenhändler, aber der lebt ja nicht mehr«, hatte sie kürzlich gesagt. Dann hatte sie Martha ganz lange auf ihrem Schoß gewiegt und ihr Gesicht hinter dem Kind verborgen, bis das Mädchen mit sanften kleinen Händen ihren Kopf anhob und fragte: »Weinst du, Tante Bine?«

»Ach was, Marthachen, das ist der Küchendunst, den vertragen meine Augen nicht mehr. Man wird alt.«

Und wunderlich. Auch Onkel Walter wurde wunderlich, saß stundenlang in Dadas ehemaligem Gatter und las dort Briefe.

Nur Charlotte und August wussten, was für Briefe.

»So hat man wenigstens ein bisschen was«, sagte er manchmal zu Charlotte, wenn sie sich schweigend zu ihm setzte und ihm die Hand hielt.

So gingen sie alle dahin, die Träume, und jeder musste mit dem leben, was für ihn übrig blieb.

»Du solltest mit den Kindern nach Bremen gehen«, sagte August an diesem hoffnungslosen Abend.

»Was sagst du denn da? Wieso sollte ich denn nach Bremen gehen?«

»Aus ganz vielen Gründen. Weil dich dein Vater vermisst, weil du schon lange nicht mehr dort warst, weil ihr dort ein besseres Leben haben könnt.«

»August, wir verlassen dich doch nicht. Wie kannst du an so etwas auch nur denken?«

»Es muss ja nicht für immer sein, das meine ich doch gar nicht, Lotte. Nur jetzt, wo alles so schwer ist. Dein Vater würde für euch sorgen, Walter kann dort vorübergehend zur Schule gehen. Und er kann das Meer wiedersehen«, setzte er mit einem Schmunzeln hinzu, als würde ihm nicht das Herz brechen, wenn er nur daran dachte. »Das wird ihm gefallen. Und wir, meine Mutter und ich, wir kämen zu zweit auch besser über die Runden.«

Er fühlte sich schrecklich, als er das sagte. Es hörte sich so an, als wären Lotte und die Kinder eine Last für ihn, wo sie doch alles andere waren als das, wo sie doch sein ganzes Leben waren. Er konnte sich nicht vorstellen, ohne Lotte zu sein, ohne sie aufzuwachen, ohne sie einzuschlafen, nicht mit ihr reden zu können. Er konnte sich nicht vorstellen, wie es war, nicht mehr die dünnen Ärmchen seiner Martha zu spüren, die sich um seinen Hals schlangen. Zu sehen, wie gewissenhaft Walter alle seine Aufgaben ausführte und noch immer auf seine kleine Schwester aufpasste, ganz so, wie er es als kleiner Junge versprochen hatte. Aber ein paar Wochen, vielleicht Monate in Bremen würden ihnen guttun.

Lotte nahm zärtlich seine Hand. »August, hör endlich auf, dir Vorwürfe zu machen. Ich will nirgendwo anders sein als dort, wo du bist.«

Sie durchschaute ihn.

»Ach, Lotte …«

»Ich bin mit dir verheiratet, weil ich dich liebe, nicht weil ich zufällig schwanger geworden bin.«

»So ganz zufällig war das nicht«, murmelte August.

»Es war überhaupt nicht zufällig, es war das, was ich mir gewünscht habe. Mein Leben mit dir ist gut, und ich will nicht, dass du je etwas anderes denkst.«

August nickte. »Ich weiß, dass du so denkst, Lotte, sonst würde ich mir noch mehr wie ein Versager vorkommen.«

»Du bist alles andere als das.«

Sie küssten sich innig und lange, doch dann wiederholte August seinen Vorschlag. »Ich meine es ernst, Lotte. Ich würde euch so sehr vermissen, aber gleichzeitig hätte ich das Gefühl, dass es euch gut geht, wenigstens für eine Weile. Und, wie gesagt, deinen Vater würde es glücklich machen und dich doch auch, oder nicht?«

Sie seufzte, und schließlich nickte sie.

33

Bremen im Spätsommer 1931

Schweigend standen sie vor dem Grab mit den drei Inschriften.

Sophia Schäfer
* 06.06.1836
† 10.12.1906

und

Karolina Schäfer
* 29.12.1875
† 29.03.1928

und auch

Karl Schäfer
* 04.12.1870

»Warum hast du deinen Namen schon mit dazusetzen lassen?«, fragte Charlotte betroffen.

Karl zuckte mit den Achseln, ohne seinen Blick von dem Grabstein zu wenden. »Ich dachte mir: Dann weiß sie, dass ich komme.«

»Ach, Papa!« Charlotte hakte ihn unter und gab ihm einen Kuss auf die Wange. »Ich hätte schon viel eher kommen sollen. Und wenn August mich nicht so gedrängt hätte, wäre ich immer noch in Mühlbach.«

»Ich verstehe dich doch, mein Schatz«, sagte er und tätschelte ihre Hand. Dann endlich wandte er sich von dem Grab ab. »Bis zum nächsten Mal, Lina«, rief er über seine Schulter hinweg. »Walter, Marthachen, wir gehen heim.« Die Kinder liefen auf dem Friedhof umher, Martha voraus, Walter hinterher, immer darauf bedacht, dass seiner kleinen Schwester nichts passierte.

»Walter, Martha, nicht rennen, das ist ein Friedhof, da ist man leise«, mahnte Charlotte die Kinder.

»Lass sie«, sagte ihr Vater. »Ich glaube nicht, dass die Toten etwas dagegen haben, wenn zwei liebe Kinder ein bisschen Leben auf den Friedhof bringen, oder kannst du dir deine Mutter vorstellen, wie sie die beiden dafür maßregelt?«

»Nein, das kann ich nicht.« Charlotte lächelte und dachte daran, wie sie selbst als Kind mit ihren Eltern und den kleinen Geschwistern das Grab von Oma Sophia besucht und es genossen hatte, die verschlungenen Wege des Friedhofs und die prächtigsten und größten Grabstätten zu erkunden.

Martha kam mit leuchtenden Augen und legte ihre kleine Hand neben die große ihres Opas auf dessen Stock.

»Nun, Marthachen? Möchtest du meinen Stock haben?«

»Jaa!«, rief das Kind. Karl überließ ihr seinen Stock, und schon marschierte sie damit los, wie sie es bei ihrem Großvater immer sah. Gleich war Walter wieder hinter ihr.

»Zum Glück geht es auch noch ohne Stock«, meinte Karl, als er mit leuchtenden Augen und seinem immerwährenden Schmunzeln den Kindern hinterhersah.

»Ich bin froh, dass es dir so gut geht«, sagte Charlotte. »Ella sorgt gut für dich.«

»Ich habe ein schlechtes Gewissen«, gab ihr Vater zu. »Ich glaube, sie findet keinen Mann, weil sie denkt, sie muss sich um mich kümmern.«

»Das glaube ich nicht. Ella hat schon immer getan, was sie wollte und wie sie es wollte. Wenn sie an einem Mann Interesse hätte, wüsstest du das.«

»Walter ist dafür das genaue Gegenteil. Den kriege ich kaum zu Gesicht.«

»Typisch Walter, unabhängig ...«

»... und stolz.«

»Stolz?«

»Walter ist mit einem immensen Selbstbewusstsein ausgestattet – gelinde gesagt.«

»Du meinst, er ist ein kleiner Angeber.«

»Ein großer«, meinte Karl trocken. »Aber den Frauen gefällt's anscheinend. Man sollte ihnen vielleicht mal erzählen, wie intensiv er als Kind mit dem Finger das Innenleben seiner Nase erforscht hat.«

Sie lachten und fanden, man sollte diese Idee zumindest im Hinterkopf behalten für den Fall, dass Walter sich noch mehr zu einem stolzen Gockel entwickeln würde.

Doch nach diesem heiteren Moment kamen sie wieder auf die ernsten Themen zu sprechen.

»Wie geht es Onkel Itzhak und Tante Sara?«, fragte Charlotte.

»Ich glaube, sie haben eine Sparkasse nur für neue Fenster angelegt«, erwiderte ihr Vater.

»Warum zeigen sie diese Leute nicht an?«

»Das haben sie einmal getan. Sie konnten sogar sagen, wer der Übeltäter war, aber der hat lediglich eine Mahnung erhalten, das war alles.«

»Das gibt es doch nicht.«

»Doch, das gibt es, und wenn irgendwann der Hitler drankommt, wird es noch schlimmer.«

Daraufhin erzählte Charlotte von Anton Fredes Besuch und von dem, was er erlebt hatte.

»Vielleicht sollten die Roths auch auswandern«, meinte Karl nachdenklich.

»Aber das ist doch keine Lösung«, entgegnete Lotte.

Karl zuckte ratlos die Schultern. »Ich bin froh, dass aus meinen Träumen von Amerika und der großen weiten Welt nichts wurde, aber ich kann immer noch verstehen, wenn es Menschen hier nicht mehr hält. Vor allem jetzt.«

Charlotte hatte ihren Vater selten so reden hören, so resigniert. Sie hatte immer angenommen, dass er der Starke in der Familie war, aber es schien mehr und mehr so, als hätte er einen großen Teil dieser Stärke aus der Liebe zu ihrer Mutter gezogen.

»Lass uns von etwas anderem sprechen. Von etwas Erfreulichem«, schlug sie vor.

»Nämlich?«

»Dass Ella und Martha mich am Samstag mit in die Oper nehmen.«

»Oh ja, das ist erfreulich.«

»Und am Sonntag machen wir einen Ausflug zur Küste.«

»Das muss natürlich sein.«

»Natürlich. Walter ist schon ganz hibbelig.«

»Hibbelig? Euer Walter?«

»Nun ja, auf seine ruhige, ausgeglichene Weise hibbelig.«

Sie liefen wieder eine Weile stumm nebeneinanderher und beobachteten die Kinder mit Opas Stock.

»Du vermisst August jetzt schon, nicht wahr?«, sagte Karl unvermittelt.

Charlotte presste die Lippen zusammen und nickte. »Ihr wart nie voneinander getrennt, nicht wahr, du und Mama?«

»Keinen Tag, seit ich sie mit nach Bremen genommen habe.«

»August denkt, er macht mich unglücklich, weil ... nun ja ...«

Karl sah sie von der Seite an. Sie musste es nicht aussprechen, er verstand es auch so.

»Er hat dich entwurzelt«, sagte er. Dass er es so ausdrückte, überraschte sie nun doch. All die Selbstvorwürfe, die sich August machte, zusammengefasst in vier Worten.

»Ich habe deine Mutter auch entwurzelt«, sagte Karl daraufhin. »Und ich habe mir auch Vorwürfe gemacht, obwohl sie in diesem Dorf gelitten hat, und du hättest genauso gelitten, ich hab's erlebt, wie das ist. Aber ihr Herz hing trotzdem an Mühlbach, und da waren immer noch die Menschen, die sie geliebt hat und verlassen musste. Ich verstehe gut, was August empfindet. Und es hat auch nichts damit zu tun, dass du hier eine Oper besuchen kannst und dort nicht. Heimat ist Heimat.«

»Aber Mama war hier glücklich, mit dir. Und ich bin mit August glücklich. Nur momentan ist halt alles so schwer, er ist arbeitslos, alle sind arbeitslos, wir helfen uns gegenseitig mit Essen und allem, was man so braucht, aber …« Sie versuchte, den Kloß hinunterzuschlucken, der sie am Weiterreden hinderte. »August wollte …«

»Er wollte, dass es dir und den Kindern gut geht«, half Karl.

Charlotte nickte. »Deswegen hat er mich hergeschickt.«

»Dann tu ihm den Gefallen: Lass es dir gut gehen! Wenn du glücklich bist, ist er es auch.«

Charlotte wunderte sich selbst darüber, dass sie sich nach der langen Zeit, die sie nun schon in der Pfalz lebte, in Bremen sofort wieder wie zu Hause fühlte. Schon beim ersten Betreten der Wohnung in der Orleansstraße war es, als wäre sie nie fort gewesen. Ihr altes Zimmer, die gute Stube mit dem winzigen Balkon, auf dem sie einst von Aaron geträumt hatte. Als ob es nicht schon immer August gewesen wäre …

Sie freute sich, als sie die Nachbarn und alten Freunde traf, Helene und Helmuth Lindemann, die beide alt geworden waren und sich noch immer lauthals stritten, wenn sie wie so oft unterschiedlicher Meinung waren. Wie konnten Menschen so verschieden sein, sich regelmäßig streiten und sich dennoch lieben und ein Leben lang zusammenstehen, überlegte Charlotte. Victor und Henriette Schweizer wohnten noch immer oben unterm Dach. Victors Haare wurden licht, und Henriette wurde grau, doch Victor war der engagierte Journalist geblieben, der sich empörte und sich für die Wahrheit einsetzte. Aber er trank keinen Schluck Alkohol mehr.

Henriette hatte Charlotte für die Oper eines ihrer Kleider geschenkt, das ihr angeblich nicht mehr passte, wadenlang, taubenblau gemustert und äußerst elegant. Dazu der passende kleine Hut in derselben Farbe, der schräg auf den Kopf gesetzt wurde.

»Jetzt siehst du aus wie eine Dame von Welt«, sagte Ella, die bedeutend schlichter daherkam mit ihrem schwarzen Rock und der weißen Bluse.

»Dame von Welt«, spottete Charlotte und dachte augenblicklich wieder an Mühlbach, wo kein Mensch sich so kleiden würde, selbst wenn man dafür das Geld und die Gelegenheit hätte.

»Mama sieht heute ganz schön aus«, sagte Martha.

»Mama sieht immer ganz schön aus«, betonte Walter.

»Und Mama hat zwei noch viel schönere Kinder«, sagte Charlotte und umarmte ihre beiden.

Unten vorm Haus drückte Martha auf die Hupe ihres Wagens.

»Habt viel Spaß!«, sagte Karl zu seinen Töchtern. »Du auch, Lotte, hörst du?«

»Zu Befehl«, sagte Charlotte und gab ihrem Vater zum Abschied einen Kuss.

»Es macht ihn so glücklich, dass du hier bist«, sagte Ella, als sie in Marthas Auto saßen.

»Uns alle«, sagte Martha. »Festhalten, jetzt geht sie los, die wilde Fahrt!«

Es wurde ein herrlicher Abend mit wundervoller Musik und einem gut gelaunten Ausklang bei einem Glas Wein in der mondänen Theaterklause.

»Es ist so lustig, wie Charlotte sich jedes Mal verändert, kaum dass sie wieder in Bremen ist, findest du nicht auch, Martha?«, sagte Ella.

»Ich verändere mich doch nicht«, wies Charlotte die Behauptung von sich.

»Na ja, du sprichst anders«, stimmte Martha Ella wenigstens ein bisschen zu.

»Ich spreche Hochdeutsch, na und?«

»Hochdeutsch mit norddeutschem Zungenschlag«, sagte Ella kichernd.

»Und deine Stimme wird höher«, fügte Martha hinzu.

»Ach was!« Charlotte nippte an ihrem Wein und blickte verlegen aus dem Fenster. Sie veränderte sich nicht, sie war immer dieselbe, hier und dort. Sie passte sich eben an. Die Frage war nur, wo sie sich anpasste und wo sie im Kern sie selbst war. In welcher Sprache.

Vor dem Fenster gingen drei Männer in braunen Uniformen vorbei, einer sah Charlotte direkt ins Gesicht, blieb kurz stehen und deutete ironisch eine Verbeugung an, die beiden anderen grinsten frech.

»Nazis«, zischte Martha ungewohnt scharf. »Die treiben sich am Abend des Öfteren in der Stadt herum. Schauen wahrscheinlich, wen sie sich vorknöpfen können, schüchtern Leute ein. Die bereiten so langsam alles vor.«

Charlottes Herz klopfte. Sie hatte solche Uniformen noch nie gesehen.

»SA«, sagte Martha. »Siehst du die Armbinde?«

Charlotte nickte. Ella nestelte an ihrer Bluse herum, winkte dem Ober und bestellte noch ein Glas Wein. »Noch jemand?«, fragte sie die anderen. An den Uniformierten schien sie nicht das geringste Interesse zu haben.

»Ellas Gemüt hätte ich gern«, sagte Martha zu Charlotte. »Sie blendet alles Unangenehme einfach aus. Was sie nicht sieht, ist auch nicht da.«

»Ich bin eben nicht gemacht für Sorgen«, sagte Ella.

»Beneidenswert, findest du nicht?«, sagte Martha mit einem liebevollen Blick zu Charlottes jüngerer Schwester, den diese mit hochgezogenen Brauen erwiderte.

Charlotte ließ ihren Blick von einer zur anderen wandern und wunderte sich einmal mehr über dieses besondere Verhältnis der beiden, das so ganz anders war als ihre eigene Freundschaft mit Martha.

Als sie am Abend nach Hause kam, schrieb sie noch einen Brief an August, erzählte von ihrem Tag, von den Kindern, ihrem Vater, der Oper, Martha und Ella und den Uniformierten von der sogenannten SA. Sie erzählte auch, was Ella gesagt hatte, und erinnerte sich an früher.

Siehst du, jetzt schreiben wir uns wieder, genau wie damals. Als Kinder haben wir uns geschrieben, als Freunde, während des

Krieges und als Verliebte, und jetzt schreiben wir uns als Ehepaar. Bin ich anders, wenn ich in Bremen bin, August? Bin ich anders, wenn ich nicht bei dir bin? Ich fühle mich dann weniger ganz, das weiß ich, aber bin ich auch anders?
Ich vermisse dich. Ich liebe dich. Hier und überall, jetzt und immer.

Deine Lotte

Es dauerte nur wenige Tage, da kam seine Antwort.

Liebste Lotte,
ich bin so froh, dass ihr so eine schöne Zeit habt, du und die Kinder. Das ist für mich eine große Erleichterung, auch wenn ich euch jeden Tag, jede Stunde, jeden Herzschlag meines Lebens vermisse. Nichts ist mir wichtiger, als zu wissen, dass es euch gut geht. Bitte genießt die Zeit in Bremen, nehmt alles Schöne, das ihr erleben könnt, mit, sammelt Erinnerungen, und wenn ihr wieder hier seid, teilen wir sie, dann ist es so, als wäre ich dabei gewesen. Darauf freue ich mich.
Hier geht alles weiter wie bisher. Wir hauen Steine aus dem Berg und machen ihn kleiner und kleiner. Wir machen weiter, auch wenn das keinen von der Kirchenregierung interessiert. Manchmal glaube ich, wir machen auch dann noch weiter, wenn die ersten mit der Spitzhacke in der Hand zusammenbrechen. Es ist alles, was wir hier noch haben, und das lassen wir uns um keinen Preis nehmen.
Aber eigentlich wollte ich dir etwas viel Wichtigeres schreiben, dir antworten auf deine Frage, ob du anders bist, wenn du nicht bei mir bist.
Und wenn es so wäre, Lotte, wäre das denn so schlimm? Glaub mir, ich war in England auch anders, ich bin als ein anderer wiedergekehrt, nicht nur älter, auch anders. Wenn ich hier in den eigenen vier Wänden bin, bin ich anders als während der

Singstunde im Gesangsverein und wieder anders, wenn wir uns in Brettschneiders treffen, und wieder anders, wenn ich mit Philipp in den Wald zum Holzmachen gehe, und wieder anders, wenn ich mich mit Herbert Völker bei der Arbeit unterhalte, und wenn ich bei dir und den Kindern bin, bin ich noch mal anders. Und auch du bist anders, Lotte, du hast so viele wundervolle Facetten, und ich liebe sie alle: dein Temperament und deine Sanftmut, deine Tapferkeit und deine Vernunft, deine Beharrlichkeit und deine Nachgiebigkeit. Im Kern aber bist du immer dieselbe, immer du, immer die Frau, die ich liebe. Und auch ich bin im Kern immer ich, immer noch der Junge, der sich als Fünfjähriger an Dadas Gatter von seiner lieb gewonnenen Freundin verabschiedet und verzweifelt versucht hat, seine Tränen zu verstecken. Letztlich bleiben wir immer dieselben.

In Liebe und für immer, dein August

34

Mühlbach im November 1931

Sie schrieb. Und vermisste. Ein paar Monate zuvor hatte sie August vermisst und ihm geschrieben, jetzt vermisste sie ihren Vater und schrieb ihm. Von den Kindern schrieb sie:

Martha versteht nicht, warum ihr Bremer Opa nicht immer bei ihr sein kann. Da habe ich ihr erklärt: »Weil es nun mal der Bremer Opa ist.« – »Ach so«, hat sie da gesagt. Andere Kinder fragen weiter und weiter, und unsere Martha ist zufrieden mit einer solchen Antwort. Und Walter vermisst den Apfelbaum genauso sehr wie dich, muss ich dir leider sagen. Bis ganz nach oben will er eines Tages klettern, hat er sich vorgenommen, das ist sein Ziel. Ganz hoch hinauf im Apfelbaum und zur See fahren, ich weiß nicht, was mir mehr Sorgen macht, vor allem weil der Junge erreicht, was er sich vornimmt.

Sie richtete schöne Grüße aus von August und Klara und Onkel Walter und Tante Bine und ließ die großen Sorgen, die dieselben geblieben waren, unerwähnt. Ihr Vater wusste ohnehin Bescheid. Ab und zu schickte er ihr Geld, heimlich, und ebenso heimlich kaufte sie dafür ein, und August tat so, als bemerkte er es nicht.

Noch immer verbrachten die Männer die letzten guten Tage des Jahres auf der Hütt und kämpften sich durch den Felsen. Man konnte den Bauplatz sogar schon erahnen, es fehlte nicht mehr viel. Im nächsten Jahr würden sie fertig werden, dann musste man nur noch für einen ordentlichen Weg dorthin sorgen, damit die Leute auch zur Kirche gelangen konnten. Zu der Kirche, die es vermutlich niemals geben würde, weil dem Dorf das Geld zu ihrem Bau fehlte.

An einem besonders schönen Tag im November gegen Mittag, als die Sonne den Wald in allen Farben des Herbstes erstrahlen ließ und Charlotte und die anderen Frauen ihren Männern gerade das Essen brachten, kam der Pfarrer den Hügel nach oben gestolpert. Ganz aufgeregt war er. Sein Fahrrad, mit dem er den ganzen Weg von Theisbergstegen nach Mühlbach geradelt war, hatte er unten achtlos in die Wiese geworfen. In der Hand hielt er ein Blatt Papier und wedelte damit.

»Sie kommen«, keuchte er, als er nicht einmal ganz oben war, stolperte prompt wieder, rappelte sich unbeeindruckt auf und rief erneut: »Sie kommen!«

Die Mühlbacher sahen ihn mit stumpfen Gesichtern an, sie hatten schon längst verdrängt, wer da kommen sollte und wen sie seit dem Frühjahr hoffnungsvoll erwarteten, so sehr hatten sie sich mit allem abgefunden: mit ihrer Arbeitslosigkeit, mit ihrer sinnlosen Anstrengung, mit der nahenden dunklen Jahreszeit, in der sie dazu verurteilt waren, frierend in ihren ärmlichen Häusern und Wohnungen zu sitzen und sich überflüssig vorzukommen.

»Viermal habe ich ihnen geschrieben«, rief der Pfarrer ihnen entgegen. »Viermal. Man sagt ja, aller guten Dinge sind drei, aber diesmal waren es vier. Haha!« Er lachte. »Und jetzt kommen sie. Nächste Woche schon. Der Kirchenpräsident, der Oberkirchenrat und der Hochbaureferent der Regierung.«

Er keuchte, strahlte und wartete.

»Was ist ein Hochbaureferent?«, fragte Josef Spitzer.

»Weiß ich nicht«, sagte der Pfarrer. »Aber Hauptsache, er kommt.«

»Und … bringen die dann Geld mit?«, fragte Ida Hennemann misstrauisch.

»Dabei haben werden sie keins, aber wenn sie das hier sehen, dann geben sie uns welches, ganz bestimmt.«

Uns! Der Pfarrer hatte »uns« gesagt, und vielleicht war es dieses kleine Wort, das die Kruste der Mühlbacher Skepsis aufbrach. Er war einer von ihnen. Er wollte diese Kirche genauso wie sie. Und plötzlich brach der Jubel aus. Es war nicht alles vergeblich gewesen, sie hatten nicht umsonst Stein für Stein abgetragen und zurechtgeklopft und aufbewahrt, nein, sie würden damit ihre Kirche bauen. Sie alle, auch die, die später keinen Fuß hineinsetzen würden, weil sie mit dem lieben Gott, der sie so im Stich gelassen hatte, nichts anfangen konnten. Aber das spielte keine Rolle.

»Darauf müssen wir heute Abend in Brettschneiders anstoßen«, rief Bürgermeister Ganter. »Und die Frauen kommen diesmal dazu, die haben ja auch mitgeholfen, stimmt's?«

»Stimmt!«, riefen die Männer.

August nahm seine Lotte in den Arm und küsste sie leidenschaftlich. Keiner sah zu, denn andere Paare taten genau dasselbe. Und am Abend wurde in Brettschneiders Wirtschaft gefeiert. Der Raum war zum Bersten voll, und es war lauter denn je. Der Wirt war großzügig, das Bier floss, und Charlotte und die anderen Frauen waren dabei.

Und alle waren glücklich.

Die Herren Keßler, Mayer und Allmann kamen tatsächlich und zeigten sich tief beeindruckt von der Leistung der Dorfleute, doch wollten sie auch genau Bescheid wissen über die weitere Planung, ob es bereits Baupläne gebe, wer der Architekt sei. Nun standen die Vertreter des Kirchenbauvereins wieder einmal betreten da, und der Pfarrer sah die Männer an, als wollte er sie am liebsten fressen, weil sie sich nicht gründlich vorbereitet hatten.

»Lechner heißt der Architekt«, sagte August. »Paul Lechner. Wohnt hier in Mühlbach.«

Es war ein Geistesblitz, und er hatte keine Ahnung, ob es nicht eine riesengroße Dummheit war. Marias Mann war zwar Architekt, aber er hatte sicher genug zu tun, und aus den Angelegenheiten der Gemeinde hielt er sich im Großen und Ganzen heraus. Er war im Grunde noch mehr Außenseiter, als August je gewesen war, und das, obwohl Maria durchaus beliebt war, doch ihr Mann war für alle ein Fremder geblieben. Mit Ausnahme von Charlotte und August hatten die beiden kaum gemeinsame Freunde, sie gingen selten weg, und wenn, dann hielten sie sich eher in der Kreisstadt Kusel auf, denn Paul Lechner besaß sogar ein Automobil – ein weiterer Grund, ihn misstrauisch zu beäugen. Mühlbacher hatten keine Automobile.

Die anderen Männer sahen August nach der Erwähnung Paul Lechners an wie ein Schaf mit drei Köpfen.

»Paul Lechner«, notierte der Hochbaureferent Allmann in ein Notizbuch. »Ist der zufällig gerade anwesend?«

»Nein, der war leider heute unabkömmlich«, behauptete August.

»Nun ja, er kann uns ja bei Gelegenheit seine Pläne zuschicken, und dann werden wir sehen, was wir für die Gemeinde tun können«, sagte Keßler, der Kirchenpräsident, wohlwollend. Man lobte die Arbeit der Männer, forderte sie auf, genauso weiterzumachen, und verabschiedete sich wieder.

»Lechner?«, fragte Bauer Geis, sobald die Mühlbacher wieder unter sich waren.

»Das ist der einzige Architekt, den ich kenne. Wie viele kennst du?«, entgegnete August.

»Aber der hat doch nichts mit unserer Kirche zu schaffen«, sagte Ganter. »Die Maria ist ja in Ordnung, aber ihr Mann ...« Er zuckte die Achseln und brachte so zum Ausdruck, wie wenig er mit dem Lechner anfangen konnte.

»Wir haben keinen anderen«, betonte August. »Ich kenne ihn ganz gut, das ist ein anständiger Mann. Ich kann ihn fragen. Mehr als Nein sagen kann er nicht.«

»Frag ihn!«, bestimmte der Pfarrer. »Oder kennt jemand noch einen anderen Architekten? Nachdem ihr vorhin alle wie die Hornochsen herumgestanden seid, denke ich nicht.«

»Ja, frag ihn«, murmelte einer nach dem anderen seine Zustimmung.

Am darauffolgenden Sonntag standen Charlotte und August mit einem Glas selbst gemachter Latwerch vor dem Haus der Lechners und klopften an.

»August, Lotte, das ist ja eine Überraschung«, sagte Maria, als sie die Tür öffnete. »Kommt rein.«

»Wenn wir nicht stören«, sagte Charlotte.

»Aber wieso solltet ihr denn stören?«

Charlotte und August traten ein, und wie jedes Mal dachte Charlotte daran, dass das Haus früher einmal der Familie ihres Vaters gehört hatte, und ein bisschen war es so, als wäre er mit dabei.

Johanna Leinenweber spielte am Tisch ein Brettspiel mit ihren Enkeln, einem siebenjährigen Mädchen, das ebenfalls Maria hieß, und dem fünfjährigen Sohn namens Simon. Paul saß in seinem Sessel, rauchte eine Pfeife und las Zeitung.

»Guten Tag, Paul«, grüßte August. »Gut, dass du da bist. Ehrlich gesagt wollten wir mit dir sprechen.«

»Oh, ihr wolltet gar nicht mich besuchen«, tat Maria im Scherz so, als wäre sie beleidigt.

»Du bekommst dafür die Latwerch, Maria, ich habe extra das größte Glas ausgesucht.«

»Mmmh!«, machte Maria. »Dann bin ich versöhnt. Mögt ihr Kaffee?«

»Kommt, Kinder, wir gehen nach oben und schauen uns dort das große Märchenbuch an«, lotste Johanna die Kleinen aus der Stube, sodass die beiden Paare unter sich sein konnten.

»Was gibt es denn, August?« Paul packte die Zeitung zur Seite und klopfte die Pfeife im Aschenbecher aus. Maria setzte Wasser auf und gab Kaffeepulver in einen Filter.

»Wir brauchen einen Architekten«, sagte August rundheraus.

Paul fror mitten in der Bewegung ein, und auch Maria unterbrach ihre Tätigkeit. August erklärte in aller Ausführlichkeit, worum es ging.

»Ich habe deinen Namen genannt, weil die drei sonst wieder davongefahren wären und nichts weiter mitgenommen hätten als den Eindruck von einem fast abgetragenen Steinbruch. Sie wollten konkrete Pläne sehen, und die hatten wir nicht, woher auch? Wir hatten im Grunde ja schon lange die Hoffnung aufgegeben.«

Paul ließ die Pfeife in dem Aschenbecher liegen, lehnte sich in seinem Sessel zurück und holte tief Luft. Maria goss heißes Wasser durch den Filter und stellte Tassen auf den Tisch.

»Wahrscheinlich hast du sowieso keine Zeit, also …« August seufzte. »Jedenfalls wollte ich gefragt haben. Es war dumm von mir, einfach zu behaupten, du seist unser Architekt.«

»Zeit hätte ich genug«, sagte Paul. »Es geht mir nicht anders als den meisten: die wirtschaftliche Lage ist schlecht, so viel gibt es da nicht für mich zu tun.«

Charlotte und August hielten die Luft an. Maria goss Kaffee ein, schnitt Brot ab und stellte Butter und das geöffnete Glas Latwerch auf den Tisch. »Dann haben wir alle etwas davon«, sagte sie lächelnd. Sie tauschte einen Blick mit ihrem Mann und setzte sich in die Runde.

»Es ist nicht so sehr die Zeit, August, die bräuchte ich natürlich, um die Pläne zu erstellen, aber das ist ja mein täglich Brot.« Er wechselte von seinem Sessel auf einen Stuhl am Tisch, nahm eine Scheibe Brot und bestrich sie mit Butter, nachdenklich, als wäre er bereits mitten in der Planung, und doch war er so zögerlich.

»Glaub mir, wenn du zusagen würdest, das wäre …«

»Ich weiß nicht«, sagte Paul und sah Maria an.

»Es wäre vielleicht gut für uns«, sagte sie zu ihm.

»Und vielleicht auch nicht«, entgegnete er mit einem seltsamen Unterton.

»Das verstehe ich nicht«, sagte August.

Irgendetwas lag in der Luft, Charlotte konnte es fast greifen, sie wusste nur nicht, was. Warum bemerkte sie die seltsame Stimmung, die merkwürdig reservierte Reaktion der beiden und August offensichtlich nicht.

»Ich habe mit eurer Kirche nichts zu tun, August«, sagte Paul.

Maria schüttelte beinahe unmerklich den Kopf.

»Das macht doch nichts, Paul«, sagte August. »Du wirst sehen, das nimmt dir keiner übel. Es gibt so einige unter den Mühlbachern, die keine ausgesprochenen Kirchgänger sind.«

»Oh, ich bin ein Kirchgänger«, erwiderte Paul. »Ich gehe nur in eine andere Kirche als ihr.«

Während August noch immer verständnislos dreinblickte, wusste Charlotte auf einmal, was los war. Und sie irrte sich nicht.

»Ich gehe in die Synagoge in Kusel«, sagte Paul. »Ich bin Jude.« Dann sah er Maria an, und als sie diesmal nickte, verbesserte er sich: »Wir sind jüdisch.«

35

Mühlbach, 1932

Paul Lechner übernahm den Auftrag als Architekt. Genau wie Charlotte August immer zugeredet hatte, sich in die Dorfgemeinschaft einzufügen, so redete Maria nun ihrem Paul zu, doch beide baten Charlotte und August um unbedingte Verschwiegenheit, was ihre Religionszugehörigkeit betraf.

»Die Leute können ruhig annehmen, wir wären Katholiken und gingen deshalb nicht nach Theisbergstegen in den Gottesdienst«, meinte Maria.

»Aber was ist denn dabei, dass ihr Juden seid?«, fragte August.

»August, du hast doch gehört, was Anton erzählt hat, und du weißt, was in Bremen vorgeht und in München«, erinnerte ihn Charlotte.

»In den großen Städten, ja, aber wir sind hier auf dem Dorf, Lotte, da halten die Leute zusammen, da geht es nicht darum, wer was ist oder wer an was glaubt.«

»Ach nein?«, fragte sie ihn mit vielsagend aufgerissenen Augen. Und ob es eine Rolle gespielt hatte, wer oder was ihre Mutter gewesen war und wer oder was Albert Lehnert.

»Ja, früher, mag sein«, lenkte August ein, »da hat es eine Rolle gespielt, ob man ein reicher Ladenbesitzer war oder ein armer Schlucker.« Er begriff also, worauf sie anspielte.

»Siehst du nicht, was gerade hier passiert?«, fuhr er fort. »Alle raufen sich zusammen, niemand wird mehr schief angesehen oder ausgeschlossen.«

»Ist da ein einziger Jude darunter?«, fragte Paul.

»Nein, aber ich bin sicher …«

»August, sei bitte nicht so naiv«, unterbrach ihn Maria ungewohnt heftig. »Was glaubst du, warum haben meine Eltern sich damals hier in Mühlbach verkrochen?«

»Weil deine Mutter mit dir schwanger war, dachte ich.«

»Das war sie, ja, aber das war nicht der Grund, sondern dass man herausgefunden hatte, dass meine Eltern Juden waren. Meine Mutter redet heute noch nicht gern darüber.«

»Versprecht uns einfach, dass ihr es für euch behaltet«, schloss Paul die Debatte. »Ich erstelle euch die erforderlichen Pläne für eure Kirche.«

Und das tat er. Unversehens fand sich der zugezogene Paul Lechner bei den Versammlungen im Wirtshaus wieder, man klopfte ihm auf die Schulter und spendierte ihm ein Bier. Er hörte sich geduldig an, was sich die Mühlbacher für ihre Kirche wünschten, notierte alles und kam mit Zeichnungen zurück, für die er noch mehr Schulterklopfen und Bier erhielt.

Im späten Frühjahr wurden die Pläne zur Kirchenregierung nach Speyer geschickt, wo man sich einmal mehr beeindruckt zeigte und als Anerkennung Mühlbach die Kollekte des Erntedankgottesdienstes zusicherte. Mit der Aussicht auf diesen immensen Zuschuss gingen die Arbeiten umso leichter voran.

»Wenn jetzt noch der Steinbruch wieder aufmachen würde, wäre alles gut«, sagte Rudi Hellmer, während er mit Herbert Völker, Schlohfuchs und August den Wagen mit Schutt belud.

»Dann würde ich am Sonntag an deiner Stelle das Kreuz bei der richtigen Partei machen«, meinte Herbert trocken.

»Und welche wäre das deiner Meinung nach?«, nuschelte Schlohfuchs mit Zigarette im Mund.

»Na, welche wohl? Die, die diesem ewigen Regierungschaos ein Ende macht und die Kommunisten zum Teufel jagt. Die sind doch an allem schuld. Die und die Juden.«

August zuckte zusammen.

»So? An was sind die denn schuld?«, fragte Schlohfuchs, nahm einen letzten kräftigen Zug und schleuderte den Zigarettenstummel auf den Boden.

»An allem«, behauptete Herbert. »Wenn die nicht gewesen wären, hätten wir den Krieg noch gewonnen, damit geht es schon mal los.«

»Hä?«, machte Schlohfuchs verständnislos.

»Und sie sind schuld daran, dass wir keine Arbeit haben«, schwadronierte Herbert unverdrossen weiter.

»Lasst uns lieber hier mit der Arbeit fertig werden«, versuchte August, die unangenehme Unterhaltung abzuwürgen.

»So ganz unrecht hat der Herbert nicht«, mischte sich Rudi ein. »Ist doch allmählich nicht mehr auszuhalten, dieses Hin und Her, mal der an der Regierung, dann der. Wie soll sich denn dabei etwas ändern?«

»Ganz genauso ist das, Rudi«, lobte ihn Herbert.

Schlohfuchs spuckte verächtlich aus und steckte sich die nächste Zigarette an. Stumm arbeiteten sie weiter.

Als August nach einer Weile hinunter ins Dorf sah, wehte am Fenster von Leitners Wirtskeller eine Hakenkreuzfahne.

Arnolds Jakob würde sich im Grabe umdrehen, dachte August. Sein Wirtshaus, das er mit dem Geld aus seinen Reisen als Wandermusikant aufgebaut hatte – August sah den alten Wirt vor seinem geistigen Auge. Er würde seinem Nachfolger zuerst den wohlverdienten Tritt in den Hintern verpassen und dann die Fahne in der Jauchegrube hinterm Haus versenken, wo sie hingehörte.

Zu Hause erzählte er Charlotte davon, auch von Herbert und Rudi, doch er erinnerte sich daran, was Schlohfuchs zwei Jahre zuvor behauptet hatte: Mühlbach ist links und bleibt links.

»Wieso müsst ihr am Sonntag denn schon wieder wählen?«, wollte Walter von seinen Eltern wissen.

»Das ist so in einer Demokratie«, erklärte August. »Da bestimmt das Volk mit.«

»Ist das so?«, fragte Charlotte. »Bestimmen wir wirklich noch mit?«

»Wen wählt ihr denn?«, fragte Walter weiter.

»Das ist geheim, mein Junge, man darf es für sich behalten und ist keinem Rechenschaft schuldig«, erklärte ihm August.

»Aber ihr könntet es sagen, wenn ihr wolltet?«, fragte Walter weiter.

»Ja, wenn man will, kann man es sagen. In einer Demokratie darf man sagen, was man will.«

Walter dachte nach. »In der Schule darf man das aber nicht.«

Charlotte lachte. »Oh, wenn ich mich recht erinnere, hat dein Vater auch da alles gesagt, was er wollte.«

»Aber ich habe dafür eins auf die Finger gekriegt oder eine Backpfeife. Oder ich musste in die Ecke, falls eine frei war.«

»Ich musste noch nie in die Ecke«, meldete sich Martha.

Alle lachten. Ihre Kleinste ging seit Ostern zur Schule und war damit die Jüngste in der Klasse. Es war schwer vorstellbar, dass das brave, schüchterne Mädchen irgendetwas tun sollte, was zu einer wie auch immer gearteten Strafe führen könnte.

»Aber natürlich nicht, Marthachen«, sagte Charlotte und schloss ihre Tochter in die Arme. »Ich glaube, wir haben die beiden bravsten Kinder von ganz Mühlbach«, sagte sie und strahlte August an.

Am Sonntag begab sich die ganze Familie zum Wahllokal im Schulhaus, auch die Kinder durften mit. Walter zeigte nach oben zur Hütt und sagte zu seiner kleinen Schwester: »Schau, Martha, da oben war mal ein dicker Felsen, und jetzt ist da nichts mehr.«

August sah ebenfalls hinauf, und er sah genau das, was sein Sohn sah: nichts. Später einmal würde er sagen, dass er es in diesem Moment geahnt habe, das Unglück, das Deutschland in den kommenden Jahren ereilen würde, dieses selbst gewählte Unglück.

»Bleibt lieber hier draußen, ihr beiden«, sagte Charlotte zu ihren Kindern. »Walter, pass schön auf Martha auf.« Als ob sie ihm das hätte sagen müssen.

Die Schönborns gingen ins Wahllokal und machten ihr Kreuz und hofften und waren fast sicher, dass die Pfälzer das Richtige taten, aufrichtige, anständige, hilfsbereite Menschen, die sie waren.

Ein paar Tage später bei der Singstunde erinnerte sich August an seine plötzliche Ahnung. Eine überwältigende Mehrheit im Dorf hatte für die NSDAP gestimmt. 62 Prozent. Der Chor sang mit Inbrunst: *Üb immer Treu und Redlichkeit.* August hörte die falschen Töne. Alles klang schief.

»Wir waren nicht beim Wählen«, sagte Tante Bine anderntags. Sie saß in der Stube und entkernte Zwetschgen zum Einmachen. Walter neben ihr, in dem Sessel, in dem früher, wie Charlotte wusste, immer ihr Großvater gesessen hatte. An der Wand hing eine alte Fotografie aus dem Jahre 1907, als Onkel Walter zu Besuch in Bremen war. Ganz am Rande des Bildes war er selbst zu sehen, neben Anna. Und da waren ihre Mutter und ihr Vater, Lindemanns, Roths, Selcherts, Victor und Henriette, die Kinder Aaron, Hannah, Martha, Ella und Charlotte, ihr Bruder Walter als Säugling. So fröhlich sahen alle aus, so sorglos. Charlotte erinnerte sich an diesen Tag, als wäre es gestern gewesen. Sie war neun Jahre alt, und kurz darauf hatte sie ihren allerersten Brief an August geschrieben, einen sehr kurzen Brief, aber immerhin. Der erste.

»Das war ein schöner Tag«, sagte sie und deutete zu der Fotografie hinauf. Onkel Walter hob den Blick, folgte ihrem Fingerzeig und nickte stumm. Er sprach nicht mehr viel, seit seine Schwester gestorben war.

»Warst du auch nicht wählen, Onkel Walter?«, fragte August.

»Ich sage doch, *wir* waren nicht wählen«, antwortete Bine. »Wir haben genug vom Wählen. Nicht lange, und dann sollen wir schon wieder wählen, als hätten wir nichts anderes zu tun.«

»Wer hat denn gewonnen?«, fragte Walter. Las er keine Zeitung mehr?

»Keiner so richtig«, sagte Charlotte. »Die Nazis haben stark zugelegt, aber nicht genug, um zu regieren.«

»Sag ich doch, da müssen wir bald wieder wählen«, sagte Bine.

»Ich denke, ihr geht sowieso nicht«, meinte August mit leichtem Spott im Unterton.

»Tun wir auch nicht.«

»Dann müsst ihr euch ja nicht beschweren.«

»Immer dieses Hin und Her«, moserte Bine trotzdem weiter.

»Wann ist denn die Kirche endlich fertig?«, schwenkte sie übergangslos zum nächsten Thema.

»Der Bauplatz ist so gut wie freigeräumt, dann noch der Weg zum Friedhof hintenrum am Wald entlang und die Treppe, die von der Straße direkt nach oben führt«, erklärte August die Pläne.

»Und wann kann man zum ersten Mal in den Gottesdienst gehen?«, wollte Bine genau wissen.

»Das dauert noch ein bisschen, Tante Bine«, sagte Charlotte. »Aber hoffentlich nicht mehr lange.«

»Gut«, sagte Bine zufrieden. »Das ist die Hauptsache. Die Politik interessiert mich nicht.«

»Wer alles, glaubst du, hat die gewählt?«, fragte Charlotte August kurz nach dem Bekanntwerden des Wahlergebnisses.

»Du meinst, ob es womöglich Leute sind, die wir gut kennen und mögen, hab ich recht?«

»Ja, genau das meine ich. Denkst du etwa, dass Willi oder Ernst Lehnert oder Luise oder Katharina …?«

Er zuckte mit den Schultern und dachte daran, was er seinem Sohn erklärt hatte, dass es geheim war und dass die Meinungsfreiheit galt. Jeder hatte das Recht, zu wählen, wen er wollte, das gehörte zu einer Demokratie dazu.

»Katharina vielleicht, wegen Herbert. Aber Willi? Ich weiß nicht.«

»Am liebsten würde ich Berta fragen«, sagte Charlotte.

»Tu das nicht. Es ist vielleicht besser, man weiß es nicht und erhält sich seine Illusionen.«

Doch die wurden bald von selbst zerstört. Bei den Versammlungen des Kirchenbauvereins in Brettschneiders offenbarten sich sehr schnell die Leute, die ihre ablehnende Haltung den Nationalsozialisten gegenüber geändert hatten. Was sich bei Rudi Hellmer angedeutet hatte, wurde nun bestätigt. »Die werden für den Aufschwung sorgen, ihr werdet sehen«, rief er. Geis und Völker nickten und trommelten mit den Knöcheln auf ihren Tischen herum. Doch auch Pirin Ganter, Bäcker Schwan, Metzger Röderer und sogar Josef Spitzer hatten ihre Stimme der NSDAP gegeben und kein Problem damit, dazu zu stehen.

»Die sind gar nicht so schlimm, wie alle immer gesagt haben«, behauptete Ganter. »Die haben keine schlechten Ansichten. Und es wird Zeit, dass mal wieder Ordnung in die Sache kommt.«

Schlohfuchs zündete sich eine Zigarette nach der anderen an und wetterte lauthals dagegen.

»Ja, Schlohfuchs, du alter Kommunist«, foppte ihn der Wirt. »Ihr habt doch auch noch ganz gut abgeschnitten, ist doch alles gut.«

»Die sollen sich halt zusammentun, die Nazis und die Kommunisten«, schlug Josef Spitzer treuherzig vor. »Hier arbeiten doch auch alle zusammen, egal, was wir gewählt haben. Wir verstehen uns doch auch alle.«

»Josef, du Hornochse, hört sich das für dich nach ›einander verstehen‹ an?«, höhnte Bauer Geis, und sein Knecht Ottmar lachte sich halb tot darüber.

»Ja, was denn?«, wehrte sich Josef. »Hab ich nicht recht? Wir bauen doch unsere Kirche trotzdem, oder nicht? Das hat doch mit Politik nichts zu tun.«

»Hast recht, Josef«, sagte August und stand auf, um zu gehen. »Wir bauen unsere Kirche trotzdem.«

»Oder jetzt erst recht«, schlug Philipp vor, während sein Freund Hans sich augenrollend abwandte.

»Darauf noch eine Runde«, rief der Wirt.

»Ich geh heim. Gute Nacht!«, sagte August und verließ den Raum voller Zigarettendunst und grölender Männer.

Er brauchte kaum fünf Minuten bis nach Hause. Dort war alles dunkel. Die Kinder schliefen schon und Klara auch.

In der Stube brannte noch Licht. Charlotte saß am Tisch, den Kopf in die Hand gestützt, sie sah kaum auf, als er den Raum betrat. Ihr Gesicht war verweint.

»Lotte! Was ist denn?« Bestürzt lief er zu ihr und kniete sich neben sie auf den Boden.

»Heute kam ein Brief aus Bremen ...«

»Oh Gott!« August befürchtete sofort, dass ihrem Vater etwas zugestoßen war.

»Mein Vater hat geschrieben«, sagte Charlotte tonlos. Er atmete auf, aber sie schluchzte. »Sie haben Itzhak Roth totgeschlagen.«

Bremen, den 25. August 1932

Liebe Lotte,
heute muss ich dir etwas sehr Trauriges mitteilen. Gestern ist Itzhak Roth, mein guter alter Freund, gestorben. Er wurde am vergangenen Dienstag das Opfer einer Gruppe SA-Männer, die in seinen Laden eindrangen, alles zerstörten und auf Itzhak einschlugen, bis er sich nicht mehr regte. Nachbarn riefen einen Arzt, und man brachte ihn noch lebend ins Krankenhaus, aber dort ist er gestorben. Dieser herzensgute, liebenswerte Mann, der in seinem ganzen Leben nie ein böses Wort für einen Mitmenschen hatte, ist tot, ermordet von den Schergen der Partei, die sich anschickt, unsere Regierung zu übernehmen.
Itzhak wurde 65 Jahre alt. Er wollte bald seinen Laden verkaufen und mit Sara seine wohlverdiente Ruhe im Alter genießen, mit seinen Enkelkindern spielen, reisen, mehr Zeit für seine Freunde haben. Unlängst haben wir noch darüber gesprochen.
All das haben ihm diese Unmenschen geraubt.
Ihr baut eine Kirche, Lotte, baut sie schnell, damit der liebe Gott – wenn es ihn gibt – dem Unrecht ein Ende macht.
Gebt gut auf euch acht in diesen Zeiten.

Mit traurigen Grüßen und in ewiger Liebe,
dein Vater

36

Mühlbach, 1933

Die Arbeit am Rohbau der Kirche schritt zügig voran. Doch noch viel schneller vergrößerte sich Hitlers Macht, nachdem er sie einmal ergriffen hatte – das Land wurde ein anderes. Die Mühlbacher begrüßten es. Es ging aufwärts. Man spürte es an allen Ecken. Es gab wieder Arbeit, man sorgte dafür, man beschaffte sie ganz einfach. Es gab wieder Ordnung und Klarheit. Man wusste wieder, woran man war.

Eines Tages fehlte Schlohfuchs, und es hieß, sie hätten ihn abgeholt. Die Polizei war in den frühen Morgenstunden erschienen, hatte ihn ohne langes Gewese in einen Wagen geladen und abtransportiert. Seine Frau wusste nicht, wohin. Schutzhaft hieß es. Die Kommunisten hatten den Reichstag in Brand gesetzt, da musste man reagieren, selbst schuld, wenn der Schlohfuchs immer noch zu denen gehörte. Das war die verbreitete Ansicht im Dorf.

»Aber er ist doch gar kein Kommunist«, verteidigte ihn seine Frau.

»Hat sie doch gewählt, oder?«, sagte die Ganterin, als sich ein paar Mühlbacher Frauen in Lehnerts Laden eingefunden hatten. Es gab wieder was zu kaufen.

»Es geht keinen etwas an, was er gewählt hat«, sagte Therese Schlohfuchs.

»Hat aber nie ein Geheimnis daraus gemacht«, stand Apollonia Geis, geborene Theobald der Frau des Bürgermeisters zur Seite. »Lauthals hat er im Februar gegen unseren Reichskanzler gewettert. Hat mir mein Mann erzählt.«

»Er hat nur seine Meinung gesagt.«

»Tja, dann darf er sich nicht beschweren.« Die Ganterin zuckte mit den Schultern, zahlte und ging.

»Ich lasse anschreiben, Luise, deine Mutter weiß Bescheid«, sagte Apollonia zu ihrer Nichte und kaufte einen ganzen Korb voller Waren. Therese Schlohfuchs blickte ins Leere. Charlotte stand hinter ihr und hatte Mitleid. Sie legte ihr die Hand auf die Schulter und sagte: »Sicher lassen sie den Leopold bald wieder gehen. Er hat ja nichts getan.«

»Nein, das hat er nicht«, sagte Therese.

»Na ja, wie man's nimmt«, warf Apollonia ein, ohne sich auch nur umzudrehen. Da verließ Therese Schlohfuchs den Laden.

Luise wechselte einen Blick mit Charlotte, dem diese entnahm, dass auch ihre Halbschwester nicht damit einverstanden war, wie man die Familie Schlohfuchs behandelte.

Nachdem Apollonia ihre Einkäufe endlich erledigt hatte und gegangen war, standen sich Luise und Charlotte betreten gegenüber. Es war sonst keiner mehr im Laden, und doch sah sich Luise um, als könnte sich jemand hinter der Tür verbergen, bevor sie leise fragte: »Kannst du dir denken, wer den Schlohfuchs denunziert hat?«

»Nein«, sagte Charlotte ebenso leise. »Ich weiß nicht einmal, warum jemand so etwas tun sollte.«

»Von selbst wird die Polizei sicher nicht draufgekommen sein«, meinte Luise.

»Nein, sicher nicht«, sagte Charlotte bedrückt. Seit Jahren arbeiteten die Männer nun schon Seite an Seite auf dem Kirchenbauplatz, hatten gemeinsam den Berg abgetragen, das Gelände freigeräumt, Steine geklopft, die Wege hin zum Kirchenplatz freigelegt und die Treppe von der Straße nach dort oben errichtet. Der Rohbau zeigte bereits seine Form, und bis Ende des Jahres würde er fertig sein. Sie hatten all das gemeinsam bewerkstelligt und in den Jahren davor gemeinsam davon geträumt. Und jetzt wurde einer von ihnen weggesperrt, weil ein anderer ihn – ganz offensichtlich – denunziert hatte.

»In Bremen«, sagte Charlotte, »ist das mittlerweile an der Tagesordnung. Sie verhaften alle, deren Meinung ihnen nicht passt.«

Und sie verboten alles, was ihnen nicht passte, sie verbrannten, was ihnen nicht passte, sie töteten sogar, wer ihnen nicht passte. Und die Mehrheit der Leute schien das in Ordnung zu finden. Ordnung! Hauptsache Ordnung.

»Es ist ja nicht so, dass …« Luise räusperte sich, und als sie weitersprach, besaß ihre Stimme wieder deutlich mehr Volumen, »dass die neue Regierung nicht auch Vorteile hätte. Die Leute haben wieder Arbeit. Dein August doch auch.«

Die Ladenglocke läutete, eine neue Kundin trat ein. Charlottes Körper straffte sich. »Ja, das stimmt«, sagte sie, dann drehte sie sich um und grüßte.

Luise biss sich auf die Unterlippe.

»Geht es deiner Mutter gut?«, fragte Charlotte, wieder an Luise gewandt.

»Ja, sie ist oben und passt auf ihre Enkel auf. Die hören auf sie besser als auf mich.« Luise lachte. »Du musst sie mal wieder besuchen.«

»Das mache ich«, sagte Charlotte. Dann las sie ihre Einkaufsliste vor, und Luise legte die Sachen auf die Theke.

»Anschreiben?«, fragte sie.

»Nein danke, ich zahle gleich.«

Mit einem schönen Gruß an Berta verließ Charlotte den Laden.

»Guten Tag, Lotte, wie geht's?« Aus einem Fenster im oberen Stockwerk des Nachbarhauses winkte ihr Gutmanns Else, verheiratete Minges zu, eine Frau in Charlottes Alter mit Kindern, die wiederum ebenso alt waren wie Walter und Martha. Man traf sich in der Schule, auf dem Sportplatz, bei Veranstaltungen und gelegentlich unterwegs. Im Dorf traf man sich nun mal, ob man wollte oder nicht. In letzter Zeit wäre es Charlotte oft lieber gewesen, sie hätte wieder in der Stadt leben können, trotz der schrecklichen Vorkommnisse, von denen ihr Vater schrieb. Wenigstens hätte man dort allen aus dem Weg gehen können, von denen man nicht genau wusste, ob sie einen bei nächster Gelegenheit denunzieren würden, wenn man das Falsche sagte. Aus dem Haus der Familie Minges hing eine Hakenkreuzfahne.

»Danke, gut, und selbst?«, rief Charlotte fröhlich nach oben. »Was machen die Kinder?«

»Lauter Dummheiten, was denn sonst«, lachte Else. Charlotte lachte mit, winkte und ging rasch weiter, als hätte sie es sehr eilig.

Das Dorf hatte sich verändert. Sogar die Luft schien eine andere geworden zu sein. Ihre Mutter hatte ihr früher immer erzählt, wie besonders es in der Pfalz roch, und den wunderbarsten Duft auf der Welt gebe es in Mühlbach. Charlotte hatte ihn als Kind eingeatmet, diesen Duft, und hatte versucht herauszufinden, was ihre Mutter meinte. In den letzten Jahren hatte sie geglaubt, es zu wissen, aber jetzt war alles anders. Es roch nicht mehr gut. Es war nicht mehr schön. Oben auf der Hütt ragte der halb fertige Rohbau der Kirche in die Welt.

So viel Hoffnung hatten sie mit diesem Bau verbunden. Hoffnung auf ein besseres Leben, Hoffnung auf die Hilfe von oben, wenn man so wollte. Irrationale, unbestimmte Hoffnungen.

Wäre Itzhak nicht gewesen, würde sie jetzt vielleicht so gedacht haben wie die meisten anderen, nämlich dass sich diese Hoffnungen erfüllt hatten, immerhin, wie Luise sagte, die Leute hatten auf einmal wieder Beschäftigung, es ging aufwärts, man hatte wieder etwas in der Tasche. Wäre Itzhak nicht gewesen, hätte Charlotte sich vielleicht für undankbar gehalten. Aber Itzhak war ermordet worden, nur weil er Jude war.

Die einzigen Menschen, mit denen sich Charlotte und August dieser Tage noch ungezwungen unterhalten konnten – hinter verschlossener Tür –, das waren Maria und Paul Lechner. Schlohfuchs hatte erlebt, was passierte, wenn man allzu freimütig sagte, was man dachte. Selbst August riss sich zusammen und hielt sich zurück mit offener Kritik an dem neuen Regime.

Als Charlotte nach Hause kam und die Tür hinter sich schloss, atmete sie unwillkürlich auf.

»Was ist denn?«, fragte Klara. Sie saß an der Nähmaschine und nähte einen Rock für die Frau Bürgermeister. Martha saß daneben und sah ganz genau zu.

»Ich werde auch einmal Näherin, wie Oma und wie Tante Elsa«, verkündete sie.

»Schneiderin, Marthachen, das heißt Schneiderin«, erklärte ihr Klara mit hörbarem Berufsstolz.

»Dann Schneiderin«, sagte Martha. »Warum heißt das so, man muss doch nähen, oder nicht?«

»Ja, aber das Zuschneiden ist viel wichtiger, denn wenn man das falsch macht, dann wird es am Ende auch nicht richtig. Da muss man sehr sorgfältig sein.«

»Gut«, sagte das Mädchen ernst, und mehr war nicht nötig. Damit stand fest, dass Martha einmal die sorgfältigste Schneiderin der ganzen Welt werden würde.

Nebenan in der Küche saß Walter über seinen Hausaufgaben und stöhnte.

»Was ist denn, Walter?«, fragte Charlotte. »Sind die Aufgaben so schwer?«

»Nein, so viel«, sagte der Junge, der sich selten beschwerte, wenn er etwas zu erledigen hatte.

»So viel?«

Walter drehte sich auf seinem Stuhl um und beugte sich ermattet über die Rückenlehne. »Wir haben einen neuen Lehrer«, sagte er.

»Was? Wieso weiß ich denn nichts davon?«, wunderte sich Charlotte.

»Der ist heute erst gekommen. Mit dem Bürgermeister und dem Herrn Presswein, der hat ihn vorgestellt.«

»Und euer alter Lehrer? Der Herr Dörr?«

Walter zuckte die Schultern. »Der Herr Presswein hat gesagt: ›Das ist jetzt euer Lehrer. Seid schön fleißig und lernt gut, damit das Vaterland stolz auf euch sein kann.‹«

Klara grunzte. »Der Presswein ist so ein Lackaff.«

»Mutter!«, mahnte Charlotte Klara. Die Kinder lachten über ihre Oma.

»Ein Jochnachel, hätte euer Opa gesagt«, setzte Klara noch eins drauf und freute sich, dass sie die Kinder damit erheiterte.

Charlotte hingegen hielt es für keine gute Idee, sich über Presswein lustig zu machen. »Und wie heißt der neue Lehrer?«, lenkte sie die beiden ab.

»Herr Fintzberger. Hat als Erstes seinen Stock aufs Pult gelegt«, sagte Walter. »Und der Emmes hat sie auch gleich gefasst. So richtig auf den Hintern.«

Martha riss die Augen auf und biss sich ängstlich auf die Unterlippe, als würde sie die Schläge förmlich spüren.

Charlotte strich ihr zärtlich über den Hinterkopf. »Und wo der Herr Dörr ist, hat man euch nicht gesagt?«

»Nein.«

»Hoffentlich behalten wir das Fräulein Kling, die mag ich, die ist nett, und die verprügelt nie ein Kind«, sagte Martha.

Das hatte Lehrer Dörr auch nicht getan, aber offenbar waren das Qualitäten, die neuerdings nicht mehr zählten.

Walter saß noch immer an seinen Aufgaben, als August nach Hause kam. Auch er erfuhr von dem neuen Lehrer mit dem Stock und von dem verschwundenen Herrn Dörr.

»Wer hat eigentlich Egon Presswein zum Beigeordneten gemacht?«, fragte Charlotte.

»Wahrscheinlich er selbst«, meinte August. »Beziehungsweise die Partei. Und keiner hat gewagt zu widersprechen. Ich nehme an, der neue Lehrer ist auch einer mit Parteibuch.«

Noch ein Jahr zuvor hätte man fragen müssen, das Parteibuch welcher Partei er meinte, doch inzwischen gab es nur noch ein einziges – das der NSDAP.

»Ich muss noch zur Versammlung in Brettschneiders«, erklärte August. Er aß rasch einen Teller Suppe und sagte seinen Kindern Gute Nacht. Trotz aller Bedenken hatte er nicht aufgehört, sich an der Arbeit des Kirchenbauvereins zu beteiligen. Es war das Einzige, das sie alle noch verband. Die Sache mit Schlohfuchs blendete er aus, wer wusste schon, wer den angezeigt hatte, das musste keiner von ihnen gewesen sein. Zumindest redete er sich das ein, doch an diesem Sommerabend, kurz vor seinem sechsunddreißigsten Geburtstag, lernte August etwas anderes.

Er war auf seinem Weg ins Wirtshaus, da kam ihm Willi Lehnert entgegen.

»Guten Abend, August, die Versammlung findet heute beim Leitner statt, wie es scheint.«

»Wie bitte? Wieso das denn?«

Willi zuckte mit den Schultern. »In Brettschneiders ist keiner außer dem Gustav, und der hängt schief über seiner eigenen Theke.«

»Hat er nicht gesagt, was los ist?«

»›Hau ab‹, hat er gesagt.« Willi lachte. »Kommst du?«

»Nein, geh schon mal vor, ich schau nach dem Gustav.«

»Wenn du meinst. Ich habe dich jedenfalls gewarnt. Bis gleich!«

Gerade als August die Tür des Wirtshauses öffnen wollte, rief ihn sein Bruder von hinten und gesellte sich zu ihm.

»Hast du schon gehört?«, fragte August.

»Ja, Hans' Vater hat es uns vorhin gesagt. Der Treffpunkt ist jetzt ein anderer. Der Leitner hat seine Kameraden beschwatzt. Dem ist das schon lange ein Dorn im Auge, dass wir uns in Brettschneiders treffen.«

»Aber bisher hat das sonst keinen gestört.« August stieß die Tür zum Wirtshaus auf.

»Ich glaube nicht, dass der Gustav gut auf uns zu sprechen ist«, warnte ihn Philipp.

»Ich habe ja nicht mit abgestimmt.«

»Keiner hat *abge*stimmt, der Ganter, der Völker und der Geis haben das *be*stimmt.«

»Ach, haben sie das?«, fragte August, während er noch immer die Türklinke in der Hand hielt. »Kommst du nun mit?« Doch Philipp zierte sich. »Wie viel Freibier hast du in Brettschneiders in der ganzen Zeit schon getrunken?«, erinnerte ihn sein Bruder.

»Ist ja gut, August, aber du gehst vor.«

Der Raum war dunkel und leer. Gustav lag mit dem halben Oberkörper, Kopf auf der Armbeuge, auf seiner Theke, neben sich ein Krug Bier, offenbar nicht der erste an diesem Abend.

»Raus!«, brüllte er und hob mühevoll seinen bierschweren Schädel. »Hier ist nichts los.«

»Ich hätte gern ein Bier«, sagte August und stellte sich genau vor die Theke. Der Wirt sah ihn mit scheelen Augen an.

»Für mich auch«, sagte Philipp.

»Habt ihr keine Versammlung?«, stänkerte Gustav.

»Doch, und die war bisher immer hier, stimmt's?«

»Ja. Bisher«, erwiderte der Wirt düster, erhob sich und schenkte zwei Gläser Bier ein. »Da!«

Die Tür ging auf, und Willi kam zurück. »Na? Wie macht er sich, der Gustav?«

»Raus!«, brüllte der wieder.

»Gustav, der Willi trinkt auch ein Bier«, sagte August.

Erneut öffnete jemand die Tür, der Schreiner und sein Sohn traten ein.

»Isses jetzt doch hier?«, fragte der Alte, doch Hans setzte sich, ohne eine Antwort abzuwarten, neben Philipp.

»Sieht doch aus wie eine Versammlung, oder?«, meinte er.

»Habt ihr keine Angst, dass euch der Ganter aufs Dach steigt?«, fragte Gustav.

Josef Spitzer streckte den Kopf zur Tür herein. »Isses nicht in Leitners?«

»Doch«, sagte der Schreiner missmutig.

»Ja und?«, fragte Josef.

»Es hält dich keiner«, polterte der Wirt einmal mehr.

»Aber ihr seid doch alle hier?«, entgegnete Josef, viel zu verwirrt, um von dem Gebrüll des Wirtes beeindruckt zu sein.

»Und wenn du dich dazusetzt, sind wir noch einer mehr«, sagte August. Man sah Josef an, dass er scharf nachdachte, dann erhellte sich sein Gesicht, und er trat ein.

»Ist mir sowieso lieber hier«, sagte er. »Der Leitner ist so unsympathisch mit seinem einen Bein.«

»Dafür kann aber das Bein nix«, betonte August.

Josef verzog das Gesicht und meinte, vielleicht habe in dem fehlenden Bein die ganze Güte vom Leitner gesteckt, und die sei jetzt weg. Alle lachten darüber, hielten jedoch das fehlende Bein für nicht weniger unsympathisch als den ganzen Rest vom Leitner.

»Aber da treffen sie sich jetzt«, sagte der Schreiner und seufzte.

»Und wir treffen uns hier«, erwiderte sein Sohn. »Hat uns ja keiner gesagt.«

»Doch, ich hab's euch beiden doch gesagt«, widersprach sein Vater.

Hans runzelte die Stirn. »Nee! Hab nix gehört. Du, Philipp?« Philipp schüttelte den Kopf. »Wirst es halt vergessen haben, wirst eh langsam alt.«

Hans und Philipp prosteten sich grinsend zu. Die beiden waren fast dreißig, hatten Familie, Frau und Kinder, aber wenn sie zusammen waren, benahmen sie sich, als wären sie gerade mal frisch aus der Schule, junge Lehrbuben, die zu jedem Schabernack bereit waren.

Die Tür ging erneut auf, und herein kamen Bäcker Schwan und Pfarrer Warth. Verdutzt schauten sie auf die Männer, die sich rund um die Theke versammelt hatten.

»Wo sind denn die anderen?«, fragte Bäcker Schwan.

»Deine Vereinskameraden sind beim Leitner«, bellte der Wirt.

»Aber ... ihr seid doch hier«, erwiderte der Bäcker, der nicht begriff, was Gustav meinte, »und ihr seid doch auch meine Vereinskameraden.«

Gustav lehnte sich so weit über die Theke, dass er fast auf der anderen Seite hinüberfiel. »Den anderen Verein meine ich, euren Naziverein.«

»Was hat denn das mit der Kirche zu tun?«, erkundigte sich Schwan ungerührt. »Soll ich mich jetzt teilen, oder was? Was ist das denn für ein Unsinn?«

»Und wieso hat dir vorher keiner was gesagt?«, fragte der Schreiner. »Mir haben sie's doch auch gesagt.«

»Nur dass du es vergessen hast«, erinnerte ihn sein Sohn und feixte erneut mit Philipp zusammen.

»Woher soll ich das denn wissen?«, fragte Schwan, der keine Anstalten machte, den Ort zu wechseln. »Wir waren immer hier, jetzt bleiben wir auch hier.«

»Bier?«, fragte Gustav und schob sich langsam wieder auf seiner Theke nach hinten. Der Bäcker nickte. Gustav schenkte ein.

»Und Sie, Herr Pfarrer?«, fragte er lauernd. »Auch ein Bier?«

Der Pfarrer starrte ihn ratlos an. Zweifellos hatte er die Frage richtig verstanden: Bleiben Sie hier bei uns, oder gehen Sie zu den anderen? Er starrte und starrte, als ginge es um Leben und Tod.

Viel später einmal, als Josef Spitzer schon tot war und Schreiners Hans und so viele andere, da erinnerte sich August an dieses unschlüssige Starren des Pfarrers. Dieses Wanken. Dabei schien es damals gar nicht einmal so wichtig. Es war nur bezeichnend, wie der Pfarrer, der immer so zupackend war, der dem Traum vom Kirchenbau erst seine Kraft verliehen hatte, der alles Notwendige in Bewegung gesetzt hatte, wie dieser Pfarrer da stand und sich nicht regen konnte.

»Ein Bier, Herr Pfarrer?«, fragte Gustav nach einer Weile noch einmal. Alle Augen waren auf den Kirchenmann gerichtet.

Der nickte. »Ja«, sagte er tonlos, räusperte sich und sagte noch einmal lauter: »Ja, danke!« Dann setzte er sich und war einer von ihnen.

37

Bremen im August 1934

»Nicht so hoch, Walter!« Charlotte schützte ihre Augen vor der Sonne und sah besorgt zu, wie ihr Sohn höher und höher den Apfelbaum hinaufkletterte.

»Ich passe schon auf«, rief er herunter.

»Lass ihn«, sagte Karl, »der fällt schon nicht, der Bub ist vernünftig und geschickt. Du musst mehr Vertrauen in deine Kinder haben, Lottchen.«

»Ich habe Vertrauen in meine Kinder, Papa, und nenn mich nicht immer Lottchen. Ich bin sechsunddreißig.« Sie lächelte. In Wahrheit machte es ihr nicht das Geringste aus, dass sie für ihren Vater noch immer sein kleines Mädchen war. Wenn er sie Lottchen nannte, fühlte sie sich geborgen.

»Ist gut, mein Schatz.« Karl streckte den Arm aus und bedeutete ihr, sich neben ihn auf die Bank zu setzen.

»Mama! Walter! Opa!« Die kleine Martha stürmte in den Garten, hinterher kamen Henriette und Victor.

»War das schön, Mama, du hättest dabei sein sollen. Und du, Walter. Und Opa. Walter, hast du gehört?«, rief sie hinauf in die Baumkrone.

»Habt ihr Schiffe gesehen?«, rief ihr Bruder von oben herunter.

»Nein, wir waren baden, das weißt du doch.«

»Ich will lieber zum Hafen.«

»Du und deine Schiffe!« Martha lachte. Sie fand es offenbar völlig normal, dass ihr Bruder in den höchsten Ästen herumturnte.

»Martha, stell dich mal zwischen deinen Opa und deine Mutter, ich mache noch ein schönes Foto von euch«, sagte Victor.

»Hätte ich gewusst, dass ich heute noch fotografiert werde, hätte ich mich ein wenig zurechtgemacht«, klagte Charlotte.

»Und ich hätte meinen Schnurrbart gekämmt«, lachte Karl.

»Ihr seid doch schön genug«, sagte Martha, stellte sich hinter die beiden und lachte wie der Sonnenschein selbst.

Wie sorglos in diesem Garten alles war, dachte Charlotte, als wäre man in einer anderen Welt. So war es schon immer gewesen. Sie hatte nur schöne Erinnerungen an diesen Ort. Fröhliche Feste, ihre Oma Sophia mit Tante Hedwig auf der Bank, Onkel Walter mit seiner Anna, Kinder, die lachend und johlend Fangen spielten, August und sie unterm Apfelbaum, ihr erster Kuss …

Damals war der Krieg vorbei gewesen und sie alle so voller Hoffnung, auch wenn nicht alles gut war, aber das hätte es werden können. Was inzwischen in Deutschland geschah, das hatte mit gut nur wenig zu tun. Ein paar Tage zuvor war Hindenburg gestorben, und Hitler hatte nun auch den letzten Rest Macht an sich gerissen. Er war jetzt alles: Kanzler, Präsident, Führer. Nur das, was er wirklich war, wagte man nicht auszusprechen.

Im Frühsommer war Schlohfuchs zurückgekehrt, nach einem Jahr Gefangenschaft in irgendeinem Lager in Dachau, Konzentrationslager, wie sie es nannten. Er war nicht mehr derselbe, war abgemagert, gebeugt und in sich gekehrt, redete kaum noch etwas, rauchte nicht mehr. Er half wieder beim Bau der Kirche, kleinere Handlangerdienste. Sie war so gut wie fertig. Der Kreis hatte großzügig die letzten Mittel zur Verfügung gestellt, damit man auch den Innenausbau zu Ende bringen konnte, die erhoffte Reaktion auf ein Bittschreiben des Pfarrers. Darin hatte er die Menschen in dem kleinen Dorf über den grünen Klee gelobt, ihren Fleiß und ihren Einsatz, ihre Vaterlandsliebe, die sie damit zeigten. Er hatte sich angebiedert an die neue Regierung und hatte an der alten kein gutes Haar gelassen, hatte die Kommunisten beschuldigt, das hörte man immer gern. Die nötigen Gelder waren geflossen, sogar die Zeitung hatte über den Bau und seine denkwürdige Geschichte berichtet – im Oktober würde man die Kirche einweihen. Was man sich Jahre zuvor erträumt hatte, war Wirklichkeit geworden. Der Bau war wunderschön und überstrahlte von seiner Anhöhe das ganze Dorf.

Ein Dorf, das nicht mehr eins war, in einem Land, das unschuldige Menschen wie Schlohfuchs wegsperrte, weil sie die falsche Partei gewählt hatten.

»Fahr mit den Kindern nach Bremen«, hatte August gesagt. »Du hast es doch versprochen. Ein paar Wochen nur. An meinem Geburtstag seid ihr wieder hier.«

»Das sind wir auf jeden Fall«, hatte Charlotte ihm versichert.

»Darf ich morgen wirklich mit in die Oper?«, fragte Martha. Sie umhalste ihren Großvater und setzte sich bei ihm auf den Schoß. Obwohl sie ihn so selten sah, hatten die beiden ein inniges Verhältnis, und das freute Charlotte. Vielleicht, dachte sie, tröstete es ihren Vater ein bisschen über all die Verluste der letzten Jahre hinweg.

Abends in der abgedunkelten Stube erzählte er ihr, worüber er in seinen Briefen nicht schreiben wollte und konnte. Von Sara und ihrem Trauma, zusehen zu müssen, wie Männer in braunen Uniformen auf ihren Mann einprügelten. Seit jenem Tag lebte sie bei ihrer Tochter Hannah, jedes kleine Geräusch schreckte sie auf, ein nicht enden wollendes Zittern ergriff in regelmäßigen Abständen ihre Glieder. Sie wollte niemanden mehr sehen und ging allenfalls aus dem Haus, um die Synagoge zu besuchen.

»Zum Glück sind die Verbrecher von der SA jetzt weg vom Fenster«, hatte Charlotte gesagt.

»Die Führungsriege ist weg. Und die hat man ermordet, Lotte, aus dem Weg geschafft«, entgegnete ihr Vater. »Ohne Prozess und ganz sicher nicht, weil sie Itzhak und so viele andere auf dem Gewissen hatten, sondern weil sie unserem Führer lästig geworden sind. Die Schläger sind immer noch da, der Führer wird sich ihrer auch wieder bedienen.«

»Vielleicht ...« Sie wollte etwas Hoffnungsvolles sagen, aber ihr Vater hatte wie immer recht. Da gab es nichts, was sie ihrem Vielleicht hätte hinzufügen können.

»Man muss mitschwimmen, irgendwie, und hoffen, dass die Zeit der Nazis bald vorbei ist und das Volk zur Besinnung kommt«, sagte Karl und schnaubte. »Herrmann Sperling hat übrigens auch schon ein Parteibuch.«

»Tatsächlich? Ich werde ihm nie vergessen, was er damals für Mama getan hat«, sagte Charlotte. »Er kann kein so schlechter Mensch sein.«

»Das ist er nicht. Er ist ein ganz normaler Mann mit gewissen Fehlern und einem enormen Geltungsbewusstsein, kein schlechter Mensch. Sind in Mühlbach alle Anhänger der Nazis etwa schlechte Menschen?«

»Nein«, sagte Charlotte. Natürlich nicht. Es waren zum großen Teil nette Menschen, hilfsbereite, gute Nachbarn. Und doch wägte man in ihrer Gegenwart seine Worte ab. Einer von ihnen hatte Schlohfuchs denunziert. Lehrer Dörr war verschwunden. Leute wie Presswein, Geis und Leitner hatten das Sagen.

Und sie und ihr Vater saßen am Abend in dem dunklen Zimmer und sprachen so leise, als könnte durch den Volksempfänger in der Ecke etwas nach außen dringen.

»Ja, Martha, du darfst mit in die Oper«, sagte Charlotte zu ihrer Tochter.

»Und darf ich dann das neue Kleid anziehen?«

»Aber natürlich darfst du das.«

»Und Tante Martha und Tante Ella kommen auch mit, oder?«

»Ja, die kommen auch mit.«

»Und Walter und Opa nicht?«

»Nein, die nicht.«

»Schade!«

»Wie heißt denn die Oper, die ihr sehen werdet, Marthachen?«, fragte der Großvater das Mädchen.

»Die heißt *Die Zauberflöte*.«

»Das war sooo schön!«, schwärmte Martha, als sie hinterher von der Oper erzählte. »Alle Leute waren ganz fein angezogen. Ich ja auch. Und der Saal hinter dem Eingang war sooo groß und die Treppe und der Saal, wo das Theater war …«

»… die Bühne, Marthachen«, half Charlotte.

»Ja, wo alle singen. Und sooo schön haben die gesungen und die eine Frau ganz hoch, so:« Sie machte den Mund weit auf und ahmte die Koloratur der Königin der Nacht nach, glockenklar und wunderschön. Ihrem Großvater stand der Mund offen, und selbst Charlotte bekam große Augen. Sie wusste, dass das Kind gern sang und dass es musikalisch war, aber einfach eine Opernarie nachzusingen, das war nun doch außergewöhnlich.

»Marthachen, du singst ja wundervoll!«, sagte Karl. »Magst du mir noch mehr vorsingen? Hast du dir noch ein anderes Lied gemerkt?«

»Ja, alle«, sagte das Kind.

»Alle?«

»Mhm!« Sie nickte.

»Sing mal was«, sagte Karl, während Charlotte neben ihm auf das Sofa sank.

»Ich kann aber die Worte nicht«, sagte Martha.

»Sing la la la«, schlug Charlotte vor.

»Na gut«, sagte Martha, stellte sich kerzengerade und mit gekreuzten Händen hin und sang: »De-her Vogelfä-hänger-her bin ich ja, ste-hets lus-tig hei-ßa hop-sas-sa, ich lalalalalalalala-la-la-la …« Sie musste lachen, und auch ihre Mutter und ihr Großvater schmunzelten, doch als Martha sich wieder fing und fröhlich weitersang, da tauschten die beiden verblüffte Blicke. Dieses Kind war begabt, daran gab es keinen Zweifel. Als es fertig war, spendeten sie ihm begeistert Applaus, und Martha verbeugte sich so, wie sie es bei den Sängerinnen auf der Bühne gesehen hatte.

»Gehen wir noch mal in die Oper?«, bettelte sie.

»Martha, wir wollen bald wieder heimfahren, der Papa hat doch Geburtstag.«

»Ach so, ja«, sagte Martha. »Leider gibt es in Mühlbach keine Oper.«

Und auch keine Schule, die ein Talent wie das deine fördern könnte, dachte Charlotte traurig.

»Ich gehe in den Garten und erzähle Walter alles.«

»Ich denke, das hast du schon?«

»Ich habe ihm noch nicht vorgesungen«, lachte das Mädchen und hüpfte davon.

»Wenn sie größer ist, kann sie hier in Bremen auf ein Konservatorium gehen«, sagte Karl, als hätte er Charlottes Gedanken erraten.

»Martha sagte, sie will Schneiderin werden.«

»Vielleicht weil sie bisher nichts anderes kannte«, entgegnete Karl. »So eine Stimme habe ich noch nie bei einem Kind gehört. Ein solches Talent sollte man nicht verschwenden.«

»Wir werden sehen«, wich Charlotte aus. »Sie ist ja noch so klein.«

»Ja, wir werden sehen«, sagte Karl. »Du kannst sehr stolz auf deine Kinder sein, mein Schatz.«

»Das bin ich«, sagte Charlotte.

38

Mühlbach im Herbst 1934

Es kam der Tag, für den Gustav Brettschneider ein paar Jahre zuvor eine Feier vorausgesagt hatte, die man noch bis Rutsweiler und Theisbergstegen hören würde. Und Freibier für alle. Jahre zuvor, als oben auf der Hütt noch ein mächtiger Felsen aus dem Wald herausragte und es unvorstellbar schien, dass an derselben Stelle einmal eine Kirche stehen sollte. Doch da stand sie nun, und der Tag der feierlichen Einweihung nahte.

Der Kirche fehlte nur noch eins: die Glocken. Die Mühlbacher hatten sich noch ein letztes Mal ins Zeug gelegt und Spenden gesammelt. Drei Bronzeglocken hatte man in Auftrag gegeben, und bei ihrer Ankunft versammelte sich das ganze Dorf, um sie vom Bahnhof abzuholen und in einer feierlichen Prozession an ihren Bestimmungsort zu bringen. Sorgsam auf einen Wagen geladen, gebettet auf Tannenzweige, geschmückt mit Bändern und flankiert von stolzen, weiß gewandeten BDM-Mädchen und dem nicht weniger stolzen Jungvolk, begleitet von Männern in braunen Uniformen, den Würdenträgern, dem Gesangsverein und schließlich den gewöhnlichen Dorfbewohnern, wurden die Glocken durchs ganze Dorf gefahren.

»Jetzt kennen sie sich wenigstens aus in Mühlbach«, sagte Josef glucksend zu August und Philipp Schönborn. Charlotte hielt Martha an der Hand und war froh, dass sie noch zu jung für den Bund Deutscher Mädel war. Walter hingegen kam nicht umhin, in einer schlecht sitzenden Uniform beim Jungvolk mitzumarschieren. Seine Eltern waren nicht begeistert, doch ihn davon auszuschließen wäre nicht klug gewesen, und Walter machte keinen allzu leidenden Eindruck. August war, genau wie sein Bruder und Josef, als Mitglied des Gesangsvereins dabei. Wenigstens waren Josefs humorige Bemerkungen von einigem Unterhaltungswert.

»Wieso sind die Glocken eigentlich nicht gleich groß?«, fragte er.

»Weil es so schöner klingt«, antwortete Bürgermeister Ganter, der unmittelbar vor ihm einherschritt. Er brummelte noch etwas, das sich anhörte wie »Und billiger war es auch«.

Ganter hatte sich entscheiden müssen, ob er in seiner Eigenschaft als Bürgermeister mitmarschieren wollte oder beim Gesangsverein. Diese und andere drängende Fragen hatte er intensiv in Leitners mit seinen Kollegen vom Kirchenbauverein diskutiert. Ausnahmsweise waren wieder einmal alle geschlossen versammelt gewesen, weil man die Glockenweihe wie auch die Einweihungsfeierlichkeiten Anfang Oktober besprechen musste. Sogar Gustav Brettschneider hatte sich bei seinem Konkurrenten eingefunden, jedoch das Bier abgelehnt, das ihm der Leitner, der nur noch in Uniform herumlief, grinsend angeboten hatte. Wo der Bürgermeister mitlaufen und in welcher Reihenfolge man Aufstellung nehmen sollte, die Strecke der Prozession, der Ablauf der Weihe, alles wurde haarklein geplant. Die Fahnenträger wurden ausgesucht, eine besondere Ehre war das. Wie viele Fahnen? Zwei vorne, zwei hinten? Hakenkreuzfahnen. Man musste schließlich zeigen, wem man die Kirche zu verdanken hatte.

Laut hatte August seinem Ärger zu Hause im Schlafzimmer bei geschlossenen Türen Luft gemacht. »Was haben die Nazis mit unserer Kirche zu tun? Wir haben das zustande gebracht, wir ganz allein.«

Es half nichts. Die Nazis hatten jetzt mit allem etwas zu tun. Sogar mit den Glocken der Kirche. Auch das wurde in der Versammlung beratschlagt: die Namen der Glocken. Glocken erhielten der Tradition nach Namen. Jesus Christus war der erste und naheliegende Vorschlag und kam von Gustav. Den nächsten äußerte der Schreiner: »Wir sind protestantisch, also heißt die zweite Martin Luther, würde ich sagen.« Allgemeines Nicken. Dann kam der Geis mit seinem Vorschlag: »Die größte heißt dann Adolf Hitler, das ist doch wohl klar.«

Wieder nickten die meisten, weniger überzeugt als bei Luther oder Jesus, aber sie nickten, und der Rest widersprach zumindest nicht.

Auch darüber schimpfte August im stillen Kämmerlein, und Charlotte stimmte ihm zu. »Aber so ist es nun mal in der heutigen Zeit, August, wir können es nicht ändern. Was soll's? Die Glocke hängt da oben, und letztlich ist es doch egal, wie sie heißt. Sollen sie doch ihren Adolf Hitler haben.«

»Es ist Gotteslästerung«, sagte August.

»Seit wann bist du so gläubig?«, fragte ihn Charlotte.

»Seit Adolf Hitler größer ist als Jesus Christus.«

»Wir werden ja sehen, ob er das ist.«

»Schön, unsere Glocken«, sagte Josef und las, was auf der großen eingraviert war: »Unser Glaube ist der Sieg, der die Welt überwunden hat. Erster Johannes fünf Punkt vier. Schön!« Ein verklärtes Lächeln huschte über sein Gesicht. »Was heißt das?«, fragte er dann.

»Es heißt, was es heißt, Josef«, zischte Ganter von vorn. »Gib jetzt mal Ruhe.«

Die Glocken gelangten schließlich an ihr Ziel und wurden feierlich geweiht. Neben dem Wagen stehend, hielt der Pfarrer eine denkwürdige Ansprache, in der er auch auf die Namensgebung Bezug nahm: »Luthers Erbe, ein Geschenk der Vergangenheit an die Gegenwart, Hitler, ein Geschenk Gottes an ein dankbares Volk, und über allem Jesus Christus gestern und heute und in Ewigkeit.« Die Umstehenden waren tief ergriffen. Der Pfarrer räusperte sich, als müsste er den Nachgeschmack seiner eigenen Worte loswerden.

Nachdem der Gesangsverein noch ein geistliches Lied angestimmt hatte, verlief sich die Gemeinde, nur die Männer blieben zurück, die sich angeboten hatten, die Glocken in den Turm zu bringen und aufzuhängen. August war darunter, Philipp, Hans und der Schreiner natürlich, weil diesen drei die wichtigste Aufgabe zukam, Gustav Brettschneider, Willi und Ernst Lehnert, Josef, und zu aller Überraschung hatte sich auch Schlohfuchs gemeldet. Stumm war er an der Seite seiner Frau im Zug mitgelaufen. August hatte beobachtet, wie Therese ihrem Mann hinterher etwas ins Ohr flüsterte und ihm aufmunternde Zeichen gab. Daraufhin kam Schlohfuchs zu der Gruppe und fragte, ob sie noch einen Mann gebrauchen konnten.

»Natürlich, Schlohfuchs«, sagte August sofort. »Einen wie dich können wir immer brauchen.« Schlohfuchs hob nur kurz den Blick, vielleicht hatte er auch lächeln wollen, aber es gelang ihm nicht.

»Also, wie machen wir das jetzt?«, fragte Willi, stemmte die Arme in die Seite und blickte an dem Gerüst hinauf, das an der Außenseite der Kirche bis zum Glockenturm führte. Der Turm war nach zwei Seiten hin offen, sodass die Glocken frei schwingen konnten. Der Glockenstuhl war bereits aufgebaut und die Glocken an ihrem Joch befestigt. Der Schreiner gab seine Anweisungen, sodass jeder wusste, was er zu tun hatte. Es war keine leichte Aufgabe, die Glocken nach oben zu befördern, und wollte gut geplant sein.

»Wen hängen wir zuerst auf?«, fragte Josef.

Der Schreiner lachte: »Du meinst, welche hängen wir zuerst auf.«

»Nein, nein«, mischte sich sein Sohn ein. »Der Josef hat schon recht, ich meine, die Glocken haben doch wohl nicht umsonst einen Namen, den sollte man auch benutzen.«

»Ich finde, Adolf Hitler gehört als Erster aufgehängt«, sagte August.

»Richtig«, sagte sein Bruder. »Und wohin mit ihm? Ganz nach oben? Oder lieber nach unten?«

»Ganz nach oben, denke ich«, fiel Hans ein. »Was meinst du, Schlohfuchs: Sollen wir Adolf Hitler nicht so hoch wie möglich hängen?«

Schlohfuchs begann hektisch zu atmen. »Ja«, sagte er, »ja, ganz hoch hängen, den Adolf, ganz nach oben.«

»Ich finde eigentlich, die kleinste Glocke sollte ganz oben hängen. Also Jesus Christus über Martin Luther und ganz unten Hitler«, fand Willi, sein Bruder Ernst nickte.

»Aber unseren Hitler hier hängen wir zuerst auf«, sagte August und deutete mit dem Fuß auf die große Glocke, dabei trat er wie zufällig genau dahin, wo man das Hakenkreuz eingraviert hatte. Die Glocke ließ einen dumpfen Schmerzenston vernehmen.

»Ich glaube, er will eine Rede halten«, sagte Schlohfuchs.

Die anderen prusteten leise, und ganz allmählich stahl sich das alte Grinsen in Schlohfuchs' Gesicht. »Hat einer von euch eine Zigarette?«, fragte er.

Am Abend läuteten die Glocken zum allerersten Mal, und es gab keinen Menschen im Dorf, den es in seinen vier Wänden hielt. Auch Charlotte, August, Klara und die Kinder standen draußen und blickten bewegt hinüber zur Kirche. Walter und Bine gesellten sich zu ihnen.

»Hätte das die Lina noch erlebt«, sagte Walter. »Damals bei unserer Hochzeit waren wir noch in Theisbergstegen, weißt du noch, Bine?«

»Ja, aber da konnten wir wenigstens mit der Kutsche fahren, die haben meine Eltern uns spendiert, weißt du das auch noch, Walter?«

»Ja. Aber wie oft sind wir die ganze Strecke gelaufen.«

»Bei der Hochzeit vom Ludwig, damals, da hab ich mich geärgert über den Heinrich, der hat uns laufen lassen in unseren Festkleidern, weißt du das noch, Lotte?«

»Ja, Tante Bine, das weiß ich noch.«

Die Glocken tönten über das Tal, und die Leute horchten hinauf, und die Älteren erinnerten sich an so manchen Weg, den sie früher in die weit entfernte Kirche in Theisbergstegen zurückgelegt hatten und den sie sich jetzt sparen konnten.

»Aber das Allerschönste ist«, flüsterte August seiner Lotte ins Ohr. »Heute haben wir Adolf Hitler aufgehängt.«

39

Bremen im Sommer 1936

Das Olympiajahr. Seit der Beerdigung ihrer Mutter war es das erste Mal, dass Charlotte mit der ganzen Familie nach Bremen reiste. August und Walter, der seit dem vergangenen Jahr in der Lehre war, hatten Urlaub, Martha Ferien, man konnte problemlos gemeinsam verreisen, ohne etwas zu verpassen oder auf Einkommen zu verzichten, und die Bahnfahrt war günstiger denn je. Selbst dem ärmsten Arbeiter wurde es ermöglicht, an Vergnügungen teilzunehmen, die sich früher nur die Bessergestellten hatten leisten können. Ein Kino-, ja selbst ein Theaterbesuch war nun für jeden erschwinglich, jeder konnte in Urlaub fahren und die ganze Familie mitnehmen. Und die vier Schönborns konnten alle zusammen den Bremer Opa besuchen. Es waren gute Zeiten angebrochen. So schien es.

»Stell dir vor, Hennemanns sind doch tatsächlich nach Berlin zu den Spielen gefahren«, erzählte Charlotte ihrem Vater. »Und ihre Unterkunft ist ganz in der Nähe des Stadions und gar nicht teuer.«

»Soso«, brummte Karl.

»Kraft durch Freude«, murmelte August.

»Ja, jeder Deutsche soll an dem Ereignis teilhaben können«, sagte Charlotte.

»Jeder Deutsche mit einem Ariernachweis«, korrigierte ihr Vater sie.

Charlotte biss sich betreten auf die Lippe. Natürlich, der Ariernachweis! Seit dem vergangenen Jahr war per Gesetz geregelt, wer als vollwertiger Reichsbürger galt und wer nicht. Arisch musste man sein, von reinem deutschem Blut. Jeder andere galt als minderwertig und wurde auch so behandelt, allen voran Zigeuner und Juden. Immer mehr Rechte wurden diesen Menschen weggenommen, das Recht auf die Ausübung ihrer Berufe, sogar das Recht zu lieben, wen man wollte. Manchmal vergaß Charlotte das alles, denn in Mühlbach lebten keine Juden – nicht offiziell zumindest, und auch bei Maria und Paul vergaß sie meistens, dass sie jüdisch waren. Allerdings würden auch Lechners ihre Abstammung irgendwann nachweisen müssen. Für Paul als Architekt dürften sich daraus keine größeren Probleme ergeben, dachte Charlotte, aber was, wenn die Mühlbacher erfuhren, dass ein Jude ihre Kirche geplant und die Bauleitung übernommen hatte?

Manchmal vergaß sie auch Schlohfuchs und was er ihnen nach und nach über seine Zeit im Konzentrationslager anvertraut hatte. Schlimme Dinge, die man keinem wünschte.

Es ging ihnen gut, und wem es gut ging, der war geneigt, zu vergessen und zu verdrängen. Sie hatten sich daran gewöhnt, dass man bestimmte Dinge zu tun hatte und andere besser lassen sollte. Walter war wie alle Jungs im Ort Mitglied der Hitlerjugend geworden, und Martha würde in den Jungmädelbund eintreten, denn all ihre Freundinnen machten dort mit. Es war auch nichts dabei, eine Freizeitbeschäftigung für die Kinder und Jugendlichen, mehr nicht, redete sich Charlotte ein, daran war nichts falsch, doch ihr Vater sah das anders.

»Die ziehen sich ihre künftigen Soldaten heran«, sagte Karl. »Die wissen schon, auf wen es ankommt. Nicht auf alte Männer wie mich, die nicht mehr zu bekehren sind, sondern auf die Kinder.«

»Ach was, Papa, die Kinder sind einfach nur beschäftigt«, versuchte Charlotte, seine Bedenken zu zerstreuen. Sie hätte auch sagen können: Welche Wahl haben wir denn? Sollen wir unsere Kinder von allen Aktivitäten im Dorf ausschließen? Sollen wir wieder zu Außenseitern werden oder Walter und Martha zu Außenseitern machen?

»Schon gut, Lotte, schon gut«, sagte Karl, und sie wusste, dass er seine vielen Argumente hinunterschluckte, mit denen er ihr hätte klarmachen können, was sie selbst wusste, wenn sie es nicht gerade verdrängte: Sie lebten in einer Diktatur, und wohin das führte, hatte er ihr schon bei ihrem letzten Besuch prophezeit.

»Diktatoren sind für gewöhnlich nicht damit zufrieden, die absolute Macht in ihrem eigenen Land zu besitzen, sie wollen Macht über andere Länder, und die verrücktesten wollen die Macht über die ganze Welt. Hitler ist so ein Verrückter, schau ihn dir doch an.«

Sie dachte oft an diese Worte, aber gerade jetzt deutete nicht das Geringste darauf hin. Es war Olympiade, die Welt war zu Gast in der Hauptstadt, man feierte wundervolle Spiele. Konnte es einen größeren Beweis dafür geben, dass ihr Vater dieses Mal zu pessimistisch war?

»Auf alle Fälle ist es wunderbar, dass ihr wieder einmal hier seid. Ihr alle«, sagte Karl versöhnlich. »Wir machen es uns schön, nicht wahr?«

»Das machen wir, Papa!«, sagte Charlotte.

Karl war alt geworden. Wenigstens fühlte er sich so. Fünfundsechzig, ja, das war alt. Seine Stellung bei Herrmann Sperling hatte er im Jahr zuvor aufgegeben und war in Rente gegangen. Herrmann hatte das Zepter ohnehin an seinen Sohn abgegeben und machte jetzt Karriere in der Politik. Die Arbeiter waren versorgt und nicht mehr auf einen Fürsprecher angewiesen. Seit Jahren hatte Karl nur darauf gewartet, dass er endlich zu Hause bleiben konnte. Ella war ihm als Gesellschaft geblieben. Und seine Erinnerungen. Jeden Tag ging er auf den Friedhof zu Lina und redete mit ihr, als ob sie noch da wäre, und am Schluss versprach er ihr jedes Mal, zuversichtlich zu bleiben, der alte Karl. Nur an dem Tag, an dem Itzhak gestorben war, nicht. »Das wäre eine Lüge, Lina, und ich habe dich noch nie angelogen. Mir ist die Zuversicht vergangen. Ich fürchte, das ist erst der Anfang, und wir gehen dunklen Zeiten entgegen.«

Doch jetzt, als seine Lotte und ihre Familie da waren, riss er sich wieder zusammen. Lina hätte das so gewollt. Er sprach nicht ständig davon, was er für die Zukunft ahnte, genau wie er es schon einmal geahnt hatte. Er ließ ihnen ihre gute Laune und ihre Hoffnungen. Er wusste, dass sie damit ihre Sorgen und Befürchtungen verdrängten, und er ließ sie. Vielleicht hatte er ja dieses Mal unrecht. Vielleicht täuschte er sich, und die Welt blieb jetzt so, wie sie war. Aber er spürte es, mit jeder Zelle seines Körpers. Als würde das Unheil bereits an ihm nagen.

Es war nicht allein Itzhaks Ermordung, es war nicht allein das Verbot von Parteien und Gewerkschaften und die völlige Umgestaltung einer Republik, in die er einmal solche Hoffnungen gesetzt hatte. Es waren die Menschen, die allzu sorglos und gutgläubig waren, die die Zeichen verkannten oder nicht beachteten, weil es ihnen gerade gut ging, die einem einzelnen Mann hinterherliefen, wie einst ihrem Kaiser, die sich das *Guten Morgen* nehmen ließen und gegen ein *Heil Hitler* eintauschten. Ein guter Morgen, ein guter Tag, ein guter Abend, das war nichts mehr wert in diesem Land. Nichts war mehr gut. Unheil Hitler. Karl ahnte es.

Er lief mit seinen Kindern und Enkeln durch die Stadt, umweht von Hakenkreuzfahnen, dazwischen Olympiaflaggen, um die Sportler aus aller Welt zu begrüßen. In den Kaffeehäusern saßen glückliche Menschen. Die Kaufhäuser und Geschäfte waren belebt. *Garantiert arisch*, damit wurde geworben.

Karl bemerkte mit einiger Erleichterung Charlottes und Augusts Blicke, wenn sie solche Schilder in den Schaufenstern entdeckten.

»Damit man gleich weiß, wo man sich sehen lassen kann und wo nicht«, sagte er beiläufig. »Übrigens weiß ich aus erster Hand, dass Hermine von Schlettow noch immer ihren jüdischen Arzt konsultiert, heimlich. ›Er ist nun mal der Beste‹, meint Herrmann.«

»Na also«, sagte Charlotte. »Wenn sogar Herrmann Sperling das einsieht, dann wird bald jeder einsehen, dass man es sich nicht leisten kann, Menschen auszugrenzen und zu boykottieren, nur weil sie einen anderen Glauben haben.«

»Es geht denen nicht um den Glauben, Lotte«, erklärte ihr Vater. »Sie nennen es Rasse. Selbst wenn ein Jude zum Christentum konvertieren würde, würde das nichts daran ändern, dass er den Nazis als Jude gilt.«

Charlotte sah ihren Vater fragend an.

»Ich hatte neulich, als ich Sara besuchte, ein längeres Gespräch mit Aaron.«

»Aaron ist wieder in Bremen?«

»Seit Kurzem, ja. Er wohnt jetzt mit seiner Frau und seiner Tochter bei Hannah und arbeitet als Bürogehilfe in einer Textilfabrik, eigentlich als Rechtsberater, aber das nennen sie nicht so, denn diese Tätigkeit darf er ja nicht mehr ausüben. Er bekommt nur einen Hungerlohn, muss aber froh sein, dass er überhaupt noch etwas verdienen kann.«

»Er wohnt bei Hannah? Haben die denn so viel Platz?«

»Er hat keine andere Wahl, denn er hat nirgendwo eine Wohnung gefunden. Hannah und ihr Mann haben zwar ein kleines Haus, aber viele Zimmer gibt es da nicht. Und ihre Mutter wohnt auch dort«, sagte Karl. »Sie rücken eben zusammen.«

»Denkst du, wir könnten sie besuchen? Oder einladen? Ich würde Aaron gern einmal wiedersehen. Was meinst du, August?«

»Ich würde Aaron gern kennenlernen«, sagte August. »Ich habe früher so viel von ihm gehört.«

»Früher war früher, und heute ist heute«, sagte Karl.

»Kommt rein, kommt rein«, sagte Hannah freudig und winkte sie ins Haus. Ihre Haarpracht war in einem eleganten Dutt am Hinterkopf zusammengefasst, etliche graue Strähnen zogen sich hindurch, doch das warmherzige Strahlen in ihrem Gesicht ließ sie noch immer so jugendlich und frisch wie früher aussehen. »Charlotte, wie schön! Und deine Kinder sind ja so groß geworden. Walter, du bist ja ein richtiger junger Mann. Du gehst in die Lehre, richtig?«

»Ja, in unserer Kreisstadt. Ich werde Schlosser.«

»Automobilschlosser womöglich? Das ist sehr im Kommen.«

»Ja, das wäre ich am allerliebsten«, sagte der Junge mit einem verlegenen Blick zu seinen Eltern.

»Und du, Martha, ich habe gehört, du kannst wunderschön singen, vielleicht singst du uns nachher etwas vor?«

Martha biss sich verschämt auf die Unterlippe, ganz ähnlich, wie es Charlotte oft tat. »Ich weiß nicht, ob ich mich das traue«, gab sie treuherzig zu.

»Du musst nicht«, versicherte ihr Hannah, »nur wenn du möchtest.«

Dann wandte sie sich an August. »Schön, dass wir uns endlich einmal richtig kennenlernen. Ich bin Hannah Wieland.«

»August Schönborn.« August schüttelte ihre Hand.

»Aber wir sind schon per Du, nicht wahr?«, sagte Hannah.

»Gern!«

Sie stellte ihnen anschließend ihren Mann Edgar vor, einen groß gewachsenen, zurückhaltenden Mann, der gewisse Ähnlichkeit mit Itzhak hatte, sowie ihre Tochter Esther, die zwei Jahre älter war als Walter, aber viel jünger wirkte und dazu sehr unschuldig und schüchtern. Beide wurden rot, als sie einander die Hand schüttelten.

Sara saß in einem Schaukelstuhl im Wohnzimmer des Hauses und schien durch die Besucher hindurchzusehen, als sie eintraten. Charlotte erschrak. Sie hatte Sara Roth als schöne Frau von lebhaftem und energischem Wesen in Erinnerung. Ihren schüchternen, zurückhaltenden Mann hatte sie mit ihrem Temperament immer ein bisschen mitgerissen. Jetzt war sie grau, von Kopf bis Fuß, und wirkte völlig leblos.

Hannah näherte sich ihrer Mutter behutsam, berührte sie sachte am Arm und flüsterte: »Onkel Karl ist da und Charlotte mit ihrer Familie.«

Sara hob langsam den Kopf, so langsam, dass man das Gefühl hatte, die Zeit bliebe stehen. Ein schwaches, wenn auch interessiertes »Ja?« war alles, was aus ihrem Mund kam.

»Schau, das hier ist August Schönborn, der Mann von Charlotte. Du wolltest ihm doch immer mal den Kopf waschen, weil er sie von uns weggeholt hat. Jetzt wäre die Gelegenheit.«

Hannah schmunzelte. Und auch Saras Mundwinkel zogen sich ein wenig nach außen, ein bleischweres Lächeln. Aber wie schön, es zu sehen! Langsam hob sie die Hand und drohte August mit dem Finger. »Sie sind das also«, hauchte sie kraftlos.

»Ja, Frau Roth, und es tut mir aufrichtig leid«, sagte August, der auf den humorvollen Ton einging.

Sara streckte ihm die Hand hin, er nahm sie und schüttelte sie behutsam. »Schöner Name, Schönborn«, sagte sie leise, »Schön geboren!«

Charlotte trat hinzu und kniete sich neben sie. »Guten Tag, Tante Sara. Ich freue mich so, dich zu sehen.«

Sara strich ihr mit der Hand übers Haar. »Ich mich auch, mein Kind«, sagte sie. »Groß bist du geworden.«

»Ja«, lachte Charlotte, »das bin ich. Und schau, meine beiden Kinder sind auch nicht mehr so klein.« Damit stellte sie ihr Martha und Walter vor. Auf einmal waren Schritte im Treppenhaus zu hören. Die Tür wurde geöffnet, und da stand er: Aaron. Charlotte suchte in ihrem Gedächtnis nach ihrer letzten Begegnung. Wann war das gewesen? Kurz vor Beginn des Krieges waren sie ausgegangen, hatten sich sogar geküsst, wenn man die flüchtige Berührung ihrer Lippen so nennen wollte. Doch dann war der Krieg gekommen und hatte alles verändert. Sie hatten sich noch ein paarmal geschrieben, doch Aaron war nicht mehr derselbe gewesen, war ein Kind des Krieges geworden, hatte sich beweisen wollen, gerade wegen seiner jüdischen Herkunft. Nach dem Krieg hatten sie sich einmal noch kurz gesehen und ein paar flüchtige Worte gewechselt, aber wann das war, hätte sie nicht mehr sagen können.

Jetzt stand er da und erinnerte sie daran, was hätte sein können, wäre der Krieg nicht gewesen. Er sah noch immer gut aus, der harte Zug um seinen Mund stand ihm, das angegraute Haar und die steile Falte über der Stirn. Da war nichts Weiches mehr, nichts, was an den stillen, bücherlesenden hübschen Jungen von damals erinnerte.

»Charlotte!«, sagte er und lächelte, und auf einmal war er doch wieder der Alte, zurückgeholt aus der Vergangenheit durch ein einziges Lächeln.

»Aaron!«

Sie gingen aufeinander zu, wollten sich die Hände reichen, ließen es und umarmten sich stattdessen. Dann begrüßte Aaron als Erstes August. Täuschte sie sich, oder war der Handschlag zwischen den beiden Männern besonders fest? Was dachte August? Schließlich wusste er, dass sie einmal in Aaron verliebt gewesen war. Oder zumindest für ihn geschwärmt hatte.

»Lottchen! Wo bist du denn mit deinen Gedanken?«, hörte sie auf einmal ihren Vater.

»Wie bitte? Entschuldigung«, sagte sie peinlich berührt.

Aaron lachte. »Ich vermisse deine vehemente Empörung von früher, wenn dich irgendjemand Lottchen nannte.«

»Ich kann mich mittlerweile besser beherrschen«, sagte Charlotte. »Entschuldigt, ich war kurz in Gedanken.«

»Das lässt sich wohl nicht vermeiden, wenn man sich so lange nicht gesehen hat. Da läuft ein Film im Kopf ab, ist es nicht so?«

»Ich vermute, dass es so ist, aber ich gehe nicht ins Kino«, erwiderte Charlotte.

»Wie bitte? Ihr müsst ins Kino gehen«, sagte Aaron, »Seit der Erfindung des Tonfilms ist das eine der angenehmsten Zerstreuungen dieser Tage. Was wäre ich ohne mein Kino!«

Es war der Beginn einer angeregten Unterhaltung. Aarons Frau Ruth kam hinzu und seine Tochter Greta, die nur wenig älter war als Martha. Die Kinder verstanden sich auf Anhieb, vielleicht weil alle ein wenig schüchtern waren und ausgesprochen freundlich.

Es war fast wie früher. Drei Generationen zusammen, Lachen, Reden, Tee und Kuchen. Sie unterhielten sich über die Spiele, besonders über die Siege von Jesse Owens, einem schwarzen Läufer aus Amerika. »Ich habe seinen 200-Meter-Lauf in der Wochenschau gesehen«, erzählte Aaron. »Das war atemberaubend.«

»Sie haben es in der Wochenschau gezeigt?«, fragte Karl. »Das wundert mich, wo doch ein Schwarzer einen angeblich haushoch überlegenen Weißen besiegt hat.«

»Ja, mich hat es auch gewundert, aber er hat bisher dreimal gewonnen, und mit der Staffel wird er noch ein viertes Mal gewinnen, ganz sicher. Das kann man nicht einfach ignorieren.«

»Ich könnte mir vorstellen, dass sich der Führer jedes Mal die Haare gerauft hat«, sagte Hannah.

»Wie das wohl aussehen mag«, überlegte Aaron. Alle lachten, doch gleich warfen die Erwachsenen sorgenvolle Blicke zu den Kindern, die jedoch vollauf mit sich selbst beschäftigt waren. Und auch Sara schien wieder weit weg, und bald darauf zog sie sich erschöpft in ihr Zimmer zurück.

»Sie schläft viel«, erklärte Hannah. »Leider träumt sie auch ab und zu. Und dann hören wir sie. Und allein das verschafft uns eine Vorstellung davon, was damals vorgefallen sein muss.«

»Und es wurde nie jemand angeklagt?«, fragte Charlotte.

»Nein. Nie«, sagte Aaron.

»Herrmann Sperling hat seine Beziehungen spielen lassen und einen Abnehmer für den Laden gefunden«, sagte Karl und schnaubte.

»Einen Abnehmer, der einen Spottpreis gezahlt hat, nach dem Motto, wir könnten froh sein, dass uns überhaupt jemand etwas dafür gibt«, fügte Aaron hinzu. »Ich könne ja versuchen, das Geschäft selber weiterzuführen, hat er gemeint.«

»Letzten Endes gehen wir davon aus, dass es von Anfang an jemand auf den Laden abgesehen hatte«, sagte Hannah. »Die Lage war im Grunde unbezahlbar, mitten in der Stadt. Der Ruf war hervorragend und die Kunden treu. Unsere Stammkunden haben sich nicht einmal von den Boykottaufrufen abhalten lassen.«

»Jemand war scharf auf den Laden und hat ihn sich auf diese Weise genommen«, sagte Aaron. »Es war eiskalter Mord. Und keinen hat es interessiert.«

»War ja nur ein Jude«, sagte Hannah leise.

Charlotte wusste nicht, was sie sagen sollte. Sie hätte gern behauptet, dass es ja inzwischen besser geworden war, dass man die Juden mittlerweile in Ruhe ließ. Aber das stimmte nicht, ganz im Gegenteil.

»Kinder, wollt ihr nicht in den Garten gehen?«, rief Karl der Jugend zu. »Es ist so schönes Wetter.«

»Gern!«, sagte Esther und warf Walter einen schüchternen Blick zu.

»Aber nicht auf die Bäume klettern, Walter«, sagte Karl. »Unterhalt dich mit dem hübschen Mädel, verstanden?«

Die Kinder machten, dass sie rauskamen.

»Papa!«, rügte Charlotte ihren Vater. »Bring Walter doch nicht so in Verlegenheit.«

»Ich wollte nicht, dass sie hören, was wir hier bereden.«

»Ich weiß. Trotzdem.«

August, der bisher geschwiegen hatte, erzählte von Maria und Paul in Mühlbach.

Aaron seufzte. »Tja, die werden wahrscheinlich demnächst Probleme kriegen.«

»Außer sie können weiter verheimlichen, dass sie Juden sind«, meinte Charlotte.

»Das wird wohl nicht möglich sein«, sagte Aaron. »Tatsache ist, man will uns aus dem Land vertreiben. Deutschland soll komplett arisch werden.«

»Aber warum nur?«, fragte August. »Ich verstehe das nicht.«

»Das muss man nicht verstehen. Wahnsinnige muss man nicht verstehen.«

»Ich überlege manchmal, ob es nicht besser wäre, wir würden gehen«, sagte Ruth. »Nach Amerika oder in ein anderes Land in Europa.«

»Als wenn das so einfach wäre«, entgegnete Aaron.

»Vor Jahren hat uns ein guter Freund von mir besucht«, erzählte August. »Das war noch, bevor Hitler an die Macht kam. Er lebt jetzt in Amerika und schreibt mir ab und zu, auf Englisch, damit er es besser lernt. Aber er sagt, dort ist auch nicht alles Gold, was glänzt.«

»Hat er es bereut?«, fragte Ruth.

»Nein, das nicht, schon gar nicht, nachdem hier eingetroffen ist, was er vorausgesagt hat«, erwiderte August.

»Siehst du«, sagte Ruth zu Aaron und sah ihn flehentlich an.

Aaron erwiderte ihren Blick finster und entschlossen. »Ich gehe nicht weg. Ich lasse mich nicht vertreiben. Das ist mein Land genauso wie ihres. Ich habe im Krieg für dieses Land gekämpft. Ich habe hier studiert, bin Anwalt geworden. Ich bin jemand. Ich lasse mich nicht aus dem Weg räumen.«

Ruth senkte den Kopf.

»Wir haben auch schon darüber nachgedacht«, sagte Hannah. »Aber wir können Mama nicht aus ihrem Zuhause reißen. Wir haben doch hier ein Leben, das kann man doch nicht einfach aufgeben, nur weil wir dem momentanen Regime nicht passen.«

»Die Menschen werden sich besinnen, und dann kommen wieder andere Zeiten. Man muss da jetzt durch«, sagte Aaron.

»Was ist mit den Rosenthals?«, fragte Charlotte.

»Onkel Emil nimmt demnächst ein Engagement in Amsterdam an, Tante Leah geht natürlich mit«, erklärte Hannah. »Wilhelm und Eugen sind mit ihren Familien noch hier, aber vielleicht gehen sie auch in die Niederlande.«

Ruth warf Aaron einen beschwörenden Blick zu, doch der schüttelte erneut den Kopf. »Ich lasse mich nicht aus meiner Heimat vertreiben.«

40

Mühlbach am 10. November 1938

»Ich hab nichts gemacht, Papa, das schwör ich dir. Ich hab nichts gemacht.«

Vater und Sohn standen sich gegenüber und starrten einander an.

Nicht du auch, sagte Augusts Blick.

Bitte, glaub mir, sagte der von Walter.

Nur einen Moment zuvor war der Junge nach Hause gekommen. Schwankend auf seinem Fahrrad, der Schock stand ihm noch ins Gesicht geschrieben, und doch musste August es genau wissen. Hatte sein Sohn sich an den Verbrechen beteiligt, von denen man sich im Dorf erzählte? Nur dass sie es nicht Verbrechen nannten, sie nannten es Sühneaktion und fühlten sich im Recht. Endlich zeigte man es diesen Juden einmal. Überall im Land, hieß es, vereinigten sich die Deutschen und ... zeigten es ihnen. Ein wilder, ungezügelter Mob, allen voran Mitglieder der SA, setzten Synagogen in Brand, verwüsteten Geschäfte und Wohnungen von Juden, malträtierten Menschen, die nichts verbrochen hatten. Auch in Kusel hatte man gewütet. Am Morgen hatte Presswein seine Kumpane von der SA zusammengetrommelt, hatte Knüppel und Äxte eingepackt und Ohliger angewiesen, den Traktor mit Anhänger vom Bauernhof zu holen. Geis hatte nichts einzuwenden gehabt, und selbst wenn, hätte er Presswein sicher nicht widersprochen. Längst hatte der im Dorf das Sagen, mit einer Telefonverbindung direkt zum Gauleiter.

»Mich wundert nur, dass der Presswein diesmal gar nicht in seiner Uniform war, wo er die doch normalerweise nicht auszieht«, meinte Ida Hennemann, die natürlich wieder einmal alles mitbekommen hatte, zu Klara.

Bereits am frühen Nachmittag kam August aus dem Steinbruch.

»Unser Betriebsleiter ist in der SA«, sagte er düster. »Und etliche Arbeiter auch. Die sind alle losgezogen.«

»Wohin denn?«

»Nach Glan-Münchweiler, soweit ich weiß. Erst mal, hieß es.«

»Und was machen die dort?«, fragte Charlotte verständnislos.

Sie sollten es wenig später erfahren, was sich in Kusel, in Glan-Münchweiler und in anderen Ortschaften im Kreisgebiet zugetragen hatte, überall, wo es jüdische Einwohner gab.

Als Ohligers ältester Sohn heimkam, berichtete er von seinen Großtaten, beschrieb die Größe der Wackersteine, mit denen sie die Fensterscheiben eingeworfen hatten, prahlte damit, wie sie Ladeneinrichtungen zerstört, Wohnungen verwüstet und Menschen in Angst und Schrecken versetzt hatten. »Denen haben wir es gezeigt, alle haben mitgemacht«, rief der Ohliger-Sohn, rotwangig vor Aufregung.

Alle haben mitgemacht. Der Satz war August durch Mark und Bein gefahren. Alle! Walter arbeitete in Kusel. Was, wenn er auch mitgemacht hatte? Wenn er sich hatte anstecken lassen von den anderen.

»Das hat er nicht, August«, versuchte ihn Charlotte zu beschwichtigen, doch er hörte den Zweifel und die Angst in ihrer Stimme.

Draußen auf der Straße kamen die Leute zusammen und ließen sich davon erzählen.

»Der Presswein hat Bescheid gesagt und gemeint, das wollen wir doch nicht verpassen. Da muss man dabei sein, wenn Deutschland Rache übt für diesen feigen Mord«, posaunte der Ohliger-Sohn stolz heraus. August schloss die Augen. Er war sicher, dass der Junge vorher nicht einmal etwas von den Ereignissen in Paris gehört hatte, geschweige denn die Zusammenhänge kannte oder wusste, wer da überhaupt erschossen worden war. Aber das spielte auch keine Rolle. Eine Traube von Menschen stand um ihn herum und hörte ihm zu, einige nickten eifrig. Recht so! Gut gemacht! Andere Gesichter blieben leer.

»Aber die Leute in Kusel haben doch nichts angestellt«, rief die uralte Mutter von Bäcker Schwan empört. »Was können die denn dafür?« An die achtzig Jahre alt war die Frau, doch der neunzehnjährige Ohliger brüllte sie an: »Das ist die internationale Judenverschwörung. Die sind da alle beteiligt. Halt dein Maul, wenn du nichts verstehst!«

Klatsch! machte es da, als ihm Ida Hennemanns flache Hand ins Gesicht knallte.

»So sprichst du nicht mit alten Leuten«, fuhr sie ihn an. »Macht von mir aus, was ihr wollt, aber wenn ihr den Respekt vorm Alter verliert, geht das eindeutig zu weit.«

Der Ohliger-Sohn sah einen Moment lang so aus, als wollte er zurückschlagen, doch Ida stand da, unerschütterlich wie ein Fels und wütend wie eine Furie, und die Leute drum herum nickten diesmal einhellig. Da trollte sich der Junge mit seiner brennenden Wange und den Erinnerungen an seine Heldentaten, und die Menge verlief sich und wartete darauf, Weiteres zu erfahren von den Judenaktionen, wie man die Verbrechen nannte.

Walter kam und kam nicht. Es wurde schon fast dunkel, da hörten sie die Kette seines Fahrrads quietschen. Seit Tagen sagte August seinem Sohn, er solle doch endlich die Kette ölen, er sitze doch an der Quelle in der Schlosserei, aber Walter antwortete immer, er würde es einfach vergessen vor lauter Arbeit. Sie machte ihm Spaß, diese Arbeit, deshalb vergaß er es. Jetzt quietschte die Kette, als er mit dem Rad in den Hof fuhr. Kaum hörte das Quietschen auf, da wollte August auch schon nach draußen stürmen, doch Charlotte hielt ihn auf. »Lass ihn erst reinkommen. Bitte!«

Sie warteten, bis Walter blass und sichtlich erschüttert durch die Tür trat. Die Frage war im Grunde überflüssig, denn man sah ihm die Antwort an, und trotzdem stürzte August auf seinen Sohn zu, der mittlerweile ebenso groß war wie er, schnappte ihn sich am Kragen, schüttelte ihn und fragte: »Warst du da auch dabei? Hast du da mitgemacht?«

»August!«, rief Charlotte. Martha klammerte sich ängstlich an ihrer Mutter fest.

»Hast du da mitgemacht?« Die Furcht vor der Antwort seines Sohnes verzerrte Augusts Gesicht.

»Nein!«, schrie Walter. »Nein, natürlich nicht. Was denkst du denn von mir?«

August lockerte seinen Griff. »Sag mir die Wahrheit!«

»Ich habe nichts gemacht, Papa«, sagte Walter, »das schwör ich dir. Ich habe nichts gemacht. Aber ... ich habe alles gesehen.« Er kämpfte mit den Tränen. »Ich habe alles gesehen.«

Es war Vormittag. Er war so in seine Arbeit an dem Automobil vertieft, dass er die seltsamen Geräusche zunächst gar nicht beachtete. Sie kamen oben vom Marktplatz. Dazwischen Stimmengewirr und Rufe.

»Lass das, Walter«, sagte sein Meister, der Mann, bei dem er seine Lehre beendet hatte und der sich dafür verwendet hatte, ihn von der Wehrpflicht noch ein Jahr zurückstellen zu lassen, damit er ihn als Geselle weiterbeschäftigen konnte. »Komm mit, heut gibt es andere Arbeit. Schnapp dir einen Hammer.« Er zwinkerte Walter zu und ging voraus, eine große Brechstange in der Hand. Der neue Lehrling lief ihm hinterher, und auch Walter wandte sich gehorsam von dem Automobil ab, streckte seine Hand nach dem Hammer aus, der auf der Werkbank lag, dann hörte er einen Schrei, und seine Hand zuckte zurück. Vielleicht hatte er sich auch geirrt. Da waren wieder die Geräusche, dumpfes Aufprallen, lautes Knacken, Brechen, Fallen, scharfes Klirren, Gejohle von Männern – und die Schreie einer Frau.

Walter trat aus der Tür, ohne Hammer, er folgte den Geräuschen, dem Lärm, der immer mehr anschwoll, je weiter er in die Richtung ging, in die sein Meister geeilt war. Hinauf zum Marktplatz. Bald sah er die Menge. Männer, Frauen, Kinder, die einem Schauspiel zusahen. Manche waren sichtlich begeistert, nicht allen gefiel, was sie sahen, aber das hinderte sie nicht daran, hinzusehen, oder brachte sie dazu, einzugreifen. Walter trat hinzu, wurde zu einem Teil dieser Zuschauermenge und sah, was vorging. Männer hatten einen

Laden gestürmt, das Schaufenster eingeschlagen, es völlig zerstört, die Scheibe, den Rahmen und alles, was darin mit Liebe präsentiert worden war: Stoffe. Hatte nicht Oma Klara hier manchmal eingekauft? In diesem Laden? Mit dem Zug waren sie und seine Mutter in die Kreisstadt gefahren und hatten hinterher erzählt, wie sie Stunden mit der netten Frau Erlenbacher zugebracht hatten und wie geduldig sie ihnen alles gezeigt hatte und immer noch nett war, auch wenn sie nur wenige Meter Stoff gekauft hatten. Jetzt hörte man die Frau aus dem Fenster im ersten Stock schreien und flehen, doch ungerührt warfen die Männer, die schon den Laden zerstört hatten, Gegenstände aus dem Fenster. Eine alte Standuhr landete auf dem Pflaster und zerbrach, doch der Schlosserlehrling, der unter dem Fenster stand, hieb trotzdem noch mit seinem Hammer auf die Uhr ein und hatte eine wahre Freude daran.

Warum tut denn keiner etwas, dachte Walter und tat selbst nichts. Wie gelähmt stand er da und sah zu, wie man den Ladenbesitzer aus dem Haus zerrte und auf einen Wagen verfrachtete. Zwischen dem Lärm der Zerstörung hörte man das verzweifelte Wimmern seiner Frau.

»Weiter geht's! Hier sind wir fertig«, rief einer. »Gibt noch genügend Juden, um die wir uns kümmern müssen.«

Die Männer lachten und machten sich auf den Weg zu weiterer Zerstörung, die Menge folgte, und wer wollte, wurde bereitwillig mit einer Axt, einer Schaufel oder einem Knüppel ausgestattet. Durch das Ziegelgässchen ging es, vorbei am Bethaus der Juden, das sich im ersten Stock eines der dicht an dicht stehenden Häuser befand. Man hatte es ausgeräumt, alle religiösen Gegenstände auf die Straße geworfen und in Brand gesetzt. Oben aus dem Fenster grinste ein Mann herunter.

Weiter ging die Jagd. Weiter zu den nächsten Läden, Wohnhäusern, Juden. Immer mehr Menschen schlossen sich an, machten mit, ließen sich anstecken oder genossen die Freiheit, ungestraft ihren niedrigsten Instinkten folgen zu dürfen. Mitleidlos. Und Walter sah zu. Fassungslos. Er sah seinen Meister die Axt schwingen und

Möbel spalten, Holz splitterte, Tische, geschmückt mit bestickten Deckchen und Blumenvasen, den Kostbarkeiten ihrer Besitzer, alles wurde entzweigehauen. Bilderrahmen mit Fotografien landeten auf der Straße, und den Menschen, die darauf abgebildet waren, erging es ähnlich schlecht. Männer wurden von der Gendarmerie aus den Häusern gezerrt und verhaftet. Ihren Familien legte man nahe zu verschwinden. Kusel, der Kreis, die Pfalz sollte judenfrei sein.

»Wir wollen euch hier nicht. Haut ab!«, hörte Walter. Ein junger, kräftiger Mann mit einer dicken Eisenstange schrie es einer alten Frau, die ein kleines Kind an sich drückte, ins Gesicht, dann hob er die Eisenstange, und einen Moment lang dachte Walter, er würde zuschlagen, doch in letzter Sekunde hielt einer seiner Kumpane seinen Arm fest und schüttelte den Kopf. Da brüllte der mit der Eisenstange noch einmal: »Haut ab, Judenpack!«

»Ja, das sollten sie machen«, murmelte eine Frau in der Menge neben Walter. »Sollten besser verschwinden.«

»Und warum?«, fragte Walter.

Die Frau sah ihn verdutzt an. »Darum! Wir wollen keine Juden hier. Sollen sie dorthin gehen, wo sie hergekommen sind.«

»Und wo ist das?«, fragte Walter.

»Frag nicht so blöd«, blaffte ihn die Frau an.

»Nein, sagen Sie es mir«, blaffte Walter zurück. »Wo ist das denn?«

Sein Puls raste. Er wollte die Frau schlagen, zum ersten Mal in seinem Leben wollte er einen Menschen schlagen. »Haben Sie noch nie da eingekauft?«, schrie er sie an. »Kennen Sie die Leute? Haben die Ihnen was getan?«

»Lass mich doch in Ruhe, du Bengel!«, rief die Frau, die nun zurückwich. Mit einem Mal wurde sich Walter bewusst, dass er die Aufmerksamkeit der Umstehenden erregte. Auch wenn er in der ein oder anderen Miene so etwas wie Zustimmung las, stand ihm keiner zur Seite. »Erst kommen die Juden dran, dann die Judenfreunde«, sagte ein kleiner alter Mann mit schmalen Augen. »Pass nur auf!«

Der Lärm der Zerstörung drang wieder in Walters Bewusstsein, das Elend der Verfolgten, die Erbarmungslosigkeit der Verfolger. Er trat auf den kleinen Mann zu, ganz dicht, sodass er auf ihn herabblicken konnte. »Irgendwann kommt jeder dran«, sagte er nicht weniger drohend. Dann ließ er die Menge hinter sich, lief zur Werkstatt und zu seinem Fahrrad und fuhr davon.

»Ich habe zugesehen«, sagte Walter, nachdem er alles erzählt hatte. »Genau wie alle anderen. Ich bin nicht besser.«

»Das stimmt doch nicht, Walter«, widersprach seine Mutter.

»Doch, das stimmt. Ich habe nicht mitgemacht, das ist wahr, aber ich habe auch nichts getan, um zu helfen.«

»Wie hättest du das tun sollen? Um Himmels willen!«, rief Charlotte. »Es war schon schlimm genug, dass du dich mit diesen beiden Leuten angelegt hast.«

Martha saß neben ihrem Bruder und blickte ihn bewundernd an. »Ich finde das sehr mutig, ich hätte mich das nicht getraut«, sagte sie.

»Es war gefährlich«, sagte Charlotte.

»Es war in Ordnung.« August legte seinem Sohn die Hand auf die Schulter. »Tut mir leid, dass ich befürchtet habe, du hättest da mitgemacht. Das war dumm von mir. Ich sollte dich besser kennen.«

»Aber ich habe nichts unternommen, Papa, ich habe zugesehen.«

»Ich sage das nur ungern, aber das war gut so. Und auch wenn ich Marthas Ansicht zustimme, dass es mutig war, deine Meinung zu sagen, solltest du das in Zukunft besser bleiben lassen.« August hob die Hand. »Nein, widersprich mir nicht, Walter. Hör auf mich. Bitte! Tu es für deine Mutter, weil die sonst nicht mehr schlafen kann.«

Walter holte tief Luft und nickte. »Ich gehe nicht mehr in die Werkstatt«, sagte er entschlossen. »Mein Meister hat mitgemacht. Und der Lehrling. Sie haben so getan, als wäre das völlig normal. Ich kann da nicht mehr hingehen.«

Von der Straße her hörte man Gejohle. Die lauten Stimmen der beiden Ohligers, Vater und Sohn, die von Geis und anderen. »Na, zur Grenze«, sagte einer. Es klang nach Presswein. »Hauptsache weg.«

»Ein Haufen Arbeit war das«, sagte eine andere Stimme, die sie nicht kannten. Dann entfernten sich alle Richtung Dorfmitte. Es war anzunehmen, dass sie sich den Lohn ihrer schweren Arbeit in Leitners Wirtskeller abholten.

»Du kannst doch nicht einfach dort aufhören, Walter, wir können ja auch nicht aufhören, hier zu leben.«

»Ich wollte, das könnten wir«, sagte Walter mit grimmiger Miene.

»Als ob es irgendwo in Deutschland dieser Tage anders wäre«, erwiderte August.

»Ich kann trotzdem nicht mehr dahin«, beharrte Walter.

»Und was willst du sonst machen?«, fragte Charlotte.

»Ich trete meinen Wehrdienst an und bewerbe mich bei der Marine«, antwortete Walter, ohne zu zögern. »Das habe ich mir auf dem Heimweg schon überlegt. Früher oder später muss ich sowieso antreten, und zur See fahren wollte ich schon immer.«

August runzelte die Stirn, es gefiel ihm nicht, was Walter sich da ausgedacht hatte, doch andererseits hatte er recht: Der Wehrdienst war ohnehin nur aufgeschoben, warum also nicht gleich, dann hatte er es umso eher hinter sich.

»Musst du dann weg?«, fragte Martha entsetzt.

Zum ersten Mal an diesem Tag lächelte Walter. »Ja, Marthachen, dann muss ich weg.« Er kniff ihr mit brüderlicher Zärtlichkeit in die Wange. »Aber ich komme ja wieder, keine Angst.«

Ein paar Tage später saßen August und Charlotte bei den Lechners in der Küche. Charlotte und Maria schälten Esskastanien, die sie tagsüber im Wald gesammelt hatten.

August und Paul rauchten eine Pfeife. August zum ersten Mal in seinem Leben. »Das beruhigt, August«, hatte Paul gesagt. »Hier, die schenk ich dir. Probier es mal.«

August hatte nicht ablehnen wollen, und nun, nachdem sich der anfängliche Husten gelegt hatte, saß er da und fand es tatsächlich beruhigend. Die vier schwiegen und wussten genau, worüber sie schwiegen.

Schließlich begann Paul.

»Sie haben die Thorarollen auf die Straße geworfen und verbrannt.« Er schüttelte den Kopf. Maria hielt mit Schälen inne. »Sie haben sie alle fortgeschafft«, sagte Paul ausdruckslos. »Überall. Kein Jude mehr da im Kreis.« Er lachte freudlos. »Außer uns.«

»Paul, bitte«, sagte Maria.

»Fünf letzte Juden«, sagte Paul, ohne auf sie zu achten. »Und keiner weiß es.«

»Was ist mit eurem Ariernachweis?«, fragte August.

»Wir haben keinen«, sagte Paul schlicht. »Bisher hat noch keiner einen von uns verlangt. Nicht einmal der Presswein, der Obernazi. Unser Sohn ist brav in der Hitlerjugend, unsere Tochter hat blonde Zöpfe, ich glaube, wir sind unverdächtig.«

»Und wenn uns doch einer draufkommt«, presste Maria heraus.

»Hört sich an, als wären wir Verbrecher«, sagte Paul. Maria schnitt sich in den Finger, Blut tropfte auf den Tisch, und sie sah zu.

»Oje!«, rief Charlotte. »Warte!« Sie zog ein Taschentuch hervor und wickelte es um Marias Finger.

»Es kommt uns keiner drauf, Maria«, sagte Paul, stand auf und legte den Arm um seine Frau. »Ich habe natürlich einen Ariernachweis beantragt«, erklärte er August und Charlotte, »aber die können die vielen Anträge gar nicht bewältigen auf dem Amt, und es ist unglaublich schwierig, an die nötigen Dokumente zu kommen, so einiges ist im Ersten Weltkrieg verschwunden, wisst ihr.« Er verzog bedauernd das Gesicht. »Aber der Bender, der da drüben zuständig ist, ist sehr verständnisvoll. Hat gemeint, das sieht man uns doch an, das arische Blut, die ganze Physiognomie spreche doch schon dafür, und zur Not würde das auch genügen. Vorerst.« Er lachte wieder.

»Paul!«, mahnte ihn Maria.

»Die Kinder sind klug, die verplappern sich nicht. Wir müssen nur abwarten, bis der Spuk ein Ende hat.«

»Und wenn der Spuk kein Ende hat? Was dann?«, fragte Maria.

»Dann bleiben wir eben noch länger die katholische Familie Lechner, und soll einmal einer etwas anderes behaupten.«

41

Bremen am 10. November 1938

Die Scheiben der Fenster im Erdgeschoss waren eingeschlagen, die Eingangstür stand halb offen. Die beiden Männer vor dem Haus waren wie erstarrt. Ein Nachbar lehnte sich aus einem Fenster nebenan, rief »Heil Hitler!« zu ihnen hinüber und lauerte auf ihre Antwort. Sie beachteten ihn nicht. Der Nachbar schnaubte und schlug sein Fenster zu.

Der ältere der beiden Männer stützte sich zitternd auf seinen Gehstock.

»Lass uns hineingehen und sehen, ob noch jemand da ist«, sagte der andere mit belegter Stimme und hakte den älteren unter.

Schritt für Schritt näherten sie sich der offenen Tür, traten ein, verharrten wieder, lauschten. Nichts rührte sich. Der Fußboden war schmutzig, der Teppich verrutscht. Ein Bild lag auf dem Boden, das Glas des Rahmens war zerbrochen.

Sie gingen weiter. Ins Wohnzimmer. Saras Sessel lag umgekippt auf dem Boden, das Geschirr aus der Vitrine zerschlagen daneben. Fast alle Möbel waren umgeworfen oder zertrümmert. Aber kein Mensch war da. Es war totenstill.

»Ich sehe mich um, vielleicht bleibst du lieber hier«, meinte Victor.

»Ich komme mit«, entgegnete Karl entschieden.

Sie öffneten alle Türen im Erdgeschoss, doch sie fanden niemanden. Dann stiegen sie die Treppe nach oben.

»Hörst du das?«, fragte Victor auf einmal.

Drei Zimmertüren waren geöffnet, eine vierte war geschlossen.

Victor klopfte sachte an die geschlossene Tür. Von innen ertönte ein kurzer, erstickter Schrei.

»Hannah?«, rief Karl. Eilige Schritte, dann wurde die Tür geöffnet. »Onkel Karl!«, rief Hannah. Haare hingen wirr aus ihrem Dutt, in ihren Augen stand die blanke Furcht. Als sie die beiden Männer sah, brach sie in Tränen aus.

»Hannah, mein Gott!«, stieß Karl hervor und schloss sie in seine Arme.

»Mama ...«, wimmerte sie.

Hinter ihr erschienen Aarons Frau Ruth und seine Tochter Greta. »Sie haben Papa und Onkel Edgar mitgenommen«, schluchzte das Mädchen, während ihre Mutter stumm und mit schockgeweiteten Augen neben ihr stand.

»Aaron?«, sagte Karl entsetzt.

»Und Mama ...«, wimmerte Hannah wieder, doch sie konnte nicht weitersprechen.

»Was ist mit Sara?«, fragte Karl voller Angst.

»Sie ist tot«, sagte Ruth tonlos.

»Nein«, stöhnte Karl und drängte ins Zimmer.

Sara lag auf dem Bett, dünn und ausgezehrt, ihr Gesicht fast weiß, und noch im Tod kündete es von ihrem Schmerz.

Hannahs Tochter Esther kniete am Bettrand und streichelte die Hand ihrer Großmutter, als könnte diese die Berührung noch immer spüren und ihre Zärtlichkeit mitnehmen in jene andere Welt.

»Sara!« Karls Kehle zog sich eng zusammen.

»Sie haben die Fensterscheiben eingeschlagen und sind ins Haus eingedrungen«, sagte Esther, ohne den Blick von ihrer Großmutter zu wenden. »Sie haben wahllos alles kaputt gemacht. Dann haben sie Papa und Onkel Aaron festgenommen und aus dem Haus gezerrt. Oma hat geschrien, sie sollen aufhören, sie sollen gehen. Die ganze Zeit hat sie geschrien, bis sie zusammengebrochen ist. Da haben die Männer gelacht. Sie sagten, wir sollten es nicht wagen, die Tür zu schließen, denn falls sie noch einmal wiederkommen müssten, wollten sie nicht vor verschlossenen Türen stehen. Dann haben sie wieder gelacht und sind weggefahren. Mit Papa und Onkel Aaron und anderen Männern auf dem Wagen. Ich hab's gesehen.«

Victor kam mit Hannah im Arm heran. Greta führte ihre Mutter an der Hand hinter sich her.

»Wir sind dann zusammen nach oben und haben Oma hier hingelegt«, fuhr Esther fort, genauso wie sie unermüdlich fortfuhr, Saras tote Hand zu streicheln. »Wir haben uns nicht getraut, die Haustür zu schließen, nur hier die Tür. Und auf einmal haben wir gemerkt, dass Oma nicht mehr lebt.«

»Was waren das für Männer?«, fragte Victor. »SA?«

Esther nickte. »Ja, ein paar in Uniform und ein paar ohne. Es war auch einer dabei, der hier in der Straße wohnt.«

»Und die Nachbarn? Was haben die getan?«

»Nichts. Manche haben zugeschaut.«

»Er wollte ja nicht, dass wir auswandern«, ließ sich Ruths tonlose Stimme vernehmen. Sie sank auf eine Truhe am Fußende des Bettes nieder. Greta schluchzte leise.

Edgar und Aaron verschleppt. Was passierte jetzt mit ihnen? Niemand stellte diese Frage laut.

»Was ... was machen wir jetzt mit Mama?«, stammelte Hannah. »Was machen wir jetzt? Was ...?«

Karl starrte auf die tote Freundin.

»Sara, Liebe, das ist mein guter Freund Karl Schäfer, er ist erst vor Kurzem nach Bremen gezogen und will bald schon mit dem Schiff übers Meer, stell dir vor, bis nach Amerika will er, wo es doch hier so schön ist. Willst du mir helfen, ihm das auszureden?«

»Ich gebe mir Mühe. Herr Schäfer, Sie haben es gehört, Itzhak will nicht, dass Sie gehen. Und glauben Sie mir, es gibt Leute in dieser Stadt, denen würde er für die Überfahrt auf einen anderen Kontinent sogar noch etwas zahlen. Essen Sie mit uns?«

Itzhak hatte ihn kaum kennengelernt, schon hatte er Karl als Freund bezeichnet – und es so gemeint. Und seine Frau Sara war der gastfreundlichste Mensch, dem er je begegnet war. Durch sie lernte er Lindemanns kennen und durch diese wiederum Hedwig Brandt, in deren Nachbarschaft er und seine Mutter ihre erste Wohnung fanden. Und als er beschloss, in die Pfalz zurückzufahren, um Lina zu holen, und von tausend Zweifeln geplagt wurde, da redeten ihm die Roths Mut zu.

»Wir haben noch all die alten Kindersachen, die warten nur darauf, von einem kleinen Mädchen aufgetragen zu werden.«

»Und der Kinderwagen steht im Keller, als hätte er nur auf die Kleine gewartet. Wie heißt sie noch gleich?«

»Charlotte.«

»Charlotte, wie schön! Fahr nur, Karl, deine Lina kommt sicher mit.«

»Sie ist nicht meine Lina.«

»Sie wird es werden, glaub mir.«

Itzhak und Sara Roth waren die besten Menschen, herzlich, gütig, voller Humor und der Dreh- und Angelpunkt in ihrem Freundeskreis, zu dem am Anfang auch Herrmann Sperling gehört hatte.

»Herrmann …«, murmelte Karl.

»Was?«, fragte Victor.

»Ich muss zu Herrmann.«

Karl wandte sich von der Toten ab. Kümmere dich um die Lebenden, das hätte sie ihm geraten. Er konnte nichts mehr für sie tun, er hatte auch nichts für Itzhak tun können, aber er konnte noch etwas für ihren Sohn und ihren Schwiegersohn tun. Hoffentlich.

Er ergriff Hannahs Hände und drückte sie fest. »Ich gehe zu Herrmann Sperling. Vielleicht kann ich etwas in Erfahrung bringen.«

Hannah nickte unter Tränen.

»Ich bleibe hier, nur für den Fall …«, sagte Victor.

»Nein«, widersprach Hannah. »Ich glaube nicht, dass sie wiederkommen, und wenn, dann wäre es für einen Mann, der sich ihnen entgegenstellt, sicher gefährlicher als für uns. Geh lieber mit Karl.«

»Also gut.«

Herrmann Sperling lebte in einer prachtvollen Villa im besten Teil von Schwachhausen. Zu Fuß leicht erreichbar von der Orleansstraße aus, doch seit über dreißig Jahren hatte man sich gegenseitig nicht mehr besucht. Nur zu Beginn von Linas Krankheit war Karl ein- oder zweimal dort gewesen, allerdings nur so kurz, dass er sich nicht einmal hinsetzen wollte.

»Ich gehe allein zu ihm«, sagte Karl. »Fahr ruhig nach Hause, ich kann später zu Fuß gehen.«

Victor zögerte, doch Karl bestand darauf. »Sag Helmuth und Helene Bescheid, sie machen sich bestimmt Sorgen.«

»Zu Recht«, murmelte Victor, doch dann nickte er und ließ Karl vor dem Tor zu dem Anwesen aussteigen.

Als der Wagen davonfuhr, zog Karl die Glocke und wartete. Nach einer Weile öffnete sich die Eingangstür, ein Dienstbote kam heraus und fragte nach seinem Anliegen.

»Zu Herrn Sperling möchte ich gern. Sagen Sie ihm, Karl Schäfer ist da.«

Ein paar Minuten später saß er im feinen Salon des Hauses am Kamin, Herrmann ihm gegenüber.

»Zigarre?«, fragte Herrmann und bot ihm die sündhaft teuren an.

Itzhaks Stimme klang Karl im Ohr: *»Du verpasst etwas, Karl. Der Genuss einer guten Zigarre tröstet über so manches hinweg. Du inhalierst, und das Aroma füllt deine ganze Seele.«*

»Danke«, sagte Karl und griff zu.

»Cognac?«

Ein Hausmädchen brachte bereits eine Flasche und zwei Schwenker.

»Gern!«, sagte Karl.

»Hermine hat heute ihren Damenabend«, sagte Herrmann. »Was auch immer das heißen mag.« Er lachte und zog an seiner Zigarre.

Vermutlich hieß es, dass sich Hermine und die anderen Damen zu der Lektion gratulierten, die man den Juden verpasst hatte.

»Schön, dass du mich einmal besuchen kommst«, sagte Herrmann. »Das freut mich wirklich.«

Er tat so, als wäre ihm der Zusammenhang zwischen diesem Tag und Karls Besuch nicht klar. War Herrmann so naiv? Karl hielt es tatsächlich für möglich. Naivität hatte Herrmann damals dazu gebracht, mit zweiundzwanzig Jahren eine Zigarrenfabrik zu kaufen, Naivität hatte ihn in die Arme seiner Frau getrieben. Vieles von dem, was Herrmann tat, zeugte von Naivität und einer fast kindlichen Tollkühnheit, die sich keine Gedanken um Konsequenzen machte. Traumwandlerisch war er bisher seinen Weg gegangen, und dass er mittlerweile in einem braunen Sumpf gelandet war, schien ihn nicht weiter zu stören.

Herrmann schwenkte sein Glas und hob es in die Höhe: »Sehr zum Wohl, Karl!«

Karl prostete zurück, trank einen Schluck und stellte das Glas ab. Im Kamin knisterte ein gemütliches Feuer.

»Ich komme gerade von Sara Roth«, sagte Karl.

Herrmanns Miene wurde ein wenig ernster. »Ach ja? Wie geht es ihr denn?«

Karl holte tief Luft. »Sie ist tot«, sagte er und sah zu, wie das Blut aus Herrmanns Gesicht wich. Dann erzählte er, was geschehen war.

»Sie haben Itzhaks Sohn mitgenommen. Und den Mann seiner Tochter. Und sie haben Sara auf dem Gewissen«, schloss er. Herrmann schwieg, die Zigarre lag im Aschenbecher und glomm vor sich hin, Asche fiel herab.

»Du warst auch einmal mit Itzhak befreundet«, sagte Karl. »Weißt du noch? Damals? Ihr wart alle auf meiner Hochzeit. Wir waren oft zusammen. Wir waren Freunde.«

»Es tut mir leid um Itzhak«, sagte Herrmann leise. »Und … um Sara, aber du musst verstehen …«

»WAS muss ich verstehen?«, donnerte Karl dazwischen, bevor er sich bremsen konnte. Herrmann zuckte zusammen. Karl zog an seiner Zigarre, Trost für die Seele, laut Itzhak. »Entschuldige«, sagte er dann und trank einen Schluck Alkohol, Victors ehemaligen Seelentröster. Leider gab es nicht genug Trost für all das, was er an diesem Tag gesehen hatte. »Entschuldige«, sagte er noch einmal.

Herrmann nickte mechanisch. »Schon gut, Karl, schon gut.«

»Hast du eine Möglichkeit, herauszufinden, wo die Männer hingebracht wurden und was mit ihnen passiert?«

Herrmann nickte wieder. »Die Frauen haben Glück gehabt«, sagte er dann. »Eigentlich sollten alle Juden zusammengetrieben werden. Zunächst einmal. Vielleicht wegen Sara ... haben sie die anderen nicht mitgenommen ... nur die Männer.«

»Das war alles geplant?«

»Der Bürgermeister hat von ganz oben die Anweisung erhalten und sie sofort weitergeleitet, soweit ich weiß.«

»Soweit du weißt«, höhnte Karl, der sich wieder nicht beherrschen konnte.

»Ja, Karl, so ein großes Tier bin ich auch nicht in der Partei. Ich bin nicht der Erste, den man unterrichtet, wenn etwas geplant wird.«

»Aber die Aktion gegen die Juden, die hast du mitbekommen.«

»Ja.«

Karl hatte große Lust, Herrmann den restlichen Cognac ins Gesicht zu kippen. »Du hättest Sara und ihre Familie warnen können«, presste er hervor.

»Ich dachte nicht, dass sie in Gefahr wären. Es ging um die jüdischen Geschäftsleute. Die Synagogen, jüdische Einrichtungen. Ich hätte nicht gedacht, dass jetzt, wo sie den Tabakladen nicht mehr besitzen, noch eine Gefahr besteht.«

»Hörst du dich eigentlich reden, Herrmann?«

»Glaub mir, ich ...« Herrmann presste die Lippen zusammen, als wollte er mit Macht seine nächsten Worte zurückhalten. »Ich heiße das alles nicht gut«, sagte er schließlich, hastig und leise. »Es geht zu weit.« Er nahm sein Glas und trank es leer.

Karl betrachtete ihn aufmerksam. Herrmanns Betroffenheit war echt. Und doch hing da ein Bild des Führers an der Wand und die Hakenkreuzfahne.

»Kannst du helfen?«, fragte Karl. »Kannst du etwas tun?«

»Ich versuche es«, sagte Herrmann. »Wirklich, Karl, ich versuche es.«

42

Mühlbach im Frühjahr 1939

Der Postbote brachte zwei Briefe. Einen nahm er ganz genau in Augenschein, bevor er ihn Charlotte in die Hand drückte.

»England?«, fragte er.

»Ja«, sagte Charlotte ohne die Erklärung, die der Mann offensichtlich erwartete.

»Soso!«, sagte er und musterte Charlotte, als verdächtigte er sie eines Verbrechens.

»Ist es verboten, Post aus England zu erhalten?«, fragte sie.

»Verboten nicht ...« Das unausgesprochene Aber ersetzte er durch ein Hochziehen seiner rechten Augenbraue.

»Na also«, sagte Charlotte, nahm ihre Post entgegen und schloss grußlos die Tür. Durchs Fenster beobachtete sie, wie der Mann ein Haus weiter ging, dabei den nächsten Brief herausnahm und aufmerksam begutachtete.

Charlotte ärgerte sich. Sie hätte freundlicher sein sollen. Kein Zweifel, dass der Mann Lehrer Fintzberger Bericht erstatten würde: »Schönborns erhalten Post aus England.« Und Fintzberger würde es an Ortsgruppenleiter Presswein melden. Ganter war noch immer Bürgermeister, aus alter Gewohnheit, mochte man meinen, aber Presswein war derjenige, der das Sagen hatte. In der Hierarchie der Partei stand er in Mühlbach ganz oben und war direkt dem Gauleiter unterstellt. Nach Presswein kamen Lehrer Fintzberger und Ewald Minges, der Mann von Gutmanns Else, als Blockleiter, daneben tummelten sich etliche Lakaien, die eifrig weitergaben, wenn etwas nicht nach den Regeln der Partei lief. Wer nicht ordentlich grüßte, wer die Hausfahne an den Feiertagen nicht hisste – oder wer verdächtige Post bekam. Der Postbote war erst vor wenigen Jahren zugezogen, verheiratet mit der jüngsten Tochter von Bauer Geis, dadurch mit Presswein verschwägert und selbstredend ein strammer Nazi. Es wäre äußerst unklug gewesen, sich mit ihm anzulegen und ihm zu sagen, dass es ihn einen feuchten Kehricht anging, woher August Post bekam.

Charlotte betrachtete den Umschlag. Er kam nicht wie sonst aus Peel, wo Augusts alter Freund Henderson gelebt hatte, sondern aus London, und der Absender war anscheinend eine Frau, soweit Charlotte das beurteilen konnte: Mary hörte sich sehr weiblich an.

Der Postbote stand nun bei Ida Hennemann, die hatte die Fäuste in die Seite gestützt, den Kopf ein wenig nach vorn geschoben und die Stirn gerunzelt. Charlotte schmunzelte. Ida war nicht gerade ein Ausbund an Freundlichkeit. Jetzt riss sie dem Mann ihre Post aus der Hand und gestikulierte so heftig, dass er sich duckte. Charlotte prustete. Doch dann blieb ihr das Lachen im Halse stecken. Ida konnte sich ein solches Verhalten leisten, sie war ein rühriges Mitglied der NS-Frauenschaft, ihr Sohn Fritz war Parteimitglied, und ihre beiden Enkel Holger und Eberhart eifrige Hitlerjungen. Hennemanns Fahne hing immer draußen, wenn es erwartet wurde. Dass es Ida im Leben nicht einfallen würde, »Heil Hitler« zu rufen, wenn sie Lehnerts Laden oder die Metzgerei betrat, wurde ihr verziehen. Ida war unverdächtig.

Charlotte riss sich vom Fenster los, legte Augusts Brief auf die Anrichte und öffnete ihren eigenen aus Bremen.

Meine liebe Lotte,
wir können es alle kaum erwarten, dass ihr uns im Sommer besuchen kommt. Euer Walter war neulich an seinem freien Wochenende hier. Sicher hat er euch schon geschrieben, wie gut ihm die Ausbildung auf der Gorch Fock gefällt, aber manchmal traut man als Eltern ja den Worten des eigenen Kindes nicht ganz, weil man denkt, es will einem nur keine Sorgen bereiten, deshalb möchte ich euch versichern, wie gut er aussieht und

dass er sich offensichtlich wohlfühlt. Natürlich ist die Marine kein Zuckerschlecken, aber Walter hat sich das schon immer gewünscht, und die Seeluft tut ihm gut. Im Sommer könnt ihr euch selbst davon überzeugen. Wie gut, dass der Junge hier in der Nähe ist!

Gestern war Herrmann zu Besuch. Er hat mir ein paar Zigarren mitgebracht, seine teuersten, wie er gern betont, aber ich mache mir noch immer nicht viel daraus. Nur wenn er da ist, rauche ich mal eine, aus Dankbarkeit und weil es schön ist, dass wir uns wieder verstehen. Meistens reden wir über die alten Zeiten, als ich gerade nach Bremen gekommen war und er nur Flausen im Kopf hatte. Die Flausen haben sich allerdings ausgezahlt, wie man heute weiß.

Wir sitzen da und reden über das, was uns verbindet, und schweigen über das, was uns trennt. So haben wir einen neuen Weg für unsere alte Freundschaft gefunden.

Ansonsten ist alles wie immer. Deinen Bruder Walter sehe ich seit seiner Heirat kaum noch, aber so ist er nun mal. Ella ist eigensinnig wie eh und je, geht regelmäßig mit Martha in die Oper und ist mit ihrem Beruf verheiratet.

Unseren Freunden geht es gut, ich hoffe, sie können in nächster Zeit ihre langersehnte Reise antreten. Amalie kränkelt etwas, und Helmuth und Helene werden immer wunderlicher, wenn du mich fragst. Grüße von deinen alten Dienstherren soll ich ausrichten, es geht ihnen leidlich. Victor und Henriette lassen ebenfalls grüßen. Victor ist viel entspannter, seit er nicht mehr schreibt, er ist ja inzwischen auch nicht mehr der Allerjüngste, und im Archiv geht es ein wenig geruhsamer zu. Wusstest du, dass dafür Henriette angefangen hat zu schreiben? Sie hat es mir letztens verraten. Heftromane nach dem Vorbild von Hedwig Courths-Mahler. Aber sie schreibt unter Pseudonym, so nennt man das wohl. Ich muss dabei immer an deine Mutter denken, die hat so gern die Liebesgeschichten in der Gartenlaube gelesen. Gibt es die eigentlich noch? Die Gartenlaube? Ich weiß

es gar nicht. Ich gehe jetzt gleich zum Friedhof, da kann ich deine Mutter ja fragen. Wenn sie mir doch nur noch antworten könnte!
Mein liebes Kind, pass gut auf dich und die Deinen auf! Bleib gesund!
Im Sommer sehen wir uns. Sommer, wie hoffnungsvoll das klingt, meinst du nicht?

Es grüßt dich von ganzem Herzen
dein Papa

Auf dem Ofen kochten die Kartoffeln, der Topfdeckel klapperte, doch Charlotte nahm es nur als Hintergrundrauschen wahr. Ebenso die laute Stimme von Ida Hennemann, die sich quer über die Straße hinweg mit Müllers Erika unterhielt. Eine Fahrradklingel, ein Poltern, johlende Kinder, die die Straße entlangrannten. Die Schule war aus.

Ein paar Minuten später ging die Haustür auf.

»Mama!« Martha war daheim.

»Mama?« Das Mädchen kam in die Küche, wo Charlotte mit dem Brief in der Hand saß, jedoch noch immer mit den Gedanken in Bremen war. »Die Kartoffeln!« Martha ging zum Ofen, hob mit einem Topflappen den Deckel an und legte ihn ein wenig auf die Topfkante, sodass der Dampf abziehen konnte und nichts mehr klapperte. »Hat Opa geschrieben?«

»Ja«, sagte Charlotte.

»Nichts Gutes?«

»Doch. Alles in Ordnung. Er freut sich auf den Sommer.«

»Ich mich auch. Stell dir vor, Herr Fintzberger hat mich heute vor der ganzen Klasse gelobt. Für meine ordentliche Heftführung. Meine Hefte, sagt er, sind die ordentlichsten in der ganzen Klasse. Und Ordnung, sagt er, ist das Allerwichtigste.«

»Das ist schön«, sagte Charlotte.

»Den Kurt hat er nicht gelobt, obwohl der der Schlauste ist.«

»Der Kurt ist wahrscheinlich sogar schlauer als Lehrer Fintzberger«, meinte Charlotte.

»Kann sein.« Martha zuckte mit den Achseln, als wäre es ihr gleichgültig. »Aber der Kurt ist faul«, setzte sie hinzu. »Der macht seine Hausaufgaben immer erst morgens vor der Schule.«

»Der muss sich eben um den Hof kümmern und um die Tiere, wer soll es denn sonst machen?«, erwiderte Charlotte. »Sein Vater hat ja nur noch ein Bein.«

Martha zuckte wieder mit den Achseln und kümmerte sich um die Kartoffeln. Charlotte lächelte. Martha mochte Kurt, aber das hätte sie nie zugegeben.

Nach dem Essen ging Martha auf ihr Zimmer, um Hausaufgaben zu erledigen, und Charlotte machte sich mit dem Brief auf den Weg zu Onkel Walter und Tante Bine.

»Papa hat geschrieben«, sagte sie, als sie gemeinsam in der Küche saßen.

Walter sah sie ernst an. »Geht es allen gut?«

Charlotte nickte und las den Brief vor.

»Gut!«, sagte Walter, nachdem sie geendet hatte.

Genau wie Charlotte verstand er all das, was Karl ihnen zwischen den Zeilen mitteilte.

Unseren Freunden geht es gut, ich hoffe, sie können in nächster Zeit ihre langersehnte Reise antreten.

Grüße von deinen alten Dienstherren soll ich auch ausrichten.

Das waren die wichtigen Sätze. Den Roths und den Wolfs ging es gut, so gut, wie es jüdischen Familien in diesen Zeiten gehen konnte. Es hieß im Grunde nur: Sie waren am Leben und gesund. Aaron und sein Schwager Edgar hatten Ausreiseanträge gestellt, das war die Bedingung, sie aus dem Konzentrationslager Sachsenhausen, in das man sie nach der sogenannten Kristallnacht gebracht hatte, freizulassen. Herrmann Sperling hatte sein Versprechen gehalten. Er hatte herausgefunden, wo man die jüdischen Männer hingebracht hatte, und er hatte unter einem fadenscheinigen Vorwand dazu beigetragen, dass man sie wieder entließ. In der Firma würden sie gebraucht, behauptete er und kam damit durch, obwohl weder Aaron noch Edgar die Tabakfabrik je von innen gesehen hatten. Pro forma arbeiteten die beiden seither dort im Büro. Mehr konnte Herrmann nicht tun. Die perfiden Maßnahmen endeten nicht. Man ließ die Juden sogar für die Schäden, die in der Pogromnacht entstanden waren, selbst bezahlen. Sie wurden enteignet, zur Geschäftsaufgabe gezwungen, systematisch um ihr Vermögen gebracht. Sie behielten das nackte Leben, aber auch das würde man ihnen womöglich irgendwann nehmen. Nicht einmal Aaron hielt das noch für ausgeschlossen. Doch leider war es mit einer Ausreise nicht einfach, man musste etliche Papiere besorgen und ein Land finden, das einen aufnahm. Außerdem musste man über Geld verfügen, denn bei der Ausreise wurde eine horrende Abgabe fällig, die sich kaum noch einer leisten konnte, weil man die Juden wirtschaftlich ruiniert hatte. Herrmann tat sein Möglichstes, die beiden Männer wenigstens in diesem Punkt zu unterstützen, indem er ihnen Arbeit gab, doch an den Umständen konnte er nichts ändern. Fast alle wollten weg, aber so gut wie kein Land wollte sie noch haben oder ihnen wenigstens die Einreise erleichtern.

»Emil und Leah Rosenthal hatten Glück, die sind jetzt in den Niederlanden«, sagte Charlotte. »Aber von ihren Söhnen weiß ich nichts. Vielleicht erfahre ich im Sommer mehr.«

»Könntest du dann eventuell auch nach meinem alten Freund Anton fragen?«, bat Walter.

Charlottes Blick wanderte unwillkürlich zu Bine, doch in deren Miene regte sich nichts.

»Ja, natürlich. Schreibt er denn nicht mehr?«

»Er meinte in seinem letzten Brief, es sei wohl besser, den Kontakt ruhen zu lassen«, sagte Walter.

»Da hat er sicher recht«, bemerkte Bine. »Wenn er Jude ist …«

»Ja, er will mich wahrscheinlich nicht kompromittieren«, sagte Walter. Charlotte hätte ihren Onkel so gern umarmt und getröstet. Von Anna wusste man überhaupt nichts. Wie sie die Pogromnacht überstanden hatte, wie es ihr ging, wovon sie lebte.

»Hast du nicht gesagt, er lebt in einem kleinen Dorf und fühlt sich dort sehr wohl?«, fragte Charlotte.

»Pah!«, machte Bine. »Denkst du, wenn wir in Mühlbach Juden hätten, die würden sich hier noch wohlfühlen? Und ich weiß auch nicht, wie man sich denen gegenüber verhalten sollte.«

»Aber wieso denn nicht?«, fuhr Charlotte auf. »Es wären doch immer noch dieselben Menschen.«

»Es sind jetzt andere Zeiten«, sagte Bine brüsk. »Die machen aus den Menschen andere Menschen als vorher.« Sie kreuzte die Arme vor der Brust. »Vielleicht ist das ja bei diesem Anton auf dem Dorf anders, aber ich kann es mir nicht vorstellen.«

»Ich auch nicht«, murmelte Walter.

»Vielleicht ist er nach Dänemark geflohen«, versuchte Charlotte, ihrem Onkel Mut zu machen. »Das ist doch nicht weit.«

Walter schüttelte den Kopf. »Dann könnte er ja schreiben. Außerdem geht er nicht weg. Dort oben ist er zu Hause, dort liegt ... seine Frau auf dem Friedhof. Er geht nicht weg. Was soll er denn in Dänemark?«

»Ich kann auf jeden Fall einen Brief für ihn mitnehmen. Im Sommer«, sagte Charlotte.

Sommer, wie hoffnungsvoll das klingt.

Walter nickte resigniert. Bine tätschelte seine Hand. »Wird ihm schon gut gehen, Walter, wird ihm schon gut gehen.« Damit erhob sie sich, warf ihren Schal um und verließ das Haus.

»Herr Henderson ist gestorben«, sagte August am Abend, nachdem er seinen Brief gelesen hatte. »Seine Nichte hat geschrieben.«

Charlotte sah ihren Mann betrübt an. Er hatte ihr viel von seinen langen Gesprächen mit dem Bibliothekar erzählt.

»Immerhin hat er ein hohes Alter erreicht, nicht wahr?«, sagte sie.

»Fast achtzig«, sagte August.

»Dann bekommst du ab jetzt keine Post mehr aus England?«, vergewisserte sich Charlotte.

»Nein«, sagte August. »Das ist jetzt vorbei.«

43

Bremen im August 1939

»Es rumort!« Karl zog tief an seiner Zigarre. Charlotte hatte ihren Vater vorher noch nie rauchen sehen, doch sie hatte den Eindruck, dass er das in letzter Zeit öfter tat, denn ein Aschenbecher neben dem Sessel gehörte neuerdings zum Erscheinungsbild der gemütlichen Stube. Das Zimmer wurde durch das Licht einer einzigen kleinen Lampe erhellt, und in seinem Halbdunkel saßen August und Charlotte zusammen mit Karl, Victor und Henriette und sprachen so leise, als hätten die Wände Ohren. In der Ecke stand stumm ein Volksempfänger.

Martha war mit ihren beiden Patentanten ins Theater gegangen. »*Die lustige Witwe* ist die Lieblingsoperette unseres Führers«, hatte sie unbedarft verkündet.

»Erstaunlich, nicht wahr?«, hatte Ella hinzugefügt. »Wo doch das Libretto von einem Juden stammt.« Wenn Ella dergleichen äußerte, war es nie ganz ersichtlich, ob es sich dabei um Ironie oder Naivität handelte, doch Martha war errötet und hatte nichts mehr gesagt. Das Mädchen wusste nur zu gut, wie man mit den Juden umging und wie ihre Familie dazu stand. Sie wusste, was guten Freunden ihres Großvaters, Menschen, die sie selbst kennengelernt hatte, widerfahren war, und sie fand es schrecklich, gleichzeitig war sie umgeben von Menschen, die den Führer in den Himmel hoben. Dass Lehrer Fintzberger seinen Schülern täglich die Glorifizierung des Nationalsozialismus einimpfte, war dabei das Geringste. Martha gehörte wie all ihre Freundinnen dem Jungmädelbund an. Charlotte und August sahen keine Möglichkeit, es ihrer Tochter zu untersagen, wenn sie aus ihr keine Außenseiterin machen oder unangenehm auffallen wollten. Sie mussten es hinnehmen, dass man den jungen Mädchen dort, hinter der Fassade von Spaß und Geselligkeit, alles beibrachte, was ihnen nach Vorstellung der Nationalsozialisten wichtig zu sein hatte. Und so wusste Martha über Hitlers Vorlieben ebenso Bescheid wie über ihre Aufgabe als Frau im Dritten Reich: Kinder bekommen, möglichst viele, und die Nation um reines arisches Blut reicher machen – ein Gedanke, der sie für den Moment jedoch eher schreckte.

»Kinder sollte man bekommen, weil man selbst es will, und nicht, weil es der Führer will, Martha, mach dir da nur keine Sorgen. Das ist etwas, was du ganz allein entscheiden darfst«, hatte Charlotte ihrer Tochter erklärt. Trotzdem war das Mädchen hin- und hergerissen zwischen dem Elternhaus und dem gleichgeschalteten Umfeld.

Wenigstens im Theater konnte sie alles vergessen und nur die Musik genießen. Und hinterher sang sie die Lieder mit ihrer Glockenstimme nach.

»Martha muss Opernsängerin werden«, hatte Ella ein paar Tage zuvor entschieden. »Sie muss einfach. Eine Kollegin von mir kennt da eine Gesangslehrerin, der sollte sie vorsingen. Ich möchte sehen, was die sagt.«

Hartnäckig, wie Ella war, vereinbarte sie einen Termin für Martha bei dieser Lehrerin. Charlotte hätte gern eingewandt, dass das Mädchen noch viel zu jung sei, doch das glückliche Strahlen ihrer Tochter hatte sie davon abgehalten. Und wer wusste schon, was die Zukunft brachte.

»Was meinst du mit ›Es rumort‹?«, fragte August.

Karl nickte zu dem Rundfunkapparat hinüber. »Man muss nur hinhören, dann weiß man, was die vorhaben.«

»Er hat ja schon ganz offen das Wort Krieg ausgesprochen, Anfang des Jahres«, warf Victor ein.

Sie alle hatten die Rede gehört:

»Wenn es dem internationalen Finanzjudentum in und außerhalb Europas gelingen sollte, die Völker noch einmal in einen Weltkrieg zu stürzen, dann wird das Ergebnis nicht die Bolschewisierung der

Erde und damit der Sieg des Judentums sein, sondern die Vernichtung der jüdischen Rasse in Europa.«

Laut und deutlich hatte er die Ankündigung aus ihren Volksempfängern herausgebrüllt.

»Er tut, als würde man im Ausland Pläne schmieden, Deutschland anzugreifen, aber er ist es doch, der sich mehr und mehr Gebiete einverleibt: Österreich, das Sudetenland, das Memelland«, sagte Victor. »Er ist derjenige, der überall zündelt und hetzt.«

Unwillkürlich zuckte Charlottes Blick zum Volksempfänger. Wenn das Propagandainstrument der Nazis nun auch in die andere Richtung funktionierte und man von außen mithören konnte, in jede Stube hinein? Das war natürlich unmöglich, doch was Victor gerade gesagt hatte, sagte man besser nicht allzu laut. Zündelt und hetzt! Solche Äußerungen machten sie und August allenfalls nachts, flüsternd im Schutz ihres dunklen Schlafzimmers.

»Vielleicht gibt er sich mit dem Erreichten jetzt zufrieden«, meinte August. »Er hat große Teile des Versailler Vertrags rückgängig gemacht, damit sollte es doch gut sein.«

Krieg! Nein, das war undenkbar. In einem Land, in dem all diese fröhlichen Revuefilme mit Marika Rökk und Johannes Heesters über die Kinoleinwände flimmerten, dachte doch keiner an Krieg. Und doch hatten sie kürzlich wieder mit Maria und Paul Lechner darüber geredet, ob es nicht doch besser für die beiden wäre, auszuwandern. »Dann müssten wir unsere Tarnung aufgeben«, hatte Paul gemeint. »Dazu ist es jetzt zu spät.« Doch was, wenn die Tarnung als katholisches Paar, das einfach nur Schwierigkeiten hatte, die Dokumente für seinen Ariernachweis zu beschaffen, aufflog?

Karl machte ein düsteres Gesicht, und Victor holte Luft, um auf Augusts Argument etwas zu erwidern, doch Henriette war schneller.

»Lasst uns bitte von etwas anderem reden.« Sie zog die Schultern hoch, als würde sie frieren, mitten im August. »Kommt Walter am Wochenende?«, wechselte sie selbst sogleich das Thema.

»Ja, darauf freuen wir uns sehr«, sagte Charlotte. »Schade nur, dass wir nicht mehr Zeit miteinander verbringen können.«

»Aber es gefällt ihm bei der Marine, nicht wahr?«

»Oh ja, zumindest hat er seine Entscheidung nicht bereut.«

»Das ist gut.«

»Ja.«

Die alte Standuhr tickte laut.

»Wir waren gestern im Kino«, führte Henriette die Unterhaltung immer weiter weg von Hitlers Plänen, dorthin, wo das Leben noch leicht erschien.

»Ach ja? Was gab es denn?«, erkundigte sich Charlotte.

»Den neuen Film mit Heinz Rühmann.«

»Oh, Heinz Rühmann mag ich gern. Wir haben in Altenglan *Zehn Millionen suchen einen Erben* gesehen.«

»Fünf«, sagte August.

»Wie bitte?«

»Es waren nur fünf Millionen, die einen Erben suchen.«

»Ach ja«, sagte Charlotte und lachte.

»Den mochte ich auch«, sagte Henriette und begann zu singen: *»Ich brech die Herzen …«*

Charlotte fiel ein: *»… der stolzesten Frau'n, weil ich so stürmisch und so leidenschaftlich bin …«*

Mit großer Geste sangen die beiden Frauen das komplette Lied und imitierten Rühmann dabei. Karl, Victor und August verfolgten schmunzelnd die Darbietung, und als sie zu Ende war, brachen alle in heiteres Gelächter aus. Endlich war die gedrückte Stimmung gebrochen, wenigstens für den Moment. Mehr konnte man nicht tun. Lachen, hoffen, die Luft anhalten.

»Martha schwärmt so für Heesters«, sagte Charlotte.

»Na, das kann man schon verstehen«, erklärte Henriette. »Wenn ich noch etwas jünger wäre …« Sie kicherte vielsagend.

»Henriette, Henriette!« Victor hob scherzhaft drohend den Finger.

»Was denn? Ist doch wahr. Heesters ist ein ausnehmend schöner Mann, oder etwa nicht?«

»Doch, doch!«, sagte Charlotte. »Aber zum Glück gibt es noch mehr schöne Männer auf der Welt.« Sie ergriff Augusts Hand, und er beantwortete das Kompliment mit einem Kuss auf die ihre.

Einige Zeit später kamen Ella und die kleine Martha aus dem Theater. Das Gesicht des Mädchens glühte vor Begeisterung. Sie begann zu erzählen, kaum dass sie durch die Tür getreten war, und als die Erwachsenen darum baten, sie solle doch etwas aus der Operette zum Besten geben, stimmte sie mit ihrer Nachtigallenstimme das Duett an: *»Lippen schweigen, 's flüstern Geigen: Hab mich lieb …«* Wie immer lachte sie ein bisschen, als ihr der Text nicht mehr einfiel und sie zu »la la la« wechselte. Im Walzertakt drehte sich ihre Hüfte.

»Sing mit, Mama«, forderte Martha ihre Mutter auf, Charlotte tat ihr den Gefallen und untermalte den hellen Sopran ihrer Tochter mit ihrer warmen, dunklen Stimme.

Karls Augen glänzten feucht und ruhten auf Linas Bild.

Am Wochenende endlich kam Walter nach Bremen. Er trug seinen Matrosenanzug und grinste, als er so seinen Eltern gegenübertrat. »Ich wollte, dass ihr das einmal seht«, sagte er verlegen, aber auch ein bisschen stolz.

Martha fiel ihm um den Hals.

»Marthachen, bist du groß geworden«, sagte Walter zu seiner kleinen Schwester.

»Du aber auch«, erwiderte sie und lachte. »Und die Uniform steht dir gut.«

»Findest du?«

»Du siehst aus wie ein Filmstar«, sagte sie und kicherte.

»Du musst es ja wissen.« Walter zog sie neckisch an den Zöpfen.

»Erzähl ihm von Donnerstag«, forderte Ella Martha auf. »Erzähl ihm, was die Gesangslehrerin gesagt hat.«

»Sie sagte, ich muss unbedingt Gesangsunterricht nehmen und soll Opernsängerin werden, stell dir vor«, sprudelte es sogleich aus dem Mädchen heraus, ihr ganzes Gesicht begann zu leuchten.

»Dann musst du das auch machen«, erklärte Walter lächelnd.

»Dann wirst du berühmt und trägst Pelze und wertvollen Schmuck, und am Abend stehst du auf der Bühne und bekommst Applaus. Vielleicht lädt dich sogar der Führer einmal ein.«

»Meinst du?«, fragte Martha mit großen Augen.

»Kann doch sein.«

»Ach, du veräppelst mich ja bloß.«

Walter lachte. »Nein, ich freue mich nur für dich, kleine Nachtigall.« Er gab ihr einen Kuss auf die Wange.

Charlotte beobachtete ihre zwei Kinder: den Marinesoldaten und die kleine Sängerin. Was würde ihnen wohl die Zukunft bringen?

Es rumort.

»Zigarre?«, fragte Karl seinen Schwiegersohn am Abend vor der Heimfahrt der Familie in die Pfalz. Die beiden saßen allein in der Stube. Walter hatte sich am Mittag verabschiedet, und Charlotte begleitete ihre Tochter ein letztes Mal in die Oper.

August schüttelte den Kopf. »Danke, ich mache mir nichts aus Zigarren. Pfeife rauche ich ab und zu. Mit Paul Lechner zusammen.«

»Magst du eine Pfeife? Ich habe eine hier. Hat mir Herrmann zum Geburtstag geschenkt. Tabak auch.« Karl stemmte sich aus seinem Sessel und ging hinüber zum Schrank. Aus einer Schublade holte er eine edel aussehende Pfeife und eine Packung Tabak, der herrlich duftete.

»Da kann ich nicht widerstehen«, meinte August. Schließlich saßen die Männer da, hüllten die Stube in graublauen Dunst und schwiegen gedankenverloren.

»Pass gut auf deine Frau und deine Kinder auf«, sagte Karl unvermittelt. »Und auf dich.« Wieder hatte er das Bild seiner verstorbenen Lina im Blick. »Ich weiß, ich muss dir das nicht sagen, aber ich tue es trotzdem.«

»Ich passe auf, versprochen«, sagte August.

Karl nickte und schwieg wieder eine ganze Weile. »Weißt du, warum ich diesen Schnurrbart trage?«, fragte er schließlich. »Lina hat er anfangs ein bisschen gestört. ›Er kratzt‹, hat sie immer gesagt.« Karl schmunzelte, dann wurde er wieder ernst. »Ich habe unseren Kaiser damals für einen gefährlichen Mann gehalten. Ich soll vorsichtig sein mit dem, was ich sage, meinte Lina immer, also war ich vorsichtig und habe mir diesen Serviettenschoner zugelegt. Wenn man denselben Schnurrbart wie der alte Kaiser trug, geriet man kaum in Verdacht, etwas gegen die Monarchie zu haben.«

August lachte.

Karl zog an seiner Zigarre, blies lange und ergiebig den Rauch aus und sagte leise: »Niemand war je so gefährlich wie Adolf Hitler. So böse. So schlecht. Ein Teufel in Menschengestalt.«

August erschrak.

»Du denkst, ich übertreibe?«, fragte Karl, als er sein betroffenes Gesicht sah.

»Ich weiß nicht«, gab August zu. »Ich hoffe es.«

»Ich hoffe es auch«, sagte Karl. »Aber nach allem, was man den Juden angetan hat und weiter antut, glaube ich das nicht. Und kein Mensch wagt es, die Stimme gegen ihn zu erheben, was auch klüger ist, wenn man seine heile Haut behalten will.«

August nickte und dachte an Schlohfuchs, der schon 1933 das Konzentrationslager kennengelernt hatte. Er dachte an Paul und Maria, die ihre Identität verbergen mussten, an Walters Beschreibungen der Vorgänge in Kusel vom letzten November, an Charlottes Erleichterung, als sie hörte, dass er nun keine Briefe mehr aus England erhalten würde. Und die gelegentlichen Briefe aus Amerika? Die von Anton? Machten ihn die auch verdächtig? Und wessen war man überhaupt verdächtig?

Er dachte an Presswein und Fintzberger und den Leitner-Wirt, an all die Hakenkreuzfahnen, die überall wehten, in allen Dörfern. An die Zufriedenen, denen es gut ging im Dritten Reich, an die Unbedarften, die klaglos die Fahne aus dem Fenster hängten und *Heil Hitler* grüßten, wenn es sein musste, denn: Es war nichts dabei und tat keinem weh. Und besser, man tat es. Die Kuseler Geschäfte wurden jetzt von Ariern geführt.

»Ich will mir keine Sorgen um euch machen müssen, August«,

sagte Karl leise. »Ich weiß, du bist mir ähnlicher, als gut für dich ist. Du bist ein Außenseiter im Dorf und wirst es auch bleiben, genau wie unsere Lotte. Ihr seid anders, ihr habt einen anderen Horizont, ihr habt anderes erlebt. Außenseiter werden beobachtet. Ihr solltet nicht auffallen.«

»Wodurch sollten wir auffallen? Walter war in der Hitlerjugend und ist jetzt bei der Marine, Martha ist im Jungmädelbund, und ich singe brav im Chor jedes Lied mit, das den Nazis gefällt.«

»Du bist nicht in der Partei.«

»Du doch auch nicht.«

»Ich bin alt, auf Alte legen die keinen großen Wert mehr.«

»Ich werde da nicht eintreten«, sagte August entschieden. »Ich tue alles, was nötig ist, um keine Schwierigkeiten zu kriegen, aber so weit werde ich nicht gehen.«

»Das dachte ich auch nicht«, sagte Karl ruhig, zog an seiner Zigarre und blies den Rauch langsam aus. »Was ist mit euren Freunden, der jüdischen Familie?«

»Was soll mit ihnen sein?«

»Was ist, wenn es herauskommt?«

August senkte unwillkürlich den Blick. Darüber machte er sich auch die ganze Zeit über Sorgen, doch das wollte er nicht zugeben.

»Es wird nicht herauskommen.«

Karl schnaubte. »Wie kannst du da so sicher sein? Ihr lebt in einer Gegend, wo jeder jeden kennt.«

»In Mühlbach weiß es keiner.«

»Und außerhalb Mühlbachs? In Kusel?«

Jetzt stieß August Luft durch die Nase und schüttelte den Kopf. »In Kusel gibt es keine Juden mehr. Die haben sie alle weggeschafft oder vertrieben. Da ist niemand mehr, der Paul oder Maria kennen könnte. Und was Maria betrifft – schon ihre Eltern haben verschwiegen, dass sie Juden sind.«

»Na schön«, sagte Karl. »Ich hoffe es.«

August wollte an seiner Pfeife ziehen, doch er stellte fest, dass sie ausgegangen war.

Karl beugte sich zu ihm und gab ihm Feuer. »August, versteh mich nicht falsch, ich möchte nicht, dass du all deine Überzeugungen und dein Gewissen über Bord wirfst, ich möchte nur, dass du vorsichtig bist.« Er lehnte sich wieder in seinem Sessel zurück und strich sich mit dem Finger über seinen dichten Kaiser-Wilhelm-Schnauzbart. »Und wie gesagt, ein bisschen Tarnung kann nichts schaden und kostet nichts.«

44

Mühlbach am 1. September 1939

Martha saß in der Schulbank neben ihrer Freundin Gisela, reglos und aufrecht wie alle anderen Schüler im Klassenzimmer. Ehrfürchtig. Mit angehaltenem Atem. Vorn am Pult saß Lehrer Fintzberger, den Blick stoisch auf die Kinder gerichtet. Aus dem Volksempfänger dröhnte die Stimme des Führers, mal ruhig und entschlossen, dann wieder leidenschaftlich skandierend, im Crescendo sich steigernd bis zum Fortissimo, mächtig und gefährlich wie ein wütendes Raubtier. Seine Worte lähmten wie Gift und verführten zugleich: Folgt mir. Ich bin euer Führer und erster Soldat.

Martha begriff nicht ganz, was er da sagte. Wie konnte man das begreifen? Soldat. Soldaten bedeuteten Krieg. War es nicht so? Das Kinn des Lehrers reckte sich ein wenig, in seinem Blick ein stolzes deutsches Feuer. Er war bereit, der zweite Soldat zu werden, der dritte, der vierte, der zehnte, der hundertste, der tausendste. Er war bereit, seinem Führer zu folgen, überallhin. Martha lief es kalt über den Rücken.

Wo war überall, fragte sie sich, und sie dachte an ihren Bruder – der ebenfalls Soldat war.

Charlotte und Klara saßen in der Küche. Die Rede des Führers war Pflicht. Es knarzte und rauschte aus dem Volksempfänger. Klara hörte schlecht, sehen konnte sie auch nicht mehr gut, nähen ging schon lange nicht mehr. Sie hielt sich die Hand ans Ohr.

»Was sagt er? Das Rauschen ist so laut.«

»Er sagt, er hat alles versucht«, erklärte Charlotte.

»Was denn versucht?«

»Friedlich mit den Alliierten zu verhandeln.«

»Worüber denn?«

»Über den Versailler Vertrag und dass alles rückgängig gemacht wird, du weißt schon, das alte Lied.«

»Was sagt er noch?«

»Dass er einen Nichtangriffspakt mit der Sowjetunion geschlossen hat.«

»Wieso das denn?«

Charlotte zuckte die Schultern und dachte daran, was ihr Vater einmal gesagt hatte: Nichtangriffspakte schließt man nicht, wenn man nicht vorhat, anzugreifen.

Klara kniff die Augen zusammen, als könnte sie dadurch besser hören. »Was ist mit Polen?«, fragte sie.

»Er sagt, dass ...« Charlotte unterbrach sich selbst, legte hastig den Finger auf den Mund, lauschte. Ihr Herz fing an zu rasen. Das durfte doch nicht wahr sein. Das konnte nicht sein.

Ortsgruppenleiter Presswein, Herbert Völker, Bürgermeister Ganter, Bauer Geis, Ottmar Ohliger, Fritz Hennemann, Josef Spitzer, Bäcker Schwan, Otto Stoffel, Rudi Hellmer und andere Mühlbacher Männer saßen in Leitners Wirtskeller. Dazu nicht wenige ihrer Söhne, die künftigen stolzen Wehrmachtssoldaten, die zuvor schon in der HJ geübt hatten. Oder in der SA.

Schweigend und andächtig saßen sie da, und immer, wenn der versammelte Reichstag den Worten des Führers zujubelte, jubelten auch die Männer im Schankraum, reckten die Fäuste in die Luft, nickten einander zu und glühten vor frohem Zorn.

Josef Spitzer tat immer das, was die anderen gerade taten. Nickte, lachte, jubelte, freute sich, dass er einer von ihnen war. Er war in die Partei eingetreten, das hatte ihm seine alte Mutter geraten, und es war eine gute Gemeinschaft. Und jetzt saß er mit allen zusammen und hörte dem Führer zu, der reden konnte wie kein anderer. Nicht alles, was er sagte, verstand Josef, nur so viel: Deutschland würde sich nichts mehr gefallen lassen. Der Führer sprach von seiner Friedensliebe und seiner Langmut und der Erfüllung seiner Pflicht und von Kampf. Vom Weltkrieg. Von Polen. Josef Spitzer schaute sich um und jubelte, bis sein Blick an Fritz Hennemann hängen blieb, in dessen Miene das Zornesglühen fast gänzlich erloschen war, seine Fäuste reckten sich nicht mehr, und sein Lachen wirkte nervös. Da hörte auch Josef genauer hin.

Bombe, Gift, Opfer, Sieg, Kampf, Kampf, Kampf. Die Männer jubelten, die jüngeren lauter als die älteren. Pirin Ganters Miene glich der von Fritz Hennemann, und manch einer war weiß im Gesicht.

Der Führer schrie es aus dem Apparat, er schrie das Rauschen der Übertragung nieder: »*So wie ich selber bereit bin, jederzeit mein Leben für mein Volk und für Deutschland einzusetzen, so verlange ich dasselbe auch von jedem anderen!*

Wer aber glaubt, sich diesem nationalen Gebot, sei es direkt oder indirekt, widersetzen zu können, der fällt! Verräter haben nichts mit uns zu tun!«

Sie jubelten. Im Reichstag und in Leitners Wirtskeller. Josef jubelte nicht. Er hatte jetzt begriffen, wovon der Führer sprach: von Krieg und Tod. Und sie jubelten.

Im Steinbruch ruhte die Arbeit so wie überall, in der Tuchfabrik in Kusel, in der Kettenfabrik in Altenglan, in der Mühlbacher Schmiede, im Laden, in der Metzgerei, in der Schreinerwerkstatt, in der Mühle. Überall rauschte der Volksempfänger, redete der Führer, und alle hörten zu, hörten sich an, was sie in Zukunft erwartete – sie und die Welt.

»*Seit 5 Uhr 45 wird jetzt zurückgeschossen!*
Und von jetzt ab wird Bombe mit Bombe vergolten!
Wer mit Gift kämpft, wird mit Giftgas bekämpft.«

Und sie jubelten.

August Schönborn saß auf einem Felsbrocken im Steinbruch und blickte über das Glantal. Er wünschte sich seine Pfeife, am besten die gute, die ihm Karl geschenkt hatte. Oder auch eine Zigarre. Er wünschte sich, noch einmal aus England nach Hause zu kommen, noch einmal von vorn anzufangen. Sich in Lotte verlieben, heiraten, Walter und Martha bekommen. Er wünschte sich ein freies Leben für sie, in dem ihnen keiner vorschrieb, was sie denken oder sagen durften. Was und wie sie sein durften. Ein Leben ohne Krieg. Er wünschte sich seine Geige.

Aus dem Hintergrund dröhnten Hitlers Worte.

»*Wir alle bekennen uns damit nur zu unserem alten Grundsatz: Es ist gänzlich unwichtig, ob wir leben; aber notwendig ist es, dass unser Volk, dass Deutschland lebt.*«

August versuchte, die grausame Stimme auszublenden und sich auf die Schönheit der Umgebung zu konzentrieren, die sanften Hügel, die grünen Wiesen, die Felder und Wälder, die Sonne, die warm und hell auf ihrer Reise zum Zenit aufstieg und die Dunkelheit, die sich von diesem Tag an in der Welt ausbreitete, Lügen zu strafen schien.

So friedlich war das Bild vor seinen Augen, doch hinter ihm tönte es laut und unerbittlich »Sieg Heil!«, und vielstimmig und endlos antworteten die Massen: »Heil! Heil! Heil! Heil! …«

45

Bremen im Oktober 1939

Die Luft der Stube war geschwängert vom Zigarrenrauch. Karl nahm es inzwischen gar nicht mehr wahr, doch er wusste, Lina hätte es bemerkt, die Hände in die Seiten gestemmt, geschnüffelt und ihn angesehen, als wollte sie sagen: Willst du dir dieses Laster wirklich angewöhnen, Karl Schäfer? Der Rauch wird sich in jedem Polster festsetzen, im Holz der Möbel, in den Vorhängen, den Kleidern. Er blickte auf ihre Fotografie, blickte ihr ins Gesicht und leistete Abbitte. Sie würde ihn schon verstehen. An irgendetwas musste man sich festhalten in diesen Zeiten, und wenn es auch nur eine Zigarre war.

Gemeinsam mit Victor und Herrmann saß er da und rauchte. Karl und Herrmann tranken Cognac, Victor schielte nach den Gläsern und murmelte, er habe es Henriette versprochen, aber wenn er je einen Schluck gebraucht habe, dann jetzt. Doch er trank nur einen Tee, Pfefferminze, das war sein Ersatz.

»Eine ganze Stadt bombardieren …«, sagte er und schüttelte den Kopf. »All die toten Menschen, Frauen, Kinder, alte Leute.«

»Das ist ein Verbrechen«, murmelte Herrmann so leise, dass man es nur mit knapper Not hören konnte, und so erschüttert, wie Karl ihn noch nie gesehen hatte.

»Jetzt hat er Polen«, sagte Karl. »Und was will er damit?«

»Land«, sagte Herrmann. »Aber Polen wird ihm nicht reichen, weder der Teil, den sich Deutschland genommen hat, noch der, den die Russen bekommen haben. Das wird ihm alles nicht reichen.«

»Was meinst du damit?«, fragte Victor. Seine Finger zuckten, als wollten sie in alter Gewohnheit nach Notizbuch und Stift greifen, um mitzuschreiben, was Herrmann, Parteimitglied und stellvertretender Senator, wusste, doch dann griffen sie lediglich nach der Teetasse.

»Nur das, was ich eben gesagt habe: Es wird ihm nicht reichen. Lebensraum im Osten, das will er, Lebensraum für das deutsche Volk.«

»Und die Menschen, die jetzt dort leben?«, fragte Victor mit einem ahnungsvollen Unterton. Herrmann antwortete nicht.

Karl betrachtete den alten Freund. Er hatte im Laufe seines Lebens vieles getan, was Karl gegen den Strich gegangen war. Nie hätte er es für möglich gehalten, dass sie beisammensitzen, rauchen und sich über den Krieg unterhalten würden und Dinge sagen, die man nur im engsten Kreis von sich geben konnte. Selbst vor seiner Frau tat Herrmann, als wäre er noch immer ein glühender Verehrer des Führers und all seiner Ideen, doch seit der Pogromnacht im Jahr zuvor war sein Gewissen erwacht. Nicht, dass es viel geholfen hätte, aber immerhin waren durch ihn Itzhaks Kinder und Enkel fürs Erste versorgt.

Auch darüber, dachte Karl, würde sich Lina wundern, wenn sie jetzt plötzlich zur Tür hereinkäme: über den blauen Dunst und über Herrmann.

Und es würde sie zutiefst grämen, was den Roths widerfahren war und weiterhin widerfuhr. Die Nazis hatten Itzhak und Sara schon auf dem Gewissen, und ihren Kindern und deren Familien machten sie das Leben zur Hölle.

Man hatte zwangsweise weitere jüdische Familien, die man aus ihren Mietwohnungen vertrieben hatte, bei ihnen einquartiert. Man wollte alle Juden möglichst nah beieinanderhaben, deshalb pferchte man sie zusammen in sogenannten Judenhäusern. Der Raum für alle wurde immer enger. Die Demütigungen nahmen kein Ende.

In dem kleinen Haus, in dem Hannah mit ihrem Mann Edgar, ihrer Tochter Esther, dann mit ihrer Mutter und zuletzt mit Aarons Familie zusammengelebt hatte, wohnten nun dreiundzwanzig Personen, darunter sechs Kinder im Alter von zwei bis zwölf Jahren. Sie alle wollten Deutschland verlassen und hatten damit genauso wenig

Erfolg gehabt wie Hannah und Aaron. Und nun, nachdem der Krieg begonnen hatte, waren ihre Hoffnungen gänzlich erloschen.

»Sie werden uns umbringen, Onkel Karl«, hatte Aaron kürzlich prophezeit. »Irgendwann. Wenn sie uns auf andere Weise nicht loswerden können. Ich würde nur zu gern verstehen, warum. Was haben wir getan?« Mit seinen fünfundvierzig Jahren wirkte Aaron wie ein alter Mann, nichts an ihm erinnerte noch an den hübschen und klugen Jungen von früher oder an den engagierten, selbstbewussten Anwalt, der er später geworden war. Als hätte man Stück für Stück das Leben aus ihm herausgezogen, saß er da, die Augen unruhig nach einer Lösung suchend, nach einer Erklärung: Warum tat man ihnen das an?

Karl hätte gerne behauptet, dass die Nazis so weit nicht gehen würden, aber man sah jetzt, wie weit sie gingen: Sie hatten Warschau in Schutt und Asche gelegt, hatten unbeteiligte Menschen getötet, Alte, Frauen, Kinder. Gnadenlos.

»Ihr könntet fliehen«, hatte Karl Aaron vorgeschlagen.

Der hatte gelacht. »Wohin denn? Belgien, die Niederlande, Frankreich, alles ist besetzt, die Nazis sind überall.«

»Schweden.«

Wieder lachte Aaron. »Die lassen uns nicht rein. Die nehmen nur politische Flüchtlinge, und Jude zu sein zählt für die nicht. Außerdem, wie sollten wir es dorthin schaffen, ohne irgendeinem Nazi in die Hände zu fallen? Das Einzige, was wir tun können, ist zu hoffen, dass Hitler seinen Krieg verliert und er dann tut, was er in seiner verdammten Rede versprochen hat: sich selbst das Ende zu bereiten.«

Doch danach sah es nicht aus. Die Wehrmacht mit ihrem skrupellosen Vordringen eroberte ein Gebiet nach dem anderen, weder Frankreich noch England und schon gar nicht Polen hatten dem etwas entgegenzusetzen. Es war, als hätte der Teufel die Weltherrschaft übernommen. Und man jubelte ihm zu, war stolz auf Führer, Volk und Vaterland. Endlich, endlich nach der Erniedrigung des verlorenen Krieges hatte Deutschland seinen Stolz zurück. Diesmal würde es anders laufen, ganz anders.

»Wo ist eigentlich dein Enkel eingesetzt?«, fragte Herrmann.

»Auf irgendeinem Schiff, aber ich weiß nicht, auf welchem oder wo er gerade ist«, antwortete Karl.

»Hat auf dem Schiff auch nicht viele Möglichkeiten, sich zu melden, nehme ich an.«

»Nein. Lotte sagt, sie hat kurz nach Kriegsbeginn einen Brief von ihm bekommen, bevor er mit dem Schiff ausgelaufen ist. Und einen zweiten hat sie kürzlich erhalten, darin schreibt er, dass es ihm gut geht, mehr nicht.«

Victor zog missmutig an seiner Zigarre. »Wieso hat dieses dumme Volk eigentlich nichts gelernt? Hat denn keiner Augen im Kopf? Es laufen doch immer noch genug Veteranen mit verbrannter Haut oder fehlenden Gliedmaßen herum.«

»Reicht dem Führer, wenn sie ihren rechten Arm noch haben«, sagte Karl.

Victor lachte bitter auf.

»Er siegt«, sagte Herrmann. »Und es geht alles ganz schnell. Was sie uns 1914 versprochen haben, findet jetzt statt: alles wird überrannt und rasch besiegt. Kaum Verluste auf der deutschen Seite, und der Feind weiß sich offenbar nicht zu wehren.«

»Blitzkrieg«, spuckte Victor voller Abscheu aus.

Es klopfte an der Tür.

Victor stand auf. »Henriette will mich wohl daran erinnern, dass es schon spät ist.«

Herrmann warf einen Blick auf seine Taschenuhr. »Ich muss dann auch gehen.«

Als sie auf den Flur hinaustraten, hatte Ella schon die Tür geöffnet, aber es war nicht Henriette, die draußen stand, sondern Helene Lindemann, barfuß und im Nachthemd. Das graue Haar hing in einem langen, dünnen Zopf über ihre Schulter. Ihre Finger spielten nervös mit seinem Ende. Verwirrung stand in ihrer Miene.

Sie und Helmuth hatten sich in den letzten Jahren immer mehr zurückgezogen, ihre einst lebhaften Streitereien waren allmählich verklungen, mit dem Alter war die Stille in ihre Wohnung im Erdgeschoss eingekehrt. Helmuth sprach noch weniger als früher, und Helene redete manchmal seltsames Zeug, verlangte mit müder Stimme das Wahlrecht für Frauen, fragte nach Lina. Als Karl ihr sagte, dass er ihre Grüße auf dem Riensberger Friedhof am Grab ausrichten werde, sah sie ihn fragend an, dann nickte sie und sagte: »Gut.«

»Helene! Ist etwas passiert?«, fragte Karl.

»Ich weiß nicht«, sagte Helene. Ihre Füße mussten eiskalt sein. »Ich glaube, Helmuth ist tot.«

Ella presste bestürzt die Hand auf den Mund. Ein eiskalter Schauer ließ Karls Glieder für einen Moment einfrieren, doch dann lief er, so schnell ihn seine alten Beine trugen, die Treppe hinunter, gefolgt von Herrmann und Victor. Aus dem zweiten Stock kam Henriette heruntergerannt und lief den Männern hinterher. Ella legte ihre Arme um Helene, die vor der Tür der Schäfers stehen geblieben war, als wäre sie in einer fremden Welt gelandet, in der sie sich nicht auskannte. »Ich glaube, Helmuth ist tot«, wiederholte sie im selben überraschten und ratlosen Ton wie zuvor. Karl hörte es noch, als er die Wohnung im Erdgeschoss betrat.

Im Schlafzimmer fand er Helmuth auf dem Bett, die Augen halb offen, eine Hand lag dort, wo sein Herz geschlagen hatte.

»Oh mein Gott«, entfuhr es Herrmann. »Ich hole sofort einen Arzt.« Schon drehte er sich um und eilte zu seinem Wagen.

Karl war ihm dankbar dafür. Ein Arzt würde zwar nur noch den Tod feststellen können, doch auch das musste schließlich getan werden. Und vielleicht konnte er sich anschließend um Helene kümmern.

»Das war der Krieg«, murmelte Victor.

»Wie kommst du darauf?«, entgegnete Henriette, die sich bekümmert zu Helmuth auf die Bettkante setzte. »Es war vermutlich ein Herzschlag.«

»Ja«, sagte Victor. »Vermutlich. Und was hat sein Herz so erschüttert, dass es nicht mehr weiterschlagen wollte? Für Helmuth war Krieg das Schlimmste. Erinnert ihr euch, wie er damals Helene angefahren hat, als sie behauptete, der Krieg würde den Frauen zu mehr Anerkennung verhelfen oder so etwas Ähnliches? Ich bin richtig erschrocken, Helmuth war sonst nie so aufbrausend.«

»Er war nicht mehr der Jüngste«, sagte Henriette. »Und hat er jemals einen Arzt aufgesucht?«

»Früher«, sagte Karl. »Wegen seiner Kaffeeunverträglichkeit.« Er schaute hinab auf den alten toten Freund und lachte traurig. »Ausgerechnet das, womit er sein Geld verdient hat, hat er nicht vertragen. Er sagte einmal zu mir: ›Es ist wie verhext, ich kann praktisch alles essen und trinken, nur bei Kaffee dreht sich mir der Magen um.‹«

»Und seinem Chef hat er es verheimlicht«, fügte Victor hinzu und schmunzelte ebenfalls. »Wisst ihr noch, als der ihn eingeladen hatte, um ihm die neue Sorte zu präsentieren?«

»Helmuth war drei Tage lang krank«, sagte Henriette.

»Es waren nur zwei Tage«, korrigierte sie Karl. »Am dritten Tag hat er sich wieder in den Laden geschleppt.«

Henriette nickte. »Stimmt«, flüsterte sie lächelnd, über ihre Wangen rannen zwei Tränen. Mit bebendem Kinn beugte sie sich vor und schloss sanft Helmuths Augen. Dann klammerte sie sich an Victor und begann bitterlich zu weinen.

Helene tauchte in der Tür auf, hinter ihr Ella, die versuchte, sie zurückzuhalten.

»Ist er tot?«, fragte Helene.

»Ja, Helene«, sagte Karl und nahm die alte Freundin in die Arme. »Er ist jetzt in einer besseren Welt.«

46

Mühlbach im April 1940

Liebe Lotte,
heute muss ich dir eine traurige Nachricht mitteilen: Helene Lindemann ist tot. Ich wollte sie gestern besuchen, da hieß es, sie sei zwei Tage zuvor in der Nacht verstorben. Ich wusste nicht, dass sie krank war, ich war ja erst vor einer Woche bei ihr gewesen, da ging es ihr noch gut. Sie hatte sich von Helmuths Tod und dem Umzug in die Pflegeanstalt erholt, wobei ich allerdings immer den Eindruck hatte, dass sie das alles gar nicht mehr richtig verstanden hat. Vielleicht hätten wir stärker darauf drängen sollen, dass sie in ihrer gewohnten Umgebung bleiben darf. Wir hätten für sie sorgen können, doch es wurde nun einmal von behördlicher Seite so verfügt, nachdem der Arzt ihre geistige Verwirrung diagnostiziert hatte. Ich bin sehr traurig, Helene und Helmuth fehlen mir. Noch steht die Wohnung unten leer, aber sicher ziehen schon bald Fremde dort ein. Und was werden das wohl für Menschen sein? Sicher keine Lindemanns, die gab es nur einmal.

Ich hoffe, euch geht es gut, und bleibe in Liebe
dein Papa

Seit der Brief am Tag zuvor eingetroffen war, las ihn Charlotte immer wieder. Sie hatte am Morgen sogar die Versammlung der Landfrauen verpasst, der einzigen Vereinigung, der sie angehörte und bei der sie sich nicht allzu viel darüber anhören musste, wie heldenhaft »unsere Soldaten« kämpften und wie groß der Führer war. Anders als bei der Frauenschaft, von der sie sich tunlichst fernhielt, auch wenn das bei einigen Mühlbacherinnen Stirnrunzeln hervorrief.

»Du solltest besser hingehen«, hatte sogar August gemeint, doch Charlotte hatte ihn nur angesehen und erwidert: »Ich habe kein Interesse daran, mir die Hetzreden von Frau Ortsgruppenleitergattin Presswein anzuhören oder die unterwürfige Ganterin zu sehen. Und Ida möchte ich allein schon Klara zuliebe nicht verachten müssen, besser, ich erlebe sie dort nicht.«

»Katharina und Luise sind auch dabei.«

Das stimmte, sie waren auch dabei wie so viele, die nicht außen vor bleiben wollten oder unsicher waren, was man von ihnen in diesen Zeiten erwartete.

»Das ist deren Sache«, hatte Charlotte erwidert. Ehrliche Besorgnis hatte Augusts Miene verdüstert, da hatte sie geseufzt und liebevoll ihre Arme um seinen Hals gelegt. »Tut mir leid, August, aber ich glaube, dein fürchterlicher Schnurrbart muss reichen, um unsere Treue zum Führer zu beweisen.«

»Es war dein Vater, der mich darauf gebracht hat«, entschuldigte sich August.

»Ich weiß. Ich hoffe nur, es wird die Zeit kommen, da kannst du ihn abrasieren und wieder normal wachsen lassen.«

»Ich auch, glaub mir, ich auch.«

Charlotte saß am Tisch und starrte ins Leere, den Brief in der Hand.

Alles änderte sich, eine schlechte Nachricht folgte auf die nächste, eine Katastrophe reihte sich an die andere. Krieg! Zum zweiten Mal brannte die Welt, noch verzehrender als zuvor. Freunde waren bedroht, ihr Sohn war …

Charlotte versuchte, nicht darüber nachzudenken. Ihr sanfter, gutmütiger, lieber Sohn mitten im Krieg – wenn sie länger darüber nachdachte, wurde sie verrückt, und das durfte nicht passieren. Es gab ja auch noch Martha und August, der sich trotz seiner neuen Tarnung nicht verbiegen ließ, der nicht in die Partei eintrat, der nicht überall mitmachte, nie einen Fuß in Leitners Wirtskeller gesetzt hätte und Männer wie Presswein und Fintzberger mit Inbrunst verachtete. Nur im Gesangsverein war er weiterhin und gab sich redlich Mühe, Einfluss auf das Repertoire zu nehmen, um nicht ständig Propagandalieder singen zu müssen.

Die laute Stimme von Ida Hennemann riss Charlotte aus ihren Gedanken. Die Nachbarin hatte sich offenbar zu Klara gesellt, die ein bisschen im Garten werkelte. Die nachfolgende Unterhaltung, die gedämpft zu Charlotte hereindrang, rang ihr unwillkürlich ein Lächeln ab. Man hörte Idas laute Stimme, dann eine kleine Pause, in der zweifellos Klara antwortete, dann wieder Idas fast schon geschriene Erwiderung. Das Gute daran war, dass die schwerhörige Klara Ida problemlos verstehen konnte. Charlotte fand es erstaunlich, wie gut gelaunt die alte Frau Hennemann noch immer war, hatte sie doch im letzten Krieg ihren ältesten Sohn Holger verloren, und jetzt war wieder ein Holger bei den Soldaten, ihr Enkel diesmal. Wenn der Krieg noch zwei Jahre länger dauerte, würden sie auch den zweiten Enkel noch einziehen, den Eberhard. Doch Ida war noch immer laut und guter Dinge. Allerdings schien es den meisten so zu gehen, die Söhne oder Enkel im Krieg hatten. Entweder sie hatten so viel Vertrauen in die Unbesiegbarkeit der Wehrmacht, oder aber sie redeten genauso wenig über ihre Ängste wie Charlotte. Und dann gab es natürlich auch noch Mütter wie Agathe Presswein, Bertas Nichte, die geradezu darauf brannte, ihren Sohn in die Armee zu geben, um dem Vaterland zu dienen.

»Sie tut nur so«, hatte Berta dazu gesagt. »Nie im Leben ist das Agathes Ernst. Sie tut es wegen ihrem Mann, weil er das von ihr erwartet, glaub mir, Charlotte, ich kenne meine Nichte. In Wahrheit hofft sie, dass der Krieg zu Ende ist, bevor ihr Günter achtzehn wird.«

Ein Jahr hatte der Junge noch Zeit.

»Martha?«, brüllte Ida auf einmal. »Bist du schon daheim?«

Sicher hätte sich Charlotte wieder einmal über die Eigenart der Mühlbacher amüsiert, nach dem Offensichtlichen zu fragen, doch genau wie Ida wunderte sie sich, dass ihre Tochter um diese Uhrzeit schon zu Hause war.

Seit Ostern absolvierte Martha ihr Pflichtjahr im Haushalt der Lehnerts.

Für Mädchen war das die Voraussetzung, um eine Lehre beginnen zu dürfen, sollten sie doch zuvor auf ihre eigentliche Rolle als Hausfrau und Mutter vorbereitet werden. In einer Gegend, in der vorwiegend Arbeiterfamilien lebten, waren geeignete Stellen rar gesät, also hatte Charlotte schon früh bei Berta vorgefühlt, ob sie bereit wäre, ihre Tochter zu übernehmen. Das Mädchen war erst vierzehn Jahre alt und schon immer schüchtern gewesen, nichts hatte sie mehr gefürchtet, als auf irgendeinem fremden Hof außerhalb zu arbeiten. Berta hatte sich sofort einverstanden erklärt, und so half ihr Martha jetzt im Haushalt und unterstützte auch Willi und seine Frau mit ihren neugeborenen Zwillingen, was ihr besondere Freude bereitete. Wenn sie gegen Abend nach Hause kam, erzählte sie stundenlang von den beiden Kleinen.

Doch so früh wie an diesem Tag war sie normalerweise nicht daheim.

Das Mädchen schien auf Idas überflüssige Frage nicht zu reagieren, und selbst als ihre Großmutter etwas sagte, blieb sie eine Antwort schuldig. Das sah ihr ganz und gar nicht ähnlich. Gleich darauf wurde auch schon die Haustür geöffnet. Besorgt legte Charlotte den Brief beiseite und ging ihrer Tochter entgegen.

»Was ist denn los, Martha, geht es dir nicht gut?«

Das Mädchen stand mit gesenktem Kopf im Flur, die kastanienbraunen Zöpfe hingen traurig herab, ihr Kinn bebte vor Anstrengung, nicht die Fassung zu verlieren.

»Aber Marthachen!«, sagte Charlotte und nahm ihr Kind in die Arme. Da war es um das Mädchen geschehen, sie klammerte sich an die Mutter und weinte so herzzerreißend, dass Charlotte, ohne zu wissen, was der Grund war, am liebsten mitgeweint hätte.

»Komm, mein Schatz«, sagte sie. »Wir setzen uns in die Küche, du trinkst erst einmal einen Tee, und dann erzählst du mir, was los ist.«

Das Mädchen schüttelte den Kopf, doch Charlotte nahm ihre

Tochter einfach mit und kochte Tee. Als er fertig war, goss sie zwei Tassen ein, setzte sich neben Martha und fragte: »Was ist denn passiert? Wir sind hier unter uns, du kannst mir alles erzählen, ganz egal, was es ist.«

Martha schniefte, nahm einen kleinen Schluck aus der Tasse und schwieg, doch Charlotte wartete geduldig, Minute um Minute, Schluck um Schluck, genau wie es auch ihre Mutter getan hätte.

Die Tasse war fast leer, als Martha endlich zu reden begann.

»Heute Morgen habe ich ausnahmsweise im Laden geholfen, weil es Tante Luise nicht gut ging und Tante Mina gerade die Zwillinge stillen musste. Da kamen die Mutter von Gutmanns Anneliese und die Frau Hillebrand herein und haben sich gewundert, weil nur ich da war. Sie waren nicht direkt unfreundlich, aber sie haben mich so komisch angeschaut.« Martha runzelte die Stirn und schien sich den Blick der beiden ins Gedächtnis rufen zu wollen, doch dann versicherte sie ihrer Mutter: »Ich habe sie wirklich gut bedient. Als Tante Mina bald darauf dazukam, hat sie mich gelobt.«

Charlotte lächelte und sagte, das glaube sie gern.

»Ich bin dann wieder nach oben«, fuhr das Mädchen fort, »aber dort hat sich Tante Berta schon um die Kinder gekümmert. Ich soll lieber rasch die Wäsche hinterm Haus von der Leine nehmen, hat sie gesagt, damit sie nicht zu trocken zum Bügeln wird. Das hab ich gemacht. Ich bin durch den Keller nach draußen, und dort hab ich gehört, wie sich Gutmanns Else und Hillebrands Lore an der Straße vor dem Laden noch unterhalten haben und … und …«

Martha rang hektisch nach Atem und verstummte. Charlotte wartete erneut.

»Da ist doch die kleine Mauer«, fuhr Martha nach einer Weile fort, ihre Stimme angestrengt und ein wenig höher als zuvor. »Ich war dahinter, also haben sie mich nicht gesehen, aber ich habe gehört, was sie gesagt haben. Über mich haben sie geredet und wie ungerecht es ist, dass ich die gute Stelle bei Lehnerts bekommen hab und Anneliese und Brigitte in Friedelhausen und in Rammelsbach auf einem Hof arbeiten müssen, und wieso ich bevorzugt werde, ausgerechnet, hat Gutmanns Else gesagt, und ich habe nicht verstanden, was sie meint mit ›ausgerechnet‹.«

Charlotte dagegen glaubte zu verstehen. Es wussten noch genügend Leute im Dorf von ihrer Mutter und dass sie, Charlotte, unehelich zur Welt gekommen war. Das Wort Bankert klebte an ihr wie zäher Brei. Aber dass man sich nach so vielen Jahren noch immer an der alten Geschichte aufhängen würde und sogar ihre Tochter darunter leiden musste, das hätte sie nicht gedacht. Doch als Martha weitersprach, erkannte Charlotte ihren Irrtum.

»›Ja, ausgerechnet‹, hat dann Hillebrands Lore gesagt, ›die mit ihrer Judennase‹.«

Laut schluchzend warf Martha ihre Arme auf den Tisch und verbarg ihr Gesicht darin. Dieses hübsche Gesicht mit dem kleinen Buckel auf dem Nasenrücken. Judennase.

Die Wut über die beiden Frauen ergriff Charlotte mit solcher Macht, dass sie am liebsten losgestürmt wäre, geradewegs in Blockleiter Minges' Haus. Sie hätte Else am Kragen gepackt und durchgeschüttelt, dass ihr die Dummheit aus den Ohren geflogen wäre, dann weiter, um Lores Gesicht mit ein paar saftigen Backpfeifen zu zieren. Seit sie ein kleines Mädchen war und sich gegen diese dummen Gänse hatte behaupten müssen, hatte sie nicht mehr einen solchen Zorn verspürt und den schier unbezähmbaren Drang, handgreiflich zu werden. Aber natürlich würde sie das nicht. Sie blieb neben ihrer weinenden Tochter sitzen, strich ihr zärtlich übers Haar und dachte an Albert, ihren leiblichen Vater. Als Kind hatte sie sich immer gefragt, ob sie ihm wohl ähnlich sah, ob sie vielleicht irgendetwas von ihm mitbekommen hatte, so wie Ella ihre Augen von ihrem Papa geerbt hatte. Als sie Albert Lehnert dann zum ersten Mal unverhofft gegenüberstand, war sie viel zu schockiert, um mehr zu bemerken, als dass er ein gut aussehender Mann war. Erst später war ihr dieses entscheidende Detail aufgefallen, seine Nase mit diesem kleinen Buckel, der seinem Gesicht die Banalität oberflächlicher Schönheit nahm. Albert lebte weiter. In ihr, in ihrer Tochter und in allen Generationen danach.

Sie schluckte die Tränen der Wut über die beiden Frauen hinunter. »Martha, mein Schatz!«, flüsterte sie. »Wein doch nicht! Weißt du denn nicht, dass du mit Abstand das hübscheste Mädchen im ganzen Dorf bist?«

»Ich bin nicht hübsch, ich habe diese Nase!«, lehnte sich Martha wimmernd auf.

»Ja, die hast du. Und du darfst stolz darauf sein. Ich habe die gleiche Nase, und ich habe sie von meinem Vater geerbt. Sie erinnert mich an ihn, wenn ich in den Spiegel schaue. Und wenn ich dich ansehe, sehe ich alle beide: meine Mutter und meinen Vater.«

Martha hob den Kopf. »Aber die Nase vom Bremer Opa ist doch ganz gerade.«

Die Zeit war gekommen. Charlotte blickte ihrer Tochter fest in die Augen und nickte. »Das stimmt. Ich meinte auch nicht meinen Papa, ich meinte ... meinen Vater.«

Und dann erzählte sie ihrer Tochter die ganze Geschichte. Von Lina und ihrer großen Liebe zu Albert, von Alberts Eltern, von ihrer eigenen Geburt und von Karl, der sie und ihre Mutter nach Bremen geholt hatte. Sie erzählte von ihrer Liebe zu ihrem Papa in Bremen und wie sie schließlich wieder zu ihrem Vater aus Mühlbach gefunden hatte, von der kurzen Zeit, die sie nur noch miteinander gehabt hatten, und von Berta und ihrer Güte.

Martha lauschte mit großen Augen und betrachtete ihre Mutter, als wäre sie aus einem Buch oder einem Film entsprungen, denn derartige Geschichten gab es gewöhnlich nur dort, nicht im echten Leben, nicht in Mühlbach.

Charlotte beobachtete ihre Tochter und sah dabei zu, wie die gerade gewonnene Erkenntnis langsam einsank und mal von einem verwirrten Stirnrunzeln, mal von einem Lächeln begleitet wurde.

»Dann bin ich ja mit Lehnerts verwandt«, stellte das Mädchen schließlich fest. »Und Tante Luise ist meine richtige Tante, und Onkel Willi ist mein richtiger Onkel und Onkel Ernst auch.«

»Das stimmt.«

»Und Tante Berta?«

»Nun ja, sie ist …« Charlotte überlegte. »Sie ist deine Stiefgroßmutter, könnte man sagen.«

»Und deshalb haben mich Lehnerts genommen?«

»Ja, deshalb«, sagte Charlotte. »Und weil du so ein liebes Mädchen bist.« Martha lächelte. »Und ein hübsches«, fügte Charlotte hinzu. »Lass dir von keinem etwas anderes einreden, ganz besonders nicht von diesen dummen Leuten.«

Martha senkte den Kopf. »Sehe ich wirklich aus wie eine Jüdin?«

Charlotte musste tief durchatmen. So weit reichte die üble Hetze gegen die Juden bereits, dass ihre eigene Tochter sich davon beeindrucken ließ und fürchtete, man könnte sie womöglich für nicht arisch genug halten.

»Juden sehen genauso unterschiedlich aus wie alle Menschen, Martha. Du hast doch unsere Freunde in Bremen kennengelernt, nicht wahr? Haben die alle gleich ausgesehen? Nein. Waren das Menschen, vor denen man sich fürchten musste? Waren sie weniger wert als wir? Waren sie dümmer, hässlicher, böser? Nein. Und das sind Juden auch nicht.«

»Aber warum sagt man das über sie?«

»Ich weiß es nicht. Ich weiß nur, dass es Lügen sind. Ich habe Juden kennengelernt, und kein Einziger war darunter, der irgendetwas Böses wollte. Es sind Menschen genau wie du und ich.«

Martha nickte und biss sich nachdenklich auf die Unterlippe, und nach einem kleinen Moment fragte sie leise und zögernd: »Ist der Führer … ein Lügner?«

47

Mühlbach im November 1940

Auf seine kräftigen Unterarme gestützt, lehnte Gustav Brettschneider über der Theke und ließ den Blick durch den Raum wandern. In letzter Zeit kamen wieder mehr Gäste. Besonders wenn die Singstunde zu Ende war und die Sänger ihre trockenen Kehlen benetzen wollten, kamen sie zu ihm. Nicht alle natürlich: der Geis und sein Knecht, der Ohliger, die gingen noch immer zum Leitner, der Völker Herbert und der Fintzberger auch, aber auf den Lehrer konnte er gut verzichten. Auf sie alle konnte er gut verzichten, nur manchmal, da dachte er an damals, als sie die Kirche geplant hatten, als der ganze Raum brechend voll war und die Stimmung gut, weil sie sich etwas vorgenommen hatten. Wie lange war das her? Zwölf, dreizehn Jahre, doch es kam ihm vor wie aus einem anderen Leben. Kaum war die Kirche gebaut, hatte sich der Ort gespalten in Leitners und Brettschneiders. Zum Leitner gingen die einen, und zum Gustav gingen die anderen. Und manche wussten nicht so recht, wohin sie gehen sollten, und waren mal hier und mal da. Der Josef Spitzer zum Beispiel. Gustav lachte in sich hinein. Jetzt gerade war er wieder einmal hier, strahlte wie immer und saß bei den Schönborns am Tisch, bei Schreiners Hans, dem Schlohfuchs und diesem Architekten. Der war neuerdings auch dabei: Paul Lechner, netter Mann, sang seit Kurzem im Gesangsverein. Lebte jetzt schon lange in Mühlbach und pflegte trotzdem nur wenige Kontakte, war halt zugezogen. Fuhr ein Auto, genau wie der Presswein. Und wie der Ganter. Der war seit Neuestem auch wieder da, tat aber so, als wäre er nie ein Leitner-Gänger gewesen. Rudi Hellmer und Fritz Hennemann hatte er gleich mitgebracht.

Die Lehnert-Brüder waren da und der Luitpold mit seinem einen

Auge, auch der Stoffel Otto. Es fehlten noch ein paar, aber fast war es wieder so wie damals, zur Zeit der Kirchenplanung. Vielleicht würden die anderen auch irgendwann einsehen, dass es bei ihm viel gemütlicher war als beim Leitner, viel lustiger. Vielleicht würde dann alles wieder so werden wie früher.

»Habt ihr die Wochenschau gesehen?«, fragte Josef Spitzer mit begeistert glänzenden Augen, die von einem zum anderen am Tisch wanderten. Alle schüttelten den Kopf. Josef drehte sich um zum Nachbartisch. »Ihr? Habt ihr die Wochenschau gesehen?«

»Nein, aber ich nehme an, sie hat sich nicht sonderlich von der in der Woche davor unterschieden«, antwortete Fritz Hennemann zu Augusts Überraschung.

Der einfältige Josef überhörte den ironischen Ton. »Die in der Woche davor hab ich nicht gesehen, da hatte ich Spätschicht«, sagte er. »Aber in der letzten waren ganz viele Aufnahmen aus dem Krieg, das war so, als wäre man mittendrin. So richtig dabei war man da.«

»Du bist nicht richtig dabei, Josef, glaub mir«, sagte Fritz und stierte geradeaus. »Unser Holger ist richtig dabei und der Bub vom August und die beiden vom Schwan und vom Metzger Röderer und ...« Er zählte so gut wie jeden Mühlbacher auf, der als Soldat im Krieg war. »Du«, schloss Fritz, »du bist nicht dabei.«

Josef hatte eifrig nickend zugehört. Er hob das Glas. »Auf unsere tapferen Soldaten, die Sieg um Sieg nach Hause holen!«

Nach einigem Zögern hob Bürgermeister Ganter sein Glas, auch Rudi Hellmer und Otto Stoffel tranken, die anderen ließen es bleiben.

»Sieg um Sieg, was?«, höhnte Schreiners Hans.

»Lass es, Hans!«, raunte ihm Philipp zu.

»Ja, in der Wochenschau haben sie alles ganz genau gezeigt«, freute sich Josef erneut.

August wunderte sich über seine Kriegsbegeisterung. Ein Jahr zuvor noch hatte Josef ganz anders geklungen. Kurz nachdem es in

Polen begonnen hatte, war ihm August beim Holzmachen im Wald begegnet. Sie hatten sich ein wenig unterhalten, Belanglosigkeiten, die man austauschte, wenn man sich über den Weg lief.

»Denkst du, sie wollen mich auch als Soldaten?«, hatte Josef auf einmal gefragt. »Ich bin ja noch jung genug.«

Natürlich war Josef mit seinen vierunddreißig Jahren jung genug, aber nach dem Ersten Weltkrieg war der Wehrdienst in Deutschland abgeschafft worden, und so gab es etliche Jahrgänge, die keinerlei militärische Ausbildung besaßen. Unwahrscheinlich, dass man diese Männer einziehen würde.

»Willst du dich freiwillig melden?«, fragte August irritiert.

»Nein!«, rief Josef sogleich. »Nein, ich dachte nur, ob sie ... ob ich ...« Er senkte den Blick, hob ihn wieder, machte einen Schritt auf August zu, als wollte er ihm im Vertrauen etwas zuflüstern, obwohl weit und breit kein Mensch zu sehen war. »Mein Vater ist im letzten Krieg gefallen.« Er machte wieder einen Schritt zurück. »Ich bin natürlich für den Führer und für Deutschland und ... das schon, versteh mich nicht falsch.«

August verstand. Josef hatte Angst, so wie jeder normale Mensch Angst gehabt hätte angesichts dieses Wahnsinns.

»Schon gut, Josef. Du wirst sicher nicht eingezogen. Du hast genug Kriegsdienst geleistet, damals zu Hause, als dein Vater an der Front war und du dich als Junge um deine Mutter und deine kleinen Schwestern gekümmert hast.«

»Woher weißt du das denn?«

»Philipp hat es mir erzählt. Alle im Dorf haben dich dafür bewundert.«

»Wirklich?«

»Aber natürlich, Josef, weißt du das nicht?«

Ein scheuer Stolz mitten im kalten Herbstwald hatte Josefs Kriegsangst für den Moment vertrieben. Und August hatte nicht gelogen. So einfältig der Mann auch war und sosehr man ihn häufig belächelte, seine Fürsorge als Sohn, als er praktisch selbst noch ein Kind war, war unvergessen.

Jetzt jedoch warf ihm Schreiners Hans einen finsteren Blick zu. »Von wegen Sieg!«

»Hans!«, mahnte Philipp.

Josef blickte verwirrt zurück. »Nicht?«

Ganter vom Nebentisch drehte sich um. »Wovon redest du denn da, Hans?«

Auch die anderen waren jetzt aufmerksam geworden und verfolgten den Wortwechsel mit Interesse.

»Er redet Unsinn«, sagte Philipp. »Wenn Hans zu viel Bier trinkt, redet er immer Unsinn, fragt mal seine Frau.« Er gab Hans einen kameradschaftlichen Schubs und lachte. August lachte mit, und auch andere schmunzelten und wandten sich wieder ab.

»Nein, sag doch«, forderte ihn Ganter neugierig auf.

»Die Rosi wollte ihm schon mal einen Maulkorb verpassen«, scherzte Philipp weiter.

»Oh, ich glaube, es gibt einige Frauen, die ihren Männern einen Maulkorb verpassen wollen«, setzte August hinzu.

»Und wieder andere beschweren sich, dass ihre Männer so maulfaul sind«, meinte Schlohfuchs.

»Da gehört deine Rosi aber nicht dazu, was?«, sagte Philipp zu Hans. Der grinste, und alle lachten, nur Ganter beharrte weiter auf einer Antwort.

»Komm schon, Hans, wer gackert, der muss auch legen.«

Hans schnaubte. »Also schön, Ganter, wenn du es wissen musst.« Er machte eine kleine Pause, bevor er weitersprach. »Ich kenne einen, der ist der Onkel von einem der Piloten, die über England im Einsatz waren, der hat ein bisschen was erzählt.«

»Was denn?«, fragte Ganter.

»London wurde in Schutt und Asche gebombt«, ereiferte sich Josef.

»Ja, Josef, und dabei sind Menschen gestorben«, erwiderte Hans kalt.

»Was hat dieser Onkel denn gesagt?«, fragte Ganter, ohne auf London oder die Toten einzugehen.

»Er hat gesagt, dass es unter den deutschen Fliegern herbe Verluste gab, trotz der Übermacht, und dass etliche Piloten abgeschossen wurden und seitdem in Gefangenschaft sind. Viel mehr, als man uns sagt.«

»Aha!«

»Die Luftschlacht um England haben die Deutschen jedenfalls nicht gewonnen, sonst hätten sie schon längst mit der Invasion begonnen.«

In Brettschneiders Wirtschaft herrschte mit einem Mal Totenstille.

»Aber warum sagen sie das dann in der Wochenschau?«, fragte Josef schließlich. »Und gezeigt haben sie es auch.«

Gustav kam mit einem Tablett voller Schnapsgläser hinter seiner Theke hervor. »Der geht aufs Haus«, sagte er, als er die Gläser verteilte. »Damit ihr mal auf andere Gedanken kommt. Das ist ja nicht zum Aushalten. Wenn ihr über den Krieg reden wollt, könnt ihr auch zum Leitner gehen.«

»Hast recht, Gustav. Auf dich!« Willi Lehnert hob als Erster sein Glas.

»Wie wäre es mit etwas Musik?«, regte sein Bruder Ernst an.

»Was wollt ihr denn hören?«

»Zarah!«, rief Ernst.

»Ja, Zarah!«, stimmten ein paar der Männer zu.

»Also dann! Zarah!« Der Wirt legte die Platte auf, die Männer stürzten ihren Schnaps hinunter und sangen mit: *»Nur nicht aus Liebe weinen …«*

»Hans ist ein Dummkopf«, flüsterte Charlotte.

»Das kannst du laut sagen«, erwiderte August.

»Stimmt. *Das* könnte ich laut sagen. Aber laut sagen, dass Deutschland eine Schlacht verloren hat, wenn es in der Wochenschau anders dargestellt wird, *das* ist verrückt.«

Charlotte wickelte sich enger in ihre Decke. Es war stockdunkel im Schlafzimmer.

»Da hast du recht. Philipp wollte ihn noch aufhalten, aber der Ganter hat nicht nachgelassen.«

»Was ist, wenn der es weiterträgt?«

»Man kann nur hoffen, dass er das nicht tut.«

»Und wenn doch?«

»Warum sollte er?«

Das wusste Charlotte auch nicht, aber Jahre zuvor hatte irgendjemand über Leopold Schlohfuchs verbreitet, er sei Kommunist, und das hatte gereicht, um ihn monatelang in ein Konzentrationslager zu stecken.

»Glaubst du, dass es wahr ist?«, fragte sie statt einer Antwort. »Dass die Deutschen verloren haben, meine ich.«

»Hans behauptet es. Oder vielmehr, der Mann, mit dem er gesprochen hat, dieser Onkel.«

»Wer soll das denn sein?«

»Weiß ich nicht. Aber Hans schien seiner Sache sehr sicher.«

Charlotte rückte näher an August heran. Sie wusste nicht, was sie davon halten sollte, dass Deutschland angeblich eine wichtige Schlacht verloren hatte. Sie dachte an ihren Vater, der in seinen Briefen die Bomben erwähnte, die seit Mai immer wieder über Bremen niedergingen. Die Flak konnte viele davon abwehren, und die meisten zielten auf das Industriegebiet in der Hafengegend, doch im Juli war auch eine über Schwachhausen niedergegangen. Im August hatten die Engländer Pause gemacht, aber seit September ging es weiter. Ständig mussten die Bremer damit rechnen, dass die Sirenen losgingen und sie in die Keller mussten oder in einen Bunker, wenn einer in der Nähe war. Charlotte konnte sich das alles kaum vorstellen. Sie hatten im Ersten Weltkrieg gehungert, das war alles. Sie lachte leise auf. Das war alles? Die Arten zu sterben variierten von Krieg zu Krieg, wer wollte entscheiden, welche die beste war.

»Was lachst du?«, fragte August.

»Ich lache nicht. Ich möchte vielmehr weinen.«

»Ich auch.«

»Glaubst du, dass die Engländer gewinnen?«

»Es sieht nicht so aus, wenn du mich fragst.«

»Aber sie werfen Bomben ab.«

»Die Deutschen doch auch. Vielleicht noch mehr.«

»Ich weiß gar nicht mehr, was ich mir wünschen soll. Ich will nur, dass es aufhört.«

»Ich auch.«

»Ich kann nicht einmal meinen Vater besuchen. Was ist, wenn er bei einem Bombenangriff ums Leben kommt? Oder Ella. Oder Martha. Oder einer unserer Freunde. Was ist, wenn Walter ...?«

August verschloss ihr den Mund mit seiner Hand. »Denk nicht daran, Lotte. Wir haben den letzten Krieg überstanden, wir werden auch diesen überstehen. Wir alle.«

Charlotte nickte tapfer. Ganz eng presste sie sich an August. »Wenigstens sind die Lechners erst einmal sicher.«

August schwieg.

»Oder meinst du nicht?«, fragte sie nach.

»Ich weiß es nicht«, gab er zu. »Glaubst du, nur weil die auf dem Amt sagen, das mit dem Ariernachweis hätte sich fürs Erste erledigt, wären sie sicher?«

»Die haben momentan anderes zu tun, als sich darum zu kümmern, ob jemand seine Papiere beibringen kann, und es besteht nicht der geringste Verdacht. Maria lebt schließlich schon ihr Leben lang hier.« Alles, was Charlotte sagte, klang nach einer Frage, die um Bestätigung bat, doch wieder schwieg August.

»Wir müssen einfach das Beste hoffen«, sagte er nach einer Weile. »Und vor allem, dass der Krieg bald vorbei ist und dass alles wieder so wird ...« Er verstummte.

»... wie früher?«, fragte Charlotte.

August antwortete nicht.

48

Bremen im Mai 1941

Diesmal saßen sie alle im Keller, der Angriff war zu plötzlich gekommen. Ein schwerer Angriff schon wieder. Es hörte und hörte nicht auf. Ein einziges Tosen und Donnern und Pfeifen. Erst drei Tage zuvor hatten sie einen solchen Angriff erlebt. Vier Stunden lang diese Lärmhölle mitten in der Nacht. Kurz nach Mitternacht hatte es begonnen, aber zum Glück hatten sie Zeit gehabt, in den Bunker in der Schumannstraße zu flüchten. Diesmal nicht.

Sie hatten sich den vermeintlich sichersten Raum im Keller schon im vergangenen Jahr so eingerichtet, dass man es aushalten konnte. Eine Liege, Matratzen, Decken, Lebensmittel, Trinkwasser – das Nötigste. Stift und Briefpapier hatte Ella auch immer dabei.

Bremen den 12. Mai 1941, kurz nach 2 Uhr in der Nacht

Liebe Martha …

Martha wohnte mit ihrer Mutter Amalie in unmittelbarer Nähe eines Bunkers, und somit waren sie in Sicherheit. Wenn die Bomben fielen, schrieben sich die Freundinnen Briefe und tauschten sie hinterher aus. Wenn sie sich tagelang nicht sehen konnten und es in dieser Zeit viele Bombennächte gab, schrieben sie viele Briefe. Und wenn sie die Briefe gelesen hatten, verbrannten sie sie im Ofen.

… alles wäre ja so viel leichter, wenn wir zusammen im Keller sitzen könnten. Wir könnten uns etwas erzählen, du mir von deinen neidischen Tanten, ich dir von meinen albernen Kolleginnen. Oder wir könnten vom Theater erzählen, von der letzten

Vorstellung, und darüber reden, ob Carmen und Don José sich richtig geküsst haben – ich denke noch immer, es sah so aus. Lotte hätte dabei sein müssen …

Karl hustete. Immer wenn ihr Vater hustete oder nieste oder humpelte, war Ella alarmiert. Er war im Großen und Ganzen noch sehr rüstig, auch geistig, aber er war nun einmal über siebzig, und der Krieg und die Sorge um all die Menschen, die er liebte, setzten ihm zu, besonders dass Lotte so unerreichbar weit weg war und er in seinen Briefen nicht einmal schreiben konnte, was ihm auf der Seele lag. Über Aaron und Hannah und ihre Familien, die nach der Bombardierung der Mehrburger Werke ihre Arbeit verloren hatten und nicht wussten, wovon sie leben sollten. Die zwar genau wie Martha ganz in der Nähe eines Bunkers wohnten, doch als Juden nicht hineingelassen wurden. Über diese Dinge durfte sich Karl nur stumm empören, allenfalls leise in der eigenen Wohnung oder oben bei den Schweizers.

… Wenn Helene und Helmuth noch da wären, wäre es wenigstens lustig. Weißt du noch früher, die beiden? Sie fehlen mir. Victor und Henriette und mein Vater reden nie etwas, wenn wir im Keller sind, sie trauen den Fröwisens nicht. Der Fröwis trägt jeden Tag seine alberne Uniform, und wenn er aus dem Haus geht, streicht sie seine Ärmel glatt und gibt ihm einen spitzen Kuss auf den Mund. Es sieht aus, als würden sie schnäbeln. Jetzt sitzen sie mir gegenüber und ahnen nicht, dass ich über sie schreibe. Ich glaube, sie halten mich für einfältig, aber das ist mir gerade recht …

»Was schreibst du nur immer, Ella, mein Kind?« Karl hatte versucht, auf der Liege zu schlafen, doch jetzt sah er sie an, als erhoffte er sich ein wenig Unterhaltung. Wie rau seine Stimme klang.

»Einen Brief«, sagte Ella wahrheitsgemäß.

»An Lotte?«

»Nein, aber wenn der Angriff noch lange dauert, dann komme ich sicher auch noch dazu.«

Karl schmunzelte, und Ella lächelte zurück. Ihr Vater verstand sie. Es war nicht schlimm, dass Lotte seine Lieblingstochter war. Es war nur natürlich, dass man Lotte mit ihrem gutmütigen und unkomplizierten Wesen mehr lieben musste als sie, die Eigenartige, die irgendwie anders war und die man nie so ganz durchschaute. Ihr Vater hatte sie schon immer so sein lassen, wie sie war. Und er hatte ihre Freundschaft mit Martha nie hinterfragt. Er schätzte ihre Gesellschaft im Haus und war dankbar dafür, dass sie ihm von allen geblieben war. Und sie liebte ihn mehr als alles andere auf der Welt.

Herr Fröwis tätschelte seiner Frau die Hand. »Keine Angst, Liebling, auf unsere Flak ist Verlass.«

»Hja«, hauchte sie, unterwürfig und voller Vertrauen auf ihren Mann, die deutsche Flak und den Führer.

Ella schätzte die beiden auf Anfang dreißig und hatte sich zunächst gewundert, dass der junge Mann nicht an der Front war.

»Der hat hier zu tun«, hatte ihr Vater gesagt und dabei so grimmig dreingeschaut, wie er es immer tat, wenn er seine Worte im Zaum halten musste.

»Gestapo?«, hatte Martha gemutmaßt. Man wusste es nicht, und keiner fragte nach. Er war ein Uniformträger und ein Nazi, das genügte.

Henriette summte ein Lied. *Ich brech die Herzen der stolzesten Frau'n …* Victor drückte sie fest an sich. Ganz in der Nähe gab es eine ohrenbetäubende Detonation. Einen Moment lang waren alle wie erstarrt, dann ging es weiter mit dem gewöhnlichen Bombenlärm. Henriette summte weiter, Victor drückte ihr einen Kuss auf die Stirn. Karl machte die Augen zu, Fröwisens maskierten sich mit Heldenmut.

Ich vermisse dich unsäglich, könnten wir doch nur zusammen sein. Ella

49

Bremen, 17. bis 22. November 1941

Die Männer standen in warmer Winterkleidung auf dem Schulhof. Die Frauen und Kinder saßen in der Turnhalle mit den Koffern. Viel hatten sie nicht mitnehmen dürfen, denn dann würde der Platz im Zug zu knapp werden bei den vielen Menschen, die umgesiedelt werden sollten. Von Bremen nach Minsk, eine der ersten Städte, die man nach der Invasion in der Sowjetunion im Frühsommer eingenommen hatte.

»Da haben wir Platz für euch gemacht«, hatte einer der SS-Leute gesagt und gelacht. »Da seid ihr dann unter euch.«

»Wer weiß, vielleicht ist das ja besser so«, hatte Ruth gemeint. »Dann können wir von vorn anfangen und vielleicht wieder ein ganz normales Leben führen.«

Aaron stellte sich vor, wie der Uniformierte darüber erst gelacht hätte. Er widersprach seiner Frau nicht, wollte ihr die Hoffnung lassen, solange es ging. Er selbst hatte keine mehr, denn er ahnte, was sie in Minsk erwartete. Zumindest ahnte er, dass es nichts Gutes war. Von den Nazis hatten die Juden nichts Gutes zu erwarten, das wusste er nicht erst seit seinem Aufenthalt in Sachsenhausen.

Etliche Hundert Menschen waren es, die man angewiesen hatte, sich in der Schule zu versammeln. Sie hatten den Deportationsbefehl nur wenige Tage zuvor erhalten. Von Karl Schäfer hatte er sich noch verabschieden können, auch von Victor Schweizer und von Herrmann Sperling, dem er ewig dankbar sein würde. »Was können wir tun?«, hatte Onkel Karl hilflos gefragt. »Nichts«, hatte Aaron geantwortet. Eine winzige Sekunde lang hatte er sagen wollen: »Versteckt uns, helft uns!«, doch wie sollte das möglich sein, mit den neuen Mitbewohnern im Haus, diesen treuen Nazis. Und selbst wenn, man würde zuerst in der Orleansstraße nach ihnen suchen, man wusste um die Freundschaft zwischen Karl und seinem verstorbenen Vater. Alle würden nur Schwierigkeiten bekommen wegen ihnen.

Aaron stand mit den anderen Männern auf dem Schulhof und rauchte eine seiner letzten Zigaretten. Und wartete.

Schüler gingen an ihnen vorbei zu ihrem Unterricht, starrten sie an, starrten später von oben aus den Fenstern, und am Nachmittag gingen sie wieder vorbei in die andere Richtung und starrten. Ob sie es zu Hause erzählen, überlegte Aaron, ob sie erzählen von den vielen Männern mit aufgenähtem gelbem Judenstern auf ihrem Schulhof, von den Kindern und Frauen in ihrer Turnhalle? Und würden sich dann die Eltern freuen, dass man sie endlich fortschaffte? Und wenn eins dieser Kinder fragen würde, warum man das mit den Juden mache, hätten sie dann eine Antwort? Eine, die auch einen Sinn ergab?

Warum? Das war alles, was er wissen wollte. Warum hasste man sie so sehr?

»Aaron?«

Er kannte die Stimme, hatte sie schon lange nicht mehr gehört. »Wilhelm? Bist du das?«

Es war tatsächlich Wilhelm Rosenthal. Wie viele Jahre hatten sie einander nicht mehr gesehen? Drei oder vier, und doch mussten sie nachfragen, weil sie sich beide so verändert hatten. Beide grau und hager und mit den Spuren der vergangenen Jahre in den Gesichtern. Doch Wilhelm trug noch immer seine Lachfalten um die Augen und dieses verschmitzte Grinsen. Sogar jetzt noch.

»So trifft man sich wieder«, sagte er, umarmte Aaron und fragte: »Bist du mit der ganzen Familie da?«

»Ja, mit allen, auch mit Hannah und ihrer Familie.«

Wilhelm senkte seine Stimme. »Ihr konntet nicht raus?«

Aaron schüttelte den Kopf. »Und was ist mit dir?«

»Hab's versucht, wollte nach Holland zu meinen Eltern, aber da waren die Deutschen ja auch schon. Eugen ist mit seiner Familie in Hamburg, falls er nicht ein Schlupfloch gefunden hat.«

»Und deine Eltern?« Aaron gab seinem Cousin eine Zigarette.

Der zuckte mit den Schultern. »Weiß nicht. Mein Vater hat schon lange Berufsverbot, aber ich hoffe, dass ihm vielleicht einer seiner alten Musikerkollegen helfen kann rauszukommen. Er hatte immer viele Freunde und war beliebt, weißt du.«

»Ja, ich weiß.«

»Jetzt lernen wir also den Osten kennen, was?«

»Ja, wir kommen rum.«

»Weißt du mehr?«

»Minsk. Ich glaube, der SS-Mann hat sich verplappert vor lauter Schadenfreude.«

»Ist letztlich auch egal, wo wir landen mit unserem bisschen Gepäck.«

Sie verbrachten die Nacht dicht gedrängt in der Turnhalle und wurden früh am Morgen rausgejagt. In Gruppen eingeteilt, bewacht von SS, machten sie sich auf zum nahe gelegenen Lloydbahnhof.

Aaron kannte die Gegend, jeden Winkel von Bremen kannte er, hier war er geboren, aufgewachsen, zur Schule gegangen. Hier hatte er sich zum ersten Mal verliebt. In Charlotte. Wäre er nicht so schüchtern gewesen und wäre nicht der Krieg dazwischengekommen, sein Leben wäre wohl anders verlaufen. Er drückte die Hand seiner Ruth, die neben ihm lief, den Arm um ihre gemeinsame Tochter Greta gelegt. Sie waren eine glückliche Familie gewesen. Gewesen! Warum dachte er: gewesen? Sie waren es doch immer noch, konnten es doch wieder sein. Vielleicht dachte er zu schwarz, und es würde wirklich ein neues Leben für sie beginnen. Eben ein anderes, aber Hauptsache, sie waren zusammen.

Neben ihnen ging Wilhelm mit seiner Frau. Vor ihnen Hannah und ihre Familie, davor die Herzfelds mit ihren vier kleinen Kindern. Hinter ihnen Krügers mit ihren Töchtern, dann die beiden Brucks und das Ehepaar Hirsch mit ihrer alten Mutter, Ada Levi, die sich mühevoll über das Pflaster schleppen musste, bis zwei Männer mit verschränkten Händen einen Sitz für sie bildeten und sie auf diese

Weise trugen. Ada Levi lachte und strich den beiden dankbar über die Wange.

Sie alle hatten zuletzt zusammengewohnt auf engstem Raum, hatten einander kennengelernt, ihre Leidensgeschichten geteilt, auf Besserung gehofft. Zuletzt Judensterne angenäht.

Die Menschenmenge erreichte den Bahnhof. Da stand ein langer Güterzug, Wagen an Wagen an Wagen, aber sicher nicht lang genug, um alle aufzunehmen. Oder doch?

In aller Eile wurden ihre Papiere überprüft, und sie mussten eine Erklärung unterschreiben, in der sie auf ihre deutsche Staatsangehörigkeit und ihr zurückgelassenes Eigentum verzichteten. Was konnte man ihnen noch nehmen?

Als Aaron den Wagen erklomm, war er wie vor den Kopf gestoßen. Da war kein einziger Sitzplatz, nur eine große leere Ladefläche. Nicht groß genug, wie sich bald herausstellen würde.

»Weiter! Beeilung!«, schnarrte eine SS-Stimme.

Der Wagen war schon voll, da wurden immer noch Menschen hineingedrängt, dicht an dicht standen sie nebeneinander, bis schließlich die Wagentür zugeknallt und verschlossen wurde.

Die Roths, die Wielands, die Rosenthals und alle anderen Familien, die im Haus der Wielands gelebt hatten, waren noch zusammen.

Nach dem ersten Tag war der Gestank schier unerträglich, am zweiten verzweifelten viele vor Hunger und Durst und Schlaflosigkeit und machten ihrer Verzweiflung weinend Luft. Am dritten Tag starb Ada Levi. Sie war nicht die Einzige, Aaron zählte die Toten nicht. Er hielt seine Frau und seine Tochter im Arm, bis er kein Gefühl mehr darin hatte.

Am 22. November endete die entsetzliche Reise. Als die Wagentür sich öffnete, als sie das Ghetto zum ersten Mal sahen, da wusste Aaron, dass sie alle sterben würden. Man wollte sie nicht einfach nur weghaben, nein, man wollte sie vernichten. Und auf einmal war es ihm egal, warum.

50

Mühlbach, April 1942

Kurz nach halb drei am Freitagnachmittag läutete die größte der drei Kirchenglocken, die mit dem tiefsten Ton und dem Namen des Führers: die Totenglocke. Im vergangenen Jahr hatte sie siebenmal geläutet, in diesem Jahr schon dreimal.

»Genau wie im Ersten Weltkrieg, was, Bine?« Walter saß krumm in dem alten Sessel, der schon seinem Vater gehört hatte.

»Ja, genau wie im Ersten«, sagte Bine. Sie knetete mit müden Händen Hefeteig in einer Schüssel, streute Mehl darüber und knetete weiter, dann hielt sie inne. »Nein, damals war die Glocke oben auf der Schule, und die hat viel heller gebimmelt.«

»Das stimmt«, bestätigte Walter.

Die beiden hatten eine eigenartige Weise, miteinander zu reden. Wenn Charlotte bei ihnen war, hatte sie immer das Gefühl, nichts, was draußen in der Welt geschah, drang durch die Wände dieses Hauses. Kaum trat man durch die Tür, war plötzlich alles ganz weit weg, sogar die Totenglocke. Sogar die Tatsache, dass man seit Kurzem die Weltkriege schon nummerieren konnte. Erster und Zweiter.

»Was schreibt denn der Papa?«, fragte Walter. Manchmal sprach er noch mit ihr wie mit einem Kind.

»Nicht viel. In Bremen ist immer noch häufig Bombenalarm.«

»Hat er etwas von Itzhaks Kindern gehört?«

»Nein. Die sind weg.«

Charlotte presste die Lippen aufeinander und rang um Fassung, wie jedes Mal, wenn sie an Aaron und Hannah und ihre Familien dachte.

»Wird ihnen schon gut gehen«, sagte Bine beiläufig. Sie deckte den fertig gekneteten Teig mit einem Tuch ab und stellte die Schüssel neben den Ofen. Dann wusch sie sich die Hände, tätschelte Charlottes Schulter und setzte sich zu ihr an den Tisch.

Seit Charlotte denken konnte, hatte sich nichts in diesem Raum verändert. Dieselben alten Möbel, derselbe einfache Ofen, auf dem gekocht und in dem gebacken wurde – vielleicht war das der Grund, weshalb es sich so anfühlte, als wäre man hier drinnen sicher, während man draußen ständig befürchten musste, dass irgendetwas Schlimmes geschah.

Ein paar Wochen zuvor war ihr Walter auf Heimaturlaub gekommen, eine ganze Woche lang. Gut sah er aus, ein richtiger Mann war er geworden, so hübsch, so groß. Wäre kein Krieg gewesen, dann wären ihm jetzt alle jungen Frauen hinterhergelaufen oder er ihnen. Er hätte vielleicht bald geheiratet, August und sie zu Großeltern gemacht, er hätte sicher ein gutes Einkommen als Autoschlosser gehabt, würde vielleicht ein Häuschen bauen und wäre glücklich. Wäre kein Krieg. Doch so hatte er nach einer Woche wieder aufbrechen müssen nach Norden. Zurück auf das Schiff, irgendwohin, wo er täglich in Gefahr war, sein Leben zu verlieren.

»Mach dir keine Sorgen, Mama«, hatte er sie gebeten. »Ich fühle mich viel besser, wenn ich weiß, dass du dir keine Sorgen machst.«

»Mach ich nicht«, hatte sie zu ihrem Sohn gesagt. »Ich weiß, du kommst zurück, gesund und ganz.«

Aber konnte man aus einem Krieg denn überhaupt ganz zurückkommen? Selbst wenn man überlebte?

Sie betete oft, und sie war dankbar, dass sie nicht noch mehr Söhne hatte, die sie in den Krieg schicken musste.

Durch ihren Sohn wusste sie auch, was mit Aaron und Hannah geschehen war. Walter hatte auf der Reise in die Pfalz bei seinem Großvater in Bremen Station gemacht.

»Man hat sie deportiert. Herrmann Sperling hat herausgefunden, dass der Transport nach Minsk in der Sowjetunion ging. Mehr weiß man nicht.«

»Man zwingt sie einfach, in einem fremden Land zu leben?«,

hatte Charlotte sich empört. Walter hatte sie nicht angesehen. »Walter?«

»Ich weiß auch nicht mehr, Mama«, war er ausgewichen.

»Aber Herrmann ist in der Partei, er muss doch wissen ...«

»Er hat nur gesagt, dass man die Juden jetzt fortschafft, auch aus den Niederlanden, aus Frankreich, aus Dänemark, aus Norwegen, überall. Sie werden alle nach Osten gebracht.«

»Aber wozu?«

Da hatte Walter nur mit den Schultern gezuckt, und sie hatte nicht weitergefragt. Sie betete auch für Aaron und Hannah.

»Hat sich der Egon eigentlich noch mal gemeldet, oder gibt er jetzt Ruhe?«, riss Onkel Walter Charlotte aus ihren Gedanken.

Egon Presswein. Er hatte in der Woche zuvor plötzlich vor ihrer Tür gestanden, mit zwei seiner Lakaien aus dem Dorf, und hatte sich vor August aufgebaut.

»Mir ist zu Ohren gekommen, dass du Feindpost erhältst.«

Wie das Wort aus seinem Mund geschossen war: Feindpost!

»Bitte was?«, hatte August verblüfft gefragt, und Charlotte hatte ihm angesehen, dass er kurz davor war zu lachen, doch zum Glück hatte er es sich noch rechtzeitig verkniffen.

»Post aus Amerika! Aus dem Feindesland.«

»Ich bekomme Post von einem alten Freund, einem Deutschen, der schon lange ausgewandert ist.«

»Ein Landesverräter also.«

»Nein, Egon, er ist einfach ausgewandert. Wie ganz viele andere Deutsche vor ihm. Wie früher einmal ganz viele Leute aus der Pfalz.«

Egon hatte das Kinn so weit nach oben gereckt, wie es nur ging, offensichtlich weil ihm keine passende Antwort einfiel und auch weil er fast einen Kopf kleiner war als August.

»Das spielt keine Rolle. Jetzt ist er ein Amerikaner, und die Amerikaner sind unsere Feinde. Ich will nicht hoffen, dass du mit dem Feind kooperierst.«

»Wie sollte ich das bitte tun? Mach dich nicht lächerlich.«

Charlotte hätte ihrem Mann am liebsten einen derben Stoß in die Rippen verpasst, aber es war ohnehin zu spät. Egon Pressweins Gesicht verzerrte sich vor Wut. »Denk gefälligst daran, wen du vor dir hast, Schönborn! Und jetzt geh beiseite, wir müssen das Haus durchsuchen.«

»Ihr müsst was?«

Charlotte schaffte es gerade noch, August am Ärmel zu ziehen und zurückzuhalten, bevor er etwas Dummes tun oder sagen konnte.

»Bitte schön, Egon, nur zu«, sagte sie. »Wir haben nichts zu verbergen. Aber bitte, nehmt ein bisschen Rücksicht auf unsere Oma, und seid so gut und bringt mir nicht alles durcheinander, ja? Gerald? Manfred?« Es gelang ihr sogar ein kleines Lächeln, mit dem sie die beiden Männer, die Presswein bei sich hatte, hereinbat. Es waren Nachbarn, die Väter von Schulkameraden ihrer Kinder, und so behandelte sie die beiden auch. Presswein war ein Fall für sich. Sie spürte Augusts geballte Fäuste und hielt ihn zurück.

»Den Brief will ich sehen«, verlangte Presswein.

»Bitte, hier ist er«, sagte Charlotte sofort.

Gerald kam von oben herunter. »Schau mal, was ich gefunden habe«, sagte er aufgeregt zu seinem Ortsgruppenleiter. Er hielt die Originalausgabe von *Tom Sawyer* in den Händen. »Ist das Englisch?«

»Ja, das ist Englisch«, knurrte August.

»Die Sprache des Feindes«, konstatierte Presswein triumphierend und wandte sich Antons Brief zu, der allerdings ebenfalls in englischer Sprache verfasst war.

»Das kann ich nicht lesen«, schimpfte er. »Das ist ja auch kein Deutsch. Ich denke, der Mann ist Deutscher.«

»Ja, aber wenn er in Deutsch schreiben würde, dann würde er sich vielleicht bei den Amerikanern verdächtig machen«, gab Charlotte zu bedenken.

Presswein wandte sich an August und hielt ihm den Briefbogen unter die Nase. »Ich will sofort wissen, was er schreibt.«

August räusperte sich und las: »Dear August, I just wanted to tell you, how worried I've been, since I heard …«

»Doch nicht vorlesen«, unterbrach ihn Presswein wutschnaubend. »Übersetzen sollst du das.«

»Ach so, na gut.« August räusperte sich ein weiteres Mal, warf einen raschen Blick auf Gerald mit dem Roman in seiner Hand und fing an.

»Lieber August, was soll ich sagen, meine Warzen an der Hand sind weg …«

»Wie bitte?«, unterbrach ihn Presswein erneut. »Warzen?«

»Ja, siehst du?« August zeigte auf den Satz, den er angeblich übersetzt hatte: »Hier: worried, das heißt Warzen auf Deutsch. Englisch ist eigentlich gar nicht so schwer, manche Wörter klingen in beiden Sprachen ganz ähnlich: worried, Warzen. Natürlich nicht alle. Manches muss man einfach …«

»Schon gut, lies weiter.«

August wandte sich wieder dem Brief zu. »Wo war ich? Ach ja: Ganz verschwunden. Ich gebe zu, ich habe am Anfang nicht geglaubt, dass es klappt, es klingt nun mal sehr seltsam, aber es hat tatsächlich funktioniert. Das mit der toten Katze wollte ich lieber nicht ausprobieren, aber das Brackwasser hat seinen Dienst getan. Danke für den Rat. Weiter gibt es hier nichts Neues. Ich vermisse meine alte Heimat, nirgends ist es so schön wie dort. Allerdings habe ich hier eine nette Frau gefunden, meine Nachbarin, sie kann kochen wie eine echte deutsche Hausfrau, sag ich dir, und wenn …«

»Ja, schon gut, es reicht«, fuhr Presswein erneut dazwischen. Er war sichtlich frustriert. Warzen und ein Loblied auf Deutschland waren nicht das, was er sich zu hören erhofft hatte. »Und das Buch?« Er deutete auf den Roman in Geralds Händen.

»Ein altes Kinderbuch, das ich in meiner Gefangenschaft in England von jemandem geschenkt bekommen habe. Hab es nur behalten, weil es mich daran erinnert, wie schrecklich es dort bei den Engländern war.« August strich sich in einer beiläufigen Bewegung über seinen schmalen Schnurrbart.

Presswein machte abermals ein verdrießliches Gesicht, er war unzufrieden mit dem Ergebnis seiner Untersuchung. Dem Schönborn, der immer so ordentlich im Anzug herumlief, der nicht in der Partei war, der im Gesangsverein den Ton angab, der schon immer anders gewesen war, dem hätte er es gern gezeigt. Man hatte nicht anders zu sein, man hatte sich einzufügen, sich unterzuordnen, dem Führer zu folgen ohne Wenn und Aber. Und jedenfalls keine Feindpost zu erhalten. Charlotte konnte in Egon Pressweins Miene lesen wie in einem Buch. Sie selbst hatte leicht die Brauen hochgezogen, weil ihr Gesicht dann einen unschuldigen Ausdruck annahm, den sie lange halten konnte, ohne ihre wahren Gefühle zu verraten. Sie wusste nur zu gut, dass jedes Wort, das August angeblich übersetzt hatte, frei erfunden war. Er hatte Presswein zum Narren gehalten und sich auf diese Weise Genugtuung verschafft.

»Also schön. Dieses Mal bist du noch davongekommen«, sagte Presswein drohend, »aber pass auf, Schönborn, dass du nicht aus der Reihe tanzt. Ich habe dich im Auge.«

»Wieso eigentlich? Was habe ich denn getan?«

Presswein schnaubte, machte auf dem Absatz kehrt und befahl mit einer zackigen Kopfbewegung seinen beiden Helfern, ihm zu folgen.

»Auf Wiedersehen, Manfred! Grüß mir die Moni, Gerald«, rief Charlotte den Männern hinterher wie nach einem netten Nachbarschaftsbesuch. Dann schloss sie erleichtert die Tür.

»Ach, der Egon«, antwortete sie jetzt seufzend auf Walters Frage. »Nein, der lässt uns in Ruhe. Im Moment jedenfalls.«

Sie lächelte bei der Erinnerung an Augusts Flunkereien und an ihr gemeinsames Lachen, nachdem die drei weg waren. Tränen hatten sie gelacht wie schon lange nicht mehr. Es hatte so gutgetan. Ja, es war gefährlich, sich mit einem wie Presswein anzulegen, aber, Gott, hatte das gutgetan, so zu lachen.

»Neulich hab ich ihn mit einem gesehen, der hatte genau die gleiche Uniform an«, sagte Bine. »Sind im Dorf rumstolziert, und der

Presswein hat hierhin gezeigt und dahin, als gäbe es was Besonderes zu sehen.«

»War wahrscheinlich ein Parteifreund«, sagte Walter. »Noch so ein hohes Tier.«

»Der Presswein ist kein hohes Tier«, sagte Bine.

»Aber er meint es«, sagte Walter. »Die meinen das alle. Die ganzen Zukurzgekommenen, jetzt sind sie wer. Zieh einem eine Uniform an, und er meint, er ist was. Ist aber oft nur eine leere Hülle. Genau wie beim Presswein. Zieh dem die Uniform aus, lass die Nazis von der Bildfläche verschwinden, und er ist wieder nur ein armes Würstchen, genau wie früher.«

»Onkel Walter!«, sagte Charlotte erschrocken. »Bitte sag das nicht so laut! Mag sein, dass der Presswein nur in dieser Uniform jemand ist, aber die hat er nun einmal an.«

»Hört ja keiner«, sagte Bine unbeeindruckt. »Keine Angst, Lotte, ich sag ihm schon, wann er den Mund halten muss, gell, Walter?«

»Ja, Bine.«

»Die Glocke hat aufgehört«, bemerkte Bine. »Jetzt hören wir sicher bald, wer gefallen ist.«

Sie humpelte zur Tür. Auch in dieser Hinsicht hatten sich die beiden angeglichen: Walter humpelte schon seit Jahr und Tag wegen seiner nicht mehr vorhandenen Zehen, Bine seit ein paar Jahren wegen ihrer Hüfte. Wie ein schwankender Seemann lief sie durch den Flur, öffnete die Tür, lehnte sich an den Rahmen und wartete.

Nach einer Weile kam jemand vorbei.

»Guten Tag, Hilde«, hörte man Bine. Dann ging sie ein paar Schritte nach draußen und unterhielt sich mit der Frau.

»Welche Hilde ist denn das?«, wollte Walter wissen.

Charlotte beugte sich ein wenig vor. »Geise Hilde, glaub ich, die Jüngste von der Apollonia.«

»Ah«, machte Walter desinteressiert. »Die.«

Bine kam zurück, machte sorgfältig alle Türen hinter sich zu, auch die zur Stube, setzte sich an den Tisch und fragte leise: »Wisst ihr, wer gefallen ist?«

»Wer denn?«, antwortete Walter mit der üblichen Gegenfrage.

Bine lehnte sich über den Tisch, ihre Stimme noch leiser als zuvor: »Der Günter. Der Sohn vom Presswein.«

51

Ein Dorf in Schleswig-Holstein, Ende Mai 1942

Vor dem niedrigen Haus mit seinem Reetdach, dem hübschen Jägerzaun drum herum und den zahlreichen Obstbäumen im Garten hielt ein Fahrzeug mit grau verhängter Ladefläche. Ein Gestapomann lehnte an dem Wagen und steckte sich eine Zigarette an, ein anderer klopfte an die Tür des Hauses. Von der Ladefläche des Wagens hörte man erst ein leises Wimmern, dann immer lauter das klägliche Weinen eines Säuglings.

»Mach!«, rief der Mann am Wagen dem anderen zu und warf einen finsteren Blick Richtung Ladefläche.

Der Mann an der Tür klopfte heftiger und rief: »Aufmachen! Geheime Staatspolizei!« Er hieb noch ein paarmal mit seiner Faust gegen die Tür, bis sein Kollege die Zigarette wegwarf, sich ein Holzscheit von dem überdachten Stapel vorm Haus schnappte und kurzerhand damit das nächstbeste Fenster zertrümmerte.

»Sucht ihr das Judenmensch?«, rief da eine ältere, stämmige Frau von der anderen Seite der Straße. Couragiert, als hätte sie es mit Hausierern zu tun, trat sie vor, faltete die Arme vor der Brust und reckte das feiste Kinn.

»Die Jüdin Anna Hofer, jawohl«, sagte der erste Gestapomann.

»Da kommen Sie zu spät, die ist schon längst abgeholt worden.«

»Das kann nicht stimmen, darüber haben wir keine Unterlagen«, entgegnete der zweite, der sich eine neue Zigarette anzündete. Das Kind im Wagen schrie immer lauter.

Die Frau lachte. »Natürlich habt ihr die schon abgeholt, im Februar, geschrien hat sie wie am Spieß.« Sie äffte es nach: »Ich will nicht weg, biiiitte, biiiitte nicht.« Grinsend lehnte sie sich gegen die Mauer. »Hat ihr aber nichts geholfen. Ich hab alles gesehen«, sie deutete hinter sich, »drüben von meinem Fenster. Und zu meinem Mann hab ich gesagt: Pieter, hab ich gesagt, jetzt sind wir sie endlich alle los, das war die letzte Judensau im Dorf. Die anderen sind schon vorher weg. Ausgewandert oder was weiß ich. Verrottet von mir aus.«

Die beiden Männer schauten die Frau misstrauisch an.

»Dann schauen wir lieber selber nach«, sagte der Erste, griff durch das zerbrochene Fenster, öffnete es und kletterte in das Haus. Der andere zog an seiner Zigarette und fixierte die Frau, die, ohne mit der Wimper zu zucken, zurückblickte.

»Wenn Sie mir nicht glauben, fragen Sie halt die anderen Nachbarn«, schlug sie vor und lachte freudlos.

»Mach ich«, sagte der Gestapomann, warf seinen Zigarettenstummel weg, ging entschlossen ein paar Häuser weiter und klopfte. Ein alter Mann kam heraus, blickte zu der Stämmigen hinüber, hörte sich an, worum es ging, nickte und antwortete. Was gesagt wurde, konnte man nicht verstehen, denn das Kindergeschrei übertönte alles. Inzwischen hatte der erste Gestapomann das Haus durchsucht und trat mit ratlosem Gesichtsausdruck durch die Haustür.

Der andere kam zurück und zündete sich die nächste Zigarette an. »Der Mann sagt, das stimmt, die Anna Hofer ist schon weg.«

»Drin ist sie jedenfalls nicht.«

»Und warum erscheint sie dann nicht in unseren Unterlagen?«

»Hat ja vielleicht einer Mist gebaut«, sagte die Frau, sichtlich verärgert, dass man ihr nicht glaubte. »Wenn ihr das Judenproblem anständig lösen wollt, dann solltet ihr damit keine Idioten beauftragen, die nicht einmal Buch führen können. Oder sie ist euch unterwegs entwischt. Ist auch eine Kunst, so eine alte Frau entwischen zu lassen.«

Der Zigarettenmann stapfte auf die Frau zu, bis er dicht vor ihr stand: »Sie sollten sich in Acht nehmen und daran denken, mit wem Sie reden«, zischte er. »Ihr Name?«

Die Frau blieb völlig unbeeindruckt und sah ihm ruhig ins Gesicht: »Ernestine Kranz.«

»Und ich bin Pieter Kranz«, sagte ein Bär von einem Mann, der nun hinter seiner Frau aus dem Haus trat. »Ich bin Mitglied der NSDAP. Wir sind rechtschaffene, hilfsbereite Deutsche, meine Frau hat Ihnen alles gesagt, was zu sagen war. Und vielleicht sollten wir Sie jetzt bei Ihrem Vorgesetzten melden, erstens wegen Ihres Tonfalls, aber vor allem weil Sie Ihre Aufgaben offenbar nicht im Griff haben. Anna Hofer ist schon lange weg, und es ist an Ihnen, sie zu finden. Meine Frau wollte nur behilflich sein. Aber Sie können gern in der ganzen Nachbarschaft herumfragen, dort drüben bei Berndsens oder nebenan bei den Krügers. Nur zu, verschwenden Sie weiter Ihre Zeit, indem Sie unbescholtene Deutsche behelligen.«

Die Gestapomänner blickten stumm von dem Mann zu seiner Frau, dann zu den Nachbarhäusern. Hinter einem Vorhang spitzte eine Frau hervor, eine andere trat mit empörter Miene vor die Tür.

Das Kind im Wagen schrie lauter denn je.

Der Mann mit der Zigarette lief mit wütenden Schritten zur Rückseite der Ladefläche, riss den Verschlag auf und zog seine Waffe. »Bring dein verfluchtes Judenbalg zum Schweigen!«, brüllte er. »Jetzt! Sofort!«

»Das Kind hört auf zu weinen, wenn der Wagen wieder fährt«, erklärte Pieter Kranz und steckte die Hände in die Hosentasche.

Das Kind war auch so schon verstummt, im Wagen wimmerte stattdessen eine Frau.

Mürrisch ließ der Gestapomann seine Waffe sinken, schloss den Verschlag auf der Ladefläche und ging nach vorn.

»Los, fahren wir«, sagte er zu seinem Kollegen, der in den Wagen stieg und den Motor startete.

Der Wagen fuhr los, langsam, dann immer schneller. Das Ehepaar Kranz sah ihm hinterher. Hundert Meter weiter stoppte der Wagen plötzlich, der Gestapomann stieg aus, ging mit energischen Schritten nach hinten, öffnete den Verschlag und schoss.

52

Mühlbach im Februar 1943

Es war selten, dass einer der gefallenen Söhne zurückkam und man ihn auf dem Dorffriedhof beerdigen konnte. Bäcker Schwans ältester Sohn, der die Bäckerei hätte weiterführen sollen, kam zurück. Das Gesicht war noch heil, er sah aus, als ob er schliefe, die zerstörte untere Hälfte des Körpers zeigte man den Eltern nicht. So wurde er in einen Sarg gelegt und begraben. Presswein hielt die Rede. Er versuchte sich in Goebbels-Manier und fand glühende Worte über den Heldentod für Führer, Volk und Vaterland. »Deutschland dankt dem tapferen Soldaten für sein Opfer.«

Seinen Günter hatte man ihm ein Jahr zuvor nicht gebracht, aber gedankt hatte man damals auch. Presswein war stolz gewesen, hatte sich keine Träne zuschulden kommen lassen. Doch Berta hatte Charlotte anvertraut, dass seine Frau Agathe tagelang geweint hatte, so laut, dass ihr Mann sie ins Schlafzimmer gesperrt hatte, damit es draußen keiner hörte. Bis irgendwann ihre Mutter, die alte Apollonia, gekommen war, die keine Angst vor dem Schwiegersohn hatte. Schämen solle er sich, hatte sie ihm entgegengebrüllt, dass man es in den umliegenden Häusern hatte hören können. Ob er kein Herz habe. Und auf den Heldentod sei gepfiffen.

Jeder im Dorf war erstaunt gewesen über die Apollonia, so hatte man sie noch nie erlebt. Und was die sich traute.

»Aber wenn dem eigenen Kind das Herz bricht«, hatte Berta zu Charlotte gesagt, »dann bricht es einem auch als Mutter.«

Es war nicht völlig ausgeschlossen, dass auch Egon Pressweins Herz gebrochen war, aber der Vaterlandsstolz schloss die Wunde, und zurück blieb eine Verletzung, die ihn noch gefährlicher machte als zuvor.

Der trauernde Bäcker Schwan schüttelte seinen gesenkten Kopf bei Pressweins Worten. Und auch Metzger Röderer schüttelte den Kopf. Der hatte seinen Sohn im Jahr zuvor in Stalingrad verloren. Auch der Ohliger-Sohn, der Held der Pogromnacht, war dort gefallen. Oder erfroren, man wusste es nicht so genau, und es war auch egal, Heldentod war Heldentod. Es waren viele gefallen. Und viele waren noch da draußen, so wie Walter Schönborn, Holger und Eberhard Hennemann, Erich Schlohfuchs, der jüngere Bäckersohn und andere. Weitere Söhne warteten darauf, dass sie bald achtzehn wurden und dann ebenfalls an die Front mussten. Nur nicht mehr nach Stalingrad. Das war vorbei. Die 6. Armee war besiegt.

Nach der Beerdigung saß die Trauergemeinde in Brettschneiders Wirtschaft.

»Zum Leitner geh ich nicht mehr«, hatte der alte Schwan erklärt, und seine Frau hatte unter Tränen genickt. »Ich kann's nicht mehr hören«, schimpfte Schwan. »Mein Bub ist tot, und dazu wird einem noch gratuliert. Die sollen ihr Maul halten. Wenn's denen egal ist, wenn ihr Kind unter der Erde liegt, dann ist das ihre Sache, aber ich hätt meins gern zurück, und wenn's das Leben des Führers kosten tät.«

»Großer Gott, Richard!«, rief seine Frau erschrocken und zog ihren aufgebrachten Mann am Arm. »Sei doch still!«

Es waren nur ein paar Leute, die diesen Ausbruch gehört hatten, unter ihnen die Schönborns, doch ihnen allen war klar, was der Bäcker mit seinen Worten riskierte.

»Jedenfalls geh ich nicht mehr zum Leitner«, sagte der Bäcker so kleinlaut, als wäre er sich der Gefahr eben erst bewusst geworden.

»Ist schon recht, Richard«, sagte Gustav. »Ich freu mich, dass du zu mir kommst, hätte mir nur angenehmere Umstände gewünscht.«

Brettschneiders Wirtschaft war so voll wie nie. Ein Bild des gefallenen Bäckersohns mit einem schwarzen Band hing groß an der Wand. Die Leute, die das Leichenims besuchten, kondolierten und nahmen Anteil, keiner sprach davon, was für ein Held der Tote gewesen sei, sondern sie erzählten sich, welchen Schabernack er als

Kind getrieben hatte. Jeder wusste etwas. Wie er in die Tonne mit Mehl gefallen war etwa.

»Ich war damals mit Martha schwanger und hab ihn gesehen, als ich ein Brot kaufen wollte«, erzählte Charlotte. »Ich habe mich so erschrocken, dass ich dachte, die Wehen gehen gleich los.«

»Hat den Hosenboden vollgekriegt, der Lauser«, lachte Schwan.

»Ach, du hast ihn doch bloß gestreichelt«, widersprach seine Frau. »Der Bub konnte dich um den kleinen Finger wickeln.«

Der Bäcker lächelte versonnen und nickte. »Ja, das konnte er.« Sein Lächeln verkrampfte sich, Tränen schossen ihm in die Augen, und rasch erzählte ein anderer die nächste Geschichte von dem immer zu Streichen aufgelegten Jungen, dem toten Sohn.

Als August, Charlotte und Klara nach Hause kamen, war Martha schon aus Kusel zurück, wo sie im Anschluss an ihr Pflichtjahr eine Lehre zur Damenschneiderin begonnen hatte. In etwas mehr als einem Jahr würde sie bereits ihre Gesellenprüfung ablegen.

Noch bevor ihre Tochter sie begrüßen konnte, lief Charlotte auf sie zu, umarmte sie stürmisch und eilte wortlos nach oben ins Schlafzimmer.

»Was ist denn mit Mama?«, fragte Martha verblüfft.

August verständigte sich durch einen Blick mit seiner Mutter, dann lief er Charlotte hinterher, während er Klara sagen hörte: »Ach, weißt du, Kind, in Zeiten wie diesen werden Leute manchmal komisch. Und nach einer Beerdigung kommt eben so einiges hoch.«

»Das verstehe ich«, erklärte Martha. »Meinst du, sie macht sich Sorgen um Walter?«

Und ob, dachte August und trat zu Charlotte ins Zimmer. Sie lag bäuchlings auf dem Bett, richtete sich aber sofort auf, als er hereinkam. Mit dem Rücken zu ihm steckte sie hastig ein Taschentuch in ihren Ärmel.

»Lotte!« Mehr musste er nicht sagen, da begannen auch schon ihre Schultern zu zucken. Er lief um das Bett herum und nahm sie in die Arme.

»Er kommt wieder, ganz bestimmt. Er kommt wieder.«

Als wüsste er das so genau. Als würde er sich nicht selbst am liebsten weinend aufs Bett werfen und die Angst um seinen Sohn hinausschreien. Aber nein, er blieb dabei, und er hielt sich daran fest: Er kommt wieder.

»Was, wenn nicht, August?«, schluchzte Charlotte. »Ich könnte das nicht ertragen. Ich könnte nicht mehr weiterleben. Jeden Tag warte ich darauf, dass es an unserer Tür klingelt und einer in Uniform davorsteht und mir gratuliert, dass mein Sohn den Heldentod gestorben ist. Jeden Tag fürchte ich mich davor. Am Abend denke ich: Wieder ein Tag gewonnen. Und am nächsten Morgen fürchte ich mich von Neuem. Den ganzen Tag lang. Immer wenn die Glocke läutet, denke ich: Bitte nicht meiner. Ich weiß nicht, wie lange ich das noch aushalte.«

Es ging August ganz genauso. Jedes ihrer Worte hätte aus seinem Mund kommen können. Er wusste nicht, wie die Familie Schwan das ertrug. Und die anderen. Sogar mit Presswein hatte er Mitleid gehabt, denn der hatte sich nicht einmal erlaubt zu trauern. Wie finster musste es in einem solchen Menschen aussehen.

August drückte den Gedanken an Presswein, an Schwan und alle Toten und alles Schlimme, das passieren konnte, beiseite und streichelte das Haar seiner Lotte.

»Er kommt zurück, Lotte, glaub daran. Stell es dir vor. Stell dir vor, der Krieg ist aus, und Walter kommt unten durch die Tür, und wir sind wieder alle zusammen. Als ich auf der Isle of Man war, eingesperrt hinter Stacheldraht, und ich konnte nicht weg und wusste nicht, ob ich meine Lieben je wiedersehen werde, da habe ich mir die allerschönsten Bilder vorgestellt. Ich habe mir vorgestellt, mit dir unterm Apfelbaum zu sitzen, und es ist wahr geworden.« Er lächelte und presste sie zärtlich an sich. »Sogar noch schöner, als ich es mir vorgestellt hatte. Alles ist wahr geworden. Ich bin nach Hause gekommen. Es geht vorbei, Lotte, glaub daran.«

»Man würde dich vor Gericht stellen, wenn man dich so reden

hörte«, sagte sie schniefend. »Dass man sich das Ende des Krieges vorstellen soll.«

»Ich sag es ja nicht laut, nur hier, nur dir.«

»Ist auch besser so.« Sie zog ein frisches Taschentuch aus der Schublade ihres Nachtschränkchens und putzte sich noch einmal kräftig die Nase. Dann gab sie August einen Kuss. »Danke!«, sagte sie leise. »Ich will ja tapfer sein, ich habe es Walter versprochen, aber manchmal bricht es eben aus mir heraus.«

»Ich weiß.«

Still saßen sie nebeneinander auf der Bettkante und hielten sich gegenseitig fest.

»Weißt du, was schrecklich ist?«, sagte Charlotte nach einer Weile. »Seit die Amerikaner mit im Krieg sind, hoffe ich, dass es schneller zu Ende geht.«

Er begriff, was sie meinte, und nickte.

»Als Stalingrad fiel ...«, sagte er zögernd. »Ich dachte, jetzt kommen sie zur Besinnung. Aber nein. Sie wollten den ›totalen Krieg‹.« Er lachte bitter. »Und sie jubeln immer noch.«

»Nicht alle«, sagte Charlotte. »Ich habe manchmal den Eindruck, es werden mehr und mehr, die diesen Wahnsinn nicht mehr mitmachen wollen. Wer weiß, wie viele Leute in ihren Schlafzimmern sitzen und sich heimlich genauso unterhalten wie wir.«

»Dadurch ändert sich aber leider nichts.«

»Nein, das nicht.«

Sie hörten Schritte auf der Treppe, dann ein Klopfen an der Tür. »Ist alles in Ordnung?«, rief Martha. »Mama?«

»Ja, mein Schatz«, rief Charlotte munter zurück. »Geh nur, wir kommen gleich runter.«

»Gut. Ich wollte später noch mit Gisela ins Kino, ist das in Ordnung?«

»Natürlich, mach nur«, sagte August.

»Danke!« Sie hörten, wie das Mädchen die Treppe hinunterhüpfte.

»Hast du eigentlich gehört, was Schreiners Hans vorhin in Brettschneiders wieder von sich gegeben hat?«, fragte Charlotte.

»Ja, das hab ich gehört, und wir waren leider nicht die Einzigen.«

»Wie kann man nur so dumm sein? Rosi saß neben ihm und hat sich dauernd umgeschaut. Merkt er das nicht, oder ist es ihm egal?«

»Außerdem würde mich interessieren, wo er seine Weisheiten herhat. Dass Hitler der 6. Armee den Rückzug aus Stalingrad verboten hat, erfährt man doch nicht in der Wochenschau.«

Charlotte lachte leise. »Aber zumindest Josef hat das angenommen.« Sie machte ihn nach: »Haben sie das in der Wochenschau gebracht? Hab ich gar nicht gesehen.« Sie schüttelte den Kopf. »Wie naiv er doch ist!«

»Ja, wenn es nur der Josef wäre, der das mitbekommt, aber da waren auch noch der Ganter und der Fritz.«

»Traust du Fritz etwa zu, dass er Hans meldet?«

»Ich weiß nicht mehr, was ich wem zutraue.«

Charlotte zerknüllte das Taschentuch und zupfte daran herum. »Sag mal, denkst du … gibt es in der Schreinerei irgendwo noch ein anderes Radio als den Volksempfänger?«

53

Mühlbach im März 1943

Was ein paar Wochen später geschah, erfuhren die Leute von Philipp, der als Einziger dabei war. Vorher gab es nur Gemunkel im Dorf. Jeder hatte etwas gesehen. Den schwarzen Wagen vor dem Haus, die drei Männer in Uniform, nein, in Zivil, nein, einer trug eine Uniform, die anderen beiden nicht. Sicher war nur, dass der Presswein dazukam, und der trug natürlich seine Uniform und schlug die Hacken zusammen und schrie »Heil Hitler!«. Gemeinsam traten sie ein. Dann ging die Tür zu, blieb über eine Stunde geschlossen, ging dann wieder auf, und heraus kamen die vier Nazis mit Schreiners Hans, den sie in den Wagen verfrachteten. Einer von ihnen blieb im Dorf zurück, begleitete Presswein durch sämtliche Straßen und sah sich mit strengem Blick um, als gäbe es noch mehr von Hans' Sorte. Der Presswein schritt bedeutend neben ihm einher und sprach zackig, wenn er etwas gefragt wurde. Das alles war zu beobachten, aber mehr erfuhr man erst von Philipp.

Der erzählte später in Brettschneiders davon, allerdings weniger ausführlich, als er es zuvor seinem Bruder geschildert hatte.

»Hast du einen Schnaps?«, fragte er ihn, als er am Abend nach den Geschehnissen in der Schreinerei in der Küche bei August und Charlotte saß. August schenkte ihm ein. Philipp stürzte ihn in einem Zug hinunter. »Die haben Hans verhaftet«, begann er mit dem Offensichtlichen. »Auf dem Dachboden haben sie ein Radio gefunden. Hans wollte nicht sagen, wo er das herhat. Erst war er noch ganz gelassen, ihr kennt ihn ja, Hände in den Hosentaschen, vollkommen ruhig. Hat sich nicht einschüchtern lassen.«

»Wer war das denn eigentlich?«, fragte Charlotte.

»Gestapo, was denn sonst? Einer ist sogar extra aus der Zentrale in Neustadt gekommen, die anderen beiden waren aus Kusel.« Philipp rieb sich die Nase. »Das hab ich so nebenbei mitbekommen.« Er schob sein Schnapsglas Richtung August, der machte es noch einmal voll und stellte danach die Flasche beiseite.

»Jedenfalls«, sagte Philipp und kippte sich den Schnaps in den Rachen, »sie haben es gleich rausgefunden. Der Sender war sogar noch halb eingestellt. Nur ein bisschen drehen, und sie hatten ihn. Dann haben sie das ganze Haus durchsucht, und als sie mich und die Rosi auch noch mitnehmen wollten, da hat Hans sie angeschrien, dass wir damit nichts zu tun hätten. Ich schon gar nicht und die Rosi auch nicht, vor der hätte er das Radio immer versteckt, hat er gesagt. Das haben sie dann geglaubt, weil es da oben war und nicht in der Wohnung und noch dazu unter einer Decke. Und dass er seine Frau da nicht mit reinziehen wollte, das kann man ja auch glauben. Es war so gut wie ein Geständnis, was er gesagt hat. Hätte ihm ja auch nichts mehr genützt zu leugnen.«

August raufte sich die Haare. »Um Gottes willen! Stell dir vor, sie hätten ihm nicht geglaubt.«

»Haben sie aber.«

»Und jetzt?«, fragte Charlotte.

»Ich weiß es nicht«, behauptete Philipp.

August schnaubte. Natürlich wusste er, was jetzt war. Man wusste, was einem drohte, wenn man Feindsender hörte und noch dazu die so gewonnenen Informationen verbreitete.

»Wo bringen sie ihn hin?«, fragte Charlotte. Philipp zuckte ratlos mit den Schultern.

»Was glaubt ihr, wer ihn denunziert hat?«, fragte August. »Irgendjemand muss Presswein gesteckt haben, was Hans in Brettschneiders von sich gegeben hat.«

»Dieser Idiot!«, rief Philipp und hieb seine Faust auf den Tisch. »Dieser verdammte Idiot. Wieso konnte er nicht einfach seine Klappe halten?«

»Vielleicht, weil er es nicht mehr ertragen hat, nichts zu tun«, sagte Charlotte.

»Was hat er denn groß getan?«, fragte Philipp. »Außer sich in Schwierigkeiten zu bringen. Es ändert doch nichts.«

»Weil es zu wenige gibt wie ihn«, erwiderte Charlotte.

Philipp sah ihr herausfordernd in die Augen. »Würdest du etwa wollen, dass August sich so verhält wie Hans? Sicher nicht.«

»Nein, sicher nicht«, gab Charlotte zu, »aber Hans deswegen einen Idioten zu nennen ist auch nicht richtig.«

»Ich nenne ihn, wie ich will. Ich war dabei, und ich hatte Angst. Man ist denen ausgeliefert, verstehst du, Lotte, und man kann nichts dagegen tun.«

August drückte Charlottes Hand unter dem Tisch. Er hielt es für müßig, darüber zu diskutieren, wie dumm oder unvorsichtig Hans sich verhalten hatte. Man konnte nur hoffen, dass das Urteil nicht zu drastisch ausfallen würde.

»Denkt ihr, es war Ganter?«, kam er auf die Frage nach dem Denunzianten zurück. »Wisst ihr noch, wie er ihm damals ein Loch in den Bauch gefragt hat?«

»Ich war nicht dabei«, erinnerte ihn Charlotte.

»Der angebliche Onkel war wohl damals schon nichts weiter als die Stimme aus dem Radio«, vermutete Philipp.

»Wer hat denn auf der Beerdigung noch alles zugehört?«, fragte August.

»Der ganze Raum war voll.«

»Er hat sich aber doch nicht auf die Theke gestellt und es in den Saal gerufen.«

»Fritz hat's gehört, Ganter, Josef«, zählte Charlotte auf. »Könnte es die Ganterin gewesen sein?«, überlegte sie.

»War nicht auch der Rudi in der Nähe?«

»Die Frau vom Fritz und die Ida waren da, aber die Ida hat sich mit unserer Oma unterhalten.«

»Hat's nicht auch der Gustav gehört?«, überlegte August. »Aber dem trau ich das am allerwenigsten zu.«

»Egal, wer es war«, sagte Philipp düster. »Der Hans kann es jetzt ausbaden.«

Ein paar Tage danach saßen die Männer wieder nach der Singstunde in Brettschneiders Wirtschaft, diesmal auch der Schwan und der Röderer. Leitners Wirtskeller verlor allmählich seine Kundschaft.

Weil man ihn drängte, erzählte Philipp auch hier, was er wusste. Diesmal jedoch vollkommen sachlich und unbeteiligt, und August dachte daran, dass einer der Zuhörer Hans auf dem Gewissen hatte.

Man spekulierte darüber, was ihm wohl blühen würde. »Konzentrationslager bestimmt«, meinte Josef Spitzer überzeugt. Die Männer am Tisch sahen einander an und schwiegen. »Denkt ihr nicht?«, vergewisserte sich Josef. »Wegen Umerziehung und so.«

»Ach, Josef«, seufzte Schlohfuchs. »Besser, du wärst still.«

54

Auschwitz-Birkenau, im Sommer 1943

Leah hatte Marschmusik immer gehasst. Jetzt spielte er mit dem Orchester jeden Tag Märsche. Dann marschierten die Gefangenen besser im Gleichschritt. Zum Tor hinaus. Zum Tor hinein. Während sie in Fünferreihen zur Arbeit marschierten, wurden sie gezählt, am Abend waren es weniger als am Morgen. Die Toten marschierten nicht mehr, sie wurden zurückgetragen. Leah hatte Märsche gehasst.

Bei ihrer Ankunft waren sie getrennt worden, sie ins Gas, er ins Orchester. Dass es das Gas war, hatte er erst später begriffen.

Einer hatte ihn erkannt. Den können wir gut brauchen, der ist Musiker. Musiker. Musikant. Wo hatte er das schon einmal gehört? War lange her.

Sie hatten ihm alles abgenommen, auch die Kleider, sich über seine Haare lustig gemacht, sie ihm abgeschoren, ihm eine Nummer auf den Arm tätowiert, ihn in Häftlingskleidung gesteckt. Gut, dass Leah ihn nicht sah.

Sie hatten ihm eine Geige in die Hand gedrückt. Notenblätter. Er tat wieder das, was er vor dem Krieg getan hatte. Er musizierte. Sie probten, traten auf, vor den uniformierten Unmenschen, vor den ausgezehrten Häftlingen, beim Hinausmarschieren am Tor, beim Hineinmarschieren am Tor, und alles, was er noch denken konnte, war: Leah hatte Märsche gehasst.

»Das ist doch keine Musik, das ist Drill und Gestampfe«, hatte sie gesagt. Manchmal musste er sogar lächeln, wenn er spielte und daran dachte. Drill und Gestampfe. Mozart war ihr Liebling gewesen. In Amsterdam hatte sie täglich Mozart gehört, wahrscheinlich jedes Stück, das er je komponiert hatte, sie kannte Mozart besser als er selbst. »Mozart tröstet mich«, hatte sie immer gesagt.

Später hatte man sie entdeckt und abgeholt und deportiert in einem Viehwagen.

Ob sie gelitten hat in ihren letzten Minuten?, fragte sich Emil Rosenthal. Ob sie in ihrem Inneren Mozart gehört hat?

Ob er ihr wohl bald folgen würde? Ins Gas vielleicht. In den Tod gewiss. Bald. Er spürte es. Er hatte genug von Marschmusik, er hatte keine Kraft mehr für Marschmusik.

Leah hatte Märsche gehasst.

55

Mühlbach im Herbst 1943

Es war nicht der Postbote, der Schreiners Rosi den Brief überbrachte, auch nicht Presswein selbst. Es war der Fintzberger, der Lehrer. Er klopfte an die Tür, und als Rosi öffnete, streckte er ihr den Brief entgegen.

»Was ist das?«, fragte die Rosi, schaute auf den Umschlag, erkannte, dass es irgendetwas Offizielles war, und fragte weiter: »Von meinem Mann? Gibt es etwas Neues vom Hans?«

Fintzberger verzog den Mund. »Ich denke, ja. Bitte sehr!«

Er strich Hans' Jungen, der an der Seite seiner Mutter aufgetaucht war, ungelenk über den Kopf und machte sich davon.

Erneut war es Philipp, der alles bezeugte und später davon berichtete, aber Rosis Schrei, nachdem sie den Brief geöffnet und gelesen hatte, hallte durch das ganze Dorf.

Die Nachricht ging wie ein Lauffeuer von Haus zu Haus: Man hatte den Dorfschreiner Hans Simon hingerichtet wegen Abhören von Feindsendern und Wehrkraftzersetzung. Mit dem Brief kam die Rechnung für die Hinrichtung.

»Gut, dass der alte Schreiner das nicht mehr erleben muss, das hätte ihn umgebracht«, sagte Ida am Gartenzaun zu Klara.

An vielen Gartenzäunen fanden solche Unterhaltungen statt, leise und hinter vorgehaltener Hand, begleitet von entsetztem Kopfschütteln. »Schrecklich!«, murmelte man in regelmäßigen Abständen.

Von der Rosi hielt man sich fern, und auch der Junge stand auf dem Schulhof allein.

Ein paar Tage nachdem die Nachricht eingetroffen war, begegnete August beim Holzmachen im Wald wieder einmal Josef Spitzer.

August hatte schon ein ganzes Bündel zusammengeschnürt, Josef trug nur ein Seil in seiner Hand und schaute unentwegt nach oben in die Wipfel, als wartete er darauf, dass es Äste regnen würde, die er einsammeln konnte.

»Guten Tag, Josef«, sagte August, und Josef, der ihn nicht bemerkt zu haben schien, erschrak.

»August! Guten Tag!«, sagte er, fast hätte er das Seil fallen lassen. Da sah August die Schlinge, ungeschickt geknüpft, aber sie würde sicher ihren Dienst tun.

»Was machst du denn da, Josef?«, fragte er. Josef war zu einfältig zum Lügen, es fiel ihm nicht rasch genug etwas ein. »Was wolltest du denn mit dem Seil?«, fragte August weiter.

Da wurde Josef ganz klein, er schrumpfte in sich zusammen, als wolle er gleich im Waldboden versinken.

»Mich aufhängen will ich«, wimmerte er.

»Um Himmels willen, Josef, warum denn nur?«

»Weil ich schuld bin, dass der Hans tot ist.«

»Du?«

»Sie haben mir gesagt, das ist wichtig. Für Deutschland. Dass ich dem Vaterland einen wichtigen Dienst erweise und mithelfe, den Krieg zu gewinnen. Weil solche wie der Hans, die immer dagegenreden, die sind eine Gefahr, haben sie gesagt. Und dass man ihn ins Konzentrationslager stecken und umerziehen würde, so wie den Schlohfuchs damals.«

August war starr vor Entsetzen.

Josef weinte und drehte das Seil in seiner Hand. »Ich wollte doch nicht, dass sie dem Hans den Kopf abschlagen. Das wollte ich doch nicht. Sie haben mir nicht gesagt, dass das passieren kann. Ich wollte doch nur auch meinen Beitrag leisten. Für Deutschland.«

Mit verzerrtem Gesicht blickte er wieder nach oben. »Ich finde einfach keinen passenden Baum. Ich find keinen. Sie sind alle zu hoch.«

»Josef …«

»In unserem Keller ist ein Balken, aber ich wollte meine Mutter nicht erschrecken, wo sie doch so alt ist. Das würde ihr Herz nicht verkraften, glaube ich.«

»Josef ...«

»Am Glan vielleicht oder bei den Obstbäumen vom Geis.«

»Josef, hör mir zu«, verschaffte sich August endlich Gehör. Er ließ sein Holzbündel fallen und riss Josef mit einer energischen Bewegung das Seil aus der Hand. »Du wirst dich nicht aufhängen, verstanden?« Schwankend zwischen Abscheu und Mitleid stand er ihm gegenüber.

Warum ausgerechnet Josef? Jeden anderen hätte er aus tiefster Seele verachten können. Was aber sollte er mit Josef machen, der jetzt, wo er das Ausmaß seiner Dummheit begriff, mit sich selbst nicht mehr leben konnte?

»Sie haben dich benutzt und belogen, Josef.«

»Der Leitner hat immer, wenn ich dort in der Wirtschaft war, gefragt, was in Brettschneiders so los ist und worüber geredet wird«, sagte Josef.

»Und da hast du es erzählt.«

Josef nickte.

»Aber warum denn nur, Josef?«

»Das sind doch meine Kameraden, und ich will, dass Deutschland den Krieg gewinnt. Wir alle wollen das.«

Ich nicht, dachte August, doch er hütete sich, das laut auszusprechen.

»Wenn du gewusst hättest, dass Hans die Todesstrafe droht, hättest du es ihnen dann nicht erzählt?«

»Nein, dann nicht«, sagte Josef reumütig. »Man hätte ihn doch einfach nur umerziehen müssen, nicht gleich töten.«

Alles in Augusts Innerem schrie auf. Einfach nur umerziehen, nicht gleich töten! Am liebsten hätte er Josef den Strick wieder in die Hand gedrückt. Stattdessen atmete er tief durch und legte ihm die Hand auf die Schulter. »Ach, Josef!«, seufzte er.

»Es tut mir so leid«, wisperte Josef. Tränen kullerten über seine Wangen. Wie ein dummes kleines Kind stand er da.

»Komm«, sagte August, nahm sein Holzbündel wieder auf und legte Josef den Arm um die Schulter. »Gehen wir heim, es wird schon bald dunkel.«

»Sagst du es jemandem?«

»Nein, aber du musst dich entscheiden, ob du lieber in Leitners gehen willst oder zum Gustav. Wenn du weiterhin einmal hierhin gehst und einmal dahin, dann sag ich es.«

Josef schwieg, und August vermutete, dass er über seine Drohung nachgrübelte oder vielleicht darüber, weshalb August von ihm verlangte, sich zwischen den beiden Wirtshäusern zu entscheiden.

Sie erreichten den Waldrand und die große Wiese, die früher dem Theobald gehört hatte, jetzt dem Geis und bald dessen Nachkommen. Die Sonne versank allmählich hinter dem Steinbruch, der August von dieser Seite aus ganz fremd vorkam. Irgendwann würde es den Berg vielleicht gar nicht mehr geben, überlegte er. Während er und Josef sich langsam von oben dem Ortseingang näherten und er noch ganz in den Anblick der untergehenden Sonne vertieft war, da drang ebenso langsam in sein Bewusstsein, dass irgendetwas falsch war. Der schwarze Wagen vor Lechners Haus war falsch.

Sie waren noch gut hundert Meter von dem Haus entfernt, als zwei Polizisten herauskamen, die Paul zwischen sich führten. Sie stießen ihn in den Wagen und fuhren los.

August packte Josef am Arm. »Hast du etwa auch Paul verraten?«

Josef sah ihn verwirrt an. »Nein. Was hätte ich da verraten sollen?«

August hätte sich am liebsten auf die Zunge gebissen. »Ich weiß nicht, aber hast du je etwas über ihn in Leitners erzählt? Egal was?«

»Nein!«, beteuerte Josef. »Wirklich nicht. Was ist denn mit Paul?«

»Nichts«, sagte August. »Geh heim, Josef, kümmer dich um deine Mutter.«

Er selbst lief auf das Haus zu und klopfte vehement gegen die Tür. »Maria! Ich bin's. August.«

Sie öffnete erst nach einer Weile, langsam und nur einen Spaltbreit, in ihren weit aufgerissenen Augen die nackte Angst. »Sie haben Paul mitgenommen«, flüsterte sie. Ihre zitternde Hand klammerte sich an der Tür fest. »Sie haben es herausgefunden.«

»Aber wie denn nur?«

»Ich glaube, es war dieser Gestapomann, der hier durchs Dorf geschlichen ist. Dem ist unser Wagen ins Auge gefallen. Vielleicht hat er ihn in Kusel schon einmal gesehen. In der Nähe der Synagoge. Ich weiß es nicht, aber er hat es herausgefunden.«

»Und du und die Kinder und deine Mutter?«

»Dass wir auch Juden sind, wissen sie anscheinend noch nicht, sonst hätten sie uns sicher mitgenommen, aber das werden sie rasch erfahren.«

»Ihr müsst weg«, sagte August in seiner Hilflosigkeit.

»Wohin denn?«, fragte Maria.

Er wusste es nicht. Er kannte auch kein Versteck, in dem sie hätten bleiben können. Früher oder später würde man sie finden und genauso abholen wie Paul. Die Juden aus Kusel waren verschwunden. Die Familie Roth und alle, die in ihrem Haus gelebt hatten, hatte man nach Osten gebracht. Und danach war der Kontakt abgerissen. Was geschah mit den Juden? Wenn man sie einfach nur umgesiedelt hätte, dann könnten sie doch einmal schreiben. Seit fast einem Jahr hatte Karl nichts mehr von Aaron oder Hannah gehört. Auch nicht von dem Ehepaar, bei dem Lotte als junges Mädchen gearbeitet hatte. Sie alle waren einfach weg, spurlos verschwunden. Im Osten.

»Geh, August«, sagte Maria. »Niemand soll den Verdacht haben, ihr hättet gewusst, wer wir sind. Was wir sind.«

»Menschen seid ihr, unsere Freunde.«

Marias Augen wurden feucht. »Ich will nicht, dass ihr Schwierigkeiten bekommt. Bitte geh!«

»Jeder weiß, dass wir befreundet sind, warum sollte sich daran jetzt etwas ändern?«

»Weil es sich im Dorf ganz schnell ändern wird. Du siehst doch, wie die Leute Abstand von der Rosi halten, und das, obwohl die meisten im Stillen wahrscheinlich der Meinung sind, dass Hans nichts Schlimmes getan hat, sicher nichts, wofür man den Tod verdient. Aber wir haben etwas wirklich Schlimmes getan. Wir haben als Juden unter euch gelebt und es verschwiegen. Wir haben so getan, als wären wir wie ihr.«

»Das seid ihr doch auch.«

Maria biss sich auf die Lippen, drückte die Tränen zurück und schüttelte heftig den Kopf. »Nein, sind wir nicht. Nicht in diesem Land. Geh, August, bitte. Vergiss mich.«

Tränen rannen über ihr Gesicht, dann zog sie sich zurück und schloss die Tür.

56

Bremen am 16. Dezember 1943

Karl stand mit einem Tannenzweig am Grab, las die drei Namen, die dort standen, den seiner Mutter, den seiner geliebten Lina und seinen eigenen. Dreiundsiebzig Jahre alt war er jetzt. Geboren mitten in einem Krieg, einen anderen Krieg hatte er überlebt, da wäre es doch nur natürlich, im dritten Krieg zu sterben.

»Meinst du nicht, Lina? Dann wäre ich wieder bei dir.« Hoffentlich, dachte er. Hoffentlich haben die uns keinen Unsinn erzählt, und am Ende ist doch nur alles schwarz, und wir sind einfach weg.

Er schüttelte den Kopf. Das konnte nicht sein. Würde er sonst so deutlich spüren, dass seine Lina noch immer um ihn war? Irgendwie war sie noch da. Bestimmt.

»Herrmanns Frau ist gestorben«, sagte er. »Letzte Woche beim Luftangriff. Sie war gerade im Krankenhaus, hat einen Besuch gemacht. Sie werfen jetzt auch tagsüber Bomben, weißt du? Aber als ob wir uns beschweren dürften«, fügte er murmelnd hinzu. »Herrmann hat es schwer getroffen.«

Er legte den Tannenzweig auf die Erde vor dem Stein.

»Ella hat geschimpft, sie sagt, ich soll nicht rausgehen, jetzt, wo ständig Fliegeralarm ist, aber das ist mir egal. Ich hab dich schon so lange nicht mehr besucht.«

Er verzog schmerzhaft das Gesicht, drückte die Tränen, die in seiner Kehle hochkrochen, wieder hinunter. Er vermisste Lina noch immer, auch noch fünfzehn Jahre nach ihrem Tod.

»Manchmal bin ich froh, dass du das alles nicht mehr miterleben musst, den Krieg und was sie unseren Freunden angetan haben, die Sorge um die Kinder. Charlotte ist so weit weg, manchmal habe ich Angst, ich sehe sie nie wieder. Und unsere Enkel. Walter und unsere kleine Martha. Obwohl, so klein ist sie nicht mehr, sie wird im März schon achtzehn und ist dann fertig mit ihrer Lehre. Damenschneiderin ist sie geworden, obwohl sie eine Sängerin werden sollte. Du solltest sie hören. So schön kann das Mädchen singen. Als Kind hat sie genauso ausgesehen wie du damals, nur dass sie nicht so ein Wildfang war, sondern viel schüchterner. Ich glaube, das ist sie immer noch, Lotte schreibt es jedenfalls, ich habe sie ja schon so lange nicht mehr gesehen.« Jetzt flossen seine Tränen doch. »Ach, Lina!«

Er zog ein Taschentuch aus seiner Jacke, schnäuzte sich und sah sich um. Außer ihm befand sich kein Mensch auf dem Friedhof.

»Ich will ehrlich sein«, sagte Karl, während er das Taschentuch wieder einsteckte. »Ich bin egoistisch und hätte dich gern an meiner Seite, wenn wir im Keller sitzen. Wir würden uns aneinanderschmiegen, und dann wüsste ich, dass uns nichts passieren kann, nicht wirklich. Wir könnten uns gegenseitig trösten und uns versichern, dass wir das alles überstehen und die Kinder auch. Du warst immer mein Halt, Lina, immer.«

Erst nahm er das Geräusch gar nicht wahr, so oft hatte er es in den letzten Jahren gehört, dieses Anschwellen hin zu einem laut heulenden Dauerton, dann wieder Abschwellen, dann wieder Anschwellen. Fliegeralarm! Wie festgefroren stand er da, dann fing er an zu zählen, bis ihm klar wurde, dass er in höchstens 45 Sekunden nirgendwo mehr hinkam, wo er Schutz finden konnte. Und da waren sie auch schon, die Flieger, der Himmel war voll von ihnen, und die Hölle brach los.

57

Mühlbach, Weihnachten 1943

Die Kerzen am Weihnachtsbaum brannten und tauchten die Stube in schummriges Licht, neben dem Baum saß Klara mit der grauen Katze auf dem Schoß, die Martha im Jahr zuvor gerettet hatte, als Bauer Geis sie gerade ertränken wollte. Vier ihrer Geschwister hatten schon tot neben dem Wassereimer auf dem Boden gelegen. »Ich nehme sie«, hatte Martha hastig gerufen. Eigentlich hatte sie nur frische Milch holen wollen, und dann kam sie mit einem winzigen Kätzchen zurück. Minka hatten sie sie getauft, und sie hatte überlebt, obwohl keiner daran geglaubt hatte. Die Katze war ein kleines Wunder, und jetzt gehörte sie zur Familie.

August spielte Geige, Charlotte und Martha sangen zweistimmig *Santa Lucia*, Klara und die Katze hörten zu. Hinterher waren alle einen Moment lang ganz still.

Walter war über Weihnachten nicht nach Hause gekommen. Und die Briefe aus Bremen wurden immer beängstigender. Immer häufiger wurde die Stadt von Bombenangriffen heimgesucht, Tag und Nacht. Man konnte nie sicher sein, wann der Alarm losging. Ein heftiger Angriff hatte Karl auf dem Friedhof an Linas Grab überrascht. Hunderte Flieger, Tausende Bomben aller Art. Ausgerechnet an diesem Tag hatte es auch einen Teil des Riensberger Friedhofs erwischt.

Wir haben ihn, auf dem Grab liegend, gefunden, hatte Ella geschrieben, *es ist ein Wunder, dass er lebt. Nur unterkühlt war er und etwas durcheinander, aber jetzt geht es ihm schon wieder gut. Du sollst dir bloß keine Sorgen machen, Lotte, das soll ich dir unbedingt sagen. Und dass Mama ihn beschützt hat. Er hat mir trotzdem versprochen, erst wieder dorthin zu gehen, wenn der Krieg vorbei ist und keine Bomben mehr fallen.*

Obwohl alles gut gegangen war, hatte Charlotte die Nachricht wie ein Schock getroffen. Das war es, wovor sie immer Angst hatte: die Menschen, die sie liebte, nie wiederzusehen. Sie konnte sich kaum mehr daran erinnern, wie es war, sich nicht täglich Sorgen machen zu müssen. Auch um August.

Es war so gekommen, wie Maria es vorausgesagt hatte, der schwarze Wagen war zurückgekehrt und hatte die ganze Familie abgeholt: Maria, die beiden Kinder und Marias Mutter Johanna Leinenweber.

Wenig später war Presswein bei Schönborns aufgetaucht und hatte Fragen gestellt. Sie seien doch mit diesen Juden befreundet gewesen, ob sie da nichts bemerkt hätten. Das könne doch nicht sein. August und Charlotte hatten sich ahnungslos gestellt: Nein, natürlich hätten sie nichts bemerkt, alle anderen ja auch nicht, keiner im Ort. Presswein sah nicht so aus, als glaubte er ihnen, doch das Gegenteil konnte er nicht beweisen. Er war wieder gegangen, und von den Lechners hatte man seither nichts mehr gehört.

»Wir sollten die Kerzen ausmachen«, sagte Klara und schob die Katze von ihrem Schoß. »Nicht dass uns das Haus noch abbrennt, das fehlte noch.«

Bald nach dem gemeinsamen Essen wünschte Martha eine gute Nacht, und auch Klara zog sich in ihr Zimmer zurück. August und Charlotte blieben im Halbdunkel neben dem Weihnachtsbaum sitzen. Draußen läuteten die Kirchenglocken. Früher waren sie an Heiligabend zur Kirche gegangen. Jetzt nicht mehr.

»Was Walter jetzt wohl macht?«, sagte Charlotte.

»Vielleicht feiern sie auf dem Schiff auch Weihnachten.«

»Glaubst du das?«

»Ich weiß es nicht«, murmelte August und senkte den Kopf.

Die Katze sprang auf Charlottes Schoß, rieb zärtlich ihren Kopf an ihrer Brust und kringelte sich ein.

Die Tränen kamen so plötzlich, dass Charlotte sie nicht mehr zurückhalten konnte. Überleben, so wie die Katze. Es ging nur noch darum. Um nichts anderes.

August hob den Kopf und streckte seine Hand nach ihrer aus. »Lotte!«, flüsterte er schwach.

»Es tut mir leid«, sagte Charlotte und suchte in ihrem Rock nach einem Taschentuch, sodass die Katze, die sich gestört fühlte, leise maunzte. »Manchmal, und besonders jetzt an Weihnachten, überkommt es mich eben. Ich denke daran, ob ich Walter je wiedersehen werde. Oder meinen Vater. Meine Schwester. Ich habe Angst, dass es uns auch noch eines Tages an den Kragen geht.«

»Wir haben nichts getan.«

»Ich weiß, aber das haben andere auch nicht. Die Roths haben nichts getan, Hans hat nichts getan, Maria und Paul, Herr und Frau Wolf, sie waren immer so nett zu mir. Sie alle haben nichts getan.«

Der Tränenstrom riss nicht ab, obwohl sie mit dem Taschentuch dagegen ankämpfte.

»Eines Tages wird es vorbei sein«, sagte August. »Dann werden die bestraft werden, die das Recht und die Menschlichkeit mit Füßen getreten haben, daran glaube ich ganz fest.«

»Wirklich?«

»Ich muss daran glauben, das ist alles, was mich noch aufrecht hält. Der Glaube an die Gerechtigkeit und an das Gute.«

»Zwei Weltkriege«, sagte Charlotte. »Ich dachte, der Erste wäre schlimm. Ich dachte, etwas Schlimmeres wird es nie geben. Aber was jetzt auf der Welt geschieht …«

»Eines Tages wird es vorbei sein«, wiederholte August.

58

Mühlbach am 7. März 1944

Am 7. März kam Post für Martha. Die Geburtstagsgrüße aus Bremen waren schon ein paar Tage zuvor eingetroffen, der Brief von Walter noch früher.

Liebes Schwesterlein, liebes Marthakind, hatte er geschrieben, *ich denke am 7. März ganz fest an dich und sende dir hundert dicke Geburtstagsküsse. Ich schicke meinen Brief früher ab, damit du ihn auch ganz bestimmt rechtzeitig hast. Ich vermisse dich und die Eltern sehr. Pass immer gut auf dich auf, bis ich es wieder tun kann.*

Es grüßt dich von Herzen dein dich liebender Bruder Walter

Martha hatte übers ganze Gesicht gestrahlt, und ihre Eltern mit ihr, wie jedes Mal, wenn sie ein Lebenszeichen ihres Sohnes erhielten. Und wie jedes Mal hatte Charlotte einen dicken Kloß der Erleichterung in der Kehle.

Der Brief jedoch, der genau an Marthas Geburtstag eintraf, war sehr viel weniger erfreulich. Dass es ein besonderer Brief war, konnte man bereits an dem Überbringer erkennen.

»So, Martha, ich gratuliere dir auch schön zum Geburtstag«, sagte Lehrer Fintzberger, als er an der Tür der Schönborns auftauchte.

»Danke«, erwiderte Martha artig und nahm den offiziell aussehenden Brief mit dem unverwechselbaren Stempel entgegen.

»Herr Fintzberger, das ist ja eine Überraschung«, sagte Charlotte, die gleich hinter Martha im Türrahmen aufgetaucht war und beide Hände schützend auf die Schultern ihrer Tochter legte.

»Ich überbringe den Einberufungsbescheid gern selbst«, sagte der Lehrer.

Charlotte spürte, wie sich Marthas Körper unter ihren Händen verkrampfte.

»Einberufung?«, fragte sie, obwohl sie genau wusste, worum es ging.

»Die Einberufung zum Reichsarbeitsdienst«, sagte Fintzberger mit einem Lächeln, als verkündete er dem Mädchen und seiner Mutter die Verleihung einer besonderen Auszeichnung. »Martha ist jetzt achtzehn, und damit ist es für sie an der Zeit. Der Termin der Musterung ist auch gleich beigefügt, aber ich denke, das wird kein Problem sein, nicht wahr, Martha, bist doch eine gesunde junge deutsche Frau.« Er lachte aufmunternd.

»Aber Martha hat ihre Lehre noch nicht einmal beendet«, wandte Charlotte ein.

»Vorher wird sie natürlich auch nicht eingezogen«, betonte der Lehrer. »So viel Zeit muss sein. Wann machst du denn deine Gesellenprüfung, Martha?«

»Im Mai«, wisperte Martha. Charlotte musste das Gesicht ihrer Tochter nicht sehen, um zu wissen, dass alle Farbe daraus gewichen war.

»Gut. Dann geht es also im Juni zum Arbeitsdienst.«

»Aber ihre Meisterin möchte sie hinterher übernehmen, das hat sie schon gesagt.«

»Dann wird sie sie auch noch ein Dreivierteljahr später übernehmen, da bin ich ganz sicher«, entgegnete Fintzberger.

»Ein Dreivierteljahr?«, entfuhr es Martha. »Ich dachte ein halbes.«

»Ein halbes Jahr Arbeitsdienst, anschließend ein Vierteljahr Kriegshilfsdienst. Steht alles in dem Schreiben, auch wo du eingesetzt werden wirst.«

Der Brief in Marthas Hand zitterte, sie wich einen Schritt zurück und drückte sich an ihre Mutter.

Charlotte schob das Mädchen sanft zur Seite. »Martha, sei doch so lieb und kümmere dich um den Kuchen, den ich im Rohr hab, ich glaube, der kann gleich raus.«

»Ja«, hauchte das Mädchen und wandte sich ab, um, wie Charlotte sehr genau wusste, ihren Tränen freien Lauf zu lassen.

Charlotte zog die Eingangstür ein wenig zu, sodass man im Haus von der Unterhaltung vor der Tür nichts verstehen konnte.

»Wieso Martha?«, fragte Charlotte und blickte dem Lehrer direkt ins Gesicht.

»Wie bitte?« Fintzberger tat so, als verstünde er nicht ganz.

»Im letzten Jahrgang musste kein einziges Mädchen zum Arbeitsdienst«, erklärte Charlotte mit äußerster Selbstbeherrschung. »Im Jahr davor auch nicht, höchstens Freiwillige.«

»Das waren immerhin drei Stück.«

»Freiwillige«, betonte sie noch einmal. »Sie kennen Martha, Sie wissen, wie schüchtern sie ist.«

»Oh ja, sie ist ein ganz liebes Mädchen, meine Lieblingsschülerin damals, immer ordentlich und gewissenhaft. Vorbildlich!«

»Warum tun Sie ihr das dann an?«

»Liebe Frau Schönborn ...« Fintzberger, der selbst nicht viel größer war als Charlotte, richtete sich auf und berührte wie zufällig seine Hakenkreuznadel am Kragen. »Ich tue niemandem etwas an. Der Reichsarbeitsdienst ist ein Dienst am deutschen Volke, und es ist eine Ehre für jede deutsche Frau und jeden deutschen Mann, ihren Teil beizutragen. Ich muss mich doch sehr wundern, dass Sie da anscheinend anderer Meinung sind.«

»Sie wissen genau, was ich meine.«

»Selbst wenn dem so wäre, könnte ich leider nichts tun. Es ist das zuständige Amt in Kaiserslautern, das die Einberufungen erlässt.«

»Aber man reicht sie an Sie weiter, und Sie können die Befreiung der Mädchen veranlassen, was Sie in den letzten Jahren regelmäßig getan haben, auch in diesem Jahr. Anneliese Minges hat keine Einberufung erhalten, Hilde Böser und Gisela Umlauf ebenso wenig.«

»Wollen Sie mir etwa Böswilligkeit unterstellen, Frau Schönborn? Das hat alles seine Richtigkeit, keine Angst. Im Übrigen ist Martha nicht die Einzige mit einer Einberufung. Elli Schlohfuchs bekommt ihre ebenfalls.«

»Elli Schlohfuchs«, wiederholte Charlotte. Sie hatte verstanden. »Herr Fintzberger«, sagte sie ruhig, fast flehend. »Ich bitte Sie, Martha mag heute achtzehn Jahre alt geworden sein, aber sie ist noch ein halbes Kind, sie war noch nie von uns getrennt, und sie wird sich verloren vorkommen. Sie könnte ihre Stelle in Kusel antreten. Wenn Sie sie wenigstens zurückstellen würden, ein Jahr oder zwei. Das wäre doch kein Verlust.«

Fintzbergers Miene verhärtete sich. »Wir brauchen aber *jetzt* jede Arbeitskraft. Jetzt, verstehen Sie? Wir sind im Krieg, und jede Verweigerung dieser Arbeitskraft könnte uns den Endsieg kosten. Wollen Sie das? Ich denke nicht.«

Sein stählerner Blick schien sie zu durchbohren. Charlotte dachte an Schreiners Hans.

»Nein«, sagte sie heiser, »natürlich nicht.«

Sie hasste sich dafür. Doch, hätte sie eigentlich sagen wollen, genau das wünsche ich mir, dass jede Aussicht auf den Endsieg zusammen mit allen Nazis begraben wird und dass dieser Albtraum endlich vorbei ist.

»Na also«, sagte Fintzberger, lüftete seinen Hut und ging ohne jedes weitere Wort.

Charlotte fand Martha mit geröteten Augen in der Küche, wo sie am Tisch über dem auseinandergefalteten Schreiben saß.

»Nach Walldorf bei Heidelberg soll ich kommen«, sagte sie. »So weit weg.«

Charlotte lief es eiskalt über den Rücken. Heidelberg, das hieß jenseits des Rheins. An Ludwigshafen und Mannheim vorbei. Dorthin, wo Bomben fielen, hundertmal mehr als hier im Pfälzer Hinterland, das nicht einmal für die Alliierten interessant war. Hier war man einigermaßen geschützt. Dort nicht.

Charlotte setzte sich zu ihrer Tochter und legte den Arm um ihre Schultern. »Mach dir keine Gedanken, Marthachen, das wird sicher alles nicht so schlimm.« Sie lächelte das Mädchen an. Das war alles, was sie im Moment tun konnte: Mut zusprechen, bloß nicht die eigene Angst zeigen.

»Ein Dreivierteljahr«, murmelte Martha, dann hob sie den Kopf. »Warum mussten denn die andern nicht? Die Anneliese, die Hilde und letztes Jahr die Helga und die Gisela. Keine musste in den Arbeitsdienst. Die Gisela hat gesagt, ihr Vater hat mit Herrn Fintzberger gesprochen und gemeint, sie muss ihrer Mutter mit den drei kleinen Geschwistern helfen, das war alles. Und die anderen haben auch nicht alle einen Beruf gelernt, die Helga hilft im Café in Altenglan und die Hilde beim Geis ab und zu. Das meiste machen eh die Fremdarbeiter. Nur die Brigitte, die muss nicht, weil sie verheiratet ist.«

Verzweifelt versuchte Martha herauszufinden, was den Unterschied zwischen ihr und den anderen Mädchen ihres Jahrgangs ausmachte.

»Elli Schlohfuchs wird auch eingezogen«, sagte Charlotte.

»Oh, wirklich?« Martha machte ganz den Eindruck, als würde sie die Tatsache, dass sie doch nicht die Einzige war, ein bisschen trösten. »Ich mag Elli«, sagte sie. »Vielleicht kommen wir ja zusammen nach Walldorf.«

Charlotte lächelte. »Ja, vielleicht. Das wäre doch schön, oder?«

»Ja, dann wäre ich nicht ganz allein.«

Das war das Bemerkenswerte an dem Mädchen. Ihr biegsames Gemüt, das immer bereit war, das Gute, das Tröstliche zu sehen. Martha konnte sich anpassen, sie eckte nirgendwo an, und ihr Lächeln ließ jeden dahinschmelzen.

»Weißt du, es ist ja nicht so, dass ich mich drücken will«, sagte das Mädchen. »Ich will schon meinen Beitrag leisten.«

Charlotte umarmte sie und verfluchte alle Nazis.

»Sie will ihren Beitrag leisten«, sagte Charlotte am Abend im Schlafzimmer zu August. »Stell dir das vor! Ihren Beitrag zu was? Zum Endsieg? Sind diese wirren Gedanken jetzt sogar schon im Kopf unserer Tochter?«

»Es sind keine Gedanken, das ist es ja, es ist das, was ihnen seit frühester Kindheit eingepflanzt wurde. Und wir können nichts dagegen tun, wenn wir nicht in Teufels Küche kommen wollen.«

»Meine Eltern haben sich immer über Politik unterhalten«, erinnerte sich Charlotte. »Seit ich denken kann. Ich wusste genau, was sie vom Kaiser hielten und was sie über den Ersten Weltkrieg dachten. Meine Eltern waren mit Juden befreundet, ich habe für Juden gearbeitet, es hat keine Rolle gespielt, warum auch? Unsere Kinder wissen nicht, was wir wirklich denken.«

»Ich bin sicher, wir sind nicht die Einzigen, denen es so geht«, meinte August. »Die Begeisterung für die Nationalsozialisten ist längst vorbei, nicht erst seit Stalingrad oder seit sie Schreiners Hans umgebracht haben oder Lechners verschleppt, wer weiß wohin.«

»Aber keiner sagt etwas.«

»Wir doch auch nicht.«

Sie schwiegen.

»Was, glaubst du, ist mit ihnen passiert?«, fragte Charlotte nach einer Weile in die Stille hinein. »Mit Maria und ... ihrer Familie.«

»Ich weiß es nicht.«

»Denkst du ... sie wurden umgesiedelt?«

August wandte ihr den Kopf zu und sah sie durch die Dunkelheit an. »Umgesiedelt? Glaubst du das wirklich?«

59

Auschwitz-Birkenau im Frühling 1944

Sie hatte keine Haare mehr. Keine eigenen Kleider. Auch die Kette, die ihr die Großmutter geschenkt hatte, war weg. Alles war weg. Ihren Vater hatten sie totgeschlagen. Ihren Bruder weggebracht. Irgendwohin. Ihre Großmutter hatte man aussortiert. Ihre Mutter hatte Typhus bekommen, dann hatten sie sie ebenfalls weggebracht. Auf die Krankenstation. Es gab aber keine Krankenstation.

Nur sie war übrig geblieben und lebte mit Hunderten anderen Übriggebliebenen, Kahlgeschorenen, die nichts mehr hatten, in einer Baracke. Neben der Baracke stand eine weitere Baracke, daneben noch eine und noch eine und noch eine und noch eine ... Hunderte. Die Welt bestand aus Baracken. Und manchmal verschwanden Leute daraus und kamen nicht wieder, und andere kamen und sahen sich mit großen, entsetzten Augen um. Kahl geschoren. Übrig geblieben. So ging es immer weiter. Und die Angst ging Schritt für Schritt mit. Zum Appell, zur Arbeit, zur Baracke, zum Appell, zur Baracke, zur Arbeit, zur Baracke ...

»Wie heißt du?«, fragte eine neue Kahlgeschorene neben ihr.

Wie sie hieß? Sie schlug die Decke von ihrem Arm weg und zeigte auf die Nummer, die man ihr eintätowiert hatte. Die andere zeigte auch ihren Unterarm. Um die Zahlen herum glühte die Haut rot.

»Ich heiße Adele. Adele Wolf«, sagte sie.

Zwei Pritschen weiter weinte eine der Neuen laut, ihr ganzer Körper wand sich im Schmerz.

»Sie haben ihr das Kind aus den Armen gerissen«, flüsterte die Neue voller Mitleid. »Ich hab's gesehen.«

Jede hatte so etwas bei ihrer Ankunft gesehen.

»Wie heißt du?«, fragte die andere wieder.

»Maria«, sagte sie.

»Schöner Name.«

»So hieß meine Mutter.«

»Wie alt bist du?«

»Neunzehn.«

Die Neue war viel älter, ein Wunder, dass sie die Selektion an der Rampe überstanden hatte. Aber sie sah gesund aus, nicht so, als käme sie gerade aus einem anderen Lager wie so viele. Hatte sich wohl versteckt. Sie hatte selbst so ausgesehen, als sie angekommen war. Gesund.

»Wie lange bist du schon hier?«

Wollte sie wissen, wie lange es dauerte, bis man so aussah, so wenig Mensch? Sie hatte keinen Spiegel, aber sie wusste trotzdem, wie sie aussah. Es war nichts mehr an ihr dran. Gar nichts. Sie hatte Mühe, zum Appell zu kommen, sie hatte keine Kraft mehr, um sich morgens um das bisschen dunkle Brühe und das Eckchen Brot zu streiten.

»Seit ...« Sie versuchte zu überlegen. Es musste jetzt wohl Frühjahr sein. »Seit ...«

Der schrille Ton einer Trillerpfeife unterbrach ihre mühsamen Gedanken.

»Was ist das?«, fragte die Neue, deren Namen sie schon wieder vergessen hatte.

»Selektion«, sagte Maria.

Wütende Stimmen der Unmenschen in Uniform. Die Baracke wurde verriegelt.

Maria stand auf und nahm die Neue an der Hand. Eine warme weiche Hand.

»Aber es war doch gerade Selektion«, sagte die andere mit zitternder Stimme.

Maria sagte nichts. Man trieb sie durch den ganzen Raum in eine angrenzende Kammer. Einzeln, aber es ging schnell. Der SS-Mann, der dort stand, entschied rasch. Bei Maria und Adele Wolf zeigte er nach draußen.

»Was heißt das denn jetzt?«, fragte Frau Wolf mit schreckgeweiteten Augen. Maria schlang ihren Arm eng um die Frau und ging mit ihr über den Platz hinter den anderen her zum Krematorium. »Es heißt, dass wir nicht allein sterben müssen.«

Adele umklammerte nun auch Maria, ganz fest. »Sprich mit mir, bis es vorbei ist. Bitte.«

»Ich stamme aus einem kleinen Dorf in der Pfalz«, sagte Maria. »Schön war es da. Keiner wusste, dass wir Juden sind. Wir haben jahrelang alle an der Nase herumgeführt.«

»Mein Mann und ich, wir haben uns versteckt. Lange hat uns keiner gefunden. Und dann doch.«

»Wir waren glücklich.«

»Das waren wir auch.«

»Ich hatte blonde Haare, blonde Zöpfe, wie ein echtes arisches Mädchen.«

»Ich liebe die Oper. Mozart besonders.«

Maria betrachtete die Nummern auf ihren Unterarmen. Sie waren mehr als das.

Sie sprachen weiter, erzählten sich ihr Leben, solange es noch dauerte, hielten einander bis zum letzten Atemzug.

60

Mühlbach im Juni 1944

Marthas Einberufung zum Arbeitsdienst rückte immer näher. August hatte es noch einmal bei Fintzberger versucht, doch vergeblich. Der Lehrer hatte ihm kalt ins Gesicht gelächelt und einmal mehr etwas vom Dienst am deutschen Volke gefaselt. In seinem Büro prangte ein großes Foto des Führers an der Wand, eine Hakenkreuzfahne daneben, das goldene Parteiabzeichen an seiner Brust, das ihn als einen der frühen Anhänger der Nationalsozialisten auswies. Den Kindern in der Schule hatte er das stolz erzählt. Und vom Ersten Weltkrieg hatte er erzählt, wie er als junger Mann in Flandern gegen den Feind anstürmte und es doch nichts half, denn die Verräter hatten die Kapitulation beschlossen. »Diesmal nicht«, hatte er in den Klassensaal gebrüllt und sich dabei angehört, als wollte er es Hitler gleichtun.

Martha hatte August nach seiner Unterredung mit dem Lehrer mit großen Augen erwartet, hatte an Wunderdinge geglaubt, die der Vater vollbringen könnte, doch er musste sie enttäuschen. Und auch Charlotte musste er enttäuschen, die nun um einen geliebten Menschen mehr bangen musste, der mitten im Krieg unerreichbar für sie war. Und Oma Klara hatte er enttäuschen müssen, die manchmal davon sprach, dass sie wohl nicht mehr viele Jahre vor sich habe. Aber am meisten hatte er sich selbst enttäuscht. Hatte er die falschen Worte gewählt? Hatte er sich wieder zu fein angezogen? Wo doch der Anzug schon alt war. Man leistete sich nichts Neues in dieser Zeit und war froh, wenn man das Nötigste hatte. Oder war es seine Haltung gewesen? Hatte Fintzberger bemerkt, dass August ihn im tiefsten Inneren verachtete? Von allem ein bisschen vermutlich.

Martha machte ihre Gesellenprüfung, wurde gemustert, fotografiert für ihren RAD-Pass – ein schönes Foto – und plante alles für die Fahrt nach Walldorf.

Am 18. Juni sollte sie auf den Führer vereidigt werden.

Am 6. Juni landeten die Alliierten in der Normandie.

Am Tag danach probte der Gesangsverein im Schulhaus. Die Männer saßen mit gebeugten Rücken auf ihren Stühlen, die Augen auf die Noten geheftet. *Ein feste Burg ist unser Gott.*

August war weit weg. Die Amerikaner hatten jetzt Truppen in Europa. Die Zeitungen schrieben darüber, ließen aber keinen Zweifel daran, dass die Wehrmacht spielend mit der Invasion fertigwerden würde. Man sei gut vorbereitet, und die Alliierten würden schon sehen, was sie erwartete. Aber den Propagandamedien der Nazis war nicht zu trauen, und wie es wirklich aussah, dort im Westen, konnte man nicht wissen.

Als alle aufbrachen, wurde August sich bewusst, dass er so gut wie nichts von der Singstunde mitbekommen hatte.

»Kommst du noch mit zu Brettschneiders?«, fragte Philipp seinen Bruder.

August sah ihn an, und auf einmal wusste er glasklar, was er tun wollte. Es war eine absurde Idee, die da in seinen Kopf geschossen war, eine gefährliche dazu.

»Ja. Gut«, sagte er und warf sich seine Jacke über.

Wie immer teilte sich der Chor, die einen nach rechts zu Brettschneiders, die anderen nach links zum Leitner, doch das waren außer Fintzberger und Ohliger nur noch wenige. Sogar Herbert Völker ging in letzter Zeit lieber nach Hause.

August hielt Philipp zurück. »Warte mal!«, sagte er, bückte sich und knotete seine scheinbar offenen Schnürsenkel wieder zu, sodass sie Abstand zu den anderen gewannen.

»Was ist denn?«, fragte Philipp.

August blickte sich sorgfältig um. »Gibt es Hans' Radio noch?«, fragte er leise.

Philipp sah ihn verwirrt an. »Bitte?«

»Das Radio, existiert das noch?«

»Natürlich nicht, das haben sie mitgenommen, was dachtest du denn?«

August seufzte und ließ den Kopf sinken. »Ich wollte wissen, wie es wirklich aussieht an der Westfront. Oder glaubst du etwa, wir erfahren von den deutschen Sendern die Wahrheit?«

»Du wolltest Feindsender hören?«, presste Philipp entsetzt hervor. August nickte.

»Hast du vergessen, was mit Hans passiert ist?«

»Nein, aber ich muss das wissen. Unser Mädchen muss in ein paar Tagen weg, und wenn die Amerikaner bald hier sind, wird es immer gefährlicher. Dann ist die Pfalz bald Kriegsschauplatz. Weißt du vielleicht, wer so ein Radio hat oder wo ich eins herkriegen kann?«

Philipp schüttelte den Kopf und musterte seinen Bruder mit ernster Miene. August sah, dass er irgendetwas vor ihm verbarg.

»Philipp?«

Philipp schnaubte, rang noch einen Moment mit sich und sagte schließlich: »Ich weiß, wie du den Volksempfänger so umbauen kannst, dass du BBC reinkriegst.«

»Wirklich?«

»Ja. Das weiß ich noch von Hans. Er hat es nur nicht gemacht, weil er dann die Rosi auch mit reingezogen hätte. Lieber heimlich ein Radio auf dem Speicher.«

»Ich will Lotte auch nicht mit reinziehen.«

»Das kann sie doch entscheiden, oder?«

August wusste schon, was Charlotte darüber denken würde.

»Noch ein Bier bei Gustav?«, fragte Philipp. »Und morgen nach der Arbeit besuche ich euch mal, wenn es dir recht ist.«

Er zwinkerte. »Bis dahin könnt ihr es euch ja überlegen.«

August hatte Herzklopfen. Wenn Presswein je auf die Idee käme, ihre Wohnung zu durchsuchen und sich den Volksempfänger dabei genauer ansah, dann war es aus.

»Ein Bier«, sagte er, »aber dann muss ich nach Hause. Mit Lotte reden.«

Charlotte hörte August aufmerksam zu, und als er fertig war, brauchte sie keine Sekunde, um darüber nachzudenken.

»Mach das«, sagte sie mit fester Stimme. »Die BBC! Du kannst alles verstehen, was sie sagen.«

»Ich glaube, sie sprechen sogar deutsch. Hans muss sie ja auch verstanden haben. Oder er hat einen anderen Sender gehört, ich weiß es nicht.«

»Egal. Deutsch oder Englisch, du verstehst es, und dann werden wir vielleicht endlich etwas erfahren. Wir wissen doch gar nichts, nur das, was uns der Führer erlaubt zu wissen. Wir werden mit Lügen überhäuft. Wir wissen nicht, was in der Normandie vor sich geht, ob die Alliierten vorankommen und wie schnell.« Sie sprach mit trauriger Stimme weiter. »Und wir wissen nicht, was aus all den Menschen geworden ist, die verschwunden sind. Ich will das wissen.«

»Du weißt, was wir riskieren.«

Sie nickte.

Als Philipp am nächsten Abend vorbeikam, war Martha mit einer Freundin im Kino, und Onkel Walter verabschiedete sich gerade von Klara, die er noch immer regelmäßig besuchte. Dann plauschten die beiden und schwelgten in Erinnerungen.

»Grüß Tante Bine, ich komme morgen mal vorbei«, rief ihm Charlotte hinterher und winkte. Wie erhofft, zog sich Klara, erschöpft von dem Besuch, gleich auf ihr Zimmer zurück.

»Komm doch nächstes Mal früher, Philipp, wenn ich nicht so müde bin, gell?«, sagte sie zu ihrem jüngeren Sohn und zwickte ihn in die Wange, als wäre er noch ein kleiner Bub.

Kaum war sie weg, nahm sich Philipp den Volksempfänger vor, schraubte die Rückwand ab und machte sich am Innenleben des Geräts zu schaffen.

»Hans hat mir erklärt, wie es geht«, sagte Philipp.

»Und woher wusste der das?«

»Aus dem Radio«, sagte Philipp und grinste. »Er hat die Anleitung quasi vom Feind. Der Adapter hier ist selbst gebaut. Ob es funktioniert, weiß ich nicht. Hab's noch nie ausprobiert.« Er brachte das kleine Teil an einer der Röhren im Inneren an. »Hans meinte, man könnte die BBC auch so reinkriegen, aber nur zu bestimmten Zeiten und sehr schlecht. Hiermit soll es besser gehen.«

August und Charlotte sahen zu, wie er die Rückwand schließlich wieder anschraubte.

»Vielleicht geht's ja nicht«, sagte Philipp beinahe hoffnungsvoll. Dann schaltete er das Gerät ein und drehte am Sendersuchknopf. Eine ganze Weile tat sich nichts. Nur der Deutschlandsender war mit seinem täglichen Propagandaprogramm vertreten, angewidert hörten sie Goebbels' machtgeschwängerte Stimme und seine Lobpreisungen der tapferen deutschen Wehrmacht. Philipp drehte weiter. Vor und zurück, dann etwas sanfter, bis mit einem Mal eine andere Stimme aus dem Radiogerät drang. August, Charlotte und Philipp hörten mit angehaltenem Atem zu und wussten danach Bescheid. Über 300 000 alliierte Soldaten waren auf dem Vormarsch, mit Fahrzeugen, Waffen, Ausrüstung, eine Armee, die Frankreich befreien und bald darauf den Westen Deutschlands überrennen würde und damit auch die Pfalz.

Charlotte ergriff Augusts Hand, sein Herz klopfte bis zum Hals, vor Freude, vor Entsetzen und nicht zuletzt in dem Bewusstsein, gerade etwas zu tun, wofür Menschen hingerichtet wurden.

Als Martha etwas später aus dem Kino kam, war Philipp schon gegangen und der Regler am Volksempfänger längst wieder in der Position, in der er sein sollte. Martha schwärmte von dem Film, Immensee hatte sie sich angeschaut, und wie immer, wenn sie unter vertrauten Menschen war, vergaß sie ihre Schüchternheit und sprudelte über vor Begeisterung. »Ich hätte den Erich sowieso lieber genommen als den Reinhart«, sagte sie. »Der war viel hübscher und netter.«

»Oh, hat Johannes Heesters etwa Konkurrenz bekommen?«, neckte Charlotte das Mädchen.

»Nein, das nicht«, erwiderte Martha entschieden. »Ich mochte ja nicht den Schauspieler, sondern seine Filmrolle. Wenn ich später mal ein Kind habe, nenne ich es Erich.«

»Auch, wenn es ein Mädchen wird?«, neckte sie Charlotte lächelnd.

»Neeeiiin«, Martha verdrehte die Augen, »natürlich nur einen Jungen. Ist doch ein hübscher Name, oder nicht? Und stellt euch vor, der Film war sogar in Farbe, fast wie in echt.«

Martha erzählte fröhlich weiter, und August fasste einen Entschluss. Er würde noch einmal zu Fintzberger gehen und ihn bitten. Der Gedanke, dieses Mädchen, das Zukunftspläne machte, das einmal heiraten, eine Familie gründen, einen Erich haben wollte, dieses Mädchen in die Ferne ziehen zu lassen, war unerträglich. Jetzt, wo die Alliierten dabei waren, zu gewinnen, und den Sieg über die Deutschen sicher nicht mehr aus der Hand geben würden, war damit zu rechnen, dass sie ihre Angriffe verstärken würden.

»Papa? Hörst du gar nicht zu?«

»Doch, mein Madchen, ich höre zu. Komm her.« Er nahm seine Tochter in die Arme und drückte sie fest an sich. »Ich bin froh, dass du heute so viel Freude hattest.«

Am nächsten Tag stand er erneut in Fintzbergers Büro und schaute dem Mann unter dem Hitlerbild und der Hakenkreuzfahne ins Gesicht. Er trug seinen ältesten Anzug und hatte auf die Weste verzichtet, seine Schuhe waren ein wenig schmutzig, seine Haltung demütig.

»Was führt Sie zu mir, Schönborn?«

Allein den vornehmen Namen, den konnte er nicht ändern.

»Herr Fintzberger, jetzt, wo die Amerikaner gelandet sind …«

Wie sollte er den Satz fortführen, ohne sich zu verraten?

»Ja?«, sagte Fintzberger lauernd.

»Ich möchte Sie noch einmal bitten, Martha vom Arbeitsdienst zurückzustellen. Ich mache mir wirklich Sorgen um sie. In der momentanen Lage.«

»So? Und wie wäre die Lage?«

»Nun ja, wie gesagt …«

Fintzbergers Miene glich der eines Anglers, der einen Fisch am Haken hatte und voll Genugtuung zusah, wie sich das Tier zu Tode zappelte.

»Es gibt nicht den geringsten Grund zur Beunruhigung«, sagte der Lehrer. »An unserer Wehrmacht kommt niemand so schnell vorbei. Wir haben sichere Befestigungsanlagen im Westen, die Alliierten werden sich aufreiben.«

Er wiederholte ganz einfach, was die Propaganda verbreitete.

300 000 Soldaten, wollte ihm August entgegenhalten, aber er schwieg. Wo sollte er die Zahlen auch herhaben? Fintzberger erhob sich, kam langsam hinter seinem Schreibtisch hervor und setzte sich mit vor der Brust verschränkten Armen darauf, genau vor August.

»Sie glauben wohl nicht an den Endsieg, Schönborn, was?«

»Doch, natürlich.«

»Sie sind nicht in der Partei, Sie halten sich raus, denken Sie, das fällt nicht auf?«

August schwieg.

»Ich halte es für gut und richtig, Martha eine Zeit lang in eine andere Umgebung zu bringen, wo sie Ihrem schlechten Einfluss entzogen ist. Der Arbeitsdienst wird ihr guttun. Und der Kriegshilfsdienst, den sie leisten wird, wird Deutschland guttun. Sie sollten sich dem nicht entgegenstellen, das könnten bestimmte Personen falsch verstehen, wenn Sie wissen, was ich meine.«

August fühlte ohnmächtigen Zorn in sich aufsteigen. Er wollte dem Lehrer an die Gurgel gehen und ihm sein überhebliches Nazi-Lächeln aus dem Gesicht schütteln.

»Bitte, Herr Fintzberger, meine Tochter … tun Sie es nicht für mich, halten Sie von mir, was Sie wollen, aber tun Sie es für Martha. Ich bitte Sie!«

Fintzberger sah ihm mit unergründlicher Kälte in die Augen.

»Nein!«, sagte er, stand auf und begab sich wieder zu seinem Platz hinterm Schreibtisch. »Das wäre dann wohl alles, Schönborn. Seien Sie froh, wenn ich aus Ihrem Anliegen keine weiteren Schlüsse ziehe. Aber das kann ich mir immer noch vorbehalten, nicht wahr?« Er würdigte August keines Blickes mehr und widmete sich einem Stapel Schulhefte.

Eines Tages, dachte August, eines Tages wirst du die Rechnung bekommen, Fintzberger, in diesem Leben oder im nächsten.

Am 18. Juni wurde Martha vereidigt und verabschiedete sich von allen. Als Letzten umarmte sie ihren Vater. »Du bist der Beste, Papa«, flüsterte sie ihm ins Ohr. »Ich hab dich lieb.«

61

Mühlbach im November 1944

Es war einer dieser Tage, von denen man sich wünschte, sie gingen nie vorbei. Die Kinder waren zu Hause. Es war Charlottes schönstes Geburtstagsgeschenk, doch der Geburtstag war nur eine Nebensache. Dass die beiden zu Hause waren, war mehr, war größer als jeder Geburtstag.

»Lasst uns ein Foto machen«, sagte Charlotte gleich am ersten Tag. »Ein Familienfoto.« An der Wand hing die Fotografie, die sie 1914 kurz vor Ausbruch des Ersten Weltkriegs gemacht hatten. Längst hatte sie begriffen, warum es ihrem Vater damals so wichtig gewesen war.

»Bitte recht freundlich«, sagte der Fotograf in Altenglan, anders als der damals in Bremen. Sie lächelten dennoch nicht. Nur Walter, der auf Anraten seines Vaters seine Uniform trug, gelang eine zuversichtliche Miene. Martha hatte sich hübsch gemacht, doch sie wirkte befangen, und Charlotte und August waren einfach nur müde. Nicht einmal die Freude darüber, die Kinder bei sich zu haben, konnte diese Müdigkeit, die sich tief in ihre Seelen gegraben hatte, vertreiben. Zu viele Sorgen lasteten seit zu langer Zeit auf ihnen.

Martha war ganz munter und erzählte vom Arbeitsdienst, vom Lager in Walldorf und von den Freundinnen, die sie dort gefunden hatte, von Hilla, Elfriede, Elsbeth und ganz besonders von ihrer neuen allerbesten Freundin Irene. Es klang, als würde sie von einer heiteren Urlaubsreise berichten. Nicht einmal der dort regelmäßig ertönende Fliegeralarm schien ihr etwas auszumachen. Dann verschwanden sie einfach alle in den Kellerräumen, bis er vorbei war und das Leben weiterging.

Charlotte staunte manchmal über das Gemüt ihrer Tochter, die sich so gut mit ihrer Situation arrangiert hatte. Mochte es auch ein Teil Naivität sein, was sie so sorglos daran glauben ließ, dass ihr nichts zustoßen könnte, so war es doch immer noch besser, als würde sie leiden.

»Anfang Dezember werden wir zum Kriegshilfsdienst versetzt«, sagte Martha. Das Wort ging ihr so flüssig über die Lippen wie »Kartoffelsuppe«. »Wir kommen alle nach Pfaffengrund, das ist fast direkt in Heidelberg, aber stellt euch vor, ausgerechnet Irene soll nach Pforzheim. Das geht doch nicht. Die können uns doch nicht trennen. Alles nur, weil sie für ein paar Wochen ins Krankenhaus musste. Da haben sie sie einfach vergessen, aber vielleicht kann ihr Vater etwas machen, der ist Fabrikant und ein guter Nazi, der müsste doch Einfluss haben, meint ihr nicht?«

Ein guter Nazi! Charlotte sah, wie August buchstäblich zusammenzuckte, aber so nannte man das in der Pfalz, wenn man ausdrücken wollte, dass jemand ein eifriger und überzeugter Anhänger war.

Immerhin war es eine gute Nachricht, dass Martha nach Heidelberg kam. Es sah so aus, als verschonten die Amerikaner die alte Universitätsstadt, aus welchem Grund auch immer.

»Hab ich eigentlich schon erzählt, dass Irene ganz freiwillig im Arbeitsdienst ist?«, plapperte Martha weiter. »Dabei wird sie im Januar erst achtzehn.«

August schüttelte den Kopf und schnaubte.

»Sie ist aber wirklich ganz lieb«, sagte Martha, die die wenig begeisterte Reaktion der Eltern auf ihre neue beste Freundin bemerkte.

»Natürlich ist sie lieb, Marthachen«, sagte Walter gutmütig. »Muss sie doch sein, wenn sie deine Freundin ist.«

Martha schmiegte sich an ihren großen Bruder. »Du müsstest immer da sein, Walter, ich vermisse dich.«

»Ich dich auch, Schwesterchen, ich dich auch.«

Charlotte schluckte schwer.

Martha erzählte viel, Walter wenig. August und Charlotte beschränkten sich im Wesentlichen auf die Vorgänge im Dorf. Berta kränkelte in letzter Zeit. Bauer Geis hatte die Hälfte seiner Kühe und sämtliche Pferde abgeben müssen. Schweine gab es gar keine mehr; wenn man ausnahmsweise etwas Fleisch essen wollte, schlachtete man seine Hühner. Kartoffeln waren mal wieder das Nahrungsmittel der Wahl in diesen Zeiten. Kriegszeiten. Die Not und der Hunger kehrten zurück.

So gesehen war es durchaus ein Segen, dass Walter und Martha versorgt waren. Aber nur so gesehen.

»Das Theater in Bremen ist vor Kurzem getroffen und völlig zerstört worden, hat Tante Ella geschrieben«, erzählte Charlotte. Die Neuigkeit hatte sofort die zu erwartende Wirkung bei Martha.

»Was? Das Theater? Oh nein!« Marthas Augen wurden riesengroß und begannen feucht zu glänzen. Charlotte wusste, dass ihr jetzt jede einzelne Vorstellung, die sie dort gesehen hatte, durch den Kopf ging. Die Sänger auf der Bühne, die Kostüme, das Rauschen des Beifalls. Mit wem sie die Vorstellungen besucht hatte. Ihr selbst ging es nicht anders. Sie dachte an den ersten Theaterbesuch mit ihren Eltern zurück, als sie noch ein Kind war, an spätere Besuche, an Frau Wolf, während ihr Mann im Krieg gekämpft hatte. *Pa---Pa-Pa*, tönte ihr die Stimme ihrer ehemaligen Dienstherrin im Ohr und das traurige Lachen, als sie Charlotte erklärte, dass sie dieses Duett von Papageno und Papagena immer mit ihrem Mann gesungen hatte. *Carmen* in der ersten Reihe. Vorbei. Das Theater existierte nicht mehr, und was aus den Wolfs geworden war …

»Das ist so schade«, sagte Martha.

»Theater kann man wieder aufbauen«, sagte August und schaute Charlotte vielsagend an. Sie wusste, woran er dachte.

Am Abend, wenn Klara im Bett lag, drehten sie am Regler des Volksempfängers und suchten den verbotenen Sender. Manchmal war der Empfang so gut, dass sie jede Ritze des Zimmers nach außen abdichteten und ihre Ohren ganz nah an das Gerät pressten. Da hatten sie es gehört. Das Wort *Majdanek*. Sie hatten nicht ganz verstanden, was sie da hörten, obwohl der Empfang gut war. Sie konnten, nein, *man* konnte das nicht verstehen. Ein riesiges Lager, das nur dem einen Zweck diente: Menschen zu vernichten. Juden hauptsächlich, wie es hieß, aber auch Kriegsgefangene, Zigeuner, unschuldige Menschen. Von Massakern war die Rede, von Gräueltaten der Deutschen, von Krematorien, von Gaskammern. Die Nachrichten waren auf Deutsch, aber verstehen konnte man das trotzdem nicht. Man konnte nicht verstehen, was unvorstellbar war.

»Das ist wahrscheinlich auch nur Propaganda«, hatte August gemurmelt, ganz durcheinander und bleich vor Entsetzen. »Propaganda der Alliierten.«

»Propaganda? Es wäre doch entsetzlich, sich so etwas auszudenken.«

»Es wäre noch viel entsetzlicher, wenn es wahr wäre.«

»Hitler hat angekündigt, die Juden zu vernichten, erinnerst du dich nicht mehr?«

»Doch. Aber …« Er sprach nicht weiter.

»Hätten sie ihn doch nur umgebracht«, flüsterte Charlotte. »Hätte das Attentat doch nur funktioniert.«

Hatte es aber nicht. Die Attentäter vom 20. Juli waren tot, der Führer lebte weiter, die Nazis waren weiter an der Macht, und der Krieg nahm kein Ende, obwohl er nicht zu gewinnen war und die Opferzahlen immer größer wurden. Immer schlimmer wurden die Fliegerangriffe, ganze Städte lagen in Schutt und Asche, und auch in der Pfalz heulten jetzt fast täglich die Sirenen, fielen Bomben, verkrochen sich die Menschen in ihren Kellern und beteten. Die Alliierten rückten unaufhaltsam näher. Doch Hitler opferte eher sein ganzes ach so geliebtes Volk, als zu kapitulieren und die Menschen von diesem Schrecken zu erlösen.

Die Kinder zu Hause zu haben war der Himmel, sie wieder gehen zu lassen die Hölle. Die paar Tage vergingen viel zu schnell, und als sie fort waren, fiel Charlotte weinend zu Boden und drohte einmal mehr zu verzweifeln, und August hielt sie und flüsterte unentwegt: »Sie kommen wieder. Sie kommen wieder, Lotte, ganz bestimmt.«

Am Sonntag gingen sie zur Kirche. Vielleicht gab es ja doch einen Gott, und er hatte die Welt noch nicht ganz verlassen. Vielleicht hörte er sie dann. Und tat endlich etwas.

Der Pfarrer war schon längst ein anderer seit dem Kirchenbau. Wie einfach und gut das Leben damals im Nachhinein erschien. Sie waren arbeitslos gewesen, hatten nichts mehr gehabt, nur dieses eine gemeinsame Ziel: die Kirche auf dem Hügel. Jetzt war sie da, doch Gott hatte sich verabschiedet. Wie konnte er all das zulassen?

Der Pfarrer hielt seine Predigt und betete laut für den Endsieg und für den Führer. Als er fertig war, nickte er jemandem in der ersten Reihe zu. Charlotte und August, die mit Walter, Bine und Klara hinten saßen, hatten ihn zunächst gar nicht bemerkt, doch jetzt erhob sich Presswein, der sonst nie in die Kirche ging. Er trug seine Uniform und einen störrischen Zug um den Mund, der sich in seine Miene gefressen hatte, seit sein Sohn gefallen war.

»Die Agathe will nix mehr von dem wissen«, hatte Bine erzählt. »Die ganze Familie Geis nicht. Die Apollonia hat ihm nie verziehen, wie er die Agathe behandelt hat, als der Günter gestorben ist.«

Presswein stellte sich breitbeinig vor den Altar und starrte mit finsterem Blick in die Gemeinde.

»Wie ihr wisst, hat der Führer zum Volkssturm gerufen. Wer noch kämpfen kann, sollte jetzt kämpfen und unser Heimatland gegen die feindlichen Eindringlinge verteidigen, wo wir nur können.«

Charlotte umklammerte Augusts Arm. Was wollte Presswein? Sollten die restlichen Männer, die es noch im Dorf gab, nun auch noch in den Krieg ziehen und ihr Leben für eine verlorene Sache hingeben?

Die Gemeinde schwieg.

»Ich selbst werde mich einer Einheit anschließen«, sagte Presswein. »Und ich hoffe, ich bin nicht der Einzige.«

»Ei, Egon«, rief Metzger Röderer empört, »wie stellst du dir das denn vor? Soll ich die Metz zumachen? Wir haben doch hier alle was zu tun.«

Die meisten nickten vorsichtig, schauten sich um, und als sie entdeckten, dass sie nicht allein waren, nickten sie heftiger, murrten sogar.

»Soll ich meinen Mann auch noch verlieren«, erhob sich Frau Schwan aufgebracht. »Langt's nicht, dass wir unsere Kinder verloren haben?«

»Man muss Opfer bringen«, rief Presswein, doch er rief nicht ganz so laut und selbstsicher wie sonst. »Freiwillige vor. Mehr verlang ich ja gar nicht von euch. Obwohl ich's könnte«, betonte er. Apollonia, die ein paar Reihen vor den Schönborns saß, schnaubte, woraufhin ihr Mann sie in die Seite stieß.

Herbert Völker machte Anstalten, sich zu erheben, doch Katharina zog ihn mit aller Kraft auf seinen Sitz zurück.

»Wenn die Amis nach Mühlbach kommen, können wir ihnen ja entgegengehen«, schlug Rudi Hellmer vor.

»Und sie bitten, wieder umzudrehen«, rief ein anderer, der sich schnell duckte. Unterdrücktes Kichern war zu hören. Volkssturm! Was sprach mehr dafür, dass das Dritte Reich seinem Ende entgegenging, als dieses letzte Aufgebot. Und auch die Opferbereitschaft der Bevölkerung neigte sich ihrem Ende zu.

»Soll ich auch helfen, Egon?«, rief Walter nach vorn. »Ich könnte den Amis meinen Stock überziehen, das hält sie vielleicht auf.«

»Pscht!«, machte Bine. Dann lachte sie heimlich und stieß Charlotte amüsiert in die Seite.

»Ich komme mit, Egon!«, rief da auf einmal Josef Spitzer.

Presswein nickte knapp und anerkennend. Da meldete sich noch der eine und andere, mehr oder weniger zögernd, eine Handvoll Männer jenseits der fünfzig, die den Ersten Weltkrieg überlebt hatten und jetzt auch im Zweiten ihre Vaterlandspflicht erfüllen wollten. Auch der Leitner würde zu den Waffen greifen und das beenden, was er im Ersten Weltkrieg angefangen hatte. Vielleicht würde ihm am Ende mehr als das eine Bein fehlen, aber was konnte es Schöneres geben, als den Heldentod zu sterben?

Draußen vor der Kirche trat August auf Josef zu, der einsam an der Mauer stand und über das Dorf hinwegsah.

»Warum, Josef?«, fragte August.

Josef zuckte mit den Schultern, dann zeigte er nach unten. »Dort drüben hat der Hans gewohnt. War ein guter Schreiner. Könnt er heute noch sein.« Er senkte den Kopf und sprach leise weiter. »Mit dem Aufhängen, das hat nicht geklappt, vielleicht klappt's jetzt mit dem Erschossenwerden. Ich hätt's verdient, August, ich hätt's verdient.«

»Keiner hat das verdient«, sagte August. »Und du hilfst niemandem damit.«

»Wahrscheinlich nicht«, gab Josef zu und zuckte abermals traurig mit den Schultern. »Was meinst du, warum haben sich die anderen gemeldet? Ob die auch was mit ihrem Gewissen ausmachen wollen? Der Presswein?« Josef sah zu dem uniformierten Ortsgruppenleiter hinüber. »Ich glaub, der ist auch nicht mehr glücklich.«

»Ich glaub, der war noch nie glücklich«, sagte August, und auf einmal war ihm klar, dass er damit den Nagel auf den Kopf getroffen hatte. Als Kind hatte man Egon nie richtig gemocht und häufig belächelt. Keiner wollte mit ihm befreundet sein. Im Grunde war er ein Außenseiter gewesen, genau wie August, anders als die anderen, nur dass August seinen Platz im Leben schon früh gekannt hatte, während Egon einsam und lauernd umhergestreift war. Der Krieg hatte ihm einen Platz verschafft, der Frieden hatte ihm diesen wieder weggenommen. Und dann waren die Nazis gekommen und hatten jemanden aus ihm gemacht – allerdings keinen glücklichen Menschen.

»Und die andern?«, fragte Josef, der nach einer Gemeinsamkeit zu suchen schien.

»Ich weiß es nicht, Josef«, sagte August. Er hätte ihm gern mehr gesagt, etwas, was ihm Hoffnung gab auf ein Leben ohne die Schuldgefühle, die ihn erdrückten. Er zeigte auf den Kirchturm. »Weißt du noch, damals, als wir die Glocken aufgehängt haben? Hitler zuerst?«

Josef nickte. »Das war schön. Hitler zuerst.«

Er wandte den Blick vom Dorf weg zu August und sah ihm direkt ins Gesicht, dann streckte er die Hand aus. »Leb wohl, August. Alles Gute für dich und die Deinen.«

August reichte ihm die Hand, Josef nickte einmal mit dem Kopf, es sah fast aus wie ein Diener. Dann lächelte er und lief die Kirchentreppe hinunter.

Am Tag darauf machte sich die Gruppe um Presswein auf, dorthin, wo es noch etwas zu verteidigen gab, wo die Alliierten vordrangen und sich von nichts und niemandem aufhalten ließen. Schon gar nicht von Josef Spitzer.

62

Deutschland 1945

Bremen, den 15. Dezember 1944

Liebe Lotte,
wir leben noch. Wenn ich nur wüsste, ob euch unsere Post überhaupt noch erreicht. Dem Vater geht es so weit gut. Victor und Henriette auch, Martha und Tante Amalie ebenfalls.
Unser Bruder musste zum Volkssturm, ich hoffe, er nimmt sich in Acht und spielt nicht den Helden. Vater sagt, Walter kommt zurecht. Ich denke auch. Wir machen uns mehr Sorgen um euch. Und wir denken an euren Walter und an Marthachen. Wir vermissen euch so sehr. Aber wenn ihr hier wärt, ihr würdet Bremen nicht mehr erkennen, es besteht nur noch aus Trümmern. Selbst wenn wir den Krieg überleben, wie soll man das alles je wieder aufbauen? Wie kann man je wieder heil machen, was alles zerstört wurde. Und ich meine nicht nur die Gebäude.
Passt auf euch auf, liebe Lotte, bitte!

Deine Schwester Ella, mit Grüßen und Küssen von unserem Vater

Pfaffengrund, den 7. Januar 1945

Liebste Eltern,
jetzt ist es gar nicht mehr so lange, bis ich nach Hause darf. Mitte März ist meine Dienstzeit schon vorbei. Die zwei Monate werden wir noch überstehen, nicht wahr?

Wir haben hier eigentlich eine gute Zeit alle zusammen. Unsere Lagerleiterin ist sehr nett und nicht zu streng. Wir, die Mädchen und ich, wir lachen viel und machen das Beste daraus. Nur Irene fehlt uns allen, mir am meisten. Ich habe euch ja erzählt, dass sie an Weihnachten nicht nach Hause durfte, aber stellt euch vor, sie hat mir geschrieben, dass sie aus dem Lager ausgerissen ist und heimlich mit dem Zug nach Freiburg gefahren ist, trotz der Gefahr, und tatsächlich wurde die Strecke bombardiert, und sie musste sich auf anderen Wegen durchschlagen. Aber man kann sie doch verstehen, nicht wahr? Sie wollte so gern an Weihnachten zu ihren Eltern. In Pforzheim ist es ganz schrecklich. Dauernd ist Fliegeralarm, sie schreibt, dass sie manchmal so oft und so lange im Keller hocken müssen, dass sie nicht einmal zum Essen kommen. Sie hat immer noch gehofft, ihr Vater könnte seinen Einfluss geltend machen, sodass sie zu uns nach Pfaffengrund kommt, aber das hat nicht geklappt, noch dazu hat sie eine Strafe bekommen fürs Ausbüxen an Weihnachten. Ein paar Tage Arrest, aber sie schreibt, das macht ihr nichts aus. Dass sie dort in Pforzheim sein muss, das ist viel schlimmer. Da hilft es auch nichts, dass sie in dem vornehmen Palast Café einquartiert sind, sagt sie.
Hoffentlich geht es euch allen gut und Walter und dem Bremer Opa und Tante Ella und Tante Martha und allen, die ich lieb habe. Euch am meisten.

Es grüßt euch von Herzen, eure Martha

Pforzheim, den 13. Februar 1945

Meine liebe Martha,
heute erhielt ich deinen lieben Brief vom 20. Januar, wofür ich dir recht herzlich danke. Auch für die beiliegenden Bilder

meinen herzlichsten Dank. Kannst du dir vorstellen, wie groß meine Freude darüber war?
Meine Mutti hat mir diesen Brief nachgeschickt. Vor allem noch meinen herzlichsten Dank für deine Glückwünsche zum Geburtstag. Nur muss ich etwas berichtigen, ich habe nicht meinen 18., sondern meinen 17. Geburtstag gefeiert.
Mit Freude ersehe ich aus deinen Zeilen, dass du über Weihnachten und Neujahr zu Hause warst. Das kann ich mir vorstellen, dass es schön war bei deinen lieben Eltern.
Hast du denn meinen Brief und die Bildchen erhalten? Was macht ihr denn immer, ihr vier? Ich kann mich immer mehr ärgern, dass ich nicht bei euch sein kann! Ich würde euch alle gerne einmal besuchen, aber mit den Tieffliegern ist es ja so furchtbar, dass man sich kaum rauswagt. In Bruchsal ist es ja zurzeit ganz schlimm. Bei uns haben sie gestern mit Bordwaffe geschossen. Ich bin schon seit Montag im Lager. Ich hatte etwas Fieber und Erbrechen. Auch habe ich immer sehr Magenbeschwerden, seit ich hier bin.
– 10 Minuten später –
Ich musste schnell aufhören, denn schon wieder waren die Tiefflieger hier. Ich bin jetzt noch ganz zappelig und aufgeregt. Die haben in unserer Straße wieder geschossen wie die Wilden.
Mein Vati kommt mich in der nächsten Zeit besuchen. Er kriegt ein Auto von daheim bis Ettlingen. Wann werdet ihr denn entlassen? Wir sollen zwischen dem 20. und dem 26. März entlassen werden.
Für heute, liebe Martha, will ich nun schließen und verbleibe mit den herzlichsten Grüßen

deine Irene

Pfaffengrund, den 25. Februar 1945

Liebe Eltern,
heute muss ich euch etwas ganz Trauriges mitteilen. Ich kann es immer noch nicht begreifen. Irene ist tot.
Vorgestern wurde Pforzheim angegriffen. Sie haben Phosphorbomben abgeworfen, und das Palast Café hat einen Volltreffer erhalten. Es hat keiner überlebt.
Ich weine schon, seit wir es erfahren haben, und kann gar nicht aufhören. Sie hat immer geschrieben, wie viel Angst sie hat vor den Tieffliegern und den Bomben. Sie war noch so jung. Sie hätte noch gar nicht zum Arbeitsdienst gemusst, erst in einem Jahr. Und sie hätte eigentlich auch gar nicht in Pforzheim sein sollen. Sie hätte bei uns sein sollen, bei ihren Freundinnen. Wir werden bald entlassen und dürfen unsere Eltern wieder in die Arme schließen, aber Irene kommt nie mehr heim.
Sie war so ein lieber Mensch, so herzlich und gutmütig. Ich werde sie so sehr vermissen. Jetzt will ich nur noch nach Hause zu euch. Noch drei Wochen!
Am 13. März, dann bin ich wieder für immer in Mühlbach, und dann will ich nie wieder weg.
Es grüßt und umarmt euch, eure Martha

Mühlbach, den 12. März 1945

Liebe Ella, lieber Papa,
die Briefe brauchen alle ewig, bis sie ankommen, deshalb hoffe ich, dass es euch weiterhin gut geht, soweit das möglich ist in dieser Zeit. Und ich hoffe, dass, wenn ihr diesen Brief in Händen haltet, unsere kleine Nachtigall wieder bei uns ist. Morgen wird sie entlassen, und wir beten, dass sie heil zu uns zurückkehrt.
Manchmal denke ich, es wäre jetzt sicherer, wenn sie noch eine

Weile dort in Heidelberg bliebe, ursprünglich sollte sie das auch. In ihrem KHD-Ausweis ist als Entlassungstag der 30. März vermerkt, warum das jetzt früher stattfindet, wissen wir nicht. Vielleicht wegen der Amerikaner. In Remagen sind sie über den Rhein. Jetzt will man alle verbliebenen Rheinbrücken sprengen, aber was, wenn Martha nicht mehr mit dem Zug fahren kann? Wenn sie die Fähre benutzen muss, was noch gefährlicher ist? Was, wenn die Amerikaner die Strecke bombardieren? Manchmal haben wir eine solche Angst, dass wir nächtelang nicht schlafen können. Es hat Marthas Freundin Irene getroffen und viele andere junge Frauen, die zum Kriegshilfsdienst verpflichtet waren, es könnte genauso gut unsere Tochter treffen. Manchmal ist August drauf und dran, zur Schule zu stürmen, sich Fintzberger zu schnappen und ihn zum Dorf hinauszuprügeln. Ich habe noch nie erlebt, dass August irgendeinen Menschen gehasst hat, aber Fintzberger, dem wünscht er alles Schlechte auf der Welt. Und ich auch. Wenn meinem Kind auf der Heimreise noch etwas passieren sollte … Ich will nicht daran denken.
Lieber will ich daran denken, dass wir alle bald wieder vereint sind. Wie wir dann in Bremen im Garten sitzen, wie Walter auf den Apfelbaum klettert, bis hinauf in die Spitze, wie Marthachen uns etwas vorsingt und August mit der Geige dazu spielt, wie du, Ella, mit Martha auf der Decke im Gras sitzt und Papa und Tante Amalie auf der Bank. Und Victor macht Fotos von uns allen. Und die Sonne scheint. Und es ist friedlich. Und alles ist wieder gut. Daran will ich denken.

In Liebe, eure Lotte

63

Mühlbach im März 1945

Nachdem Charlotte den Brief nach Bremen aufgegeben hatte, schaute sie noch bei Walter und Bine vorbei. Walter saß in seinem Sessel und las die Zeitung oder versuchte es, denn er sah nicht mehr gut, auch nicht mit Brille. Bine schälte Kartoffeln. »Bald kann ich wieder einkochen«, murmelte sie geistesabwesend. Charlotte nahm sich wortlos ein Messer und half beim Schälen.

Die Glocke läutete. Die Totenglocke.

Charlotte zuckte zusammen. Walter sah nur einmal kurz von der Zeitung auf. »Wer's wohl diesmal ist?«, fragte er.

»Ich nicht. Ich bin noch da«, sagte Bine trocken, und Walter lachte einmal lautlos auf.

Im Herbst würden die beiden ihre Goldene Hochzeit feiern. Fünfzig Jahre. Karl und Lina waren nicht einmal dreißig vergönnt gewesen. Berta und Albert keine zwanzig. Ein Leben lang, das war in Kriegszeiten nicht viel, und *bis dass der Tod euch scheidet* konnte schon bald sein.

Charlotte dachte an ihren eigenen Hochzeitstag im April, an ihre Silberne Hochzeit.

Fünfundzwanzig Jahre mit August. Es waren nie einfache Jahre gewesen. Die schwierige Eingewöhnung ins Dorf, Heimweh, immer zu wenig Geld, dann noch weniger Geld, dann die Nazis und alles Unglück, was mit ihnen kam. Der Krieg. Das Dorf, in dem sie jetzt lebten, war nicht mehr das Dorf, in das sie eingezogen war, und schon lange nicht mehr das Dorf, in dem sie geboren wurde. In dem man ihre Mutter deswegen geschmäht und verstoßen hatte. Alles hatte sich verändert. Nur eines nicht.

Letztlich bleiben wir immer dieselben.

In Liebe und für immer, dein August.

Er war ihr Halt, ihr Vertrauter, ihre Heimat, ihr Alles.

Die Totenglocke hatte aufgehört. Bine ging vor die Tür, wie jedes Mal, wenn sie erwartete, dass irgendjemand vorbeikam, der Bescheid wusste, und meistens war es auch so.

Diesmal war es Therese Schlohfuchs. Müde schlurfte sie mit ihrer Milchkanne die Straße hinauf. Charlotte, die sich zu Bine gesellt hatte, grüßte, und über Thereses Gesicht huschte ein kleines Lächeln. »Morgen!«, sagte sie nur, und Charlotte wusste, dass sie meinte: Morgen würde auch ihre Elli aus dem Kriegshilfsdienst entlassen.

»Ja, morgen«, sagte Charlotte.

Therese blieb stehen. »Hoffentlich geht alles gut, und sie kommen gesund durch.«

»Weißt du, für wen es eben geläutet hat?«, brachte Bine endlich die Frage an, wegen der sie vor die Tür getreten war.

»Nein«, sagte Therese. »Ich muss weiter, mal sehen, ob der Bauer noch was für mich hat. Hätte gern einen Kuchen gebacken für morgen. Wenn die Elli hoffentlich kommt.«

Sie setzte ihren Weg fort.

»Kuchen«, schnaubte Bine. »Wie will sie das denn anstellen? Bin ja schon froh, wenn ich ein Keesschmeerbrot auf den Teller kriege.«

»Ich wollte auch gern einen backen«, sagte Charlotte. »Einen Marmorkuchen, den mag unser Marthachen so gern. Luise hat mir sogar extra ein bisschen Kakao gegeben. Milch hab ich noch und ...« Sie presste fest die Lippen zusammen, denn Tränen schossen durch ihre Kehle nach oben.

Bine legte die Arme um Charlotte. »Ich hab noch ein bisschen Puderzucker für obendrauf«, sagt sie leise zu ihrem Liebling. »Mach dir keine Sorgen. Morgen sitzt Marthachen mit euch am Tisch und isst deinen Kuchen. Ganz bestimmt.«

Sie standen immer noch vor der Tür, als Hennemanns Ida am Stock und mit ihrer Schwiegertochter Heidi am Arm den Weg heraufhumpelte. Die alte Dorfzeitung konnte es sich natürlich nicht nehmen lassen, die Nachricht selbst zu verbreiten. Als sie Charlotte und Bine am Eingang sah, dirigierte sie Heidi Richtung Gartenpforte, beugte sich darüber und rief: »Habt ihr's schon gehört? Spitzers Josef ist gefallen.«

Am 13. März warteten sie darauf, dass Martha irgendwann mit ihrem Gepäck durch die Tür treten würde.

Noch existierte die Rheinbrücke in Ludwigshafen, doch das konnte sich jeden Moment ändern. Hitler hatte Anweisung gegeben, jede Brücke zu sprengen. Ein weiteres Versagen wie in Remagen eine Woche zuvor würde der Führer nicht dulden, wie er mit der Erschießung der fünf verantwortlichen deutschen Offiziere deutlich gemacht hatte.

Vielleicht ließen sie jetzt schon keine Züge mehr über die Brücke. Was, wenn Martha auf der anderen Rheinseite war und nicht weiterkam?

Die Strecke konnte noch befahren werden, auch wenn sie immer wieder das Ziel von Bombenangriffen war und Teile der anliegenden Bahnhöfe zerstört waren. Auch auf den Altenglaner Bahnhof hatte man im vergangenen Dezember gezielt, ihn jedoch verfehlt und stattdessen ein Haus am Ortseingang von Mühlbach getroffen. Alle Bewohner waren dabei gestorben, und das ganze Dorf stand unter Schock.

»Wir haben denen doch nichts getan«, empörte sich die Ganterin lauthals, »wieso schießen die auf unschuldige Leute und bombardieren ihre Häuser?«

Sie kannten die Antwort. Man wusste, warum.

Die Uhr an der Wand tickte laut. Der Kuchen stand auf dem Tisch. Charlotte hatte die Hände gefaltet, August packte seine Pfeife aus und fing an, sie zu stopfen.

»Ach, August, muss das sein?«, protestierte Klara.

»Ja, Mama, das muss sein.« August zündete ein Streichholz an, hielt es an die Pfeife und schüttelte es wieder aus. Die Pfeife legte er ungeraucht auf den Tisch.

Die Mädchen waren am Morgen entlassen worden. Sie alle waren jetzt auf sich gestellt und mussten sehen, wie sie nach Hause kamen.

Der Mittag verging, der Nachmittag ebenso. Gegen fünf Uhr heulten die Sirenen. Sie ließen den Kuchen stehen und warteten im Keller, bis man keine Fliegergeräusche, keine Schüsse, keine Einschläge mehr hörte. Bis die Entwarnung kam. Wie immer warteten sie danach noch eine Weile, sie trauten den Sirenen nicht so ganz. Eine halbe Stunde verging, da hörten sie ein Geräusch von oben, ein Klopfen an der Tür. Vorsichtig wurde die Kellertür geöffnet.

»Mama? Papa?«, rief ein zartes Stimmchen, so leise, als fürchtete es, die Bewohner aus dem Schlaf zu wecken.

»Martha«, schrie Charlotte. Es fuhr August durch Mark und Bein. Ihm war, als würde er durch die Zeit geschleudert, sechsundzwanzig Jahre zurück, zu dem Tag, an dem er aus England heimgekehrt war und seine Mutter denselben von allen Ängsten erlösten Schrei ausgestoßen hatte: »August!«

Charlotte sprang auf die Füße und lief die Treppe nach oben, so schnell sie konnte, und als August mit Klara hinterherkam, sah er schon Mutter und Tochter in enger Umarmung.

»Papa!«, rief Martha. »Ich bin wieder daheim. Ich bin so froh. Oma! Ich bin da, siehst du?«

Sie umarmte alle der Reihe nach und immer wieder, und dann aßen sie Kuchen, und Martha erzählte von der abenteuerlichen Reise nach Hause. »Elli Schlohfuchs war zum Glück dabei. Sie ist in Ludwigshafen zugestiegen, und wir haben uns zufällig getroffen. Die Brücke stand noch, aber dann war kurz vor Kaiserslautern Fliegeralarm, und wir mussten anhalten und raus aus dem Zug und uns flach auf den Boden legen. Mit Bordwaffen haben sie auf den Zug geschossen, alle Scheiben waren entzwei. Wir mussten nach Kaiserslautern laufen, und dort haben wir einen anderen Zug genommen. Der musste auch ein paarmal anhalten und wir immer auf den Boden. Ab Ramstein sind wir dann gelaufen, die ganze Strecke. Immer wieder sind wir deutschen Soldaten begegnet. Einmal hat uns ein Wagen mitgenommen mit zwei Soldaten. Einer wollte uns überreden, wieder umzukehren, zurück über den Rhein, weil die Amerikaner jetzt ganz nah wären, und wer weiß, wie lange das noch dauern würde. Da hat ihn der andere angefahren, so was dürfte man doch nicht sagen, das wäre Wehrkraftzersetzung. Da hat der erste nur gelacht.«

Sie erzählte und sprudelte und aß Kuchen, bis sie auf einmal die Gabel beiseitelegte und aus tiefster Seele seufzte: »Jetzt bin ich daheim.«

Nur ein paar Tage später verbreitete sich die Nachricht, dass die Amerikaner anrückten. Innerhalb kürzester Zeit würde die Pfalz in ihren Händen sein.

In der Kirche kam das halbe Dorf zusammen, um zu diskutieren, was nun zu tun sei. Keiner der Männer, die sich dem Volkssturm angeschlossen hatten, war zurückgekehrt. Von Josef Spitzer wusste man, dass er tot war. Presswein und Leitner waren verschollen und aller Wahrscheinlichkeit nach ebenfalls nicht mehr am Leben.

Als alle versammelt waren, wusste keiner etwas zu sagen. Ganter stand vorn und sah aus, als wünschte er sich den großmäuligen Ortsgruppenleiter zurück, damit er nicht die Verantwortung der Einstiegsworte hatte.

»Also ...«, sagte er und ruderte mit den Armen. »Es sieht so aus, als ob ... tja, ihr wisst ja.« Hilfe suchend sah er in die Runde und fand ernste, aber ratlose Gesichter.

»Wir haben ja auch gar keine Waffen«, sagte Hellmers Rudi, als hätte bereits einer den Vorschlag gemacht, sich den Amerikanern am Ortseingang entgegenzustellen.

August schüttelte den Kopf und stellte sich eine Phalanx von Mühlbachern vor, bewaffnet mit Heugabeln, Spaten, Brotschiebern und einigen Küchenmessern. Ida Hennemann und Onkel Walter könnten ihre Stöcke schwingen. Die Amerikaner wären sicher beeindruckt.

»Das stimmt«, sagte Ganter.

Fintzberger sprang auf. »Unser Führer denkt nicht an Kapitulation, also sollten wir das auch nicht. Wir würden alle zu Vaterlandsverrätern werden.«

»Tja, dann weißt du ja, was du zu tun hast«, sagte Willi Lehnert zu dem Lehrer. »Bei uns daheim zerschneidet meine Mutter gerade alte weiße Laken, die binden wir an einen Stock und hängen sie zum Fenster raus. Aber, Fintzberger, wenn du lieber bei der Hakenkreuzfahne bleiben möchtest, bitte sehr.«

»Meine Mutter macht genau das Gleiche«, sagte August. »Und das würde ich allen hier empfehlen.«

»Wie gesagt«, spuckte Fintzberger aus, »das ist Verrat.«

»Kannst es ja zur Anzeige bringen«, meinte Philipp spöttisch. »Hast du denn keinen direkten Draht ins Führerhauptquartier?«

Fintzberger sah sich um. Ohliger, Völker und alle anderen eifrigen Pateigenossen, die noch bis vor Kurzem vom Endsieg geträumt hatten, mieden seinen Blick. Da verschränkte er die Arme vor der Brust und sagte nichts mehr.

»Also, dann«, ergriff Ganter erneut das Wort, »dann macht das jeder so, wie er denkt.«

Am Tag darauf trafen sie ein, die Amerikaner.

In einem scheinbar menschenleeren Dorf wehten ihnen weiße Tücher entgegen. Ein Panzer rollte voraus, dahinter Soldaten in Fahrzeugen und zu Fuß, bewaffnet und auf der Hut. Viele. Sie strömten aus in die Seitenstraßen und riefen immer wieder etwas. Der Einzige, der sie verstand, war August Schönborn.

»Sie wollen den Bürgermeister sprechen«, flüsterte er Charlotte zu. Sie kauerten auf dem Fußboden und wagten kaum aus dem Fenster zu sehen, obwohl auch aus ihrem Haus eine weiße Fahne hing. »Sie fragen, ob wir sie verstehen. Lotte, ich spreche Englisch. Ich muss mich melden.«

»Nein«, sagte sie und hielt ihn fest. »Das ist zu gefährlich. Was ist, wenn sie schießen, wenn sie denken, du bist ein Nazi. Wir wissen doch gar nicht, was sie mit uns anstellen. Sie haben doch allen Grund, misstrauisch zu sein.«

Er löste ihre Hände. »Wir haben keine andere Wahl, Lotte. Das muss doch einmal ein Ende haben. Wir müssen doch wieder anfangen, miteinander zu reden.«

»August!«

»Vertrau mir!«

Er kroch bis zur Tür, öffnete sie einen kleinen Spalt.

Wieder rief einer der Soldaten: »Can you understand? Does anybody speak English?«

»I do«, rief August laut.

»Alright. Come here!«, rief der Amerikaner zurück. Es klang nicht sehr vertrauenerweckend, doch dann schob ein anderer ein freundlicheres »Please, Sir!« hinterher. August nahm allen Mut zusammen, öffnete die Tür und hob seine Hände in die Luft. Dann ging er langsam und erhobenen Hauptes die Straße zu den Soldaten hinunter. Er hörte hinter sich ein Geräusch, und er musste nicht hinsehen, um zu wissen, dass Charlotte in die offene Tür getreten war.

»So, you speak English?«, sagte der amerikanische Soldat, sobald August ihm gegenüberstand.

»Yes!«, sagte August und blickte ihm offen ins Gesicht.

Der Soldat erlaubte ihm, seine Hände runterzunehmen, und fragte, ob er der Einzige im Dorf sei, der der englischen Sprache mächtig sei, was August bestätigte. Den Bürgermeister wollten sie sprechen, und August sollte übersetzen.

»Can we trust you?«, fragte der Soldat, legte den Kopf schief und kniff die Augen zusammen.

»Yes. You can«, sagte August ernst.

Der Soldat taxierte ihn von oben bis unten, doch dann wich der misstrauische Ausdruck in seinem Gesicht einem kleinen Lächeln. »Well, I guess we must«, sagte er, und als August weiterhin angespannt dastand, klopfte ihm der Soldat versöhnlich auf die Schulter und meinte: »Don't worry! The war is over. Be glad!«

»I am«, sagte August, atmete tief ein und aus. Mit einem Mal fühlte er nichts als grenzenlose Erleichterung.

The war is over.

Zum zweiten Mal in seinem Leben hörte er diese Worte, zum zweiten Mal klangen sie wie das reine Glück.

Er erwiderte das Lächeln des Soldaten und flüsterte ein inbrünstiges »Finally«.

64

Mühlbach. Danach

Gar so einfach war es freilich nicht. Noch immer hielten sich die Leute in ihren Häusern versteckt, nicht wenige in ihren Kellern wie beim Fliegeralarm. Die vierzehnjährige Nichte von Otto Stoffel spitzte neugierig durchs Kellerfenster, und ein Soldat, der nur die Bewegung aus dem Augenwinkel heraus wahrnahm, schoss und traf. Das Mädchen war sofort tot. Es war ein reines Unglück und der Soldat selbst nicht weniger schockiert als jeder Dorfbewohner, als er begriff, wen er getroffen hatte, doch das Misstrauen saß auf beiden Seiten tief. Hinter der nächsten Ecke konnte noch immer ein eifriger Nazi lauern, der sich in letzter Sekunde dem Feind entgegenstellen, sein Vaterland verteidigen und den Heldentod sterben wollte. Das Mädchen hatte nicht sterben wollen, nur schauen, wer da kam.

Sie kamen, um zu bleiben, einige von ihnen wenigstens. Die anderen zogen weiter in den nächsten Ort, Panzer um Panzer, ein endloser Tross.

Während die, die blieben, damit anfingen, die Häuser zu durchsuchen, brachte August den Offizier, mit dem er gesprochen hatte, zu Ganter. Fünf Mann nahmen vor dem Haus Aufstellung, die Maschinengewehre vor sich, jederzeit bereit, sie hochzureißen und zu schießen, doch man versicherte August, dass das nicht in ihrer Absicht lag. Nachdem August einige Male geklopft und gerufen hatte, öffnete Ganter die Tür und kam zögernd heraus. »Bleib hier, Pirin«, kreischte die Ganterin im Hintergrund, »wenn die was wollen, sollen sie doch reinkommen.«

Der Offizier wandte sich fragend an August, der übersetzte, der Offizier grinste. »Well«, sagte er, ging auf die Eingangstür zu und winkte August, ihm zu folgen.

Ganter wich zurück.

»Can we sit somewhere und talk?«, fragte der Amerikaner.

Ganters Kopf zuckte zu August.

»Ob wir uns irgendwo hinsetzen und reden können«, übersetzte August.

Ganter, dessen Gesicht allmählich wieder Farbe gewann, zeigte geradeaus durch den Flur: »Do geht's in die Stub.« Er räusperte sich und wiederholte den Satz, an den Amerikaner gewandt, auf Hochdeutsch. Der Offizier folgte seinem ausgestreckten Arm den Flur entlang und nickte der Ganterin zu, die schwer atmend ihre Hand auf den wogenden Busen gepresst hatte.

August war noch nie in Ganters Haus gewesen und staunte nicht schlecht. Es sah nicht so aus, als hätte der Bürgermeister mit dem Besuch eines amerikanischen Offiziers gerechnet. Der sah sich mit finsterer Miene um. Es wäre zwecklos gewesen, hätte Ganter versucht zu erklären, dass er mit den Nationalsozialisten noch nie etwas zu schaffen gehabt hätte. An der Wand hingen die Hakenkreuzfahne und das Hitlerbild, das Abzeichen lag in einem zierlichen Porzellanschälchen im Schrank. Der Amerikaner öffnete ein paar Schubladen und Türen, fand Besteck mit Hakenkreuzmuster und Gläser mit dem Reichsadler. Und schließlich auch Ganters Mitgliedsausweis.

»Do you have one, too?«, fragte er August mit grimmiger Miene und warf das Parteibuch auf den Tisch.

»No«, sagte August. »We only have a banner, because it was expected to have one und set it up on certain days. I have nothing else, and I didn't want anything.«

Der Amerikaner zeigte auf Augusts Schnurrbart. »And this?« August strich über seine Oberlippe und lächelte schief: »Oh well, let's call it a disguise.«

Der Amerikaner lachte. Ganter und seine Frau hatten während der ganzen Zeit verwirrt von einem zum anderen geblickt.

Der Offizier nahm endlich Platz und erklärte dem Bürgermeister in Windeseile, dass sich die Soldaten einquartieren würden. »We will immediately start the denazification.« August übersetzte das Wort, so gut er konnte. Entnazifizierung.

»Was meint er damit?«, fragte Ganter. August übersetzte.

»Let's start with you, Sir«, antwortete der Amerikaner. »We need a new mayor.«

Als August am Abend zurückkehrte, wurde er bereits gespannt von Charlotte, Martha und Klara erwartet.

Charlotte fiel ihm um den Hals. »Ist es jetzt vorbei? Ist alles vorbei?«

August hielt sie einen Moment lang fest, umarmte dann auch Martha, die danebenstand, und gab seiner Mutter einen Kuss auf die Wange. Seufzend setzte er sich an den Tisch.

»Hier ist es vorbei, ja, aber im Rest von Deutschland geht es weiter. Bestimmt nicht mehr lange, aber es werden noch viele Menschen sterben, bis die Nazis einsehen, dass sie verloren haben.«

»Was sagen sie, die Amerikaner? Was geschieht denn jetzt? Ist es wahr, dass die Gretel tot ist? Warum haben sie denn geschossen?«

»Ich habe Hunger«, sagte August und fühlte plötzlich, dass er auch unsagbar müde war.

Klara stand auf und stellte Brot, Butter und etwas Käse auf den Tisch. Martha kochte Tee. Charlotte blieb bei August und hielt seine Hand.

»Sie wollen, dass du übersetzt?«

»Ja.«

»Als du weg warst, war einer hier und hat das ganze Haus auf den Kopf gestellt. Die Fahne haben sie entdeckt. Ich hab ihm gesagt, die kann er gleich in den Ofen werfen. Er hat mich nicht verstanden, da hab ich die Ofentür aufgemacht und hineingezeigt.«

»Und?«

»Er hat sie verbrannt, und ich hab zugesehen. Er sagte ›Good?‹, und ich sagte: ›Yes, gut.‹«

August schmunzelte. »Dann kannst du ja auch Englisch.«

»Yes, habe ich von dir gelernt.«

»Bei Ganter haben sie mehr gefunden«, sagte August düster.

»In den meisten Häusern werden sie mehr finden, wenn sie danach suchen«, erwiderte Charlotte.

»Genau das werden sie tun. Sie werden alles vernichten, was an die Nazis erinnert. Und sich alle die vorknöpfen, die da mitgemischt haben, je nachdem in welchem Maße. Entnazifizierung nennen sie das. Und die Haupttäter wird man vor Gericht stellen.«

»Haupttäter?«

August senkte den Kopf und fuhr sich mit beiden Händen durchs Haar. »Weißt du noch, was wir im Radio gehört haben? Von Majdanek?« Charlotte nickte. »Es gab noch mehr solcher Lager. Und es ist alles wahr. Lotte, sie haben unschuldige Menschen getötet, kleine Kinder sogar. Es ist unvorstellbar, welche Verbrechen die Deutschen begangen haben, welche Grausamkeiten.«

»Glaubst du ihm das etwa? Hast du nicht selbst gesagt, dass ...«

»Er hat mir Fotografien gezeigt«, unterbrach August sie. Er schloss die Augen und schüttelte den Kopf, als wollte er die Bilder herausschütteln. »Grauenvolle Bilder von Überlebenden der Lager, abgemagert bis aufs Skelett. Knochenberge, die Reste der Menschen, die sie ...«

»Hör auf!«, rief Charlotte. »Bitte. Ich will das nicht hören. Nicht jetzt.«

Martha stand neben dem Herd und war blass geworden, das Wasser kochte, der Kessel pfiff.

»Marthachen, das Wasser«, sagte Klara. »Mach uns allen einen schönen Tee. Und lasst uns nicht alles Schlimme auf einmal bereden. Eins nach dem anderen, sodass man es verdauen kann.«

»Tut mir leid«, sagte August. »Du hast recht.«

Er erzählte, was er noch alles in Erfahrung gebracht hatte. Vorerst durfte niemand Mühlbach verlassen, man würde sich jeden Einzelnen vornehmen. Einen neuen Bürgermeister würden sie brauchen, nur wer käme da infrage?

»Es waren nicht alle mit den Nazis einverstanden«, sagte Klara.

»Am Anfang schon«, erwiderte August.

»Schlohfuchs nicht«, erinnerte sich Charlotte. »Der war deswegen sogar im Konzentrationslager. Er hat damals schon schlimme Dinge berichtet.«

»Das wird den Amerikanern vermutlich als Beweis genügen, dass er sauber ist.«

»Schreiners Rosi«, fuhr Charlotte fort. »Gustav Brettschneider. Lehnerts. Und viele, die am Anfang dafür waren, waren später nicht mehr dafür. Die Schwans, die Apollonia sogar.«

»Die Amerikaner werden es jedenfalls genau untersuchen.«

Martha setzte sich an den Tisch, noch immer ganz blass. »Denkt ihr, sie werden es mir ankreiden, dass ich im Kriegshilfsdienst war?«

Charlotte und Klara versicherten ihr, dass sie nichts zu befürchten habe. Sie habe doch mehrfach darum gebeten, befreit zu werden. August sah sich im Geiste wieder in Fintzbergers Zimmer, hörte sich ihn anflehen, Martha zu Hause zu lassen, sah, wie der Lehrer sich an seiner Macht weidete, hörte sein kaltes »Nein!« und seine Drohungen.

»Papa?« Martha berührte seine Hand und sah ihn mit schief gelegtem Kopf an. »Wo bist du denn gerade?«

»Was?«

»Ich habe gefragt, ob du das auch glaubst.«

»Aber natürlich glaube ich das. Nein, ich weiß es ganz bestimmt. Mach dir keine Sorgen.«

Sie lächelte. Seine Tochter saß wieder mit ihnen am Tisch und lächelte.

65

Mühlbach Ende März 1945

Das ehemalige Wirtshaus von Arnolds Jakob erlebte in diesen Tagen seine nächste Metamorphose und wurde nun, da der Leitnerwirt nicht mehr da war und kaum noch einmal auftauchen würde, zum Hauptquartier der Amerikaner. Zuvor allerdings säuberten sie das Wirtshaus und die angrenzende Wohnung von sämtlichen nationalsozialistischen Überresten, Symbolen, Zeitungen, Büchern, schlicht allem, was Leitner über die Jahre hinweg angesammelt hatte.

»Must have been a pleasant fellow«, sagte der amerikanische Offizier mit sarkastischem Lachen. Sein Name war Branson, Major Branson. Dann war da noch Captain Ginsberg und ein rangniedrigerer junger Soldat namens Wayne, der zu Schreibarbeiten herangezogen wurde. Mit ihnen hatte August nun fast täglich zu tun. Die Hausdurchsuchungen hatten bereits erschöpfend Aufschluss gegeben, wer wie tief im braunen Sumpf steckte, als Nächstes standen die Vernehmungen der entsprechenden Personen an. Branson erklärte, es würde in Zukunft zu Prozessen kommen und jeder, der sich etwas habe zuschulden kommen lassen, habe sich zu verantworten und seine gerechte Strafe zu erwarten. Es gab keinen Zweifel: Die Amerikaner waren entschlossen, jeden zur Rechenschaft zu ziehen, der dieses verbrecherische System unterstützt und seinen Nutzen daraus gezogen hatte.

Es war das erste Mal seit vielen Jahren, dass August das Wirtshaus wieder betrat. Jetzt erinnerte der Schankraum fast wieder an die Zeit, in der Arnolds Jakob mit seiner griesgrämigen Kat hinterm Tresen gestanden hatte. Im angrenzenden Saal hatte man Feste gefeiert, und dort hatte August von Jakob seinen ersten Geigenunterricht erhalten. Dieser Raum durfte mit einem Mal wieder atmen, und es war, als hörte man Jakobs derbes Lachen von den Wänden widerhallen. Hier hatte August zum ersten Mal öffentlich Geige gespielt, auf der Hochzeit von Lottes Cousin Ludwig, der schon lange tot war, gefallen im Ersten Weltkrieg, ebenso wie sein Bruder Johannes und Lottes Vater Albert und so viele, viele andere.

War das alles nicht Warnung genug gewesen? Die Menschen, die man verloren hatte? Hatte man denn wirklich so viele weitere Leben opfern müssen? Lernten die Menschen denn gar nichts? Und all die entsetzlichen Verbrechen, die Deutsche begangen hatten – wie sollte man mit dieser Schuld leben? Selbst wenn man nicht daran beteiligt war und nichts von alledem je gutgeheißen hatte. Selbst wenn man nichts davon gewusst hatte. Für die Welt war ein Deutscher ein Deutscher. Selbst schuld.

»They are still fighting, those Germans, and people are still being murdered.« Branson schüttelte den Kopf und warf einen Blick auf Ginsberg, der mit todernstem Gesicht neben Wayne saß.

Er fragte August, ob es für ihn in Ordnung sei, zu übersetzen, denn schließlich wurden seine Mitbürger, seine Nachbarn, vielleicht Freunde vernommen. August hatte diese Frage bereits mit Lotte besprochen. »Wer soll es denn sonst machen?«, war ihre simple Antwort gewesen.

August selbst war ebenfalls befragt worden. Er hatte erzählt, wo er Englisch gelernt hatte und auch von Anton Frede und Mr Henderson. Er zeigte Branson Briefe der beiden. Bei Antons letztem Brief wurde er wehmütig und nahm sich vor, dem alten Freund bald wieder zu schreiben. Zuletzt erzählte er von den Lechners, die man abgeholt und von denen man nie wieder etwas gehört hatte. Branson murmelte ein betretenes »I'm sorry«, Ginsberg hob den Kopf, doch er sagte nichts.

August fragte, ob man herausfinden könne, was aus ihnen geworden war.

»Not now«, sagte Branson, »but maybe soon. We'll try.«

Auch von den Bremer Freunden erzählte August. Man wisse

nicht das Geringste, sie seien einfach verschwunden. Ginsberg stand auf und verließ eilig den Raum.

»He is jewish«, sagte Branson, ging hinter den Tresen und schenkte sich ein Bier ein.

Als Erster an diesem Tag betrat Schlohfuchs den Vernehmungsraum, doch Branson stellte ihm nur eine einzige Frage: Ob er der neue Bürgermeister sein wolle.

Schlohfuchs sah August mit großen Augen an, dann Branson und jeden anderen im Raum, deutete schließlich auf sich und fragte fassungslos: »Ich?«

»Ja, du«, sagte August.

»Also ...«

»Du bist die erste Wahl, kein anderer hier im Dorf kann von sich behaupten, von den Nazis verfolgt worden zu sein.«

»Hans könnte, aber der hat's ja nicht überlebt«, bemerkte Schlohfuchs.

»Ja, Hans wäre auch eine gute Wahl gewesen«, stimmte August zu, dann erst dachte er wieder daran, alles zu übersetzen. Er erzählte von Schreiners Hans und auch, dass dieser Philipp die Anleitung zum Umbau eines Volksempfängers vermacht hatte.

»Really?«, staunte Branson. Es habe also doch ein kleines bisschen rebellischen Geist in Mühlbach gegeben, meinte er und ernannte Schlohfuchs umstandslos zum Bürgermeister.

Danach folgten ermüdende Vernehmungen.

Ganter und seine Frau setzten sich kleinlaut auf die beiden Stühle vor dem Tisch, hinter dem die drei uniformierten Amerikaner saßen. Am Eingang standen zwei weitere Soldaten mit Gewehren. Keiner verzog eine Miene. August saß am Kopfende des Tisches und übersetzte. Das Gejammer der Ganterin sprach allerdings für sich. Man habe es doch nicht gewusst, jammerte sie immer wieder und ließ offen, was sie mit »es« meinte. Er habe nur seine Pflicht als Bürgermeister erfüllt, sagte Ganter, und nie etwas Schlimmes getan. Nur seine Pflicht.

Branson warf August, nachdem er übersetzt hatte, einen fragenden Blick zu. »It's true«, sagte August. »He might have been a member of the party, but that was all.«

»Alright«, sagte Branson und machte sich eine Notiz in seine Unterlagen.

Fritz Hennemann kam mit seiner Frau Heidi und seiner Mutter. Ida hob drohend ihren Stock, als sie an den Bewaffneten am Eingang vorbeihumpelte.

»Ei, was wolle dann die vun uns?«, fragte sie August und fing an, sich lauthals zu beschweren. Alles hätten sie ihr abgenommen, die Amerikaner, die schöne Schüssel mit der Goldrandverzierung, »es ganze Beschdeck!«

Die goldene Verzierung auf dem Rand der Schüssel hatte aus lauter kleinen Hakenkreuzen bestanden und das Besteck auf ganz ähnliche Weise die Gesinnung seiner Besitzer angedeutet.

»Mama, sei bitte still«, raunte Fritz ihr zu. Doch Ida protestierte weiter.

»Warum hattet ihr solche Dinge im Haus?«, übersetzte August verlegen die Frage Bransons.

»Ei, weil se schää sin, deshalb«, sagte Ida und schüttelte empört den Kopf über die dumme Frage.

»Because they are pretty«, übersetzte August. Doch Ida hatte erst angefangen und war nicht mehr zu bremsen. Sie kaufe sich, was ihr gefalle, und überhaupt, das gehöre sich doch nicht, das Haus auf den Kopf zu stellen und in den Sachen der Leute zu wühlen, alles kaputt zu machen und mitzunehmen. Das sei Diebstahl, und sie wolle ihre schöne Schüssel zurückhaben.

August übersetzte, so gut er konnte, er hatte keine Zeit, darüber nachzudenken, wie er Idas Gepolter abschwächen könnte, und außerdem sprachen ihr Gefuchtel mit dem Stock, Heidis fruchtlose Beruhigungsversuche und Fritz' betretenes Auf-den-Fußboden-Starren für sich.

Branson hörte ruhig zu. Plötzlich stand er auf, verließ den Saal und kam gleich darauf mit einer Mappe zurück, die er auf den Tisch knallte. Er setzte sich, winkte Ida mit dem Zeigefinger näher heran und schlug die Mappe auf. Fotografien waren darin. Man sah Berge von Schuhen, Berge von Brillen, von Schmuckstücken, von Kleidern und anderen Dingen.

Als Branson zu sprechen begann, hätte August am liebsten geschwiegen. Seine Kehle zog sich zu. Branson hielt inne und sah ihn streng an. »Go on, translate!«

Und August übersetzte.

»All diese Dinge haben auch einmal Menschen gehört. Sie fanden sie schön, haben sie in einem Laden sorgfältig ausgesucht, die Kleider anprobiert, vielleicht war das eine oder andere Stück zu teuer, vielleicht haben sie lange darauf hingespart, oder es war ein Geschenk zum Hochzeitstag. Man hat sie ihnen weggenommen. Alles hat man ihnen weggenommen. Dann hat man sie nackt in einen Raum gesperrt und hat sie vergast.«

Branson drehte die Seite um.

»Und das sind die Menschen, denen diese Sachen einmal gehört haben.«

Ein Berg aus zu Skeletten abgemagerten Leichen ließ Ida zurückprallen. Heidi keuchte, und August verbarg das Gesicht in seinen Händen.

Branson beugte sich vor, sprach langsam und blickte Ida mit todernster Miene ins Gesicht. »We will make sure that every sign of those murderers will disappear from the face of the earth.«

Er lehnte sich wieder zurück, klappte die Mappe zu und sagte: »Go and get new stuff.«

Heidi half der zitternden Ida, aufzustehen und den Raum zu verlassen. Fritz, bevor er ging, drehte sich um, sah August an und sagte leise: »Sag ihm, es tut mir leid.«

August nickte. »He says, he is sorry.«

Der Tag verging mit ähnlichen Vernehmungen. Leute kamen, sagten, sie hätten nichts gewusst und nichts Schlimmes getan und es sei doch nun mal so gewesen, was habe man machen wollen. Und Branson machte sich seine Notizen und ließ die Leute gehen.

Ohliger gab zu, dass er anfangs ein Anhänger war, aber dann nicht mehr, dann sei ja auch sein Bub gefallen. Mit ihren gefallenen Buben argumentierten auch andere.

Branson seufzte häufig und meinte, das sei nicht das letzte Mal, dass man gesprochen habe.

Und dann kam der Lehrer.

Er war der Erste, den man buchstäblich hereinführen musste, der Erste, in dessen Augen Angst zu lesen war, obwohl er das Kinn stolz in die Höhe gereckt hielt.

»Name?«, fragte Branson, obwohl er den Namen von dem Blatt, das vor ihm lag, ablesen konnte.

»Fintzberger. Friedrich Fintzberger.«

»Profession?«

»Beruf?«, übersetzte August, ohne Fintzberger anzusehen.

»Lehrer.«

»Teacher.«

Branson betrachtete den Mann aufmerksam, dann las er schweigend in seinen Unterlagen. August hatte keine Ahnung, was da alles über Fintzberger stand, aber er hätte einiges hinzufügen können. Wie er Schreiners Rosi eiskalt den Brief mit der Rechnung für die Hinrichtung ihres Mannes überreicht hatte. Möglicherweise hatte er sich sogar um die Aufgabe gerissen. August hätte erzählen können, wie er die Kinder mit seinen nationalsozialistischen Ansichten vergiftet hatte, wie er einige Tage zuvor noch dafür war, sich gegen die anrückenden Amerikaner zur Wehr zu setzen. Und nicht zuletzt hätte er von Martha erzählen können, von der Angst ihrer Eltern, von den vergeblichen Bitten und von den Drohungen des Lehrers als einziger Antwort. Er hätte Branson erklären können, was für ein verkommenes Subjekt da vor ihm saß. Wenn es einen im Dorf gab, der sich wirklich schuldig gemacht hatte, dann Fintzberger.

Doch es war gar nicht nötig, dass August den Mund aufmachte, denn man hatte im Büro des Lehrers genügend Beweismittel gefunden, die ihn als überzeugten und willfährigen Anhänger der

Nationalsozialisten auswiesen, nicht zuletzt sein goldenes Parteiabzeichen.

»So«, sagte Branson und fing an, Fintzberger mit allem zu konfrontieren, was sie über ihn herausgefunden hatten.

»Ein goldenes Parteiabzeichen, wann bekommt man das? – Also waren Sie schon früh Anhänger der Ideen der NSDAP. – Wie stehen Sie zu Juden? – Als Lehrer haben Sie maßgeblich dafür gesorgt, die Saat der menschenverachtenden Ideologie der Nazis in die Kinder zu pflanzen, ist das richtig? – Ah, nur unterrichtet. Rassenlehre unter anderem? – Was waren Ihre Aufgaben als Blockleiter? – Stimmt es, dass Sie zum Kampf gegen uns aufgerufen haben? Noch vor ein paar Tagen?«

August war erstaunt. Von wem hatte Branson diese Information?

»Glauben Sie eigentlich noch immer an den, wie nennen Sie es noch gleich ...?«

»Endsieg«, sagte August und richtete zum ersten Mal seinen Blick auf Fintzberger. Wehe, man wagte, nicht daran zu glauben und es womöglich auch noch öffentlich zu sagen.

»Do you still believe in the *Endsieg*?« Branson benutzte das deutsche Wort, dieses Wort, dem so viele zum Opfer gefallen waren. »Do you?«

Fintzberger blickte stur vor sich hin und sagte kein Wort.

»I demand an answer, Sir!«, brüllte Branson plötzlich.

Fintzberger zuckte zusammen und schüttelte hektisch den Kopf. »Nein, nein, nein«, brach es aus ihm heraus. Dieselbe Antwort, die so viele den Kopf gekostet hatte. Zur lächerlichen Karikatur eines Helden zusammengeschrumpft, saß Fintzberger da.

»You will face justice for whatever you have done«, sagte Branson, und August übersetzte. Zum ersten Mal blickte Fintzberger ihm in die Augen, eine Art widerwilliges Flehen lag darin. August blickte ruhig zurück.

»You may go for now«, sagte Branson.

»Sie können gehen«, sagte August. »Vorerst«, setzte er richtigerweise hinzu.

Auch diesmal packte einer der Uniformierten den Lehrer am Arm und schob ihn hinaus.

»Was hat jemand wie er zu erwarten?«, wollte August wissen.

Branson seufzte mal wieder. Man wisse es noch nicht, aber man erarbeite Richtlinien für den Umgang mit Nazis je nach der Schwere ihrer Schuld. Wer die schwersten Verbrechen begangen habe, habe die Todesstrafe zu erwarten. Aber man würde die Leute vor ein ordentliches Gericht stellen und ihnen einen fairen Prozess machen.

»Und der Lehrer?«, fragte August erneut.

Er persönlich, so Branson, würde ihn für eine lange Zeit ins Gefängnis stecken und danach natürlich nie wieder Kinder unterrichten lassen. »And probably this is what he has to face.«

Leute wie dieser Lehrer brauchten ihre Lektion, meinte Branson. »And they will get it. Or ...« Er lehnte sich zurück und sah August gespannt an. »... what do you think about him?«

Und wieder stand August im Geiste in Fintzbergers Büro, wieder dröhnte das Nein in seinen Ohren, wieder sah er dieses Gesicht, in dem nichts darauf hindeutete, dass der Lehrer ein Herz besaß.

Plötzlich veränderte sich das Gesicht in Augusts Erinnerung, wurde zu dem warmherzigen, freundlichen Gesicht eines anderen Mannes in Uniform, eines Engländers, der einem deutschen Jungen von sechzehn Jahren auf die Schulter klopfte. *You better stay here, you are here in safety.*

Nichts würde sich je in der Welt ändern, wenn einer dem anderen nicht vergeben konnte.

»Actually, he was nobody of real importance. He was just blinded, like so many others. Maybe he should get the chance to learn something different. Forgiveness, humanity, maybe even democracy one day. Mercy.«

Branson schwieg eine Weile, dann nickte er. »We will keep your opinion in mind.«

»Only«, setzte August hinzu, »I think, he shouldn't teach children any longer.«

»Oh, yes, I think so, too«, sagte Branson lächelnd. »Thank you, Mr Schönborn.«

»You are welcome, Major Branson.«

»Du kommst spät«, sagte Charlotte, als August zu Hause eintraf. »Möchtest du noch etwas essen?«

»Gleich, aber vorher muss ich noch einen Brief schreiben.«

»Na schön, Essen um Mitternacht, warum nicht?«, schmunzelte Charlotte. August umarmte sie und drückte sie zärtlich an sich. »Meine Lotte«, flüsterte er. »Mein Lottchen.«

Sie kicherte und gab ihm einen Kuss. »Du weißt genau, dass du mich nicht so nennen sollst.«

»Nein, ich weiß genau, dass du es eigentlich magst.«

Er duckte sich, als sie ihm das Küchenhandtuch überzog. »Schreib lieber schnell deinen Brief«, rief sie ihm hinterher und lachte.

Sie lachten wieder. Endlich.

August setzte sich an den Tisch in dem kleinen Raum neben ihrem Schlafzimmer, wo er einst einen Brief an Charlotte schreiben wollte und die Worte nicht fließen wollten.

Diesmal flossen sie, flossen über vor Glück und Erleichterung, und er hoffte, er würde bald ebenfalls wieder Briefe erhalten.

Lieber Anton, alter Freund, wir sind frei …

66

Bremen im Mai 1945

»Da bin ich wieder«, sagte Karl, als er vor dem Grab stand. Er legte einen Strauß Gartenblumen vor den Stein. »Die haben den Krieg überlebt. Genau wie ich. Hast auf mich aufgepasst von da oben, was?«

Auf seinen Stock gestützt, sah er sich um, hier in diesem Teil des Friedhofs konnte man leicht der Illusion erliegen, es hätte nie einen Krieg gegeben. Doch ein Stück weiter war alles verwüstet. So sah es in ganz Bremen aus, hier und da gab es eine Insel, wo alles in Ordnung zu sein schien, und gleich um die Ecke lag die Welt in Trümmern. Ihr Haus in der Orleansstraße hatte den Krieg ebenso überstanden wie das Grab. Die Mühlbacher hatten den Krieg überstanden, Walter lebte und war in englischer Kriegsgefangenschaft gelandet. Martha hatte als Schneiderin reichlich zu tun, denn von überall kam man zu ihr, brachte alte Vorhänge, Tischdecken, Bettwäsche, aus denen sie Kleider nähen sollte.

Auf einmal ist sie so erwachsen, hatte Charlotte geschrieben.

»Es geht ihnen allen gut«, sagte Karl. »Vielleicht kommen sie bald auch mal wieder nach Bremen, obwohl das nicht mehr vorzeigbar ist. Ich glaube, ich bin auch nicht mehr gut vorzeigbar, aber wer weiß, wie lange ich es noch mache, da müssen sie sich beeilen.« Er schmunzelte. »Ja, ja, ich weiß schon, was du jetzt sagen würdest. Du würdest sagen: Mach nicht solche Sprüche, Karl, wenn man schon den Krieg überlebt hat, wäre es doch die reine Verschwendung, gleich danach zu sterben.« Er lachte, und als sein Lachen langsam verebbte, flüsterte er zärtlich: »Du wartest ja auf mich, Lina, nicht wahr? Egal, wie lange es dauert.«

Ein bisschen wollte er noch dableiben, wollte sehen, wie sich die

Welt weiterentwickelte, wie es mit dem Land weiterging, jetzt, wo dieses Monster nicht mehr da war.

Aber viel mehr wollte er wissen, wie es mit seinen Liebsten weiterging. Würde Ella doch noch eines Tages heiraten? Würden seine Enkel, Walter oder Martha, ihn zum Urgroßvater machen?

Karl war noch immer neugierig auf das Leben, nichts, was ihm je widerfahren war, hatte seine Zuversicht und seinen Glauben an das Gute dauerhaft zerstören können. Nur seine Lina hätte noch an seiner Seite sein sollen.

»Weißt du, was ich mir wünsche? Dass du mich abholen kommst. Wir würden noch einen Tag gemeinsam verbringen, ans Meer fahren, uns ins Kaffeehaus setzen, am Abend ins Theater gehen und uns in der Nacht lieben. Und danach würde ich mit dir gehen, ganz egal wohin, in den Himmel, in die Hölle, nichts würde uns mehr trennen, und alles wäre gut.«

Karl legte die Hand an seine Lippen und berührte danach mit ihr den Stein. »Ich liebe dich, Lina.«

Dann ging er langsam an seinem Stock nach Hause.

Epilog

Mühlbach im Sommer 1946

Es war ein großer silbergrauer Wagen, der durch die Straßen von Mühlbach rollte. Die Leute drehten sich nach ihm um oder lehnten sich weit aus dem Fenster.

Einer der Franzosen, die im Dorf einquartiert waren, hielt den Wagen an und sprach mit dem Fahrer, dann streckte er einen Arm und den Zeigefinger aus, und der Wagen folgte der Richtungsangabe, bog von der Hauptstraße in den schmalen Weg ein, der hinauf zum Wald führte. Auf halber Strecke hielt er an, der Motor wurde ausgeschaltet, der Fahrer stieg aus, öffnete die hintere Tür und half einer älteren Frau heraus. Klein und gebückt war sie, grazil, grauhaarig, ganz in Schwarz gekleidet, am Arm eine schwarze Handtasche.

Die Frau, die neben dem Fahrer saß, öffnete ihre Tür und rief: »Soll ich mitkommen?«

Die alte Frau schüttelte den Kopf, ging mit bedächtigen Schritten auf die Haustür der Schäfers zu und klopfte.

»Einen Moment«, rief eine Frau von drinnen. »Ich komme gleich.«

Die Frau vor der Tür holte so tief Luft, dass man sah, wie sich ihr schmaler Brustkorb hob.

Dann wurde die Tür geöffnet.

»Ja, bitte?«, sagte Charlotte, überrascht über den fremden Besuch, aber so freundlich wie immer.

Die Frau lächelte. »Sie sind aber nicht Bine, nicht wahr?«, sagte sie.

Charlotte kräuselte verwirrt die Stirn. »Nein, ich bin die Nichte, meine Tante ist leider letztes Jahr verstorben.«

»Oh, das tut mir sehr leid«, sagte die Frau ehrlich betroffen. Sie trat einen winzigen Schritt zurück, warf einen Blick zu dem Wagen. »Wenn ich das gewusst hätte, dann …«

»Wer ist es denn, Lotte?«, kam Walters Stimme aus der Stube.

Die alte Frau wirkte wie erstarrt, fast schien es, als hielte sie die Luft an.

»Ich … ich weiß nicht, Onkel Walter«, antwortete Charlotte, die ihr Gegenüber jetzt genauer betrachtete.

»Ich bin …«, setzte die Frau an, doch sie verstummte, als Walter schwerfällig am Stock durch den Flur auf die offene Haustür zuhumpelte. Als er den Eingang erreichte, wich jede Farbe aus seinem Gesicht, und Charlotte sah, wie er beim Anblick der alten Frau schwankte und sich seine Augen mit Tränen füllten.

»Walter!«, hauchte die Frau.

»Anna!«, rief Walter. »Anna!«

Im nächsten Moment fielen sich die beiden alten Leute in die Arme.

»Ich wäre nicht gekommen, hätte ich gewusst, dass deine Frau nicht mehr lebt«, bekannte Anna.

»Doch, das wärst du, Anna«, widersprach der Fahrer, ein großer bulliger Mann, der sich als Pieter Kranz vorstellte. »Sie hat uns so viel von Ihnen erzählt«, sagte seine Frau Ernestine, die die beiden begleitete. Die beiden waren Nachbarn von Anna, hatten sie jahrelang versteckt und gemeinsam mit anderen Nachbarn dafür gesorgt, dass sie die Judenverfolgung in einer Kellerwohnung überlebte.

»Ich habe dir ja gesagt, bei uns auf dem Dorf hält man zusammen«, sagte Anna verschmitzt zu Walter.

»Und sie hat auch gesagt, wenn sie das je überlebt, dann will sie sich den Wald in Mühlbach ansehen, von dem Sie immer so geschwärmt haben«, erklärte Ernestine. »Und weil es ja auch für uns gewissermaßen ums Überleben ging«, sie schnitt eine Grimasse, »haben wir gesagt: Wir kommen mit.«

Anna lächelte. »Man muss sich Ziele setzen, weißt du, Walter, damit man nicht aufgibt. Ich wäre nie auf die Idee gekommen, dich noch einmal sehen zu wollen, aber dann habe ich mich gefragt, wenn ich noch einen Wunsch hätte, welcher wäre das? Und da bist du mir eingefallen. Und dein Wald.« Sie blickte verlegen an sich herunter. »Ich hätte mich dann eben als die Schwester deines Freundes Anton ausgegeben.«

Walter ergriff gerührt ihre Hand. Er zeigte auf die Fotografie aus Bremen an der Wand. »Erinnerst du dich daran?«

Anna nickte. »Oh ja und ob!«

»Bine hat mich schon vor ein paar Jahren einmal gefragt, ob auf dem Foto nicht auch dieser Anton abgebildet ist und ob ich ihn ihr mal zeigen könne. Ich hätte es getan, da sagte sie: ›Nein, Walter, ist schon gut.‹«

Es war das erste Mal, dass Charlotte davon hörte.

»Wir haben zuletzt eine ganz gute Ehe geführt, Bine und ich«, sagte Walter und betrachtete das alte Foto, als wäre auch Bine dort zu sehen.

»Das freut mich sehr«, sagte Anna herzlich und streichelte Walters Hand.

Charlotte versuchte in Gedanken, die beiden alten Menschen mit dem Paar von damals zusammenzubringen. Wie lange war das her? Fast vierzig Jahre. Sie konnte sich kaum noch daran erinnern.

»Was ist mit deinem Bruder?«, fragte Walter.

»Tot«, sagte Anna. »In Auschwitz ums Leben gekommen. Seine Frau Leah auch. Ihr jüngster, Eugen, ist in Buchenwald gestorben, Wilhelm in Sobibor, genau wie Aaron. Hannah, Aarons Frau und die Töchter im Ghetto von Minsk. Aus der Familie lebt niemand mehr. Ich bin die Einzige.«

Tiefes Schweigen breitete sich in der Stube aus.

Ob ihr Vater all das wohl erfahren hatte, fragte sich Charlotte. August hatte Major Branson darum gebeten herauszufinden, was aus Maria und Paul, ihren Kindern und ihrer Mutter geworden war. Es hatte keiner überlebt.

»Lasst uns das tun, wozu ich hergekommen bin«, sagte Anna

schließlich in die Stille hinein. »Lasst uns in den Wald gehen.« Mit einem besorgten Blick wandte sie sich an Walter. »Das heißt, wenn es möglich ist. Ich möchte nicht, dass du …«

»Aber natürlich ist das möglich, Anna. Wir gehen eben langsam, nicht wahr.«

Sie nickte lächelnd. »Ja, ganz langsam.«

Vor der Tür begegnete ihnen August. Er wollte gerade in den Garten gehen, um die Ziege zu melken, die seit Kurzem wieder in Dadas Gatter graste. Major Branson hatte August gefragt, was er sich für seine Dienste wünschte, und August hatte, ohne nachzudenken, gesagt: Eine Ziege wäre gut. Eine Ziege! Alles hätte er sich wünschen können, und er wünschte sich eine Ziege. Branson hatte nur gelacht. »Alright, a goat!«

August brachte sie zu Walter, der nach Bines Tod in tiefe Trauer gefallen war, und sagte ihm, er müsse sich bitte von jetzt an um die Ziege kümmern, bei Schönborns sei nun mal kein Platz, und Walter habe ja Erfahrung damit. Und tatsächlich hatte ihn das störrische Tier wieder aufgerichtet. Nur einen richtigen Namen hatte die Ziege nicht. Man nannte sie Ziege, und darauf hörte sie auch bisweilen.

»Kommst du mit in den Wald?«, fragte Charlotte ihren Mann, dann stellte sie ihm Anna und das Ehepaar Kranz vor. »Sie sind extra hergekommen, um den Wald zu sehen«, erklärte sie August.

»Aus Schleswig-Holstein? Um unseren Wald zu sehen?«

»Genau.«

»Hm! Und die Ziege?«

»Die kann warten.«

»Also schön!«

Sie brauchten eine Ewigkeit, um auch nur bis hinauf zur großen Wiese zu gelangen. Anna und Walter stützten sich gegenseitig, hinkten voran und hielten immer wieder an, um sich umzusehen. Am Waldrand stand seit Neuestem eine Bank, die Philipp gezimmert hatte, dorthin schleppten sich die beiden alten Leute, sanken seufzend und lachend darauf nieder, hielten sich an den Händen und blickten über das Dorf hinweg zur Kirche, die über allem thronte, hinüber zum Steinbruch jenseits des Glans, zur Streitmühle auf der einen Seite, zum Bahnhof und den ersten Häusern in Altenglan auf der anderen.

»So schön«, sagte Anna. »So friedlich.«

Pieter und Ernestine Kranz liefen ein Stück weiter den Weg hinauf, und auch Charlotte und August zogen sich taktvoll zurück, schlenderten Hand in Hand am Waldrand entlang, als wären sie noch einmal jung.

»Wusstest du, dass sich Martha und Kurt Briefe schreiben?«, sagte Charlotte.

»Ist er nicht in Frankreich in Gefangenschaft?«

»Ja, und seit Kurzem schreiben sie sich.«

»Wie wir damals«, sagte August und sah sie zärtlich an.

»Wie wir.«

Die Sonne glänzte strahlend über dem Steinbruch und ließ die Welt leuchten. So schön, so friedlich.

ENDE

Nachwort und Danksagung

Karl starb am 20. Januar 1953 und wurde eine Woche später bei seiner Lina auf dem Riensberger Friedhof in Bremen bestattet. Dass seine geliebte Enkelin Martha ihren Kurt heiratete, hat er noch miterlebt, wenn auch aus der Ferne, die Geburt seines ersten Urenkels leider nicht mehr.

Ella heiratete schließlich doch noch – nachdem ihr Vater und auch ihre Freundin Martha Selchert, die an einer Herzschwäche litt, bereits gestorben waren.

Meine Großmutter (Charlotte im Roman, Emma im richtigen Leben) starb 1979, mein Großvater August ein Jahr danach.

Das ist das Ende ihrer Geschichte.

Manches habe ich dazuerfunden, manches habe ich geändert, alles nach bestem Wissen und wie es mir vertretbar erschien.

Die meisten vorkommenden Mühlbacher sind reine Romanfiguren. Fiktiv. Jede Ähnlichkeit mit tatsächlichen Bewohnern von damals, ob dem Wesen oder dem Namen nach, wäre rein zufällig. Eine Ausnahme bildet die Figur von Lehrer Fintzberger, die – mit geändertem Namen – ihr Vorbild in der Realität hat.

Es gab auch einen Einwohner in Mühlbach, der sich während des Krieges hitlerkritisch geäußert hatte, daraufhin denunziert wurde und eine ganze Weile »verschwand«, doch im Gegensatz zu Schreiners Hans blieb er am Leben. Schreiners Hans ist eine erfundene Figur, ebenso wie die jüdischen Familien Roth, Rosenthal und Lechner. Sie stehen für Tausende unschuldig hingerichteter Gegner dieses verbrecherischen Systems und für sechs Millionen ermordeter Juden.

Von ihrer Freundin Irene und den tragischen Umständen ihres Todes hat mir meine Mutter viel erzählt. Hat mir ihre Briefe gezeigt, Fotografien, auch ihre Todesanzeige, in der wieder einmal vom Heldentod fürs Vaterland die Rede war. Irene wollte diesen Tod nicht sterben, ihre Briefe zeugen von ihrer Angst.

Der im Roman abgedruckte Brief an Martha ist ihr letzter, und es sind Irenes eigene Worte, nicht meine.

Die Worte des Pfarrers bei der Glockenweihe habe ich ebenfalls wörtlich übernommen, so wie sie überliefert sind in der Dorfchronik *Mühlbach am Glan im Wandel der Zeit* von Brigitte, Ilse und Rudi Latterner, Herausgeber: Ortsgemeinde Altenglan, Juli 2005.

Eine andere wichtige Quelle möchte ich ebenfalls hervorheben: Die im Internet frei zugängliche Schrift »Auf Lastwagen fortgeschafft«, herausgegeben vom Bündnis gegen Rechtsextremismus im Jahr 2008 anlässlich des 70. Jahrestages der Pogromnacht in Kusel. Hier werden die Ereignisse dieser Nacht und des darauffolgenden Tages in Kusel und Umgebung minutiös und auf erschütternde Weise geschildert. Die Stadt Kusel gedenkt jedes einzelnen Opfers mit einem Stolperstein und einer begleitenden Schrift mit Kommentaren und Berichten über die Mitbürger, die man damals verfolgt und ermordet hat. Im Impressum wird ausdrücklich auf ein Copyright verzichtet, denn: »Das geschehene Unrecht verpflichtet uns, dieses Erinnerungsdokument ungehindert verbreiten zu können.«

Von ganzem Herzen danke dafür.

Mein Dank geht auch an Rachel Wood vom Knockaloe Visitors Centre auf der Isle of Man für die hilfreiche Korrespondenz und den Zugang zu Spuren des Aufenthalts meines Großvaters in englischer Gefangenschaft inklusive seiner Kennkarte als Gefangener Nummer 11285.

Wenn sie noch am Leben wäre, würde ich mich als Nächstes und vor allem bei meiner Mutter (Martha) bedanken, denn von ihr weiß ich das meiste, was an tatsächlichen Geschehnissen in den Roman eingeflossen ist. Sie hat gern »von früher« erzählt und damit wesentlich zum Gerüst der Geschichte beigetragen. Sie hat Bremen geliebt, den »Bremer Opa«, das Haus in der Orleansstraße mit dem großen Garten und dem Apfelbaum. Tante Martha und Tante Ella, die sie mit in die Oper nahmen und zur Gesangslehrerin. Ihre Familie, ihre

Eltern, ihren Bruder. Mühlbach. Heute hätte ich noch so viele Fragen, aber ich bin dankbar für jede Erinnerung, die sie zu Lebzeiten mit mir geteilt hat, und auch dafür, noch eine Schwester zu haben, mit der ich gemeinsam in die Vergangenheit unserer Großeltern eintauchen und mich darüber austauschen konnte.

Zum Schluss bleibt mir nur noch allen zu danken, die mich auf meinem Weg von der Idee zum fertigen Roman begleitet haben.

Zunächst meinen Agenten Tim Rohrer und Julie Hübner von der Leselupe-Literaturagentur, ohne deren Ermutigung ich dieses Projekt zum wiederholten Male in eine unbestimmte Zukunft verschoben hätte.

Meinem Verlag danke ich ganz herzlich für das in mich gesetzte Vertrauen und all seinen Mitarbeitern in den unterschiedlichen Abteilungen für ihr Engagement.

Ganz besonders danke ich meiner großartigen Lektorin Marion Wichmann für die wunderbare Zusammenarbeit, ihre einfühlsame Unterstützung, ihren klugen Rat und die Gabe, mir jederzeit das Gefühl zu geben: Alles wird gut.

Danke an meine Familie und vor allem an meinen Mann. Danke, dass du diese Geschichte gelesen und geliebt hast. Danke für deine Begeisterung, die mich unfassbar glücklich gemacht hat.

Und zuletzt: Danke an alle, die vielleicht gerade dieses Buch in den Händen halten, ob als Buchhändler oder als Leser. Nur durch euch erhält das Schreiben einen Sinn.